도서출판 선영사
Sun Young Publishing Co.

선영사
Sun Young Publishing Co.

선영사
Sun Young Publishing Co.

# 환 향 녀

노가원 장편소설

## 작품 <환향녀>에 대하여
### 이영(문학박사)

　<환향녀>에서 보여준 한국여성수난사는 기존의 어떤 논의보다 설득력을 갖고 있다. '화냥년'이라는 어원이 된 '환향녀'를 역설적으로 표현하는 '환향녀'를 제목으로 하고 있는 작품에서 작가는 우리 역사의, 근현대사의 가장 가슴 아픈 여성수난사를 독립운동가이자 목사의 딸인 달님이의 일생, 결국 기지촌을 벗어나지 못하는 달님이네 가족을 통해 비극적인 역사의 피로 묘파하고 있다. 물론 작가는 이 작품에서 단순히 기지촌 여성들만을 다루지는 않는다. 조선시대 병자호란 때 전쟁포로로 청나라로 끌려가 성의 노리개가 되었떤 조선 여인으로부터 일제시절과 해방, 6.25, 그리고 70년대 근대화시절 이후 현재까지 일어나고 있는 한국여성수난사의 현장 한복판으로 뛰어들어가 소설 <환향녀>를 통해 한국여성수난사를 총체적으로 그리고 있는 것이다.

■ 작가의 말

  역사의 페이지를 들출 때마다 우리 어머니들의 피울음소리를 듣는다. 그리고, 나는 가끔씩 나의 피를 의심할 때가 있다. 되놈 피는 아닌지, 왜놈 피는 아닌지, 양키 피는 아닌지.
  반만년 역사라고 하지만, 그것은 현재진행형이다.
  책임은, 역사를 주도해 온 남성들의 몫일 수 있다. 나도, 그 잘난 한국남성중이 한 명이라면, 그 책임을 모면할 수 없다. 허락된다면, 저 모진 역사위에 그 처절한 삶을 살아온 어머니들에게, 그 어머니의 딸들에게 이 소설을 바치고 싶다.

2000. 5. 18<br>노가원

차례

■ 작가의 말
- 제1장 기자촌 아이들     7
- 제2장 황색노예단     53
- 제3장 어머니     93
- 제4장 장미의 시간     129
- 제5장 우리들의 순이     189
- 제6장 슬픈 아메리카     244
- 제7장 깃발     278
- 제8장 대통령의 딸     327
- 제9장 만금파 여인들     379

■ 작품해설(이 영)

## 제1장 기지촌 아이들

### 1

**때**는 1970년 7월 7일. 박대통령을 비롯하여 이른바 고관대작들이 나와 수도 서울과 항도 부산을 잇는 428㎞의 경부고속도로 개통테이프를 끊는 날이다. 그날 밤 뉴스시간——. 부평 기지촌 변두리에 위치한 한 달님이네 집 낡은 TV수상기 화면에도 경부고속도로 개통장면과 함께 세계고속도로 건설사상 가장 짧은 공기(工期), 가장 저렴한 공비(工費)를 들임으로써 실로 경이로운 기록을 이룩했다는 찬사와 함께 국토의 척추요, 산업의 대동맥이 될 경부고속도로 개통으로 고도경제성장은 한층 더 가속화되고 이제 중진국으로 도약, 선진공업국을 넘보게 되었다는, 흥분한 기색이 역력한 아나운서의 목소리가 봇물터지듯 흘러나오고 있었다. TV앞에 아이들이 옹기종기 모여 있는 가운데 달님이는 집 안팎을 부산하게 들락거리며 이삿짐을 싸는 데 눈코 뜰 새가 없다.

다음날, 구름 한 점 없이 맑고 푸른 하늘에는 한낮의 태양이 작렬했고 불볕더위가 기승을 부렸다. 달님이네 집 대문 밖에는 조촐한 이삿짐을 실은 차 한 대가 폭염 속에서 식식거리며 서 있었다. 국민학교에 갓 입학한 묘심의 손을 잡고 마지막으로 십 년이 넘게 살았던 집 안팎을 둘러본 뒤 밖으로 나오는 달님을 이삿짐차 주위에 주뼛거리며 서 있는 아이들이 천천히 둘러

본다. 모두들 불만에 찬 얼굴들이다. 제법 큰 아이들이다. 어머니는 하나인 달님이었으되, 머리와 피부색이 각기 다른 아이들이 자그만치 여섯이다. 고등학생인 큰딸 묘숙과 둘째딸 묘옥, 중학생인 셋째딸 묘선이, 국민학교에 다니는 넷째는 아들인 묘강이, 다섯째 묘순이, 그리고 달님이 손을 꼭 잡고 있는 막내 묘심이. 연년생이다시피 한 아이들이 그렇게 대가족이 되고, 또 그렇게 많은 아이들을 낳은 것은 여자 혼자 된 몸으로 기지촌이라는 척박한 땅에서 살아남기 위한 몸부림의 흔적이요, 또한 아이를 잉태하면 그것은 곧 하나님께서 내려주신 은총이라고 굳게 믿어온 달님의 흔들리지 않는 신앙심 때문일 것이다. 달님이네가 그만큼 식구가 늘었고, 또 성장했을 정도로 지난 세월은 그렇게 흘러갔다. 달님이 역시 40대 중반고개를 바라보는 나이가 되어 있었다.

"어여들 타아. 이제 떠나야지."

운전기사와 함께 짐칸 위로 올라가 이삿짐을 정리하던 이달구가 대문 앞으로 내려와 손바닥을 탁탁 털며 마치 아이들의 아버지라도 되는 양 재촉한다. 하긴 달구가 여섯 아이들 가운데 셋째인 묘선과 여섯째인 묘심의 친아버지였으므로 아버지 행세를 하게도 생겼다. 물론 달님이와 달구가 정식 부부가 된 것은 아니었고, 아이들에게 달구가 두 아이의 친아버지라는 얘기를 해주지 않았으며, 또한 내색조차 하지 않고 살았으므로 아이들은 그 사실을 까마득히 몰랐지만.

"맞다. 어여 가자. 갈 길이 바쁘니께."

달님이도 재촉하며 아이들을 떠밀었다. 운전사 옆좌석에 달님이가 묘심을 안은 채 탔고, 짐칸 이삿짐 속에 달구와 아이들이 탄 뒤차는 곧 출발하였다. 뽀얀 흙먼지 속으로 멀어져 가는 부평 기지촌을 돌아보는 달님이의 마음은 착잡하기만 하다. 정이 들 대로 들었다. 그러나 떠나야 한다. 떠날 수밖에 없다.

"산다는 것이 어디 맘대로 되는 것이더냐. 지금꺼지 살면서 어느 것 하나 마음먹은 대로 되었던 적이 없잖이여. 산다는 것이 섭생인디, 아이들이 여섯씩이나 되잖이여. 떠나야 혀. 암. 떠나야 하구말구."

마음을 다잡으며 달님이는 정면을 보고 돌아 앉는다. 부평 기지촌을 떠나기로 한 것은 어제 오늘에 결정한 일이 아니었다. 아직도 춥고 궁핍하기만 한 60년대 말, 부평 기지촌은 사양기에 접어들었다. 기왕에 기지촌 여성들이 비비고 기댈 언덕이 될 수밖에 없는 미군부대가 하루 걸러 하나씩 철수해 갔기 때문이다. 1968년 제512 및 516병기부대가 미국으로 철수해 갔고, 이듬해는 제38보충대, 제337병기중대, 제122야전병원이 용산으로, 제55비행대는 평택으로 이전해 갔다. 내년에는 백마장의 미육군형무소도 평택으로 옮겨갈 것이고, 제19지원사령부로 부대이름이 바뀐 애스콤사령부 역시 제20지원사령부로 개편되고, 뒤따라 사단사령부가 해산되어 미국으로 돌아가고 나면 한때 어떤 식으로든 화려한 이름을 떨쳤던 부평 기지촌은 폐업단계에 들어갈 것이다. 물론 대부분의 기지촌 여성들과 미군상대업소 역시 다른 기지촌을 찾아 철새처럼 홀홀 떠나고 있었다. 달님이네 역시 그동안 미운 정 고운 정이 들었던 부평 기지촌을 떠나 이미 대가족이 된 식구들이 먹고 살 수 있는 다음 보금자리를 찾아 이사를 하는 것이었다.

붉은 노을에 갇힌 해가 막 서산마루로 기울 무렵, 북으로 북으로 달렸던 달님이네를 실은 차가 기웃거리듯 달리는 곳은 북단 4분의 1쯤이 38선으로, 그 허리는 임진강이 관통하고 있는 분단현장으로 비운의 행정구역이 된 경기도 파주 경계지역이었다. 50년 6·25전쟁 이후 가장 많은 미군이 밀집해 있는 지역이다. 53년 휴전회담 당시 유엔군측 대표단의 본부막사로 이름을 떨쳤던 문산읍을 비롯하여 전후 11개 읍·면 곳곳에 미군이 주둔해 온 파주군은 「미군의 왕국」으로 손꼽히는 땅. 미군과의 인연이 깊었던 만큼 전선의 포성이 채 멎기도 전부터 숱한 기지촌 여성들이 철새처럼 밀려 들어왔다. 제 의지는 아니로되, 그런 저런 이유로 파주는 기지촌을 가장 많이 보유한 군지역이라는 따가운 눈총을 받게 되었다. 파주에서도 용주골-대추벌로 알려진 주내면 연풍1·2리와 문산읍 선유4리는 기지촌의 대명사로 불리는 전설적인 마을. 해는 이미 지고, 서산마루 위에는 붉은 노을빛만이 흰 구름을 검붉게 물들이고 있을 무렵, 달님이네가 도착한 곳은 바로 연풍1리였다.
"조금만 더 갑시다. 저기 사거리에서 좌회전을 하면, 두 번째 파란 대문집이요."
달구가 옆으로 고개를 들이밀고 운전기사에게 목적지를 가리켜 주었다. 달님의 부탁으로 이곳에 와 집을 얻은 것이 달구였으므로 달님이네 식구 가운데 그들이 이사해 갈 집을 알고 있는 것은 달구뿐이다. 운전기사는 달구가 가리켜 주는 대로 네거리에서 좌회전을 해 두 번째 파란 대문집 앞에 차를 세웠다. 짐칸에 쪼글트리고 앉아 한나절을 보내야 할 정도로 긴 여행에 무척이나 지루했던 아이들은 기다렸다는 듯 훌쩍훌쩍 뛰어내려 앞으로 그들이 살 집 앞으로 우루루 몰려간다. 그리고 제법 나이를 먹은 묘숙과 묘옥, 묘선은 부평 기지촌을 떠난 불만이 아직도 가시지 않은 표정으로 말이 없는 가운데 아직 나이어린 묘강과 묘순, 묘심은 파란 페인트를 칠한 대문을 보고 신기한 듯 안을 기웃거린다.
"햐 아. 부평집보다 훨씬 크다. 봐. 지붕도 기와잖아. 엄마. 이 집 우리 집 맞아?"

묘강이 두 동생들을 데리고 와 물었다. 부평에서는 방 한 칸에 대가족이 우글거리며 살아야 했는데, 누나와 여동생들 틈에 섞여 사는 것이 늘 불만이었던 묘강이 제법 큰 집을 보고 신이 나는가 보았다.

"그래. 너희들 집이다. 언제까지가 될지 모르겠다만."

달님이는 그러나 두 번째 말을 입안으로 도로 삼켜 우물거렸다. 생각해 보면 역마같이 떠돌기만 한 삶이다. 남원 강석리 예배당에서 목사의 딸로 태어나 신학도인 윤형직과 혼인을 했고, 학도병으로 끌려간 남편을 찾아 중국으로 갔으나 남편은 이미 일본군 부대를 탈출한 뒤였고, 달님이는 남편의 옛상관의 덫에 걸려 일본군 위안부가 되어 죽기보다 싫은 일본군의 성의 배출구 노릇을 했다. 해방 뒤에 가까스로 귀국하여 남편과 해후했으나 연안에서 돌아온 남편은 건준과 인민위원회일에 눈코뜰새없이 바빴고, 정부가 수립된 뒤에는 빨갱이로 몰려 지리산으로 쫓겨갔다. 남편을 다시 만난 것은 전쟁때였다. 그러나 남편과의 따스한 만남도 잠시뿐, 남편은 다시 후퇴하는 인민군을 따라 산 속으로 들어가야 했다. 고향인 남원 강석리에 살고 있으되, 낮에는 대한민국, 밤에는 인민공화국이 되는 공포의 날들이 계속됐다. 그리고 바로 그날. 그 살육의 날, 온 천지에 이웃들의 피가 물결처럼 넘치던 날——. 아아. 생각하기도 싫다! 그날이 가고, 그 후 잠시 정신을 잃어버렸던 달님이가 가까스로 의식을 차렸을 때는 낯설기만 한 군병실에서 아담 워너라는 백인 미군 중령의 품에 안겨 있었다. 그 후 부평 기지촌으로, 또 이곳 용주골로. 이곳에서는 앞으로 또 얼마나 살게 될 것인지. 그러나 자신의 역정에 얽힌 그 이야기를 누구한테 털어놓는단 말인가! 다만 하나님께서 주신 저 어린 양들을, 저 저주받을 어린 양들을 어떻게 하면 굶기지 않고 잘 키울 수 있을 것인가, 당장에는 그것만이 그녀에게 주어진 삶의 의미였다. 누가 화냥년이라고, 양공주라고, 양색시, 양갈보라고 손가락질을 해도 좋았다. 동거생활을 했던 아담 중령이 떠난 뒤, 잠시 동안은 그가 주고 간 미군 PX물품을 팔아 그런대로 생활할 수 있었으나, 그것이 무한정한 것은 아니어서 달님이 스스로 미군부대 주위를 찾아가 몸을 팔았으므로, 그녀가 양공주가 된 것은 분명하였다. 그러나 이제는 그녀와 동침하기 위해 미군들이 줄을 섰던 옛날의 그녀가 아니다. 나이 마흔 하고도 중반에 접어든 그녀는 이미 양공주로 미군에게 몸을 팔아먹고 살기에는 퇴물이나 다름 없고, 기왕에 그녀가 뿌리를 내린 기지촌에서 아이들을 곤궁하지 않은 환경에서 키우려면 몸을 파는 대신 다른 방도를 모색해야 한다. 무슨 짓이라도 할 것이다. 아이들을 건강한 한국인으로 키울 수 있다면!

## 2

집을 나온 달님이네 아이들은 두 뭉치로 똘똘 뭉쳐 등교길에 올랐다. 고등학교에 다니는 묘숙과 묘옥이, 그리고 중학교에 다니는 묘선이가 한 무리였고, 또 한 무리는 국민학교에 다니는 묘강과 묘순·묘심이다. 중·고등학교 무리는 학생복 차림에 책가방, 운동화를 신었고, 국민학교 무리 중 남자아이인 묘강은 박박머리, 여자아이 둘은 짧게 깎은 단발머리였는데 모두 검정 고무신에 책보자기를 들고 있다. 책보자기도 남·여학생이 들고 다니는 품새가 다르다. 남자아이는 오른쪽 어깨에서 왼쪽 겨드랑이 밑을 두른 대각선형이고, 여자아이들은 허리에 질끈 동여맸다.

달님이네 아이들이 유독 저희들끼리 뭉치는 것은 물론 어머니의 엄한 가정교육 탓도 없지 않겠으나 그것보다는 남매 중에 섞여 있는 혼혈아 때문일 것이다. 그 아이들이 혼자 바깥에 나가면 동네아이들로부터 마치 외계인이라도 만난 듯 집중적인 시선이 쏟아지거나 개구쟁이 아이들이 나타나면 야유나 놀림을 당하기 일쑤이기 때문에, 자라면서 스스로 그와 같은 남매의식이 생겨난 것이었다. 적어도 혼혈아 문제에서 묘숙과 묘선, 묘심은 좀 자유스러운 편이지만, 같은 남매가 야유와 놀림의 대상이 되는 것이 참을 수 없는 일이라 아예 외출을 할 때면 남매끼리 붙어다니는 것이었다.

그날 영어시간이다. 고등학교 2학년에 다니는 묘옥은 예나 지금이나 늘 외톨박이다. 친구들과 어울려 놀 나이 때부터 이상한 듯 기웃거리는 눈길이 떠다니는 거리가 무척이나 싫어 아예 외톨이로 지내는 터이었다. 물론 그녀는 학교에 다니는 것조차 별 신통한 기대를 걸지 않는, 적어도 학교측에서 보면 문제아였다.

"…다음, 윤묘옥이 읽고 해석해 봐."

영어 제10과를 배우고 있는데, 선생님으로부터 다음 지목을 받은 묘옥은 얼굴부터 발갛게 변해 반항기어린 눈길로 선생님을 쏘아본다. 기다렸다는 듯 급우들의 눈길이 우우우우 묘옥에게 날아 들었다.

"윤묘옥. 뭐하고 있나. 다음, 읽고 해석하라니까."

선생님으로부터 재차 지목을 받았으나 묘옥은 꼼짝달싹하지 않는다. 중학생때부터 묘옥이 가장 싫어하는 과목은 영어였다. 중학생이 되어 처음에는 영어라는 다른 어떤 과목보다도 재미있었고, 또 성적도 좋았다. 그럴 것이 기지촌에 살고 있는 묘옥이 주위에서 열에 한두 마디씩은 꼬박 영어가 쓰였고, 주의에 널린 것이 미군들이어서 그들과 대화를 하다보면 대충 의사소통이 되었고, 그랬으므로 영어라는 것이 당초 그녀의 환경에서 그렇게 멀리 있는 과목이 아니었다.
"그래. 윤묘옥은 발음이 아주 좋아. 너희들도 들었지. 묘옥이 같이 발음을 하도록 해. 영어는 영어식으로 생각하고 발음도 미국사람처럼 해야지 말이야, 한국말 하듯 그렇게 혀가 딱딱하게 굳어서야 발음이 안 돼."
"선생님. 그건 당연하잖아요."
"뭐가 당연하다는 거냐?"
"윤묘옥이요. 묘옥이는 트기잖아요. 반쪽은 미국사람이니까 영어발음을 잘하는 것은 당연하다구요. 우린 한국사람이구. 하하."
　중학교 1학년 2학기때, 급우들로부터 핏줄을 들먹이는 그런 야유를 들은 뒤, 묘옥은 영어과목과 아예 담을 쌓고 중학교 시절을 거쳐 고등학생이 되었다. 그리고 중학시절 이후 자신의 정체——핏줄에 대해 점점 회의가 들곤 하였다. 영어성적이 날이 갈수록 뚝뚝 떨어진 것은 물론이다. 핏줄까지 들먹이는 원인이 된 영어를 못했으나 아이들의 눈길을 달라지지 않았다. 급우들은 또 영어를 못한다고 신기한 듯 시선을 집중하는 것이었다. 결국 묘옥은 공부를 잘할 수도, 못할 수도 없는 것이 백인 핏줄을 타고난 자신의 운명이라는 생각에 아예 학교에 다니는 것 자체가 시들해졌다. 그 후 학교를 그만두겠다고 몇 번씩이나 말했으나 그때마다 평소 양같이 온순하기만 한 어머니가 길길이 날뛰었고, 그런 어머니의 성화 때문에 마음은 이미 떠나 있었으나 할수없이 학교에 다니는 척하고 있을 뿐이었는데, 어느새 고등학생이 된 것이었다.

"이 녀석 보게, 윤묘옥, 선생님 말이 말같지 않아, 앙! 당장 복도로 나가 수업 종칠 때까지 무릎 꿇고 앉아 있엇."

한두 번 있었던 일이 아니었으므로 바로 그 말을 기다렸다는 듯 묘옥은 발딱 자리에서 일어나 쾅쾅거리며 교실 뒤쪽으로 걸어간다. 급우들의 야유가 섞인 눈길이 우우우 쏟아진다. 묘옥이 가장 무서운 것은 사람들, 특히 급우들의 눈이다. 눈길을 피해 복도로 간 묘옥은 두 손을 든 채 무릎을 꿇고 앉는다. 수업이 끝난 뒤 영어선생님은 십중팔구 그대로 돌려보내지 않고 교무실로 호출할 것이고, 좀 심하면 학부형을 모시고 오라고 할 것이다. 묘옥한테는 가장 고역스런 일이 기다리고 있는 것이다. 묘옥 자신이 밖에 나가 무슨 일을 당해도 좋지만, 어머니를 욕보이는 일은 죽어도 하기 싫은 까닭이다.

같은 시각, 용주골국민학교 운동장이다. 체육시간인데, 6학년 1반과 2반 아이들이 축구를 하고 있었다. 검은 피부, 고수머리에 덩치가 또래의 아이들보다 훨씬 큰 묘강은 운동이라면 무엇이든 자신이 있었고, 또 선생님들로부터 천부적인 재질이 있다는 평을 곧잘 들어온 터이었다. 그날도 묘강이 혼자 다섯 골을 넣는 눈부신 활약으로 2반이 6대2라는 대승을 거두었다. 종이 울리고 쉬는 시간에 아이들 틈에 섞여 화장실을 다녀온 묘강의 앞의 가로막는 아이들은 1반 축구대표로 뛰었던 창훈이패였다.

"어이, 깜상. 나 좀 봐."

툭 한 마디 던져 놓고 창훈이패는 화장실 건물 뒤쪽으로 갔다. 잠시 제자리에 서 있던 묘강은 짐짓 그들을 따라간다. 한두 녀석이라면 문제될 것도 없었으나 창훈이패는 여섯이다. 그들을 혼자 상대하기에는 힘에 겨운 일이었으나 피할 수 있는 길도 아니다. 화장실 뒤편 공터의 쓰레기장 앞에서 창훈이패는 묘강을 기다리고 있다. 건물 모퉁이를 돌아선 묘강은 내키지 않는 걸음을 앞으로 내딛는다. 한 반에 한두 명이 될까, 스포츠머리에 흰 운동화를 신은 창훈이 유독 돋보인다. 그가 용주골에서는 최고 부자인 양조장집 아들이라는 것도 묘강은 익히 알고 있었다. 이따금씩 등·하교 시간에 창훈이와 마주친 일이 있는데, 그는 또한 책가방을 메고 다닌다. 창훈이패를 보던 묘강은 자신의 박박머리에 신경을 쓰면서 자신의 검정 고무신으로 눈길을 떨군다. 절로 기가 죽을 수밖에 없다. 묘강도 그렇지만 창훈이를 제외한 창훈이패 역시 박박머리에 검정고무신을 신고 있다. 창훈이 그들 패를 끌고 다니며 대장노릇을 하는 것도 책가방에 스포츠머리, 흰 운동화 덕일 것이다.

"야. 이 깜둥이 새꺄. 축구 좀 잘한다고 잴 거야. 어디, 깜둥이 네가 얼마나 운동을 잘하는지 한번 보짜잇."

묘강이 미처 방비를 하기도 전에 창훈이패가 우르르 몰려와 둘러쌌고, 앞에 서 있는 창훈이 맨 먼저 주먹을 날렸다. 하필이면 콧등이 정통으로 맞았다. 순간 콧날이 쩌엉 하니 울리고, 그만 눈물이 와르르 쏟아질 것만 같다. 그러나 이미 깜둥이라는 소리를 듣는 순간, 묘강이 오기가 난 터였다.

"쌔애, 끼들. 쳤어!"

콧등을 만지작거리며 울상을 짓던 묘강이 고개를 번쩍 들고 창훈이패를 노려본 뒤, 바로 눈앞에 있는 창훈의 면상을 향해 머리를 날렸다. 어렸을 때부터 머리가 차돌같이 단단하다는 소리를 들어온 묘강은 아닌게아니라 박치기 하나는 번개같이 빨랐고, 그의 박치기 한 방이면 아무리 덩치가 큰 아이도 벌렁벌렁 뒤로 나자빠지기 일쑤였다. 묘강이보다 덩치가 작은 창훈이 예외가 될 수 없다. 어김없이 나동그라진 창훈이 곧이어 두 손으로 코를 싸매고 딩굴었다.

"피다. 엄마야 아. 코피났다 아."

 창훈이 코피를 줄줄 흘리는 것을 보고 다른 아이들은 아예 덤벼들 엄두가 나지 않는 듯 비실비실 뒷걸음질친다. 이쯤 되었으면 기선은 제압한 셈이다. 어렸을 적부터 늘 따돌림을 받았고, 동네 아이들의 야유와 놀림을 받으며 자라온 묘강이 싸움질을 피할 수는 없었고, 싸움질을 많이 하다 보니까, 제법 요령도 터득되는 것이었다. 지금도 마찬가지다. 대장급인 창훈을 눕혔으므로 다른 아이들이야 고함 하나로 제압할 수 있는 것은 식은 죽 먹기와 다름없다. 두 주목을 불끈 쥐고 아이들 앞으로 한 발짝 다가선 묘강이,

"어떤 놈야. 덤빌 테면 덤벼. 쌔끼이들. 그래, 난 깜둥이야. 내가 깜둥이라고 해서, 너희 놈들한테 밥을 달랬냐, 돈을 달랬냐. 다음은 누구야. 엉. 너. 영길이 쌔애끼, 나하고 한판 붙어볼터."

 뒷걸음질치면서 아이들은 두 손바닥을 앞으로 내밀고 가로저었다. 역시 묘강이 그 숱한 싸움질에서 얻은 비결이 적중하는 순간이다. 묘강이 한 발짝씩 앞으로 움직일 때마다 한 발짝씩 뒷걸음질치던 아이들은 화장실 모퉁이를 돌아 꽁지가 빠지도록 줄행랑을 쳤다. 도망치는 아이들의 뒷모습을 보는 묘강의 기분은 그러나 상쾌하지 않았다. 오히려 이가 시리도록 찬 서글픔이 밀려온다.


## 3

"가만, 가만 있으라니까. 사내녀석이, 덩치는 항우장사만 해

가지고 참을성이 그렇게 없어서야 어디에 쓰겠냐. 원 녀석두."
"엄마는. 난 싫다구 했잖아. 이발소에 가서 깎으면 되잖아."
"어허. 자꾸 그러면 혼난다. 이발소에 가서 돈주고 깎는 것보다 엄마가 훨씬 더 잘 깎는데 뭘 그래."
"치잇. 엄마는. 맨날 그 소리."
달님이는 한사코 싫다고 하는 묘강을 마당가에 억지로 붙잡아 앉혀 놓고 책보자기를 둘러씌운 뒤 가위로 머리를 싹둑싹둑 자르기 시작했다. 묘강으로서는 죽기보다 싫은 일 중의 하나다. 하긴 엄마의 솜씨가 뛰어나긴 했다. 아무리 박박 깎는 머리라고 해도 가위로 잘라내는 데는 한계가 있는 것이어서 친구 아이들의 머리에는 마치 쥐가 파먹은 듯 들쭉날쭉하기 예사였는데, 묘강의 머리는 이발소에서 깎았다고 해도 곧이들을 정도로 깜쪽같았다. 그러하기로 이발소에서 바리캉으로 깎는 것과 비길 수야 있겠는가. 다른 아이들은 몰라본다고 해도 묘강이 스스로 이발소가 아닌, 집에서 가위로 깎았다는 사실 자체를 숨길 수가 없었고, 혹시 누구에게라도 들통나지 않을까, 두렵고 싫었을 뿐만 아니라 생각만 해도 창피한 일이다.
"어, 허. 움직이지 말고 가만 못 있겠냐. 자꾸 움직이면, 제대로 깎을 수가 없잖니. 괜히 창피당하지 말고, 가만 있어요."
"치이. 치이."
묘강은 식식거리면서 자꾸만 목을 웅크렸다. 엄마가 앉으라고 하니까 앉았고, 엄마가 깎으니까 머리를 대주고 있을 뿐, 엄마 솜씨가 아무리 좋다고 해도 마음에 들지 않는 것은 마찬가지다.
"다 됐어. 이제 마무리만 하면 돼."
아이들 머리 하나를 깎는데도 달님이의 정성은 이루 말할 수 없다. 아이들을 이발소나 미용실로 보내 머리를 깎게 하면 편하다는 것을 왜 모르겠는가. 비단 돈을 아끼기 위해서만은 아니었다. 가장노릇을 해야 하니까 밖으로 나가 돈을 벌어야 하고, 그만큼 아이들과 함께하는 시간이 적은 만큼 가능하다면 아이들의 머리 하나라도 자기 손으로 깎아주고 싶은 마음이다. 여자아이라면 몰라도 남자아이의 박박머리를 가위로 깎는데, 표나지 않게 깎는다는 것이 쉬운 일이 아니다. 아이들은 그것이 엄마의 솜씨가 훌륭하기 때문이라고 하지만, 달님이 또한 그렇게 말하지만, 그것은 솜씨 때문이 아니라 정성 때문이다. 머리 전체를 싹둑싹둑 가위로 잘라낸 다음 마무리를 하는 단계에서는 그만큼 시간이 많이 걸리고, 또 그만큼 묘강은 마치 수천 수만 마리의 이가 달려들어 물어뜯는 듯 근질거려 머리뿐만 아니라 온몸을 뒤틀기 시작하는 것이다. 그러다 보니 시간의 반은 야단치는 데 보내고 나머지 반으로 마무리를 해야 한다.

"자. 됐다 봐라. 와. 우리 묘강이 멋진데. 거울 한번 보고 머리 감도록 해. 저기 빨랫비누 있지. 박박 문질러서 감아야 한다. 머리에 낀 쇠똥도 다 벗겨내구. 다음 누구냐? 묘순이지. 이리 와 앉아."

어깨 위로 두른 보자기를 벗길 때까지 울상을 짓고 있는 묘강을 자리에서 일으켜 세워 엉덩이를 툭툭 쳐 보낸 뒤, 달님이는 마치 투우사가 투우를 유인하듯 보자기를 들고 묘순을 앞에 앉혔다. 아이들 여섯의 머리를 다 깎으려면 해가 질 때까지 해도 시간이 부족할 판이다.

다음날, 수업이 끝난 뒤 교실에서 나온 묘순은 책보자기를 허리에 질근 동여맨 채 교문 쪽으로 달려간다. 교문옆 측백나무 앞에서 누런 콧물을 훌쩍거리며 쪼글트리고 앉아 무엇인가 운동장 위에 열심히 그림을 그리고 있는 묘심이는 막 그림자를 드리우며 나타나는 묘순언니를 보고 발딱 일어선다.

제1장 기지촌 아이들 19

"강이 오빠는?"
"응. 아직."
"그래. 그럼 기다리자."
 묘순은 묘심과 함께 운동장 가에 앉아 공기줍기를 한다. 운동장에는 개미새끼 한 마리도 보이지 않는다. 해는 벌써 서산마루 위에 닿을락 말락 기울고 있었다. 그제서야 생각났다는 듯 공기를 줍다 말고 묘심이,
"강이 오빠는 왜 아직 안 나오지. 아까 6학년 오빠들, 나왔는데. 우리 못 보고 그냥 간 거 아닌지 몰라."
"그래. 하긴 벌써 끝날 때가 지났는데. 묘심아. 여기서 꼼짝 말고 있어. 내가 강이오빠네 교실에 한번 가보고 올께."
 묘순은 다시 운동장을 가로질러 묘강이네 교실 앞 화단 쪽으로 갔다. 같은 시각, 6학년 2반 교실에는 화가 잔뜩 난 선생님이 아이들을 돌려보낼 생각은 않고 사자처럼 으르렁거리며 훈시를 하고 있는 중이었다.
"…그러니까, 나무타기 좋아하는 놈은 나무에서 떨어져 죽고, 물을 좋아하는 놈은 물에 빠져 죽는다는 옛말이 있다 이 말이다. 에, 또. 윤묘강. 앞으로 나와."
 자리에서 일어선 묘강은 교탁 앞으로 갔다. 회초리를 들고 교탁을 탕탕 내리치던 선생님은 교탁을 돌아 나온다. 화단을 지나온 묘순이 창문을 통해 교실 안으로 눈길을 보내는 것은 바로 그때였다.
"윤묘강. 야, 이 놈아. 네가 싸움꾼이냐. 네가 그렇게 싸움을 잘해? 앙. 넌 왜 맨날 말썽만 부리느냐 말이야. 선생님은 너 때문에 하루도 마음이 편할 날이 없어. 며칠 전에 1반 정창훈이와 싸웠지?"
"싸운 것이 아닙니다. 창훈이패가 축구에서 졌다고…저를 먼

저 불러냈어요. 창훈이 자식이 절 먼저 때렸다구요. 선생님."

"시끄러워. 이 자식이 뭘 잘 했다고. 창훈이 이가 부러져 병원에 다니느라고 계속 결석하는데. 윤묘강. 넌 임마, 창훈이 아버지가 누군지 몰라서 그래? 창훈이 아버지는 우리 학교에 지대한 공을 세우고 계시는 기성회장님이시다. 축구골대도 그분께서 해주셨고, 다른 학교에 없는 앰프시설도 그분께서 해주신 거야. 그런 기성회장님 아들을 때리다니…넌 혼 좀 나야 돼. 종아리 걷어."

"전 잘못한 거 없어요. 선생님. 창훈이 자식이 절 먼저 때렸다니까요."

"이 녀석이. 종아리 걷으라니까 웬 잔소리가 많아. 선생님한테 반항하는 거냐? 앙. 이 니그로(흑인) 녀석!"

선생님은 묘강의 허리를 회초리로 갈겼다. 몇 대를 맞고서야 묘강은 종아리를 천천히 걷어올린다. 불만에 가득 찬 표정이다. 선생님이 무슨 말씀을 해도 어제 창훈이패와 싸운 것은 잘못한 것이 없다는 생각이다. 선생님은 묘강의 종아리를 철썩철썩 회초리로 때리기 시작한다. 회초리를 휘두를 때마다 눈을 질끔 감으면서 몸을 움츠리곤 했으나 턱이 일그러질 정도로 어금니에 힘을 주고 있는 묘강은 꼼짝달싹하지 않는다. 때리면 때리는 대로 맞아 주는 것이 곧 선생님의 불공평한 처사에 반항이라도 된다는 듯이.

교실 밖에서 오빠가 맞고 있는 것을 눈 한 번 깜박거리지 않은 채 말없이 노려보고 있는 묘순이도 어금니에 힘을 주고 있었다. 묘강이도 그랬지만, 선생님이 회초리를 휘두를 때마다 묘순의 눈은 절로 질끔질끔 감긴다. 그러나 묘순이 더욱 아픈 것은 묘강이 회초리로 맞는 것보다 조금 전에 선생님이 뇌까렸던 '니그로'란 말이다. 육십 명이 넘는 아이들앞에서 '니그로'라

제1장 기지촌 아이들

고 거침없이 말하는 선생님이 저주스럽기만 했다. 혼혈아, 트기, 니그로와 같은 말은 묘순이 자라면서 알게 모르게 들어왔던 말이고, 언제부터인가 그런 말을 듣는 것은 죽기보다 싫었다. 그랬으므로 그런 말을 들으면 묘순의 기억에 쉬이 없어지지 않고, 몇 날 며칠동안 묘순의 의식 한복판에서 태풍의 눈처럼 소용돌이치곤 하였다. 그날도 마찬가지였다.

### 4

"난 잘못한 거 없어. 절대루."
"그래. 강이오빠. 나도 알아."
"난, 이딴 학꾠 필요 없어. 때려칠 거야."
"그건 안 돼. 강이오빠."
"안 되긴 뭐가 안 돼. 안 다니면 그만 아냐. 다 필요 없다구. 잘못한 것도 없는데 선생님은 왜 나만 때려. 창훈이 그 자식이 저희 패거리를 데리고 와서 먼저 날 불러내 때렸다니까. 선생님은 그래도 내가 잘못했다는 거야. 변소청소는 왜 시켜. 뭐. 일주일이나 변소청소를 하라구. 에이, 씨."
"강이오빠. 참아야 돼. 엄마가, 엄마가."
"그만둬. 엄마고 뭐고 다 필요 없어. 죽었으면 죽었지, 난 이딴 학교는 못 다녀. 당장 때려칠 거란 말이야."
눈물과 콧물을 훌쩍거리면서 변소 주위를 빗자루로 쓱쓱 쓸어내는 묘강은 이따금씩 소매자락을 눈을 문지르곤 하면서 여간해서 분이 풀리지 않는 본새였다. 물통에 물을 길어 나르는 묘순은 묘강을 달래면서도 의식 한편으로는 그의 말이 백번 맞다고 생각했다. 창훈이와 창훈이패가 어울려 다니며 걸핏하면 말썽을 일으키는 것을 4학년인 묘순도 익히 알고 있다. 그런 창훈이패와 싸웠다면 강이오빠가 잘못한 것이 없다는 것은 불을 보듯 뻔한 일이다. 그랬는데 선생님은 강이오빠가 잘못했다고 하고, 때리고, 또 1주일씩이나 화장실 청소를 하는 벌을 주는 것이다. 더구나 아이들 앞에서 니그로라는 말까지 거침없이 하는 선생님을 생각하면, 묘순이 자신이 당장 학교를 때려치우고 싶은 충동이 들었다. 그러나 엄마를 생각하면 그럴 수가 없다. 엄마는 누가 무슨 소리를 해도 참으라고, 한 귀로 듣고 흘려보내면 될 일이니까 참아야 한다고, 공부를 열심히 해서 다음에 훌륭한 사람이 되면 그런 말을 한 사람들이 오히려 부러워할 것이라고 말씀하셨다. 그러나 엄마의 그 말씀 때문에 학교를 그만두지 못하는 것은 아니다. 큰언니 묘숙과 둘째언니 묘옥도 걸핏하면 학교를 그만두겠다고 해서 그때마다 엄마가 속을 썩이고 계시는데, 생각하면서 묘순은 엄마를 걱정끼치는 일을 하지 않아야 된다는 결론을 내리고, 학교를 그만두겠다는 생각을 포기하곤 하는 것이었다.

"흠. 흠. 다 했단 말이지. 어디, 제대로 했나 검사를 해봐야지."

묘강을 앞장세우고 화장실로 들어서는 선생님은 얼굴을 잔뜩 일그러뜨린 채 주위를 휘휘 둘러 본다. 물통과 빗자루를 챙겨 들고 화장실을 나오던 묘순이 선생님과 맞닥뜨렸고, 양손에 물통과 빗자루를 든 채 꾸벅 인사를 했다.

"엉. 너는 묘강이 동생 윤묘순이지? 흥. 그러니까 네가 변소 청소를 도와주었단 말이로군. 강이 이 녀석은 죄없는 동생까지 데리고 와서 대신 벌을 받는단 말이구나. 흥. 돼먹지 않은 녀석! 보나마나 묘강이는 아무것도 안하고 묘순이 너만 시켰겠

제1장 기지촌 아이들 23

지. 맞지?"

"아네요. 선생님. 제가 와서 도와준 거예요."

"흥. 너도 똑같은 애로구나. 하긴, 같은 니그로 남매니까. 좋아. 좋아. 오늘은 첫날이니까 봐주겠지만, 내일부터는 묘강이 혼자 해야 돼. 무슨 말인지 알겠나? 묘강이는 지금 벌로 변소 청소를 하는 거다. 그걸 다른 사람이 도와준다면, 그건 벌받는 것이 아니지. 선생님 말씀, 무슨 뜻인지 알겠지?"

선생님은 대답도 듣지 않은 채 화장실 안으로 들어가 일일이 문을 열고 확인한 뒤, 다시 밖으로 나왔다.

"좋다. 오늘 청소는 끝이다. 윤묘강. 아까 선생님이 한 말을 명심해라. 내일부터는 너 혼자 하는 거야. 알겠지?"

다짐하듯 말한 뒤 선생님은 교무실 쪽으로 걸어갔다. 물통과 빗자루를 화장실 뒤쪽에 놓고 나오던 묘순은 선생님의 뒷모습을 한참동안 바라본다. 교무실 복도 끝으로 사라질 때까지. 묘강이도 분을 삭이지 못한 채 식식거리며 교무실 쪽을 노려보고 서 있다. 그리고 선생님이 보이지 않았으나 남매는 한동안 그대로 서서 각자 마음을 달랜다.

"강이오빠. 가자."

묘순이 다가서며 묘강의 팔을 잡아당긴다. 묘강은 꼼짝도 하지 않는다. 묘순은 억지로 밀다시피 하며 묘강과 함께 운동장 쪽으로 향한다. 그애들이 교문 쪽으로 갔을 때, 묘심이 눈물이 글썽한 눈으로 다가선다.

"왜 그래. 묘심아. 너 울고 있었잖아. 무슨 일 있었어? 누가 때린 거야?"

"난 언니하고 오빠가 없어진 줄 알았잖아."

"응. 그랬구나. 그런 일이 좀 있었어. 묘심아. 가자."

묘순은 묘심의 팔을 잡고 교문을 나선다. 묘강은 아직도 분이 풀리지 않는다는 듯 말없이 도로 한쪽으로 터벅터벅 걸어간다. 해는 벌써 서산마루를 향해 빨려 들어갈 듯 곤두박질치고 있었다. 초상거리를 지나 한들 길을 걸어오는 동안까지 묘순이도 그랬으나 묘강이는 묘강이대로, 묘심은 묘심이대로 각자 말이 없는 가운데 저마다 퉁퉁 부은 얼굴이다.
"우리 꽃잎 따먹기 할까?"
묘순은 걸음을 멈추고 길가에 흐드러지게 피어 있는 코스모스를 본다. 묘강이와 묘심은 시큰둥한 반응이다.
"하자, 응?"
"싫어. 그냥 가."
묘강이가 먼저 퉁명스럽게 말했다.
"강이오빠. 그러지 말고, 심심한데 꽃잎 따먹기 하면서 가자. 묘심아. 자."
묘순은 코스모스 한 송이를 꺾어 묘심에게 내밀었다. 묘강의 눈치를 살피던 묘심이 마지못한 듯 코스모스를 받아들었다. 묘순은 다시 묘강에게 한 송이를 건네주었다.
"싫다니까."
묘순에게 코스모스를 빼앗듯이 낚아채 길바닥에 내동댕이친 묘강이 고무신 발바닥으로 박박 긁으며 문질렀다.
"심통은. 알았어. 그럼 묘심이랑 둘만 하지 뭐. 자. 묘심아, 시작해. 가위·바위·보, 가위바위보——."
"가위바위보——."
셋이 나란히 걸어가면서 묘순은 묘심과 가위바위보를 해, 이기는 쪽이 손가락으로 코스모스 꽃잎을 퉁겨 한 잎씩 따낸다. 첫 번째, 두번째는 묘순이 이기고, 세 번째는 묘심이 이기고···.
"호호호. 또 이겼다. 어때, 언니가 또 졌지?"

"좋아. 이번에는 어림없다, 묘심이 너어."

묘순과 묘심이 다시 꽃잎 따먹기를 하고 가는데, 그때까지 한 마디 말도 없이 걷기만 하던 묘강이,

"나도 해."

코스모스 한 송이를 꺾어 들고 돌아선다. 해는 벌써 서산에 지고 날이 어두컴컴해진다. 버드나무집 앞이 가까워질 때까지 꽃잎 따먹기를 하며 걸어오는 묘순과 묘강이, 묘심은 학교에서의 일은 까마득히 잊어버린 듯 깔깔거린다.

깊은 밤, 홀에서 돌아온 달님이는 안방에서 잠든 아이들을 한 바퀴 돌아본 뒤 옆방으로 간다. 묘숙과 묘옥은 제멋대로 헝클어진 모습으로 잠이 들어 있고, 고등학생 묘선이 혼자 책상 앞에 앉아 공부를 하고 있다.

"아이구. 우리 묘선이 아직 안 자고 공부하는구나?"

"응. 엄마. 언제 왔어?"

"그래. 지금 왔다. 뭐 필요한 거 없니. 미수가루라도 타줄까?"

"아냐. 난 조금 있다 잘 거야."

"그래. 잘 때는 불 끄고, 문단속 잘 하고 자야 한다."

방을 나온 달님이는 방문을 다시 돌아본 뒤 안방으로 갔다. 여섯이나 되는 아이들 중에 그 중 공부에 재미를 붙이는 것은 묘선이뿐이다. 그애가 대견스럽기도 하지만, 도통 공부에 재미를 붙이지 못하는 나머지 아이들이 걱정이다. 안방으로 돌아와 대충 옷을 갈아입고 마당으로 나가 세수를 하고 발을 닦은 뒤 묘선이 공부하고 있는 옆방을 보던 달님은 다시 아랫방으로 눈길을 준다. 미군부대 노무자로 일하는 이달구는 벌써 며칠째 집에 들어오지도 않았는데, 방 안에 불이 꺼진 것으로 보아 오늘도 들어오지 않았는가 보았다.

달님이 자신이 생각해 보아도 달구와는 묘한 사이다. 달구를 잠자리로 먼저 끌어들인 것은 달님이었다. 물론 달구 역시 그녀와의 동침을 원했으나 차마 행동으로 옮기지 못했는데, 그의 마음을 익히 알고 있던 달님이 어느 날 스스로 달구를 찾아가 옷을 벗었다. 그 후 자식을 둘씩이나 낳기는 했으나 달구는 부부 되기를 요구하지 않았다. 물론 달님이 마음을 지레짐작한 달구가 스스로의 욕망과 행동을 자제하고 있는 것이었다. 하긴, 그는 스스로 누구와 부부의 연을 맺는 것 자체를 포기했는지 몰랐다. 미군부대 노무자로 일하기는 했으나 달구는 돈 한 푼을 벌어오는 일이 없었다. 모두 술로 탕진하는 것이었다. 그러니까 달구는 한 가정을 이끌어 갈 수 있을 정도의 능력을 상실한 지 이미 오래된 사내였다. 장려한 청산리 전투를 이끌었던, 김좌진 장군의 부관 이개남 장군을 아버지를 둔 자식으로, 달구의 얘기대로라면 그런 독립운동가 남편을 둔 어머니가 일제시절 경찰서에 끌려간 모진 구타와 고문끝에 죽은 뒤부터, 그 어머니를 자신의 손으로 땅 속에 묻은 뒤부터 그는 스스로 삶의 의욕을 잃어버리고 실의의 나날을 보내고 있는 것이었다. 그가 사는 것은 단지 존재하는 것일 뿐, 삶이라고는 할 수 없을 것이다. 인생의 목적이, 삶이라는 것이 술만이 전부라는 듯 그는 매일같이 술을 마셔댔으니까. 달님이가 생활을 꾸려가기 위해 그와 몸을 섞은 뒤에 기지촌으로 뛰어들어 몸을 팔아도, 달구는 마치 남의 일인 양 본체만체 했다. 하긴, 그가 뭐라고 해도 달님이 자신의 행동에 간섭하는 그 누구도 용납하지 않았을 터이지만, 자기와 몸을 섞고 또 아이까지 낳은 여자가 거리로 나가, 그것도 미군들에게 몸을 파는 것에 무관심할 수 있다는 것은 쉬운 일은 아닐 터이다.

달구는 그랬으나, 그렇게 삶의 의욕을 상실한 사내이기 때문에 달님이 그와 부부가 되는 것을 거부하는 것은 아니다. 예나 지금이나 달님이에게는 남편 윤형직이 있을 뿐이고, 형직 외에 다른 어떤 남자도, 비록 몸을 섞고 또 그의 아이를 낳는 한이 있어도 남의 남자일뿐, 남편이 될 수는 없다. 한숨을 훅 내쉬며 방 안으로 들어온 달님이는 옷을 벗어 윗목에 밀어 놓은 뒤 분홍빛 내의차림으로 자리에 누웠다가 다시 일어나 앉는다. 뭔가 허전하다. 누군가 옆에 있어야 할 것이 없어진 기분이다.

"내가 왜 이러지. 없기는 뭐가 없어. 아이들이 있잖아. 내 새끼들이 이렇게 많은데. 미쳤지, 내가!"

잠시 허공중에 눈길을 주고 있던 달님이는 그제서야 생각났다는 듯 옆에서 잠자는 아이들을 돌아본다.

"원. 녀석. 잠버릇도 고약하지."

입가에 미소가 피어나는 달님이는 이불 밖으로 밀려난 묘강을 끌어당긴 뒤 이불을 꼭꼭 덮어 준다. 전기불을 끄기 위해 막 일어서던 달님이는 다시 묘강에게 눈길을 떨군다. 이불을 걷어찬 묘강이 얼굴을 찌푸리면서 내의 속으로 손을 밀어 넣어 박박 긁고 있는 것이 아무래도 이가 있는 모양이다. 전깃불을 그대로 둔 채 달님은 다시 앉은 달님이는 묘강의 내의를 벗긴다.

"뭐야. 엄마. 왜 그래?"

"오, 엄마 때문에 깼구나. 강이 너, 자는 거 보니까 이가 많은 모양이다. DDT를 친 제가 언젠데 아직도 이가 끓는단 말이냐. 요즘 이는 독해. DDT 가지고도 잘 듣지를 않으니 원. 강아. 이리 옷 좀 벗어봐."

"엄마는. 싫여."

"싫긴 뭐가 싫다고 그래, 이 녀석아. 그러다가 이란 놈들이 몰려와 강이 네 피 다 빨아 먹게? 그래도 좋아? 어서 벗으라니까."

 굳이 싫다는 묘강의 옷을 강제다시피 벗겨 놓은 채 윗목 한 구석에 있는 호롱불을 켰다. 요즘은 전기가 들어와 쓰지 않지만, 몇 달 전까지만 해도 밤마다 불을 밝혔던 호롱이다. 혹시 전기가 나갈 때를 대비해 없애지 않고 둔 것이다. PX에서 흘러나온 DDT를 구하는 일이 그리 어려운 편도 아니라 자주 뿌리곤 하였으나 웬일인지 이는 없어지지 않고 들끓기만 했다.

 호롱불 앞에 앉아 묘강이의 내의를 뒤집어 염주 돌리듯 재봉선을 따라가며 달님이는 이를 잡는다. 이따금씩 쌀알만한 이가 나타나면 양쪽 엄지 손톱을 마주 대고 쥐어짜듯 꾹 누른다. 톡, 톡——. 통실통실하게 살찐 이는 손톱으로 피를 튀기며 껍질만 남긴 채 죽는다. 손톱에 핏물이 번지고 이가 터져 죽을 때마다 야릇한, 뭔가 꼬집어 얘기할 수 없지만, 상쾌한 기분이 느껴진다. 재봉선이 네 갈래로 나눠지는 부분에는 싸락눈을 뿌려놓은 듯 제법 많은 서캐가 총총히 박혀 있다. 바로 이것을 대비해 호롱불을 켠 것이다. 너무 작아 손톱으로 죽일 수 없으므로 아예 호롱불에 갖다 대어 태워 죽인다. 토토토, 개중에 제법 큰놈도 있는 모양이어서 서캐들은 토톡거리며 타 죽는다. 내의가 타지 않을 정도로 살짝살짝 호롱불에 갖다대지만, 제법 많은 서캐들이 붙어 있는 곳에는 너무 많이 지져 내의가 검누렇게 변한다.


## 5

 날씨는 늦가을답지 않게 화창하고, 햇살도 제법 따스하다.

달님이는 그녀가 경영하는 에덴홀을 수리하는 중이라 오랜만에 집에서 한가한 시간을 가질 수 있었다. 그러나 남편이 있건 없건 여자의 삶이라는 것이 표나지 않게 바쁘기만 한 터라 한가할 틈이 없다. 달님이 역시 바깥일을 한다고 해서 안의 일을 등한시할 수 있는 처지가 아니라 아침부터 집 안팎을 쏘다니며 청소를 하고 또 밀린 빨래를 끝내 마당 위에 걸린 빨래줄에 넌 뒤, 눈이 부시도록 내리쬐는 햇살을 보다가 생각났다는 듯 방으로 들어간다. 홀에서 웨이터로 일하는 남자아이가 대문을 밀치고 뛰어든 것은 그 무렵이다.

"문마마상. 문마마상 사장님. 빨리 와 보세요. 큰일났어요. 홀에서 또 싸움이 벌어졌다니까요."

"홀은 수리중인데, 무슨 소리야?"

"누가 아니래요. 수리중이라고 해도 막무가내로 들어오잖아요. 막을 수가 없었어요. 문마마상님."

"알았어. 어떤 놈들이 싸워? 백인병사들하고 붙었는가?"

"예. 문마마상님. 백인 병사들이 집단으로 몰려 왔는데."

"알았다. 가자."

용주골 기지촌 한복판에 위치한 에덴홀 주인 달님은 '몸빼'바지차림 그대로 남자아이를 따라 에덴홀로 달려간다. 문마마상이란 물론 달님이를 가리킨다. 원래 한국문화를 이해하고, 한국어를 제법 할 줄 아는, 일본에 근무하다가 한국으로 온 한 늙은 흑인 병사가 제멋대로 혼합해 만든 용어였는데, 달이라는 뜻의 문(moon)은 물론 달님이의 이름을 가리키는 것이었고, 존경한다는 의미에서 옛 봉건시대적에 매우 존귀한 사람을 부를 때 존칭으로 붙이던 '마마'──그는 아마 중전마마나 대비마 마를 연상했을 것이다──를, 그리고 일본에서 상대방을 높여 호칭할 때 붙이는 '상'까지 그럴듯하게 붙여 놓은 것이다.

하긴 억지로 갖다붙인다면, 달을 인격화하여 다정하게 일컫는 의미의 '달님'이라는 이름 가운데 '달'은 영어단어로 'moon'이요, '-님'은 사전적 의미로 접미사로서, 남의 이름이나 어떤 명사 뒤에 붙여, 존경의 뜻을 나타내는 말이므로 좀 과장해서 '마마'나 '상'을 붙이면 문마마상이 되기는 될 것이다. 언제부터인가, 그러니까 달님이가 용주골로 이주한 뒤 에덴홀을 인수하고 어느 정도 자리를 잡아갈 무렵부터 흑인병사들과 주위 사람들로부터 오히려 이름보다는 문마마상이라는 별명으로 통하게 되었는데, 물론 그녀가 그 정도의 명성을 떨치게 된 것은 부평기지촌에서의 그녀의 활약 또한 밑바탕이 되었을 것이었다.

"오, 마이 갓!"

홀에 들어서는 순간 달님이 주위의 미군병사들을 둘러보고 오, 마이 갓을 외쳤다. 유혈이 낭자한 홀 안은 이미 난장판이다. 백인병사 두어 명이 피투성이째로 쓰러져 있는 가운데 흑·백인병사 열댓 명이 양쪽으로 나누어져 서로 마주보고 으르렁거리고 있었다. 물어보지 않아도 왜 집단 패싸움이 벌어졌는지 달님은 금방 알 수 있었다.

"헤이. 너희들 왜 싸우고 지랄이야. 엉. 싸움은 전쟁터에 가서나 할 일이지. 그리구, 너희 백인나리들! 그렇게 두들겨 맞을 걸, 여긴 왜 온 거야. 일어나. 어서 꺼지란 말이야. 당장 MP를 불러올까?"

예전의 달님이가 아니다. 그녀는 흑인과 백인병사들을 향해 서슬 퍼런 기세로 삿대질을 한다.

원래 기지촌에는 보이지 않는 선이 있다. 흑과 백을 가르는 인종의 선이 그것이다. 남북전쟁 이후 인종차별이 철폐되었다고 하지만, 말이 그렇다는 것이지 미국사회에서 인종차별이 완전히 사라진 것은 아니었고, 본토의 그 인종차별의 선이 미군사회라고 해서 예외는 아니어서, 미군들 스스로 피부색에 의해 그어진 선은 그들의 본토만큼이나 분명하게 기지촌 세계를 둘로 갈라놓았다. 동거생활하던 아담 워너 중령이 떠나고, 그가 남기고 간 PM 물품이 바닥난 뒤 여자 혼자 몸으로 먹고 살기가 막연해져 망설임끝에 본격적으로 기지촌에 뛰어들었을 때, 달님이 고민하던 부분이 바로 그것이었다. 그런 점에 있어서는 기지촌에서 3년이 넘도록 아담 워너와 동거생활을 했던 달님이의 경우는 한결 편한 선택을 할 수 있었다. 전혀 모르고 뛰어드는 것보다 알고 뛰어들었으므로. 달님이뿐만 아니라 기지촌에 처음 뛰어든 아가씨나 업소 주인들이 가장 먼저 부닥치는 고민이 바로 그것일 것이다. 도대체 미군들이라는 것이, 흑인병사가 가는 술집에는 백인병사의 발길이 끊기고 그 반대도 마찬가지여서, 백인 스타일의 양복이 걸린 양복점에는 흑인병사들이 쳐다보지도 않는다. 그러니까 인종차별은 그들의 본토보다 한 술 더 떠서 나아가 피부색에 대한 적대감으로 발전하는 것인데, 기지촌 여자들이나 업소 주인들이 양쪽 모두를 고객으로 삼기 위해 욕심을 부린다면 결국 둘다 잃고 말 것이다. 피부색에 대한 케케묵은 적대감은 그들을 불러모은 성조기로도 해결할 수 없는 것이었으니까.

그러나 달님이의 경우, 그런 고민은 오래가지 않았다. 미국 사회의 인종차별과 그 역사에 대해 익히 알고 있는 달님이는 오래 고민할 것도 없이 흑인 쪽을 선택했다. 백인병사와의 국제결혼으로 미국으로 가는 것이 소망인 여느 기지촌 여자들과는 달리 달님이는 당초 미국 따위에는 관심이 없었으므로 선택의 폭은 그만큼 자유로울 수 있었을 것이다. 하긴 달님이 흑인의 세계에 뛰어든 것이 생활하기가 훨씬 편하기도 했다. 원래 흑인들은 색시들의 인물을 가리는 편이다. 백인들은 인물을 크게 중요시하지 않는 대신 머리가 긴 아가씨들을 좋아한다. 기왕에 미군병사를 상대로 거래를 해야 하는 기지촌 여자들은, 머리 스타일 하나에도 흑인과 백인을 선택해야 하는데, 흑인들은 그들의 스타일에 가까운 머리형을 좋아해 영업을 하려면 두 길 중 하나는 선택해야 하는 것이다. 그러나 백인은 인정이 없는 편이다. 몇 달 동안 동거생활을 했던 여자를 길에서 만나도 모른 척하고 거들떠보지도 않는다. 반면, 흑인은 정이 많다. 평소 알고 지내던 아가씨가 몸이 아프면 약과 먹을 것을 사들고 꼭 병문안을 올 정도로. 그런 점에 있어서 흑인들은 한국사람과 같은 점이 많은 편이다. 그런 저런 이유로 백인을 상대하던 여자는 흑인상대로 바꿀 수 있지만, 흑인부터 상대한 여자가 백인을 상대한다는 것은 거의 불가능하다. 달님이 흑인병사를 택한 것은 흑백의 인종차별과 그 역사 때문이지만, 비록 백인장교와 3년 동안 동거를 했고, 또한 아이까지 낳았지만, 정서적으로 흑인세계와 일치하는 점이 많았기 때문이다. 그 사이에 달님은 흑인병사들과의 사이에 묘순과 묘강을 낳았다.

용주골로 이사를 오면서 달님이 굳이 연풍리 쪽을 선택한 것도 그런 이유였다. 달님이네 집이 있는 파주군 주내면 연풍 1리는 원래 흑인병사들이 터를 잡은 곳이다. 에덴홀과 파라다이스클럽 등이 위치한 이곳에 흑인 집단촌이 형성되어 그들만의 영토를 만들어 온 것이었다. 반면 백인병사들은 파주 2리의 제1, 제2, 제3집단촌을 그들의 본거지로 삼았다. 그리고 누가 선을 그은 것도 아닌데 흑·백인간에 서로의 영역을 침범하지 않는 불문율이 생겼고, 그 불문율을 어기고 상대방의 영역을 침범했을 경우에는 가차없는 보복이 가해진다. 그러나 언제까지나 그런 불문율이 지켜지는 것은 아니다. 술집마다 걸핏하면 난투극이 벌어졌고, 홀에서 흑인들의 소울 뮤직(흑인영가)

이 흘러나오면 백인이, 컨트리뮤직이 나오면 흑인이 당장,
"갓뎀!"

내뱉으며 문을 박차고 나가는 사태가 빈번했다. 고래싸움에 새우 등 터지는 격으로 결국 난처해지는 것은 기지촌 여자들과 홀 주인뿐이다. 달님이가 굳이 연풍 1리 한복판에 위치한 에덴홀을 인수한 것은 물론 먹고사는 문제, 아이들의 교육문제를 해결하기 위한 것이었으나 또한 흑백차별과 같은 저주받을 행태를 몰아내겠다는 나름대로의 의지를 관철하기 위한 실천행위이기도 하였다. 그러기 위해서는 약자의 편에 서야 했고, 그렇다고 무턱대고 흑인편만을 드는 것은 아니었다.

"여긴 너희들 나라 미국이 아니야. 한국이라구. 너희 선진국이라는 미국에는 그런 추잡한 인종차별이 있는지 모르지만, 우리 한국에서는 인종차별 같은 거 없어. 그러니까 인종차별은 너희 잘난 나라에 가서 해. 이곳에는 안 돼."

물론 힘에 있어서는 흑인이 단연 우세했다. 숫자에 있어서는 흑인병사가 약세이긴 했지만, 일단 집단싸움이 벌어지면 길바닥에 눕는 것은 십중팔구 백인이다. 단결력과 저항력에 있어서 백인은 흑인병사를 따를 수가 없는 것이었다. 지금도 마찬가지다. 흑인 대여섯명과 백인 열두어 명이 집단싸움을 벌인 것이었는데, 이미 아수라장이 된 가운데 홀바닥에 피를 흘리며 뒹구는 것은 백인병사들이다.

"당장 나가. 나가지 못해. 나 장사 안 해도 좋으니까, 썩 꺼지란 말이야. 돼먹지 못하게 말이야, 지금이 어느 세상인데 이딴 패싸움질이야, 패싸움질이! 엉. 그러고도 너희놈들이 선진국 군인이라고 할 수 있어. 뭐, 평화유지 …좋아하고 있네. 아이고. 가소로운 놈들아. 이것이 평화유지냐. MP 불러오기 전에 당장 나가."

달님이 몸뻬를 펄럭이며 길길이 날뛰는 가운데 싸움을 멈춘 흑·백인 병사들은,
"문마마상. 암 쏘리, 쏘리."
용서를 빌었다. 특히 흑인병사들에게 그랬으나 백인병사들에게도 용주골 문마마상이라 불리는 달님이의 영향력은 막강했다. 그녀는 이제 흑인병사들에게 있어서 용주골이라면 빼놓을 수 없는 여걸이 되어 있는 터였다. 빼어난 미모와 지성, 부드러운 매너, 친절로 흑인병사들의 존경을 한몸에 받고 있는 그녀는 물론 백인병사들에게도 부러움으로 회자되는 인물이다. 백인병사들에게는 미 국방장관의 아들 아담 워너 중령과의 동거생활을 했고, 그 와의 사이에 딸까지 낳았다는 점이, 그리고 흑인병사들에게는 또한 그녀가 흑인 혼혈아를 둘씩이나 낳았다는 사실이 흑·백인간에 퍽 가깝게 느껴졌는지도 몰랐다. 그러나 좀 자의적이기는 하지만, 아무래도 그녀가 가깝게 느끼는 것은 흑인이다. 그것은 흑인병사들도 마찬가지여서, 흑인병사들 사이에서는 문마마상을 모르면 한국을 다녀온 병사가 아니라는 취급을 받을 정도였고, 부산이든 평택이든 한국에 발을 디딘 흑인병사들은 으레 용주골을 찾아와 문마마상에게 문안을 드리고 자대로 복귀할 정도로 그녀는 흑인병사사회에 존경과 신뢰를 한몸에 받는 인물이 되어 있었다.
"알았다. 이 놈들아. 화해술이나 한 잔씩 해라. 공짜다. 공짜. 이봐. 거기, 소울 뮤직하고 컨트리 뮤직을 번갈아 틀어. 이 꼴도 보기 싫은 검둥이·흰둥이놈들 화해는 시켜 줘야 할 거 아냐. 자. 다들 자리에 앉아요."

# 6

　시장바구니에 반찬거리를 가득 사들고 집으로 향하는 달님이의 발걸음은 무거웠다. 입에서는 한숨이 절로 넘어 나온다. 머리에는 아이들의 얼굴로 가득 찼다. 고등학교를 졸업한 큰 애 묘숙이 이미 대학진학을 포기한 터이고, 어젯밤에는 고등학교 3학년에 다니는 둘째 묘옥이까지 학교를 포기하겠다고 선언하고 나선 것이었다. 아이들이 학교를 그만두겠다는 것은 한두 번 있었던 일도 아니었으나 이번에는 묘옥의 태도가 전과는 달리 완전히 마음을 굳혔는가 보았다.
　"망할 것들. 에미 속도 모르고!"
　중얼거리며 달님은 왼손에 들고 있는 시장바구니를 오른손으로 바꿔 들었다. 에덴홀은 날이 갈수록 번창하고 있다. 파주 인근 지역뿐만 아니라 서부전선에서 근무하는 미군들도 토·일요일이면 어김없이 용주골로 모여들었고, 단 하룻밤을 위해 헬리콥터를 타고 오는 장교까지 있었고, 그들이 뿌려대는 달러와 물량은 엄청난 것이었다. 용주골 1천 여 명의 기지촌 여성들은 밤낮없이 바빴고, 달님이가 경영하는 에덴홀을 비롯하여 20여 개의 홀은 홀대로, 세탁소, 이발소, 양복점 할것 없이 한가한 날이 없을 지경이다. 거리를 지나가는 미군들을 보고 꼬마들은,
　"헬로. 헬로. 색시 해브 예스."
　외쳐댔다. 그때 걸음을 멈춘 달님이 깜짝 놀라 꼬마들 쪽으로 눈길을 준다. 꼬마들 앞에서 미군의 팔을 잡고 끄는 것은 다름아닌 묘강이다. 누가 가르쳐 준 것도 아닌데 기지촌 꼬마들은 펨프 노릇을 터득했으며, 포주들은 그 아이들에게 1건당

1달러씩 쥐어 주며 흥에 겨워했다. 그랬으므로 길바닥에는 늦가을 낙엽같이 달러가 굴러다닐 정도로 흥청댔고, 용주골 사람 치고 포커 못하는 사람 없다는 말이 돌 정도로 달러경기는 떨어질 줄 몰랐다. 기지촌 여성들집 쓰레기통에는 전지가 떨어졌다고 버린 라디오를 흔히 볼 수 있고, 매일 새벽에는 길거리에 떨어진 달러를 줍기 위해 거리와 골목을 누비고 다니는 사람도 흔히 볼 수 있는 광경이다. 경기가 그 정도는 되었으므로 문마마상 달님이 경영하는 에덴홀이 번창하는 것이야 불 보듯 뻔한 일이다. 반면, 아이들은 자랄수록 그녀의 기대와는 정반대 방향으로 나아가고 있다.

"강아. 강이 너, 이게 무슨 짓이야?"

잠시 동안 넋을 잃은 듯 바라보고만 있던 달님이 냅다 달려가 묘강의 손목을 낚아챘다. 화들짝 놀란 묘강이 손을 뿌리치려고 했으나 달님이 워낙 힘을 주고 있었으므로 어떻게 할 방도가 없다.

"놔. 엄마. 놓으란 말이야. 나 돈버는데."

"이 놈이 자식."

달님이 손바닥을 철썩 귀빰을 후려쳤다. 아마도 묘강이 태어나서 엄마에게 처음으로 맞아보는 것이었다.

"엄마는… 왜 때려. 나 이렇게 돈 벌었는데."

묘강이 주머니를 뒤집어 꼬깃꼬깃 접은 달러뭉치를 꺼낸다. 묘강의 작은 손아귀에 들어 있는 달러를 보는 순간, 달님이는 억장이 무너진다.

"이놈아. 누가, 누가 이런 짓 하랬어! 누가 널더로 돈을 벌라고 하던? 강아. 이놈아. 응. 따라오겠냐. 여기서 더 맞을래."

"응. 알았어. 엄마. 갈께."

묘강이 시무룩한 표정이 되어 달님이를 따라 나선다. 달님이 두 눈에 눈물이 주르르 흘러내린다.
 "내 죄야. 내가 죄가 많은 거야. 내가. 아이들을 나무랄 수도 없어. 오죽했으면, 오죽했으면 학교를 그만둔다고 할까."
 당장 뾰족한 묘안도 떠오르지 않는다. 그저 달래는 수밖에. 그러나 그녀가 달래는 것도 한도가 있는 모양이어서, 제법 머리가 굵어진 아이들은 도통 어머니의 말을 말같지 않게 받아들이고 있었다. 집에 도착해 곧장 마당으로 들어가던 달님이는,
 "묘순아. 너 지금 뭐하고 있는 거냐?"
 우물가에 앉아 거칠게 세수를 하고 있는 묘순을 보고 물었다.
 "보면 몰라. 다 필요 없어. 엄마고 뭐고 다 필요없단 말이야."
 평소 얌전하기만 하던 묘순이 같지 않게 바락바락 악을 써대면서 손과 팔뚝, 얼굴에 연거푸 비누칠을 해대고, 그 위에 다시 표백제를 치덕치덕 발랐다. 대충 영문을 알 것도 같다. 금방 콧날이 쩌엉 하니 울리는 달님이는 온몸에 맥이 탁 풀리고, 손에 들고 있는 시장바구니가 주르르 흘러내렸다. 다리가 휘청거리며 눈앞이 노랗게 변하는 것이 금방이라도 토악질을 할 것 같은 현기증이 났다.
 묘순은 또 친구들한테 깜둥이라는 소리를 들었을 것이고, 그 소리에 악이 받쳐 싸움질이라도 했겠지만, 승패여부와 상관 없이 집에 돌아와서는 피부가 벗겨지도록 비누칠도 하고 심지어 표백제까지 칠해 가면서 까만 피부를 지우려 하고 있을 것이지만, 그런다고 흑인 혼혈아가 황인종이 될 리 만무하다.
 "묘순아, 묘순아. 참, 참아야 되는 거야. 너 또 나가서 무슨 소릴 들은 모양인데, 그런 소리 한두 번 듣는 것도 아니잖니. 한 귀로 듣고 한 귀로 흘려보내면 그만인 거란다. 엉, 우리 묘순이, 착하지!"

"싫어, 다 싫단 말야. 엄만, 왜 나 같은 놈을 낳았어! 왜, 나 같은 깜둥이를 왜 낳았냐구."

"또 그 소리… 그런 소리 두번 다시 하면 안 됐댔지. 묘순아. 너는 하나님께서 보내신 양이란다. 엄마가 말했잖아."

"관둬. 다 관두라구. 하나님도 필요없어. 헉. 흑흑. 엄마 아."

묘순은 아예 우물가에 엉덩이를 깔고 앉아 엉엉 울음을 터뜨린다. 어린 나이지만 서럽기만 한 울음소리다. 냉정을 찾아 꾸짖으려는 것이 그만 절로 억장이 무너지는 달님이 눈에서도 눈물방울이 뚝뚝 떨어진다. 그녀는 차마 앞의 우물가에 앉아 있는 묘순과 뒤에 엉거주춤 서 있는 묘강을 바로 보지 못하고 담장 너머 하늘쪽으로 눈길을 가져간다. 방 안에 있던 묘숙과 묘옥, 묘심이 나와 마루 끝에 섰고, 묘강은 얼른 묘순이 옆으로 달려와 역시 눈언저리에 눈물이 그렁하니 맺힌다.

"엄마, 우리 당장 이사가자. 이사가지 않으면 난 죽어버릴 테야."

"어허. 묘강이 너어!"

"그래두 소용없어. 엄마, 이사 가. 내일이라도 이살 가잔 말이야. 엉."

"알았다. 강아. 이살 가자. 가면 되잖니. 그러니까 그만 일어나. 그래. 우리 묘강이, 묘순이가 누군데. 너희들은 세상에서 제일 착한 아이들이다. 그럼. 너희들이 하자면 엄만 무슨 일이든 할 수 있다! 그럼. 그럼. 묘숙이 뭐하고 있냐. 어서 내려와 동생들 데려가잖구."

달님이 가까스로 달랜 뒤 묘숙이 내려와 묘강이와 묘순을 방으로 데리고 갔다. 마당에 홀로이 서 있는 달님이는 아직도 정신이 혼미한 가운데 두 볼 위로 눈물이 주르르 흐른다. 아이들 —— 그녀는 묘옥과 묘순, 묘강이 혼혈아인 줄 알면서도 낳았다——을 낳지 말걸 그랬나, 후회의 물결이 밀려와 그녀의 의식을 휩쓸었다. 기지촌 여성들에게 성병만큼 두렵고 무서운 것이 임신이다. 영업에 지장이 있고 돈이 들 뿐만 아니라 가장 큰 문제는 역시 혼혈아를 낳기 때문이다. 그렇다고 해도 대부분의 기지촌 여성들은 피임기구를 쓰지도 않는다. 콘돔은 혹시 병이라도 있는 여자가 아닌가 해서 미군들이 꺼려했고, 피임약은 부작용을 낳기 일쑤일 뿐만 아니라 밤과 낮을 바꿔 생활해야 하는 불규칙적인 그녀들의 생활 또한 규칙적인 약의 복용이 제대로 지켜지지가 않는다. 결국 임신이 될 상태에서 피임을 원하며 영업을 해야 하는 기지촌 여성들은 자신의 운명을 하늘에 맡기는 수밖에 없다. 임신을 하게 되면 임신중절수술을 하고, 그것도 한두 번이 아닌 바에야 나이 서른만 넘으면 온몸이 썩어가는 증상을 나타내는 것도 당위일 것이다. 물론 그녀들이라고 해서 남편과 아이를 갖고 싶은 꿈이 없는 것은 아니다. 그러나 사회에서 화냥년이라고, 양갈보라고 낙인찍힌 채 천대받는 처지에 한국남성들과의 결합은 제 풀에 포기하고 마는 것이다. 그러나 달님이는 그런 저런 많은 이유들을 아랑곳하지 않고 임신을 하면, 중절수술 따위는 당초 상상도 하지 않은 채 아이를 낳곤 했다. 생명은 고귀한 것이므로.

그랬는데, 날이 갈수록 자신의 행동이, 하나님에 대한 믿음이 잘못 되지 않았나, 하는 생각이 들었다. 도대체 아이들을 생각처럼 반듯하게 키울 재주가 없다. 처음에는 먹고 사는 문제가 난감하여 기지촌 생활에 본격적으로 뛰어들었고, 이제 어느 정도 자리를 잡아간다 싶으니까, 아이들의 장래문제가 거대한 장벽같이 앞을 가로막는 것이었다. 도대체 사회로부터 소외당한 채 커가는 아이들이 제대로 성장할 리 만무하다. 어쩌란 말인가. 어쩌란 말인가. 생각할수록 앞이 캄캄할 뿐이다.

# 7

"친애하는 지역구민 여러분! 북쪽에서는 북괴군이 호시탐탐 남침을 노리고 있는 이때, 우리 나라에서 가장 급선무는 나라를 제대로 지키는 안보인 것입니다. 지금 야당에서는 변화를, 개혁을 주장하고 있습니다만, 변화만이 대숩니까. 아니 올시다. 안정 없는 변화는 있을 수가 없는 것입니다. 우리의 위대한 영도자 박대통령께서는 조국근대화를 기치로 내걸고, 한강의 기적을 이룩하고 있는 중입니다. 지역구민 여러분께서도 잘 아시다시피 우리는 이제 보릿고개를 넘겨, 머지않아 중진국 대열에 합류하게 될 것입니다. 기호 1번, 민주공화당 황천득 후보가 누굽니까."

미 제1해병사단 정문 앞을 지나 용주골로 걸어가던 달님이와 묘숙은 바로 옆을 지나가는 선거유세 차량을 흘끔흘끔 쳐다보고 있었다. 어머니와 딸이었으나 각자의 생각은 달랐다. 조금 전에 사진이 대문짝만하게 실려 있고, 밑에 「기호 1번 민주공화당 후보 황천득」이라고 쓰여 있는 벽보를 보았던 달님이는 겉으로 표현은 하지 않았으나 이미 제정신이 아니다. 그 자가, 황천득 그 자가 하필이면 이곳을 지역구로 출마하다니! 도대체 하나님께서는 무엇을 하고 계시기에 그런 악독한 자를 잡아가지 않고 국회의원에 출마까지 하도록 내버려둘까, 하는 원망이 들기도 했다. 황천득이 누구인가. 달님이네 교회인 강석리 예배당의 종지기 황처선의 아들로서 달님이와는 친남매같이 지내온 터였다. 그 천득이가 본새를 드러낸 것은 일제시절 남원경찰서폭파사건때였다. 벌건 대낮에 경찰서장실과 무기고를 폭파한 그 사건은 의열단원 달님이의 남편이 될 형직의 아버지 윤용성과 달님이 아버지로서 강석리 예배당 목사인 신경준, 예배당 종지기 황처선, 그리고 강석리와 이웃한 안터사람으로 후에 광복군이 된 박여삼이 일으킨 것이었다. 달님이 아버지의 집전으로 신학도인 형직과 혼사예배를 보았던 것도 폭파사건이 일어난 그날 밤이었다. 예배가 끝난 뒤 윤용성과 박여삼은 국내를 탈출했고, 형직과 달님이 부부가 신혼의 단꿈에 빠져 있던 날, 일단의 경찰병력이 강석리 예배당을 덮쳤다.

형직과 아버지가 잡혀갔다. 달님이 매일같이 아버지와 남편을 면회갔으나 단 한 번도 경찰서 문턱을 넘지 못하고 발만 동동 구르고 있던 어느 날 밤, 순사가 된 천득이 찾아와 형직을 석방시켜 주겠다며 몸을 요구했다. 물론 거절했으나, 아버지와 남편의 감옥생활이 계속될 뿐만 아니라 온갖 고문에 몸이 망가질 대로 망가져 가는 터에 굳게 잠겼던 마음은 흔들리지 않을 수 없었다. 아버지와 남편을 살려야 한다. 그녀는 심청이 인당수에 몸을 던지는 심경으로 천득에게 몸을 맡겼고 아닌게 아니라 며칠 뒤에 형직은 풀려났다. 달님이 폭파사건을 밀고한 것이 천득이라는 사실은 알았던 것은 그의 아버지 처선이 예배당 종탑에 목을 매달고 죽은 다음 날이었다. 천득이 경찰서 폭파사건을 밀고한 대가로 순사가 되었다는 것을 알고 아들을 죽이려고 낫을 휘둘렀는데, 앞을 가로막고 나선 아내 오월이 낫을 맞고 죽은 뒤 처선도 뒤따라 자살을 한 것이었다. 형직은 가까스로 풀려났으나 달님의 아버지는 혹독한 고문으로 취조실에서 죽고 말았다. 그 후의 천득의 만행이란…. 무슨 말을 하겠는가. 그러할진대, 그런 자가 시퍼렇게 살아 국민의 대표라는 국회의원에 출마까지 할 수 있단 말인가. 정녕 이 나라가 어디로 가고 있는지 알다가도 모를 일이다.

"엄만 누구 찍을 거야? 정했어?"

"아니다. 아직."

"그럼 기호 1번 찍어. 다른 후보는 찍어 봤자야. 사람들이 다들 그러던데. 황천득 후보가 될 거라구. 될 사람을 찍어야지, 괜히 되지도 않을 사람 찍어봐야 헛일이잖아. 안 그래, 엄마?"

"글쎄다!"

곤혹스러운 표정을 감추며 묘숙을 보는 달님이의 마음은 착잡하기만 하다. 피는 물보다 진하다더니, 그래서일까. 묘숙은 마치 공화당 선거반이라도 되는 양 황천득 후보를 선전하느라 정신이 없다. 과연 묘숙이 친아버지가 바로 황천득이라는 것을 안다면…. 생각조차 할 수 있는 일이 아니라는 듯 미간을 찌푸리는 달님이는 이내 고개를 저었다. 그럴 일은 없을 것이다. 그래서는 안 된다. 절대로.

"기호 1번 황천득 후보말이야. 엄마. 그 후보가 어떤 사람인지 알기나 해. 6·25때 엄청 많은 공산당을 때려잡았던 사람이래. 한꺼번에 백 명이나 되는 공산당을 일망타진했다고 하던데."

"누가 그러더냐?"

"어제 용주골국민학교 운동장에서 유세를 했잖아. 나두, 거기에 갔었는데, 황후보가 그러던데 뭘. 황후보, 잘생겼더라. 덩지도 크고. 나이도 엄마 정도밖에 되지 않았을 걸. 그러니까 아직 젊잖아. 야당후본 뭐야. 나이가 일흔 하나래. 그렇게 늙은 사람이 국회의원 돼서 무슨 활동을 하겠냐구. 혹시 병들어 죽을지도 모르는 일이구. 꼭 황후보가 돼야 돼. 그치, 엄마? 기호 1번 찍을 거지?"

가슴이 덜컹 내려앉는 달님이는 묘숙을 가만히 보고 걷는다. 의식 한복판에서는 혼돈의 폭풍이 밀려온다. 황천득이 백 명이 넘는 공산당이라면, 남원 강석리 사람들을 가리키는 것일 터이다. 묘숙이 말대로 그 강석리 양민들 백여 명을 일망타진하기는 했다. 그 놈이, 그 죽일 놈이, 20여 년이 지난 지금까지 저희놈들이 학살한 강석리 사람 백여 명을 공산당으로 포장한 채 자기의 입신출세로 이용하고 있다! 갑자기 현기증이 난 달님이는 손바닥을 이마에 대고 풀썩 자리에 주저앉는다.
"엄마. 엄마, 왜 그래?"
"엉. 좀 어지럽구나. 애야, 날 좀 부축해 다오."
깜짝 놀란 묘숙이 달님이를 부축한다. 그러나 쉽게 일어날 기력이 없다. 골목길로 사라졌던 유세차량은 다시 돌아 나온다.
"기호 1번 민주공화당 황천득 후보는, 일찍이 박대통령이 주도하는 5·16혁명 주체세력으로서, 부패한 민주당 정권을 뒤엎고 우리 위대한 한국 건설에 몸바친 황천득 후보, 육군준장, 장군 출신으로 중앙정보부 국장을 역임한 바 있는 안보통으로, 위대한 영도자 박정희 대통령의 측근 중의 측근으로 이제 지역구민 여러분의 가려운 곳을 긁어주기 위해, 민의를 대변하기 위해 발벗고 나선 것입니다. 야당의원이 힘이 있습니까. 아니올시다. 아니올시다. 여당의원만이 중앙에 가서 힘을 쓸 수 있고, 여러분이 원하는 모든 일을 속시원히 해결해 드릴 수 있습니다. 기호 1번, 기호 1번 민주공화당 황천득 후보를 꼭 기억하시고, 투표장에 가서는 눈 딱 감고 기호 1번을 찍어 주십시오. 여러분의 참신한 새 일꾼, 황소처럼 일 잘하는 황천득 후보야말로 바로 이 지역을 전국에서 최고로 가는 곳으로 만들 수 있는 유능한 일꾼인 것입니다."
온 용주골이 떠나갈 듯 앰프를 왕왕거리며 떠들어대는 황천득 후보의 유세를 귀가 따갑도록 들으며 묘숙에게 거의 기대다시피 하여 달님이는 집으로 돌아왔다. 기억 속에 가득 차오르는 황천득을 뿌리치려고 했으나, 그럴수록 그녀의 기억은 천득의 얼굴로 가득 찼다. 모진 악연이다. 그 악연이' 아직도 다 끝나지 않았단 말인가. 하필이면 그 자가 이 지역에 공천을 받아 국회의원 후보로 나서다니! 천득이 박대통령이 주도한 5·16쿠데타의 주체세력이라면, 그동안 장군으로 예편했고 중앙정보부 국장을 지냈다면 권력의 핵심과 밀착된 사이일 것 —— 달님이는, 옌안 조선독립동맹에서 인민재판에 회부되어 윤형직의 도움으로 처형직전에 풀려난 뒤 중국대륙을 떠돌던 황천득이 1945년 일제패망 후 베이징으로 가 광복군이 되었고, 그때 만주군 출신 박정희 중위, 그 정도 출세를 한 정도라면 고향에서 출마할 수도 있위를 만나 인연을 갖게 되었다는 것을 물론 모르고 있었다 —— 겠지만, 1백 명에 가까운 양민을 학살한 주범 중 한 명인 천득의 처지로서 고향땅 남원에서 출마할 수는 없었을 것이다. 달님이와 묘숙이 파란 대문집 앞에 이르렀을 때, 대문앞에서 많은 사람들이 몰려 술렁거리고 있었다.

"아. 저기 오시는구만. 바로 저 분이 이 집 주인되는 문마마상입니다. 헤헤."

얼핏 보아도 「기호 1번 민주공화당 황천득 후보」라는 글씨가 적힌 어깨띠를 두르고 있는 것이 황천득 후보의 선거참모들일 것이요, 달님이를 보고 선거참모들에게 안내하는 것은 연풍1리 구장이다.

"문마마상. 어디 갔다 오시오. 헤헤. 여기 이 분은 이번에 공화당 국회의원 후보로 출마하신 황천득 후보님의 아드님 되는 분이우. 거, 있잖우. 전국수재들만 모인다는 서울대학교에 다닌다우. 한 표 부탁하기 위해서 …."

구장이 소개할 사이도 없이 묘숙이 나이 정도쯤 되었을

까―― 아니 묘숙이보다 적어도 한두 살은 어릴 것이다 ――, 말끔하게 생긴 청년이 달님이 앞으로 나와 꾸벅꾸벅 허리를 굽혀 인사를 한다.
"기호 1번 공화당 황천득 후보의 아들 황대호입니다. 유권자께서는 저희 아버지 기호 1번 공화당 황천득 후보를 국회로 보내 주십시오. 부탁합니다. 부탁합니다."
황대호가 달님이에게 인사를 하는 동안, 구장을 앞세운 선거 참모들이 흰 마대자루 속에서 무엇인가를 꺼내 한아름 안고 왔다. 그것을 달님이 앞에 풀어 놓았는데, 어떻게 알았는지 ―― 구장이 가르쳐 주었을 테지만 ――, 식구수에 맞춰 흰 여자 고무신과 검정 남자고무신 ―― 아마도 이달구의 것이리라! ―― 이 각각 한 켤레, 그리고 흰색과 검정색 운동화가 정확하게 여섯 켤레나 되었다.
"부탁합니다. 기호 1번 공화당 황천득 후보를 꼭 찍어 주십시오. 기호 1번입니다."
황대호가 다시 허리를 거의 구십 도가 될 정도로 꺾어 깎듯이 인사를 한 뒤 돌아서자 선거참모들이 그를 따라 우르르 몰려간다. 황천득의 아들이라는 대호를 가만히 보던 달님이 정색을 하고 불러 세웠다.
"이보게, 학생."
"예. 저를 부르셨습니까? 무슨 일입니까?"
"알았네. 학생 뜻은 잘 알았으니까, 이것들 도로 갖고 가게. 그리구, 아버지 일이니까 나섰겠지만, 서울대학생쯤 되었으면, 구장님 말씀대로 수재일 것이구, 민주주의에 대해서도 알만할 대학생일 터인데, 한창 공부할 학생이 선거운동을 하는 모습은 좋아 보이지 않는구먼."
"예? 예? 하지만 이것 …."

대호는 뜻밖이라는 표정으로 눈을 휘둥그래 뜬 채 어쩔 줄을 모르겠다는 듯 달님이를 보았다.
"내 말 듣지 못했는가. 이걸 가져가시게. 대학생이면 대학생답게 행동해야지, 이런 것으로 표를 살 생각이신가."
"다들 이렇게 하니까, 저희들도….."
"알았네. 다들 그렇게 한다구 해서 이 나라를 이끌고 갈 대학생들까지 그런 식으로 따라서야 쓰겠는가. 내 표는 내가 잘 판단해서 투표할 걸세. 학생 아버지가 과연 국민의 대표로서 합당한 사람이라면 학생 아버지를 찍을 것이구."
달님이의 따끔한 충고에 황대호는 황망한 표정으로 뒷걸음질 치듯 물러서면서 주위에 있는 선거참모들에게 신발들을 도로 가져가라고 눈짓을 보냈다. 별 이상한 여자를 다 보겠다는 듯 못마땅한 투로 달님이를 흘끔흘끔 보던 선거참모들이 신발들을 모아들려고 할 때, 뒤에 잠자코 서 있던 묘숙이,
"엄만, 공짜로 주는 건데 뭘 그러우. 그냥 가져가."
앞으로 달려나와 선거참모들이 주워 담는 신발들을 빼앗듯이 낚아챘다. 뒤에서 달님이 고함을 버럭 질렀다.
"묘숙이 너어, 그만두지 못해."
평소 어머니같지 않게 워낙 큰 소리로 고함을 지른 터라 묘숙이 마치 만지지 못할 것에 손을 댄 듯 화들짝 놀라 들고 있는 신발을 던지듯 놓고 벌떡 용수철처럼 퉁기며 일어나 뒷걸음질친다. 선거참모들이 다시 신발을 주워 자루에 넣는 동안 놀라움이 가시지 않는 두 청춘남녀——묘숙과 대호가 짧은 시간이지만 서로의 눈빛을 보고 있었다. 묘숙은 얼어붙은 듯 몸을 움직일 수가 없다. 황천득 후보도 잘생겼지만 그의 아들 대호는 더욱 미남자다. 거기다가 일류대학생이라는 데야 묘숙은 절로 흠모의 감정이 일어나 불붙은 듯 뜨거워진 가슴이 두근거린

다. 그녀를 보는 대호 역시 비슷한 감정을 느끼고 있다. 옷차림새로 보면 촌티가 줄줄 흐르지만, 과연 보기 드문 미모의 여자다. 뒤에서 그들을 보고 있는 달님이 현기증을 느끼면서 혼잣말로 뇌었다.
"묘숙아. 그 애가 바로 너의 동생이다. 넌 그 애의 누나야. 하지만 서로 모르고 지내는 편이 좋겠구나. 평생 모르고 살겠지. 그래, 이복남매지간인 너희들의 인연은 그것밖에 될 수 없구나."

## 8

 파란 대문집 앞에는 이삿짐을 수북하게 실은 차가 시동을 걸어 놓은 채 곧 떠날 채비를 하고 있었다. 묘숙을 비롯하여 달님이네 아이들은 모두 짐칸에 타고 있고, 미군부대에서 노무자로 일하는 이달구 역시 아이들 옆에 조글트리고 앉아 있는데, 정작 주인 달님이가 나타나지 않았다.
"안되겠구먼. 얘들아, 내가 가서, 어머니 데리고 올 테니까, 여기들 있어라."
 아이들의 눈에서 점점 불만의 빛이 커져 가는 것을 보곤 달구가 자리에서 꾸역 일어났다. 아이들은 대답 한 마디 없다. 짐칸에서 뛰어내린 달구는 곧장 용주골 번화가를 향해 걸어간다.
 에덴 홀——. 텅 빈 홀 한쪽 구석에 옛주인 달님이와 새로 인수할 남자주인, 그리고 복덕방에서 나왔음직한 한 늙수그레한 노인이 둘러앉아 있는 가운데, 마지막 서류를 검토하고 있는 중이다.

"문마마상에 대해서는 나두 익히 그 명성을 들었습죠. 헤헤. 그나저나 서운해서 어떡합니까. 한창 잘 나가는 홀을 이렇게 헐값에 넘기시다니. 나야 백번 고마운 일이지만. 은혜가 백골난망이올습니다요, 헤헤."

남자주인은 연신 싱글벙글하며 복덕방 노인이 가리키는 대로 도장을 꾹꾹 눌러 찍는다. 달님이도 침착한 동작으로 도장을 찍는다. 남자주인 말대로 에덴홀을 넘긴다는 것이 아깝기는 했다. 그러나 어떻게 한단 말인가. 도대체 용주골과는 친해지지 않는 아이들은 아이들대로 이사를 가자고 하고, 또 최근에는 난데없는, 전혀 상상조차 못했던 복병── 황천득이 나타나, 영원히 잊을 수 없겠지만 그러나 모두 잊으려고 몸부림쳤던 그와의 악연이 밀려와 그녀의 의식을 난자하는데.

"잘 운영해 보세요. 떼돈은 아니더라도 먹고 사는 데는 지장이 없을 거예요."

"암만요, 암만요. 그저 목구멍이 포도청이라고, 먹고 살면 되지, 나야 큰 욕심 없구만요. 암만요. 입에 풀칠이나 하면 그만이구만요. 헌디, 나아가 이 홀을 인수할려구 사전에 조사를 혀봤는디, 에덴홀은 문마마상 명성 하나로도 제발로 굴러갈 수 있을 것이구먼요. 그저, 황송하구, 고마울 데가 없구먼요."

마치 큰절이라도 할 듯 함지박만한 입을 다물지 못하는 남자주인을 보며 달님이는 자리에서 일어섰다. 달구가 홀 문을 열고 뛰어든 것은 그 무렵이다. 남자주인과 복덕방 노인에게 인사를 하고 밖으로 나오는 달님이의 마음은 한편으로는 시원하기도 했으나 또 한편으로는 섭섭하기만 하다. 에덴홀을 나와 집으로 향하는 달님이 문득 걸음을 멈추었다가 다시 걸어간다. 그녀의 눈에는 하얀 중절지에 붓으로 쓴 「당선사례 민주공화당 국회의원 황천득」이라는 벽보글씨가 마치 수천 수만 마리의 뱀이 뒤엉켜 꿈틀거리는 듯 현란하게 피워 올랐다.

　달님이 운전기사 옆자리에 타는 즉시 차는 곧 출발한다. 마음은 편하지 않다. 그렇게 많은 세월을 살았던 것은 아니지만, 달님이로서는 정이 들 만큼 들었고, 또 그간큼 영화를 누린 용주골이다. 아무리 자식을 위하고, 또 기억조차 하기 싫은 황천득이 국회의원으로 당선된 지역이라 떠날 수밖에 없다고 해도, 비록 잠시 동안이지만 한껏 누렸던 영화를 뒤로 하고 훌쩍 떠나야 한다는 것이 그렇게 기분은 썩 좋지 않았다.

　달님이 용주골을 떠나는 또다른 이유가 없지는 않았다. 미 제7사단이 철수하면서 미 제2사단이 동두천으로 옮겨갔고, 용주골 기지촌 신화도 점점 무너져내리고 있는 중이었다. 기지촌 여성들도 하나 둘씩 떠났다. 용주골 못지않게 기지촌으로서 번영을 자랑했던 문산읍 선유 4리도 이제는 미 2사단 제 2포병 사령부 병력밖에 남지 않아 기지촌 여성들도 2백여 명밖에 남아 있지 않았으나 유일한 미군휴향소 RC4가 그대로 남아 있어 용주골같이 몰락하지는 않을 것이다. 물론 파주군 일대 기지촌들이 하루 아침에 몰락하지는 않을 것이다. 조리면 봉일천 4리의 미 1기갑연대본부를 비롯해 광탄면 신산리의 702 수송부대 헬리콥터장, 월용면 영태리 캠프 에드워드와 천현면 대릉리 등 곳곳에 아직도 적지 않은 미군이 주둔하고 있다. 그리고 미군이 주둔하고 있는 지역마다 미군 숫자에 어울리는 인스턴트 기지촌이 자리를 지키고 있었다.

　그날 오후, 달님이네를 실은 이삿짐차가 도착한 곳은 기지촌 하면 으레 떠오르는 곳!──전후 미군들에 의해「리틀 시카고」로 명명된 동두천 북보산리, 몇 백 년은 되었음직한 버드나무 한 그루가 긴 가지들을 늘어뜨리고 있는, 기지촌 사람들로부터

'버드나무집'으로 불리는 한 허름한 집이다. 차에서 내려 이제 들어가 살아야 하는 집 앞에 서 있는 달님의 목구멍에서 절로 한숨이 훅 넘어 나온다. 결국 아이들이 죽도록 싫다는 미군 기지촌을 피해 이사온 곳이 용주골에서 동두천으로 행정명칭과 지역만 바뀌었을 뿐, 같은 기지촌이다. 이사를 오긴 왔으되, 여기서는 또 얼마나 버틸 수 있을 것인가, 아이들은 과연 터를 잡을 수 있을까. 물결같이 밀려오는 걱정은 한두 가지가 아니다.

　동두천으로 이사를 오기 전에, 이사를 결심한 달님은 이제 무엇을 해서 대가족을 거느려야 하는가, 하는 생각에 밤잠을 이룰 수 없었다. 나이 쉰 줄을 바라본다고 하지만 아직은 젊다. 용주골 에덴홀이 영화로웠다고 하지만, 실제로 밤낮없이 손님으로 북새통을 이루었지만, 겉으로 보는 만큼 돈을 많이 벌었던 것은 아니었다. 물론 마음만 먹었다면 돈도 어지간히 벌었을 것이다. 그러나 재물 자체에 그렇게 탐욕을 부린 것도 아니었고, 영화 그 자체에 머물러 있었던 달님이는 한 식구가 먹고 살아가는 데 지장이 없을 정도만 벌었고 나머지는 혼혈아 집단, 지역사회에 돌려주곤 하였다. 그러나 아직은 해야 할 일이 많다. 큰애 묘숙이 열아홉 살이었으므로 아이들은 아직 스스로 자신의 인생을 개척할 수는 없다. 결국 여자 혼자 몸으로 대가족을 먹이고 입히고 또 교육시켜야 하는데, 그러자면 돈이 쏠쏠하게 들어갈 것이다. 결국 그녀가 생활을 꾸려가기 위해 몸바쳐 사회생활을 했던 터전은 미군 기지촌밖에 없다.

　"얘들아. 뭐하고 있냐. 다들 내리지 않구."
　"엄마. 또 기지촌이잖아?"
　아이들 가운데 그 중 총기 있고, 공부에 재미를 붙이는 셋째 묘선이 거부반응을 보인다. 익히 그런 반응이 나올 줄 알았으나 달님은 가슴이 덜컹 내려앉는다. 아이들이 야속하기도 했다. 기지촌이 아니면 저희들이 어디에 가서 그나마 지금 정도라도 활개치며 살 수 있단 말인가. 문제는 혼혈아로 태어난 묘옥이, 묘순이, 묘강이지만, 그애들이 기지촌에서 외톨이가 되어 지내는 만큼 기지촌 바깥세계로 나가면 더욱 외톨이가 될 뿐이라는 것을 왜 몰라 줄까.
"그래. 기지촌이다. 너희들도 이제 생각을 고쳐먹어야겠다. 우리가 살 곳은 기지촌밖에 없어. 기지촌이니까, 너희들이 그래도 그 정도로⋯."
그러나 달님이는 그만 입을 꾹 다물어 버린다. 아직 나이어린 아이들한테 무슨 소리를 해야 이해하겠는가. 애들아. 지금은 모르겠지만, 언젠가는 너희들도 이 에미 속을 이해하게 될 날이 올 거다. 그때까지만 참아다오. 제발. 고개를 돌린 채 달님은 운전기사가 풀어 주는 이삿짐을 나르기 시작한다.

## 제2장 황색노예단

### 1

KAL707 항공기는 온통 목화를 풀어 놓은 듯 흰 구름으로 뒤덮인 상공을 날아가고 있다. 쥬스를 한 모금 마시고 잔을 놓은 서인화는 커튼을 살짝 열고 눈길을 밀어낸다. 생각할수록 마음은 조급하기만 하다. 아니, 조급한 마음 뒤에는 여성사회학자로서의 열정이 도사리고 있었다. 그녀가 「한국여성수난에 관한 사적(史的) 연구」(이하 「한국여성수난사」로 줄인다)라는 제목의 논문을 집필하기 위해 자료를 수집하기 시작한 것은 영국유학을 마치고 귀국과 동시에 D대학 전임강사로 부임한 첫 해 가을이었다. 그녀가 한국여성수난사를 집필하려고 결심한 동기는 「조선왕조실록 CD-ROM」을 검토할 무렵이었다.

…반정(反正)으로 인조가 권좌에 오른 지 3년 후인 1627년, 후금(後金)이 3만 군사를 이끌고 질풍같이 쳐내려 와 한반도를 피바다로 만들었다. 후금을 오랑캐라고 무시했던 왕과 조신들은 황망히 어쩔 줄을 모르는 가운데 왕명을 받아낸 외교가 최명길이 "후금을 형님의 나라로 모시겠다"고 설득하는 이른바 「강화회담」으로 후금 군사들은 돌려보내는 데 가까스로 성공한다. 역사는 이를 「정묘호란」으로 기록하거니와, 동서고금을 통해 전쟁이 일어나면 가장 비참하게 희생되는 것이 첫째가 여자요, 둘째는 노인과 어린아이인 터라, 정묘호란 때도 예외

는 아니어서 그때 후금병사들로부터 핍박당한 조선여인들이 흘린 피눈물을 모아 둔다면 아마도 압록강이 넘치고도 남을 터이다. 그럼에도 불구하고 권신이라는 자들은 정신을 차리지 못하고, 또 있을지 모를 외침에 대한 방비책을 세우기는커녕 정묘호란 때의 잘잘못에 대한 논공행상 아닌 논공행상 잔치를 벌이느라 시간 가는 줄 몰랐다. 특히 호란때 절개를 지키다가 죽은 부녀자들을 칭찬하느라 입에 침이 마르지 않았다.

인조 14년(1636), 청 태종은 다시 12만대군을 이끌고 압록강을 건너와 조선을 침략하니, 바로 「병자호란」이다. 청나라 군사가 물밀 듯 내려오는데 인조는 부랴부랴 강화로 파천을 결정하였으나 이미 강화로 가는 길목마저 적에게 끊겼고, 그렇다고 대궐에 앉아 죽기를 기다리는 것도 못할 일이라 시체들이나 빠져나가는 시구문을 황망히 빠져나가 남한산성으로 줄행랑을 쳤다. 그것으로 끝난 것은 아니다. 이듬해 1월 인조가 청나라 칸(汗-황제) 앞에 나아가 굴욕적인 삼배구고두례(三拜九叩頭禮-세 번 절하고 아홉 번 머리를 땅에 찧는 것)를 하고 항복의 뜻을 전하니 역사는 이 날을 을사보호조약 체결일과 더불어 민족사의 2대 국치일로 기록한다.

청 태종은 소현세자와 그의 부인, 봉림대군(후에 효종), 인평대군 등 인조의 세 아들을 비롯하여 수많은 백성을 포로로 끌고갔다. 『조선왕조실록』은 그때 청으로 끌려간 포로의 숫자에 대해 "온 나라 백성들중 태반이 연루되었다" 하였고, 야사에서는 20만~30만이 끌려갔다고 기록할 정도. 포로로 붙잡혀 간 백성 가운데 그중 많은 것이 여자들이라는 것은 불 보듯 뻔한 일이다. 청나라는 그렇게 많은 조선여자들을 끌고가 성의 노리개로 삼았고, 노비로 써먹는가 하면 또한 돈을 받고 조선에 되팔기도 한다. 압록강변에서는 인신매매가 성행한다. 매매되는 대상은 십중팔구 조선여자들이다.

조선여성들은 강했다. 청나라로 끌려간 여자들은 스스로 필사적인 탈출을 감행하거나 인신매매를 해오거나, 온갖 방법으로 귀국한다.

그들의 숫자가 날이 갈수록 늘어나자 청은 "포로 중에 몸값을 지불하지 않고 탈출한 자는 모두 잡아오라. 만약 이행하지 않으면 또 다시 침략하겠다"고 윽박질렀다. 덜컥 놀란 인조와 그의 권신들은 19년(1641) "청나라에서 도망쳐 온 자들을 모두 잡아들여 청으로 보내라"는 쇄환령을 내린다. 임금뿐만이 아니라 조선의 남정네들, 특히 통치권력에 편승한 양반사대부들이라는 자들이 그러하였다. 부패한 저희들 잘못으로 청나라로 끌려가 성의 노리갯감이 되었다가 가까스로 살아왔건만, 그들을 몸을 더럽힌 여자들이라 하고, 이 문제로 나라는 온통 시끌벅적하다. 하기야 '… 있는 놈들 집안'의 여자들을 끌려가지 않았을 터이고, 놈들 탓에 끌려가 몸을 더럽히는 것이야 춥고 배고픈 양민의 딸들이었을 터이니까. 포로로 잡혀갔다 돌아온 여자들 처리문제로 사회적으로 심각해질 무렵, 양반 사대부 의식에 꽉 들어찬 한 사관이 논한다. (청나라에) 잡혀갔던 부녀들이 비록 본심은 아니었다 해도 절의를 잃지 않았다고 할 수 있겠는가. 이미 절개를 잃었으면 남편의 집과는 의리가 끊어진 것이니 억지로 다시 합하게 해서 사대부 가풍을 더럽힐 수는 없는 것이다.

나라에서는 그렇게 돌아온 여자들을 '환향녀(還鄕女)'—— 이것이 후일 '화냥년'의 어원이 되었다 —— 라고 불렀는데, 남의 나라에 포로로 끌려가 성의 노리개가 되어 몸을 망치고 노예살이를 하다 내 나라 내 고향 그리워 목숨 걸고 찾아왔을진대, 그들을 맞이할 부모형제가 "절개 운운, 사대부 가풍 운운 ….” 도대체 되어 먹지 않은 주의주장으로 집안에는 발도 들여놓지 못하게 하여 저자거리로 쫓아냈다. 결국 환향녀들은 스스로 목숨을 끊거나 첩첩산중으로 들어가 머리 깎고 비구니가 되는 일이 다반사였다.

 인화가 본격적으로 한국여성수난사를 쓰겠다고 결심하고 한창 자료를 수집할 무렵, 학부와 대학원 석사과정의 지도교수이기도 했던 서지학자 박사월로부터 한 자료를 받은 것은 더할 나위없는 기쁨이었다. 박사월이 건네주는 것은 「족보」라고 쓰인 낡은 책자였다.

 "족보야. 그것도 언문족보지. 한번 열어 보게. 서선생이 알다시피 자료라면 나도 일가견이 있다고 자부하는데 말이야, 이런 족보는 처음 봐. 대부분 족보는 본관과 성을 앞에 두고 다음에 무슨 무슨 파를 넣은 뒤 「족보」나 「대동보」, 「대동족보」라고 붙여 쓰는데 말이야, 말하자면, 우리 박씨 족보만 해도 그래요, 『청양박씨문충공파대동족보』라고 돼 있거든. 헌데, 이건 다르잖아. 이런 것 저런 것 다 떼어 내버리고 그냥 『족보』야. 한국여성 전체를 가리키는 대표단수의 의미는 아닐까. 호호. 그럴지도 모르지. 넘겨보게. 보면, 그 이유를 알게 될 테니까. 하하.”

 박사월은 자신에 차 있다. 소처럼 힘없이 웃는 그의 표정을 흘끔 보던 인화는 조심스럽게 첫 장을 넘긴다. 그리고 찬찬히 내용을 살펴보던 인화의 눈동자는 점점 커져간다. 각 장마다 신문 1단 크기로 가로줄을 그은 뒤, 가는 붓글씨체로 깨알 같은 글씨들이 적혀 있는 것은 여느 족보와 다를 바 없는데, 무슨 내용인지 얼핏 보아서는 알 수 없지만, 그것이 『족보』라면 뭔가 예사롭지 않은 족보임에 틀림없다.

 "족보 같기는 하지만, 자세히 보면 족보가 아닌 것 같은데요.

선생님. 족보라면, 한 가문의 역사책인데, 여기 등장하는 인물들을 좀 보세요. 성도 없이 그냥 이름만 적혀 있잖아요. 뒤에 가면 성이 나오긴 하지만, 그 성도 모두 다르잖아요. 천씨, 성씨, 김씨 … 성이 다르다는 것은 한 가문이 아니라는 얘기 아닌가요!"

"다른 것은 그뿐만이 아니야. 대부분 양반가문!── 족보가 있는 가문치고 양반가문 아닌 가문은 없지만 ── 에는 학렬이라는 돌림자가 있는데, 이 족보에는 그런 것도 없어. 보게, 성도 다르고 학렬도 없잖는가. 그리고 자세히 보면, 그 이름들이 여성들이지. 잘 보게. 1세(一世)가 강만금이지? 2세가 언년이, 3세는 곱단·곱분이 자매가 있고, 4세는 많구먼. 아이구, 이게 몇 명인가. 하나·둘 … 칠공주로구만. 이름도 편하게 지어 놓았구먼. 일월이·이월이·삼월이·사월이 … 아이구. 내 이름도 올라 있구먼. 아무튼 말이야, 남녀 이름이 따로 정해진 것은 아니지만, 아무리 양보한다고 해도 강만금을 비롯해서 언년이, 곱단이·곱분이, 삼월이·오월이, 금홍이, 선녀 같은 이름들은 남자가 아닌 여자 이름 아니냐구."

"그야, 그럴 테죠. 그렇담, 뭔가요? 이 족보는 전통적인 부계사회 속에서 반기를 들고, 모계사회를 지켜온, 또 하나의 가문의 역사책인가요! 재밌는데요. 선생님."

"성급하게 결론짓지 말게. 내가 어제 하루 종일 이 자료를 검토하느라 시간을 보냈어요. 잘 봐. 성명란 밑엣칸 말이야. 거기에는 부모가 누구고, 어디에서 몇 월 며칠날 출생했으며, 누구에게 시집을 갔고, 혹 남편이 벼슬을 했으면 그 관직이름까지 적혀 있고, 또 드물기는 하지만, 본인의 특징들도 간혹 쓰여 있잖은가. 먼저, 2세 언년이부터 보게. 아버지가 덕봉이구, 어머니는 물론 강만금이야. 전남 구례에서 출생한 것을 보면,

1세 강만금이 구례로 시집간 것이 되잖나. 다시, 1세인 강만금을 보라구. 만금현령 강대승과 부안 최씨 사이에 출생했어. 현령의 딸이라면 양반가문에서 태어나 자란 양반규수야. 거기 뭐라고 적혀 있나. 강만금의 부친 강대승이 진주강씨지. 대부분의 족보에는 여자도 그 이름 석 자 정도는 기록되어 있네. 누구한테 시집을 갔다는 것까지. 내가 어제 진주 강씨 족보를 찾아 봤는데, 강대승이라는 이름은 나오지만, 그의 슬하에 자식을 한 명도 두지 않았어요. 그러니까 강만금은 빠져 있는 얘기지. 여기 진주 강씨 족보 가운데 강대승 부분을 복사해 왔으니까, 참고해 봐요."

 인화는 잠시 『족보』를 놓고 박사월이 건네준 복사용지 석 장을 찬찬히 살펴보며 고개를 끄덕인다. 슬하에 자식이 없는 강대승이 강이정이라는 조카를 양자로 들인 기록이 선명하다.

 "그렇다면 몇 가지 문제를 제기할 수도 있고, 또한 그 결론에 대한 추측도 어느 정도는 가능해. 첫째, 이 『족보』에 따르면, 만금은 강대승의 딸——무남독녀임이 분명한데, 강대승의 족보에는 강만금이 빠져 있는 점이구. 둘째, 현령의 딸이 양반인지 상놈인지도 모를 덕봉이라는, 이름만 있고 성이 없는——그렇다면 상놈이 분명한 구례총각한테 시집을 갔어. 그렇지? 당시 실정으로 보아 그것이 있을 수 있는 일이냐구. 헌데, 강만금이 태어난 연도를 봐. 갑자년이지? 그 옆을 보게. 「병자년 이월 스무날 청국포로 조선출」이라고 기록돼 있으니. 그게 무슨 말이야. 병자년이라면, 바로 병자호란이 일어난 해가 아니겠나. 갑자생인 강만금의 나이 열세 살이 되었던 해구."

 "아, 무슨 말씀하시는지 알겠어요, 선생님. 병자호란때 조선국왕의 항복을 받아낸 뒤 청나라에서는 많은 여자들을 포로라는 명목으로 끌고갔잖아요. 바로 이 강만금도 그때 청나라로 끌려간 여자 중의 한 명이란 말씀이죠? 선생님 말씀대로라면, 당시 강만금은 나이 열세 살밖에 되지 않았는데, 더구나 강만금이 한 고을수령인 현령의 무남독녀 하면, 그건 좀 비약 아닐까요."

　짐짓 놀라움을 감추지 못하면서 인화는 『족보』에 기록된 「병자년 이월 스무날 청국포로 조선출」이라는 내용을 확인한 뒤 천천히 고개를 들었다. 많은 논문을 써서 발표한 것도 아니고, 연구활동을 오래 한 것도 아니지만, 인화가 몇 편의 논문을 쓸 때마다 느끼고 또 겪었던 일 중의 하나는 전혀 생각지도 않았던 곳에서 희귀한 자료가 나타날 때가 있었고, 그때 느끼는 흥분과 희열이란 아마도 논문을 써본 사람만이 가질 수 있는 특권이 아닐까 생각해 보곤 한 터이었다. 그때도 그랬다. 우연일까, 필연일까. 일단 우연 —— 박사월과의 그동안의 관계로 보아 전혀 우연이라고 생각할 수만은 없지만 —— 이라고 한다면, 정녕 우연하게도 박사월은 조금 전에 연구실에서 검색했던 바로 그 내용과 어떤 식으로든 관련이 있을 것같은 자료를 들고 나타나 복습이라도 하라는 듯 이야기를 하는 것이다. 인화는 흥분을 누르며 박사월의 눈빛 속으로 뛰어 들어간다.

　"흠. 그렇게 생각할 수도 있겠지. 하지만, 나는 내가 얻은 결론이 정확하다고 보네. 당시야 여자나이 열세 살이라면 적은 나이도 아니야. 그 정도라면 시집갈 나이가 됐으니까. 더구나 강만금은 그 나이에도 퍽 영악했던 여자였던가 봐. 현령딸이 잡혀간 점인데, 당시 조선상황이 그만큼 위급했을 수도 있구. 국왕이 나가 청태종 앞에 무릎을 끓고 「샘배구고두례」를 행할 정도였는데, 더구나 당시 청나라로 끌려간 포로들의 숫자를 염두에 둔다면, 현령딸이 문제는 아니었을 것으로 봐. 서선생도 당시 기록을 본 모양인데, 야사에는 뭐라고 적혀 있나. 2

0~50만이 끌려갔다고 기록돼 있네. 당시 조선의 인구로 보아 좀 과장되긴 했다고 해도, 전혀 무시할 수는 없잖은가. 무엇보다도 내 결론이 미심쩍거든 그 옆엘 봐. 뭐라고 쓰였나?"

박사월은 거의 확신에 찬 눈길로 『족보』를 가리키고 있었으나, 야릇한 기분에 휩싸여 있는 인화는 얼른 『족보』를 볼 생각을 하지 않고 박사월을 향하는 눈빛을 쉽사리 거두어들이지 않는다. 마치 등에 업은 아이에게 어머니가 달을 보라고 가리켜 주는데, 아이는 달을 보지 않고 어머니의 손가락을 보는 것처럼. 인화는 입가에 엷은 미소를 지으며 박사월이 가리키는「청국 포로 조선출」다음 줄로 눈길을 가져간다.

"뭐예요. 이건…, '환, 향녀'라고 쓰여 있잖아요. 그럼, 강만금이 환향녀였단 말인가요, 선생님?"

인화는 깜짝 놀라 고개를 번쩍 들었다. 다 지워질 듯 잘 보이지 않지만, 분명히 환향녀라고 적혀 있다. 환향녀라면, 그녀가「조선왕조실록 CD-ROM」을 검색한 이후 지금까지 분노를 감출 수 없는, 병자호란때 청나라로 포로로 끌려갔다가 몸을 더럽힌 뒤 돌아온 여자들을 두고 일컬은 말이다. 다시 분노의 흥분의 물결이 밀려오는 인화는 그러나 박사월 앞에서 그런 표현을 할 수 없다는 듯 얼른 냉정을 되찾는다.

"맞아, 환향녀야. 몸을 더럽힌 여자라는 뜻의 화냥년이라는 어원이라는 것은 잘 알테구. 지금도 몸을 더럽히는 여자를 보고 화냥질했다고 하잖아. 문제는, 이 언문족보에서 그 환향녀가 1세 강만금이라는 것이야. 서선생, 그 이유를 짐작하겠나?"

"네, 대충요. 선생님께서 이 족보를 언문족보라고 하신 까닭두요. 그렇잖아두, 제가 학교에 있을 때 바로 이 내용을 보고 있었거든요. 당시 조선에서는 포로로 청국에 잡혀가 성의 노리개가 되고 노예살이를 하다고 돌아온 여자들을 두고 절개를 잃어버린, 사대부가의 가풍을 더럽힌 여자라고, 나라에서는 환향녀라고 했잖아요."

"잘 아는구만. 바로 그거야. 서선생. 이 강만금도 그 중 한 여자겠지. 그렇지만 상당히 똑똑한 여자였던가 봐. 하긴, 현령의 딸쯤 되었으니까 배울 만큼 배웠을 테구, 지식도 상당했겠지. 말하자면 이『족보』── 환향녀가문, 화냥년가문의 시조가 될 정도루."

인화는 말없이 박사월을 보고 있다. 내심으로는 분노와 흥분이 좀체 가라앉질 않아 스스로 마음을 진정시키고 있는 중이지만, 박사월 역시 표정 곳곳에 굳이 감출 필요 없다는 듯 흥분의 빛이 역력하다.

"그러니까 이『족보』는 결국 만금파 가문의 역사책이 되겠구면. 서선생, 이 정도 이야기했다면, 우리가 처음 의문을 제기했던 이『족보』의 정체를 대충은 파악한 셈 아닌가. 굳이 갖다 붙인다면 이렇게 되겠지. 환향녀 아니, 화냥년 만금파 족보──. 화냥년 소리가 거슬린다면, 그냥 만금파 족보라고 해두지."

『족보』에 대해 이미 검토가 끝난 박사월은 그 내용에 대해서도 훤히 꿰고 있을 뿐만 아니라 만금파 족보라는 정의를 내리는데 조금도 주저함이 없다. 그만큼 자료적 가치를 인정한다는 의미일 것이다. 다시 흥분의 물결에 휩싸이는 인화는 짐짓 떨리는 두 손으로 받쳐들고 있는『족보』에 눈길을 떼지 않는다.

"만금파 족보라구요!"

"그렇지, 만금파 족보. 나라가 전쟁에서 패하는 곤궁에 처했을 때 강제로 끌려가 다시 목숨을 걸고 탈출해 고국으로, 고향으로 돌아왔으나 양반사대부 가풍을, 여자의 절개를 딸보다도 더욱 소중하게 여기는 강대승은 그 무남독녀 만금을 거리로 쫓아냈네. 둘다 대단하지. 그 딸을 쫓아낸 아버지도, 그렇게 쫓겨나 일가를 이룬 강만금도. 아무튼 말이야, 자신도 모르게 환향녀가, 화냥년이 되어 집에서 쫓겨난 강만금은 조선조 유교적 전통이랄까 관습과 양반사대부 가풍을, 사대부남자들을 원망하면서, 마치 복수를 하듯 스스로 만금파 시조가 되었고, 후세로 하여금 이 만금파 족보를 남기도록 했을 것이야. 서선생이 방금 그랬지? 전통적인 부계사회 속에서 반기를 들고, 모계사회를 지켜온, 또 하나의 가문의 역사책이라구. 맞아. 맞긴 헌데, 기왕에 부계사회 전통을 역사해 온 우리 나라에서 만금파 사람들은 험난한 삶을 살아온 것 같아요. 말 그대로, 서선생이 지금 연구하고 있는 여성수난사의 한 표본적 삶을 살아온 것이야. 왜, 아니겠나. 당장 그 만금파 『족보』를 보게. 서선생도 지적했지만, 2세부터는 성이 없어. 그 이유가 뭐겠나. 1세 강만금이 화냥년 소릴 들으며 집에서 쫓겨난 뒤, 성도 없는 구례 총각 덕봉이한테 시집간 이후 하루아침에 신분이 추락하여 상놈이 되어버렸을 것이야. 그 후, 2세 언년이, 3세 곱단이·곱분이, 4세, … 칠월이까지. 이 만금파가 가까스로 성을 얻은 것이 7세 때부터야. 천금홍이지. 그때까지도 상놈신분인 것은 마찬가지지만, 그러나 점차 신분이 상승된 것을 확인할 수 있어. 8세 성선녀·성진녀, 9세 여금초까지 ….

"동감이에요, 선생님. 그런데 이 족보에는 9세 여금초를 끝으로, 더이상 기록을 하지 못했군요."

"그렇지. 허나 그것만 해도 대단한 자료 아닌가. 한 세대를 30년으로 잡으면, 9세니까 한 270년쯤 되겠지. 병자호란이 일어났던 인조 14년은 1636년이야. 그렇다면 대충 1906년이 되는 셈이거든. 1910년이 한일합방이 되던 해니까, 이 『족보』는 대충 구한말까지 기록됐다고 보면 되겠지. 바꿔 말하면, 일제시절에 들어와서 족보를 더이상 기록하지 않았다는 말이야. 서선생. 원래 족보라는 것이 한 집에서만 기록한 것이 아니고 그 집안, 가문의 대사니까, 이 만금과 『족보』도 같은 내용이 더 있을 걸세. 혹시 아는가. 오늘날까지 계속 기록되어 오고 있을지. 자네가 한번 찾아보게. 한국여성수난사와 관련해 훌륭한 자료가 될 수 있을 것으로 보네. 뭐, 고생은 좀 되겠지만, 그 후손을 찾는 것이 전혀 불가능한 일은 아니라고 봐. 9세가 여금초라고 했지? 어디 보세. 부모가 누구인가? 부친이 여형련이라는 사람이고, 모친이 조씨야. 전라북도 전주에서 태어났구. 거기서부터 출발하면 되겠구먼. 나도 필요한 자료를 한번 모아볼 테니까, 고생을 좀 해보게. 물론 쉬운 일은 아니겠지! 학문은 쉽게 이루어지는 것이 아니야. 하하."

인화가 무엇을 원하는지, 그녀가 지금 매달리고 있는 주제의 논문을 쓰려면 앞으로 어떤 방향으로 나아가야 하는지 훤히 꿰뚫고 있다는 듯, 그러나 마치 남의 이야기를 하듯 딴전을 피우면서도 박사월은 예나 지금이나 지도교수의 자세를 잃지 않고 자상하게 가르쳐 주고 있었다. 아마도 그가 딴전을 피우듯 하는 것은 비록 제자요, 친구의 딸이지만, 같이 강단에 서 있는 교수대우 —— 인화는 아직 전임강사일 뿐이지만 —— 를 주겠다는 의미일 것이다. 박사월의 깊은 의도를 모르지 않는 인화는 그가 짚어주는 대로 머릿속을 꽉꽉 채우고 있었다.

## 2

미국 워싱턴주 중서부 퓨젓 해협 동쪽 기슭에 위치한 주 최대의 도시 시애틀이다. 인구 50만에 이르는, 태평양 북서안지역에서 상공업·교통의 중심지 역할뿐만 아니라 워싱턴주 문화의 중심을 이루는 시애틀은 퍽 빼어난 경관을 자랑하는 도시다. 도시의 이름──시애틀이 인디언 추장의 이름에서 유래한다는, 서쪽으로 올림픽산맥, 동쪽에는 캐스케이드산맥, 남동쪽에서 레이니어산이 우뚝 솟아 있고, 워싱턴호와 같은 아름다운 대자연과 온난한 기후를 가진 관광휴양지이기도 하다. 그러나 관광이 목적이 아닌 서인화는 바쁜 걸음으로, 1962년 만국박람회장이었던 스페이스 니들온 콜로세움·오페라 하우스·전시실을 갖춘, 시애틀 문화의 상징적 존재가 되었다는 시애틀센터 앞으로 가고 있다. 문득 한국을 떠나기 직전, 박사월 교수를 만났던 일이 떠올랐다.

"만금파 여인네들 찾는 일은 잘 돼 가나? 허나, 그보다 더 급한 일이 있네. 서선생, 당장 미국으로 가야겠어."

"뚱딴지같이 무슨 말씀이세요, 미국이라니?"

"아, 아. 서선생이 지금 연구하고 있는 것이 무언가. 한국여인수난사 아닌가. 이건 살아 있는 한국여인수난사를 답사하는 일이야. 내가 미국에서 유학했던 것은 알고 있겠지? 내 대학동창생 중에 FBI(미연방수사국)에 근무하는 미국인 친구가 한 명 있는데, 그 친구한테 연락이 왔네. 며칠 전, 미국 NBC-TV에서 「황색 노예단」이라는 프로를 방영했는데, 그게 바로 한국여인 이야기라는 거야."

"황색 노예단이라구요. 미국 남북전쟁 전… 흑인 노예라면 모를까."

"그것이 바로 문젤세. 미주지역 곳곳에 한국여성들이 팔려가고 있다는 거야. 마치 남북전쟁전의 흑인노예같이. 그것도 헐값에──. 아니, 이것은 흑인 노예만도 못해요. 한국여성들이 왜 팔려가겠나. 미국인의 성의 노예로 팔려가는 거 아냐. 말 그대로 황색노예단이라는 거지. 이건 말이 안 돼. 한국여성들의 인신매매가 미국땅에서 버젓이 횡행하고 있다니 말이야. 하지만 NBC-TV뿐만 아니라 ABC-TV등 미국 매스컴들이 여러 차례 지적을 했다는구만. 그런데도 수천 명의 한국여성들이 미국인의 성의 노예가 되어 물건처럼 팔려 다니며 여전히 상품노릇을 하고 있다니 원."

말하는 박사월도 그랬으나 인화는 경악을 감추지 못했다. 황색노예단이라니 —— 미국에서 한국여성들이 매매되고 있다니, 그것도 수천 명씩이나 되고, 미국인의 성의 노예가 되고 있다니, 도대체 듣기에도 황당하고 말이 되지 않는 터이었다. 그러나 이미 미국 NBC-TV, ABC-TV에서 프로그램을 제작해 방영할 정도라면, 사실 여부를 떠나 그 정도가 얼마나 심한지 짐작하고도 남음이 있다. 박교수 말처럼 살아 있는 한국여인수난사의 현장일 것이다.

"네, 가겠어요. 선생님. 가죠. 근데, 무턱대고 가기만 하면 되나요? 미국 어디로 가죠?"

"일단 시애틀로 가게. 마침 허드슨이라는 그 친구가 휴가중이라, 그곳에 와서 보낼 계획이라니까, 그곳에 가서 직접 그 친구를 만나봐. 여러 가지로 도움이 될 거야. 내가 연락을 해놓을 테니까. 단 한 가지, 서선생도 짐작은 하겠지만, 이런 답사는 위험을 감수해야 하네. 혹 모르지. 그런 일에 미국 마피아가 개입돼 있을지도."

박교수의 말 한 마디만 듣고 인화는 훌쩍 미국으로 날아왔다. 미국은 외할머니가 살고 있는 곳이므로 어렸을 때부터 일년에 한두 번씩은 꼭 왔었고, 지금도 방학때면 꼭꼭 찾아오곤 하지만, 이번 미국행은 감회가 다를 수밖에 없다. 아니, 감회가 아니라 불타는 사명감과 책임감, 의무감으로 가득 차 있었다.

"…동행할 수 없게 되어 유감입니다. 다음에 오시면 반드시 동행을 하겠습니다. 닥터 서. 한 가지, 말씀드릴 것은 타코마에 가서 로즈라는 한국여성을 찾아보십시오. 화이트 로즈라고 합니다."

"백장미란 뜻이군요!"

"로즈는 한국여성입니다. 70년대 말에 미군과 결혼해 미국으로 온 여성인데, 한국이름은 모릅니다. 그 여성은 한국에 있을 때부터 한국이름보다 로즈라는, 화이트 로즈라는 이름이 더 잘 알려져 있죠. 대단한 여자입니다. 국제결혼한 한국여성들의 모임인 한미부인회를 주도적으로 이끌고 있는데, 아주 열성파입니다. 우리 FBI에 황색노예단에 관한 제보를 한 장본인이기도 하구요. 방송국에는 내가 제보를 했죠. 여기, 주소가 있으니까, 그 주소를 찾아가면 될 겁니다. 이거 어떡하죠. 닥터 박, 그 친구를 봐서라도 손님을 이렇게 대접하는 것이 아닌데. 하지만, 조금 전에 한 약속은 반드시 지키겠습니다. 다음에 오면, 꼭 동행을 하고, 닥터 서 취재에 도움이 돼 드리겠습니다. 사실 나도 황색 노예단에 관해 관심이 많아 그때부터 수사를 하는 중입니다. 수사에 진척이 있거나 필요한 정보가 있으면 연락드리겠습니다."

시애틀센터 앞 카페에서 만난 FBI 수사관 허드슨은 동행할 수 없는 대신 한국여성 화이트 로즈의 타고마 주소를 가르쳐 주었고, 그것으로 시애틀에 온 보람은 있다. 더구나 허드슨은 황색 노예단을 수사중에 있고, 필요한 정보를 주겠다고 했으므로 더 바랄 것이 없다. 카페 앞에서 허드슨과 헤어진 인화는 주차장으로 간다. 그곳에는 이미 렌트해 놓은 붉은 색 소형승용차가 대기하고 있다. 운전석에 앉아 시동을 켠 뒤 안전벨트를 착용한다. 갈 길이 바쁘다. 목적지는 시애틀에서 남으로 캐스 케이드산맥을 끼고 얼마 떨어지지 않은 곳에 위치한 타코마——. 인화는 기쁜 마음으로 렌트카를 몰고 남으로, 남으로 달린다. 그러나 인화가 운전하는 렌트카와 일정한 거리를 유지한 채 두 명의 동양인이 탄 벤츠 승용차 한 대가 같은 속도로 미행하고 있었고, 바로 그 벤츠 승용차와 일정한 거리를 유지하고 한 젊은 미국인이 운전하는 낡은 포드 승용차 한 대가 미행하고 따라오고 있다. 시애틀센터에서 인화의 렌트카가 움직이는 그때부터 그랬는데, 인화는 전혀 눈치를 채지 못했고, 두 동양인도 미국인이 미행하고 있다는 사실을 까마득히 모르고 있다.

 타코마에 도착한 것은 그날 오후, 인화는 곧장 차를 몰고 시내를 조금 벗어난 곳에 주둔하고 있는 미군부대 쪽으로 달린다. 얼마 가지 않아서 철조망이 반듯반듯하게 둘러쳐진 미군부대가 나타난다. 철조망 안이 훤히 보였는데, 띄엄띄엄 막사가 있는 넓은 부지에는 길다란 활주로가 있고, 각종 전투기들이 진열장처럼 늘어서 있다. 타코마라는 도시는 포트 루이스라는 군단급 미육군부대와 맥코드라는 공군비행기지가 있는 곳이다. 차를 몰고 가는 인화가 이따금씩 고개를 돌려 보고 있는 곳은 바로 맥코드 공군비행기지다. 공군기지를 지나 인화는 곧장 부대 후문 쪽 유흥시설과 유흥가가 또 하나의 화려한 도시를 이루는 곳으로 들어간다.

 타코마는 또한 해외주둔 미군사령부에 배속될 미군들이 필수적으로 거쳐가는, 보충대 역할을 하는 곳이었으므로 인화의 눈앞에 펼쳐진 것과 같이 각종 유흥시설과 환락가가 독버섯처럼 퍼져 있다. 인화는 언제인가 평택, 오산의 미군군기지, 그리고 송탄을 방문한 적이 있었는데, 바로 그곳 한국의 미군기지촌일 대처럼 제복군인들이 일반인보다 더 많을 뿐만 아니라 차량들 또한 국방색 일색이다. 낯선 땅, 낯선 도시에 오면 늘 그러하지만, 그런 어색한 기분과 또다른, 왠지 모르게 바짝 긴장이 되는 기분을 짐짓 누르며 인화는 느린 속도로 도로를 가로질러 들어간다. 중심지를 약간 비켜선 골목 어귀에 마사지 팔러라고 불리는 사우나 업소들이 즐비하게 늘어서 있다. 인화는 더욱 속도를 늦춘다. FBI 수사관 허드슨에 따르면 바로 이곳이 문제의 한국여성들이 팔려오는 최초·최종 인신매매장이다. 무척 긴장될 뿐만 아니라 불안한 생각까지 드는 가운데 인화는 도로 한쪽에 차를 세우고 허드슨이 준, 화이트 로즈가 살고 있다는 약도를 꺼내 들었다. 24번가라면 그곳에서 그리 멀지 않은 곳이다.

"헬로, 여기 로즈가 살고 있죠? 화이트 로즈요. 좀 만날 수 없을까요?"

24번가에 도착해 약도에 그려진 집을 찾아가 노크를 하자 좀 나이가 들어 보이는, 블라우스 차림의 몸집이 뚱뚱한 백인여자가 현관문을 가린 채 앞을 막았고, 인화는 안을 기웃거리며 로즈를 찾았다.

"당신도 동양여자야? 홍. 로즈. 화이트 로즈, 벌써 이사갔어."

"… 언제요. 어디로요?"

동양인이라는 데 좀 거부반응을 보이는 백인여자에게 반항심이 일어난 인화는 그냥 돌아서 버릴까 하다가 몇 가지 질문을 한꺼번에 한다.

"한 달쯤 됐나. 멀리 갔어. 콜로라도주 덴버로 간다고 했지, 아마."

"그럼 덴버 어디로 갔는지도 모르겠군요?"
"몰라. 혹 모르지. 로즈친구가 바로 저기 건너편, 저 집에 살고 있으니까, 그 여자를 만나보면 알 수 있을지. 당신도 동양인인 모양인데, 제니 킴이라구, 그 여자도 한국여자야. 그럼 잘 가시우."

백인여자는 좀 무뚝뚝한 것이 백인들이 으레 그러하듯 퍽 사무적이다. 그녀가 돌아서며 문을 쾅 닫는 것을 보고 인화는 천천히 돌아선다. 집 앞으로 나온 인화는 다시 차에 올라 조금 전 백인여자가 가르쳐 준 건너편 집으로 갔다. 도로가에 차를 세워 놓고 잔디밭을 지나 들어가는데, 현관 앞 베란다에 등을 기댄 채 막 서산에 지는 햇살을 향해 고개를 두고 쪼글트리고 앉아 있는 여자가 눈에 들어온다. 원피스차림에 파마머리는 제멋대로 헝클어져 있다.

… 이래도 한 세상 저래도 한 세상
돈도 명예도 사랑도 다 싫다

한국말로, 청승맞게 부르는 노래는 「사의 찬미」다. 나이가 좀 들어 보이는 그녀가 바로 제니 킴이라고 생각한 인화는 허리까지 닿는 문을 밀고 마당으로 들어가 그녀 가까이 다가선다. 인화가 앞에서 햇빛을 가릴 때까지 그녀는 움직이지 않고 노래만 불렀다. 아직 대낮인데도 얼굴에 취기가 느껴진다.
"실례합니다. 제니 킴이죠, 맞죠?"
"어머. 한국말이네. 한국여자! 누구…세요. 날 찾아왔나요."
"네. 얘기 좀 할 수 있을까요."
"얘기, 나는 한국여자가 좋아요. 내가 한국여자니까. 하지만 한국남자는 싫어. 날 이 지경으로 만든 것이 한국남자들이니까. 좋아요., 한국여자분, 거기 앉아요. 햇빛이 좋죠.. 나는 이 때쯤 되는 햇빛이 좋아요. 저길 봐요. 꼭 미친 년이 하혈하는 것 같잖아요."

　그녀 옆에 다가앉으며 인화는 서쪽 하늘을 본다. 앞으로 펑퍼짐하게 누워 있는 산 위에 붉은 빛을 드리운 채 막 땅거미가 지고 있다. 이야기를 하자고 해놓고 제니 킴은 언제 그랬느냐는 듯, 아니면 옆에 앉아 있는 인화의 존재를 잃어버린 듯 눈길을 놀빛에 주고 계속 「사의 찬미」를 부르고 있다. 마치 실연당한 여인네처럼.

　　녹수청산은 변함이 없건만
　　우리 인생은 나날이 변했다

"제니 킴이라고 부르지 말아요. 그건 노비문서와 같은 거예요. 내 이름은 순이예요. 김순이, 촌스럽죠? 하긴, 우린 촌스런 시절에 촌에서 태어났으니까. 내 고향은 지리산골 경상도 산청이에요. 하늘 아래 첫동네라고 불리는, 산 좋고 물 좋고… 인심 좋은 고장이죠. 하지만, 지리산 산골에 논이 있을 턱이 없잖아. 다들 농사만 천직으로 알고 살아가는 사람들이지만, 그들이 가질 수 있는 논이라고는 몇 마지기 안 됐어요. 물론 우리 집도 대대로 찢어지게 가난했죠. 난 열여섯 살때 집을 나왔어요. 세상 무서운 줄도 모르고 돈 좀 모아 보겠다는 생각으로. 처음엔 서울 부잣집 식모로 들어갔다가 고등학교에 다니는 주인집 아들한테 강간당하고 쫓겨난 뒤 어디로 가겠어. 사창가로 갔다가 이리저리 팔려다니다 보니까 기지촌에 와 있더라구요. 처음엔 당황하기도 했죠. 우리가 어렸을 때 동네 남자아이들이 곱게 옷을 차려입고 얼굴에 좀 짙게 화장을 한 처녀들만 보면, 곧잘 놀려대곤 했으니까. 해봐요?── 솥 때우세. 냄비 때우세, 지나가는 양갈보 보지 때우세. 물론, 그 처녀는 양색시가 아니지만, 전쟁 후 60년대인 그때는 누런 콧물을 질질 흘리는 동네아이들 가운데 그런 동요가 유행했었고, 얘기로만 들었겠지만 아이들의 눈에 고운 옷 입고 화장한 처녀는 다 양색시로 보였었나 봐요. 내 눈에도 그렇게 보였으니까. 하지만, 그런 동요 이면에는 미국을 부러워하는 일면도 없지 않았다구요. 우리가 학교 다닐 때, 그런 식으로 교육을 받았잖아요. 미국은 부자나라, 미제라면 똥도 좋은 거라구, 후훗. 지금도 생각나요. 국민학교 3학년땐가, 선생님이 이야기를 해주셨는데, 물론 미국인 이야기였어요. 잘사는 나라, 부자나라 미국인, 미제 이야기요. 한 시골영감이 서울에 갔다 난생처음 서울에 가니까 사람도 많고 차도 많고 높은 건물도 많았는데, 눈이 휘둥그레진 그 영감은 여관에서 자고 아침 일찍 일어나 여관을 나왔다. 여관 맞은편 높은 빌딩건물 밑에 보니까 쓰레기통 옆에 신문지에 똘똘 뭉쳐진 것이 있었다. 영감이 무엇인가 보려고 하는데, 건물 안에서 누가 헤이, 헤이, 손짓을 했다. 흰 피부색깔에 머리카락이 노랗고 코가 큰 것이 미국인이었다. 그래서 영감은 미제는 다 좋은 것이다, 생각하고 그 신문지를 열어 보았다. 누런 것이 ── 그건 똥이었는데 ── 황금이라고 생각했다. 냄새가 고약하게 한 것이 물렁물렁했지만, 미국에서 나는 황금은 그런가 보다, 그래서 그 신문지를 곱게 싸들고 집으로 내려왔고, 고향에 와서 동네사람들을 불러 놓고 잔치를 벌이며 그 신문지를 펴놓고 자랑을 했다. 동네사람들도 다 부러워하더라. 그런 이야기였어요. 나도 기지촌 생활을 하면서 꿈이 생기기 시작했죠. 미군과 국제결혼을 해 부자나라 미국으로 가면 행복할 것이다. 양색시들 꿈이 다 그랬으니까."

미국 군사도시 타코마 교외에 있는 한 낡은 집 ——. 한번 입이 열리자 순이는 막힌 봇물이 터지듯 주저리주저리 이야기를 했다. 그만큼 고국이, 한국인이, 친구가 그립고, 또 그만큼 외로운 탓일 것이다. 옆에 바짝 붙어 있는 서인화는 눈을 깜박거리며 그녀의 이야기를 경청한다. 질문도 필요하지 않았다. 이따금식 웃다가 울다가 하면서 순이는 계속 이야기를 했으니까.

"결혼을 했군요. 미군과? 그래서 미국에 온 거구요."

"맞아요. 그것도 다들 부러워하는 백인병사 마이클이란 놈하고 결혼을 했고, 떠나올 때는 좋은 나라, 부자나라에 가서 부디 행복하게 살아라, 가족과 친지들의 환송을 받으며 눈물로 한국을 떠나왔죠. 하지만 그것으로 행복 끝, 고생 연장이었어요. 미국에 건너와 한 달 동안은 그런대로 행복하게 살았죠. 마이클도 잘해 줬구. 그런데 그놈이 본색을 드러내기 시작한 것은 그리 오래가지 않았어. 그 마이클이라는 놈이 변태성욕자야. 게다가 알콜중독자이구, 또 의처증까지 있었어요."

특별히 직업도 없었고, 할 일도 없는 마이클은 거의 매일같이 술로 살다시피 했다. 그리고 집에만 들어오면 순이를 두들겨팼다. 질문은 똑같았다. 누구를 만났느냐, 어느 놈을 만나 무슨 짓을 했느냐는 것이었고, 그 어디에도 해당되지 않는 순이가 그런 일이 없다고 하면 그때부터 폭력이 동반하는 것이었다. 순이의 몸은 멍투성이가 가실 날이 없다. 날이 갈수록 폭력도 거칠어져 심지어는 부엌칼까지 들이댔다. 그렇게 밤새도록 두들겨팬 뒤, 순이가 거쳐야 할 관문이 또 하나 남게 된다. 그것은 마이클이 원하는 온갖 체위를 취해 가며 다음날 해가 중천에 떠오를 때까지 성행위를 해야 하는 것이었다.

"지옥이 따로 없어요. 그것이 바로 지옥이지."

"그럼 도망을 치지 그랬어요."

"도망요. 호호. 쳤지. 몇 번씩이나 도망을 쳤으니까. 생각해 봐요. 나 같은 외국인이 도망을 치면 어디로 치겠어요. 게다가 수중에는 돈 한 푼 없어요. 그러니까 도망을 쳐봐야 손오공 부처님 손바닥 안이야. 늘 잡혀오곤 했어요. 도망친 꼬투리가 잡혔으니까 또 몇 날 며칠 동안 손찌검을 당해야 했구."

"이혼은요 … 이혼할 생각은 안 하셨어요?"

"왜 안 해요. 했지. 분명히 알아야 할 것은 이곳에 바로 마이클의 나라이지, 이 제니 킴의, 김순이의 조국이 아니라는 거예요. 내가 미국말을 할 줄 알아, 미국법을 알아. 그렇다고 변호사를 살 돈이 있어. 알음알음으로 이혼을 청구하면 그때마다 반려됐어요. 그러니 어떻게 됐겠어. 오갈 곳이 없는 신세가 된 거지 뭐. 그런 지옥생활을 6년이나 하다가, 알콜중독에 마약까지 하게 된 마이클이 돈이 없게 되자 날 팔았어요. 마사지 걸로 팔았어. 하지만 난 좋았지. 그쪽이 훨씬 나았으니까. 처음에는 날 팔려고 하는 줄도 모르고 이혼을 하자고 하기에 얼씨구나, 하고 도장을 찍었지. 그렇게 내가 청구를 해도 되지 않은 것이 마이클이 마음먹으니까 단 며칠만에 이혼이 되더구만. 그래, 내 갈 길로 가려니까, 벌써 내 임자는 나를 기다리고 있는 거야. 그런데, 새로 나타난 내 임자가 누군지 아우? 바로 한국인이야. 그래서 나는 아무 의심도 하지 않고 그를 따라 나섰지. 그는 기지촌에서 마사지 팔러를 운영하고 있었는데, 나는 영문도 모른 채 마사지걸이 된 거야. 내가 미국에 온 지 20년이 다 돼 가는데, 그동안 몇 군데로 팔려 다녔는지 몰라. 한국인 주인은 마이클한테 나를 샀으니까, 그 돈을 받아야 한다는 거지. 나는 그 돈을 갚기 위해 20년이 넘도록 미국놈들 마사지해 주고, 몸을 달라면 몸을 주고 … 그렇게 살았어. 하지만 아직도 그 돈을 다 못 갚았어. 응. 나, 일하러 갈 시간이야.

로즈를 찾는다고 했죠? 나하고 비슷한 시기에 미국으로 왔지만, 한국에 있을 때는 몰랐어. 말로만 들었지. 당시 화이트 로즈 하면, 그때 한국에 있는 기지촌에서는 양색시든 미군이든 모르는 사람이 없었으니까. 맞아요. 한 달 전에 덴버로 갔어. 내가 약도를 그려줄 테니까, 덴버로 가면 만날 수 있을 거야."

느긋하게 놀빛을 즐기던 순이는 쫓기는 듯 황급히 일어나 안으로 들어간다. 잠시 후 옷을 갈아입고 나온 순이는 인화의 손에 로즈가 살고 있다는 약도가 그려진 쪽지를 손안에 꼭 쥐어 준 뒤 집을 나갔다. 그녀가 사라지는 뒷모습을 한참 동안 바라보던 인화는 무거운 걸음으로 차를 열고 들어가 운전석에 앉는다. 해는 지고 어둠이 밀려온다. 순이로부터 대충 이야기를 듣기는 했으나, 그녀가 바로 황색 노예단에 속하는 한 노예일까, 아직 정확한 판단이 서지 않는다. 그녀의 얘기대로라면 외국땅에서 20년 동안을 노예같이 팔려 다니기는 했다. 일단 로즈를 만나 보아야겠다. 로즈가 이사갔다는 덴버는 미국의 중앙에 위치하고 있다. 지도를 꺼내 놓고 보니까 육로로 하루이틀에 닿을 수 있는 거리가 아니다. 지도 위에서 비행장을 찾아보았으나 항로를 이용하기도 쉽지 않다. 일단 기차로 가기로 하고 모텔을 찾았다.

## 3

타코마를 출발해 포틀랜드에서 남쪽에서 오는 철길과 만나고, 그곳에서 동으로 꺾어들어 새먼강 하류를 끼고 콜롬비아고원을 가로지르는 유니온태평양철도는 리치랜드 조금 못 미치는 곳에서 두 갈래로 나누어지는데, 서인화가 탄 기차는 물론 스네이크강을 끼고 동남쪽으로 달리고 있다. 스네이크강이 점차 보이지 않을 정도가 되면 포카텔로, 다시 록스프링즈역을 지나면 본격적인 로키산맥을 관통하게 된다. 달려도, 달려도 끝이 보이지 않는 나라──그 멀고 먼 여행을 하게 되리라고는 미처 생각도 하지 못한 인화는 그러나 당장에 그녀가 미국에 온 답사목적만 잊어버린다면, 미지의 세계를 여행하는 설레임도 없지 않다. 아침에 출발해 꼬박 하루가 걸린 뒤, 다음날 아침에 그녀가 탄 기차는 에반스령을 넘고 있다. 남으로 해발 4,350미터에 달하는 롱즈봉이 보인다. 그 롱즈봉을 끼고 시계방향으로 반쯤 돌아오면 그녀의 목적지인 콜로라도주 최대의 도시 덴버가 나타난다. 그녀가 기차에서 내렸을 때 다음 칸에서는 두 명의 동양인이, 그 다음 칸에는 미국인이 거의 같은 시간에 플랫홈으로 발을 내딛는다. 두 명의 동양인은 인화를, 미국인은 동양인을 미행하는 형국이다. 물론 그때까지 인화는 전혀 눈치를 채지 못한다.

역에서 내린 인화는 곧장 시내쪽으로 가로질러 간다. 당장 필요한 것은 차를 렌트하는 일이다. 사우스플랫강을 낀 덴버는 로키산맥 동쪽 기슭에 위치한, 이 지역의 상공업·교통의 중심지며, 멀리 서북쪽으로 롱즈봉을 바라보는 곳에 로키산맥 국립공원이 자리잡고 있는,「로키의 여왕」으로 불릴 정도로 관광지로 유명한 도시다. 차를 렌트한 인화는 다시 로즈를 찾아나선다.

덴버 역시 도심에서 좀 멀리 떨어진 곳에 미군부대가 주둔하고 있다. 으레 그러하듯 미군부대가 있는 곳에 또한 기지촌이 형성되어 있다. 타코마에서 순이가 그려준 약도는 바로 그 기지촌이다. 로즈를 찾아가는 길에 문득 타코마에서 순이에게 들었던 말이 인화의 뇌리를 강하게 찔러온다.
"나도 처음에 덴버에서 시작했어요. 덴버를 기점으로 한국여자들이 전 미주지역으로 팔려가요."
덴버 기지촌에서 얼마 떨어지지 않은 주택가 쪽으로 천천히 차를 몰고가고 있을 때, 어디선가 찢어지는 비명소리가 들린다. 한 손으로 핸들은 잡은 뒤 약도를 꺼내 보니까, 바로 로즈가 살고 있는 집이다. 차를 세워 놓고 나온 인화는 잠시 망설이다가 안쪽으로 갔다. 집 안에서는 이미 전쟁 아닌 전쟁이 벌어지고 있었다. 술취한 남자의 목소리, 그리고 단말마의 비명을 내지르는 여자의 목소리 ──. 굳게 닫힌 현관문을 기웃거리고 있을 때, 갑자기 문이 홱 열리며 한 여자가 뛰어나온다. 곧 쓰러질 듯 비틀거리며 현관문을 박차고 나온 여자는 마당가로 달려가 무너질 듯 주저앉으며 통곡을 한다. 얼핏 보아도 동양여인이다. 로즈인가 보다, 라고 생각하며, 그러나 가까이 접근하지 못한 인화는 문 앞에 우두커니 서서 그녀를 보고 있을 뿐이다.
"흑흑──. 더러운 자식. 내가 어떻게 해서 저를 만났는데, 어떻게 해서 여기까지 왔는데 … 이혼하자구. 흥. 그렇게는 못해. 절대로."
혼잣말로 뇌까리는 여자는 여간해서 울음을 그치질 않는다. 한국말을 하는 것으로 보아 틀림없이 로즈인가 보았다. 잠시 후 울음을 그친 여자는 비틀거리며 일어나 돌아섰는데, 얼굴이 온통 피투성이인 여자는 그러나 인화 정도의 나이쯤 되어 보이는, 20여년 전에 미국으로 건너왔다는 로즈라고 하기에는 나이가 너무 어려 보인다. 20여년 전에 국제결혼을 해 미국으로 왔다면, 결혼할 당시의 나이를 대충 스무 살로 잡아도 마흔 살은 되어야 어울릴 수 있는 연륜이다. 어떻게 할까, 머뭇거리다가 인화는 집 안으로 들어간다.

"실례해요."

"누, 누구…세요. 당신은?"

여자는 놀란 듯 뒷걸음질을 하며 인화를 노려본다. 인화는 얼른 핸드백에서 손수건을 꺼내 그녀에게 내밀었다.

"자요. 여기… 닦아요. 피가 나요."

"한국에서 왔어요? 그렇죠. 한국인이죠. 흑——."

잠시 참았던 울음을 다시 터뜨리며 손수건을 받아든 여자는 코 밑에 묻어 있는 피를 닦는다. 인화는 말없이 코피를 닦고 있는 그녀에게 시선을 붓고 있다. 무슨 말을 하겠는가. 할 말은 없고, 목 안이 뜨거워질 뿐이다. 남의 나라, 미국에 와서 한국인을 만나면 반가울 수밖에 없지만, 그녀 역시 반가움을 감추지 못하면서도 당장의 처지가 그 반가움을 표현할 길이 없다.

"맞아요. 난 한국에서 왔어요. 여기, 로즈가 살고 있다고 해서 찾아왔는데, 댁이 로즈는 아닌 것 같군요."

"로즈언닌 1주일 전에 떠났어요. 우리한테 이 집을 비워 주고."

"그래요. 어디로 갔는지 알고 있어요?"

"댈러스로 간다고 했어요. 주소가 있으니까, 필요하다면…줄께요."

"고마워요. 이름이, 어떻게 되죠?"

"재키요. 여기서는 그렇게 불러요. 실제로는 임진준데."

"그렇군요, 진주씨. 미국에 온 지 얼마 안 된 것 같군요."

"한 달. 한 달밖에 안 됐는데, 결혼해서 한 달밖에 되지 않았는데, 저 양키 자식이 날 나가라고 하잖아요. 이혼하재요. 이유도 없이요. 으, 흑흑."

진주는 다시 얼굴을 일그러뜨리며 울음을 터뜨린다. 한국인을 만났다는 반가움에 그런대로 좀 진정된 듯하던 진주가 별안간 울음을 터뜨렸으므로 인화로서는 무척 당혹스러울 수밖에 없다. 하긴, 그녀의 말대로라면 서럽기도 할 터이었다. 도대체 결혼한 지 한 달밖에 되지 않았는데, 더구나 그 결혼이라는 것도 동족끼리, 자기 나라 안에서 한 것도 아니고 국제결혼인 터에 이혼을 요구받는다면, 당하는 사람의 처지에서는 벼락을 맞는 것과 다를 바 없을 것이다.

"개새끼. 미국에만 오면 행복하게 해주겠다고 할 때는 언제고 … 뭐, 이제와서 내가 다른 남자와 놀아난 여자라서 같이 살 수 없대나. 야. 이 양키 자씩아. 제임스. 제임스. 으. 내가 기지촌 여자라는 거 모르고 결혼했냐. 엉. 내가 뭘 속이고 결혼을 했어야 기도 안 차지, 이 자씩아. 그래봐야 소용없다. 이 판국에 나도 죽기 아니면 살기란 말이다."

진주는 집 안을 향해 고래고래 고함을 질러댔다. 말인즉, 그녀의 말이 틀린 것도 아니라는 생각이 들었다. 기지촌 여자라는 것을 알고 결혼했고, 미국으로 왔는데, 기껏 한 달도 되지 않아 이혼을 요구한다면, 도대체 어떤 작자인지 제임스라는 그 미국인의 얼굴이라도 한번 보고 싶다는 생각이 들어 인화는 현관 쪽으로 눈길을 준다. 그때 마침 제임스가 후다닥 밖으로 나왔고, 인화와 눈빛이 마주쳤다. 구레나룻에 청바지차림에 티셔츠를 입은, 제법 반듯하게 생긴 백인이다. 진주 혼자 있는 줄 알고 나왔던 모양으로 제임스는 인화를 흘끔 본 뒤 다시 안으로 사라진다.

진주네 집을 나온 인화는 덴버 교외에 있는 한 모텔을 찾았다. 시애틀에서 타코마, 다시 덴버까지, 그 먼 길을 찾아왔는데 로즈를 아직 만나지 못했다. 그러나 소득이 전혀 없는 것은 아니다. 타코마의 김순이, 그리고 덴버의 임진주를 만났고, 그들의 슬픈 삶을 목격했다. 남의 일이 아니다. 내 민족, 내 동포요, 내 이웃인 —— 나와 한 핏줄을 타고난 우리네 여자의 일이다. 좀 한적하다 싶은 모텔에 들어가 샤워를 하고 수건으로 머리를 뒤집어쓰고 또 하나로 하반신을 둘러싼 채 나온 인화는 침대에 걸터앉아 멀리 한국으로 국제전화를 걸었다.

"엄마유. 나, 인화…. 별일 없지?"

"응, 인화야. 인화구나. 그렇지 않아도 전활 기다렸다. 아이구, 이것아. 당장 와야겠다. 응, 당장 건너와. 와서, 에미를 좀 살려다오. 이 일을 어찌하면 좋으냐. 나는 못 산다. 못 살아."

어머니의 목소리가 심상치 않다. 울고 있는 목소리다. 늘 온화하고 침착성을 잃지 않으며 살아온 어머니가 무슨 일일까. 집 떠나온 지 오랜만에 안부전화나 하고 아양을 좀 떨어볼 심산으로 전화를 걸었던 인화는,

"엄마. 왜 그래?"

깜짝 놀라며 수화기를 귀에 바짝 들이대고 물었으나 어머니의 목소리는 더욱 떨리면서 잦아들고 있었다.

"왜 그러냐니까, 엄마? 무슨 일이야? 응?"

"와 보면 안다. 아이구. 내가 오래 안 살아 별일을 다 겪는구나. 청천벽력도 유분수지. 인화야. 흑, 흑."

그리고 어머니의 목소리는 점점 희미해져 간다.

"엄마! 엄마!"

소리쳐 보았으나 이미 전화가 끊긴 상태다. 수화기를 든 채 인화는 천장에 눈길을 박는다. 평소답지 않은 어머니다. 집에 무슨 변고가 일어난 것이 분명하다. 도대체 집안에 무슨 일이 일어날 것도 없는데. 도둑이 든 것일까. 아니면, 아버지가 교통사고라도 당해! 온갖 불길한 상념들이 뇌리를 스치고 지나간

다. 밤이 깊었다. 불을 끄고 침대에 누웠으나 잠이 오지 않는다.


## 4

트랩에서 내려 세관을 통과하는 동안에도 서인화의 의식에는 여전히 어머니의 얼굴로 가득 차 있다. 공항청사를 나오고, 다시 버스를 타고 집으로 오는 동안에도. 집 앞에 도착한 인화는 부리나케 집 안으로 뛰어 들어갔다.
"이게 누구냐. 인화 아니냐? 너, 미국에 있어야 할 녀석이 언제 온 거냐?"
집 안에는 어머니가 아닌 아버지가 와 있다. 반백에 검은 뿔테 안경을 눌러 쓴 아버지는 전에 없이 말이 많다.
"토요일도 아닌데 … 아버지가 어쩐 일이세요?"
"엉 그리 됐다. 하하. 앉거라. 고단하겠구나."
"엄만 어디 갔어요?"
"응. 백화점에 갔다 온다고 나갔어. 들어올 시간이 지났는데. 이 사람이 나 혼자 놔두고 왜 이리 늦는 거야. 하하하."
큰 소리로 웃는 아버지는 확실히 전에 같지 않고 뭔가 많이 변한 모습이다. 인화를 대하는 순간, 뭔가 불안한 표정이었는데, 그 불안을 감추지 위해 억지로 목소리를 높여 말을 많이 하고 또 웃어대는 것이었다. 미국에서 통화할 때 들었던 어머니의 울음소리를 잊지 않고 있는 인화는 그것이 아버지의 지금의 태도와 무슨 상관관계가 있을 것이라는 추측을 한다. 가만히 아버지의 표정을 살피며 인화는 맞은편 소파로 가 핸드백을 놓고 앉는다. 하루 종일 비행기를 타고 왔으므로 피곤하지만, 지금 몸의 피로를 풀 여유가 없다. 베란다에 진열된 난화분, 혹은 소파 뒤쪽의 어항으로, 아니면 벽에 걸린 그림 쪽으로 바쁘게 고개를 돌리던 아버지의 눈길이 그런 중에도 계속 2층으로 통하는 계단 옆에 붙어 있는 서재 쪽으로 달려간다. 인화도 아버지의 서재 쪽을 눈길을 가져가는데, 바로 그때 서재의 문이 열리고 누군가 입을 크게 벌려 하품을 늘어지게 하면서 나온다.

"누구예요. 누구 왔어요?"

핑크빛 잠옷차림을 한, 마흔 살 안팎으로 보이는 여자다. 인화의 눈이 휘둥그레지면서 아버지를 본다.

"헛, 아, 이 사람아. 옷이나 갈아입고 나와요. 아, 어서."

"어머, 내 정신 좀 봐."

아버지와 함께 인화가 앉아 있는 것을 보고 놀란 듯 여자는 황망히 서재 안으로 들어갔고, 인화는 뭔가 심상치 않다는 듯 아버지의 얼굴에다 시선을 떼지 않는다. 방금 서재 안으로 사라진 그 여자에게 하는 아버지의 말투로 보아 예사로운 관계가 아니라는 느낌이 들었다.

"누구예요, 아빠?"

"응. 아무것도 아니다. 애야. 저기, 남산성모병원에 근무하는 한교수라고, 미국에서 온 지 얼마 되지 않아 잠시 집에 와 있는 사람이다. 내 대학후배이기도 하구. 그곳에서 인턴을 끝내고 얼마 전에 귀국한 거야."

"또요?"

"뭘, 또?"

"아빠. 나한테 뭘 숨기고 계시잖아요. 대학후배고… 또, 아빠하고 어떤 관계죠? 아빠 서재에서 잠을 잘 정도라면, 아빠 서재에는 엄마나 나도 들어갈 수 없는 금단의 지역 아닌가요. 말씀해 보세요."
"인화야."
"아빠!"
"그래요. 내가 말하죠. 인화는 … 한국대 전임이죠? 인화에 대해서는 나두 얘기 많이 들었어요."
 아버지와 인화가 말의 줄다리기를 하고 있을 때, 서재에서 옷을 갈아입고 나온 여자가 아버지 옆 소파에 와서 앉는다.
"난, 한성애예요. 사실, 아버지께서 대학후배라고 했지만, 난 아버지 제자라고 하는 것이 옳아요. 아버지께서 내가 대학에 다닐 때 강의를 하셨고, 그때 내가 아버지 강의를 들었거든요. 내가 하와이대학으로 유학을 간 것도 아버지의 영향이었구. 난 아버지를 존경했죠. 그리고 사랑했어요. 그 후에 난 하와이대학으로 유학을 갔었는데, 그때 아버지께서 내가 다니는 하와이대에 교환교수로 미국에 오셨고, 그때 우린 같이 살았어요."
"동거를 했다는 얘긴가요?"
"그래요, 동거를 했어요."
 한성애는 당당했다. 존경하고, 사랑하는 사람과 동거를 했다는데 뭐가 잘못되었느냐는 투다. 그녀가 워낙 당당했으므로 인화가 오히려 위축되는 기분이 들 정도였다. 아예 할 말을 잃어버린 인화는 아버지를 보았다. 눈을 지그시 내리깐 채 한 곳에 정지하고 있는 아버지는 꼼짝달싹하지 않았다.
"좋아요. 두 분께서 동거까지 하셨다면, 그건 그렇다고 해요. 그렇지만 꼭 이 집에 들어와야 했나요. 이 집은 어머니와 나만의 공간이라구요. 모르시겠어요?"
"아니. 알아요. 그리고 아버지의 공간이구, 아버지의 공간이니까 나의 공간도 되죠. 또한, 우리 동규의 공간도 되죠."

"동규라뇨?"

그때 초인종 소리가 울렸고, 인화가 막 일어서려고 할 때 한성애가 먼저 일어나 현관 쪽으로 나가 초인종을 눌렀다. 잠시 후 시장바구니를 든 어머니가 들어왔고, 뒤에 초등학생으로 보이는 사내아이가 따라 들어왔다.

"형님이세요, 어머. 시장에 갔었군요. 저하고 같이 나가지 않구요. 어서 들어오세요. 방금 인화도 왔어요."

인화는 마치 남의 집에 와 있는 어눌한 기분이다. 며칠 동안 떠나 있는 사이에 집안 분위기는 그렇게 달라져 있었다. 인화는 이틀 전 통화할 때의 어머니의 절망적인 목소리가 충분히 이해할 수 있었는데, 그 사이에 어머니는 또 달라졌는가 보았다. 인화에게 이상하게 보이는 것은 아버지도 아버지이지만, 오히려 어머니 쪽이다. 적어도 이틀 전까지만 해도 곧 숨이 넘어갈 정도로 어머니는 아버지의 배신을 용서하지 않았었다. 그랬는데, 지금은 아버지의 배신을 용서했고, 아버지와 한성애를 위해 시장까지 봐왔는가 보았다. 어머니가 좀 핼쑥한 표정으로 인화를 보았다.

"왔니?"

"…"

인화는 말없이 돌아서 소파로 왔다.

"동규야, 인화 누나야. 인사해야지. 어서."

한성애가 동규를 데리고 와 인화에게 인사를 시킨다. 신사복 차림에 넥타이를 맨, 깜찍할 정도로 귀여운 아이다. 인화는 살짝 웃어 보이며 인사를 받고 다시 눌러앉는다. 그 사이에 어머니는 주방으로 들어갔고, 소파에는 아버지와 한성애, 동규, 그리고 인화가 어색한 자세로 마주앉아 있다. 인화의 눈길은 줄곧 아버지에게 향하고 있다. 실망과 배신을 넘어 전형적인 이

중인격자의 초상을 보는 것 같아 숨을 제대로 쉴 수가 없다. 더이상 자리를 지키고 앉아 있는 것조차 어색하기만 한 인화는 말없이 자리를 박차고 일어나 2층 자기 방으로 갔다.
"얘, 인화야. 밥 먹어라."
어머니 천여옥이 나타난 것은 1시간여 후였다. 문을 연 채 말을 하고 돌아서는 여옥을 인화가 잡고 방 안으로 끌어들인다. 여옥은 차마 인화와 눈빛이 마주치는 것도 면목이 없다는 듯 고개를 돌려 버린다.
"엄마, 지금 뭐하는 거우. 아빠가 우릴 배신했는데 … 엄만 뭐야. 그걸 받아들이겠단 말이야? 난 아빠도 아빠지만, 엄말 더 이해 못하겠어. 이게 뭐야. 이럴 순 없잖아."
"그러니 어쩌겠니. 이미 엎질러진 물인 것을."
"엄마. 국제전화할 때 나한테 뭐라고 그랬어. 그때까지만 해도 엄만 아빠를 용서하지 않았잖아. 난 엄마가 그래야 한다고 생각해. 아빨 용서할 수 없어. 절대 용서해서는 안 된다구. 어떻게 그럴 수가 있어."
여옥을 노려보고 뒷걸음질치며 인화는 목에 핏줄을 세웠다. 양쪽을 벌린 팔이 어쩔 줄 모른 채 절로 부들부들 떨린다. 어머니한테, 아니 그 누구한테라도 이렇게 흥분해 보기는 처음일 것이다.
"인화야. 그런 소리 마라. 얘기 들었는지 모르겠다만, 아버지가 동규에미를 만난 것이 하와이에 가 있을 때라고 하시잖니. 집을 떠나, 그곳에서 6년 동안이나 계셨는데, 얼마나 적적하셨으면, 그랬겠냐. 그렇게 이해하자, 응."
"이해하자구, 엄마. 그래서, 그래서 저 여자를 우리 집에 눌러 살도록 하겠단 말에요. 엄만 속도 좋으우."
"나라고, 속이 편해서 그러겠냐. 따로 방을 얻는다고 하기에,

나도 처음에는 당연히 그래야 한다고 생각했다면… 속상한 거는 속상한 것이구, 내가 그냥 여기 살라고 했다. 같은 서울에 살 거라면, 딴 집에 살 것이 뭐 있겠냐. 그런다고 너희 아버지가 가지 않을 것도 아니구."

"말도 안 돼. 이건, 정말 말도 안 돼. 이게 뭐야. 이게 뭐냐구. 그 여자 하나 때문에, 하루아침에 모든 것이 뒤죽박죽이 되어버렸잖아."

"그러지 마라. 인화야. 더구나, 네 동생까지 생기지 않았니. 나는 아들을 낳지 못해 항시 너희 아버지한테 죄송스러웠다. 그런데, 아들까지 낳았으니, 오히려 고마운 일이지 뭐냐. 그렇게 생각하자."

"흥. 엄마. 지금이 어느 땐데 아들타령이우. 관둬. 다 관두라구. 난 아빠도 용서 못하지만, 그런 엄마 태도 역시 이해하지 못해. 다 싫다구. 난 집을 나갈 거야. 당장 나갈 거라구. 다신 날 찾지 마."

"인화야. 그러면, 못쓴다."

더이상 참을 수 없는 인화는 방을 뛰쳐나온다. 뒤에서 어머니가 부르며 따라왔으나, 뿌리치듯 하고 1층으로 내려온 인화는 마침 소파에서 일어나 서재 쪽으로 오던 아버지와 맞닥뜨렸다. 걸음을 멈추고 인화는 아버지의 얼굴을 똑바로 보았다.

"어디 가려구. 밥 먹어야지."

"뭐예요. 아빠. 난 아빠를 누구보다 좋은 아빠라구… 아빠를 누구보다 존경하며 살았는데, 아빤 절 배신했어요. 엄마도 배신했구요. 아빤 배신자, 위선자예요. 이중인격자라구요. 모르시겠어요? 아빠가 싫다구요. 흑."

콧날이 시큰거려 제대로 말을 할 수 없는 인화는 울음을 터뜨리며 집을 뛰쳐나간다. 바깥에는 이미 어둠이 밀려와 있었

다. 대문 밖으로 나온 인화는 잠시 걸음을 멈추고 하늘을 본
다. 언제부터인가 서울의 하늘에는 별을 볼 수가 없다. 하긴,
먹구름장으로 덮혀 있는 그날은, 서울의 하늘이 아니라고 해도
별을 볼 수가 없을 것이다. 비가 오려는가 보다. 무거운 걸음
을 터벅터벅 옮기며 인화는 골목길을 빠져 나온다. 도로 위에
는 무수한 차량들이 물밀 듯 왔다가 사라져 간다. 가로등 불빛
이 흐릿하게 날리는 인도 위로 걸어가던 인화는 무슨 생각을
했는지 도로 쪽으로 나와 택시를 잡는다.


## 5

　압구정동 거리는 예나 지금이나 휘황한 네온사인으로 불야성
을 이루고 있다. 택시에서 내린 인화는 「샤갈의 눈내리는 마
을」이라는 긴 이름이 간판이 붙어 있는 카페로 들어간다. 카
페는 만원이다. 말쑥한 차림의 10대, 20대의 젊은 남녀들이
모여 앉아 제비새끼들같이 재잘거리고 있는 카페 한 구석진 자
리를 찾아가 앉은 인화는 커피를 주문하고 담배를 피워 문다.
담배연기를 훅 토하며 맞은편 자리로 눈길을 가져가는데, 10
대로 보이는 여자아이들이 이야기중에 남자아이를 주먹으로 툭
툭 찌르고 있다. 그리고 갸름한 얼굴이 백지장같이 하얗고 울
긋불긋하게 염색한 머리가 단발머리처럼 긴── 마치 여자로
보이는 남자아이는 어깨를 잔뜩 웅크린 채 여자아이의 주먹을
피하기 위해 주춤주춤 상체를 비스듬히 누인다. 그때, 옆자리
에 앉아 있는 청바지에 흰 티셔츠 차림의 여자아이의 가슴 쪽
으로 머리를 들이댔는데, 그 여자아이가 신경질적인 반응을 보

이며 다시 그 남자아이의 머리를 쿡쿡 쥐어박는다. 양쪽으로부터 공격을 받는 남자아이는 더이상 견디지 못하고 자리에서 일어나 테이블 맞은편 빈 자리를 찾아가 앉는다. 그 남자아이를 보고 재미있다는 듯 여자아이들은 깔깔거리며 웃는다.

인화의 입가에도 미소가 피워 올랐다. 적어도 인화의 눈에 요즘 10대, 20대 아이들은 여자아이들이 남성화되어 가고 남자아이들은 여성화가 되어 가는데, 외모만 그러는 것이 아니라 행동까지도 그런 경향을 보이고 있다. 그렇다면 그들의 정신까지도 남녀가 서로 바뀌어 가고 있는지 몰랐다. 그때 인화의 눈앞에는 아버지와 어머니의 얼굴이 떠올랐다. 저 여자아이들이 어머니 나이가 된다면, 그리고 어머니 같은 처지가 되었다면 어떻게 행동할까. 20대를 갓 벗어난 인화의 판단으로도 도저히 용서할 일이 아닌데, 저 아이들이라면….

"웬일이야, 이 밤중에?"

인화가 담배를 눌러 끄고 막 커피잔을 들려고 할 때 전화로 호출을 했던 윤동광이 나타나 맞은편 자리에 앉는다. 흑인 혼혈아이긴 했으나 어머니 쪽이 우성 —— 물론 그럴 리는 없겠지만 —— 이었는지 그렇게 눈에 띠는 편은 아니다. 우리 나라의 혼혈아라면 십중팔구 흑·백인 아버지와 한국여성 어머니 사이에 태어난 아이들이었는데, 동광은 보통 보아온 흑인 혼혈아들같이 흑인 아버지 쪽이 완전한 우성인자가 되어 눈에 띄게 입술이 두툼하거나 고수머리가 아닌, 피부가 가무잡잡하고 입술이 좀 두툼하고 머리카락은 반곱슬 정도쯤 된, 얼핏 보면 흑인 혼혈아라는 것을 알 수 없을 정도로 흑·황이 잘 혼합된, 좀 특이한 경우였다. 그러나 자세히 보면, 역시 피는 속일 수 없는 터이어서 그의 별명 또한 흑곰일 정도로 흑인 혼혈아라는 것을 알 수 있었다.

"미국에 갔다면서. 언제 왔어. 미국에는 갑자기 왜 간 거야?"
"응, 그런 일이 좀 있었어. 이따 얘기해 줄게. 커피 안 마실래? 나갈까? 어디 가서 한 잔 해. 날 위해서. 내가 오늘은 좀 외롭거든."
"햐. 인화 네가 그럴 때도 있었냐. 듣던 중 처음인데."
"왜. 나라고 좀 외로우면 안 돼. 바보 멍충이. 넌 그러니까, 날 놓친 거야. 나도 여잔데… 네가 날 그런 식으로밖에 보지 않으니까, 우린 친구밖에 될 수 없는 거야. 네가 좀 남자답게 굴었으면, 난 네 와이프가 될 수도 있잖아. 왜, 나 같은 와이프는 싫다 이거야. 너무 그러지 마라. 난 와이프노릇 잘할 수 있다."
"얘가, 벌써 취했나. 그만 일어서지."
동광이 먼저 일어섰고, 커피잔을 그대로 놓고 인화도 따라 일어선다. 「샤갈의 눈내리는 마을」에서 나온 인화와 동광은 가까운 맥주타운으로 가서 생맥주 1천CC를 비우고, 다시 소주방으로 가서 두어 병을 비우고 나와 3차는 나이트클럽으로 갔다. 오랜만에 대학시절 자주 어울렸던 코스를 약속이나 한 듯 밟고 있는 것이었다. 테이블 하나를 차지하고 맥주와 안주를 시켜 놓은 뒤 원색의 조명, 광란하듯 작렬하는 음악에 끌려가듯 인화와 동광은 무대로 나가 춤을 춘다. 인화는 평소 주량에서 좀 지나칠 정도로 마셨으나 기분 탓인지 그렇게 취하지도 않는다. 잠시 쉬는 시간에 테이블로 돌아와 다시 연거푸 두어 잔씩을 들이켰고, 그런 인화를 보는 동광은,
"그만 마셔. 야, 나 너 책임질 자신 없다."
"흐. 짜식. 언제 날 책임져 달랬냐. 사내자식이란 그냥, 책임 회피할 생각만 하지. 하긴, 그런 너니까 내가 지금까지 만나고 있는 거야. 아예 책임지지 못할 짓이라면, 덤벼들지 않잖아.

그렇다구 해도 사내 대장부가 때로는 모험도 할 줄 알아야지. 너, 그런 식으로 살면서 기자생활은 어떻게 하니. 더구나 사회부 기자라니! 홋, 호. 내가 지금 무슨 소릴 하는 거지. 아냐. 아냐. 방금 내가 한 말 취소해."

"얘가 벌써 취했나. 아주 갖고 노는구먼. … 아냐. 취소하기 전에 한 마디 하겠는데, 넌 그런 아버질 왜 용서하지 못한다는 거야? 남자가 모험이라면 그만큼 큰 모험을 하는 것도 쉬운 일이 아니다 너. 과연 서교수님한테 그런 면이 있었단 말이야."

"지금 무슨 소리하는 거야. 내가 한 말 취소한다고 그랬잖아."

"하하. 하긴, 내가 생각해도 용서한다는 것은 쉽지 않다만. 그래도 난, 너의 어머니가 존경스럽다. 그렇게 받아들이기가 쉬운 일이냐. 너의 어머니가 원래 그런 분이기는 하시지만 햐, 정말 대단한 분이다. 아무리 부처님 가운데토막 같은 분이라고 해도 그렇지, 지금이 조선시대도 아니구."

"그렇지? 맞지? 윤동광. 역시 우린 친구야. 임마. 하지만, 그만 해라. 나가서, 우리 춤이나 출까."

인화를 비틀거리며 다시 자리에서 일어난다. 동광이도 일어났고, 무대로 나간 그들은 다시 몸을 흔들어 대면서 춤을 춘다. 동광이도 훌쩍 큰 키에 미장부이지만, 인화 역시 아무리 술이 취한다고 하지만 지성과 미모를 겸비한 여자다. 그날 그 나이트클럽에서는 단연 그들 커풀이 돋보인다. 무수한 시선이 따갑게 날아드는 것도 아랑곳하지 않고 인화는 정신이 없다 싶을 정도로 몸을 흔들어 댄다.

잊을 수 있나요. 나의 꿈속에서 너는 마법에 빠진 공주란 걸. 언제나 너를 향한 몸짓엔 수많은 어려움뿐이지만 ──.

나이트클럽을 나와 다시 노래방으로 갔고, 동광이 부르는 「마법의 성」을 끝으로 노래방을 나온 인화는 그제서야 그녀가 갈 곳이 없다는 것을 깨닫는다. 비가 한두 방울씩 떨어지기 시작한다. 잠시 가로등 불빛 아래 서 있는 동광을 보던 인화는,
"야. 나, 어디 호텔에 좀 데려다 줘."
둘 사이에 대학시절부터 주도적으로 행동하는 것은 늘 인화였다. 동광이 좀 머뭇거리는 표정으로 인화를 보다가 택시를 잡기 위해 도로 쪽으로 나가려고 할 때, 누군가 그들 가까이 다가선다. 얼핏 보아도 인화를 향해 다가오는 것이 불량기가 있어 보이는 네 명의 건달이다. 동광이 인화의 어깨를 잡고 힘껏 끌어당긴다. 우리는 이런 사이니까 감히 덤빌 생각은 하지 말라는 무언의 행동이다. 인화 역시 동광의 마음을 모르지 않는 터이라 더욱 다정하게 보이기 위해 팔로 허리를 감고 고개를 옆으로 젖히고 동광의 턱으로 머리를 밀어 넣는다. 그러나 건달들은 이미 그들을 노리고 온 모양이다.
"햐, 그림 좋은데. 엉."
"왜들 이래, 이거. 물러들 서."
동광이 제법 점잔을 부리며 말했다.
"어쭈, 애들아. 여기 점잖으신 선생께서 우리보고 물러 서라신다. 워쩌꺼나잉. 물러서라면 물러서야제. 안 그려! … 어쭈. 이게 누구야. 깜둥이 아저씨 아니신가. 깜둥이면 깜둥이하고 놀아야제 워쩌 우리 황인종하고 놀고 자빠졌당가 아. 안 될 말이제. 아그들아. 안 그러야 아."
청바지에 가죽점퍼를 입은 건달이 어깨를 흔들며 가까이 접근했고, 잠깐 도로 쪽으로 고개를 돌리는가 싶자 냅다 동광을 향해 주먹을 날린다. 인화가 비명을 질렀고, 거의 동시에 동광이 그녀의 어깨를 누르면서 고개를 숙였다. 건달의 주먹이 허

공을 찔렀다.
 "어쭈. 잘 피하시는데. 또 피해 보시지, 잇."
 건달이 다시 복부를 향해 주먹을 밀어 넣었고, 순간 동광이 손바닥으로 건달의 주먹을 막았다. 평소때 좀체 화를 내지 않는 동광이지만, 깜둥이라는 소리만 들으면 응어리진 가슴이 폭발한다. 그러나 건달들은 아직 어린아이들이다. 버릇이나 좀 가르쳐 주면 될 것이다. 인화를 뒤쪽으로 밀어내고 동광은 건달의 주먹을 감싸쥔 채 한 걸음 앞으로 나섰다. 인화도 크게 걱정하지는 않는 표정이다. 대학시절 태권도 국가대표선수로 금메달을 셀 수 없을 정도로 많이 딴 동광이 아무리 건달 네 명이라고 해도 호락호락 당하지는 않을 것이다.
 "이 놈의 짜식들, 아직 머리에 피도 마르지 않는 놈들이 어디 와서 함부로 주먹질이야, 주먹이. 너희놈들, 사람 잘못 봤다. 이 놈들."
 동광은 건달의 주먹을 잡은 채 다리를 휙 돌려 턱을 걷어찼다. 건달이 아파트 단지 담장 밑으로 쿡 쑤셔박힌다.
 "또 덤빌 테냐, 물러가겠냐. 엉. 썩 꺼지지 못햇."
 동광이 고함을 꽥 지르는데, 담장 밑에 쓰러져 입가에 피를 흘리고 있는 동료를 부축한 건달들은 뒷걸음질치듯 황망히 줄행랑을 친다. 가로수 밑으로 사라지는 그들을 보며 동광은 왠지 기분이 사나워진다.
 "동광씨, 제법인데!"
 "흠, 이만하면 나도 아직 녹슬지는 않은 건가? 가지."
 빗방울이 점점 굵어진다. 밤은 깊어 자정이 넘은 시간이다. 동광이 택시를 잡았고, 그들은 가까운 호텔로 간다. 호텔 카운터에서 체크인 한 동광이 방에 들어와 냉장고에 들어 있는 캔커피를 따서 마신 뒤 일어서는 것을 보고 인화는,

"왜, 가려구? 이 시간에 가긴 어딜 가겠다는 거야. 정의의 기사님께서 가시면 난 어떡하라구. 훗. 그냥 있어."
"그렇지만."
"뭐야. 남자티를 내겠다는 거야? 딴 생각마. 그럼 되잖아. 난 샤워 좀 하고 나올 테니까. 안 그래, 동광씨."
 의자를 밀어내고 일어선 인화는 샤워실로 가려다 말고 동광을 향해 돌아선다. 동광이 끌려가듯 일어나 그녀를 마주 본다. 두 사람의 눈빛이 허공에서 마주치며 불꽃이 튕긴다. 그리고 서로 접근했고, 인화는 쓰러지듯 동광의 가슴에 안긴다. 한참 동안 인화를 안고 있던 동광이 두 손으로 어깨를 잡고 천천히 밀어낸다. 다시 두 남녀의 타는 눈빛이 허공에서 어우러진다. 그리고 동광은 인화를 당기며 키스를 한다. 인화 역시 기다렸다는 듯 그의 키스를 받아내고 있다.

# 제3장 어머니

## 1

그날, 공포와 불안이 온 마을을 휘젓고 다녔던 그 길고 지루한 악몽의 날, 구름에 가린 해가 중천에 솟아오를 즈음, 남원군 대강면 강석리마을 초토화작업은 끝났다. 광란의 살육사건이 있기 하루 전날 밤 빨치산과의 교전으로 전과는커녕 두 명의 사병이 전사당한 다음날 새벽 공포를 쏘아대고 집집마다 불을 지르며 마치 적을 향해 돌격작전을 감행하듯 들이닥친 국군 제205부대는 적이 아닌 비무장 양민 2백여 명을 식은 죽 먹듯 해치워 버린 것이었다. 도대체 아직도 어둠에 덮인 마을을 향해 공포를 쏘고 불을 지르며 진격한 이유라는 것이 아리송하기만 했다. 전투능력이 있는──그들이 만약 빨치산들이라면, 그들에게 미리 도망을 치라고 경고를 하며 진격해 온 것이나 다름없다. 그러니까 당초 국군의 표적은 빨치산이 아닌 양민이었던 것이다. 그것도 십중팔구는 부녀자들이었다. 그리고 광란의 3시간여 동안 목표했던 바 학살만행작전을 완수한 국군토벌군은 유유히 강석리 마을을 떠나 그날 아침 강석리 청·장년과 부녀자 60여 명을 집단·학살한 기럭재를 가로질러 철이 지나 다음 정착지로 이동하는 기러기떼처럼 훨훨 넘어갔다.

전우의 시체를 넘고 넘어 앞으로 앞으로

낙동강아 잘 있거라 우리는 전진한다 ──

　기럭재가 떠나갈 듯 군가를 부르며 행군해 가는 국군토벌대는 마치 적과의 격전을 치른 뒤 승전보를 안고 귀대하는 대열처럼 보무도 당당하다. 그리고 얼마쯤 시간이 흘렀다. 군인들의 살육작전에서 가까스로 살아남은 마을사람들이 몰려와 가족들의 시체를 찾기 위해 울며불며 시체더미를 뒤졌다. 바로 그때──.
　"힛히, 히히히."
　기럭재 위에서 괴기에 찬 웃음소리가 들렸다. 달님이다. 입고 있는 옷가지가 불에 타 너덜너덜한 달님이가 흐드러진 웃음을 터뜨리면서 기럭재 밑 시체들이 널려 있는 논바닥 주위로 훌쩍훌쩍 뛰어다니고 있었다. 실성을 했는가 보았다. 허옇게 뜬 눈으로 하늘을 올려다보고 다시 60여 구의 시체가 채곡채곡 쌓여있는 논바닥을 뚫어지게 노려보다가 별안간 두 팔을 내저으며 논바닥 주위를 뛰어다니곤 하는 것이었다.
　"천득이 네 이 노옴. 살려내. 네 놈이 죽였제. 저 강석리사람들 다 네놈이 죽인 기여. 이 천벌 받을 노옴아 아. 힛힛 히히 히히."
　정신 이상자가 되어 버렸으므로 말은 하지 않았으나 아마도 달님이는 하루 전까지만 해도 이웃하고 살았던 양민들이, 그것도 기껏해야 3시간 여만에 학살당하는 것을 보고 그만 정신을 놓아 버렸는가 보았다. 아니면 하루 전날 밤, 육군방첩대 남원지구대장 황천득 대위에게 강간을 당하다시피 불륜의 정사를 벌이고 있을 때 강석리 예배당이 불에 탔고, 불을 지른 것이 다름 아닌 남편 윤형직──인공시절 내내 예배당 뒤편 대숲 굴속에서 숨어 살아야 했으나 막상 인민군이 퇴각하고 국군이 다시 들어왔을 때, 인민군과 함께 지리산으로 피해 달아나야 했던—일 것이라는, 그렇게 그리움에 가슴 조이던 남편이 자신의 불륜 장면을 목격하고 그런 일을 저질렀을 것이라는 생각에 그만 실신하듯 미쳐 버렸는지 몰랐다.

악몽의 하루가 가고 해는 뉘엿이 서산에 잠긴다. 어둠이 밀려와도 기럭재 아래 논바닥에 나뒹구는 시체를 뒤지며 부모형제와 자식들을 찾던 강석리 마을사람들은 한 구 한 구 얼어붙은 시체를 확인할 때마다 사지육신이 찢어지는 고통을 감내하며 몸부림치고 있었다. 밤이 깊어도 그들은 떠날 생각을 하지 못하고 골짜기 안은 온통 통곡으로 메아리치고 있었다. 머리가 터져 죽어 있는 남편의 시체를 부둥켜안고 오열하는 여인, 목이 날아가 몸뚱이만 남아 있는 아들의 시체를 쳐다보고 통곡하는 어머니와 아버지, 그리고 정신을 잃어버린 달님이의 질서없이 웃어대는 웃음소리와 저주…. 잠시 후 마을사람들은 누가 이야기할 것도 없이 꽁꽁 얼어붙은 논바닥을 파기 시작했다. 곡괭이도 삽도 갖고 나온 연장이라고는 아무것도 없었다. 뾰족한 돌멩이를 주워 들고 언 땅바닥을 찧어 파는 것이었다. 손톱이 빠지고 손가락이 터졌다. 그러나 아프지도 않았다. 아니, 당초 감각이 없는 터였다. 차디찬 겨울바람에 골짜기가 휩싸여도 그들은 춥지도 않았다.

마을들은 흙을 파내 겨우 시체를 덮었다. 봉분을 만들 엄두도 내지 못한 채 집단장례를 끝낸 마을사람들은 어둑어둑할 무렵 불타 버린 집을 향해 차마 떨어지지 않는 발길을 돌렸다.

강석리 마을의 오열은 그날 밤새도록 계속 이어졌다. 그러나 하늘은 무심하기만 했다. 그날 밤 굶주린 여우떼들이 들이닥쳐 엉성하게 꾸며 놓은 무덤 속의 시체를 파내 갈기갈기 찢어 놓은 것이었다. 집에서 키우는 개들도 먹을 것이 없이 산으로 들로 달려가 90여 구에 이르는 시체의 살점을 뜯고 뼈를 물고 다녔으나 누구 한 사람 앞에 나서 막을 힘도 없었다. 그로부터 며칠 동안 온 마을 개들의 입술이 피로 벌겋게 물든 채 쏘다니고 있었다. 그 광경을 바라보는 강석리 마을 사람들은 더욱 억장이 무너졌다. … 1950년 11월 17일 남원 강석리학살이 자행되고 그 후 3년 탈상이 끝날 때까지 강석리 마을에는 아침·저녁으로 온 동네가 떠나갈 듯 상시 통곡소리가 끊이지 않았다. 그 구성지고 슬픈 통한의 곡소리는 강석리 골짜기를 타고 옆마을 사석, 석촌리를 지나 지리산 골골이 메아리쳐 갔다.

 1주일 뒤 진눈깨비가 내리치던 날, 살육의 한 현장인 기럭재 아래 논바닥에서 난데없는 찬송가 소리가 은은히 울려퍼지고 있었다. 목소리는 곱고 가늘었다.

천국에서 만나보자 그날 아침 거기서
순례자여 예비하라 늦어지지 않도록
만나 보자 만나 보자 저기 뵈는 저 천국 문에서
만나 보자 만나 보자 그날 아침 그 문에서 만나자

 맹렬한 기세로 기승을 부리는 꽃샘바람결에 날려 휘날리는 진눈깨비를 맞으며 며칠 전 강석리 청·장년 60여 명이 학살 당한 논바닥을 맨발로 뛰어다니며 찬송가를 부르는 것은 달님이었다. 여전히 머리카락은 제멋대로 헝클어졌고 군데군데 불에 탄 흔적이 그대로 남아 있는 흰 저고리는 찢어져 누더기같이 너덜거렸는데, 검정치마를 한쪽으로 걷어올려 새끼줄로 질끈 동여맨 그녀는 찬송가를 부르면서 도중에 이따금씩 키들거리며 웃어대는 것이 실성한 채였다.

 바로 그때 기럭재를 넘어오는 일단의 군인들이 멈추어 서서 숲 사이로 달님이가 울다가 웃고, 웃다가 울곤 하는 논바닥 쪽을 내려다보고 있었다. 단독군장차림의 군인들이었는데, 한 줄로 늘어선 열두어 명의 군인들은 한국군이 아닌, 백인과 흑인 병사들이 뒤섞인 미군들이다.
"댄츠 크레이지 레이디(That´s crazy woman-미친 여자다)! 고우. 넷츠 고(Go. Let´s go)."
 잠시 달님이를 구경하고 있던 미군들은 손가락질을 하며 뭐라고 중얼거린 뒤, 볼일이 없다는 듯 기럭재를 휘이 휘이 넘어갔다. 강석리 위쪽 저수지 둑 아래쪽으로 내려가고 있을 때, 뒤에서 따라가던 중위계급장의 백인장교가 후미에 붙어 가는 병장계급장의 백인과 일병계급장의 흑인 한 명을 향해 무엇인가 음흉한 미소를 지으며 눈짓을 보냈고, 두 병사는 얼굴을 서로 마주보고 히죽히죽 웃으며 고개를 끄덕거리는가 싶더니, 이내 대열에서 슬쩍 빠져나와 둑 뒤로 몸을 숨겼다. 대열이 내리막길을 벗어나 강석리 뒤쪽 대숲과 연한 평지에 접어들었을 무렵, 그들을 이탈한 두 명의 미군병사는 낄낄거리며 오던 길을 되돌아갔다. 그들이 달려간 곳은 실성한 달님이가 누비고 다니는 기럭재 아래 논바닥이다.
"헤이, 캄 히얼. (Hey. Come here)."
 기럭재위에서 잠시 동안 달님이를 보고 있던 미군병사들은 아래로 내려가 손가락을 까닥거린다.
"네 이 노옴. 천득이 네놈이 우리 강석리 사람들 다 죽였지? 천벌을 받을 기여. 소돔과 고모라가 어찌 됐는지 몰라? 히히. 네 놈은 유황불을 받을 기여. 이 저주받을 사탄아 아. 히히히."
 황천득 대위로 착각하는지 고래고래 고함을 지르는 달님이를 뚫어지게 쳐다보던 백인과 흑인병사가 한 걸음 나아가 그녀의 손목을 잡았다. 달님이는 마치 구렁이가 휘감는다는 듯 자지러지며 두 병사의 손을 뿌리쳤다.
"놔. 이 손. 그 피묻은 손으로 어딜 잡아. 하나님께서 널 가만 두실 줄 알아. 히힛."
 달님이 뿌려쳤으나 두 병사의 힘을 당할 수는 없다. 두 병사는 달님이 손목을 양쪽에서 잡고 맞은편 바위 밑으로 끌고갔다. 그곳에는 이미 백인장교가 짚단이 깔린 자리에 앉아 기다리고 있었다. 두 병사는 달님이를 백인장교에게 인계하고 바위 밑을 나와 논가에 서서 기럭재 쪽을 향해 망을 본다. 그리고 이따금씩 허연 이를 드러내 놓고 히죽히죽 웃으며 바위 밑쪽을 흘끔거렸다.
 바위 밑에서는 이미 난장판이 벌어지고 있었다. 백인장교는 달님이를 눕혀 놓고 옷을 벗기는 중이었다. 잠시 완강하게 버티던 달님이는 도저히 힘으로는 감당할 수 없다는 듯, 상대방이 요구하는 것이 무엇인지 훤히 알고 있다는 듯 벌떡 일어나 앉으며 자기의 옷을 홀홀 벗어 던졌다. 그리고 마른 풀섶 위에 반듯하게 눕는다. 할 테면 얼마든지 해보라는 동작이다. 겉으로 보기에 미친 여자였으므로 성욕이나 배설하고 볼 요량이었으나, 막상 발가벗은 육체를 보는 순간, 백인장교는 눈이 부시다는 듯 황홀한 표정이다.
"호호."
 백인장교는 웬 굴러온 떡이냐는 듯 음흉한 미소를 절로 흘리며 그녀의 허벅지를 타고 앉은 채 자기의 바지를 내렸다. 그리고 끓어오르는 그의 남성을 거침없이 달님이의 여성 속으로 밀어 넣는다. 기다렸다는 듯 꽃샘바람과 진눈깨비는 더욱 사나운 기세로 몰아치고 있었다.

## 2

    짧다면 짧지만 많은 세월이 흘러갔다. 조국은 여전히 분단된 채 전쟁은 휴전으로 끝났고, 다시 8년이 지난 1961년 5월 16일 일단의 군인들이 한밤중 한강을 넘어와 정권을 장악한 지 강산이 변한다는 10여 년, 군사정권의 '조국 근대화'란 강제적 구호가 전국으로 물결치고 이른바 보릿고개를 넘으려는 국민은 너나 할것 없이 허리끈을 잔뜩 졸라맨 채 일터로 나가, 적어도 겉으로는 정부와 고용주들이 시키면 시키는 대로 죽는 시늉이라도 할 듯 꾸역꾸역 일만 하던 70년대 초반——. 여기는 동두천 보산리이다. 정확하게는 인디언 헤드(미 2사단마크)가 큼직하게 그려진 미 2사단 본부 정문 앞을 경계로 하여 북쪽 북보산리 철길 건너편, 몇 백 년은 되었음직한 커다란 버드나무 한 그루가 앞에 서 있는, 야트막한 블록 담장으로 둘러싸인 한 허름한 집이다.

    아가야. 나오너라 달마중 가자
    앵두 따다 실에 꿰어 목에다 걸고
    검둥개야 너도 같이 달마중 가자——.

    해가 설핏하게 질 무렵, 나이는 열일곱 여덟 살쯤, 학생복만 차려 입었다면 여고 졸업반쯤 되었을까, 그러나 훤칠하게 큰 키에 약간 황금빛을 띤 머리, 좀 커 보이는 콧날이 오뚝하게 서고 피부가 황색인 것 같지만 흰 빛을 많이 띤 것이 얼핏 보아도 서구적 미모를 갖춘 묘옥이 교복 대신 양장차림에 파마, 얼굴 가득히 화장을 짙게 한 채 껌을 질겅질겅 씹어대면서 저쪽 동구 밖에서 저마다 짧게 쳐 올린 단발머리에 땟물이 꾀죄죄하게 흐르는 흰 저고리·검정치마를 차려입고, 남자·여자아이 할 것 없이 코 밑에 누런 콧물을 훌쩍이며 고무줄 놀이를 하는 동네아이들을 흘끔흘끔 쳐다보며 버드나무집 앞으로 다가선다. 뭔가 서운한 듯 이따금씩 미군부대 쪽을 돌아보며 집 앞에 도착한 묘옥은 누구에게 쫓기는 듯 아니면 무엇인가 경계하는 듯 뒤쪽 미군부대와 집 안팎을 두리번거린 뒤 결심이 섰다는 듯 처마가 곧 이마에 닿을 듯 낮은 대문으로 허리를 굽히고 마당으로 들어선다. 'ㄷ'자형의 블록건물이 한복판에 우물이 있는, 너댓 평은 됨직한 마당을 둘러싸고 있는데 둘러보기만 해도 묘옥은 숨이 턱턱 막힐 지경이다. 건물에는 베니어판으로 출입문을 한 작달막한 방들로 온통 벌집같이 들어차 있다. 집에 들어올 때마다 역한 냄새가 풍기는 것이 묘옥은 못마땅하기만 하여 이맛살이 절로 찌푸려진다. 저녁시간이었으므로 방마다 문이 닫혀 있지만, 방문을 열어 놓을 때는, 특히 여름날에는 머리카락을 태우는 듯한 노린내가 풍기고 담배와 대마초, 양주, 쥬스, 그리고 여자 특유의 그런 냄새까지 어우러져 곧 토악질이 나올 것 같은 역한 냄새들이 늘 집안 가득히 배여 있다. 집안을 한 바퀴 휘둘러보던 묘옥은 미간은 잔뜩 찌푸린 채 도둑고양이같이 살금살금 자기 방으로 걸어간다.

"묘옥이냐. 집에 가만히 있으라니까 어딜 그렇게 쏘다니다 이제야 들어오는 게야. 엉. 아침에 나간 년이 이제사 들어와?"

방 안에서 대문 쪽을 노려보며 기다렸다는 듯 문이 벌컥 열리고, 마루끝으로 나와 야단부터 치는 것은 사십대 중반 고개를 훌쩍 넘어선, 찢어진 가난과 온갖 풍상에 시달릴 대로 시달려 온 탓인지 오륙십 대쯤으로 보임직한, 그러나 얼굴 곳곳에 미모의 흔적이 역력한 달님이다.

"엄만 맨날 나만 갖고 그래. 나는 뭐, 밖에도 못 나가."

짐짓 꽁무니를 빼던 묘옥이 오히려 고함을 질러댔고, 그런 딸이 어이가 없다는 듯 달님이는 아예 마루 끝에 엉덩이를 걸치고 주저앉는다.

같은 시각, 흰 저고리에 가만 치마를 입은 학생복차림에 책가방을 들고 곱게 빗어내린 단발머리를 날리며 코스모스가 흐드러지게 피어 있는 철로변과 연한 둑길로 터벅터벅 걸어오는 것은 묘선이다. 하루 종일 교실에 틀어박혀 공부를 하고 오는 탓인지 걸음걸이에는 힘이 없다.

"웨슬리, 웨슬리. 그만 해. 호호."

그때, 어디선가 교성과 함께 자지러지는 웃음소리가 들렸다. 귀에 익은 목소리다. 모른 체하고 그냥 지나갈까, 머뭇거리던 묘선은 짐짓 걸음을 멈추며 주위를 두리번거린다. 철로변의 커다란 느티나무 아래 만개한 코스모스가 우거진 풀밭이다. 한 걸음 가까이 다가선 묘선은,

"…."

자라같이 목을 빼고 말없이 안을 본다.

"오! 미스 윤. 아이 러브 유(I Love You)! 아이 러브 유!"

코스모스밭 안에서는 웨슬리라는 흑인병사 한 명이 여자를 옆에 끼고 앉아 한창 키스를 하고 있는 중이었는데, 미군병사가 눌러쓰고 있는 모자 차양 옆으로 얼굴이 보이는 여자는 얼핏 보아도 큰언니 묘숙이다. 외출복도 아니고 병장계급장이 붙은 모자와 야전점퍼를 입고 있는 웨슬리는 시커먼 숯두껑같은 한 손으로 묘숙의 어깨를 끌어안고 입으로 키스를 하면서 또 한 손으로 묘숙의 젖가슴을 열고 있는 중이었고, 묘숙은 싫다는 것인지 좋다는 것인지 입으로는 그만 하라고 하면서도 키들키들 웃으며 오히려 그의 키스를 더욱 적극적으로 받아내고 있

었다.

묘선은 무표정한 얼굴로 돌아선다. 기지촌에서 태어나 자란 묘선이 기억할 수 있는 그날 이후 주위에는 흔히 볼 수 있었고, 또 보아온 광경이었으므로 크게 놀랄 일도 아니다. 다만 흑인병사의 상대가 묘숙이 언니라는 것이 조금은 마음에 걸릴 뿐. 한 손으로 책가방을 들고 갈 기력조차 없는 묘선은 아예 두 손을 모아 앞으로 책가방을 쥐고 걸어간다. 걸음을 옮길 때마다 책가방이 덜컥덜컥 무릎에 부딪치는 것이 여간 성가신 게 아니었으나 달리 방도가 없다. 어디, 아무 곳에서나 주저앉아 버리고 싶을 정도로 쇠잔한 몸이었으나 그럴 수도 없다. 잠시 후 묘선이 도착한 곳은 미군부대 정문 앞이다. 맞은편 집이 보이는 철길 건널목에서 열차가 지나가는 것을 기다리고 있는 때,

"누나!"

뒤에서 다가서는 것은 동생들이다. 묘선과 같은 여고에 입학했으나 한 달도 채 되지 않아 중도포기한 묘강과 중학교에 다니는 묘순이다. 묘강을 보자 묘선은 기쁨보다는 먼저 슬픈 기분이 들었다. 학생복을 입고, 책가방을 들고 있다는 그 자체가 그런 기분을 느끼게 하는 것이었다. 묘선은 검은 피부에 고수머리를 한 동생들을 가만히 본다. 묘강은 그렇다고 해도 묘순은, 같은 여자지만, 그리고 흑인과 황인 혼혈아지만 묘선이 부러울 정도로 독특한 미모를 소유하고 있다. 그런 묘순이 늘 기가 죽어 살아야 하는 것이 묘선으로서는 무척 가슴 아프다.

"응, 너희들, 어디 갔다 오니?"

"엄마 심부름."

"그래, 가자 얘들아."

묘선은 묘순의 어깨를 잡으며 건널목을 건넜다. 옆에서 묘강

이 두 손을 청바지 주머니에 질러 넣고 느릿한 걸음으로 걷는다. 이따금씩 길바닥에 뒹구는 빈 깡통이나 돌멩이를 보면 휙 걷어차면서 잠시도 가만히 걸어가는 법이 없다. 마치 누구에게 반항을 하듯. 요즘 묘강은 뇌관에 불이 붙은 폭발물과 같다. 터지기는 터질 것이로되, 언제 터질지 모르는 폭발물과 같았는데, 그런 동생을 누가 건드리기만 하면 금방 폭발해 버릴 것 같아 묘선은 불안하기만 하다. 묘선은 다시 묘순에게 눈길을 가져간다. 묘순의 손에 들려 있는 두부와 콩나물을 보다 묘선은 한숨을 훅 내쉰다. 조금 전에 철로변에 두고 온 묘숙언니 생각으로 마음은 납덩이를 매달아 놓은 듯 무거웠으나 어린 동생들한테 이야기할 수는 없다. 마음속으로는 공부를 더욱 열심히 하여 반드시 서울에 있는 일류대학에 들어갈 것이며, 대학을 졸업한 뒤 돈을 벌어 어머니를 비롯하여 대가족을 하루빨리 이곳 기지촌에서 벗어나게 하겠다는 각오를 더욱 채찍질한다.

"이년아. 너 시방 뭐라고 했어. 뭐, 집을 나가겠다구. 아이고. 그래. 잘 생각했다. 나가라. 썩 나가 아. 망할 년! 네 년이 집을 나가면, 세상천지에 어디, 여깃소, 하고 네 년 오라고 할 곳이 있는 줄 알아."

묘선이 묘강과 묘순을 데리고 막 버드나무집으로 들어섰을 때, 어머니는 마치 넋이 나간 듯 큰 소리로 묘옥을 한창 야단치고 있는 중이다.

"흥. 내가 갈 곳이 없다구. 엄만 내가 갈 곳에 없어 이런 구질구질한 집에 썩고 있는 줄 알아. 날 어떻게 보구 그래. 내가 나가만 봐라. 오라는 데가 얼마나 많은데. 알기나 해. 집 나가면 이 게딱지 같은 집구석에 사는 것보다는 백번 났단 말이야. 엄만 왜 엄마 생각만 해구 그래."

"썩을 년!"

"흥. 아무리 그래도 소용없어. 난 나대루 생각한 것이 있단 말이야. 난 갈 테야. 엄만 아버지가 어떤 사람인지 말해 주지 않지만, 난 반드시 아버지를 찾아갈 거라구. 말릴 생각은 하지 마. 그렇다구 아버지를 만나겠다는 건 아냐. 그 잘난 아버지 나라로 가서, 보란 듯이 살 거란 말이야."

묘옥도 물러서지 않고 엄마에게 마구 대들었다. 막 대문 안으로 들어선 묘선은 마당 한복판에 있는 우물가에서 말다툼을 하고 있는 어머니와 묘옥을 흘끔거리며 무관심한 표정으로 동생들을 이끌고 토방으로 와 마루 끝에 서 있는, 국민학교에 다니는 묘심이까지 떠밀다시피 하며 방 안으로 들어간다. 엄마와 묘숙·묘옥언니와 싸우는 일이야 한두 번 보는 광경이 아니었으므로 더이상 관심을 둘 이유도 없다는 듯이.

그날 조금 이른 밤, 달님이 제 풀에 지쳐 착 가라앉은 쇳소리 같은 쉰 목소리를 낼 무렵 묘옥은 더이상 말다툼을 해봐야 얻을 것도 없다는 듯 제 방으로 들어가고, 때가 훨씬 지난 시간에야 식구들이 모여 저녁식사를 마친 뒤 막 잠자리에 들 무렵 묘숙이 들어왔고, 달님이는 다시 길길이 날뛰었고 집안은 또 한바탕 난리를 피웠다. 그리고 달님이와 묘강이를 안방에 남겨둔 채 이른바 버드나무집 오공주라 불리는 묘숙과 묘옥, 묘선, 묘순, 묘심이는 옆방으로 갔다. 밤이 깊어가고 모두들 잠들 시각, 버드나무집 안에서 깨어 있는 것은 묘선이뿐이다. 흐릿한 불을 밝혀 놓고 책상 앞에 앉아 공부를 하고 있는 묘선은 졸린 눈을 들고 밖으로 나간다. 마당에 서서 잠시 별들이 총총히 떠 있는 하늘을 보던 묘선은 우물가로 가 세수대야를 펌프밑에 놓고 바가지로 물을 떠 펌프 속에 넣은 뒤 펌프질을 해 물을 빼올린 다음, 찬 물로 얼굴을 문질렀다.

운다고 옛사랑이 오리오, 오만은
눈물로 달래보는 구슬픈 이 밤
고요히 창을 열고 별빛을 보면——.

늦은 밤, 골목길과 연한 담장밖에서 누군가 취기 오른 목소리로 「애수의 소야곡」을 흥얼거린다. 노랫소리가 점점 커지는 것으로 보아 달님이네 식구가 잠들어 있는 집으로 가까이 다가오는 모양이다. 빨랫줄에 걸려 있는 수건으로 얼굴을 대충 닦은 뒤 어둠의 끝에 매달려 있는 담장 너머로 홀끔 눈길을 주던 묘선은 얼른 방으로 들어간다. 노랫소리가 뚝 그친 것은 바로 그때였다.

"신달님 여사. 신여사님. 나, 달구외다. 달구가 왔다니까. 신여사님. 문 좀 열어요. 허엇. 문 열지 못해."

문을 쾅쾅 두드리는 것은 이달구였다. 방 안에 들어가 책상 앞에 앉은 묘선은 두 손으로 귀를 틀어막고 영어책 위에 얼굴을 놓는다. 같은 시각, 부스럭거리며 잠자리를 털고 일어난 달님이는 어둠이 꽉 들어찬 방 안을 두리번거린다.

"헛. 뭐 이런 집구석이 다 있엇. 지나가는 거지가 와도 밥 한 술 주는 것이 우리네 인심인데…."

밖에서 달구가 문을 쾅쾅 두드리는 소리가 점점 더 커진다. 잠시 동안 말없이 앉아 있던 달님이는 꾸역 일어나 불을 켜고 방 안을 휘 둘러보다가 묘강의 잠자리를 다시 살펴본 뒤 밖으로 나간다.

"취했군요. 몸도 좋지 않으면서 웬 술을 그렇게…."

"훗. 신여사님. 술을 마시지 않으면… 술이 없으면 이 세상을 어떻게 산답니까. 그래도 술이 있으니까, 이 이달구가 이렇게 살 기분이라도 나지 않습니까. 그러지 말구, 신여사님도 한잔 해봐요. 한세상 잊고 사는 데는 술이 최고거든. 허. 억. 끄으. 그래요. 나, 딱 한 잔 했시다. 신여사님도 알잖소. 거, 루이스 중위 말이오. 그 친구가 내일 귀국한대요. 그래서 이별주를, 딱 한 잔 한 거요. 홧홧."

평소때는 말이 잘 없는 달구는 술만 마시면 온 세상이 자기 것인 양 떠들어댄다. 딱 한 잔 했다고 하지만, 자기 한몸 가누기도 어려운 형편이다. 그가 비틀거리며 안으로 들어서다가 막 쓰러지려는 것을 보고 달님이 마지못한 듯 부축하며 마당을 거쳐 마루 쪽으로 데리고 갔다.

"공주님들께서도 모두 잠드셨는가. 아니, 아직 불이 켜진 것을 보니, 묘선이 지금까지 공불 하는 모양이구먼. 홧."

토방에 서서 옆방을 보던 달구는 달님이 떠미는 대로 신발을 신은 채 마루로 올라선다. 뒤에서 달님이 신발을 벗겨 준다. 곧 쓰러질 듯 비틀거리며 방 안으로 들어가는 달구의 뒷모습을 마당에 서서 바라보던 달님이는 곧장 방안으로 들어갈 생각이 없다는 듯 천천히 돌아선다. 목 안에서 한숨이 절로 넘어 나온다. 깨를 들어 담장 너머로 눈길을 밀어낸다. 하늘에는 무수한 별들이 총총히 떠 있다. 별들에게 눈길을 주고 있는 달님이의 의식 저편으로 전쟁이 한창이던 그날——, 남원 강석리 예배당이 불타던 일, 다음날 강석리 양민학살, 그리고 영화필름이 끊기듯 한동안 기억이 사라진 뒤, 다시 되살아난 기억 이후의 기억들이 저녁 무렵 강석리 예배당에서 보면 집집마다 밥을 짖는, 마을 위로 뭉게뭉게 피어오르던 저녁연기처럼 몽그작 몽그작 피어오른다.

## 3

 항구도시 인천에서 서울 쪽으로 14Km 정도 떨어진 외곽도시 부평. 언제부터인가 미군들 사이에는 이곳을 가리켜 애스콤 시티(ASCOM City)라 불렀다. 그럴 것이, 달님이가 그곳을 떠나기 전만 해도 1백만 평이 넘는 넓은 부지에 애스콤(군수지원사령부)을 비롯 40여 개의 미군단위부대가 들어차 한국에서는 예전에 없던 미군기지촌을 이루었던 곳이다. 정신을 잃어버린 달님이가 남원 강석리 양민학살 나흘 뒤 기럭재에서 조지 부시 중위에게 강간당한 뒤 자신도 모른 채 끌려와 미군병원에서 정신이 깨어나고, 그곳에서 만난 아담 워너 중령을 따라와 발을 붙이게 된 곳이 바로 그곳 부평 신촌이었다.
 달님이에게 있어서 그녀 자신의 운명은 야속하기만 한 것이었다. 적어도 달님이게 미군은 남원양민학살을 자행한, 그 과정에서 남편 형직의 다리 하나를 못 쓰게 만든, 일제시절「오니게이부」로 악명을 떨쳤던 김기팔과 의열단이 일으킨 남원경찰서 폭파사건을 밀고했던 황천득 같은 친일경찰을 재등용시켜 형직을 공산당으로 몰아 쫓아, 결국 남편 형직을 두번 다시 만나지 못하게 만든 원수 같은 집단이다. 그리고 달님이는 바로 그 미군을 따라 자기의 의지와는 상관 없이 기지촌에 눌러 살아야 할 운명이 되었다.
 "달링. 오. 마이 달링. 여기가 우리 보금자리요. 달링은 여기서 … 행복해야 합니다."
 병참장교인 아담 워너 중령은 부평에 애스콤이 주둔하면서 그곳으로 전출을 오게 되었는데, 굳이 달님이를 데리고 와 동거생활에 들어간 것이었다. 달님이의 미군에 대한 나쁜 감정에

비해 아담 워너는 보통 미국인답지 않게 퍽 인정이 많은 미군 장교였고, 달님이가 그런 아담 워너를 만난 것은 불행 중에도 그나마 행운이다. 다만 밤과 낮을 가리지 않고 섹스를 강요하는, 도대체 섹스를 위해 태어났고, 섹스 자체에 인생의 목적을 두고 있는 사람처럼 행동하는 것이 진절머리가 날 정도였지만.

 달님이 신촌에 머물게 된 후, 하루가 가고, 또 하루가 갈수록 그녀 앞에 놓여 있는 오갈 곳 없는 자아와 세계의 정체를 점점 명확하게 깨달아 갔다. 그녀가 살고 있는 그곳이 바로 기지촌이요, 그녀 자신이 「양공주」의 세계 한복판에 서 있다는 것을. 그리고 날이 갈수록 자신의 운명이 더욱 가혹하기만 하다는 것도 깨닫지 않을 수 없었다. 물론 그때만 해도 달님이는 양공주와는 거리가 멀었다. 다만 아담 워너 중령과 동거생활을 하는 한 평범한 여자일 뿐이다. 적어도 본인은 그렇게 생각했고, 또 그렇게 보아주기를 기대했다. 그러나 그녀가 머물고 있는 그곳이 기지촌이요, 자신이 아무리 아니라고 해도 그녀를 향한 주위의 시선은 미군과 기약 없는 동거생활을 하는 양공주, 양색시, 좀 심하게는 양갈보로 보고 있다는 것을 피할 수는 없었다.

 달님이 그곳에 와 살게 된 이후 이웃사람들로부터 듣기로는, 부평이 미군과 인연을 맺기 시작한 것은 해방 직후인 1945년 9월 8일, 말하자면 주한미군사의 첫장이 열리면서부터였다. 원래 한촌에 지나지 않았던 부평에 군화 발자국소리가 들리기 시작한 것은 일제시절부터였다. 일본군이 부평에 조병창 건물이 건립한 것이다. 그 후, 인천항에 하역되는 군수물자를 단시간 내에 보관했다가 필요한 곳으로 수송해 낼 수 있는 여건과 시설을 갖춘 부평은 미 점령군이 이 땅에 상륙한 뒤 거대한 미군 보급수송본부가 주둔하는 곳으로 탈바꿈했다. 해방 이후 이곳에 주둔한 첫 미군부대는 미 제61병기사령부였다. 병력 4천여 명에 이르는 61병기의 주임무는 한국에 주둔하고 있는 전 미군부대에 대한 병참·보급·수송업무였다. 부대의 업무가 그랬으므로 많은 한인노무자들이 일자리를 얻게 되었고, 미군수 물자는 알게 모르게 부대 바깥으로 흘러 나갔다. 부대 정문 앞에는 미군물자를 노리는 떠돌이 주민과 가게들이 몰려들기 시작했다. '신촌'이라는 기지촌 이름도 그때 생겨난 것이었다.

원래 부대정문 앞 마을은 10여 채의 원주민 가옥들이 황해에서 불어오는 바다바람과 싸우면서 농사를 짓고 살아가는── 한국의 여느 농촌풍경과 다를 바 없는 한가로움이 깃든 고요 속에 서 있을 뿐이었으나 미군이 주둔하고 몇 달 되지 않아 수백 채에 이르는 간이주택이 개천을 중앙으로 양편에 자리를 잡았고, 그와 같은 주택들은 하루가 다르게 늘어났다. 미군들이 던지는 몇 푼 되지 않은 선심의 파편도 찢어지게 가난한 한국인에게는 후하게만 보였다. 부대 주변에는 "헬로우!"를 외치는 많은 여자들이 모여들기 시작했다. 원래 조용한 나라 조선의 딸일진대, 영어라고는 헬로우, 기브 미, 추잉 껌, 달러 정도밖에 모르는 여자들이었으나 미군과의 의사소통도 곧잘 이루어졌다. 여자들은 싸구려 위스키를 파는 술집 주변과 높다랗게 철조망이 둘러쳐진 미군부대 정문앞 초소부근을 서성이며 미군들과 거래를 텄다. 그 거래라는 것이 밑천을 따로 들인 것이 아니어서 자신의 육체를 팔아 달러를 사는 것이었지만. 그 후 부평기지촌 여자들은 나날이 늘어 미군정 말기에는 1천여 명에 달했다.

미군정이 끝나고 1949년 미군이 철수한 뒤부터 6·25 중반기인 1952년까지 부평 기지촌은 철시상태에 들어갔다. 그러나 전쟁이 터지고 미 38보충대가 주둔해 한국에 배속된 전미군사병들을 집결, 전국 각 지역부대에 분산배치시키는 창구구실을 하게 되었고, 52년 애스콤이 주둔하고, 수십 개의 단위부대가 옛 주둔지에 자리잡아 가면서 부평 일대는 본격적인 기지촌이 형성될 조짐을 보이고 있었다. 달님이 아담 워너 중령을 따라 이곳에 오게 된 것은 바로 그 무렵이다. 또 화냥년이란 말인가. 일제시절 남편 형직을 면회하기 위해 그 머나먼 중국 쉬저우 쯔까다 부대로 갔다가, 그곳 위안소에 갇혀 위안부가 되어 일본군의 성의 노리개가 되어야 했던 그 참혹한 기억을 떨칠 수 없는 그녀는 해방조국에 와서 또다시 미군 위안부가 되었다고 생각할수록 자신의 운명이라는 것이 원망스럽기조차 하였다. 자신의 의지와 상관 없이 기지촌 여자가 된 달님이었으나, 그렇다고 여느 기지촌 여자들과 같이 미군 부대 주위를 서성이면서 몸을 거래하는 것도 아닌, 그녀가 하는 일이라고는 하루종일 방 안에 틀어박혀 있으면서 아담 워너 중령이 퇴근하기만을 기다리고, 대낮에도 불쑥불쑥 나타난 아담 워너가 몸을 요구하면 요구하는 대로, 또 퇴근한 뒤에 그 무시무시한 밤을 성행위 대상──성행위를 하는 것은 아담 워너였고, 달님이는 단지 그 대상일 뿐이었으니──이 되어 주면 그만이었다. 해가 바뀐 뒤, 그러나 달님이는 왠지 전과 같지 않았다. 몸이 천근 바위덩이로 짓누르는 듯 무거웠고 특별히 몸을 움직여 하는 일도 없는데 모든 일에 짜증만 났다. 그랬으므로 아담 워너의 섹스요구를 거절하는 회수가 늘어나는 것은 당위였다.

"달링. 당신 요즘 이상하군. 왜 날 피하려고 하지. 당신답지 않군 그래."

아담 워너라고 해서 매냥 좋은 것만은 아닐 터이다. 그가 방을 얻어주고, 생활비까지 대주면서 비록 강제적이기는 해도 달님이와 동거생활을 하고 있는 것은 그녀와 한 번 섹스를 한 이후, 그 쾌락을 지속하기 위한 것이었다. 그것을 거절한다면, 아담 워너로서는 더이상 그녀와 동거를 해야 할 이유가 없어지는 것 또한 당위일 터였다.

"미안해요, 아담. 난 요즘 몸이 좋지 않아요. 아무래도 내가 임신을 한 것 같아요."

달님이의 몸에 이상이 온 것은 그 무렵이었다. 점점 배가 불러온 것이었다. 임신을 한 것인데, 그녀가 잉태를 했다면 그녀의 배 안에 든 태아는 생각조차 하기 싫은 황천득이거나 아니면 아담 워너 중령일 것이다. 또 천득의 씨앗이란 말인가. 천득의 씨라면, 한 번 천득의 아이를 낳은 바 있는 그녀로서는 견딜 수 없는 일이었고, 또한 아담 워너의 그것이라도 해도 그녀가 혼혈아를 낳아야 한다는 생각에 절로 불안해지는 터였다. 생각 같아서는 당장 임신중 절수술이라도 받고 싶었으나 그럴 수 없는 것이, 비록 타락한 달님이 —— 그녀는 스스로 그렇게 생각했다 —— 라고 해도 목사의 딸이요, 또한 목사의 아내이며, 스스로 하나님의 종이길 단 한 번도 부인해 본 일은 없는 그녀이기 때문이다. 아무리 저주받을 생명이라고 해도, 그 생명이 일단 생겼다면 그것은 바로 하나님의 뜻이라고 믿는 터에, 하나님의 뜻을 거역할 수는 없는 일이다.

"뭐라고 했어. 달링이… 임신을 했다구. 그럼 진작 말을 할 것이지. 오. 내가 너무 무심했군. 내가 나빴소. 달링."

그날 이후 아담 워너는 예전처럼 거의 매일같이 몸을 요구하지는 않았다. 그러나 그것은 달님이 에게 있어서 또 하나의 불안의 시작이었다. 방 안에 혼자 있을 때 가만히 생각해 보건대, 남편 윤형직과의 부부생활에 대한 희망 하나만 버린다면, 그리고 강석리 예배당을 불을 지른 것이 형직이라면 그녀와 천득과의 불륜의 관계를 알았다는 것이고, 그렇다면 그녀의 희망은 당초 이루어질 수 없는 것이고 보면, 지금처럼 안정된 생활을 한 기억이 없다. 그리고 기약없는 동거생활을 하고 있는 아담 워너는 언제 철새같이 그녀 곁을 훌쩍 떠나갈지 알 수 없는 일이다.

달님이 처음 신촌에 정착할 무렵, 피난촌같이 듬성듬성 모여들었던 인가는 해가 바뀌어 휴전 이후 더욱 가속화되어 말 그대로 신촌을 이루고 있었다. 이미 즐비하게 들어선 홀 하우스지만, 눈만 뜨면 새로운 홀 하우스가 생기고, 기지촌 여자들이 구름처럼 밀려와 줄을 있는 것도 눈에 띄게 늘어났다. 부대 정문 앞 신촌을 중심지대로 이루어졌던 기지촌은 해가 갈수록 확장되어 백마장과 백마장 입구 관동주(일제때 지명)·다다꾸미(多田組·일제때 지명)·삼릉·사부동 일대로 넓어져 갔다. 일제시절 일본군 위안부 생활을 경험한 바 있는 달님으로서는 그녀 자신이 살고 있는 기지촌 자체가 치욕의 장으로 느껴질 수밖에 없었는데, 아담 워너가 그녀곁을 떠난다면, 다시 한 아이의 엄마가 된 그녀가 먹고 살기 위해 갈 수 있는 곳은 이미 예정되어 있는 듯하였다.

"아담, 우리 이살 가요."
"갑자기 무슨 소리야, 달링?"
"당신도 알잖아요. 이곳이 전과 같지 않고 너무 복잡하다는 거. …난 좀 조용한 곳으로 가서 당신과 살고 싶어요. 삼릉이 좋겠어요. 그곳으로 가요. 네? 거절하진 않겠지요, 아담?"

부평 기지촌이 확대되어 알게 모르게 신촌 일대에는 홀을 출입하는 여자들의 주거지겸 영업장소로, 삼릉에는 미군과 동거생활을 하는 여자들이, 다다꾸미에는 이른바 길거리 청객여자들이 주로 거주하면서 몸을 파는 장소로 변해 갔다. 달님이는 전에 없이 애교를 피우면서 아담 워너를 졸랐다.

"아담, 당신은 장교예요. 그것도 영관급 장교라구요. 일반 사병과는 다르잖아요. 이곳 신촌은 당신 같은 장교가 머물 곳이 못 돼요. 나는 당신과 언제 헤어질지 모르지만, 당신과 사는 동안은, 나 때문에 당신의 품위가 떨어져서는 안 된다고 생각해요."

물론 아담 워너 역시 그것을 모르지 않았으므로 그는 흔쾌히 달님이의 청을 들어주었다. 삼릉에 있는 한 인가의 방을 얻어 이사를 온 다음날 달님이는,

"아, 아아, 악——."

방 안에서 비명을 삼키고 있었다. 몇몇 동료들이 지켜보는 가운데 해산의 고통을 견디어 내고 있는 것이었다. 그러나 그녀에게는 해산의 고통보다 더한 서러움이 꾸역꾸역 밀려와 절로 넘어오는 비명을 도로 삼키고 있었다. 자식의 탄생을 기다리는 아버지도, 손자의 출생을 지켜보는 할머니도 그녀 곁에는 없었다. 중국 난징 제1644부대 군속 숙소에서 첫 아이를 낳을 때처럼 그녀는 해산의 고통보다 더한 서러움에 복받친 비명을 꺼이꺼이 토해냈다. 하기는 지금 그녀 곁에 누군가 있었다고 해도 그녀는 일부러 피했을 것이다. 무엇이 태어날지 몰랐다. 황인종일까, 백인종일까. 그 무엇이 태어난다고 해도 그녀로서는 행복한 해산일 수는 없다. 아기의 탄생, 그 자체가 그녀에게는 곧 스스로에 대한 저주를 의미했고, 아이의 처지에서도 슬픔의 탄생을 의미하는 것이기도 할 터이었다. 두 눈에서는 뜨거운 눈물이 주르르 흘러내린다.

"고생 많았네. 딸이야. 제 에미를 닮았는지 아주 잘생겼어."

"흰둥인가요?"

"아니, 아니야. 홋. 누렁둥이라네."

산파도 혼혈아가 태어나지 않는 것이 기쁘다는 듯 막 목욕을

시킨 아이를 강보에 사서 달님이 옆에 조심스럽게 눕혔다. 달님이는 누운 채 눈을 옆으로 가져간다. 틀림없이 아이는 황인종이다. 그렇다면 황천득의 씨일 것이다. 막 태어난 아이를 보는 달님이의 눈에서는 눈물이 멈추질 않는다. 그러나 그것이 하나님의 뜻이라면, 하나님의 영원한 종이 된 그녀가 거역할 운명이 아닐 터이라, 며칠 후 그녀는 아이의 이름을 묘숙이라고 짓고, 혼인한 이후 늘 그랬으나 지금도 그녀의 곁에서는 보이지 않는 남편 윤형직의 성을 따서 윤묘숙으로 호적에 올렸다.

## 4

묘숙이 갓 돌을 지날 무렵, 그날도 아담 워너는 벌건 대낮에 집으로 들이닥쳤다. 그리고 언제나 그러하듯이 방 안에 들어오는 즉시 달님을 향해 짐승처럼 덤벼들었다. 늘 하는 일이라 달님이라고 해서 거부의 몸짓을 보이지 않는다. 아니, 요즘은 오히려 달님이 쪽에서 아담 워너를 기다리곤 하였다. 모를 일이다. 모를 일이다. 텅 빈 방 안에 혼자 남아 묘숙이에게 젖을 물리고 기저귀를 빨고, 좁은 방을 대충 청소한 뒤에는 그녀가 할 일이 없다. 그럴 때면 아담 워너가 오지 않나, 하고 절로 눈길이 문 쪽으로 쏠리곤 하는 것이었다. 그녀가 아담 워너를 기다리는 이유는 명백하다. 다만 육체적 쾌락을 얻기 위한 것일 뿐, 다른 목적이 있을 리 만무하다. 미국에 아담 워너의 아내가 있다는 것을 안 것도 그 즈음의 일이다. 아담 워너의 옷을 빨기 위해 주머니를 털어내다가 그 안에 들어 있는 그의 아내의 편지를 발견한 것이었다. 잠시 슬픈 생각이 없지 않았으나 그것이 달님이에게 어떤 감정도 자극하지는 않았다. 당초 아담 워너와 살고 있는 것이 기약없는 동거생활일 뿐 부부가 된 것은 아니다. 또 달님이 스스로 남편 윤형직──죽었는지 살았는지 알 수 없으나, 또 어딘가 살아 있다고 해도 그와는 정상적인 부부가 될 수 없다는 것을 잘 알고 있지만──이 있는 유부녀라고 생각하는 터였고, 그런 그녀가 아담 워너와 부부가 될 수 없다는 것은 너무나 자명한 일이다. 결국 언제인가 아담 워너는 훌쩍 떠나 버릴 것이다. 만날 때부터 이별을 각오한 달님이었는데, 날이 갈수록 하루 종일 방 안에 틀어박혀 있으면 그녀의 의식은 아담 워너에게 달려가곤 하는 것이었다. 그래서는 안 된다고 생각하면서도, 그녀 안에 존재하는 또 하나의 그녀는 언제 그따위 생각을 했었느냐는 듯 독한 눈빛을 하고 일어서서 문 쪽을 휘휘 노려보고 있었다. 그리고 기다리던 아담 워너가 나타나면, 그녀는 냉큼 달려가 포옹을 하고, 아담 워너가 미는 대로 침대 쪽으로 뒷걸음질치다가 뒤로 벌렁 넘어진다. 판에 박힌 듯한 성행위다.

"달링! 오. 마이 달링!"

아담 워너는 신음을 토하듯 마이 달링을 뇌이며 달님이의 옷을 벗기기 시작한다. 잠시 동안의 애무의 시간이 지나간 뒤, 자리는 바뀌어 아담 워너가 밑으로 내려가고, 백마를 탄 기사처럼 그의 허벅지를 타고 앉은 달님이는 그의 털복숭이 가슴을 쥐어뜯을 듯 거친 애무를 이어 가면서 역동적인 동작으로 섹스행위를 주도한다. 바로 그 순간 순간을 위해 그들의 동거생활이 존재하므로.

"중령님. 아담 중령님."

황급히 부르며 문 밖에 나타난 것은 달님이도 그의 목소리를 기억할 정도로 익히 알고 있는, 애스콤에서 노무자로 일하는 이달구였다.

"무슨 일이오, 미스터 리?"

대충 가운을 걸치고 문을 연 아담 워너는 좀 성난 표정으로 달구를 노려본다. 한창 열광적인 성행위에 도취할 때, 그 고귀한 감흥을 깨뜨렸으므로 아담 워너로서는 화가 날 수밖에 없다. 그때까지 침대 위에 앉아 침대 커버로 알몸을 가리고 있는 달님이의 감정도 사나워져 있었다.

"예, 중령님! 헤헤."

두 사람의 관계를 훤히 알고 있는 달구는 모자의 차양을 만지작거리며 연신 허리를 굽실거렸다. 그러나 차양 밑으로 뿜어져 나오는 그의 타는 눈빛이 달님이를 노려보고 있다는 것을 아담 워너는 보지 못한다. 달구와 눈빛이 마주친 달님이 그의 음흉한 속셈을 들여다보고 있다는 듯 침대 커버를 더욱 끌어당긴다.

"뭐냐니까, 미스터 리?"

"인사처에서 중령님을 찾고 있습니다. 급한 일이라고 하는뎁쇼. 헤헤."

"인사처에서! 인서처에서 무슨 일로. 알았소. 미스터 리. 그만 가 봐."

"예. 중령님. 인서처장님께서, 카터 중령님입쇼, 그분께서 직접 창고로 와 가지고 중령님을 찾았습니다."

"알았다니까. 썩 나가지 못해."

아담 워너가 고함을 버럭 지르자 그제서야 달구는 달님에게 향하는 눈빛을 아쉬운 듯 거두거들이며 뒷걸음질치듯 물러갔다. 문을 쾅 닫은 아담 워너는 고개를 갸우뚱거리다가 침대 위에 누워 있는 달님을 보고 다시 가운을 천천히 떨군다. 그리고 한 걸음씩 앞으로 다가서는 침대 위로 훌쩍 뛰어올라 달님을 덮쳤다. 아무리 급한 일이 있다고 해도 그녀와의 정사를 놓칠 수 없다는 듯이.

달님이 배가 다시 불러지기 시작한 것은 그 무렵이다. 또 다시 임신을 한 것이다. 그날 해가 질 무렵, 퇴근할 시간이 훨씬 지났는데도 루즈벨트가 나타나지 않았다. 저녁때부터 방 안에 앉아 줄곧 문 쪽으로 눈길을 가져가며 아담 워너를 기다리던 달님이는 아예 문 밖으로 나가 집 앞 도로를 왔다갔다 하며 부대 쪽으로 고개를 빼고 있었다. 저쪽 신촌거리에는 휘황한 네온사인으로 수놓고 있었다. 부평거리는 서부영화에 나오는 미국의 개척도시보다도 더욱 미국적으로 변해 가고 있었고, 기지촌 여성들의 숫자도 2천 명을 훨씬 웃돈다는 얘기를 달님이도 들은 적이 있었다.

부평의 밤풍경을 보면서 달님이의 기억 저편으로 일제시절 위안부 생활을 겪었던 일들이 아스라이 떠올랐다. 일본군 위안부와 미군 기지촌 여성들이 다를 것이 무엇이란 말인가. 정녕 해방 전과 후가 달라진 것은 무엇이란 말인가. 서울 광화문 네거리 한복판에 서서 보면, 경복궁을 가린 채 우뚝 서 있는 조선총독부 청사가 미군정청사로 바뀌었고, 청사 앞에 일장기 대신 성조기가 올라간 것으로 해방 전후의 변화를 이야기할 수 있다면, 그리고 대한민국 정부수립 이후에 미군정 청사가 중앙청으로 바뀌고, 청사 앞에는 성조기 대신 태극기가 올라간 것이 또한 변화라고 이야기한다면, 먼 곳이 아닌 바로 이곳 부평만 해도, 일본군 조병창 건물이 미 제61병기 사령부로 바뀌었고, 전쟁 후에는 다시 애스콤으로 바뀐 것으로 변화라고 이야기한다면, 그 이야기는 단순히 이야기일 뿐, 실체적 진실에서는 도대체 달라진 것은 아무것도 없다.

일본군이 남의 나라 군인이요, 미군 또한 남의 나라 군인이다. 강제적으로 끌려가 몸을 팔았던, 달러를 벌기 위해 몸을 팔던 남의 나라 군인에게 몸을 파는 것은 예나 지금이나 달라진 것이라고는 아무 것도 없지 않은가. 결국 그렇게 몸을 파는, 달님이 자신의 처지에서 보면, 그것이 자신의 의지가 아닌 타의라고 해도 일본군과 미군을 상대로 몸을 판 장본인인 터이라 목 안에서 한숨이 절로 넘어 나온다.
 아담 워너는 좀체 나타나지 않았다. 그 사이에 달님이는 담장 너머로 울음소리가 들려 얼른 방 안으로 들어가 묘숙에게 젖을 물린 뒤 잠을 재워 놓고 다시 나왔다. 기지촌은 야행성 동물과 같은 생리를 갖고 있다. 낮에는 잠을 자고 밤만 되면 꿈틀거리며 되살아나 휘황한 네온사인을 번쩍이며 실체적 존재를 증명이라도 하듯 북적대기 시작하는 것이다. 부대 쪽에서 군용트럭 한 대가 헤드라이트를 밝히며 달님이의 집 앞으로 달려온 것은 그 무렵이다. 지나가는 트럭이겠지, 생각하며 달님이는 대문 앞으로 몸을 피했다. 그러나 트럭은 바로 그녀 앞에 멈추었고, 선탑하고 있던 장교가 문을 열고 훌쩍 뛰어내렸다. 그렇게도 기다렸던 아담 워너 중령이다.
 "달링. 왜 나와 있어?"
 달님이는 조금 전까지만 해도 미군에게 몸을 파는 자신의 신세를 한탄하던 것과 달리 아담 워너를 보는 순간 눈물이 날 지경으로 반갑다.
 "늦었군요, 아담."
 "그래. 달링. 그런 일이 있었어. 들어가지. 당신 … 얼마나 보고 싶었다구. 달링. 마이달링. 아이 러브 유."
 방으로 들어가는 시간도 참을 수 없다는 듯 아담 워너는 달님이를 끌어안고 키스를 퍼붓는다. 누가 보고 있거나 말았거나 상관할 바 아니었고, 그와 같은 문화는 이제 달님이에게도 퍽 익숙한 것이었다.
"헤이, 뭐하고 있어. 빨리 내려."
입안이 얼얼하도록 키스를 나누던 아담 워너는 트럭 뒤편으로 가서 시트 안을 향해 지시했다. 잠시 후 시트 안에서 노무자들이 몇몇 뛰어내려 박스들을 어깨에 메고 집 안으로 운반했다. PX(미군용 매점)물자일 것이다. 대문가에 서 있는 달님이는 썩 내키지 않는 표정으로 평소 같지 않은 아담 워너를 보았다. 기지촌 여성들은 아담 워너와 동거생활을 하는 달님이를 무척 부러워했는데, 그녀들에게 있어서 백인미군과의 동거생활 자체도 부러움의 대상이기도 하였으나 그것도 영관급 장교요, 또 하나는 물론 아담 워너가 다른 부대도 아닌 애스콤에 근무하는 병참장교인 까닭이다.
전쟁으로 인해 원래 많지도 않았던 산업시설들이 파괴되어 상품다운 상품이 거의 없는 나라경제 실정에서 가격도 그다지 비싸지 않은 PX물품이 기지촌뿐만 아니라 전국민에게 인기를 끌게 된 것은 당위일 터이었다. 깡통식품, 담배, 커피, 화장품, 의류 등 다양한 미군 물품은 태부족이기만 한 한국민의 생활물자공급을 메꾸어 주기도 하는 것이다. 달님이 듣기로, 원래 미국 남북전쟁 때부터 이동하는 부대를 따라 포장마차를 끌고 다니며 일용잡화를 공급한 이동상점으로부터 출발된 PX는 한국에 와서 생활물자 창구노릇까지 하게 된 셈이었다. PX물품은 그러나 부대 밖으로 모습을 드러내는 그 순간부터 부정이 개입한다. 그 PX물품의 부정유출은 휴전 후 미군기지촌이 자리를 잡아감에 따라 더욱 활기를 띠고 있었다. 그렇게 유출된 PX물품은 가난한 동방의 나라를 돕기 위해 쏟아져 들어오는 원조물자와 함께 미제 전성시대를 활짝 열고 있는 것이다. 처음에는 미군, 미군속들과 살림을 차린 달님이와 같은 처지의 양색시들을 통해 소량으로 흘러나온 PX물품은 휴전 후 북새통 속에 대량유출이 고개를 들었고, 암상인들은 PX관계자들과 결탁해 트럭으로 빼돌렸으며, 심지어 PX전문 절도단가지 생겨났다는 것을 달님이도 라디오 뉴스를 통해 심심찮게 들어온 터이었다. 그것은 부평 기지촌 밖의 일만이 아니었다.

나라경제가 그랬으므로 그 무렵, 부평 기지촌이라고 해서 예외가 아니다. 아니, 애스콤 시티라고 불리는 부평이야말로 바로 그 미제 전성시대의 진원지와 다름없었다. 미군들은 술값과 유흥비를 마련하기 위해, 한인 노무자들은 또 그들대로의 이유로 틈만 보이면 PX물자를 빼냈고, 양공주들은 동거미군들을 통해 미제 물품을 얻어내 장사를 했다. 실정이 그러했으므로 미군부대 안 물품창고 밑바닥에는 바깥에서부터 터널이 뚫렸고, 심지어 전방 미군부대로 수송하는 것처럼 PX물품 반출증을 위조해 트럭째 빼돌리는 일마저 흔히 일어났고, 또 흔히 전해들을 수 있는 이야기 가운데 하나다. 부평 기지촌 곳곳에는 블랙 마켓(암시장)이 형성되었고, 그로 인한 기지촌의 음성적인 수입이 늘어가는 터에 동료 기지촌 여성들이 병참장교 아담 워너와 동거생활을 하는 달님이는 부러워하는 것은 당위일 터이었다.

그러나 바로 그런 점에 있어서 적어도 지금까지 아담 워너는 깨끗한 장교였다. 당초 그와 동거생활하는 달님이는 기대하지도 않았던 일이지만, 마음만 먹으면 얼마든지 빼내와 달님이의 생활을 더욱 풍요롭게 해줄 수 있는 위치에 있는 아담 워너는 그러나 약속된 생활비 외에 단 한 푼의 달러도, PX물품 하나도 갖다 주지 않았다. 그런 문제에 있어서 달님이가 불만을 품어본 적도 없었다. 한참 동안 아담 워너를 바라보던 달님이 가까이 다가가 묻는다.

"뭔가요, 아담?"

"아니야. 하니. 그냥 남는 물건이 좀 있어서 갖고 온 거야. 달링은 걱정하지 않아도 돼. 들어가."

"아담. 이건 당신답지 않아요. 내가 이런 걸 원하지 않는다는 건 당신이 잘 알잖아요."

"알아. 알고 말고. 달링. 하지만, 이건 부정유출한 것이 아니라 허락을 받고 가져온 거야."

"누구한테 허락을 받아요. 당신 자신한테요?"

"글쎄, 아니라니까. 달링. 물론 이 정도는 누구한테 허락받을 것도 없이 내 스스로 가져올 수도 있어. 그러나 내가 그러지 않는다는 것은 하니도 알 거야. 이건, 처장님께서도 허락한 일이야. 달링. 자세한 이야기는 들어가서 해요."

"정 그러시다면."

아담 워너가 그렇게 말하는데, 달님이는 더 의심할 수 없다는 듯, 의심해서는 안 된다는 듯 물러났다. 그러나 왠지 마음이 내키지 않는다. 집 안으로 들어가는 달님이의 걸음이 무겁기만 하다.

"사모님, 좋으시겠습니다. 헤헤."

달님이가 막 대문으로 들어갈 때, 박스 하나를 어깨에 둘러메고 옆으로 지나치던 한인노무자 이달구가 슬쩍 농을 걸었다. 달님이는 말없이 달구의 뒷모습을 본다. 처음 만날 때부터 왠지 눈에 거스르는 그였다. 지금은 애스콤에서 노무자로 일하기는 하지만, 일제시절 전문학교 영어과를 나와 회화를 잘 하고 원래 약삭빠른 그는 아담 워너가 한국에 올 때부터 그림자처럼 붙어다니며 통역을 겸하기도 했는데, 아담 워너도 그를 아껴 이동하는 곳마다 데리고 다니며 일자리를 찾아주어 옆에 있도록 배려하곤 했다. 그러니까 공적으로는 한인노무자였으나, 어떻게 보면 아담 워너의 개인비서 겸 통역이기도 했다.

달구는 이따금씩 달님이와 아담 워너가 성행위를 하는 장면을 엿보기도 했는데, 그런 일이 있은 뒤에 달님을 보는 그의 입가에는 야릇한 미소가 번지고, 눈빛은 더욱 야릇하게 빛나기도 하였다. 아마도 미군에게 붙어먹고 사는 화냥년이라는 비아냥거림이거나, 아니면 달님에 대한 또다른 생각이 있었거나, 둘 중의 하나일 것이다. 물론 달님이는 그런 달구를 단 한 번도 그녀가 상대할 남자로 생각한 일은 없었지만. 달구뿐만 아니라, 심지어 그녀와 동거생활을 하고 있는 아담 워너까지도.

"달링. 거기 앉아 봐요. 내 오늘은 달링한테 긴히 할 이야기가 있어."

트럭을 돌려보낸 뒤 방 안으로 들어온 아담 워너는 전에 없이 정색을 지으며 달님이에게 자리를 권했다. 평소 같으면 잠시도 성행위의 대상이 아닌 상태로 그냥 두는 법이 없는 그가 오늘따라 뭔가 썩 달라진 모습이다. 그러나 달님이는 조금도 동요하지 않는다. 이미 산전수전(山戰水戰)을 다 겪은 달님이는 어떤 큰일이 닥치더라도 동요하지 않을 마음의 준비가 되어 있었는지 몰랐다. 소파에 앉은 그녀는 침착한 표정으로 아담 워너의 얼굴에 일어나는 변화를 바라본다.

"얘기해요, 아담."

"달링한테 나에 대한 이야기한 적은 없지만, 나의 아버지는 현재 국방장관으로 계시는 분이야. 아버지는 나를 꼭 당신과 같이 되기를 바라지. 내가 사관학교를 들어간 것도 육군대장 출신인 아버지의 영향 때문이야. 나를 한국으로 보낸 것도 아버지였고. 그런데 아버지가 날 미국으로 오라고 해. 아마 아버지의 마음이 달라졌는가 봐. 아니면 어머니가 아버지처럼 되는 것을 반대하셨을 테구. 어머니는 내가 군인으로 계속 남는 것을 원하지 않았으니까. 나는 곧 예편해야 할 것 같아. 아버지는 나를 국방성에 들어오도록 하려나 봐. 달링. 나는 내일 한국을 떠나야 해."

"그랬군요. 그런 일이 있었어요, 아담?"

달님이는 잠자코 고개를 끄덕인다. 언제인가 이런 날이 오리라는 것을 기약하고 있었으므로 놀랄 것도 없다. 그녀와 동거생활을 한 그가 국방장관의 아들이라고 해서 그것이 무슨 의미란 말인가. 너무 갑자기 들려주는 이별이라, 마음의 갈등이 전혀 없는 것은 아니었으나, 달님이는 큰 감흥 없이 눈앞에 닥친 환경을 수용한다. 눈을 지그시 내리깔고 아랫배를 주시한다. 뱃속에서 자라는 태아는 분명히 아담 워너의 아이일 것이다. 이것도 하나님의 뜻이라면! 말없이 소파에서 일어난 달님은 침대 앞으로 가서 천천히 옷을 벗는다. 3년 동안의 동거생활에 종지부를 찍는 마지막 밤, 그 동거생활에 물든 자신의 몸을 불태우겠다는 듯 옷을 모두 벗고, 발가벗은 알몸뚱아리를 드러낸 채 달님은 비너스상처럼 요염하게 서서 아담 워너를 보고 있다.

"원더풀! 달링 … 원더풀!"

아랫배가 약간 불렀을 뿐, 그녀의 요염한 자태는 눈이 시리도록 아름답다. 나체의 그녀를 소파에 앉은 채 한참 동안 감상하듯 바라보던 아담 워너는 절로 탄성을 지르며 벌떡 일어나 부둥켜안는다. 그리고 그가 뜨거운 키스를 퍼붓는 동안 그녀는 그의 옷을 벗기기 시작한다.

## 5

　동거하던 아담 워너 중령이 떠나고, 그가 남기고 간 PX물품을 팔아 기지촌 한 귀퉁이에 살고 있던 달님이가 둘째딸 묘옥을 낳을 때, 옆에서 마치 아버지나 된다는 듯 시중을 들어준 것은 이달구였다. 묘옥이 혼혈아라는 것은 임신했을 때부터 알았던 터라 주위의 누구에게 알릴 수도 없었고, 산파조차 부를 처지도 아니었다. 묘옥은 정녕 서럽게만 태어났다. 그럴 때 산파노릇을 해준 것이 달구였으므로, 평소 그의 음흉하기만 한 눈길을 느낄 때마다 마치 구렁이를 만지는 듯 징그럽기만 했던 달님이로서도 그 고마움은 말로 다 표현할 수 없었다.
　"딸이구만, 달님씨. 딸이오. 이거, 아담 워너 중령님을 속 빼닮았구만. 헤헤. 얼마나 수고가 크셨소. 여기, 미역국이오. 내가 미리 준비해 놓았다가 끓여온 거니까, 한 방울도 남기지 말고 다 들어야 하오."
　천박한 웃음을 흘리며 위로하듯 말하는 달구의 정성은 지극하기만 했다. 달님의 마음도 조금씩 풀어지면서 달구를 마주 보고 미소를 짓을 수 있는 여유를 갖게 되었고, 그가 몇 날 며칠 동안 자기 집에도 가지 않고 옆에서 지극정성으로 끓여 주는 미역국을 달님이는 신물이 날 정도로 먹어야 했다.
　"됐어요, 달구씨. 이제 더 못 먹겠어요. 그러나저러나 달구씬 나 때문에 며칠 동안 집에도 못 들어갔잖아요. 이제 좀 일어설 만 하니까, 그만 가보세요. 그동안 정말 고마웠어요. 필요하다면, 창고에 있는 물건 좀 갖고 가세요."
　"뭐라구. 지금 뭐라고 했소. 달님씨. 날 어떻게 보고 하는 소리오. 내가 그 PX물건이나 탐이 나서 이런 줄 아오? 아. 서운

합니다. 달님씨. 정말 서운해요. 사람의 정성을 이리도 몰라주다니. 흑."
 감정의 변화가 많은 달구는 금방이라도 덤벼들 듯하다가 이내 고개를 떨군 채 눈물을 뚝뚝 떨구었다. 남자가 앞에서 눈물을 흘리는 것을 보는 달님이의 기분은 묘했다. 지금까지 그녀를 거쳐간 그 숱한 남자들은 하나같이 강하기만 했다. 남편 윤형직만을 제외한다면. 그랬는데, 달구가 남자의 다른 모습을 보여주는 것이었고, 그것이 달님이에게는 알싸한 기분이 들게 한다.
 "아. 미안해요. 달구씨. 난 다만, 내 성의를 표하고 싶었을 뿐인데, 달구씨가 그런 생각이 아니라면, 취소할께요."
 "나는요, 달님씨, 나는요, 다만 아담 중령님을, 그분께서 한국에 계시는 동안 나한테 베풀어 주신 은혜를 생각해서… 그리고 달님씨를."
 "아. 됐어요. 그만 하세요. 내가 방금 한 말을 취소한다고 했잖아요. 달구씨. 당신은… 좋은 사람이에요."
 달님이는 달구가 무슨 이야기를 하려는지 대충 짐작을 하고 중간에서 잘라 버린다. 그러나 달구는 쉽사리 떠날 기미를 보이지 않는다. 아니, 아예 달님이 곁에 눌러앉을 생각인가 보았다.
 "한 가지 청이 있어요. 달님씨. 내가 달님씨 한테 바라는 것은 아무것도 없어요. 단지, 단지… 여기에 있게 해줘요. 달님씨곁에 살게만 해준다면… 더 바랄 것이 없어요. 나는 달님씨를 처음 본 그날부터…."
 "그만. 제발 그만 하세요. 달구씨. 그건, 안 된다는 것을 달구씨가 잘 알잖아요. 달구씨가 알다시피 나는… 양공주랍니다. 화냥질을 한 부정한 여자예요. 알잖아요! 우리 묘숙일 봐요.

그리고 묘옥일 봐요. 나는 그런 여자예요. 나 같은 여자 말고, 달구씨는 좋은 여잘 만나서 행복하게 … 살아요."

"나는 달님씨한테 부부가 되어 달라는 부탁을 하는 것이 아니라구요. 그럴 자격도 없구요. 난 다만 달님씨 곁에 있고 싶단 말입니다. 달님씨가 필요하다면, 심부름도 하고, 달님씨가 죽으라고 하면 죽어도 좋고… 난 그것으로 좋아요. 같은 방을 쓰자는 것도 아니구요. 저기 창고 옆방에, 거기에만 있도록 해 줘요. 달님씨. 여기서 날 나가라고 하면, 난 죽을지 몰라요. 아니, 죽어 버리겠어요."

달구는 어린아이같이 떼를 썼다. 그런 달구를 보는 달님이는 어이가 없다는 듯 고개를 돌려 버렸다.

그날부터 달구는 달님의 옆방에서 살게 되었다. 물론 부부가 된 것은 아니었다. 누구와 부부가 되는 것을 달님이 스스로 용납할 수 있는 일도 아니었으나, 달구 또한 결혼을 강요하는 것도 아니었다. 아직도 달님이 윤형직과의 부부로 호적이 되어 있었으므로 아이들의 성이 모두 윤씨가 된 것만 보아도 그는 결혼생활과는 아예 관심조차 없는, 지금 어딘가에 죽었는지 살았는지 알 수도 없지만, 살아 있다고 해도 다시 부부가 될 수 없다는 것을 그녀 자신 너무나 잘 알고 있었지만, 적어도 그녀의 마음은 영원한 윤형직의 아내일 뿐이다. 그리고 달구는 옆에 있으니까 있는 존재일 뿐. 그녀의 주위에 그림자처럼 붙어 있는 달구가 싫은 것도, 그렇다고 좋은 것도 아니었다. 그러나 세상인심이라는 것이 달님이 생각대로 되는 것은 아니었다. 두 사람이 같은 집에 살고 있는 것을 알고 있는 이웃들은 달구와 달님이 부부라고 했고, 그렇게들 믿고 있는 본새였다. 달님이 자신은 그런 풍문을 한 귀로 듣고, 흘려보내면 그뿐이었지만.

불러봐도 울어봐도 못오실 어머니여
원통해 불러보고 땅을 치며 통곡해도
다시 못올 어머니여 ──.


 늦은 밤, 담장 너머 도로에서 술에 취한 듯 혀 꼬부라진 목소리로 노래를 부르며 걸어오는 것은 방 안에 앉아 묘옥에게 젖을 물리고 있는 달님이가 눈으로 보지 않아도 달구라는 것을 금방 알 수 있었다. 술만 취하면 그가 즐겨 부르는 노래는 십중팔구 「불효자는 웁니다」와 「애수의 소야곡」 둘 중의 한 곡이었으니까. 역설적으로 그가 두 곡 중의 한 곡을 부르면 제법 술에 취했다는 것도 알 수 있었다.
 "달님씨. 문 좀 열어 봐요. 달구가… 할 말이 있구만요."
 집 안으로 들어선 달구는 곧장 자기 방으로 가지 않고 달님이 식구네가 살고 있는 방 앞으로 와 문을 쾅쾅 두들겼다. 못마땅한 듯 말없이 문 쪽을 보던 달님이 마지못한 듯 꾸역 자리에서 일어났다. 문을 열어주지 않으면 밤새도록 문 앞에서 주정을 할지 몰랐다. 문고리를 잡고 있는 달님이 짐짓 망설여진다.
 "얼굴만 한 번 보고 가서 두 발 뻗고 잘 테니까. 제발요."
 거의 숨이 끊어질 듯 애원하는 듯한 달구의 목소리를 다시 한번 들은 뒤 달님이 살며시 문을 열었다. 만취한 달구는 문에 기대고 서 있었는지 문을 여는 순간 달님이를 덮칠 듯 방 안으로 쓰러진다. 그리고 일어설 기력도 없는지 벌레같이 버둥거리며 돌아 누워 허공을 향해 뇌까린다.
 "우리 아버지 개(介)자 남(男)자는 독립투사였소. 내 자랑같지만 그것은 사실이오. 왜정 때, 만주에서 김좌진 장군 밑에 부관으로 있으면서, 청산리 전투를 감행한 독립투사 이개남이 바로 나의 아버지요. 그러나 나는 그런 아버지가 자랑스럽지 않다오. 왠지 아오? 독립군 남편을 둔 어머니가 왜놈 경찰한테 끌려가 무수한 구타와 고문으로 죽었기 때문이오. 그때 나는 전문학교를 나와 미국으로 유학갈 준비를 하고 있을 때였소. 만주에서 독립운동하는 남편을 둔 어머니는 청상과부같이 혼자 살면서 나를 키워 주었소. 그런 어머니가 죽었는데, 미국유학이 다 무슨 소용이겠소. 독립운동이 다 무엇이오. 결국 왜놈들은 이 나라를 35년 동안이나 짓밟았고, 해방도 우리 아버지같은 독립운동가가 아닌 연합군의 힘으로 이루어진 것인데, 흐흐. 어머니가 돌아가시고, 그 어머니를 내 손으로 땅 속에 묻은 그날부터 나는 이리 역마살이 낀 떠돌이가 된 것이오. 달님씨. 내가 왜 달님씨 곁을 못 떠난 줄 아오? 우리 어머니가… 어머니가 바로 달님씨하고 너무나 닮았기 때문이오. 처음 달님씨를 보는 순간, 나는 죽은 어머니가 살아온 것으로 착각할 정도였으니까. 달님씨는 나, 인간 이달구를 어떻게 생각하는지 모르지만, 세상사람들은 달님씨 곁을 떠나지 않는 나를 두고… 우리를 두고 부부라고 합니다만, 난 지금까지 달님씨를 단 한 번도 여자로 생각해 본 일이 없소. 다만 어머니를 생각했을 뿐이오."

# 제4장 장미의 시간

## 1

**달**님이네가 이사온 보산 1·2리와 생연 4·7리, 동두천 2리, 그리고 읍에서 버스로 10분 거리에 있는 광암리 —— 두 지역을 핵으로 하여 생활권이 형성되어 있는 동두천은 미군에 웃고 미군에 울며 성장해 온 지역이다. 경기도 포천군 청산면 초성리에 주둔하고 있던 미군 중대본부 병력 가운데 일부가 동두천 2리 창말에 파견나와 있던 군정기, 전화(戰禍)가 휩쓸고 간 동란 초기만 해도 동두천은 어느 다른 기지촌의 과거가 그러했듯이 허허벌판만이 누워 있는 한 이름없는 농촌지역에 지나지 않았다. 광암리는 밭을 일구어 사는 화전민이 서너 가구가 살았던 한적한 산촌이었고, 보산리는 뒤쪽에 공동묘지가 자리잡고 있던 적막한 마을이었다. 바람과 고요, 정적만이 왔다가 사라지곤 하던 동두천에 미군부대가 주둔하고 기지촌이 형성되기 시작한 것은 전쟁 말기, 중부전선을 북에 둔 예비사단으로 미 2사단이 주둔한 것을 시초로 미 1사단, 7사단을 거쳐 2사단에 이르는 동안 동두천은 완전한 미군 도시로 변모해 왔다. 지금은 1만7천 명을 오르내리는 미군들이 동두천 골짜기마다 주둔해 있고 3천5백여 명에 이르는 기지촌 여성들이 밤마다 현란한 네온사인에 휩쓸려 들어가면서 미군과 어울리고 있다. 6만 명을 헤아리는 주민 가운데 1할이 원주민이요 9할이 성조기를 따라 흘러 들어온 유민들이다.

 달님이네 역시 9할의 유민에 속하는 기지촌 일원인 것은 물론이다. 이 무렵 용주골에서 동두천으로 이주해 온 것은 달님이네뿐만이 아니다. 파주에 주둔하고 있던 미 2사단 본부가 동두천으로 옮겨오면서 파주, 운천 등지의 수많은 기지촌 여성들이 살 곳을 찾아 달님이네가 이사올 무렵 전후에 동두천으로 몰려들었다. 미군이 있는 곳만이 살길인 그들에게 동두천은 아직도 걸산리에 미 2사단 사령부와 제1여단, 광암리에 2여단, 보산리의 지원사령부, 동두천 2리의공병대 등 기지촌 여성들에게는 달러원일 수밖에 없는 많은 미군들이 정착하고 있었으니까. 경제학의 수요·공급의 곡선처럼 기지촌의 인구는 미군과 양공주의 숫자가 균형을 이루도록 하는 자동적인 조절기능을 갖고 있다. 바닥에 떨어지는 달러의 액수, 그것은 곧 미군의 숫자를 의미하고, 그 양에 따라 인구도 증감되는 것이다.

 동두천으로 이사온 뒤, 기지촌밖에 몰랐으므로 기지촌으로 철새같이 이동해 왔지만, 그러나 달님이는 당장 할 일이 묘연하기만 하다. 무엇을 해서 먹고 살 것인가, 그것만이 달님이에게 화두처럼 던져진 과제였다. 몸뚱이가 젊어 몸을 팔 처지도 아니요, 돈이 있어 용주골에서와 같이 홀이라도 하나 인수해 경영할 처지도 아니다. 무엇을 해. 무엇을. 무엇인가 하긴 해야겠는데 장장 묘안이 떠오르지 않는 달님이는 그날도 동두천 거리를 혼자 걸어가고 있다.

 "엿이요. 엿. 달고 맛있는 을릉도 호박엿… 둘이 먹다가 하나 죽어도 모르는 을릉도 호박엿이요 오——."

 엿판을 지고 엿장수가 가위를 쩔렁거리며 옆으로 지나간다. 기다렸다는 듯 집집마다 문이 열리고 열댓 명의 아가씨들이 우르르 몰려나와 엿장수를 불러세운다. 지게를 받쳐 놓고 엿판을 여는 엿장수는 신이 나서 더욱 큰 소리로 울릉도 호박엿을 외치며 끌과 가위자루로 엿을 툭툭 쳐 자른다. 가만히 서서 엿장수 주위를 기웃거리던 달님이 다시 걸음을 옮긴다. 목적도 없이 그냥 걸어가는 것이다.

넓어 봐야 승용차 한 대가 겨우 지나갈 수 있을까, 한 좁은 골목길 양편으로 얕고 좁고 허름한 집들이 벌집같이 빽빽하게 들어찬 보산리·생연리 —— 바로 이곳이 한때 동두천을 악명으로 드높게 만들었던 문제의 거리다. 일반 서민으로서는 듣도 보지도 못한 서울 부유층집 홈바에 진열되어 있는 양주 대부분이 바로 이곳을 통해 흘러 나왔으며 살인과 마약이 횡행하고 수시 기관원의 왕국을 이루었던 곳 —— 포주와 색시들 사이의 영원히 풀지 못할 갈등, 미군과 양공주들의 시비, 미군부대가, 미국사람이 있는 곳에서는 어느 곳이나 마찬가지지만, 걸핏하면 흑·백 군인들간의 난투장으로 변하는 그 뜨거운 거리 —— 불법이 곧 법이 되는, 그리하여 미군들은 그곳을 알 카포네의 시카고에 빗대어 「리틀 시카고」라고 불렀는지 몰랐다. 권총과 기관단총까지 갖춘 깡패들이 야음을 틈타 미군부대에 침투하여 PX물품을 털었고, 부정외래품 업자들은 미군이나 미군부대에 근무하는 한인종업원과 결탁해 후미진 거리에서 차떼기로 물건을 빼내기도 하는데, 미군부대 주변에 사는 주민들은 기관원이나 헌병순찰차가 접근하는가 망을 봐주고 일당을 버는 데 톡톡히 재미를 보기도 한다.

인생은 나그네길 어디서 왔다가
어디로 가느냐 ——.

달님이 앞만 보고 터벅터벅 걸어가는데, 어디선가 좀 어눌한 노랫소리가 들렸다. 걸음을 멈추고 달님은 노랫소리를 따라 눈길을 밀어낸다. 야트막한 처마 아래 쓰레기통 옆에 몸을 잔뜩 웅크린 채 쪼글트리고 앉아 두 손을 젖가슴 위에 올려놓고 부들부들 떨고 있는 것이 왠지 예사롭지 않아 보이는 기지촌 여성이다. 나이가 좀 들어 보이는 그녀를 잠시 동안 보고 있던 달님이 가까이 다가간다. 현란한 옷색깔로 보아 호객행위를 하기 위해 나온 색시 같은데, 눈을 희멀겋게 추켜뜨고 상대방을 겁먹은 듯 노려보는 것이 호객은커녕 보기만 해도 놀라서 도망을 칠 판이다.

"색시, 왜 이러고 있어? 어디 아파?"

"나 좀… 데려가. 나, 죽어. 여기 있으면 죽는단 말이야."

"이름이 어떻게 되지?"

"옥화! 난 옥화야."

"옥화라, 퍽 귀에 익은 이름이군. 색시, 아직 젊은 사람이, 죽는다는 말 함부로 하는 게 아니야. 태어난 사람은 어떻게든 살게 돼 있는 거우. 그게 하나님의 섭리야. 몸이 불편한 모양인데, 정 그렇다면 날 따라와요. 당분간 내가 보살펴 줄께."

옥화는 망설일 것도 없다는 듯 달님이를 따라 나선다. 기지촌의 생리를 누구보다 잘 알고 있는 달님이가 옥화를 데리고 나오는 것은 그만큼 위험을 감수해야만 하는 일이지만, 옥화를 그대로 둘 수가 없어 큰마음을 먹은 것이다. 골목길을 나온 달님이는 곧장 집으로 돌아왔다.

옥화가 마약중독자라는 것을 달님이가 알게 된 것은 다음날이다. 옥화의 이야기를 들으며, 기지촌에서 미군과 동거생활을 해보고, 직접 몸을 팔기도 하고, 또한 홀까지 경영하면서 한 시절을 보낸 달님이는 아연 놀라움을 감출 수 없다. 이사온 지 며칠밖에 되지 않은 동두천 기지촌이 무섭다는 느낌이 들기도 했다.

"마약은 누가 시작했어? 헤로인 주사 말이야. 색시가 먼저 맞겠다고 했나? 색시 수입으로는 그 헤로인 주사값을 감당하기 쉽지 않을 텐데."

"맞아요. 내가 무슨 돈이 있다고 그 주사를 맞아요. 주사 한 방에 얼만데… 2백원씩이나 하는데, 그걸 매일 맞는다고 생각해 봐요. 그러니까 처음엔 포주가 강요해요. 뭐, 미군들이 마약에 취한 아가씨 서비스를 좋아한대나. 그래서 이곳에는 마약하는 아가씨들이 비일비재하다구요. 셋 중 한둘은 될 걸요."

"그렇게나!"

"그런데요, 그 주사값이 공짜라고 생각하면 오산이라구요. 포주가 다 뜯어낸다구요. 이중으로 돈을 벌자는 수작이거든요."

듣고 보니, 알 만도 했다. 악덕포주들은 아가씨들한테 방세, 침대세, 이불세, 솥세 따위 각종 명목으로 이름을 붙여 돈을 뜯어낸다. 심지어는 미군들이 마약에 취한 아가씨의 서비스를 좋아한다는 핑계로 강제로 마약을 하게 만든단 말인가. 옥화의 얘긴즉, 매일 오전 10시와 오후 5시쯤 헤로인 주사를 놓아 주고 2백원씩의 주사값을 장부에 올려 이중의 수입을 올린다는 것이었다.

"그렇다구 도망도 못 치구. 한 달 전에요, 나하고 같은 클럽에 다니는 세리라는 애가 있는데, 그애는 도망쳤다가 잡혀와서 그만… 죽었어요. 그 악덕 포주 김택중이라는 자는 부부가 함께 포부를 하는데요. 그 김택중 부부가 죽인 거라구요. 그 자는 버젓이 영업을 하고 있지만, 우리 아가씨들은 다 그렇게 믿고 있어요."

얘긴즉, 보산리 기지촌에서 악명을 떨치는 부부포주 김택중이 스물두 살 난 기지촌 아가씨 세리에게 헤로인 주사를 강요해 중독자가 된 세리는 빚을 잔뜩 걸머진 채 도망을 쳤다가 나흘동안 린치를 당한 후 의문의 변사체로 발견되었다는 것이다. 그 정도란 말인가. 달님이의 의식에는 번쩍 떠오르는 것이 있다. 그렇지 않아도 할 일을 찾고 있었는데, 포주를 해야겠다, 집에는 방이 많이 있으니까, 그 남아도는 방을 악덕포주들의 흉계에 빠져 있는 아가씨들에게 쓰도록 해야겠다는 결심이 선 것이었다. 아이들의 교육문제가 목 안의 가시같이 걸렸지만 지금 그런 것을 따질 여유가 없다. 내 자식만이 자식이 아니요, 옥화같이 마약중독자가 된 기지촌 여성들이 모두 내 자식이요, 하나님께서 내리신 어린 양인 것을.

## 2

 달님이가 포주로서 동두천 기지촌 여성들의 존경을 한몸에 받으며 어느 정도 자리를 잡아가고, 셋째딸 묘선이 전국의 수재들만 모인다는, 그 어렵다는 서울대학교 법학과에 입학한 그 해 3월 어느 날, 달님이네 집 안팎은 발칵 뒤집혔다. 벌써 이틀째 큰애 묘숙이 모습을 보이지 않는 것이었다. 달님이를 비롯하여 가족들은 밤잠을 이루지 못하고 기다렸으나 묘숙은 다음날에도, 그 다음날에도 종내 나타나지 않았다. 다음날, 묘숙이 흑인병사 웨슬리 병장 사이에 낳은 동광을 안고 달님이는 이달구와 함께 미 2사단본부 면회실을 찾아갔다.
 "웨슬리. 우리 묘숙이 어디 갔는지 아는가? 집을 나간 지가 나흘이 됐는데도 소식이 없다네."
 "노오, 아이 돈 노(No. I don't know)."
 달님이가 웨슬리한테 들을 수 있는 말은 그 한 마디뿐이었다. 달님이가 완강하게 반대해 묘숙이 자기와 결혼하지 않고, 또 자기와 함께 미국으로 가지 않는다는 것을 잘 알고 있는 웨슬리는,

"미스 윤을 나와 함께 미국으로 가도록 허락해 주십시오. 한국사람 참 이해할 수 없습니다. 나는 미스 윤을 사랑합니다."

"오, 웨슬리. 미안하게 됐네. 물론 미국사람인 웨슬리가 이해할 수 없겠지만, 한국인의 입장에 서면 이해하게 될 것이네. 우리 한국인은 자네들 나라와 달리 단일민족, 배달겨레라네. 무슨 얘긴지 알겠는가. 우리 한국인은 모두 한 핏줄이야. 우리 묘숙이 웨슬리와 결혼해, 웨슬리를 따라 미국으로 간다는 것은 곧 단일민족을, 배달겨레를 버리는 결과가 되네. 내가 반대하는 것은 바로 그것이야. 웨슬리 자네를 반대하는 것이 아니니까, 너무 서운하게 생각하지 말게나."

웨슬리의 감정을 풀어주기 위해 그런 말을 하였으나, 그것은 흑·백 혼혈아를 낳아 키우고 있는 달님이 자신에 대한 반성과 회한에 찬 말이었다. 자신이 그런 길을 걸어왔으므로 자식한테는 똑같은 길을 걸어오게 하고 싶지 않은 것이 어머니된 달님이의 솔직한 심정이다. 면회실을 나와 미군부대를 뒤로 하고 집으로 향하는 달님이의 마음은 자꾸만 켕긴다. 한 달 전쯤 되었을까, 대학입학을 며칠 앞둔 묘선이,

"엄마. 고자질하는 것 같아서 이런 말하기 싫은데, 묘숙언니 곧 미국간대. 짐을 따라간다는 거야. 동광이까지 낳긴 했지만, 난 언니가 결혼을 해도 우리 한국사람하고 했으면 좋겠어. 동광이야 엄마가 키워도 되잖아. 언닐 내가 말릴 수도 없구, 그래서 고자질하는 거야."

달님이 역시 묘선과 같은 생각이다. 고등학교를 졸업한 묘숙이 집 밖을 나돌아다니며 흑인병사 웨슬리를 만나 연애를 하고

동광이를 낳긴 했으나 그 먼 나라 미국으로 보낼 생각은 추호도 없다. 아무리 과거가 있는 여자가 되었다고 하지만 결혼을 해도 한국사람과 해야 한다. 미우나 고우나. 동광이를 임신했을 때, 그 아이를 낳을 때도 그랬다. 자기가 아픔을 겪고 있는, 혼혈아를 낳는 어머니를 딸들에게는 물려주고 싶지 않은 달님이로서는 가슴 한복판에 구멍이 뻥 뚫리고 태풍이 몰아치는 아픔을 감내해야 했다. 도대체 내 속으로 낳은 아이들이 내 마음을 저리 몰라주고, 달님이 자신의 겪어온 그 모질고 혹독한 길을 따라오는구나. 싶어 몇 달 동안 잠을 이룰 수 없었다. 그랬는데, 몇 달 전에는 묘숙이 웨슬리와 결혼하겠다고 했었다. 이미 동광이를 낳을 때부터 각오하지 않은 것은 아니었으나 달님이로서는 청천벽력이 아닐 수 없다.

"묘숙이 거기 있냐. 당장 내 방으로 건너오너라."

달님이는 그날 묘숙을 불러 눈에 눈물이 글썽해질 정도로 따끔하게 야단을 쳤다. 그러나 흥분해서 해결될 일이 아니라는 것을 알고 있는 달님이는 가까스로 냉정을 되찾아 묘숙을 붙들고 마주 앉았다. 할 이야기는 많았다. 묘숙이가 바로 달님이 자신이 윤형직과 혼인을 올렸던 나이가 되었으니까, 에미 심정을 털어놓을 때도 되었다 싶어, 자신의 과거와 함께 기지촌에서 직접 몸으로 부딪히며 생활해 왔던 경험담까지 섞어 웨슬리는, 미국인과는 안 된다는 당위성에 대해 충분한 이야기했다. 묘숙도 달님이의 이야기를 알아들었는지 결혼을 하지 않겠다고 대답했고, 한시름 놓았는가 싶었는데, 그 후 묘선은 아예 웨슬리를 따라 미국으로 가겠다고 선언해 달님이의 가슴에 다시 불을 질렀다.

"이년아. 한동안 잠잠하더니, 웬 날벼락 같은 소리냐 아. 안 된다. 절대로 안 돼. 널 절대로 미국에 보낼 수 없어. 미국에 가느니 차라리 너하고 나하고 같이 죽자. 엉."
 묘숙의 머리끄덩이를 붙잡고 온몸을 부르르 떠는 달님이는 이미 제정신이 아닌 듯하였다. 묘숙도 달님이가 그렇게 무서울 정도로 감정을 노출하는 것은 처음 보았다. 결국 묘숙이 뒤로 물러섰다. 그랬는데, 묘숙은 이미 그때부터 집에서 마음이 떠나 있었는가 보았다. 더구나 동광이 아직 강보에 싸여 있는데, 그 아이를 두고 집을 나가다니, 아무리 자기 속으로 낳은 묘숙이지만 독하다는, 같은 어머니지만 달님이가 된 어머니와 묘숙이가 된 어머니가 그렇게 다르다는 생각이 들었다.
 "내 죄다. 내 죄가 너무 커서 그래."
 맏이인 묘숙이한테 쏟는 달님이의 정은 어렸을 때부터 남달랐다. 묘숙이 바로 밑에 다섯씩이나 줄줄이 있는 동생들의 본보기가 되어야 한다고 생각했으므로. 어렸을 때는 그러지 않았으나 크면서 묘숙은 달님이의 기대와는 달리 자꾸만 옆길로 새어 나갔다. 하라는 공부를 열심히 하지 않은 것도, 결국 대학에 들어가지 않은 것도, 그리고 웨슬리와 연애를 하고, 마침내는 아이까지 낳은 것도… 그리고 지금 집을 나간 것까지도. 생각할수록 밥맛조차 잃어버린 달님이는 그날 이후 아예 식음을 전폐하고 방 안에 틀어박혀 몸져누워 버렸다.
 그날은 금요일, 수업을 마치고 도서관에 가서 책을 보던 묘선은 기차시간에 맞추기 위해 주섬주섬 책과 노트를 챙겨 자리에서 일어선다. 핸드백을 어깨에 둘러메고, 팔에 책과 노트를 긴 채 그녀가 막 교문을 나설 때, 누군가 앞을 막는다.
 "대호 선배! 어쩐 일이세요?"
 "집에 가는 모양이지? ,. 내가 데려다 줄께."
 "선배는. 우리 집이 어딘 줄 알기나 해요?"
 "그럼 알구말구. 장래 내 처가집이 될 곳인데, 그걸 모른대서야 어디 사위자격이나 있나. 동두천 아냐."
"그럼, 동두천까지 데려다 준다는 얘기예요?"
"물론이야. 타라니까."
묘선은 자신만만한 얼굴로 도로변에 세워둔 승용차를 가리키는 황대호를 가만히 본다. 신입생 오리엔테이션이 끝나던 날, 선배들이 몰려와 자기 동아리에 가입하라며 선전하고 다닐 때 처음 본 대호는 과연 묘선이 꿈에도 그리던 이상적인 남자로 보였다. 훌쩍 큰 키에 긴 머리, 대추빛 피부, 반듯반듯하게 윤곽이 잡힌 얼굴… 과연 지성과 야성을 겸비한 미장부다. 더구나 그가 같은 법학과 선배였으므로 묘선은 망설일 것도 없이 전진회에 입회원서를 냈다. 대호는 전진회 활동에 대해 누구보다도 친절하게 이끌어 주는 선배였고, 묘선은 그런 대호를 마음속으로 흠모하면서 그림자같이 따라다녔다. 전진회뿐만 아니라 과에서조차 대호와 묘선을 두고 묘한 소문이 퍼졌으나 대호는 아랑곳하지 않는 듯하였고, 오히려 더욱 적극적으로 묘선을 가까이 두려는 본새였다. 모든 일에 적극적인 그는,
"인사하지. 내 애인이야. 앞으로 내 와이프가 될 분이지. 잘들 모셔야 해."
전진회나 같은 과 친구들이 아닌 다른 친구들의 모임에까지 데리고 가 꺼리낌없이 애인, 미래의 아내라고 소개하기도 하였다. 물론 둘 사이에 그와 같은 대화를 나눈 적은 한 번도 없었고, 듣기에 따라서 묘선으로서는 무시를 당한 기분도 느꼈을 것이지만, 오히려 고맙기만 하였다. 때와 장소를 가리지 않고 불쑥불쑥 던지는 대호의 말 한 마디, 한 마디가 전혀 농담같이 들리지 않은 묘선은 아닌게 아니라 대호의 애인이 된 기분이었고, 장차 결혼이 약속된 것으로 스스로 믿어 버리는 본새였다.
"타라니까 얘는."

"알았어, 대호선배. 그럼, 청량리역까지만 태워줘. 통학기차를 타고 가면 되니까."

묘선의 말을 들은 척도 않고 대호는 떠밀다시피 그녀를 차에 태웠다. 물론 한 점 의혹도 없이 차에 탄 묘선은 그가 청량리역까지 태워주면 고맙고, 동두천에 데리고 가주면 더욱 고맙고, 동두천이 아니라 다른 어디를 가다고 해도 나쁠 것도 없다고 생각했다. 아니, 그와 함께 동두천으로 가는 것은 싫다. 아직은 대호에게 그녀가 살고 있는 기지촌의 모습을 보여주기가 싫었다. 일단 차를 타고 가다가 기회를 보아 다른 곳으로 가자고 말할 것이다.

## 3

"대호선배, 차 좋은데. 역시 국회위원 아드님이시라 다르잖아. 학생 신분에 이런 차도 몰고 다니구."

대호가 여당인 공화당소속 국회의원 황천득의 아들이라는 것을 묘선이 알게 된 것은 오래 전의 일이 아니었다. 마침 대호가 보이지 않을 때 전진회에서 그런 이야기가 나왔고, 선배들은 황의원이 초선의원으로서는 보기 드물게 국회외무·통일위원장을 맡은 것을 보면, 군사독재권력의 핵심 중 한 명이라고 비아냥거리는 투로 말했다. 그러나 묘선의 생각은 달랐다. 갓 대학생이 된 묘선으로서는 군사독재권력이라는 낯선 낱말들이야 생소하기만 하였고, 다만 대호가 국회의원의 아들이라는 그것 하나만으로도 더욱 믿음직스럽기만 하였다. 미군 기지촌에서 찢어진 가난 속에 자라온 묘선으로서는 나름대로 부와 권력에 대한 꿈을 키우며 법대생이 되었다. 이제 그녀가 이루어야 할 과제는 법대생으로서 그 어렵다는, 부와 권력이 보장된다는 고등고시에 합격하는 일이며, 그날을 위해 지금부터라도 고시 준비를 할 것이다.

"대호선배가 바로 황의원의 자제란 말이야? 몰랐는데. 나도 황의원에 대해서는 잘 알아. 파주가 지역구 아냐. 지난 국회의원선거 때, 나도 황의원의 홍보요원이었거든. 고등학교 1학년 땐가 그랬는데, 지금 생각하니까, 당시 학교 선생님들은 모두 공화당 선거 홍보요원이었던 것 같애. 선생님들 말씀 듣고 나도 집에와 황의원 찍어야 한다고 얼마나 열심히 홍보했는데. 지금 그런 일이 있다면 당연코 반대했겠지만, 호호. 대호선배가 바로 그 황의원 자제분이란 말이야!"

대호가 황의원의 아들이라는 것을 알게 된 그날 저녁무렵, 학교 앞 학림다방에서 둘만 만난 묘선은 호기심과 부러움, 그리고 장미빛으로 수놓은 미래를 그리며 평소 그녀답지 않게 좀 흥분한다 싶은 정도로 말했다.

"그랬냐. 그때, 나도 직접 아버지 선거운동에 뛰었는데. 정말 열심히 뛰었었지. 파주군내 조그마한 동네까지 안 돌아다닌 곳이 없었으니까. 고역이었다 너. 선거란 다 그렇잖아. 마음에도 없이 말이야, 만나는 사람마다 허리가 구십 도가 되도록 인사하구, 악수하구. 그뿐인가. 한 표 얻기 위해 뇌물까지 주어야 하구. 정말 고역이었어. 정신없이 바빴지. 말하자면, 내가 우리 아버지 국회의원 당선시키는 데 일등공신인 셈이지. 하하. 그런데, 묘선이 네가 그때 파주에 살았었다구. 거, 재밌는데."

대호가 제멋대로 지껄였으나 묘선의 귀에는 제대로 들어오지도 않았다. 대호가 국회의원의 아들이라는 그 자체에 어떤 정의나 진실도 판단의 대상이 될 여지가 없는 터이었다.

차는 경춘가도를 달리고 있었다. 교문 앞에서 출발한 차가 의정부·동두천 방향인 미아리 쪽으로 가지 않고 시내 쪽으로 꺾어 들었을 때, 청량리역까지만 태워다 주려나 보다 하고 생각했는데, 청량리역 앞을 그냥 지나쳤고, 묘선은 운전하는 대호를 한 번 곁눈질하였을 뿐 다른 반응을 보이지 않았다. 그녀가 내심 바랐던 어디 다른 곳으로 가려는가 보았다.

춘천시내를 지나온 차는 그날 저녁 어둑어둑할 무렵, 소양강 근처에 있는 한 별장으로 들어서고 있었다. 묘선으로서는 말로만 들어오던 호화별장이다. 소양강 푸른 물결이 한눈에 내려다보이는, 온통 숲으로 돌러싸인 산 속으로 차 한 대가 간신히 지나갈 수 있는 도로를 달려가면 마치 서구의 한 궁전에 들어온 듯 착각할 정도로 화려한 별장이 나타난다.

"우리 아버지 별장인데… 난 시간이 나면 이곳에 자주 와. 묘선이가 이곳에 오는 것은 당연하지. 앞으로 이 별장 주인이 될 분이니까."

"선배는."

잔디밭이 시작되는 곳에 차를 세우고 클랙션을 빵빵 울린 뒤 앞에 높다랗게 서 있는 별장을 보며 대호가 말했는데, 묘선의 그의 그 말이 미덥기만 했다. 과연, 이런 별장의 주인이 될 수 있을까. 정녕 그런 날이 하루빨리 왔으면, 그녀의 의식 한복판에서 희망의 불빛이 깜박인다. 잠시 후 별장 뒤에서 한 사내가 뒤뚱거리며 나타나 달려오고 있다. 차창 밖으로 보이는 그 사내는 서른 살 안팎으로 보였는데, 얼핏 보아도 절름발이에 곱추였다. 그가 가까이 다가와 문을 열어준 뒤에야 대호는 차에서 내렸고, 묘선도 뒤따라 내린다. 가까이서 본 사내의 얼굴은 온통 흉터자국이라 보기만 해도 흉칙해 절로 뒷걸음질쳐졌는데, 왠지 눈길은 자꾸만 그에게 끌려간다.

"도련님, 오셨어라?"

"그래. 이삭. 잘 있었나. 불을 피워 놓았겠지?"

"예, 예, 도련님. 헤헤. 어서 들어가십쇼."

이삭은 허리를 굽실거리며 대호와 묘선을 별장 안으로 안내한다. 묘선은 설레이는 마음으로 대호를 따라 별장으로 들어갔다. 바로 옆에서 뒤뚱거리며 걸어가는 이삭이 자꾸만 눈앞에 어른거린다. 대호와 묘선은 몰랐으나, 이삭은 바로 달님이와 황천득 사이에 낳은 남경이다. 그러니까 대호한테는 이복형이 되고, 묘선한테는 아버지가 다른 오빠가 되는 터이지만, 그들로서는 들은 바가 없으므로 알 리가 만무하고, 다만 별장지기 정도로만 생각하고 있는 것이었다.

"…."

묘선은 이삭이 왜 그녀를 자꾸만 훔쳐보는지 몰랐으나 이삭의 눈빛에는 연민의 정이 가득 차 있다. 그날, 남원 강석리 양민학살이 일어나던 날, 강석리 예배당 종지기네 집에 팽개쳐지듯 혼자 누워 있던 이삭은 그날 새벽같이 밀려온 국군들이 불을 질러 마을이 온통 불타고 있었으나 잠만 자고 있었다. 그리고 종지기네 집에 불이 붙기 시작했을 때 어머니 달님이가 구출했고, 이미 하루 전날 윤형직이 불태운 예배당에서 가까스로 살아나기는 했으나 정신의 혼미를 거듭하던 달님이는 그를 대숲에 던져놓고 그만 혼절해 버렸다. 그 후 육체는 깨어나긴 했으나 정신이상자가 된 달님이 그를 내버려두고 강석리 사람들이 학살당한 기럭재 주위를 누비고 혼자 떠돌아다니다가 미군들에게 붙잡혀 간 뒤, 뒤늦게 나타난 군부대에 발견되어 아버지 황천득 —— 그는 물론 그가 아버지라는 사실조차 몰랐지만 —— 의 집에 살게 된 이삭은 그 후 천득이 결혼을 해 대호를 낳았고, 아버지를 빼어 닮은 대호가 장성해 고등학생이 되었을 때 집에서 일하는 식모아이들을 겁탈하는 장면을 자주 목격한 터이었다. 대호에게 겁탈당한 식모아이들은 쥐도 새도 모르게 쫓겨났고, 어떤 아이는 임신까지 한 뒤, 그의 어머니까지 데리고 왔으나 이름난 권력가의 집안이라 큰소리 한 번 변변하게 하지 못한 채 몇 푼 쥐어 주는 돈을 움켜쥐고 오히려 고맙다고 허리를 굽실거리며 쫓겨나기도 하였다. 그렇게 고등학교 때부터 여자맛을 보아온 대호의 여성편력은 대학생이 되면서 더욱 기승을 부려, 거의 1주일에 한 번씩 새로운 여자를 데리고 별장으로 찾아오곤 하는 것이었다. 그러니까 이삭의 눈에 묘선은 또 한 명에 지나지 않는 대호의 섹스의 제물일 뿐이다.

별장 안의 시설은 밖에서 보는 것과 또 다르게 더욱 호화롭기만 하다. 묘선은 마치 서구영화를 보고 있는 기분이었는데, 페치카에서는 장작불이 은은하게 타고 있는 가운데, 두 면이 온통 투명한 유리로 장식된 넓은 응접실 안에는 붉은 조명이 불 밝히는 가운데 클래식 음악이 은은히 깔리고 있다. 아마도 평소 대호가 좋아하는 음악을 미리 연락을 받은 이삭이 준비해 둔 모양이다. 대호는 묘선을 홈바로 데리고 가 길고 둥근 글라스 두 개에 얼음알갱이를 채운 뒤 진홍빛 양주를 부어, 한 개를 건네준다. 묘선은 짐짓 떨리는 손으로 글라스를 받았다.

"자. 건배해. 우리의 장래를 위하여!"

말만 들어도 가슴이 떨린다. 잔을 살짝 부딪힌 묘선은 글라스를 입으로 가져간다. 난생처음 마시는 양주는 얼굴이 찡그려질 정도로 독했으나 시침을 뚝 뗀 채 입가에 환한 미소를 피웠다. 목 안이 떠르르 울리고 술기가 온몸을 휩싸고 밀려온다. 늦은 봄이었으나 산 속의 저녁 무렵은 제법 서늘한 기운이다. 둘은 다시 페치카 앞으로 갔고, 묘선은 대호가 마시자고 하는 대로 양주를 마신다. 음악은 왈츠로, 다시 부르스곡으로 바뀌었다.
"우리 춤출까? 묘선이 너, 부르스 출 줄 알지."
"난 춤출 줄 모르는데."
"그래. 그럼 나만 따라와."
 글라스를 놓은 뒤 대호는 가슴을 열고 묘선을 기다렸다. 자신이 없는 묘선은 머뭇거리면서도 빨려 들어가듯 그의 가슴에 안긴다. 대호는 한 손으로 손을 잡고 또 한 손으로 허리를 감싸안은 채 조용한 음악에 맞추어 묘선을 끌고 응접실 한복판으로 나아간다. 꿈인 듯 생시인 듯 분간을 할 수 없을 정도로 묘선의 의식은 된통 몽롱하기만 하다. 권력이란, 돈이란 이래서 좋은가 보았다. 이곳에서, 이런 자세를 취한 채 영원히 굳어 버렸으면 좋겠다는 생각이 들기도 한다.

## 4

 밤은 점점 깊어가고 있었다. 인적 없는 별장, 계속 부르스곡이 깔리는 가운데 대호와 묘선은 춤을 추고 있다. 대호는 묘선의 허리를 감은 손에 점점 힘을 준다. 대호가 끌어당기는 대로 밀착한 묘선은 그의 따스한 체온이 온몸으로 전해지는 가운데 의식이 점점 안개 속으로 흘러 들어가고 있다.
"사랑.. 묘선이."
 대호가 귀에 입술을 대고 속삭이듯 말했다.
"아, 나두요. 대호선배."
"우리 이대로 영원히 한몸이 되어 죽어 버렸으면 좋겠군."
 대호도 같은 생각을 하고 있었구나, 라는 생각이 들었을 때 묘선은 정녕 그렇게 되었으면 좋겠다는 생각이 들었다.
"묘선이!"
대호가 그녀의 입술을 덮쳐온 것은 그 무렵이다. 묘선으로서는 피할 여유도, 생각도 없이 난생처음 남자와 키스를 한다. 허리를 끌어안은 손에 더욱 힘을 주면서 퍼붓는 그의 키스는 길고도 멀었다. 거의 누워 버릴 듯하면서 그의 키스를 받아내는 묘선의 의식은 더욱 몽롱해진다. 바로 그 순간을 노렸다는 듯 대호는 그녀를 그대로 폭신한 카펫 위에 눕혀 놓고 옷을 벗기기 시작한다. 분명히 의식은 있었으나 최면에 걸린 듯 묘선은 이미 그의 포로가 되어 움직일 수가 없다. 그가 죽으라고 하면 죽을 것이다. 그는 거친 숨을 몰아쉬며 그녀의 옷을 모두 벗겼고, 발가벗은 묘선이 눈을 감을 듯 말 듯 지그시 내리뜬 채 반듯하게 누워 있는데, 옆에서 무릎을 꿇고 앉아 그녀의 나체를 훑어보는 그는 자기의 옷을 훌렁훌렁 벗는다. 남자 앞에서 난생처음 자기가 옷을 벗고 있다는 것도, 그가 옷을 벗고 있다는 것도, 그리고 옷을 다 벗은 그가 그녀의 알몸뚱아리 위로 밀려오고 있다는 것도 알고 있는 묘선은 움직이지 않는다. 뒤이어 두 팔로 그녀의 허리를 감은 그가 태산같은 무게로 짓눌렀을 때, 허벅지 사이가 찢어질 듯 아픔이 느껴졌으나 그녀는 관자놀이를 파르르 떨 뿐, 꼼짝달싹하지 않았다. 그리고 그의 몸이 그녀의 몸과 뒤엉켜 하나가 되었을 때 그녀도 그의 어깨 위로 두 팔을 걸치고 힘껏 끌어당긴다.
"…."
바로 그때, 별장 바깥에서 안에서 벌어지는 광경을 하나도 놓치지 않겠다는 듯 유리창문을 통해 보고 있는 것은 물론 이삭이다. 이미 예정된 일이었으므로 크게 놀랄 일도 아니었으나, 이삭은 왠지 그날 밤 대호에게 몸을 망치는 묘선이 마음에 걸려 전에 없이 안을 기웃거리고 있는 것이다. 밤은 점점 깊어만 가고, 별장 밖에서는 밤새들의 울음소리가 간헐적으로 들려온다.

묘숙이 집 나간 지 달포쯤 되는 어느 날 저녁 무렵, 그러니까 묘선이 소양강 별장에서 대호와 사흘을 같이 머물다가 돌아온 지 열흘 정도 지날 무렵, 묘선이 달님이 방으로 들어왔다.
"엄마. 이거!"
묘선이 불쑥 내미는 것은 흰 편지봉투였다.
"뭐냐, 이게?"
"꺼내 봐."
묘선의 표정은 요즈음의 집안 분위기와는 달리 퍽 밝았다. 동광이를 안고 미군 PX에서 흘러나온 분유를 물에 타 먹이고 있던 달님이 묘선을 보고 돌아 앉는다. 무슨 기쁜 소식이거니, 지레짐작하고 짐짓 떨리는 손으로 편지봉투를 열었다. 아니나 다를까. 편지봉투 안에는 깨알 같은 묘숙이 글씨가 들어 있다. 무릎 위에 눕힌 동광이를 어르면서 달님이는 묘숙의 편지를 읽는다.

엄마. 나 말도 없이 집 나와서 속상했지. 걱정하지 마. 생각해 보니까 엄마말이 맞잖아. 짐 말이야. 난 그 애를 따라, 엄마 몰래 미국으로 갈까, 했는데. 내가 얼마나 어리석었는지 이제 알 것 같애. 맞아. 엄마 말이 백 번 맞을지 몰라. 죽어도 내 나라에서 죽고 살아도 내 나라에서 살아야 된다는 그 말 말이야. 그치만, 난 기지촌이 싫어. 차라리 다른 여자애들처럼 몸을 팔고 산다면 모를까, 그것도 아니면서 기지촌에서 하루하루를 살아야 한다는 것은 고역이라구. 하긴, 나도 짐의 아이를 낳긴 했지만. 엄마. 걱정 마. 나, 서울에 있어. 돈 벌면 연락할께. 그동안 동광이 잘 부탁해. 엄마, 사랑해. 동생들도. 그리고 우리 동광이도.

"어딨니, 지금? 이거, 어디서 받았어?"
 편지를 다 읽은 달님이 한손에 편지를 움켜쥔 채 다소 안심이 된다는 듯 한숨을 훅 내쉬며 묘선을 본다. 편지를 들고 있는 손이 파르르 떨린다. 어머니의 모습을 뚫어지게 살펴보던 묘선이 입가에 엷은 미소를 지으며 가까이 다가와 무릎을 맞댄 체 앉아 손을 꼬옥 잡는다.
 "오늘 학교로 찾아왔더라. 엄마, 이제 걱정하지 마. 차라리 잘 됐지 뭐. 난 묘숙언니 생각이 건전하다고 생각해. 엄마 심정은 모르는 바 아니지만, 묘숙 언니 생각도 맞잖아. 이곳 기지촌 말이야."
 "어디 있냐니까?"
 "응. 회사에 취직했어. 구로에 있는 HK무역이라는 가발을 만들어 수출하는 회산데… 한창 수출이 잘 되는 회사라니까 괜찮을 것 같애. 지금이 수출제일주의 아니우. 구로에 공장이 많이 들어섰는데, 언니가 근무하는 가발공장도 그 중의 하나야. 아마 가발공장 중에는 우리 나라에서 가장 클 걸."
 "망할 것. 구로라면, 좀 멀기는 해도 집에서 출퇴근을 해도 되잖아. 굳이 집을 나갈 건 뭐람."
 "그건 불가능한가 봐. 기숙사가 있는데, 언니는 기숙사에 있대."
 "회사가 제법 큰 모양이구나."
 "그렇다니까. HK무역하면 가발계통에서는 최고라니까. 엄마. 엄만 잘 몰라서 그러는데, 글세, 요즘 우리 또래 아이들 얼마나 서울로 몰려드는데. 여공이다 식모살이다, 시골에 사는 아이들이 너나 할것 없이 마구 서울로 몰려든다니까. 그러다 보니까 개중에는 옆길로 새는 아이도 많은가 봐. 우리 서클에서 조사를 하는 중인데, 운 나쁜 아이들은 서울역이나 청량리역에 도착하는 즉시 인신매매단에게 끌려가. 그애들이 어디로 가겠어. 그런 애들에 비하면 묘숙언니는 잘 풀린 거니까 이제 아무 걱정 마우. 묘숙언니가 누구 딸인데 옆길로 새겠수. 신달님 여사님 맏딸인데. 호호."
"이 녀석이. 대학생 되었다구 이제 아주 에미 데리고 노는구나. 그럼 못써."
"엄마는, 괜히!"
말은 그렇게 했으나 달포 동안 가슴에 응어리진 달님이의 마음이 따스한 봄날 눈 녹듯 한꺼번에 확 풀어진다. 원래 총기있는 묘선이 한몫을 하기는 했으나 다른 곳도 아니고, 공장에 취직까지 한 뒤 소식까지 전해준 묘숙이 고맙기만 했다. 묘숙은 맏이로서 동생들의 모범이어야 한다. 묘숙이 동광이를 낳을 때도 그랬으나, 집을 나갔을 때도 달님이 가장 마음 쓰이는 것이 그것이었다. 늘 그런 식으로 생각해 왔고, 또 그런 식으로 가정교육을 시켜 왔는데, 묘숙이 어느 날 온다간다 말 한 마디 없이 훌쩍 집을 나간 뒤, 달님이는 그동안 자신이 믿고 의지해 왔던 공든 탑이 한꺼번에 와르르 무너지는 절망을 느꼈다. 물론 그 절망감은 두 번째 느끼는 것이었다. 그리고 지금, 비록 잠시 동안이었으나 자신이 자식을 믿지 못한 에미였다는 생각에 또다른 슬픔이, 그녀의 믿음이 깨지지 않았다는 기쁨이 한데 어우러졌다. 전자의 슬픔은 슬픔이되, 오히려 기쁨일 것이요, 기쁨은 그렇게 배가되었다.
"엄마!"
방 안의 분위기가 무르익고 있을 무렵, 옆방에 있던 묘옥과 묘순이, 묘강이, 묘심이가 우르르 몰려왔다. 언니 묘옥이 좀 시큰둥하는 편이지만, 동생들은 서울대학교에 들어간 묘선이 자랑스럽기만 하여 늘 함께 있고 싶어한다.

"그래. 내 새끼들! 어서들 들어오너라. 그렇지 않아도 너희 큰언니 이야길 하고 있던 참이다. 묘숙이가 서울에서, HK무역이라는 큰 회사에 취직을 했다는구나. 지금 기숙사 생활을 하고 있는데, 곧 돈 많이 벌어서 올 거란다. 아이구. 우리 동광이도 이제 좋겠구나. 엄마가 돈 많이 벌어서 온다니까. 헛, 녀석. 벌써 잠들었나 보다."

활짝 편 얼굴로 아이들을 돌아보고, 다시 무릎에 눕혀 놓은 동광을 아랫목에 눕혀 놓은 뒤 달님이는,

"건 그렇고, 이제 묘선이 네 이야기 좀 하자. 그래, 공부는 할만 한 거냐? 하긴, 너야, 누가 시키지 않아도 네가 잘 알아서 하는 아이니까, 에미야 걱정은 안 한다만. 요즘 시국이 심상치 않게 돌아가더구나. 대학생들은 연일 데모를 하는 모양이구. 어떠냐, 너도 데모를 하냐?"

"엄만, 나야 이제 1학년인데 뭘 알우. 선배들이 하면, 못 본 체할 수 없으니까 뒤에 따라다니며 심부름이나 하는 정도지."

말은 그렇게 하였으나 묘선은 놀란 듯 어머니에게 눈길을 거두지 않는다. 기지촌에 박혀 바깥세상 모르는 줄 알고 살고 있는 어머니였으나 귀는 밖으로 열려 있었는가 보았다. 나름대로 자기 의지를 세우고, 그 의지에 따라 행동할 나이가 되었을 때부터 어머니같이, 언니들같이 살지 않겠다고 맹세하고, 그 스스로의 맹세를 실천하기 위해 밤과 낮을 가리지 않고 공부만 했던 묘선은, 그러나 그녀가 그토록 원했던 일류대학에 입학했으나 실망만 할 뿐이다. 도대체 대학이라는 곳이 말로만 듣던 학문의 전당도, 낭만과 자유가 넘치는 지성의 화원도 될 수가

없는, 군화발에 짓밟힌 신음의 장이요, 그랬으므로 정치투쟁의 장밖에 될 수가 없었다. 박정권이 1인 장기집권으로 가는 초석을 다지기 위해 단행한 1969년 3선개헌 때부터 불붙기 시작했던 학원가의 움직임은 70년대 들어와 교련반대, 학원의 민주화 요구 등을 내건 시위로 이어졌고, 정권수호측에서는 위수령을 선포하는 등으로 더욱 심상치 않은 움직임을 보였는데 지난해에는 심야에 수십 명의 무장군인을 학원에 난입시킨 것이다. 학원의 자유가 말살된 것은 당위일 터이다. 1972년 10월 17일, 전국에 난데없는 비상계엄령이 선포되었고, 그와 함께 국회와 정당은 해산당했다. 그해 12월 27일 비상계엄이 선포된 가운데 사실상 반대의견이 봉쇄된 속에서 국민투표로 가결된 유신헌법은 박정희 1인 영구집권의 길을 터놓았다. 절망과 좌절, 불만의 대학 1학년을 보내고 있는 묘선은 집에 와서 되도록 학교생활에 대해 이야기를 하지 않는 편이지만, 어머니는 이미 그녀의 마음을 훤히 읽고 있었는가 보았다. 그러나 묘선이 대학생활에 전혀 의미가 없는 것은 아니었다. 같은 과·같은 서클 선배일 뿐만 아니라 황천득 국회의원의 아들 대호와의 만남이 그것이다. 난생처음 남자의 정을 느꼈고, 또한 열흘 전에는 몸까지 허락한, 말없는 가운데 장래를 약속—— 소양강 별장에서 사흘 밤낮을 보낸 묘선은 그렇게 생각했다—— 한 대호와의 만남이 없었다면 묘선의 대학 1학년 시절은 정녕 의미없는 한 해가 되었을지 몰랐다.

"그러냐. 하긴, 다른 친구들이 데모를 하면, 혼자 빠질 수도 없겠지. 묘선아. 데모할 일이 있으면 데몰 해야지. 내 입으로는 하지 말라는 얘긴 못한다. 허나, 내 생각에는 너무 앞서진 마라. 그저 중간만 따라가."

"알았수. 알았으니까 그 얘긴 그만 해."

"알았다. 말이 나왔으니까 한 마디만 더 하자꾸나. 묘선아. 기왕에 그 어려운 법대에 들어갔으니까, 고시준비라도 한 번 해야 되잖겠냐. 아이구. 내 정신 좀 봐. 대학 들어간 지 얼마나 됐다구 이런 소릴 다 하다니."
"참. 엄만. 나두 그쪽 생각하고 있으니까 염려 말우."
"그래. 그게 정말이냐. 아이구. 그럼 몇 년 안에 우리 집에서 판·검사가 나겠구나. 그것도 여자 판·검사. 얘들아, 다들 들었지. 묘선이가 몇 년 있으면 판·검사가 된다고 했다. 묘선이 너어, 형제들 앞에서 약속을 했으니까, 오늘 약속 잊지 말아."
"판·검사가 뭐야, 엄마?"
국민학교 5학년에 다니는 막내 묘심이가 까만 눈을 초롱초롱 뜬 채 물었다. 중학생 묘강이 끼여든다.
"넌 그것도 몰라. 판·검사라는 것은 죄 지은 사람 잡아들이고… 그런 거야. 헤헤. 맞지 누나?"
"응. 대충, 그런 거야."
"봐, 맞잖아. 내 말이."
아이들이 이야기를 나누는 모습을 가만히 보고 있는 달님이는 얼굴 가득히 미소가 피어오른다. 늘 오늘같이 좋은 날만 계속 되었으면 좋겠다. 누구보다도 묘선이 든든하게 느껴지는 것은 어쩔 수 없는 어머니의 욕심인가 보았다. 한참 동안 말없이 아이들을 지켜보던 달님이는 다시 묘선에게 눈길을 준다.
"고맙다. 얘야. 너한테 해준 것도 없는데, 그래도 네가 에미 맺힌 한을 풀어줄 모양이다."
"엄만. 또! 어디 판·검사뿐이우. 조금만 기다리우. 그동안 엄마 고생한 거 다 갚아 줄 테니까."
묘선이 그렇게 자신있게 말할 수 있는 것은 물론 황대호가 있기 때문이다. 국회의원의 아들이다. 거기다가 소양강 별장만 보아도 대호네 집이 얼마나 부자라는 것은 충분히 짐작하고도 남음이 있다. 대호는 장차 묘선이 그 안주인이 될 것이라고 했다. 과연 그만한 권력과 부를 소유한 집안의 며느리가 된다면, 어머니를 호강시키는 것이야 시간문제일 것이다.

"그래, 정말 그러냐. 아이구, 내가 늦복이 터지려나 보다. 그럼, 우리 묘선이 하나만 해도 열 아들 안 부럽지. 암. 안 부럽고 말고."

"그래. 엄마. 그러니까, 엄마도 힘 좀 내고 살우. 제발 청승 좀 떨지 말고. 알았지?"

"그럼. 알고 말고. 나는 널 믿는다. 얘야. 근데, 내가 왜 자꾸 … 눈물이…. 훗. 에미는 어쩔 수 없나 보다. 좋은 일이 있을 때는 꼭 다른 생각이 들다니."

갑자기 눈 언저리가 뜨거워지면서 파르르 떨리는 것을 옷고름으로 꾹꾹 찍어 누르는 달님이는 옆에 있는 냉수를 한 사발 들이키며 치솟는 기쁨의 감정을 애써 진정시키며 다시 묘선을 보았다.

"공부는 그렇다고 하고, 대학생활은 재미있냐? 대학생활이라는 것이 공부만 하는 것도 아니잖니. 동생들한 그 얘기도 들려주렴."

"그럼. 재미가 넘치지 뭐우. 나야 우리 과에서 홍일점인걸. 한 학년에 40명, 4학년까지 모두 합하면 160명의 남자 눈이 이 한 몸한테 쏠리는 거 아니겠수."

대답을 하면서도 묘선의 뇌리에는 대호의 얼굴이 떠나지 않는다. 법대생 160명의 눈길이 쏠리면 무얼 하겠는가. 대호선배 한 명이면 족하다고 그녀는 생각한다. 걱정이 전혀 없는 것은 아니었다. 국회의원의 아들인 대호가 기지촌에서 편모슬하에 포주를 하며 살고 있는 묘선의 집안에 대해 안다면 어떻게 될까. 대호를 만나면서 그림자같이 늘 따라다니는 그녀의 우울하다.

"누나, 홍일점이 뭐야?"

묘강이 물었다.

"그거, 강이 너하구 반대를 홍일점이라고 하는 거야. 그러니까 우리 가족들은 다 여자잖니. 강이 너만 남자잖아. 그런 너를 보고 청일점이라 하는 거구, 그 반대는 홍일점이라 하는 거야."

"응, 그렇구나. 그럼, 남자만 많은데 여자는 누나 혼자라는 얘기구나. 맞지?"

"그래, 맞다. 우리 왕자님."

"치이. 하지만, 누나 말 틀렸다. 우리 집에 남자가 왜 나만 있어. 달구 아저씨도 있잖아. 달구 아저씨도 우리 식구잖아."

묘강의 그 말에 달님은 뜨끔해진다. 달구도 식구다. 바로 묘선의 친아버지다. 달님이도, 달구도 묘선이니 묘심에게 얘기하지는 않았으나 달구는 틀림없이 묘선과 묘심의 친아버지다. 생각하면, 달님이는 가슴이 아프다. 아이들은 달구를 달님이네 일꾼 정도로 생각하고 있다. 특히 묘선이가 그랬다. 어렸을 때부터 묘선은 유독 달구를 싫어했다. 왤까. 핏줄은 속이지 못한다고 했는데, 아마도 묘선은 핏줄의 정을 역설적으로 표현하고 있는 것인지 몰랐다.

"묘선이 너어, 서클활동을 한다며. 무슨 서클이냐?"

달구생각을 털어 버리기 위해 달님이 다시 물었다.

"응. 그거, 전진회라구… 있어. 엄마. 그저, 공부하는 서클이야. 우리 역사, 사회도 새롭게 조명하구, 세계사 공부고 하고 뭐, 그런 서클이야."

묘선이 대답했을 때, 밖에서 왁자한 소리가 들렸다. 우물가에 있는 세숫대야가 나뒹굴고, 양동이가 깨지는지 우당탕거리는 소리, 그리고 달구의 노랫소리가 이어졌다. 오늘은 더욱 술을 많이 마셨는가 보다. 달님이의 신경은 달구도 달구지만, 마주 앉아 있는 묘선을 향해 곤두선다. 언제인가 용주골에서 황천득의 아들 대호와 마주쳤을 때 묘숙의 눈빛이 예사롭지 않았고, 어렸을 때부터 아이들 가운데 달구를 유독 미워하는 것이 묘선이었으며 그 중 잘 따르는 것이 묘심이고 보면, 핏줄이란 어떤 식으로든 그렇게 통하게 되어 있는 것인지 몰랐다.

불러봐도 울어봐도 못오실 어머니여 ──.

## 5

달님이네 집에 넘치던 행복과 평화는 그리 오래가지 않았다. 아니, 달님이네는 어쩌면 행복과 평화보다 불행과 절망의 날이 더욱 많았는지 몰랐다. 고등학교에 입학한 묘강이 결국 친구들의 야유와 놀림의 대상이 되는 것을 참지 못하고 한 달도 되지 못해 학교를 뛰쳐나와 리틀 시카고로 뛰어든 것이었다. 달님이가, 그리고 묘선을 비롯한 누나들이 아무리 말려도 이미 그의 결심을 바꿀 수는 없었다. 묘강은 오히려 리틀 시카고가 편안한 안식처라고 느껴졌다. 그곳에는 그와 피부색이 비슷한 흑인 병사들이 많았고, 그들은 묘강을 동생처럼 아끼고 위해 주었기 때문이다. 리틀 시카고 거리를 배회하며 쏘다니던 어느 날 집에 들어온 묘강이 자랑스러운 듯 말했다.

"엄마. 엄마. 나 하우스 보이로 들어가게 됐어."
"어디냐?"
"응. 바로 저기… 지원사령부야. 조지라고 캡틴 있잖아. 엄마도 알지? 그 사람이 넣어 줬어."
"그러냐. 일단 들어갔으니까, 열심히 해봐."
 묘강은 그의 말대로 리틀 시카고에서 자주 만난 흑인 캡틴을 따라 집 근처에 주둔하고 있는 보산리 지원사령부에 하우스 보이로 들어갔다. 달님이는 한편으로는 걱정이 되었으나 그나마 안심이 되긴 하였다. 그러나 묘강은 하우스 보이로 일한 지 석 달도 채 되지 않아 시무룩한 얼굴로 퇴근했다.
"강이 너. 무슨 일이냐?"
"아냐. 아무것도."
"아니긴 뭐가 아냐. 강아. 다른 사람은 다 속여도 에미는 못 속인다. 네 얼굴에 무슨 일이 있다고 쓰여 있는데 그래."
"엄만. 나, 쫓겨났어. 갓뎀. 백인놈들은 하나같이 그래. 난 백인놈들이 싫어. 정말 싫단 말이야. 사람은 다 같잖아. 껍데기가 무슨 소용이야. 엄마가 그랬잖아. 하나님께서 사람을 만들 때 모두 평등하게 창조했다고. 그치만, 백인놈들은 그게 아니라구. 저희 놈들만 잘난 척하고, 저희 놈들만 최고가 돼야 하고, 나 같은 깜둥이는 머슴살이만 하라는 거야. 그런 나쁜 놈들이 어딨어. 씨이."
 얘긴즉, 캡틴이 백인으로 바뀌었고 묘강은 쫓겨났다는 것이다. 단지 깜둥이라는 이유 하나로.
 묘강은 다시 리틀 시카고로 돌아왔다. 이름까지 그를 깍듯이 아껴준 흑인 캡틴의 그것을 따서 조지로 바꾸고. 아무리 기지촌에서 나고 자란 묘강이라고 해도 사회생활에 첫발을 디디는 그가 발붙일 곳은 쉽게 나타나지 않았다. 키와 덩치가 같은 나이의 아이들보다 큰 편이고, 중학교에 입학하면서부터 태권도장엘 나가 2단이 될 정도로 몸으로 하는 실력대결을 한다면 나름대로 자신이 있었으나 실제싸움에서는 아직 경험 없는 그가 리틀 시카고 거리의 주먹들에게 걸핏하면 두들겨맞기 일쑤였다. 물론 깜둥이라는 이유 때문이다.

결국 묘강이 돌아온 곳은 리틀 시카고 뒷골목을 누비고 다니는 작두파였다. 그러나 그는 단지 작두파의 부하에 지나지 않았다. 그날 저녁 작두파 아지트에서 형님들에게 불려간 묘강은 어리둥절한 표정으로 큰 형님 오작두 앞에 차렷자세를 취했다. 형님들에게 둘러싸인 채 다리를 꼬고 의자에 앉아 있는 오작두가 앞뒤 싹 잘라낸 채 손바닥을 펴 앞으로 내밀었다.

"어이. 조지. 조오지. 너 이 형님을 실망시킬 거냐. 내놔. 당장 내놔라."

"무슨…."

"이 깜둥이 새끼!"

묘강이 머뭇거리는 표정을 짓자 옆에 둘러서 있는 형님들이 달려들어 주먹과 발길을 날렸다. 뼈가 부러질 정도로 한참 동안 두들겨맞은 묘강은,

"형님들. 말을 해줘야 할 거 아닙니까. 내가 뭘 잘못했다구요."

반항을 했는데, 다시 형님들의 주먹과 발길이 우르르 밀려왔다. 잠시 후 손뼉을 딱딱 치며 형님들을 비켜 세운 뒤, 고개를 갸우뚱거리며 다가선 오작두가,

"조지. 조오. 지. 모르겠냐. 너 오늘 미군들한테 뭐 받았잖아. 안 받았다고는 말 못할 테지."

묘강은 그제서야 형님들이 왜 때리는지 알았다. 낮에 흑인병사들이 그에게 달러를 쥐어 주었는데, 그것을 빼앗으려는 것이

다. 거절할 수도 없다. 묘강은 주머니를 툭툭 털어 달러를 꺼내 준다.

"조지. 아직 정신을 못 차렸구나. 또 있잖아."

"그것이 전붑니다. 큰 형님."

"아냐. 아니지. 네가 입고 있는 그 야전잠바… 아쭈 염색을 잘했는데. 조지. 그것도 미군이 줬잖아. 아닌가."

"이 옷이요. 하지만, 이걸 벗으면 난 뭘 입고요."

"또 실망시키는군. 애들아, 조지가 아직 정신을 덜 차렸나 보다."

오작두가 지켜보는 가운데 아지트 안에서는 다시 한바탕 푸닥거리가 벌어졌다. 결국 묘강은 입고 있는 야전점퍼까지 빼앗겨야 했다. 생각 같아서는 당장 리틀 시카고를 떠나고 싶었으나 떠날 수도 없다. 그를 달갑게 맞아주는 곳은 이 나라 어느 구석에도 없지 않은가. 어금니를 꽉 물고 눈물을 삼키며 오작두를 보는 묘강은 버틸 만큼 버티겠다고 생각하며 입술을 깨문다.

"좋다. 그만 하자. 조지. 너 미군부대 하우스 보이 노릇을 했지! 이리 와서, 구두를 닦아라."

작두파 꼬붕이 된 이후 묘강은 큰 형님 오작두를 비롯한 형님들의 구두도 닦아주고 담배심부름을 했다. 조직의 심부름이라는 것이 십중팔구 도둑질이었으므로 그때마다 묘강은 불안에 떨어야 했으나 싫다고 거절할 수는 없다. 리틀 시카고에서 맨몸으로 살아남기 위해서는 죽음을 각오하지 않을 수 없다는 것을 몸과 마음으로 터득해 가고 있는 것이었다.

"조지. 네가 하우스 보이 했던 창고 말이야, 거기에는 값나가는 물건이 산더미같이 쌓여 있지? 요즘 미제 카메라 한 대가 얼마야. 조지. 넌 우리 조직의 기둥이닷. 색시들한테 아무리 미군들을 찍어줘 봐야 몇 푼 되질 않아. 내 말, 무슨 뜻인지 알겠지?"

앞에서 열심히 구두를 닦고 있는 묘강이 머리를 쓰다듬으며 오작두가 말했다.

"카메라를…훔쳐오라는 말씀입니까?"

"싫은가. 싫으면 가져오지 않아도 돼. 다만, 넌 명령을 거절한 대가로 조직의 쓴맛을 보게 될 거닷."

묘강은 가슴이 덜커덕 내려앉는다. 미군부대에 들어가 카메라를 훔쳐오라니… 철조망으로 높게 둘러쳐진 미군부대를 어떻게 뚫고 들어갈 것이며, 또 들어간다고 해서 카메라를 어떻게 훔쳐올 것인가. 그러나 오작두의 입에서 조직의 쓴맛을 보게 될 것이라는 말이 떨어진 이상, 이미 피할 수도 없다.

"강아, 또 나가냐. 인석아, 밤늦게 어딜 그렇게 쏘다니는 거냐. 엉, 제발 좀 정신 좀 차려. 강아, 에미 속 좀 그만 썩이고."

그날 늦은 밤, 집을 나가는 묘강의 태도가 왠지 심상치 않다고 생각한 달님이 달래기도 하고 꾸짖기도 하면서 앞을 막았으나 묘강은 뿌리치듯 집을 나온다. 목표물은 이미 정해졌다. 미군부대 안팎은 자기 손바닥 들여다보듯 훤히 알고 있는 묘강이다. 철길 건널목을 지나 미군부대 정문 앞에서 잠시 숨을 고르던 묘강은 보산 2리 쪽으로 방향을 틀었다.

그곳에는 보초가 없다. 주위를 두리번거리며 묘강은 철조망 가까이 다가선다. 손을 철조망에 갖다댄다. 차가운 전율이 온 몸을 타고 저릿하게 흘러들었다. 철조망을 몇 번 흔들어 보던 묘강은 낮은 포목을 하듯 뒤로 벌렁 드러누워 철조망 밑으로 벌레처럼 기어 들어갔다. 왼쪽 발끝에 거치적거리는 철조망을 오른쪽 발끝으로 밀어낸 뒤 간신히 철조망을 통과했다. 일단

부대 안으로 들어오는 데는 성공했는가 보았다. 숨을 훅 내쉬며 몇 달 전 그가 하우스 보이를 했던 창고건물을 향해 뛰어가려는 찰라.

타앙——.

한 발의 총성이 밤하늘을 흔들었다. 오른쪽 다리가 뜨끔했으나 살펴볼 여유가 없다. 황망히 놀라 다시 돌아선 묘강은 방금 뚫고 들어왔던 철모망으로 달려갔다. 그러나 들어올 때와 같이 철조망 밑으로 기어 나갈 시간이 없다. 방금 총을 쏜 미군 보초 두 명이 달려오고 있는 것이었다. 잠시 머뭇거리던 묘강은 냅다 철조망을 타고 올랐다. 손바닥이 철조망에 찔리고 옷이 걸려 찢어졌으나 혼비백산한 묘강은 자신이 어떻게 넘어왔는지도 모르게 철조망을 넘어 보산 1리 쪽으로 냅다 뛰었다.

탕, 탕, 탕——.

뒤에서 고요한 밤하늘을 찢는 총성이 들려온다.

## 6

그날도 새벽같이 일어나 대충 세수를 하고 식당으로 가 모래알같이 으석거리는 밥을 꾸역꾸역 씹어 삼킨 뒤 옷을 갈아입고 기숙사를 나선 묘숙은 납덩이가 짓누르는 듯 졸린 눈을 억지로 밀어내며 공장으로 향했다. 어젯밤 자정이 넘도록 야근을 하고 또 이른 아침 출근해야 했으므로 몸은 이미 녹초가 되었으나, 아무리 야근을 했다고 해도 정상출근을 하지 않을 수도 없다. 정상출근을 해 업무시간을 정상적으로 작업하려면 거의 매일같이 되풀이되는 야근을 피해야 했으나, 그 야근을 하지 않을 수 없는 것이 거의 강제적인 야근이었고, 또한 정상적인 업무시간만 근무를 하게 되면 한 달 동안 일하고 받는 월급이라는 것이 기숙사비를 내고 나면, 수중에 쥘 수 있는 것이라고는 텅 빈 월급봉투일 뿐이었으므로 죽기 아니면 살기 식으로 철야를 하다시피 야근을 하는 것이었다. 그래야 고작 돈냄새라도 맡을 수 있었으니까.

"피곤하겠구나. 어젯밤에도 곧 곯아떨어지던데."

"언니도 마찬가지잖아."

묘숙이 자리에 앉자 반장으로부터 작업지시를 받고 좀 늦게 옆자리로 온 조장 김동숙이 말을 걸었다. 같은 기숙사를 사용하고 있기 때문에 아침인사라고 할 것도 없었으나, 공장에서는 늘 하는 아침인사라는 것이 그랬다.

"조장이라고 해도, 쉬지도 못하구."

"애는, 남 걱정하고 있구나."

묘숙이 입사한 지도 어느덧 해가 바뀌었으나 원래 입사할 무렵 조장인 동숙이 옆에 두고 친절하게 일을 가르쳐 주었는데, 묘숙은 그런 동숙을 친언니처럼 따랐고, 동숙도 마치 친동생같이 정이 들어 아예 옆자리에 두었고, 기숙사까지 같은 방을 쓰고 있는 것이었다. 묘숙이 일하는 부서는 가발과 식모반(植毛班)이다. 말하자면 머리카락을 원단에 심는 작업반이다. 남자 종업원들이 원단과 머리카락을 한 광주리씩 갖고 와 여자종업원들 앞에 쏟아붓듯 내려놓고 가면, 식모반의 작업이 시작된다.

"얘. 저기, 호랑이 과장 온다. 시작해."

"응, 언니."

종업원들 사이에 호랑이 과장으로 불리는 최영탁이 정경하 작업반장의 안내를 받으며 마치 지휘봉이나 되는 듯 가는 몽둥이 하나를 어깨에 걸친 채 두 팔을 허수아비같이 얹고 이리저리 공장안을 둘러보며 종업원들 사이를 왔다갔다 한다. 영탁을 흘끔 보던 묘숙은 머리카락을 한 움큼 움켜쥔 채 원단을 가져와 몇 올씩 심기 시작한다. 벌써 몇 달 동안 같은 일만 반복하는 터라 싫증도 났지만, 어머니와 형제들이 살고 있는 동두천 기지촌으로 가서 미군들에게 몸을 파는 여자가 되지 않으려면, 혹은 어느 부잣집으로 들어가 식모가 되지 않으려면 이곳을 떠날 처지도 아니다.

"묘숙이 너, 얘기 들었니? 우리 회사 사장이 바뀐대."

"무슨 소리야, 언니?"

"응. 장두식 사장은 회장으로 올라가고, 김종팔 부사장이 사장으로 부임한다는 거야. 너, 김종팔 사장이 누군지 알아? 전에 치안본부장을 지냈던 김기팔 친동생이야. 빽이 든든하단 말이지 뭐. 그렇지만 이번 인사는 빽으로 밀어낸 것이 아니구, 김부사장을 사장으로 앉히면서 장회장은 미국으로 건너가 백화점을 차린다는 거야."

회사 설립 초창기 때부터 일해온 동숙은 누구보다도 회사실정에 대해 정통한 종업원 중 한 명이었는데, 왠지 그녀가 근무해 온 연륜만큼이나 회사에 불만이 많기도 하였다. 물론 묘숙도 그녀의 불만에 십중팔구는 공감하고 있었으나, 불쑥불쑥 거침없이 내뱉는 불만토로에 때로는 겁이 나기도 했다. 동숙의 얘긴즉, 묘숙이 근무하는 HK무역은 원래 왕십리에 있었는데, 당시만 해도 장두식 사장이 단시 10여 명의 종업원으로 가발공장을 시작해 4년밖에 되지 않은 지금은 4천여 명을 고용하는 국내최대 가발업체가 되었고, 수출순위만 해도 국내 15위라는 대기업으로 기적 같은 급성장을 한 회사였다. 이제 장두식 사장이 회장으로 승격하고, 그 자리에 김종팔 부사장을 앉히면서 미국으로 건너가 백화점을 차린다면, 수출을 위주로 하는 회사를 위해 나쁠 것도 없다 싶었으나 동숙의 생각은 다른가 보았다.

"뭐, 잘된 일이라구. 겉으로 보면 그렇지. 수출을 하려면 외국 바이어들과 만나야 하고, 굽신거리기도 해야 하지만, 우리 회사 회장이 미국에 백화점을 차린다면, 그럴 필요도 없이, 수출은 따놓은 당상이 될 거란 말이지? 나도 처음엔 그렇게 생각했어. 하지만 그게 아니다 너어. 너도 이제 알 만큼 알았을 테니까 말이지만, 가발업체라는 곳이 무슨 회사니. 어떤 산업보다 노동집약적인 사업이란 말야. 장두식이 때를 잘 맞추긴 했지. 가발수출이 호경기거든. 게다가 조국 근대화다 한강의 기적이다 뭐다 해가지고 나라 정책이 수출제일주의로 나가니까, 둘이 딱 맞아떨어진 거야. 그것이 오늘날 HK무역 성장에 도움을 준 것도 사실이구. 하지만 그것은 말하기 좋아하는 사람들이 외부에서 지껄이는 말이구, 속사정은 달라."

경기도 양평에서 찢어지게 가난한 집안의 맏이로 태어나 상고를 나온 뒤 자그만치 일곱이나 되는 동생들을 뒷바라지하기 위해 무작정 상경해 HK무역에 취직을 했고, 오늘까지 근무하고 있다는 동숙은 회사사정뿐만 아니라 사회생활 전반에 대해 아는 것도 많았다. 원래 그녀의 꿈은 시인이 되는 것이었고, 학교 다닐 때는 교과서나 부기, 주판보다는 문학책을 더 많이 탐독했다니까, 그녀의 그 지식은 어쩌면 그 많은 독서량에서 나온 것인지 몰랐다.

"HK무역의 성장비결은 바로 우리 여성근로자들의 세심한 노동력과 근면, 희생에 있다구. 묘숙이 너도, 생각해 봐. 우리가 월급을 받아봐야 몇 푼이나 받니. 노동법상 주어진 근로시간만 일하다가는 굶어죽는 것을 면하는 것이 고작 아냐. 그러니까

독재적인 고용권의 횡포와 생존권을 위협하는 도급제의 저임금, 게다가 노동법상 근로자의 권리를 박탈한 고용주의 악질적 착취가 바로 HK무역의 성장비결이었단 말이야. 그런데 사정은 어때? 우리 같은 여성 근로자의 공을 알아주는 곳은 이 나라 어느 곳에서도 없어. 우린 그저 공순일 뿐이라구. 나도 이 회사 창설멤버라면 창설멤번데, 그동안 하루가 다르게 성장하는 회사를 보고 얼마나 뿌듯했는지 몰라. 그렇게 초라하게 시작해 이렇게 큰 회사로 성장하고, 또 그런 회사에 다니는 나 자신이 자랑스럽기조차 했고. 하지만 뭔가 잘못 돌아가고 있구나, 하는 생각이 요즘 들어 부쩍 든단 말이야. 미국에 백화점을 차린다는 것만 해도 그래. 국내 회사에서, 가발산업으로 돈을 벌었으면 가발산업에 투자해야지, 그동안 뼈빠지게 고생한 우리 종업원들한테 그 이익의 일부라도 나누어 주어야지, 그 재산을 미국으로 빼돌리는 것과 뭐가 달라. 우리 여성근로자들이 일하는 거 말이야, 회사창설때나 지금이나 달라진 것은 하나도 없다구. 월급도 마찬가지구. 단 한 푼도 오르지 않았단 말이야. 누구보다도 내가 산 증인이니까."

모를 일이다. 묘숙은 정녕 모를 일이라는 생각만 들었다. 고생이 되기는 하였으나, HK무역에 취직하면서 동숙이 말대로 이렇게 큰 회사에 취직을 했다는, 그런 회사에 다닌다는 묘숙은 자신이 얼마나 대견스럽고 또 자랑스러웠는지 몰랐다. 그랬으므로 앞뒤 가릴 것 없이 집을 뛰쳐나왔으나, 이 회사에 입사한 뒤에는 어머니한테 소식을 전할 수 있었고, 또 돈이 조금 모아지면 집에 찾아가겠다고 굳게 결심한 터였다. 하긴, 해가 바뀌도록 근무했으나 그녀의 수중에 모아진 돈은 전혀 없었고, 어머니와 형제들이 살고 있는 동두천이라고 해야 엎어지면 코 닿는 거리지만 그만큼 동두천으로 가는 길은 아득히 멀기만 했다. 그러나 한번 결심한 이상, 어떤 어려움이 있다고 해도 그 결심을 실천해 보일 것이다. 동숙이 자리에서 일어나 작업반장에게 허락을 받고 화장실에 가는 모습을 흘끔 쳐다보던 묘숙은 다시 머리카락을 한 움큼 움켜쥐고 꾹꾹 눌러 심는다. 머리카락 한 올 한 올마다 갖은 정성을 다 쏟으며.

## 7

화장실에서 돌아온 동숙이 반장한테 불려가 고개를 끄덕이며 뭔가 귓속말을 나눈 뒤, 자리로 돌아온다. 묘숙은 그녀가 온 줄로 모르고 한 올, 한 올 정성스럽게 머리카락을 심는 일에만 정신이 팔려 있다.
"묘숙아. 밖에 나가봐. 면회 왔대."
"면회…나한테?"
"윤묘선이라고 하던데. 동생인가 부지? 반장하고 과장한테 인사하고 가는 거 잊지 마라."
"알았어, 언니. 갔다 올께."
자리에서 일어나 대충 주위를 챙긴 묘숙은 작업반장한테 가서 허락을 받고 다시 작업실 뒤편에 칸막이가 쳐진 가발과 사무실로 들어가 최영탁 과장 앞으로 다가서며 깎듯이 인사를 드렸다.
"저, 면회를 와서…."
"엉, 알아. 방금 정반장한테 보고받았어. 다녀오라구. 하지만 빨리 돌아와야 될 걸. 부족한 일량을 채워야 한다는 건 알고 있겠지?"

"네, 과장님."

"좋아, 그럼 다녀오라구. 아, 묘숙이. 하, 내가 이런 말을 해야 되는 것인지 모르겠군. 아무튼 말이야, 면회 잘하고 오라구. 묘숙이 하기에 따라서 일량 채우는 거 면제해 줄 수도 있어. 내 말뜻… 알겠지? 하하, 뭐하고 있나. 어서 다녀오라니까."

최영탁 과장의 눈길이 다른 여종업원들의 그것과는 좀 다르다는 것을 묘숙이 느낀 것은 오래 전이었다. 정확하게는 묘숙이 HK무역에 입사한 뒤, 가발과 사무실 바로 옆에 붙어 있는 13반에 배치받은 직후부터였다. 그러나 그는 드러내 놓고 치근거리는 것이 아니라 과장이라는 자기의 권한 안에서 묘숙을 가까운 곳에 두고 알게 모르게 친절하게 대해 주곤 하는 것이었는데, 묘숙을 대하는 그의 태도가 심상치 않다는 것을 먼저 깨달은 것은 동숙이었다.

"묘숙이 너, 저 치 조심해라 얘. 저 치가 장사장 처남이라는 작잔데, 좀 반반하게 생겼다 하면, 침을 질질 흘린단 말야. 아무래도 다음 표적은 묘숙이 네가 찍힌 것 같애. 내 말 꼭 기억해 둬. 저 치가 우리 여자 종업원 몇 명을 피눈물을 흘리도록 해 내보냈는지 몰라. 어떤 아이는 임신까지 해가지고 쫓겨났다너어. 문제는 저 치가 처자식이 있는 유부남이라는 거야. 저 치가 하도 우리 여종업원들을 괴롭혀서 언제인가 우리가 몰려가 항의를 한 일이 있는데, 저 치는 끄덕도 하지 않아."

동숙의 충고를 들은 뒤부터 묘숙은 영탁과 눈빛을 마주치는 것조차도 피하곤 했는데, 그럴수록 영탁은 더욱 친절하게 접근해 왔다. 그날도 경계의 눈빛을 거두지 않는 묘숙은,

"알았어요. 이따 밤에 잔업 하면 되잖아요."

좀 쌀쌀맞게 대답한 뒤 공장을 나온다. 블록벽에 슬레이트

막사로 지붕을 한 공장을 나온 묘숙은 쏟아지는 햇살에 눈이 부셔 손바닥으로 햇빛을 가리며 정문 쪽으로 시선을 가져갔다. 어깨에 핸드백을 둘러메고 한 손에 두툼한 몇 권의 책과 노트를 낀 채 정문 앞에 서성이는 것은 틀림없이 묘선이다. 반가움에 달려가던 묘숙은 그제서야 뭔가 마음에 걸린 듯 걸음의 속도를 늦추면서 코발트빛 작업복을 휘둘러 보았다. 헝겊조각과 머리카락이 제멋대로 붙어 있다. 마당 한복판에 서서 작업복을 툭툭 털어낸 뒤, 묘숙은 천천히 정문을 향해 간다.
"언니, 묘숙 언니."
"묘선아, 왔니?"
정문 앞에서 언니와 동생은 손을 잡고 깡충깡충 뛰면서 반기었다. 한 달에 두어 번 정도 만나는 자매다. 잠시 동안 서로를 살펴보던 자매는 그제서야 좀 머쓱한 표정으로 손을 놓는다.
"묘선이 너, 밥 먹었니. 식당에 가서 밥 먹을래?"
"아니, 좀 걷자. 언니. 저기, 코스모스가 피어 있는 도로가 참 좋던데. 우리 부평하고 용주골에서 학교 다닐 때 코스모스 꽃잎 따먹기 많이 했잖아. 언니, 생각해 보면 그때가 좋았잖아. 안 그래?"
"엉, 그때가 좋았지."
묘숙은 야릇한 표정으로 묘선을 본다. 왼쪽 가슴 위에 박혀 있는 서울대학교 뱃지가 유난히 크게 눈에 띠었다.
"왜, 바빠?"
"아니, 가자 애."
작업복 차림으로 나온 묘숙은 여대생인 동생과 나란히 걷는다는 것이 좀 마음에 걸렸으나 이내 그런 생각을 털어 버리고 회사 정문을 뒤로 한 채 앞장서서 맞은편 인도 쪽으로 건너갔다. 묘숙의 의식에는 조금 전에 묘선이 했던 말이 떠나지 않고 자맥질한다. 부평 신촌거리와, 용주골에서 살았던 학창시절, 등·하교길에 묘숙과 묘옥, 묘선은 늘 붙어서 다니며 가을날 길가에 만개한 코스모스를 보면 꽃잎 따기를 했던 기억이 새롭기만 하였다. 묘선이 얘기대로 그때가 좋았는지 어땠는지 모르겠으나, 그때 그날의 일들은 묘숙의 의식에 추억의 장면, 장면으로 남아 있다. 묘숙의 생각에는 그러나 묘선이 말대로 좋기만 한 시절은 아니었다. 묘숙이나 묘선이는 아니라고 해도, 같은 형제지만 혼혈아로 태어난 묘옥과 묘강이, 묘순이가 있어 주위로부터 늘 따돌림을 받았던, 본인들은 물론이겠으나 묘숙이 생각에 오히려 자신이 더욱 가슴 아팠던 날들이다.

"엄만 잘 계시지?"

묘숙은 쓸쓸한 표정으로 물었다.

"응, 언니."

"동광이는… 우리 동광이는?"

묘숙은 다시 눈이 글썽해진다. 강보에 싸인 아이를 두고 온 터이라, 아무리 독한 엄마라고 해도 가슴 한구석에서는 늘 동광이 얼굴로 가득 차 있다. 동광이만 생각하면 하루에도 열두 번씩 동두천으로 달려가고 싶지만, 그럴 수도 없는 것이 아직도 떳떳한 엄마가 되지 못한 까닭이다.

"잘 있어. 동광이는 잘 있으니까 아무 걱정 말우. 엄만 늘 언니 얘기만 해. 강이가 좀 문제지만."

"강이가 왜?"

"글쎄, 객지에 와서 고생하는 언니한테 이런 얘길 해야 되는 건지 어쩐지 모르겠지만, 강이가 자꾸 옆길로 빠지는 것 같아 걱정이야. 며칠 전에는 미군부대에 숨어 들어갔다가 다리에 총까지 맞았어. 어제 퇴원했는데, 지금 통원치료를 다니고 있어."

"총을, 강이가?"

묘선으로부터 자초지종을 들은 묘숙은 한숨을 훅 내쉬며 흰 구름이 둥실 떠 있는 먼 하늘 쪽으로 눈길을 밀어낸다. 생각 같아서는 당장이라도 달려가 늘 그립고 보고 싶기만 한 어머니와 형제들, 그리고 아들을 만나고, 특히 묘강이 상태가 어쩐지 직접 눈으로 확인하고 싶었으나 그럴 수 없는 자신의 처지가 안타깝기만 했다. 눈에서는 자꾸만 눈물이 비집고 나오려고 하는데, 동생 앞에 울 수도 없는 일이라 이따금씩 고개를 돌려 손수건으로 눈언저리를 꾹꾹 누른다. 그리고 입가에 엷은 미소를 슬몃 지으며 고개를 돌려 묘선을 본다.

"너는, 대학생활은 재밌니?"

"그렇지 뭐. 언닌 어때?"

"응, 아직 모르겠어. 솔직이 말하면, 일이 고달프기만 하구. 남는 것이 없어. 돈이 좀 모아지면, 묘선이 네 학비라도 좀 보태고 싶지만, 아직은 꿈에 불과해. 조금만 기다려 봐. 내가 어떻게 좀 돈을 모아볼 테니까."

"언니두. 내 걱정은 마. 나야, 장학금으로 다닐 수 있으니까, 언니 걱정이나 해. 그러나저러나, 사정이 그렇다면 언닌 언제 집에 들어올 거야. 언니, 이제 그만 고집 꺾고 들어와. 동광이도 제법 엄마를 부를 줄도 알구, 엄마가 얼마나 언닐 기다리는데. 언닌 우리 집 맏딸 아니우. 어렸을 때부터 엄마가 언니를 대하는 태도가 얼마나 각별했는데. 나도 질투가 났었는걸."

"그랬니, 그럼 뭘 해. 그런 나는 이 꼴이구, 넌 여대생이잖아. 그것도 일류대학에 다니는. 응, 그이는 잘 있니?"

"응, 누구?"

묘선은 언니가 누굴 가리키는지 물론 알고 있었으나 얼른 대답하기가 쉽지 않아 짐짓 모른 체한다.

"대호씨 말이야. 황대호씨. 그이, 참 잘생겼지. 그치? 너, 그

이하고 한번 사귀어 봐. 괜찮은 사람 같더라 얘. 더구나 국회의원에 부잣집 도련님이잖니. 네가 국회의원 집 며느리만 됐다 해봐라."

"언닌, 그만해. 별소릴 다해, 정말."

묘숙 언니가 황대호 선배한테 마음을 빼앗기고 있다는 것을 안 것은 집을 나온 후 처음으로 학교에 찾아왔을 때였다. 가까운 다방으로 가서 얘기를 하자는 묘선의 제의를 한사코 거절하고 교문 앞에서 어머니한테 보내는 편지를 건네준 언니는 계속 학교 안을 기웃거렸다.

"언니, 누구 찾는 거우? 우리 학교에 아는 사람 있어?"

"응, 아냐. 아무것도."

언니가 고개를 저으며 부정하고 있을 때, 마침 황대호가 나왔는데, 미처 묘선을 보지 못한 그가 앞을 지나쳐 학교 앞 정류장에서 시내버스에 오를 때까지 언니는 거의 정신이 팔린 채 움직이질 않았다.

"언니, 아는 사람이야?"

"응? 응. 전에 한 번 봤어."

대호가 사라진 뒤 묘선이 물었는데, 묘숙은 우수가 가득 찬 표정으로 대답했다. 바로 그 대호는 묘선과 사귀고 있는 중이다. 며칠 전에는 소양강 별장으로 가서 사흘동안이나 같이 보내며 마음뿐만 아니라 몸까지 섞어온 터였다. 그 후 묘선은 대호를 만날 때마다 마치 언니에게 죄를 짓고 있는 기분이 들곤 하였으나, 기왕에 언니는 대호의 상대가 될 수 없고, 그렇다면 대호를 포기할 일이 아니라고, 대호를 향하는 그녀의 마음을 더욱 굳게 다지곤 하였다.

"그러고 보니까 언니 얼굴이 좀 안 좋아 보여. 어디 아파?"

묘선은 분위기를 바꾸기 위해 다른 말을 꺼냈다.

"아프기는 누가. 요즘 야근을 많이 하니까 좀 피곤해서 그럴 테지 뭐."

"그렇게 야근을 많이 해?"

"매일같이 하지 뭐. 안 할 수가 없어. 정상업무 시간에 받는 월급만 가지고는 기숙사비도 모자라거든."

"그렇게 야근하고… 돈도 못 벌고… 그럼 뭐야, 회사에서 착취를 한다는 얘기잖아. 종업원들의 노동을 착취하는 거야."

"얘는, 꼭 우리 조장 같은 말을 하고 있네."

"그래, 그런 조장이 있단 말야. 그 조장이 누군데? 응, 언니. 저기 둑길에 가서 좀 앉자. 앉아서 얘기해."

이야기를 하면서 느릿느릿 걷는다는 것이 두 자매는 어느새 서울과 경기도 경계지점인 광명교를 건너고, 안양천변 둑길 쪽으로 걸어가고 있었다. 묘선이 먼저 잔디밭으로 가서 앉았고, 공장이 밀집한 강 건너 구로 쪽을 잠시 바라보던 묘숙이 옆으로 다가와 살며시 앉는다.

"언니. 그 조장에 대해 얘기해 봐. 누구야? 응."

"넌 참 이상하다. 별걸 다 꼬치꼬치 캐묻고. 대학생이 그런 것도 알아야 하니?"

"언닌. 언니가 일하는 곳이니까 궁금해서 그렇지 뭐."

묘선은 전진회 활동의 일환으로 공단실태, 특히 여성근로자의 실태를 조사하는 것이었으나, 그녀의 의도를 알 수 없는 묘숙은 왠지 회사에 대해 꼬치꼬치 물어보는 동생에게 불길한 예감을 떨칠 수 없다. 물론 묘선은 허튼 짓을 할 동생이 아니다. 어렸을 때부터 그랬으니까. 묘숙은 의혹을 눈길을 걷고 묘선이 물어보는 대로 김동숙에 대해 이야기해 준다. 묘선의 표정은 진지하기만 하다. 광명시 건너편 산봉우리 뒤로 붉은 노을빛이 드리우고 있다.

## 8

 여기는 동두천 보산리 버드나무집이다. 해가 중천에서 서으로 한 발이나 기운 오후 2시, 피곤한 잠자리를 털고 일어난 묘옥은 잠옷차림으로 밖으로 나가 세수를 하고, 어머니가 자기 방까지 갖다 주는 아침을 겸한 점심을 두 다리 사이로 받아들고 문을 활짝 열어 놓은 채 먹고 있는데, 밖에서 서성거리는 어머니가,
 "썩을 년! 에미속을 이리 몰라주다니. 자식이 웬수야. 웬수. 아이구, 내 팔자야. 저 년이 기어코 제 에미를 죽일 거야."
 투덜거렸으나 전혀 아랑곳하지 않는다. 잠시 후 어머니가 밥상을 들고 간 뒤 묘옥은 담배를 한 대 피워 물었다. 그때쯤 양쪽 아래채에 벌집같이 다닥다닥 붙은 방마다 문이 열리고 기지촌 여성들의 부스스한 얼굴들이 하나둘씩 나타난다. 밤에 화장을 짙게 했으므로 드러나지 않았으나 화장기 없는 낮의 얼굴은 모두가 하나같이 통통 부었다. 하긴, 십중팔구는 옥화같이 마약중독자이거나 유화같이 서른 살이 훨씬 넘은, 기지촌 여성으로서는 퇴물이나 다름없는 여자들이었는데, 포주인 달님이 바로 그런 오갈 곳 없는 기지촌 여성들을 상대로 포주가 된 터였다. 그러나 그들 여자들이라고 해서 영업을 중단할 수 없으므로 날이 갈수록 몸은 망가져 가고 있다.
 "대모(代母)님, 갔다 올께요."
 "그래, 다들 술·담배는 작작들 해. 몸들 생각하구."
 대모는 바로 달님이를 두고 부르는 말이다. 언제부터인가, 정확하게는 달님이가 포주로 개업하던 날, 버드나무집이 기지촌 여성들의 퇴물만 모인다고 해서 '양로원'으로 불리게 된 날

부터 달님이는 대모로 불렀다.
 "어이구, 썩을 년!"
 기지촌 여성들이 하나 둘씩 빠져나갈 무렵, 달님이의 눈길은 다시 묘옥의 방으로 달려간다. 한두 번 들어온 어머니의 투덜거림이 아니었으므로 이제 듣는 묘옥은 물론이지만, 그런 묘옥을 볼 때마다 속에 불이 나는 달님이도 볼 때마다 울화가 치밀어 올라 투덜거리기는 했으나 포기한 지 이미 오래다.
 "난 미국으로 갈 거야. 어떤 식으로든. 미군하고 국제결혼을 하든 어떻게 하든, 미국으로 갈 거라구. 가서, 날 이렇게 낳게 만든 그 잘난 아버지를 만날 거야. 엄마, 제발 날 말리지 마. 엄마가 날 미국으로 보내 줄 것이 아니라면, 제발 좀 그만 내버려두란 말이야. 딸 하나 없는 셈치구."
 본격적으로 기지촌에 뛰어든 묘옥을 보고 처음에는 너 죽고 나 죽자며 기를 쓰고 말렸으나, 묘옥은 한 술 더 떠 아예 집을 나가겠다고 했고, 정 그렇다면 꼴도 보기 싫으니까 나가라고, 이제부터는 에미를 에미로, 형제를 형제로 생각하지도 말라고 큰 소리를 탕탕 쳤는데, 물론 그것은 묘옥을 말리기 위한 협박이었으나 묘옥은 아닌게 아니라 다음날 훌쩍 집을 나가 버렸다. 첫째 묘숙이 집나간 뒤 둘째 묘옥까지 집을 나갔으므로 달님이는 거의 제정신이 아니었다. 묘옥을 찾아헤맨 지 한 달만에 달님이는 송탄 기지촌에서 망가질 대로 망가진 채 몸을 팔고 있는 묘옥을 찾기는 찾았다. 그러나 묘옥이 살고 있다는 방을 보는 순간 달님이 절로 기가 막혀 한동안 말을 잃어버렸다. 달님이 자신이 포주를 하고 있지만, 이것도 도대체 말도 되지 않는 방 안에서 살고 있었는데, 그것은 사는 것이 아니다.
 두 사람이 누우면 딱 알맞을 좁은 방, 그나마 달님이 그곳에 오기 며칠 전 베니어 합판으로 가렸지만, 그전까지만 해도 옆방과는 커튼 같지도 않은 커튼으로 가려진 채 방이 따로따로 구분되어 있다. 그런 곳에 살고 있었으므로, 묘옥은 홀에 나가 미군을 잡았을 때는 여관이나 호텔로 데리고 가지만, 달러를 잘 쓰지 않으려고 하는 흑인병사를 만났을 때는 할수없이 자기 방으로 데려올 수밖에 없다. 고참미군들은 호텔에 가는 것보다 기지촌 여성들의 방으로 가는 것이 경비가 훨씬 절약된다는 것을 익히 알고 있다. 그들은 이런저런 핑계를 대며 호텔을 피했는데, 기지촌 여성들은 울며 겨자먹기로 자기의 방으로 데리고 올 수밖에 없다. 옆방에서 숨쉬는 소리까지 훤히 들리는 커텐막이 방 안에서, 기지촌 생활 한 달여 만에 묘옥은 어느새 만성이 되어 버린 듯하였고, 미군과의 동침을 서슴지 않았다. 물론 묘옥이 공치는 날, 옆방의 동료여성이 미군을 상대로 몸을 팔게 되면, 묘옥은 동료와 미군이 내지르는 교성을 숨소리 한 번 내쉬는 것까지 들어야 했는데, 그것이 낯설고 어색하기는 며칠뿐, 이제는 그 어떤 소리도 태연히 들어줄 정도로 기지촌 환경에 익숙해져 있었다.

"옥아, 묘옥아. 이년아. 이게 무슨 짓이냐. 그래, 이런 곳에서 그 잘난 미군을 만나 국제결혼이라도 했냐. 아이구. 이 몹쓸 년아. 이게 대체 무슨 꼬락서니란 말이냐. … 좋다. 나도 더 이상 말리지 않으마. 네가 원한다면, 정 이렇게 살겠다면 아예 집으로 돌아가자. 이 에미가 포주 대몬데, 못할 것도 없지. 집에 들어와서 양공주 노릇을 하든지 미국놈하고 결혼을 해 미국으로 가든지 네 맘대로 해. 이 썩어 문드러질 년아."

기가 막히고 어이도 없는 달님이 피눈물을 삼키며 무슨 말을 해도 아예 소귀에 경 읽기라는 듯 껌을 쩍쩍 씹어대면서 듣는 척 마는 척 하는 묘옥을 얼르고 달래고 하여 억지로 집에 데려다 놓은 것이었다.

"언니, 우리 커피시켜 마실래? 거기, 실버 다방이죠. 여기… 버드나무집인데, 커피 두 잔만 갖다줘요. 빨리요."

동료인 유화의 방으로 건너간 묘옥이 전화로 커피를 주문한다. 그녀가 통화하는 뒷모습을 가만히 보는 유화는 좀 못마땅한 표정이다. 묘옥이 수화기를 내려놓고 돌아 앉는 것을 보고 유화는,

"실버에 미스 정이라는 그년이 또 배달 오겠지? 그년이 우릴 영 깔보는 것 같애. 흥. 두고봐라. 언제인가, 그년, 머리카락을 쥐어뜯을라구 내가 벼르고 있으니까. 제 년이나 우리나 다 몸 팔고 사는 주제에… 제가 무슨 요조숙녀라구. 아이구, 뭐 묻은 개가 뭐 묻은 개 나무란다더니."

"언니는, 오늘은 영업 안 할 거유? 참으슈. 그런 일로 기분 상할 거 뭐 있수. 초저녁 재수가 좋아야 장사두 잘 되는 거라고, 언니가 그랬잖우."

"그렇지? 그래, 묘옥이 네 말대로, 더러워서 참는다, 내가."

유화와 커피를 한 잔씩 마시고 자기 방으로 돌아온 묘옥은 침대에 엎드리고 누워 단골인 로버트 일병이 갖다준 『플레이보이』지를 뒤적거리다가 시계를 본다. 벌써 4시가 되었다.

"어머, 어머. 내 정신 좀 봐."

모옥은 허둥거리며 거울 앞에 앉아 서둘러 화장을 한다. 오늘은 미군들 월급날이다. 매달 15일과 30일인데, 미군 월급날이면 기지촌 술집이 붐비는 것은 말할 나위가 없다. 화장을 끝낸 묘옥은,

"언니. 준비됐어?"

유화를 부른 뒤 대답도 듣지 않고 허겁지겁 밖으로 뛰어나간다. 뒤에서 유화가 따라 나온다. 6시 ──. 묘옥과 유화는 미군부대 정문 앞 마카로니 웨스턴이라는 클럽으로 출근한다. 그

들이 출근한 마카로니 웨스턴은 미군전용 클럽이다. 기지촌에서 미군을 상대하는 술집은 두 종류가 있는데, 미군만 출입할 수 있는 술집과 한국인도 들어갈 수 있는 술집이 그것이다. 기지촌 여성들은 면세이므로 술값이 매우 싼 전자를 선호한다. 그러나 숫자가 제한되어 있어 미군전용 클럽에 뚫고 들어가기란 낙타가 바늘구멍 통과하는 것보다 더 어렵다. 수입만 따지면 전·후자 그렇게 큰 차이는 없지만, 아무래도 전자가 시설이 좋고 미군과 거래하기도 쉬운 편이라 기지촌 여성들은 자리가 비면 비집고 들어가기 위해 줄을 잡기 위해 안간힘을 쓴다. 묘옥이야 포주인 달님이 있었으므로 동두천에 온 다음날 마카로니 웨스턴으로 출근했지만.

  클럽에서 한 달 동안 일한 뒤 받는 월급이래야 기껏해야 만 원밖에 되지 않지만, 월급이라기보다 업주측에서 다른 클럽으로 옮기거나 결근하지 말고 매일 출근하라는 조건으로 주는 일종의 전속금이다. 그러니까 묘옥과 유화는 호스티스인 셈인데, 그것은 목적을 위한 수단에 지나지 않는다. 그들처럼 대부분의 기지촌 여성들은 호스티스를 겸하고 있지만, 그것은 미군과의 몸거래를 하기 위한 한 방편 —— 업주는 술을 팔고 기지촌 여성들은 호스티스 노릇을 하면서 미군과의 동침을 유도하기 위한 것이다.

  "늦지 않았죠?"

  "아. 로즈! 화이트 로즈! 어서 오게. 늦진 않았지만, 혹시 로즈가 오지 않을까, 사장님 걱정이 태산 같으셔. 맨날 그렇지만."

  "농담 그만 하세요."

  입구에서 묘옥은 생긋 웃어 보이며 출근사인을 하고 홀 안으로 돌아선다. 로즈는 묘옥이 동두천으로 온 뒤, 클럽 안에서

부르는 이름이다. 묘옥이 출근한 다음날, 마카로니 웨스턴을 찾아온 백인장교가,

"오, 로즈(Rose)! 어 화이트 로즈(A White Rose)!"

약간 흰 피부, 팔등신에 미모인 묘옥을 보는 순간 황홀하다는 듯 탄성을 질렀는데, 그것이 그만 묘옥의 이름이 된 것이었다. 그러니까 백인장교의 탄성에서 나온 말을 제대로 번역하면 백장미가 된다. 묘옥은 과연 마카로니 웨스턴에서 화려하게 핀 한 송이 백장미였다.

홀 안을 둘러본 뒤 묘옥은 아직은 한가한 자리에 다리를 꼬고 앉아 담배를 피워 문다. 음악이 찢어지게 작렬하지만, 이제는 거의 습관화되어 무감각하기만 하다. 마음속으로는 오늘은 제발 그녀를 아버지의 나라 미국으로 데리고 갈 수 있는 '대어'라도 하나 낚였으면, 기도하면서 묘옥은 아직 이른 시간인 줄 알면서도 이따금씩 출입문 쪽으로 흘끔흘끔 시선을 가져가곤 한다. 고객이야 흑·백인을 가리지 않지만, 그녀는 되도록 백인이기를 바란다. 물론 그녀를 찾는 고객은 줄을 잇는다. 마카로니 웨스턴의 화이트 로즈라는 이름은 동두천에 주둔하고 있는 미군부대 안팎으로 왁자하게 퍼져 나갔고, 그녀의 얼굴 한번이라도 보기 위해 찾아오는 미군들이 끝이 보이지 않을 정도로 줄을 섰지만, 그러나 정작 그녀를 미국으로 데리고 가줄 수 있는 '백마탄 기사'는 쉽사리 나타나지 않는다. 묘옥에게는 그것이 늘 불만이다.

## 9

　같은 클럽에서 일하는 동료지만, 유화의 생각은 묘옥과는 또 다르다. 묘옥은 하루빨리 국제결혼을 해 아버지의 나라 미국으로 데리고 가줄 수 있는 백인이 고객이기를 바라는 반면, 유화는 어떻게 하면 일당을 많이 벌 수 있을까 만을 생각하는 것이다. 물론 유화 역시 묘옥이처럼 미국행이나, 그것도 못 된다면 계약동거라도 할 수 있는 것을 꿈꾸고 있지만, 그것은 한갓 희망사항일 뿐이고, 당장 급한 것이 고향인 전남 나주에 두고 온 찢어지게 가난한 대가족의 살림에 조금이라도 보탬이 될 수 있는 것이었다. 그러나 기지촌 생활로 돈을 번다는 것은 쉬운 일이 아니다. 현재 동두천에는 3천여 명──동두천 양색시들의 자치단체인 민들레회(광암리 지역은 제외)가 집계한 1977년 10월 5일 현재 아가씨들의 숫자는 총 3,031명이다. 나이 분포는 20~24세가 2,075명으로 가장 많고, 30~50세가 168명, 그리고 50세 이상의 양색시가 4명이다──의 기지촌 여성들이 영업을 하고 있다. 3천 명의 기지촌 여성들이 공치지 않기 위해서는 하루 3천 명의 미군을 상대해야 하지만, 현실이 그렇게 돌아가질 않는다. 미군들은 하루에 줄잡아 3백 명쯤 외출을 나오는데, 그 미군들과 영업을 하기 위해서는 10대 1의 경쟁률을 뚫어야 한다는 계산이 나온다. 그렇다고 그 3백 명 미군이 모두 기지촌 여성들과 잠을 자는 것도 아니어서 이래저래 그들은 각자 안고 있는 빚덩이만 눈뭉치처럼 커져 갈 뿐이다.

　밤 7시──. 미군들이 하나 둘씩 들어오기 시작한다. 그날 미군을 잡아 거래에 성공하면 일당을 벌 수 있지만, 공치는 날이 더욱 많았던 경험에 비추어 어떻게 해서든지 일당을 채울 욕심인 유화는 미군들에게 끼어 부지런히 양주나 쥬스를 얻어 마시면서 일당을 메울 수밖에 없다.

"이봐요, 핸섬보이. 마셔요. 나두 한 잔 더 주구. 갈증이 나서 그래요. 응."

미군을 껴안다시피 하며 유화는 갖은 교태를 다 부려본다. 매상고에 3, 4할이 기지촌 여성들의 몫이다. 그러니까 천 원짜리 한 잔을 팔아주면 업주로부터 3, 4백원을 받는다. 열 잔을 팔아주면 3, 4천원의 수익이 떨어진다는 계산이다. 그러나 양주를 많이 마시면 취해 영업에 지장이 있을 뿐만 아니라 건강을 해치기 십상이라 주로 쥬스를 얻어 마신다. 기지촌 생활 4년 동안 유화는 하루에 쥬스 50잔의 매상을 올린 기록이 있고, 그래야 1,500원에서 2천 원 정도가 수중에 떨어지지만, 창자는 썩어 문드러질 정도로 썩어가고, 뒤틀린 속에서 신물이 넘어 나오는가 하면 속뿐만 아니라 온몸이 시릴 대로 시리기만 한다.

"언니, 괜찮아?"

뜸한 시간을 타서 묘옥이 다가와 귓속말로 위로하듯 말한다. 묘옥이 역시 기지촌 여성들이 왜, 얼마나 많이 술이나 쥬스를 마셔야 하는지 알고 있기 때문에 친언니 같은 유화가 걱정스럽기만 하다.

"죽을 판이야. 하긴, 우리야 날마다 죽어가는 여자들이지. 차라리 몸을 팔고 말지 억지로 마셔야 하는 술이나 쥬스 따위는 정말 고역이야. 오늘은 더이상 못 마시겠어."

"그래, 그럼 그만 마셔. 이건 내가 마실게."

묘옥은 유화 앞에 있는 쥬스잔을 들고 단숨에 들이킨다. 그런 묘옥의 마음씀이 고마운 유화는,

"얘, 그만 가봐. 저기, 백마탄 기사 온다."
"어머, 로버트 일병이네."

묘옥을 돌려보낸 뒤 유화는 다시 동석한 미군들에게 몸을 기대며 갖은 애교를 피워댄다. 긴 밤 손님을 잡지 못할 경우 매상고라도 올려 식비라도 해결해야 하므로 유화는 늘 창자가 썩어간다는 생각을 잊지 않으면서도 양주와 맥주, 쥬스를 목 안에 쏟아 넣는 일을 중단할 수가 없다.

한편, 묘옥은 그날 밤 손님을 맞이하면서 내심 바랐던 대로 로버트 일병이 먼저 나타나자 무척이나 반가워 출입구 쪽으로 쪼르르 가다가 그만 걸음을 멈춘다. 그녀의 단골은 로버트와 흑인병사인 브라운 상사다. 그러나 그녀는 내심 로버트 쪽에 갖은 정성을 다 쏟고 있는 중이다. 달러는 잘 쓰기로는 둘이 거의 비슷하지만, 마음 좋기로는 나이가 좀 많은 브라운을 어디 로버트에 비하겠는가. 더구나 브라운은 PX 책임자로 있어 다른 흑인병사는 물론이요, 백인병사들보다도 돈을 잘 쓰는 편이다. 마음만 먹으면 얼마든지 PX물품을 빼올 수도 있다. 문제는 묘옥이 오매불망 꿈꾸는 미국행이다. 브라운은 당초 결혼 상대가 될 수 없다. 목적만을 위해서라면 브라운을 아예 상대조차 하지 않을 것이다. 그럼에도 불구하고 묘옥이 브라운을 상대하는 것은 매상고를 올릴 수 있기 때문이다. 업주측에서는 브라운같이 돈 잘 쓰는 미군을 다른 클럽으로 빼앗기지 않기 위해 혈안이 되어 있는데, 묘옥이 울며 겨자먹기로 그를 상대하지 않을 수 없는 것이다. 처음에는 그녀가 좋아하는 유화에게 양보를 했는데, 그것은 오래가지 않았다. 그 늙은 여우 같은 브라운이 한사코 묘옥만을 찾는 것이었다.

그날도 출근한 이루 묘옥은 제발 로버트가 먼저 나타나기만을 손꼽으며 출입문만을 주시하고 있었다. 브라운이 먼저 나타나 묘옥을 찾으면, 뒤에 로버트가 와도 자리를 옮기는 것은 쉬운 일이 아니기 때문이다. 그랬는데, 브라운보다 먼저 나타난 로버트는 그녀의 희망 따위야 아랑곳하지 않는다는 듯 바로 그녀를 찾지 않고 출입구 옆에 붙어 있는 종업원 현황판을 보고 있는 것이다.

"저 치가… 변한 거 아냐. 흥, 두고보라지. 제가 날 찾지 않고 배기는지."

투덜거리며 묘옥은 다시 유화 곁으로 갔다. 종업원 현황판에는 그 클럽에서 일하는 호스티스의 사진뿐만 아니라 직책과 번호, 이름까지 간단한 신상명세서가 붙어 있다. 관할기관에서 단속을 나올 때 그 현황판을 보고 기지촌 여성들의 검진증이나 신분을 확인하기도 하지만, 미군들한테는 맘에 드는 아가씨를 고르는 데 요긴하게 쓰이고 있는 현황판이다.

"오라, 로버트가 바로 안 찾아 속상한 모양이구나?"

"그렇다니까, 글쎄. 저 자식 좀 봐."

"걱정마라. 결국 널 찾게 될 테니까. 내가 미군이라도 널 찾을 거다. 남자가 자존심이 있지, 자기 단골인 여자한테 다른 녀석들이 파리떼같이 늘어붙는 것을 구경만 하고 있겠니."

유화와 얘기를 나누고 있는데, 웨이터가 달려와 묘옥을 찾는다. 물론 로버트가 찾는다는 것이었다.

"거 봐라. 애. 오늘 재미 좀 보겠구나."

부러운 듯 말하는 유화를 남겨둔 채 묘옥은 마지못한 듯 자리에서 일어나 출입구 쪽으로 간다.

"오, 로버트. 로버트. 언제 왔어?"

묘옥은 쪼르르 달려가 안길 듯하면서 로버트의 팔을 잡고 홀 안으로 끌었다. 로버트는 씩 웃으며 묘옥이 끄는 대로 구석진 자리로 가서 앉는다. 웨이터가 왔고, 로버트는 위스키를 시킨다. 그와 함께라면 위스키를 마시는 것쯤이야 크게 문제될 것도 없다. 돈을 자기가 내는 한이 있더라도 묘옥은 그의 환심을 사기 위해 온갖 미소를 다 피워댄다. 홀 안에는 휘황한 조명 아래 쿵쾅거리며 음악이 자지러질 듯 작렬한다. 위스키 두어 잔을 들이킨 뒤 묘옥은,

"로버트, 우리 춤 춰. 응."

로버트를 껴안다시피 끌고 나가 미친 듯이 몸을 흔들어 대며 춤을 춘다. 온몸에 비오듯 땀이 흐를 정도로 격렬한 춤을 추고 나면, 뒤이어 잔잔한 부르스곡이 깔려온다. 묘옥과 로버트는 부르스곡에 맞춰 너울너울 춤을 춘다. 로버트는 도저히 참을 수 없다는 듯 감고 있는 허리가 부러질 정도로 팔에 힘을 주면서 키스를 퍼붓는다. 그래. 할 테면 해라. 모두 받아줄 테니까. 마음만은 변치 말고, 쨔샤. 묘옥은 더욱 깊게 키스를 하면서 그의 허리를 끌어안는다.

## 10

그해 10월 2일, 맑고 짙푸른 가을하늘이다. 동두천역에서 새벽같이 통학기차를 타고 온 묘선은 좀 늦은 시각에 학교에 도착했다. 오전 수업이 없었으므로 묘선은 곧바로 전진회 룸으로 갔는데, 선배들은 막 자리에서 일어나고 있는 중이었다. 문을 열고 들어서던 묘선은 황대호를 보고 얼어붙은 듯 제자리에 우두커니 서 있다. 잠시 후 밖으로 나오던 대호가 그녀를 보고 싱긋 웃어 보인다.

"어디 가요. 왜요, 무슨 일 있어요, 대호선배?"

"응, 왔니? 비상총회야. 너도 책 저기 갖다 놓고 따라 나와. 시간 없어. 빨리."

전진회 룸을 나온 묘선은 선배들 틈에 섞여 4·19탑 앞으로 갔다. 그 사이에도 되도록 대호와 어깨를 나란히 하고 걸어가기를 희망하면서. 그러나 그날따라 묘선의 마음을 아는지 모르는지 대호는 짐짓 모른 체 저만큼 앞장서 걸어간다. 아니, 그날뿐만이 아니다. 정확하게는 소양강 별장에 다녀온 뒤부터 대호의 태도가 조금씩 달라진다는 것을 묘선은 피부로 느끼곤 하였는데, 그럴 때마다 묘선이 스스로 대호가 아니라 자신의 감정이 달라진 것이라고 —— 자격지심 때문이라고, 졸업을 몇 달 앞둔 대호가 진로문제 때문에 바쁜 탓이라고, 먼저 자기 입으로 사랑한다고 말했고, 친구들에게 장차 아내가 될 묘선이라고 소개할 정도인 대호는 절대 그럴 사람이 아니라고 자신을 꾸짖곤 하였다. 분명한 것은 별장에 다녀온 이후 대호와 단둘이 만난 적이 없다는 것이다. 이따금씩 교내에서나 서클 룸에서 마주칠 때면 대호는 어색한 표정을 짓곤 한 것도 사실이다. 4·19탑앞에는 이미 문리대생 1백여 명이 모여 비상총회를 열고 있었다.

오늘 우리는 전국민 대중의 생존권을 위협하는 이 참혹한 현실을 더이상 좌시할 수 없어 스스로의 양심의 명령에 따라 무언의 저항을 넘어서 분연히 일어섰다…. 학우여! 자유와 정의 그리고 진리는 대학의 생명이다. 오늘 우리는 너무도 비통하고 참담한 조국의 현실을 직시하며 사회에 만연된 무기력과 좌절감, 불의의 권력에 비굴하게 목숨을 구걸한 모든 패배주의, 투항주의, 무사안일주의와 모든 굴종의 자기기만을 단호히 걷어치우고 의연하게 악과 불의에 항거하여 이 땅에 정의, 자유,

그리고 진리를 기어이 실현하려는 역사적인 민주투쟁의 첫 봉화에 불을 붙인다. 절대로 굴복하지 않고, 절대로 타협하지 않고, 절대로 주저하지 않고, 과감히 항거하는 우리의 투쟁은 더없이 뜨거운 정의의 불꽃이며 더없이 힘찬 민주의 아우성이며 더없이 고귀한 민족생존의 활로이다. 우리의 외침을 억누를 자 그 누구냐….

　사자후를 터뜨리듯 문리생들은 선언문을 낭독한 뒤 스크럼을 짜고 교정에서 데모를 벌이기 시작한다. 법학과 1학년생으로 지금까지 공부밖에 몰랐던——대학에 입학해 전진회 활동을 하면서 조금씩 변모하긴 했으나 묘선에게는 데모도 하나의 환상이다. 고등학교 시절 입시책에 파묻혀 지내는 동안, 대학생 언니·오빠들이 데모를 했다는 소식은, 나도 대학교에 들어가면 그들과 함께 데모를 할 수 있겠지, 나름대로 환상을 품어온 터이었다. 그러나 막상 대학에 들어온 뒤, 질식할 것만 같은 학원에서는 그녀가 그렇게 환상을 품어온 데모는 단 한 번도 일어나지 않았다. 전진회에 가입해 선배들이 보여주는 행동을 보면 너나 할것 없이 유신체제는 불만에 가득 찬 것이었는데, 그 유신체제가 들어선 지 1년이 다 가도록 적어도 표면상으로는 평온을, 불안한 가운데 평온을 유지하고 있는 것이었다. 아마도 유신선포의 충격이 워낙 컸고, 그 내용이 뜻하는 바가 너무 엄청났기 때문이었는지 몰랐다. 그 사이에 묘선은 대호와의 만남 자체도 소중하게 간직했으나 전진회활동에도 남다른 정열을 바쳤다. 선배들이 시키는 대로 역사 철학책도 열심히 탐독했고, 서울 변두리지역의 서민생활, 그리고 60년대 이후 부쩍 성장하기 시작한 공단 실태——여성근로자 조사도 했다.

　"대호선배. 우리도 참가해야 하는 거 아닌가요. 재밌겠는데요. 우리도 합류해요. 네?"

"뭐라구. 야. 묘선이. 너 아직도 신입생 티를 내는 거냐. 엉. 데모를 재미로 하는 줄 알아?"

대호가 별안간 화를 버럭 낸다.

"선배는, 아무렴 어때요. 가요."

"난 싫다. 실패할 것이 뻔한 데모에 나는 참가하지 않는다. 역사는 권력을 쥔 자의 것이야. 대학생들이 아무리 그래 봐야 계란으로 바위 치기라구. 역사의 물줄기를 바꾸고 싶다면 출세를 해야 돼. 학생신분으로 되는 것이 아니라구. 출세를, 권력 가까이 접근한 뒤에, 권력을 바탕으로 역사를 바꾸면 몰라도, 학생신분으로 아무리 데모를 해봐야 젊음만 낭비할 뿐이야. 5·16혁명을 봐. 힘만이 역사를 바꿀 수 있는 거야."

묘선이 대호를 굳게 믿는 가운데 마음 한편으로 거리감이 느껴지는 것은 바로 그와 같은 모습이다. 그것은 묘선이 장래에 대한 불안의 그림자를 드리우는, 결국 대호를 두고 갈등하지 않을 수 없는 대목이기도 하였다. 묘선이 개인적으로도 그랬으나 또한 그것은 전진회 창설멤버이면서도 대호가 전진회원들한테 외면을 당하는 이유이기도 하였다. 역시 핏줄이란, 환경이란 속일 수 없는 것일까. 대호한테는 지극히 부르조아 냄새가 난다. 멀지 않은 미래를 생각해 볼 때, 그것은 기지촌 여자의 딸로 태어나 자란 묘선이 차마 감당할 수 없는 슬픈 미래의 초상이다.

"5·16혁명이라구요. 그건 쿠데타 아닌가요. 군사쿠데타요. 좋아요. 그건 아무렴 그렇다고 해요. 대호선배는 그렇게 말하지만, 4·19혁명은 어떤가요. 학생들의 힘으로 역사를 바꾸었잖아요."

"뭐, 지금 너 뭐라고 하는 거야. 4·19가 역사를 바꿨다구? 너, 한창 공부를 더 해야겠구나. 윤묘선. 아직 모르는 모양인데, 4·19가 일어난 것이 1960년이었다. 그리고 바로 다음해에 5·16혁명이 일어났어. 그것이 무엇을 말하냐. 네 말대로 학생의 힘으로 이룩한 역사는 군사력의 힘에 붕괴된 거닷. 1년 만에 4·19는 실패했어. 당연한 귀결이지. 봐라. 너희들이 죽자고 증오하는 5·16정권의 현주소는 어떠냐. 지금까지 어떤 저항에도 움직이지 않고 굳건하게 제자리를 지키고 있어. 너희들이 말하는 1인 장기집권, 영구집권이라는 철옹성 같은 벽을 쳐놓고. 또 있다. 방금 우리는 4·19가 학생들의 힘으로 역사를 바꾼 것이라고 했는데, 그것도 틀렸다. 4·19는 4·19로 끝났고, 그 후 들어선 정권은 자유당 때 정치를 했던, 4·19가 붕괴시키고자 했던 구정치인들 —— 민주당정권이었다. 학생정권, 4·19정권이 아니었단 말이야. 결론은 뻔하다. 학생들이 아무리 목숨을 걸어놓고 투쟁한다고 해도 정권을 차지할 수 없다. 4·19같이 일순간 성공했다고 해도, 그 다음에 들어설 정권은 기왕에 구정치인들의 몫이다. 그러니까 아무런 소득도 없는 일에 땀을, 눈물을, 피를, 목숨을 걸 필요가 없단 얘기닷."

묘선은 대호를 향해 입을 비쭉 내밀며 문리대생 쪽을 보았다. 대호가 전진회원들한테 외면당하는 것을 역설적으로 표현하면, 대호는 누구보다도 전진회 활동 자체에 비판적인 선배였다. 그가 문리대생 데모를 보고 실패를 전제하는 것이 못마땅한 묘옥은 누가 부르조아 —— 그것도 국회의원 아들이 아니랄까 봐서 그러느냐는 말이 불쑥 튀어나오려는 것을 꾹 눌러 삼킨다. 묘선이 보는 문리대생 데모광경은 실로 고등학교 때부터 말로만 들어오며 가슴 속에 품어 왔던 환상이 현실로 이어지는, 장려한 현장이다.

"선배가 뭐라고 하던 난, 참여할 거예요."

절로 벅차오르는 가슴을 누르며 묘선은 문리대생이 아니지만, 소나무 뒤에서 구경만 하는 대호를 흘끔 돌아보며 누가 말릴 틈도 없이 스크럼 속에 뛰어들었다. 어머니는 앞에 나서지도, 뒤에 처지지도 말고 중간만 가라고 충고했으나, 이 경우 앞뒤, 중간이 있을 리 만무하다. 젊었으니까, 젊은 혈기가 뛰고 있으니까, 시위현장에서 구경만 하고 있을 수는 없는 일이라 자신도 모르게 휩쓸려 들어가 시위를 하는, 그것으로 묘선에게는 충분하다.
 펑, 펑펑──.
 경찰대가 캠퍼스 안으로 물밀 듯 밀려들어 온 것은 그 무렵이다. 수십 발의 최루탄이 교정 안팎으로 자욱하게 터지면서 묘선은 손수건을 꺼내 입을 틀어막았고, 온통 벌에 쏘인 듯 피부가 따가운 가운데 눈물과 콧물을 펑펑 쏟으면서도 왠지 모르게 더욱 오기가 치솟는다.
 "해산, 해산하라."
 입으로는 해산하라고 하면서도 경찰은 사정거리 안에 들어온 학생들을 곤봉으로 무차별 가격한다. 난생처음으로, 환상으로만 품어 왔던 시위현장에서, 바로 눈앞에서 동료학생들이 퍽퍽퍽 경찰곤봉에 난타당하고 쓰러지는 광경을 두 눈 뜬 채 구경하면서 묘선은 이런 해괴망측한 일도 다 있구나, 하였다.
 "정부는 파쇼통치를 즉각 중지하고 국민의 기본권을 보장하는 자유민주체제를 확립하라."
 "──확립하라. 확립하라."
 "대일예속화를 즉각 중지하고 민족자립경제체제를 확립하여 국민의 생존권을 보장하라."
 "──보장하라. 보장하라."
 묘선을 팔을 번쩍번쩍 들어올리며 구호를 외친다. 경찰곤봉이 어지럽게 난무하였으나 겁이 나기보다는 오히려 신기롭기만 했다. 그러나 그녀의 신기로움은 그렇게 오래가지 않았다.

"이 년!"

누군가 둔탁한 음결로 소리쳤는데, 뒤이어 뒤통수가 어찔하며 그대로 앞으로 푹 고꾸라진다. 그리고 경찰 두 명이 달려들어 그녀의 두 팔을 잡고 질질 끌고 간다. 묘선이 가까스로 정신을 차린 것은 경찰서 유치장 안이다. 그날, 유신체제 이후 최대의 학생시위였던 문리대시위로 180명이 경찰서에 연행돼 갔다.

"뭐야, 넌! 윤묘선… 넌, 문리대생이 아니잖아. 법대생이 문리대생 데모하는 데 왜 있었나. 이봐, 정형사. 얘 좀 봐. 얘가 미래의 판·검사님이시래! 하하, 지금부터 잘 보여야겠구만. 얼굴도 미인인데 그래. 좋아, 윤묘선. 앞으로 그런 짓 절대 하지 마. 대학생이 말이야, 지성인답게 행동해야지. 더구나 법대생이 말이야, 어떤 행동이 국가의 이익과 안정에 도움이 될까, 그런 것쯤은 생각할 줄 알아야 하는 거 아냐. 조심해. 처음이니까 봐주는 거야. 윤묘선… 훈방!"

난생처음으로 경찰서에 연행되어, 이틀 동안을 경찰서 유치장에서 보낸 묘선은 경찰의 훈방이라는 한 마디에 아무 탈 없이 석방되었다. 경찰서 정문을 나서는 그녀의 기분은 만감이 교차한다. 그녀는 집으로 가지 않고 학교로 발길을 돌렸다. 학교에 도착했으나 과 분위기가 심상치 않았다.

"다들 어디 갔지?"

묘옥이 텅 빈 강의실 앞에 서서 혼잣말로 중얼거리고 있을 때, 언제 나타났는지 뒤쪽으로 다가서는 조교가,

"정의의 종 앞에 가봐. 다들 거기에 모였으니까."

묘선은 망설일 것도 없다는 듯 정의의 종 앞으로 달려갔다. 이틀 전 문리대생 데모 때보다도 더욱 큰 규모다. 법대생 2백

여 명이 모여 반정부 선언문을 낭독한 뒤 스크럼을 짠 채 교문 밖으로 행진해 가고 있는 중이었다. 망설일 이유도 없다. 묘선은 지친 몸을 이끌고 대열에 합류한다.

펑펑펑 ──.

그러나 법대생들은 교문 밖으로 진출할 수 없었다. 경찰들이 바리케이트를 치고 가로막고 있는 가운데 무차별 최루탄을 난사하였으므로 잠시 동안 돌멩이 투척으로 맞섰으나 결국 해산당하고 말았다. 교문 앞에서 돌아선 묘선은 어디로 갈까, 잠시 망설이다가 전진회 룸으로 향한다. 비록 해산되기는 하였으나 대학생 데모는 시작에 지나지 않았다. 서울대 문리대와 법대 시위를 시작으로 박정권의 탄압적인 유신체제를 규탄하는 한편 민주화를 요구하는 학원가의 반체제운동은 그해 10월, 11월 두 달 동안 ── 겨울방학을 앞당겨 실시하고, 학교문을 닫을 때까지 식을 줄 모르고 전국의 각 대학으로 타는 불길처럼 번져 나간다.

## 제5장 우리들의 순이

### 1

달님2시 30분, 한낮에도 인적이 드문 의정부——덕정간 철로변 언덕 위에는 괴한 20여 명이 풀밭 뒤에 몸을 웅크린 채 의정부 쪽 철로 쪽으로 눈길을 주고 있다. 괴한들을 지휘하는 것은 그 중에서 가장 나이가 어린, 그렇지만 키와 덩치가 가장 큰 묘강이다. 몇 년 전 작두파에 들어가 꼬붕노릇을 하던 묘강이 아니다. 미군부대 철조망을 넘었다가 왼쪽다리에 총을 맞고 병원에 입원까지 했던 묘강은 의식을 회복하면서 나름대로 굳게 다짐한 것이 있었다. 이미 발을 내디딘 암흑세계에서 악착같이 살아남아 이 설움을 반드시 갚고 말겠다는 각오였다.

한동안 절뚝발이가 되어 통원치료까지 했던 묘강은 다리가 완쾌되는 대로 잠시 중단했던 태권도장엘 나갔다. 태권도뿐만 아니라 복싱, 당수까지 무술——그는 싸움기술이라고 생각했지만——을 배울 수 있는 도장에는 닥치는 대로 누비고 다녔다. 그리고 지금 태권도 5단이라는 고단자가 된 그는 다시 작두파에 들어가 마침 오작두를 비롯하여 그동안 리틀 시카고를 주름잡았던 원로형님들이 은퇴를 선언한 뒤, 새로 보스의 자리를 승계받은 잭슨을 혈투끝에 때려눕히고 일약 보스의 자리에 올라선 것이었다. 그 후 그는 이 바닥에서 겪었던 그 숱한 설움에 대해 복수라도 하듯 엄한 기율을 확립해 나갔고, 조직의 이름까지도 조지파로 바꾸어 버렸다. 물론 조지파가 리틀 시카고의 암흑세계를 완전히 제패한 것은 아니었다. 본류인 칠성이파는 따로 있었고, 그 지류조직 중의 하나를 차지하게 된 것이었다. 아마도 칠성이파에서 묘강을, 그가 보스가 된 조지파를 치려고 했다면 벌써 쳤을 것이다. 그러나 동두천 암흑세계의 총수격인 정칠성이 누구보다 묘강을 아꼈고, 그의 배경 때문에 다른 지류조직에서도 모른 체하고 넘어갔다. 리틀 시카고의 암흑세계에서는 조지파를 두고, 그 보수인 묘강이 아직 젖비린내 나는 아이라고 해서 꼬맹이파라고 부르는 것도 그런 이유였다. 그러나 조지파가 그런 대접을 받는 것이 묘강은 싫었다. 암흑세계에서는 행동으로, 실력으로 말한다. 묘강은 뭔가 행동을 보여주고 싶었다. 좀 무모하다 싶은 오늘밤 '거사'를 계획한 것도 그런 이유였는지 몰랐다. 마치 서부영화에서나 보았던, 오늘밤의 거사를 성공만 하면 칠성이 형님은 물론 동두천 암흑세계가 꼬맹이파를 보는 눈도 달라질 것이다.

"야. 몇 시야, 지금?"

"2시 35분입니다."

"흠. 올 때가 됐는데."

꽉 다문 어금니에 힘을 주면서 묘강은 의정부 쪽을 주시한다. 목구멍에서는 신음이 절로 넘어 나온다. 그가 결행하려는 오늘의 거사는 다른 어느 때보다도 위험하다. 그동안에는 주로 PX물품을 싣고 가는 트럭을 덮치는 일이 대부분이었는데, 오늘 그들이 노리는 대상은 트럭이 아니라 열차다. 바로 오늘을 위해 지난 몇 달 동안 묘강은 미군부대에서 빼돌린 총으로 무장을 하는 등 치밀한 준비를 해왔다.

주위에는 숨소리 하나 들리지 않을 정도로 정적이 감돌고 있었다. 잠시 후 외줄기 헤드라이트를 비추며 군용열차 한 대가 달려온다. 입수한 정보가 정확하다면, 인천에서 미군 PX물품을 가득 싣고 의정부역을 거쳐 동두천으로 가는 제2316화물열차일 것이다. 잔뜩 긴장한 묘강의 눈은 헤드라이트 불빛을 밀어낼 기세로 화물열차를 뚫어지게 노려보고 있다.

"옵니다, 형님."

"좋아, 각자 복면 착용해."

준비해 온 복면을 먼저 둘러쓰고 한 손에 탄창을 꽂은 카빈총을 비껴든 묘강이,

"각자 조심해. 30분이야. 30분 안에 모든 일을 처리해야 돼. 되도록 사람을 다치게는 하지 마라. 우리가 노리는 것은 돈이지 사람목숨이 아냐. 이봐, 잭. 내 옆에 바짝 붙어 있어."

부하들을 향해 지시한다.

"예, 형님."

"좋아, 내가 먼저 뛰어내릴 테니까, 너희들도 실수 없도록 해. 잭은 나와 함께 뛰어내린다."

들판길을 달려오던 열차는 조지파가 숨어 있는 골짜기 밑으로 진입한다. 거의 구십 도에 가까울 정도로 깎아지른 절벽 밑을 통과하는 열차에 뛰어들기 위해서는 그곳이 제격이다. 아무리 그러하기로 목숨을 건 위험한 행동이 아닐 수 없지만, 두목인 묘강이 스스로 모범을 보이지 않으면 앞으로 나이 많은 부하들을 통솔하기가 어려워진다. 열차가 막 절벽 밑을 지나간다.

"뛰엇."

옆에서 뛸 준비를 하고 있는 잭의 어깨를 툭 치며 묘강이 먼저 뛰어내린다. 캄캄한 밤이라 주위를 잘 분간하기도 어렵지만, 묘강은 목숨을 걸어놓고 감으로 뛰어내린 것이다. 열차 위에서 뒹굴기는 했지만, 그런대로 성공이다. 뒤이어 동작빠른

행동대원 다섯 명도 무사히 안착한다.
"누구야, 저 녀석?"
그때 묘강이 낮은 소리로 고함을 질렀다. 맨 나중에 뛰어내린 부하 한 명이 그만 낙하를 잘못해 열차 밖으로 튕겨나간 것이다. 묘강은 눈앞이 캄캄해진다. 죽었는지 살았는지 생사가 궁금하다. 십중팔구는 죽었을 것이다. 열차바퀴에라도 깔려 죽지 않았을까. 열차 밑을 내려다보고 있는 묘강은 가슴이 콱 막혀온다.
"빌어먹을."
투덜거리며 묘강은 몸을 돌린다. 지금은 그런 생각을 하고 있을 여유가 없다. 일이 끝난 뒤 찾아보리라.
"각자 위치로 가자."
지시한 뒤 묘강은 몸을 일으켜 맨앞의 기관실 칸으로 뛰어간다. 달리는 열차 위에서 제대로 몸의 균형을 잡고 뛰어간다는 것은 쉬운 일이 아니다. 뒤에서 잭을 비롯한 행동대원들이 비틀거리며 홀쩍홀쩍 뛰어온다. 모두가 아슬아슬하다. 기관실 칸 위로 달려간 묘강이 승강구 옆칸으로 조심스럽게 내려간다. 달리는 열차 위의 차가운 바람이 휙휙 스치는 것이 금방이라도 날려 떨어질 것만 같다. 한 손으로 승강구 옆을 잡고 허리에서 권총을 뽑아든 묘강이,
"꼼짝 마라."
기관실 안으로 총구를 디밀었다. 거의 같은 시각, 행동대원들은 각자의 위치에서 열차를 점령한다. 열차를 기습하는 것은 처음이지만 그동안 트럭은 몇 차례 탈취한 일이 있었으므로 훈련보다도 더 효과가 있는, 먹고 살기 위해 목숨을 걸어놓고 실전에서 터득된 동작들이다. 누구보다도 중요한 임무를 띠고 있는 것은 기관실을 점령하는 묘강과 잭이다. 곧 떨어질 것같이

몸을 옆으로 밀착한 묘강은 진동을 이용해 훌쩍 기관실 안으로 뛰어듦과 동시에 총구로 기관사의 등을 쿡 찔렀다.
"스톱! 스톱!"
기관사는 황망히 브레이크를 잡아당긴다. 열차는 덜커덩거리며 멈추었다. 그와 동시에 골짜기에 숨어 있던 행동대원들이 열차로 뛰어와 철로변 나무 뒤에 미리 준비해 놓은 산소용접기를 들고와 화차의 문고리를 절단했다. 대원들이 화차 안에 들어있는 PX물품을 한창 들어내고 있을 때,
타앙——.
뒤쪽에서 총성이 울렸다. 깜짝 놀란 묘강이,
"뭐야, 야, 잭. 이 녀석 맡아."
기관실에서 뛰어내려 총성이 울리는 쪽을 살핀다. 순간, 중간지점에서 두 명의 복면이 뒹굴고 있다. 미처 행동대원들이 점령하지 못한 화물칸에서 경비병들이 권총과 기관단총을 난사하고 있다.
"저런!"
묘강이 뒤쪽으로 달려가며 기관단총이 불을 뿜는 쪽으로 방아쇠를 당긴다. 탕, 탕탕——. 수 발의 총성이 밤하늘을 뒤덮는다. 조지파에서도 응사를 했고, 아무래도 수적으로 우세했으므로 기관단총소리도 점점 줄어들었다.
"철수, 철수해. 쓰러진 놈들은 끌고 가랏."
더이상 시간을 오래 끌어 좋을 것이 없다고 판단한 묘강이 철수를 명령했다. 철수를 하면서도 총질을 해댔으므로 열차 안에서도 몇 발이 총성이 울리긴 했으나 쫓아오지는 않는가 보았다. 잠시 후 열차가 다시 움직이기 시작했고, 거의 같은 시각, 철로변에서 얼마 떨어지지 않은 곳에서 미리 대기시켜 놓은 트럭도 그 자리를 떠났다.

"총맞은 아이들은 어떻게 됐어?"
"다 실었습니다. 다행히 죽지는 않은 것 같습니다. 형님."
"젠장헐. 물건은?"
"양담배 스물네 빡습니다."
"흠."

묘강은 입을 굳게 다문 채 신음을 토했다. 고작 양담배 24상자를 털기 위해 그 위험한 모험을 감행했단 말인가. 실패는 아니었으나 성공이라고도 할 수 없다. 다만, 그가 노리는 것 중의 하나는 얻을 수 있는 절호의 기회이기는 할 것이다. 조지파를 꼬맹이파라고 깔보는 다른 조직들에게, 열차탈취사건을 일으켰다는 그 사실 하나만으로도 콧대를 꺾을 수 있는 기회가 될 테니까. 결국 절반의 성공인 셈인데, 그것을 두고 성공이라고 할 수는 없다. 불끈 쥔 주먹을 부르르 떠는 묘강은 차창 밖으로 눈길을 밀어낸다. 어둠에 묻힌 주위는 적막이 흐르는 가운데 개구리 울음소리가 요란하다.

## 2

조지파 두목 윤묘강이 주도한 양주열차갱사건 —— 언론에서 그런 이름을 붙였다 —— 으로 나라 안팎이 떠들썩할 무렵, 그날도 묘숙은 다른 날과 마찬가지로 아침 일찍 출근해 가발을 만들고 있었다. 매일 철야를 하다시피 하고 다시 낮에 출근하는 것도 예나 지금이나 다를 바 없다.

"윤묘숙씨, 할 만한가?"

옆자리의 조장 김동숙이 자리를 비운 사이에 언제 나타났는지 최영탁 과장이 뒤에 와서 말을 붙인다.
 "네, 과장님."
 "어제도 철야를 했는데… 피곤하지?"
 "어제뿐인가요 뭘. 늘 철야잖아요."
 "그래, 그렇지."
. 영탁은 주위를 둘러보며 고개를 끄덕인다. 그런 그가 여간 신경이 쓰이는 것이 아니지만 묘숙은 모른 체 외면하고 미싱만 돌린다. 늘 하는 몸짓으로 몽둥이를 어깨 위로 걸친 채 두 팔을 허수아비같이 걸치고 이리저리 몸을 흔들며 묘숙을 내려보던 영탁은 가발과 사무실 쪽으로 가다가 다시 돌아선다.
 "묘숙씨, 그런데 어떡하지? 오늘도 잔업을 해야 하는데. 아. 생각났는데, 이따 저녁식사 끝난 뒤… 야근 시작하기 전에 숙직실로 좀 와. 내가 오늘 숙직이거든. 긴히 할 말이 있어. 아아. 손해볼 일은 아니니까 걱정 말구. 그럼 기다릴께. 묘숙씬 생각을 할 줄 아는 여자니까, 날 실망시키지 않길 바래."
 은근히 협박을 하면서 영탁은 얼른 그 자리를 피했다. 아마도 동숙이 왔으므로 서둘러 피했는가 보았다.
 "저 치… 또 와서 치근덕거리잖아. 묘숙아. 뭐래니, 저 치?"
 "응. 아무것도 아냐. 일 열심히 하라구."
 묘숙은 영탁이 남기고 간 말이 여간 거스르지 않았으나 동숙에게는 일단 이야기하지 않는 것이 좋겠다는 생각이 들었다. 입바른 말 잘하기로 회사에서 두번째 가라면 서러워할 동숙에게 그 이야기를 하면, 당장 달려가서 영탁과 담판이라도 짓거나 아니면 비서실로 가서 보고할 것이 뻔했다. 그렇게 되면 말썽이 커질 것이고, 결국 손해를 보는 것은 회장의 처남이라는 영탁이 아니라 묘숙일 것이다.
 "뭐. 일 열심히 하라구? 미친 놈. 지금 우리 공장에서 일 열심히 하지 않는 근로자가 어딨다구. 과장이라는 작자가 쥐꼬리만한 월급에 매달려 허구헌 날 철야작업하는 거 모르는 모양이지. 저런 놈이 과장이라고 있으니, 골탕을 먹는 것은 우리 근로자들뿐이라구. 흥, 누가 회장 처남 아니랄까 봐서 생색을 내는 거야 뭐야. 아휴, 눈꼴 사나와서 정말."

"그만해, 언니. 그러다가 무슨 일 당하면 어쩔려구. 요즘 감원바람 부는 거 모르우?"

묘숙이 금세 흥분한 동숙을 달랜다. 감원바람이 불고 있는 것은 사실이다. 4천여 명의 종업원이 점점 줄어 최근에는 그 절반인 2천여 명밖에 남지 않았다. 그러니까 2천여 명이 길거리로 쫓겨난 것이었다. 감원바람이라고 하지만, 무턱대고 해고를 시키는 것도 아니다. 그 중 많은 숫자가 해고를 당하기는 했으나 회사에서는 교묘한 방법으로 전직, 전출, 감봉 등과 같은 압력수단을 전가의 보고같이 휘둘러댔고, 그렇지 않아도 피를 말리는 저임금과 열악한 근로조건에 시달려 왔던 종업원들이 더이상 참지 못하고 사표를 던지는 식이다.

"흥, 짜를려면 짜르라지. 여기 아니면, 어디 가서 이 정도 일해서 밥 먹고 살 곳 없나 뭐. 얘, 우리 일당이 얼마니? 단돈 220원이다 얘. 이건 최소한의 생계비도 안 돼. 그러니까 철야작업을 하지 않을 수 없고, 그러다 보면 우리 몸은 망가질 대로 망가져 가는 거야. 그래도 회사는 아직 반성하는 기미가 안 보여. 독재적 경영권을 휘둘러 불법적으로 해고하고, 부당한 전직·전출, 감봉을 일삼고 있잖아. 어휴, 하느님은 뭐하는지 몰라. 저런 놈들 다 안 잡아가고."

"훗, 훗. 언니는!"

동숙의 입바른 말에 묘숙은 절로 웃음이 쿡쿡 솟구친다. 내심 그녀에게 동조하고, 그녀의 이야기를 들을 때마다 속이 시원하긴 하였으나, 한편으로는 물가에 놀고 있는 어린아이같이 불안하기만 하였다. 또한 동숙이 그렇게 불만이 많으면서도 쉽게 회사를 그만두지 못하는 것을 보면, 본인은 시침을 뚝 떼고 있지만, 그만큼 그녀의 생활이 절박하다는 증거이기도 했다. 그런 생각을 할 때마다 묘숙은 절로 한숨이 꾸역 넘어 나오곤 한다. 도대체 산다는 것이 뭔지, 과연 이렇게 사는 것이 살았다고 할 수 있는지, 그런 생각이 드는 터였다.

"거듭 말하지만, 저 치 조심해라, 너?"

잠시 동안 말을 중단하고 미싱을 돌리고 있던 동숙은 다시 생각났다는 듯 영탁을 흘끔 쳐다본 뒤 묘숙에게 경계를 준다. 묘숙도 잠시 고개를 들어 영탁을 보았다. 하필이면 그때 영탁이 고개를 돌렸고, 묘숙과 눈빛이 마주치자 히죽 웃어 보인다. 묘숙은 얼른 고개를 돌려 하던 일을 계속 한다.

그날 저녁, 동숙과 함께 식당에서 밥을 먹고 나온 묘숙은 곧장 공장으로 갔다. 다시 야근을 해야 한다. 일단 220원이었으므로 정상적인 업무시간만 일했을 경우, 한 달 동안 일하고 받을 수 있는 월급은 6,600원이다. 그 돈으로야 부잣집의 하루 개먹이값도 안 되는 터라, 그나마 보수가 두 배로 높은 잔업을 해야 겨우 입에 풀칠을 할 수 있는 정도가 될 수 있다.

흐릿한 형광불빛 아래서 모발을 심고 미싱을 돌리며 한창 작업에 열중하고 있었으나 묘숙의 뇌리에는 여간해서 최영탁 과장의 얼굴이 떠나질 않는다. 야근을 시작하기 전에 숙직실로 오라고 했는데, 어떻게 할까 망설여지는 것이었다. 과연 이 회사에서 그의 눈밖에 나서 계속 버틸 수 있을까. 생각이 거기까지 이르자 묘숙은 옷을 털고 자리에서 일어섰다.

"어딜 가?"

"응, 화장실에 좀."

눈치빠른 동숙이 물었으나 거짓말로 둘러댄 뒤 묘숙은 작업장을 빠져 나온다. 바깥의 밤공기는 제법 서늘한 기운을 느끼게 한다. 옷을 툭툭 털며 묘숙은 고개를 들었다. 하늘에는 먹구름으로 가득 차 있다. 갈까, 말까, 한동안 머뭇거리던 묘숙은 이내 작업장 맞은편에 있는 숙직실로 발길을 옮긴다.
"저, 묘숙인데요."
문앞으로 다가선 묘숙이 기어 들어가는 목소리를 밀어낸다. 방 안에서는 기척이 없다. 잘 됐다, 싶은 묘숙이 발길을 돌리려고 할 때, 방문이 열리고 입가으로 환한 미소를 짓는 영탁이,
"응, 들어와. 묘숙이. 어서."
옆으로 자리를 비켜준다. 고개를 떨군 채 잠시 말없이 서 있던 묘숙은 신발을 벗고 방 안으로 들어간다.

## 3

같은 시각, 동두천 조지파 아지트 ——. 두목 묘강이 의자에 턱 버티고 앉아 있는 가운데 부하들이 양쪽으로 도열해 있고, 맞은편에는 백인 한 병이 두 손목을 묶인 채 매달려 있다. 팬티만 걸친 백인은 이미 조지파로부터 '형벌'을 받았는지 온몸 곳곳이 퍼렇게 멍이 들었고, 눈동자는 허이옇게 풀어져 있다.
"야, 잭. 언제까지 갚아줄 것인지 물어봐."
묘강이 부하들 앞에 서 있는 잭에게 지시했다. 잭이 백인에게 다가가 묘강의 지시대로 묻는다.
"아니야, 잠깐. 내가 처리할게."

자리에서 벌떡 일어선 묘강이 잭을 제치고 백인 앞에 섰다.
"야, 새끼야. 똑똑히 들어. 이건 조지 형님의 명령이야. 내일까지 그 아가씨한테 돈을 모두 갚아. 정신적인 보상까지 합해 두 배로 갚으란 말이야. 만약 이 조지형님의 명령을 어겼을 경우, 너 새끼는 골로 갈 줄 알아."
화가 풀리지 않은 묘강은 백인의 복부를 주먹으로 내질렀다. 백인은 비명을 토하며 움찔했다.
"얘들아. 이 새끼, 풀어줘."
부하 네 명이 달려와 백인의 손목에 묶인 오랏줄을 풀었다. 묘강이 군복을 던져주었다. 잠시 후 백인을 끌고 조지파 행동대원 네 명이 밖으로 나갔다. 그가 끌려가는 뒷모습을 보던 묘강이,
"얘들아. 이리 모여봐."
부하들을 불러모을 때, 누군가 헐레벌떡 뛰어 들어온다. 존이라고 불리는 흑인 혼혈아로서 조지파의 막내였다.
"형님, 조지 형님. 라스베가스 클럽에서 싸움이 벌어졌습니다. 백인 두 명이 난동을 부리고 있는데, 아가씨들 세 명이 깨진 병에 찔려 병원으로 실려갔답니다."
"뭐얏."
묘강은 두번 다시 물어볼 것도 없다는 듯이 자리를 박차고 일어나 부리나케 밖으로 뛰어나갔다.
"잭하고, 존만 따라왓."
잭과 존이 아지트를 나갔을 때 묘강은 이미 보이지 않았다. 부하들은 그가 왜 그렇게 흥분하는지 충분히 이해하고 있다. 양주 열차갱사건 이후 묘강이 예상했던 대로 동두천 암흑세계에서 조지파의 위상은 달라져 있었다. 이제 누구도 조지파를 꼬맹이파라고 얕잡아보지는 않았다. 특히 큰 두목 정칠성이는

조지파를 칠성이파 직계로 삼으면서 묘강의 어깨에 힘을 실어 주었다. 묘강이 리틀 시카고에서 명실공히 2인자가 된 것이다. 그러나 묘강은 단순히 주먹의 2인자는 아니었다. 한국인에게 시비를 붙는 미군이나 특히 기지촌 여성들에게 손찌검을 하는 미군들에게는 가차없는 응징을 가했다. 술 먹고 기지촌 여성과 즐긴 뒤 돈을 주지 않고 달아나는 미군이 있다면, 묘강은 추호도 용서하지 않았다. 백인일수록 '재판'의 결과가 가혹한 것은 말할 나위가 없다. 그 후 리틀 시카고를 출입하는 미군들은 계급 여하를 막론하고 조지라는 이름만 들어도 벌벌 떨 정도였다. 묘강과 조지파는 동두천 기지촌 여성들을 미군들의 횡포로부터 보호해 주는 바람막이였고, 행상이나 구두닦이 등 기지촌 사람들의 대변인이었다.

"그만두지 못해?"

라스베가스 클럽에 묘강이 도착한 것은 그 무렵이다. 깨진 맥주병을 들고 손님들을 한쪽으로 몰아 넣은 뒤 으르렁거리고 있는 두 명의 백인병사를 보고, 묘강은 성큼 앞으로 나섰다.

"나, 조지다. 당장 그만두지 않으면, 너희 놈들, 죽여 버리겠다."

조지라는 이름을 듣는 순간, 멈칫하던 두 명의 백인 병사는 이미 만취한 상태에서 맨손의 묘강이쯤이야 문제될 것 없다는 듯 회심의 미소를 지으며 어깨를 으쓱한다. 그리고 깨진 맥주병을 획획 그으며 앞으로 다가선다.

"캄온, 캄온."

클럽 안은 찬물을 끼얹은 듯 조용하다. 묘강이 그들을 노려보고 있는 가운데 두 명의 백인병사는 덤빌 테면 덤비라는 듯 한 손을 까닥거리며 양쪽에서 묘강을 향해 슬금슬금 다가선다. 깨진 맥주병과 그 병을 들고 있는 백인병사의 손에는 유혈이 낭자했다. 바로 그 맥주병으로 기지촌 여성 세 명을 찔러 병원으로 보냈는가 보았다. 그들의 피묻은 손을 보던 묘강이 피가 거꾸로 솟구친다. 순간, 두 병의 백인병사가 묘강을 향해 맥주병을 찔러 들어왔고, 거의 동시에 묘강이,
"으럇. 차 ──."
기합과 동시에 발을 날렸다. 눈깜짝할 사이다. 묘강의 발이 오른쪽으로 달려드는 백인병사의 손목을 걷어찼고, 뒤이어 왼쪽 발이 그쪽으로 덤벼드는 백인병사의 팔을 꺾어 찼다. 각자 들고 있던 맥주병이 바텐더 쪽으로 날아가 진열해 놓은 양주병을 쨍그렁 깨뜨리면서 떨어진다. 태권도 5단의 고단자 실력을 갖춘 묘강이다. 물찬 제비같이 다시 공중으로 휙 날아오른 묘강이 신기에 가까울 정도로 양쪽에서 협공을 해오는 백인병사의 목덜미에 정확하게 내리꽂힌다.
두 명이 백인병사가 거꾸러지고, 호각을 불면서 미군 MP가 클럽 안으로 뛰어든 것은 거의 동시였다. 클럽에서 난동을 부리고 죄 없는 기지촌 여성들을 3명씩이나 병원에 실려가게 만든 백인병사들이었으므로 분이 풀리지 않는 묘강이었으나, 어쩔 수 없다는 듯 MP에게 인계하고 손바닥을 탁탁 털면서 밖으로 나갔다.
"형님, 벌써 해치우셨습니까?"
"해치우긴 임마, 손 좀 봐줘서 MP한테 넘겼어."
"과연, 조지형님이십니다. 하하."
잭과 존이 라스베가스 클럽 앞에 도착할 무렵, 묘강은 아무 일도 없었다는 듯 출입문을 나오는 중이었다. 업주가 문 밖까지 나와 허리를 깎듯이 굽히며 인사를 했고, 클럽 안에 있던 20여 명의 기지촌 여성들도 우루루 몰려나와 마치 개선장군을 환송하듯 묘강을 보내고 있었다.

"장사나 잘하슈."

묘강은 별일 아니라는 듯 업주에게 말한 뒤 잭과 존을 데리고 잽싸게 그곳을 떠난다. 라스베가스를 뒤로 한 채 기지촌 거리를 터벅터벅 걸어가는 묘강의 마음은 무겁기만 하다. 늘 그러하듯 오늘 같은 일이 있는 날, 묘강에게는 가장 기분나쁜 날이 된다. 미군을 향한 미움보다 도대체 이렇게 살아야 하는 자신과, 기지촌 사람들이 못마땅하기만 한 터였다.

"얘들아, 가자. 어디 가서, 한 잔 푸자."

"어디로 가실려구요. 마카로니 웨스턴은 어때요, 형님?"

"뭐, 마카로니 웨스턴. 거긴 안 돼. 임마."

"형님두. 요즘 동두천에서 뜨는 클럽은 마카로니 웨스턴뿐이라구요. 그곳에 로즈라는 아가씨가 있는데, 미군들이 그 이름만 듣고도 침을 질질 흘린다고 안 합니까. 내가 아는 미군 한 명은 로즈하고 한 번 잠자리를 하는 것이 소원이라고 하던데요 뭘, 어디 그뿐입니까. 미군들은 요즘 로즈를 기다리는 재미로 한국에 주둔할 맛이 난다고 해요. 동두천뿐만 아니라 파주, 송탄에서까지 로즈를 만나기 위해 구름같이 몰려올 정도라니까요. 하지만 뭐, 형님이 마음만 먹으면 로즈 아니라 제 할머니라도 형님것이 되는 거 아닙니까. 헤헤."

잭의 그 얘기는 사실이다. 리틀 시카고 거리의 젊은 여자들은 묘강이 마음만 먹으면 모두 그의 애인이 될 것이다. 그러나 묘강은 여자라면 딱 질색이다. 이따금씩 동생들과 함께 술을 마시는 자리에 여자들을 부르기는 했으나 묘강이 자신은 아직도 동정을 지키고 있는 숫총각이다. 원래 여자들이 많은 집안에서 태어나 자랐고, 그 가족들이 고통받으며 생활해 온 것을 어린 시절부터 몸으로 터득해 온 묘강은 이 세계에 뛰어들면서 절대로 기지촌 여자를 괴롭히지 않으리라, 하나의 철칙을 세워 놓은 터였다. 잭이 로즈 이야기로 침이 마르는데, 묘강이 화를 벌컥 냈다.

"야, 잭. 너 주둥아리 닥치지 못해."

"아, 알았습니다요, 형님."

잭으로서는 묘강이 왜 평소같지 않게 화를 내는지 알 도리가 없다. 더욱 기분을 망친 묘강은 술집으로 가려는 것을 포기하고 조지파 아지트가 있는 보산리 쪽으로 방향을 틀었다. 마카로니 웨스턴에 로즈라는 미인이 나타났고, 그녀를 만나기 위해 미군들이 벌떼같이 달려든다는 소식은 묘강도 일찍이 들은 터였다. 그리고 적어도 그 정도 되는 여자라면, 자신의 동정을 팔 여자는 되겠다고 마음을 굳게 먹고, 어느 날 마카로니 웨스턴으로 찾아갔었다.

"로즈는 오늘 엉업을 시키지 마시오. 내가 가질 거요."

난생처음으로 여자와 잠자리를 같이하겠다는 큰마음을 먹고 영업을 개시하기도 전에 마카로니 웨스턴을 찾아간 묘강은 클럽주인을 불러 마치 부하에게 명령하듯 말했는데, 물론 주인은 거절하지 않았다. 오히려 2층 VIP실로 묘강을 안내한 뒤, 로즈가 출근하는 즉시 데리고 오겠다고 했다. 독한 양주를 거의 한 병이나 비웠으나 가슴이 두근거리는 것을 어쩔 수 없다. 묘강이 양주 두 병째를 마시고 있을 무렵, 노크소리가 들렸다. 말로만 듣던 로즈가 나타났는가 보았다. 문 쪽을 보는 묘강의 가슴이 곧 터져 버릴 듯 더욱 떨려온다.

"들어와."

묘강이 더듬거리는 목소리로 말했고, 잠시 후 문이 열리며 나타난 로즈는 바로 그의 누나인 묘옥이다.

"누, 누나! 누나가 바로… 로, 로즈, 화이트 로즈!"

"그럼 네가, 조지였니!"

남매는 서로 어이가 없다는 투로 한참 동안 서로 마주보고 있을 뿐이다. 각자 뭐라고 형언할 수 없이 묘한 기분을 누르면서.
"핫하하."
먼저 웃음을 터뜨린 것은 묘강이다. 묘옥도 참을 수 없다는 듯 웃는다. 서로 마주보고 웃다가 다시 고개를 돌리고, 남매가 이런 곳에서 만날 수밖에 없는 운명을 말없이 탓하다가 다시 쳐다보고 웃고….


*4*


같은 시각, 여기는 HK무역 숙직실이다. 굶주린 늑대같이 변한 영탁이 날카로운 발톱을 빳빳하게 세운 채 묘숙의 향해 덤벼들고 있다. 묘숙이 아무리 피하려고 발버둥쳤으나 이미 독 안에 든 쥐다.
"과장님, 과장님. 왜 이러세요. 무서워요. 이러시면 안 되잖아요."
"안 되긴 뭐가 안 돼. 묘숙이. 제발 한 번만… 응. 네가 원하는 거 다 들어줄게. 오늘부터 너는 야근을 하지 않아도 돼. 그래도 야근수당은 지급될 거야. 묘숙이, 처음 널 만난 날부터 나는 이 순간을 기다려 왔단 말이야. 내가 널 얼마나 좋아하는지 알아? 내 마음 좀 알아줘."
영탁의 숨소리는 점점 거칠어져 간다. 할 이야기가 있다고 불러 놓은 뒤, 이야기는커녕 본색을 드러내 놓고 벌써 수도 없이 많은 말로 묘숙이를 구슬렀으나, 그럴수록 묘숙은 완강하게 버티었다.

"그럴 수는 없어요. 제발."

"흥. 그럴 수가 없다고. 어디, 그럴 수 없는지 있는지 보자잇."

영탁은 이미 제정신이 아닌 듯하였다. 숨이 턱턱 막히는지 말도 제대로 하지 못하면서도 아예 힘으로 제압하려는 의도였다. 그럴수록 묘숙은 반항심이 일어난다. 그때 묘숙의 뇌리에는 문득 황대호의 얼굴이 떠올랐다. 국회의원 선거때 한 번 본 이후 틈날 때마다 아무도 몰래 찾아가 먼 발치에 숨어 그가 사라질 때까지 보곤 하였는데 아직도 말 한 마디 붙여보지 못한 대호다. 그러나 그녀의 마음은 오로지 대호에게 달려가고 있다. 이미 흑인병사와의 사이에 아이를 낳았고, 또한 대호가 국회의원의 아들일 뿐만 아니라 대학생인 터에 공장에 다니는 그녀가 감히 넘볼 처지가 아니라고 생각하지만, 그를 향하는 그녀의 마음은 피할 수가 없었다.

"안 된다니까요, 과장님. 전 할 수 없어요. 죽어도. 차라리 절 죽이세요."

"뭐야, 지금 뭐라고 했어. 죽어도! 죽이라구! 보자보자하니까, 뭐 이따위 년이 다 있엇. 엉. 날 어떻게 보고 그따위 소릴 하는 거야. 앙. 인간 최영탁이 그 정도밖에 안보였단 말이야. 이 쌍——."

영탁이 도저히 참을 수 없다는 듯 손바닥으로 철썩 귀뺨을 갈긴다. 황당한 것은 묘숙이다. 도대체 왜 귀뺨을 맞아야 하는지 영문을 알 수 없는 묘숙이 손바닥을 자기의 뺨에 갖다대며 영탁을 노려본다. 지금까지 영탁을 피하려고 한 것은 그가 무서워서가 아니라 그의 눈밖에 나 회사에서 쫓겨날지 몰랐기 때문이다.. 그러나 뺨까지 맞을 정도라면 이미 엎질러진 물이다.

"뭐야. 지금 날 쳤어. 난 그래도 인간대접을 하려고 참았는데… 날 쳤단 말에야. 최영탁 과장! 흥, 좋아. 때려라. 또 때려봐. 이 나쁜 자씩아. 또 때리라니까. 오, 이 놈아. 너 죽고 나 죽자아."

묘숙이 표독스럽게 변해 달려들었다. 그때까지 방어만 하던 그녀가 반격을 개시하는 모양새였다. 편모슬하의 대가족의 맏이로서 원래 순진하기는 했지만, 특히 HK무역에 입사한 뒤에는 마음을 고쳐먹고, 어머니의 기도처럼 어린양같이 더욱 순진해 보였으나, 태어난 이후 집을 나오기 전까지 기지촌에 자라면서 볼것 보지 못할 것 모두 보아 오면서 성장한 그녀.

"…뭐, 이런 년이 다 있어, 이거!"

엉겁결에 당하는 일이라 영탁이 놀라고 어이가 없다는 표정으로 당장 행동을 취하지 못하고 슬금슬금 뒷걸음질치며 밀렸다. 한동안 좁은 방 안에서 빙글빙글 돌면서 묘숙이 쫓고, 영탁이 쫓기는 형국이 되었다. 그러나 처녀아이만 4천여 명이 근무하는, 가발전문업체인 HK무역 가발과장으로 있으면서 숱한 여자를 농락해 온 영탁이 그렇게 호락호락한 위인이 아니다. 때로는 처녀아이들을 임신까지 시켜 쫓아냈고, 또 때로는 임신한 처녀아이를 한사코 싫다는 병원으로 끌고가 낙태를 시켰는가 하면, 재수가 없었을 경우에는 그런 처녀가 부모형제까지 데리고 몰려와 항의를 하였으나, 그 역경 —— 재수가 없다거나 역경이라는 것은 물론 영탁의 생각이다 ——을 슬기와 돈, 힘으로 거뜬히 해결해 온 터이었다. 바로 그런 여자문제 때문에 회장의 처남이면서도 입사한 이후 여태껏 과장자리만 꿰차고 있었으나, 직접 처녀아이들을 데리고 놀 수 있는 그 자리를 영탁이 오히려 즐거워하는 편이다.

"이게 보자보자 하니까 끝이 없군. 그래. 정 그렇게 나오시겠단 말이지. 좋아. 너, 이 년, 사람 잘못 봤어."

 계속 밀리기만 하던 영탁이 더 밀릴 구멍이 없다 싶었을 때 대반격을 개시한다. 손톱을 세우고 달려드는 묘숙의 복부를 향해 발길을 내지른 것이었다. 묘숙이 아무리 독하게 반항을 해도 여자는 여자다. 금방 얼굴이 하얗게 변하면서 아랫배를 안고 스르르 주저 앉아버린다. 창자가 끊어질 것 같은 고통으로 꼼짝달싹할 수가 없다.

 "에, 잇. 재수없는 년."

 묘숙이 한동안 아랫배를 안은 채 괴로운 얼굴로 꿇어앉아 있는 것을 보던 영탁이 다시 젖가슴 쪽을 내질렀다. 뒤로 벌렁 넘어진 그녀는 정신을 잃어버렸는지 더이상 움직이지 않는다.

 방 안에서는 무거운 침묵이 감돈다. 영탁이 창쪽에 선 채 담배를 피워 물고 거친 숨과 함께 훅훅 담배연기를 토해낸다. 생각할수록 괘씸하고 분이 풀리지 않는다. 이따금씩 흘끔흘끔 묘숙을 쳐다보았으나 그녀는 실신을 해버렸는지 아니면 죽었는지 여전히 꼼짝달싹하지 않는다. 필터가 탈 정도로 담배 한 대를 꾸역꾸역 피워대던 영탁은 그때까지도 움직일 기미가 보이지 않는 묘숙을 보고 그제서야 좀 걱정이 되는지 재떨이에 담배를 꾹꾹 눌러 끈 뒤 가까이 다가앉는다.

 "이봐, 묘숙이. 묘숙이."

 몸을 흔들어 보았으나 움직임이 없다. 손목과 고개 옆으로 손바닥을 들여대며 맥을 보았으나 도대체 감이 잡히지 않는다. 옆에 엎드린 채 귀를 그녀의 코 밑으로 가져간다.

 "응. 으으."

 가는 신음소리가 들린다. 그제서야 좀 안심이라는 듯 상체를 일으켜세운 영탁은 다시 담배를 피워 물고 연기를 뿌옇게 토해내면서 몽그작몽그작 연기 속으로 묘숙을 바라본다. 어디 한

군데 나무랄 구석이 없는 미모의 몸매다. 순간, 영탁의 감정 속에는 성적 충동이 밀려온다.
"그렇군, 호호. 그것도 맛이겠지."
　다시 재떨이에 반쯤 탄 담배를 부벼끈 뒤 영탁은 묘숙을 향해 돌아 앉는다. 눈에 이상한 광채가 번득이는 그는 그녀의 옷을 하나씩 벗기기 시작한다. 작업복 저고리를 벗기고 치마, 속옷, 마지막 남은 브래지어와 팬티까지 벗겨낸 뒤 영탁은 조금 물러서 감상하듯 타는 시선을 붓는다. 발가벗은 알몸뚱아리의 묘숙은 여전히 움직임이 없다. 한 폭의 누드화를 보는 듯 한참 동안 그녀의 육체를 노려보던 영탁은 자리에서 천천히 일어나 자신의 옷을 벗는다. 그리고 옷을 다 벗은 그가 그녀의 육체를 밑에서부터 위로 도발해 올 무렵 의식을 회복한 묘숙이 힘껏 밀어냈으나 이미 그의 남성은 그녀의 깊숙한 곳으로 밀려 들어오고 있었다.

## 5

　방학기간이지만 학교에 가야 한다며 집을 나서 청량리역에서 내린 묘선은 왠지 개찰구를 통해 나가서는 안 될 것 같은 불길한 예감이 들어 전농동 588번지 —— 이른바 청량리 588로 불리는 맘모스호텔 뒤쪽으로 방향을 틀어 블록 담장 하나를 넘은 뒤 588 뒷골목 쪽으로 가까스로 빠져나올 수 있었다. 대낮인데도 짙은 화장과 현란한 옷차림을 한 아가씨들이 이따금씩 지나가는 사내들의 팔을 붙잡는다.
"아저씨, 놀다가. 응, 방 깨끗해. 아가씨도 미인이야. 나이도 어리지. 후회 안 할 거야."

　포주와 아가씨들의 유혹은 집요하다. 어떤 아가씨는 아예 길바닥으로 나와 행인을 가로막고 팔을 끌어당긴다.

"자기, 나하고 연애 한 번 해."

"없어, 돈."

"돈으로 하나, 정으로 하는 거지. 응."

　아가씨들과 사내들의 살랑이를 홀끔홀끔 쳐다보며 묘선은 곧장 성바오로병원 옆길로 빠져나온다. 기지촌에서 태어나 기지촌에서 자라고 지금도 기지촌에서 살고 있는 묘선에게 그와 같은 광경은 크게 낯설지도 않다. 예나 지금이나 그런 장면들을 볼 때마다 마음 한 구석에 웅크리고 있는 슬픔이 되살아나 밀려올 뿐…. 주위를 홀끔거리며 성바오로병원 앞으로 나온 묘선은 아직 국내에서 볼 수 없는 지하철 1호선 공사가 한창인 도로를 건너 경동시장 앞 정류장에서 시내버스를 탄다. 그러나 그녀가 가는 곳은 학교가 아니다. 방학기간중일 뿐만 아니라 학교 정문 앞에는 경찰들이 바리케이트를 쳐놓은 채 학생들의 도서관출입까지 막고 있었으니까. 광화문에서 내린 그녀는 약속된 크라운제과점 2층으로 갔으나 약속된 선배들은 보이지 않는다. 우유를 시킨 뒤 창 밖의 도심지를 보고 있는데, 조금 전 2층으로 올라오면서 보았던 카운터 아가씨—— 아르바이트생일 것이다——가 우유가 놓인 쟁반을 들고 다가온다.

"서울대 전진회원이죠? 여기."

　낮은 소리로 말하며 아가씨는 쟁반밑으로 쪽지를 밀어낸다. 그녀의 의도를 눈치챈 묘선은 우유를 받는 척하며 쪽지를 받아들고 손아귀에 끼워 넣은 뒤 주위를 홀끔 돌아본다. 그리고 우유를 마시는 척하며 손아귀에 들어 있는 쪽지를 테이블 밑으로 가져가 허벅지 위에 놓고 펴본다. 쪽지에는 약도가 그려져 있다. 잠시 후 제과점을 나온 묘선은 약도에 그려진 대로 도봉구 수유리로 갔다. 그녀가 물어, 물어 찾아간 곳은 방학동에 있는 한 독립가옥이다.

"선배들, 정말 이러기예요. 여긴 줄 알았으면 곧장 오는 건데, 괜히 돌아왔잖아요."

"엉, 묘선이 왔구나. 찾느라고 고생 많았지. 하긴, 그래. 동두천에서 온다면, 의정부에서 곧장 오면 쉬웠을 텐데. 어서 들어와."

전진회 선배들을 보고서야 묘선은 비로소 마음을 놓고 얼굴을 활짝 폈다. 10여 명의 전진회 멤버들도 조금 변화가 있는 듯하였다. 4학년 선배들은 박진 한 명만 제외하고는 얼굴이 보이지 않는다. 묘선이 오기 전까지 토론을 하고 있었던 모양으로 회원들은 다시 자리에 앉았다.

"대호 선배가 중앙정보부에 들어갔다는 것은… 배신행위라구. 정보부야말로 우리의 타도대상 1호 아닌가. 정보부가 어떤 기관이야. 정치탄압, 인권탄압의 산실이라구. 물론 나는 정보부 존재 여부를 논하려는 것은 아니야. 앞으로는 정보화전쟁이 될 것이고, 미 CIA같이 정말 국가정보를 위해 '익명의 정열'을 바치는 기관이라면, 물론 존재의 당위성을 획득하는 기관일 수 있지. 그러나 지금의 정보부 행태는 뭐야. 이건 군사독재정권 수호의 앞잡이 아니냐구. 우리 전진회 창설멤버가 그런 정보부 요원이 됐다니… 대호선배가 그런 인물이라는 것은 이미 알고 있었지만, 이건 해도 너무했어."

"대호 선배가 원래 부르조아 출신이잖아. 대호선배 아버지의 영향 때문이겠지 뭐. 황천득 의원이 국회 외무·통일위원회 위원장이잖아. 초선의원이 상임위원장을, 그것도 외무·통일위원장을 맡는 것을 보면, 독재권력의 핵심세력이라는 것을 알 수 있잖아. 하긴 장군출신으로 정보부 국장을 역임했으니까."
 묘선으로서는 황대호가 정보부 요원으로 들어갔다는 것은 전혀 처음 듣는 이야기다. 놀라움도 감출 수 없다. 선배들이 말하는 배신행위라는 이야기도 공감이 충분히 간다. 문득 대호가 했던 얘기 —— 학생들의 데모는 실패할 뿐이라는, 역사는 권력을 쥔 자의 것이며, 역사의 물줄기를 바꾸고 싶다면 학생신분이 아닌, 권력 가까이 접근한 뒤에, 권력을 바탕으로 역사를 바꾸어야 한다는, 4·19혁명이 5·16쿠데타로 붕괴된 것이 그 증거라는 평소 그의 지론이 떠올랐다.
 "자, 대호 얘긴 그만하구, 아까 나눠 주었던 거 다시 펴봐. 응. 묘선인 아직 안 받았지. 그거, 묘선이에게도 줘."
 박진 선배의 지시로 3학년 김철 선배가 건네주는 것은 「대통령 긴급조치 1호」와 「2호」, 그리고 대통령의 「긴급조치 1, 2호 선포에 즈음한 담화문」이라는 제목과 내용이 적힌 16절 지크기의 프린트물이다. 묘선도 이미 긴급조치 1, 2호가 선포된 것을 알고 있었다. 이제 선배들과 토론을 하기 위해 다시 자세히 읽어보는 묘선의 눈동자는 점점 커져 간다. 프린트물을 읽는 동안 ① 대한민국 헌법을 부정, 반대, 왜곡, 또는 비방하는 일체의 행위를 금한다. ② 대한민국 헌법의 개정 또는 폐지를 주장, 발의, 제안 또는 청원하는 일체의 행위를 금한다. ③ 유언비어를 날조, 유포하는 일체의 행위를 금한다. ④ 전(前) 1, 2, 3호에 금한 행위를 권유, 선동, 선전하거나 방송, 보도, 출판, 기타 방법으로 이를 타인에게 알리는 일체의 언동을 금한다. ⑤ 이 조치에 위반한 자와 이 조치를 비방한 자는 법관의 영장 없이 체포, 압수, 수색하며 15년 이하의 징역에 처한다. 이 경우에는 15년 이하의 자격정지를 병과할 수 있다. ⑥ 이 조치에 위반한 자와 이 조치를 비방한 자는 비상군법회의에서 심판, 처단한다. ⑦ 이 조치는 1974년 1월 8일 17시부터 시행한다, 는 무시무시한 긴급조치 1호 내용의 활자들이 저마다 총검 하나씩을 꽂고 그녀의 눈길을 향해 우르르 달려들고 있었다.

"다들 읽어봤지. 보았다시피 유신헌법의 긴급조치라는 것이 이제 그 모습을 드러내기 시작했어. 하지만 이건 시작일 뿐이라구. 도대체 긴급조치라는 것이 뭐야. 사후적·진압적 비상조치일 뿐만 아니라 사전적·예방적 조치까지 할 수 있고, 비상조치권의 내용범위, 효과가 지극히 광범위하며 국회의 집회나 소집가능성 여부에 관계 없이 발동될 수 있고, 국회나 법원에 의한 통제가 거의 인정되지 않는다는 특징을 갖고 있는 거 아니냐구. 말하자면 긴급조치는 대통령 한 사람의 의중에 사실상 제한 없이 모든 것을 백지위임하고 있는 것이야."

"맞아요. 나두 박진 선배 의견에 동감입니다. 긴급조치 선포의 실제에 있어서는 그 무소불위의 위력이 더욱 적나라하게 드러나고 있어요. 보세요. 긴급조치 1호는 헌법상 규정된 개헌논의마저 금지시켜 버렸잖아요. 이건 국민의 입에 자갈을 물리겠다는 거라구요. 이제 긴급조치하에서 국민들은 눈이 있어도 보지도 못하고 귀가 있어도 듣지도 못하고 입이 있어도 말을 못하는 벙어리가 돼야 한다구요."

"그렇습니다. 긴급조치는 바로 박정희 1인 영구집권을 위한 유신체제의 상징이고, 체제옹호를 위한 방패라구요. 또한 앞으로 발동될 긴급조치의 주된 목표는 바로 우리 학원가와 언론, 그리고 종교계를 포함한 반체제세력이 될 것으로 봅니다. 이번 긴급조치 1, 2호 선포만 해도 그렇습니다. 체제옹호측에서 보면, 이건 사실 좀 늦은 감이 없지 않다고 봅니다. 그만큼 반체제세력의 도전이 없었다는 얘기도 되구요. 긴급조치 1, 2호의 법률적 배경은 말할 것도 없이 유신헌법인데, 유신헌법이 제정·선포되었을 때 그 알갱이인 대통령 긴급조치권이 언젠가는 발동되리라는 것은 처음부터 예측된 일 아니었습니까. 따라서 우리도 반성해야 된다고 봅니다. 국민의 기본권을 극도로 제약하고 사실상 1인 영구집권의 가능성을 내포하고 있는 유신헌법이 도전받으리라는 것은 불을 보듯 명확한 일이었고, 이 정권이 그것을 대비하기 위해 긴급조치권을 만들어 놓았다면, 언젠가 빠른 시일 안에 발동하리라는 것은 틀림없었던 일인데, 유신헌법이 제정·선포된 지 석 달이 지난 뒤에 발동되었다는 것은 바로 우리가 반성해야 할 점이라고 봅니다. 우리 학생들이 일어서야 한다구요. 역사의 물줄기가 막혀 있을 때 그것을 뚫었던 것은 바로 우리 학생세력이었습니다. 3·1운동, 4·19혁명… 그것이 바로 우리 학생운동사에 영원히 빛날 위업 아닙니까. 지금은, 우리 학생들이 반성하고, 다시 일어서야 할 때입니다. 작년말 절정에 달했던 학원가의 반체제시위는 이 정권의 간교한 수단으로 각 대학이 조기방학이 되었고, 일단 그 불길이 수그러들어 실패로 끝났습니다. 이제 우리가 나서 그 불길을 다시 살려야 합니다. 작년말의 실패의 원인을 철저히 분석하고, 그 실패를 거울삼아 다시 일어서야 해요."

"백 번 옳은 얘긴데, 재야 쪽에서도 이번 긴급조치 1, 2호 선포로 치명타를 받은 것 같아. 연초부터 대단한 기세로 확산되었던 개헌서명운동도 일단 이 긴급조치 1호 선포를 계기로 좌절된 것 같아."

"바로, 그러니까 우리 학생들이 나서야 한다는 겁니다. 우리가 불을 지펴야 한다니까요. 여기서 물러서면, 유신체제는 더욱 강고해질 것이고, 그때 가서는 정말 계란으로 바위 치기가 될 거라구요."

"좋아, 정찬 동지의 발언에 대해 다들 어떻게 생각하나? 내 의견을 먼저 말하라면, 나는 물론 찬성이야."
 박진이 찬성하고 나서자 회원들 모두 무언의 찬성을 표한다. 물론 묘선이 역시 반대할 이유가 없다고 생각했다.

## 6

 동두천 기지촌, 마카로니 웨스턴 클럽이다. 밤 12시가 넘어서면서 무대 위에서는 스트립쇼가 벌어진다. 작렬하는 드럼소리에 맞추어 형형색색의 조명이 더욱 휘황하게 비치는 가운데 스트립걸은 옷을 하나 둘씩 벗어 던진다. 이윽고 쇼걸들이 팬티 하나 걸치지 않은 전라가 되었을 때 홀 안을 가득 채우고 있는 미군들은 미친 듯이 환호성을 지르며 휙휙 휘파람소리와 요란한 박수갈채가 터져 나온다. 테이블 하나를 차지하고 있는 로버트 일병도 엄지와 중지를 모아 입 안에 넣고 휘파람을 불어대고 있다. 옆에 앉아 있는 묘옥이 그의 팔등을 살짝 꼬집는다.
 "화이, 달링?"
 묘옥을 보는 로버트는 알겠다는 듯 자리에서 꾸역 일어선다. 저녁부터 로버트가 부어주는 대로 위스키를 들이킨 묘옥은 이미 취할 대로 취했다. 그러나 목적하는 바, 그것이 이루어질 때까지 그녀는 긴장의 끈을 놓지 않을 것이었다. 마카로니 웨스턴을 나선 묘옥은 로버트를 끌고 근처에 있는 콜로라도 호텔로 갔다. 복도에서 동료아가씨들을 만날 때마다 취한 묘옥은,
 "잘해 봐."

손을 흔들었다.

호텔방으로 들어간 묘옥은 로버트를 침대 위에 눕혀 놓은 뒤 짐짓 돌아서서 보라는 듯 옷을 하나씩 벗은 뒤 샤워실로 들어간다. 발가벗은 그녀의 뒷모습을 보는 로버트는 술이 확 깨는 기분이다. 과연 로즈가 온다고 해서 그녀와 비할 바가 아니라는 생각이 드는 터이다. 그녀가 샤워하는 시간도 기다릴 수 없다는 듯 침대 위에서 벌떡 일어선 로버트는 방 안을 왔다갔다 하며, 이따금씩 샤워실 앞으로 가서 귀를 기울인다. 물 떨어지는 소리, 엘비스 프레슬리의 노래인가 무엇인가 흥얼거리는 콧노래…. 그녀가 시간을 끄는 것이 안타깝기만 한 로버트는,

"달링! 달링!"

콧소리를 낸다.

"오, 로버트. 잠시만 기다려. 다 끝나가. 그 사이를 못 참고, 사내녀석이 웬 성미가 그리 급하니."

한국말로 중얼거리는데, 그녀의 말을 알아들을 수 없는 로버트는 발을 동동 구르며 그녀가 나오기만을 기다리고 있다. 이윽고 아랫부분을 타올로 감은 그녀가 나오자 그때까지 문 앞에서 기다리고 있던 로버트는 머뭇거릴 시간이 없다는 듯 달랑 안고 침대로 걸어간다.

같은 시각, 버드나무집, 기지촌 여성들의 대모 달님이는 마당 안을 왔다갔다 하며 혼자 서성이고 있다. 안방 옆방에는 그 시간까지 불이 켜져 있다. 고등학생이 된 묘순과 묘심이가 자지 않고 공부를 하고 있는 모양이다. 묘순이 고등학생이 된 후 학교를 그만두겠다는 말을 하지 않는 것만 해도 그나마 다행이다. 원래 형제 중에 그 중 속이 깊은 아이였으니까. 미숫가루라도 한 그릇 타주어야겠다고 생각한 달님이 막 부엌으로 가려고 할 때, 맞은편 방 안에서 쿨럭쿨럭 기침소리가 들렸다. 이

달구의 기침소리다. 폐결핵 말기인 달구는 요즘 아예 미군부대 노무자일을 그만두고 집 안에 틀어박혀 있었다. 아니, 아예 죽음을 기다리고 있는 중이라는 것이 더 정확한 표현일는지 몰랐다. 그의 병 시중은 물론 달님이 몫이다. 방세로 받는 몇 푼 되지 않는 돈 중의 대부분은 병원비로 충당하고 있으나, 병원에서조차 이미 그를 포기한 지 오래다. 부엌으로 들어간 달님이는 그날 낮에 병원에서 타 갖고온 약봉지와 물을 한 그릇 들고 달구방으로 간다.
"여기 약 가지고 왔어요. 좀 들어요. 내일은 병원에 좀 가구."
"내…내가 무슨 면목으루."
"면목은 무슨 면목… 사람이 살고 봐야지. 그렇게 면목 없이 병원에 가지 않으려면 하루빨리 죽기나 하던지."
"호, 죽는 것도 쉽지가 않구려."
달님이를 보자 웃어 보이려던 달구는 다시 얼굴을 헝클어뜨린 채 쿨럭쿨럭 기침을 했다. 날이 갈수록 얼굴은 검다못해 누른빛을 띠고 피골이 상접해 가는 것이 병세는 더욱 악화되어 가고 있다. 본인도 죽음의 그림자가 가까이 왔다는 것을 익히 알고 있는 터이라 달구는 아예 병원조차 가지 않으려고 한다. 기침은 쉽게 그치질 않는다. 잠시 후 기침이 멎었을 때 그의 손바닥에는 선혈이 낭자하다. 얼른 문을 닫고 나온 달님이는 우물가로 가서 세숫대야에 물을 담아 다시 나타난다.
"미, 미안하오."
"그런 소리 말고, 어서 손이나 씻어요. 자꾸 그런 소리 하면, 아예 내쫓아 버릴 테니까. 원 고집도 웬간하슈. 그러지 말고 내일은 꼭 병원에 가는 거요."
달님이의 독촉에 달구는 손을 씻고 억지로 약을 먹는다. 그런 달구가 측은하기만 한 달님이 절로 혀를 끌끌 찬다. 영낙없이 산송장이다. 하긴 대·소변까지 가려 주어야 할 판이었으니까. 그때마다 달님이는 내가 무슨 팔자여서, 하고 스스로를 원망하곤 했으나 그것도 잠시뿐, 모든 것이 하나님께서 주신 시련이거니, 하고 주어진 환경을 기꺼운 마음으로 받아들이곤 한다.

"어머, 대모님. 아직 안 주무시네. 나, 둘이 왔어요."

달님이가 세숫대야를 들고 우물가로 갔을 때 대문이 열리고 유화가 흑인병사 한 명을 데리고 들어오다가 마주친다.

"알았다. 어서 들어가."

유화와 같은 아이들이 살아가는 방편이니까, 달님이는 못 본체 하고 우물로 가서 세숫대야를 비운 뒤 부엌으로 들어간다. 예나 지금이나 아이들한테는 미안하지만, 다른 방도가 없다. 부엌으로 들어간 달님이는 문 밖으로 유화의 방을 흘끔 쳐다보며 사발 두 개를 꺼내 놓고 꿀물을 탄다. 유화뿐만 아니라 옥화도 오랜만에 영업을 나가 흑인병사 한 명과 같이 들어왔다. 그것이 마치 자기 일처럼 기쁜 것은, 그런 생활 속에서도 어떻게 하든 살아 나가야 하는 그들의 삶을 누구보다도 잘 알기 때문이다. 그렇게 기쁜 한편으로는 묘옥에 대해 불만이 절로 생기는 것도 또한 어머니로서 어쩔 수 없는 욕심인가 보았다. 꿀물을 옥화와 유화의 방 앞에 갖다 놓고 돌아서는 달님이의 귀에는 방 안에서 요란하게 들리는 미군과 옥화·유화의 교성을 들으며 한숨을 훅 내쉰다. 마당으로 나온 달님이의 눈은 자꾸만 대문쪽으로 간다. 묘옥이도, 묘강이도 아직 들어오지 않는 것이 여간 불안하지가 않다.

"묘순이, 아직 안 자니?"

미숫가루를 타 들고 달님이는 옆방으로 들어간다. 묘순과 묘심이 나란히 앉아 공부를 하고 있다. 그런 환경에서 아무 불평을 하지 않고 공부를 하는 아이들이 그저 고맙기만 할 뿐이다.

## 7

 그해 3월, 신학기는 묘선에게 몇 가지 뜻깊은 학기맞이였다. 우선 신입생 티를 완전히 벗어버리고 2학년을 맞는 것이 그러했고, 두 번째는 어떻게 보냈는지도 모르게 1학년을 보낸 뒤 지난 겨울방학 기간 동안 전진회 선배들을 따라다니며 거리로 뛰쳐나가는 대신 지하신문 발행, 횡적 비밀연계작업 등으로 신학기에 대비해 온 터라 그 결과가 무척이나 궁금한 터이기 때문이다. 물론 마음의 그늘도 없지 않았다. 갓 대학생이 되어 모든 것이 낯설기만 할 때, 대호를 만나 맘도 마음도 다 주어버렸으나 정보부에 들어간 이후 대호는 연락 한번 없다. 싫으면 싫다고, 좋으면 좋다고 분명하게 말이라도 한 마디 해주면 좋겠지만, 당초 연락조차 되지 않았으므로 답답하기만 하다. 물론 그녀의 마음이 대호에게 돌아선 것은 아니다. 처음 만날 때 그대로, 그 후 소양강 별장에서 몸을 허락했을 때 그대로 그녀의 몸과 마음은 늘 대호를 향해 열려 있다.
 천만다행으로 신학기 시작과 더불어 학원가는 다시 술렁이기 시작하였다. 연초부터 학원가 안팎에서 떠돌기 시작한 '3, 4월 위기설'과 관련하여 당국이 한껏 신경을 곤두세우고 있는 가운데 3월 하순, 경북대생 2백여 명의 시위에 이어 서강대생 3백여 명이 구내식당에서 13개 항의 대정부결의문을 낭독한 것을 비롯, 4월 1일에는 연세대 강당에서 학생행사가 진행되는 도중 학생 한 명이 단위로 뛰어올라가 선언문을 읽다가 연행되었다는 소식도 들렸다. 바로 묘선을 비롯한 전진회에서 그토록 기다렸던 결과가 행동으로 나타난 것이었다.

"좋다. 쇠뿔은 단김에 빼랬다고 여기서 불을 당겨야 한다. 각자 맡은 일 알지? 그대로 진행하자."

신학기와 더불어 새로 회장이 된 정찬 선배가 주도하는 가운데 전진회원들은 바쁘게 움직였다. 그러나 좋은 소식만 전해지는 것은 아니었다. 3월말부터 경찰은 요주의 학생으로 지목된 서울대 문리대생 등 학생 수십 명을 일제히 사전검거하기 시작하였고, 특히 전진회가 불안했던 것은 창설멤버인 황대호가 정보부 요원이 된 이후였는데, 며칠 전에는 전회장인 박진 선배가 검거된 것이었다. 박진이 경찰조사에서 전진회 활동상황을 털어놓는다면 그동안 전진회에서 준비한 '작품'들은 물거품이 되어 사라질 것이다. 그러나 서울대 문리대 등에서 잇달아 소규모 시위를 전개했고, 또한 검거 성풍이 몰아치면서 그해 3월은 갔다.

"이제 하루 남았다. 우리가 할 수 있는 한 모든 준비는 해왔으니까, 일단 내일을 기다려 보는 수밖에 없어. 각자 그동안 수고 많았어."

4월 2일 정찬 회장의 주재로 그동안의 활동을 중간평가한 뒤, 내일을 기약하면서 전진회원들은 그날 서클 룸에서 밤을 지새웠다. 그리고 다음날, 전진회원들은 각 대학에서 들려오는 소식에 내심 흥분한 표정들이다. 서울대를 비롯한 성균관대, 이화여대 등에서 일제히 시위가 터진 것이었다. 특히 묘선은 그동안 자신이 맡았던 이화여대에서 데모가 일어났다는 소식에 절로 감개무량하다.

"자, 우리도 나가야지."

자리에서 일어선 정찬이 굳은 결의가 번득이는 얼굴로 서클 룸을 나선다. 회원들도 곧 뒤따라갔다. 그날 오전 11시께, 정찬이 다니는 서울대 의대생 5백여 명이 흰 가운을 입고 시위에 들어가 교문 밖으로 진출하려고 했으나 이미 바리케이트를 치고 있는 경찰의 제지로 봉쇄되었다. 같은 시각, 묘선은 길 건너편 문리대 4·19탑 앞에서 문리대생과 합류했는데, 3백여 명의 학생들이 반정부 유인물을 살포하면서 시위에 나섰으나 역시 경찰의 완강한 저지로 교문 밖 진출이 좌절되었다. 같은 날 같은 시간에 성균관대생 1백여 명이 명륜동 캠퍼스에서 교내성토를 벌였고, 이화여대생 3천여 명은 대강당에서 있는 채플시간에 반정부선언문을 낭독하면서 시위를 벌여 그날 해가 저문 뒤까지 산발적인 시위를 전개했다.

그날 밤 8시가 지날 무렵, 전진회 멤버들은 서클 룸에 모여 그날 시위에 대한 자체평가를 갖고 있었다.

"…실패이긴 하지만, 우리가 의도한 바는 성공적이라고 봐. 거의 같은 시간에 각 대학이 동시에 일어났다는 점, 선언문의 주체가 우리 한국민주청년총연합회 명의로 되어 있다는 점 등이 그래. 이제 오늘 시위역량을 바탕으로 말 그대로 한국청년·학도들을 한 세력으로 결집시켜 2단계 투쟁을 전개하는 방법을 의논해야 한다고 봐."

정찬 회장이 회원들의 분분한 의견을 모아 결론을 내리고 있을 즈음, 공대 3학년에 재학중인 김우슬이 뛰어 들어왔다.

"잠깐, 잠깐만. 다들 이것 좀 들어봐. 아니, 들어보고 자시고 할 것도 없어. 내가 메모를 했으니까, 이걸 읽어보면 돼. 다들 들어보라고. 조금 전 밤 10시를 기해 대통령긴급조치 제4호를 선포했는데, 이게 기도 안 차구만. 들어보라고. 1. 한국민주청년총연합회와 이와 관련되는 제단체(이하 단체라 한다)를 조직하거나, 또는 이에 가입하거나, 단체나 그 구성원의 활동을 찬

양·고무 또는 이에 동조하거나, 그 구성원과 회합 또는 통신, 기타 방법으로 연락하거나, 그 구성원의 잠복, 회합, 연락, 그 밖의 활동을 위하여 장소, 물건, 금품, 기타의 편의를 제공하거나 기타 방법으로 단체나 구성원의 활동에 직접 또는 간접으로 관여하는 일체의 행위를 금한다. 빌어먹을. 이건 완전히 우릴 타킷으로 한 긴급조치로구만. 다들 읽어보라구. 자그만치 12개 조항이나 돼."

토론장을 찬물을 끼얹은 듯 조용해진다. 묘선을 비롯하여 회원들은 우슬이 돌려준 긴급조치 4호 내용에 눈길을 모으고 있었다. 잠시 후 정찬이 회원들을 대표로 하여 긴급조치 4호를 읽어 내려갔다.

"…9. 이 조치에 위반한 자는 법과의 영장 없이 체포·구속·압수·수색하여 비상군법회의에서 심판, 처단한다. 11. 군지역사령관은 서울특별시장 부산시장 또는 도지사로부터 치안질서유지를 위한 병력출동의 요청을 받은 때에는 이에 응하여 지원하여야 한다. 12. 이 조치는…."

"문제는 말이야, 이 정권이 늘 하는 식으로 우리를 용공세력으로 몰고간다는 것이야. 그 다음 장을 보라구. 긴급조치 4호 선포에 즈음한 특별담화에서 박대통령은, …작금 우리 사회의 일각에서 공산주의자들이 상투적으로 전개하는 적화통일을 위한 이른바 통일전선의 초기단계적 불법활동 양상이 대두되고 있음에 감하여 이같은 불순요인을 발본색원함으로써 국가의 안전보장을 공고히 다지고자 헌법절차에 따라 긴급조치를 선포하게 된 것이라는 거야. 이게 말이 돼. 죽일 놈들. 여기, 우리 회원들 가운데 자신이 공산주의자라고 생각되는 사람 있으면 손들어 보라구. 자, 들어봐. 봐, 없잖아. 누가 우릴 공산주의자라고 해."

"흥분하지 말게. 그 정도야 이미 각오했던 일 아냐. 그것이야 말로 이 정권에서 상투적으로 써먹는 전가의 보도를 휘두르겠다는 거 아닌가. 그런다구 우리가 포기할 순 없잖아. 다들 계획했던 대로 추진하자구."

정찬의 말을 끝으로 회원들은 침통하면서도 결의를 새롭게 다지는 표정으로 각자 자리에서 일어섰다. 묘선도 막 자리에서 일어서려고 할 때 회장자리에서 서류를 챙기던 정찬이,

"묘선이, 전화 받아. 이대 학예부장이래."

수화기를 넘겨준다. 묘선이 정찬 옆으로 가서 수화기를 들었다.

"얘기만 들어. 나, 대호야. 만나고 싶어. 보고 싶단 말이야. 그동안 업무파악하느라 좀 바빠야지. 나올 수 있지? 나오리라 믿어. 광화문 코리아나 호텔 알지? 거기 커피숍으로 와. 10시까지. 통행금지시간은 걱정 말구. 내가 데려다 줄 테니까. 기다릴께."

대호는 자기 할말만 하고 전화를 끊었다. 잠시 수화기를 들고 있다가 내려놓는 묘선을 보고 정찬이,

"무슨 전화받는 태도가 그래? 말 한 마디 않고 끊었잖아."

"아녜요. 정찬 선배."

대답하며 묘선은 서클 룸을 나온다. 의식은 복잡하기만 하다. 그렇게도 연락 오기만을 기다렸던 대호한테 전화가 왔는데, 왠지 썩 반갑지가 않다. 그렇다고 싫은 것도 아니다. 그가 오라는 곳으로 갈까, 말까, 앞으로 며칠 동안은 무척 바쁜데, 아직 결정을 내리지 못한 채 묘선은 서클동을 나와 후문 쪽으로 걸어간다.

## 8

 교정은 칠흑같이 캄캄한 어둠이 뒤덮고 있다. 후문을 나서는 묘선은 정문쪽에 바리케이트를 친 채 도열해 있는 경찰들을 흘끔흘끔 쳐다보며 맞은편 인도 쪽으로 뛰어가 택시를 잡는다.
 "광화문이요."
 결국 묘선은 대호를 만나기로 했다. 마음에는 많은 갈등이 일었다. 전진회에서 준 당장의 임무도 중요했으나 개인적으로는 장래가 걸려 있는, 대호의 마음을 확인해야 된다는 생각이 앞섰으므로 그녀는 일단 광화문 행을 결정한 것이다. 대호에게 매달리지는 않을 것이다. 그의 마음이 변하지 않은 것을 확인하면, 지금까지 그래왔던 것처럼 그녀의 마음도 한결같을 것이고, 달라졌다면 미련없이 털어 버릴 것이다. 지금은 지난해 대호를 처음 만났을 때, 혹은 소양강 별장으로 끌려가다시피 하여 처녀성을 바쳤던 그때의 묘선이 아니다.
 "왔구나, 앉아."
 코리아나호텔은 세종로 중앙청에서 시청 쪽으로 가다가 광화문 네거리를 지나 왼쪽에 위치하고 있다. 호텔 2층에 있는 커피숍에는 대호가 먼저 와 기다리고 있다가 묘선을 보고 손을 들어 보인다.
 "할 만해?"
 "응, 회사가 워낙 바쁘게 돌아가야지. 뭐가 뭔지도 모르게 돌아가고 있으니까 나 같은 신출내기야 어디 눈코뜰새가 있어야지. 미안해, 그동안 연락 안 해 서운했지?"
 "바쁘려니, 했어."
 "고맙구나. 그래도 날 그만큼 생각해 주는 것은 묘선이 너뿐이야. 전진회에서 나 많이 욕하지? 독재정권 앞잡이가 됐다구. 나도 그런 소리들을 각오는 했어. 야, 연꽃이 진흙탕 속에 자란다고 해서 꽃이 안 피냐. 내가 그래도 전진회를 창설한 멤버인데, 사실 전진회원들한테 나도 섭섭한 마음이 전혀 없는 것은 아니다 너. 물론 내가 전진회 활동을 좀 뜸했던 것은 사실이야. 하지만, 묘선이 넌 내 입장을 조금은 이해해 줄 거다. 사사롭게는 내가 공화당소속 국회의원 아들인데, 전진회 활동에 매달릴 수가 없잖아. 물론 내가 전진회 활동을 비판하기는 해도, 활동 자체를 거부하는 것은 아니라구. 생각해 봐. 내가 전진회 모토에 따라 활동하면 아버지를 부정하는 결과가 되잖아. 나는 중도를 가고 싶었던 거야. 전진회를 찬동하면서도 아버지를 부정하지 않는….”
"대호 선배. 우리가 얼마만에 만났는데, 자꾸 전진회 이야기만 할 거예요. 우리 이야길 해요."
"우리 이야기 뭐… 묘선아. 난 달라진 것이 아무것도 없다. 바로 그 얘길 하려고 전진회 이야기를 한 거구. 난 널 사랑해. 우리가 소양강 별장에 가서 했던 그 약속… 난 항상 가슴속에 묻어두고 있단 말이야. 왜, 너 변하기라도 한 거냐?"
"아, 아녜요. 대호 선배. 난 그저 대호 선배의 확실한 마음을 알고 싶었을 뿐이에요. 좋아요. 대호 선배가 그렇다면."
"좋아, 우리 그 얘긴 그만 하자. 아. 그리고, 요즘 학교생활은 어때? 괜찮냐? 솔직히 우리 장래가 걸린 일이라서 얘긴데, 전진회 활동에 너무 깊이 빠져들지는 마. 물론 전적으로 부정하라는 얘기는 아니고. 일정한 거리를 유지한 채 활동하라는 거야."
"알았어요, 대호 선배. 시키는 대로 할께요. 대호 선배가 원한다면."

"고맙다. 앞으로 나도 시간이 좀 날 것 같아. 그러니까 자주 만나자구. 난 늘 네 생각으로 일이 손에 안 잡힐 지경이라니까. 하하, 내일이 토요일이지? 내일 뭐할 거냐? 내일, 우리 만나서 교외나 좀 갈까? 아니면, 소양강에 나가던지 말이야."
"내일은 안 돼요. 난 내일 광주에 가야 하거든요."
"광주… 광준 왜?"
"아, 아무것도 아네요. 그저, 개인적인 일이 좀 있어요."
"그러냐. 그 개인적인 일이 바로 우리 둘의 일이라는 것을 아직 모르는가 보지. 좋아. 오랜만에 만났으니까, 내가 일찍 연락하지 못한 죄도 있으니까, 오늘은 내가 양보하지 뭐. 하지만, 다음부턴 절대 안 돼. 우린 하나여야 한다구. 옛말에 뭐라고 했니. 부부일심동체(夫婦一心同體)라고 하지 않았어."

대호는 마치 부부나 된다는 듯 말했다. 물론 묘선이도 그의 그 말이 싫지가 않았다. 그녀는 가로등 불빛 사이로 그를 뚫어지게 본다. 부부일심동체라니! 싫기는커녕 몇 번이고 반복해서 듣고 싶을 정도로 정감이 흘렀다.

"알았어요, 대호 선배. 호호. 곧 통행금지 시간이에요. 그만 일어나요."

대호와 헤어져 택시를 타고 수유리 쪽으로 향하는 묘선의 한결 가볍다. 대호의 마음을 확인했으므로 이제 더 바랄 것이 없다. 괜히 대호 선배를 의심했구나 하는 후회의 마음과, 그럼 대호 선배가 누군데 하는 신뢰의 마음이 그녀의 의식에 교차한다. 물론 전진회에서 그녀가 대호를 만난다는 사실을 알면 싫어할 것이다. 그러나 전진회 활동은 전진회 활동이고, 또 대호와의 일은 대호와의 일이다. 대호 선배의 마음이 변치 않았으므로 그를 사랑할 것이다. 죽도록——. 전진회가 사용하고 있는 방학동 독립가옥으로 돌아오는 동안 그녀의 마음은 바람 한

점 없는 호수의 수면같이 잔잔하다.

같은 시각, 남산 정보부 대공과 사무실에는 조금 전에 광화문에서 묘선을 돌려보내고 돌아온 대호가 자기 책상 앞에 앉아 몇 가지 서류를 작성한 뒤 이정무 과장 앞으로 갔다. 그날 첩보수집활동에 대한 결과를 보고하려는 것이다. 정확하게는 묘선을 만나 입수한, 그리고 앞으로의 계획에 대해 보고를 할 참이다.

"아, 왔나? 이상 없겠지?"

"네, 과장님. 요원들이 미행하고 있으니까, 전진회 아지트를 잡을 수 있을 겁니다. 과장님. 이건 제 개인적인 생각입니다만…."

"뭔가? 말해 보게."

"네, 과장님. 전진회 아지트를 오늘 덮치지 말았으면 합니다. 오늘 제가 윤묘선일 만난 것도 그렇고, 오늘 덮치면 윤묘선이 절 의심할 거 아닙니까. 그렇다면 앞으로 활동하는 데 지장이 있을 것 같아서요."

"흠, 그것도 그렇구만. 좋아, 당장 무전을 치도록 하지. 그리고?"

"네, 아무래도 전진회가 움직이기 시작한 것 같습니다. 윤묘선이 내일 광주로 간다고 하는 것을 보면… 본인은 개인적인 일이라고 하지만, 전진회에서 모종의 임무를 띠고 가는 것이 확실한 것 같습니다."

"좋아, 그 정도면 됐어. 그럼 황수사관은 전진회 활동을 계속 주시하도록 해. 광주에서의 일은, 내가 광주지부에 연락해 놓을 테니까. 아, 황수사관. 국장님이 자넬 신임하시는 이유를 알겠구만. 열심히 해보게. 국장님께서 자네 칭찬이 대단하이."

"네, 과장님. 더욱 열심히 하겠습니다."

과장앞으로 물러나 자기 자리로 돌아오는 대호의 입가에는 엷은 미소가 번진다. 비록 아버지의 배경으로 정보부에 들어왔지만, 자기의 능력을 마음껏 발휘하여 아버지가 보란듯이 아니, 아버지 이상으로 출세할 것이다. 주먹을 불끈 쥐고 몇 번 흔들면서 자기 자리로 와서 앉은 대호는 서랍에서 전진회원 명단을 꺼내 놓고 한 명씩 검토하기 시작한다.

## 9

궂은 날씨다. 옷깃을 적실 듯 말 듯 늦은 봄비가 추적추적 흩날리는 광장을 지나 역사로 들어간 묘선은 자꾸만 주위를 두리번거린다. 금방이라도 형사들이 그녀를 덮쳐 검문을 하고, 여행용 가방 속에 들어 있는 유인물들을 꺼내볼 것만 같은 불안한 마음에 눈길이 절로 주위로 날아간다. 매표소로 가서 가장 가까운 시간대에 출발하는 표를 끊었으나 30분이나 기다려야 했다. 몸빼차림에 털스웨터를 입고, 가방을 가슴에 안은 채 대합실에 앉아 있는 그녀는 영락없이 집을 나온 시골소녀의 모습이다. 잠시 후 개찰구를 통해 들어가 호남선 열차에 몸을 실은 그녀는 가방을 통로 맞은편 짐칸 위에 던져놓고 지정된 좌석에 앉는다. 누가 가방을 열어보면, 자기 가방이 아니라고 짐짓 딴청을 부릴 참이다. 가방 안에는 한국민주청년총연합회 명의의 유인물 세 가지가 들어 있다. 유인물 중의 하나는 묘선이 거의 작성하다시피 한.

바야흐로 민권승리의 새날이 밝아오고 있다. 공포와 착취,

결핍과 빈곤에 허덕이던 민중은 이제 절망과 압제의 쇠사슬을 끊고 또 다시 거리로 나섰다. 작년의 역사적인 10월투쟁에 대한 저들 권력배들의 응답은 오로지 기만적 회유와 폭압정치의 증대뿐이었다. 이로써 이들이 부정부패 특권체제를 추호도 포기할 뜻이 없음을 명백히 하였고 착취 치부 차별 방탕의 씻을 수 없는 죄악을 회개할 의사가 조금도 없음을 노골적으로 표현한 것이었다. 기아수출입국, GNP신앙을 교리로 내걸고 민족자본의 압살과 매판화를 종용하여 수십억불의 외채를 국민에게 전가시키며 혈세를 가렴하여 절대권력과 폭압정치의 밑천으로 삼고 기간산업을 포함한 주요 경제 부문의 족벌사유화를 획책해 온 저들 매판족벌이야말로 오늘의 돌이킬 수 없는 참상을 초래케 한 장본인이다. 극소수의 특권족벌들은 국민경제가 전면적 파탄상태에 돌입하자 마치 그 원인이 전적으로 국제적 원자재폭 등에 있다는 등 책임을 전가하고 진실을 은폐하기에 급급할 뿐⋯.

「민중·민족·민주선언」과 "오늘 우리의 궐기는 학생과 민중과 민족의 의사를 대변하고 이 땅에 진정한 자유와 평등을 실현하기 위한 민중적·민족적·민주적 운동임을 밝히면서 아래와 같이 결의한다⋯"로 시작되는 「결의문」, 그리고 "오늘 전국의 청년학생들은 전국의 자유와 생존권을 억압 말살하려는 이 절망적인 현실을 더이상 방관할 수 없어 과감히 구국항쟁의 전열에 뛰어들면서 모든 기성정치인, 언론인, 지식인, 종교인에게 다음과 같이 촉구한다⋯"로 시작되는 「지식인, 언론인, 종교인에게 드리는 글」이 그것이다. 묘선이 「민중·민족·민주선언」을 작성하는 데 바탕이 된 것은 물론 그동안 전진회 활동을 통해 공부한 지식도 없지 않지만, 그것보다는 언니 묘숙이 일하고 있는 HK무역을 자주 찾아가 피부로 보고 들었던 것들, 특히 김동숙 조장과의 만남이 그녀의 눈을 뜨게 한 계기가 되었다.

묘선이 받은 유인물 배포는 호남지역이다. 일단 광주로 가서 그곳 청년·학생대표들을 만나 전해주고 상경하는 길에 전주에 들러 그곳 대표들에게 전해주면 일단 그녀의 임무는 끝난다.

묘선이 광주에 도착한 것은 그날 저녁 8시께였다. 광주 나들이는 처음이다. 행인들에게 물어 그녀는 곧장 충정로 쪽으로 갔다. 그러나 그녀는 그녀가 광주역사를 나오는 그 순간, 황대호를 통해 연락된 정보부 요원, 그리고 사복형사들이 뒤를 미행하고 있다는 사실을 까마득히 몰랐다. 약속된 장소는 충장로 한복판에 위치한 지하다방이다. 일단 화장실로 먼저 들어간 그녀는 가방을 열어 그 안에 들어 있는 또다른 가방을 꺼내들고 다시 나왔다. 약속시간은 저녁 9시 정각──. 구석진 자리에 앉아 보리차를 한 모금 마신 뒤 묘선은 시계를 본다. 약속시간이 가까웠다. 그녀의 눈길은 자신도 모르게 출입구 쪽으로 달려간다. 잠시 후 점퍼에 농구화를 신은 것이 영락없이 농부차림인 한 30대와 20대 청년이 들어와 다방 안을 한 바퀴 둘러본 뒤, 머뭇거릴 것도 없다는 듯 묘선이 앞자리로 와서 앉는다. 물론 광주·호남지역 청년·학생대표들일 것이다.

"그리야. 서울로 강게, 어서 옵쇼, 허고 오라고 하디야. 잉. 아쭈 눌러 살제 지랄헌다고 도로 왔어야. 엄니넌 너가 나가고 나서 병이 들었당게 그랴. 그랴도 하나밖에 읎넌 외동딸인디 그랴, 고로코롬 부모님 속을 상허게 한다냐 아 잉. 아, 뭐허고 있어야. 싸게 나가지 않고. 인나야."

묘선을 호되게 꾸짖은 30대가 카운터로 가서 차값을 지불하는 동안 20대가 묘선이 앞에 놓인 가방 하나를 들고 나가고 묘선이 나머지 가방을 들고 엉거주춤 뒤따라 나갔다. 계획에 차질없이 일이 진행되는가 보았다. 다방을 나가면, 묘선은 터미널 근처 여관으로 가서 눈을 좀 붙인 뒤 다음날 전주로 가서 나머지 가방에 들어 있는 유인물만 전해주면 임무는 완수하게 될 것이다. 그들이 막 지하다방을 나와 인도 쪽으로 꺾어 돌 무렵, 골목길에서 나와 앞을 막는 것은 사내 네 명이,

"야, 이게 누구야. 구창대. 너는 전남대 학생회장 정명상이지! 거기 서랏."

30대와 20대를 번갈아 보며 다가선다. 바로 광주역에서부터 묘선을 미행해 왔던 정보부 요원과 사복형사들이다. 가슴이 철렁 내려앉는 묘선이 꼼짝달싹하지 못한 채 눈을 지그시 내려감으며 입술을 물어뜯고 있을 때 옆에서 걸어가던 구창대가,

"뛰어."

소리치며 냅다 도주하기 시작한다.

"구창대. 저 자씩, 거기 서지 못해."

형사 한 명이 구창대를 쫓아가는 동안 덩치 큰 또 한 명의 형사가,

"너희들, 따라왓."

명상과 묘선의 팔을 양쪽으로 잡고 골목길에 대기시켜 놓은 백차에 짐짝을 싣듯 밀어 넣는다.

## 10

우체국을 나와 공단 쪽으로 걸음을 옮기는 묘숙은 몸이 무거웠으나 걸음은 낮을 듯 가볍기만 하다. 비록 몇 푼 되지 않는

돈이지만, 생각한 대로 돈이 모아지지 않아 엎어지면 코 닿을 거리에 있는 어머니와 형제들을 찾아가지도 못하지만, 묘선이 학비에 보태라고 집 나온 후 처음으로 돈을 부치고 나오는 길이다. 마음은 절로 뿌듯하기만 했다. 정상적인 근무시간으로 받은 월급은 최소한의 생계비조차 되지 않아 밤마다 잔업에 시달리면서 한 푼 두 푼 모은 돈이다. 그 돈을 묘선이 찾아오면 주려고 했지만, 평소때 같으면 한 달에 두어 번은 꼭꼭 면회를 왔던 묘선이 왠지 요즘은 발길을 뚝 끊었다. 그러고 보니 묘선의 얼굴을 본 것이 몇 달은 지난 것 같다.

"무슨 일일까. 대학생들 데모를 한다는데, 묘순이도 거기 낀 거 아냐!"

걱정이 되었으나 묘숙은 이내 그런 생각을 접는다. 원래 묘선이 알미울 만큼 똑똑한 동생이어서 대학생들이 아무리 데모를 한다고 해도 거기에 휩쓸리지 않을 것이다. 만약 가담한다고 해도 모나게 앞으로 나서지는 않을 것이고, 어떤 상황에 이르면 벌써 저만큼 빠져 있을 아이다. 더구나 공부벌레인 묘선은 원래 남 앞에 나서는 것도 좋아하지 않았다. 그런 묘선이 데모를 한다면, 그것은 묘선이 잘못이 아니라 세상이 잘못되어도 한참 잘못된 탓이다.

늦은 봄의 햇살은 눈이 부시다. 고개를 들어 하늘을 보던 묘숙은 이내 손등으로 햇살을 가리며 뒤뚱뒤뚱 걷는다. 배는 불러 남산만하게 솟아 나왔다. 최영탁 과장의 아이다. 숙직실에 불려가 한번 몸을 빼앗긴 이후 영탁은 그것을 빌미로 이따금씩 불러내 몸을 요구했고, 그때마다 썩 내키지 않았으나 이미 엎질러진 물이라 피할 구멍도 없었다. 아무런 준비도 없이 남자와 몸을 섞었으므로 건강한 여자의 몸으로 임신을 하는 것은 당위일 터이다.

"애. 너, 도대체 어쩌려구 그러니. 시집도 안 간 애가 임신을 하다니… 수술을 받는 것이 좋겠다. 애. 당연히 떼어 버려야지. 영탁인가 뭔가 그 인간이 제 아이라고 받아줄 것 같니? 흥, 어림도 없다 애. 믿을 인간을 믿어야지. 그러게 내가 뭐라고 했니. 그 인간, 조심하라고 했잖아. 그 인간은 양의 탈을 쓴 이리라니까. 벌써 몇 번째야. 아이구, 하느님은 뭐하고 계시는 지 몰라. 그런 인간 안 잡아가구."

묘숙이 임신한 사실을 알게 된 같은 방의 동숙이 길길이 날뛰면서 당장 임신중절 수술을 받아야 한다고 단호한 어조로 말했으나, 묘숙은 그녀의 말에 동의하지 않았다. 그것은 바로 그녀의 어머니 달님이가 몸으로 가르쳐준 가정교육의 결과였는지 몰랐다. 생명은 고귀한 것이라는, 일단 잉태한 생명은 인간의 뜻이 아닌, 하나님께서 주신 선물이므로 하나님이 아닌 그 누구도 어길 수 없다는, 결국 중절수술 같은 것은 신의 섭리를 위반하는 인간의 어리석은 짓이라는.

"언니. 언니, 그만해. 난… 아일 낳을 거야. 내 뱃속에 생긴 아이를 내가 지울 수는 없어. 그건 죄악이잖아. 살인이란 말이야."

"죄악, 살인… 그래, 네 말대로 살인이고 죄악이긴 하지. 그런다고 어쩌겠니. 그럼 너 혼자서 애를 낳아 기를 자신이 있어? 그것도 아니잖아. 여자 혼자 몸으로 아이를 낳아 기른다는 것이 쉬운 일인 줄 알아. 아무래도 그건 잘못된 생각 같다 애."

"쉽진 않겠지. 하지만, 내 아이를 내 손으로 지울 수는 없다구."

생각해 보면 묘숙도 자신이 답답하기만 하다. 결혼도 하지 않은 터에 벌써 두 번째 아이다. 더구나 첫째아이는 제 손으로 키울 수 없어 어머니가 대신 키워주고 있지 않은가. 그랬는데,

또 덜컥 임신을 했다. 집을 나온 처지에, 돈을 많이 벌어 집에 들어가겠다고 약속한 터에 돈을 벌기는커녕 임신까지 한 몸으로 더욱 집에 들어갈 수는 없다. 그렇다고 해서 중절수술을 받지는 않을 것이다.

"참. 애는, 답답도 하다 애. 낙태수술하는 거, 넌 잘 모르겠지만, 그거… 보통이다 너. 여자입장에서 생각해 보면 속상한 일이지만, 어쩔 수가 없잖니. 여자 혼자 몸으로 돈 좀 벌겠다고 고향 떠나 공장생활하는데, 다들 외롭지. 그러다 보니까 남자애들이 접근해 조금만 잘해 준다 싶으면 정을 줘. 그렇게 임신한 애들이 얼마나 많은데. 그럼, 그애들이 다 아이를 낳을 줄 알아? 천만이다 애. 그런 애들 십중팔구는 낙태수술을 한다구. 흥, 세상사람들은 공장에 다니는 우리더러 뭐라고 하는 줄 아니. 공순이라고 해. 남자애들은 공돌이라고 하구. 과장놈한테 당한 묘숙이 네 경우는 다르지만, 눈만 뜨면 같은 공장에서 일하는데, 그 외로운 공돌이, 공순이 사이에 정이 붙고, 그러다 보니까 몸을 섞고, 임신하는 경우가 태반 아니겠니. 모르겠다 애. 네 몸은 네가 알아서 결정할 일이겠지만, 나 같으면 수술을 받겠다."

묘숙이 영탁의 아이를 임신한 사실에 동숙이 분노하는 것은 그럴만한 이유가 있었다. 또한 지금 묘숙에게 중절수술을 받아야 한다고 단호하게 말할 수 있는 것은 바로 그녀 자신의 경험을 전해주는 것이기도 하였다. 지금까지 누구한테도 얘기하지 않았으나 HK무역 여종원들 가운데 최영탁 과장한테 가장 먼저 당한 것은 동숙이었다. 그때는 회사설립 초기였고, 혼자 몸으로 고향에서 갓 올라와 HK에 취직을 한 동숙은 넓고 넓은 서울 천지에 기댈 언덕 하나 없이 밤이고 낮이고 가발 만드는 일에 시달리고 있었는데, 그런 그녀에게 온갖 친절의 얼굴로 접근한 것은 영탁이었다. 더구나 그가 작업반장 —— 그때 영탁은 반장이었다 —— 일 뿐만 아니라 장두식 사장의 처남이라는 데야. 그가 유부남인지 아닌지 앞뒤 가릴 여유도 없이 자석에 끌려가는 쇠붙이같이 끌려갈 수밖에 없었다. 오히려 영탁이 고맙기만 한, 아직 세상물정 모르던 동숙은 극장이다, 교외다, 그가 어디로 가자면 한 점 의심 없이 따라갔고, 마침내는 여관으로 들어가 몸을 요구해 몸을 주었고, 돈을 요구하면 고향에 있는 동생들 학비로 부쳐주려고 허리춤에 꼬깃꼬깃 접어두었던 돈까지 주었다. 그런 영탁의 정체를 알게 된 것은 그녀가 임신한 뒤였다.
"뭐야, 지금 뭐라고 했어. 임신을 해. 이런 바보 멍청이, 당장 떼버렷. 누가 그딴 아이를 원해서 너하고 논 줄 알아."
"영탁씨. 어, 어떻게 그런 말을."
"시끄러웟. 이거 봐, 동숙이. 나한테 그 거추장스러운 아이는 말이야, 네가 낳아주지 않아도 넷씩이나 있어. 알겠어? 흥, 어리석은 거. 누가 시키지도 않은 아이를 배냐, 배기를."
배신은 그렇게 원래 모습을 드러냈다. 그 길로 동숙은 산부인과를 찾아가 피눈물을 쏟으며 중절수술을 받았고, 이후 남자라면 아무리 성인군자의 탈을 쓰고 와도 믿지 않겠다고 다짐하고 또 다짐해 온 터이었다. 그랬는데, 같은 방에 기거하는 묘숙이 다른 남자도 아닌 영탁의 아이를 임신했다고 하니, 동숙으로서는 그것이 남의 일이 아니요, 정녕 미칠 노릇이 아닐 수 없다.
"아니야, 언니. 난 당초 최과장을 믿지 않았어. 언니 말대로 그 인간이 양의 탈을 쓰고 접근했다는 것도 알아. 하지만, 어떡해. 기왕에 생긴 아이를 내 손으로 지워버릴 수는 없다구. 난 낳아야 해. 흑흑."

눈물을 흘리며 묘숙은 오히려 동숙을 달랬다. 그러나 날이 갈수록 배는 불러온다. 동숙이 외에 그녀가 임신했다는 사실을 아는 사람은 아무도 없다. 만약 그녀가 임신한 사실을 회사에서 알게 되면, 그렇지 않아도 감원바람이 불고 있는 터에 당장에 쫓겨날지 몰랐다. 그날 이후 임신한 표를 내지 않기 위해 띠를 칭칭 감았으나 산달이 가까운 터라 표가 나지 않을 수 없다.

"엉, 어딜 갔다 와? 묘숙이. 기분이 썩 좋아 보이는데."

"네, 아저씨. 우체국에 갔다와요."

"그래. 그럼, 집에 돈 부치고 오는 모양이구먼. 아이구, 그렇게 고생해서 번 돈을 고향에 부치다니! 묘숙인 얼굴도 곱지만 마음도 고와. 그런 효녀를 딸로 둔 부모님께서는 얼마나 좋을고. 엉. 그쪽이 아니야. 사원들은 모두 제1공장 뒷마당에 모여 있으니까 그쪽으로 가봐."

정문 수위가 가르쳐 주는 대로 묘숙은 좀 무겁지만 가벼운 걸음으로 공장 뒷마당 쪽으로 간다. 오늘따라 회사가 더욱 크고 자랑스러워 보인다. 육중한 공장건물 사이로 비치는 햇살은 여전히 눈이 부시다.


## 11


HK무역 제1공장 뒷마당, 화장실 건물 앞에는 십중팔구 여성근로자들인 2천여 명의 근로자들이 모여 있는 가운데 현판식이 거행되고 있었다. 현판에는 「전국섬유노동조합 HK무역지부」라고 새겨져 있고, 현판식을 거행하기 위해 선임된 노동조합 간부들 한가운데 가위를 들고 서 있는 것은 지부장으로 뽑힌 김동숙이다. 잠시 후 간부들이 현관과 노조사무실 출입문 앞으로 쳐진 오색 테이프를 끊었고, 조합원들이 박수갈채로 환호한다. 누구보다 감개무량한 것은 동숙이었고, 맨앞에서 그녀를 보고 있는 묘숙의 기쁨도 이루 말할 나위가 없다.

"조합원 여러분! 오늘은 우리 HK무역 조합원 여러분에게 있어서 다른 어떤 날보다 뜻깊은 날입니다. 우리는 그동안 사측의 반대—— 온갖 회유와 협박에 따른 엄청난 시련과 대가를 치르고, 전국섬유노동조합 HK무역지부를 결성했습니다. 이 기쁨을 무엇으로 비교할 수 있단 말입니까. 비로소, 우리는 인간답게 산다는 것이 무엇이며, 정의가 무엇인지 확실하게 배우게 될 것입니다. 조합원 여러분, 우리는 그동안 사측의 갖은 농간에 속고만 살아왔습니다. 여러분께서는 지난 70년, 장두식 회장이 미국으로 건너가 백화점을 차린 사실을 잘 알고 있을 것입니다. 그러나 이 백화점이야말로 바로 우리들이 피땀 흘려 만든 상품이 원가에 가깝게 수출되어 하나마나한 수출실적을 올리게 하는 부정의 근본이 되었을 뿐 아니라 회사가 망해 가는 직접적인 원인이 되고 있습니다. 현재 김종팔 사장은 70년부터 지금까지 15억 원 어치의 상품을 외상으로 수출했는데, 그 돈이 아직도 오지 않고 있다고 합니다. 이렇게 우리 피와 땀의 결정체는 부자나라 미국으로 보내졌으며, 한때 국내수출 제15위로 석탑산업훈장까지 받았던 우리들의 피와 땀의 명예는 시들어 가고 있는 것입니다. 장두식 회장이 석탑산업훈장의 밑바닥을 쥐새끼같이 야금야금 갉아먹고 있을 때 김종팔 사장은 국내에 HK해운을 설립했으며, 그 자본은 물론 우리가 일구어 놓은 HK무역으로부터 나갔던 것입니다. 이렇게 국내와 국외로 자본을 빼앗긴 HK무역은 1971년을 전성기로 점점 시들어 가고 있는 것입니다. 더구나 김종팔 사장은 장두식 회장이 미국으로 건너가 백화점을 설립했던 1970년 우리 종업원들의 상여금으로 10억여 원을 주었다고 꾸미고, 그 돈을 모두 유용했다는 사실까지 밝혀졌습니다. 조합원 여러분! 여기 우리 조합원 가운데 상여금 한 푼이라도 받은 조합원이 있다면 어디 한번 손을 들어보십시오. 보십시오, 없습니다. 우리 종업원들은 지금까지 회사로부터 단 한 푼의 상여금을 받아본 적이 없습니다."

동숙의 폭로는 조합원들에게 실로 충격이 아닐 수 없었다. 기본적인 생계비조차 되지 않을 정도의 쥐꼬리만한 월급, 그것으로는 도저히 생활할 수가 없어서 거의 날이면 날마다 잔업을 해야 하는 조합원들의 처지에 상여금이라는 것은 과연 꿈조차 꿀 수 없는 빛좋은 개살구에 지나지 않았는데, 근로자들에게 주었다는 그 상여금 10억여 원이 사주들의 농간으로 미국으로 건너가 백화점을 건립하는 데 사용되었다니, 조합원들로서는 마른 하늘에 날벼락을 맞는 기분이다. 사측의 배신감에 치를 떠는 조합원들이 술렁이고 있을 때,

"와, 아아——."

작업공장 쪽에서 일단의 남자들이 얼핏 보아도 저마다 손에 몽둥이를 하나씩 들고 무리를 지어 몰려오고 있었다. 흰 바탕에 붉은 페인트로 「救社隊」라는 글씨를 쓴 완장을 두른 이른바 사측의 사주를 받은 남자직원들과, 평소 회사 안에서 얼굴을 볼 수 없었던 남자들은 회사측에서 불러온 깽패들일 것이다.

"조합원 여러분! 보십시오. 저기, 사측의 사주를 받은 이른바 구사대라는 자들이 몰려오고 있습니다. 회사에서는 우리가 노동조합을 설립하는 것을 허락해 놓고, 지금 우리 조합을 깨뜨

리기 위해 깡패들을 동원해 우릴 죽이려고 하고 있습니다. 하지만, 여러분, 절대로 물러서지 마십시오. 여기서 죽는 한이 있더라도, 우리는 여기서 한 발도 물러설 수 없습니다. 진정으로 회사를 살리려고 하는 것이 누굽니까. 바로 우리 조합원들입니다. 여러분! 앞으로 우리 조합은 할 일이 많습니다. 우리는 투쟁해야 합니다. 회사의 부당한 감원에 반대하며 또한 차근차근 임금인상과 작업조건 개선, 장회장 개인이 착복한 상여금을 받아내야 합니다. 절대로 물러서서는 안 됩니다."

동숙이 마이크를 붙잡고 울먹이는 목소리로 통곡하듯 호소하는 가운데 뒤쪽에서부터 조합원들을 덮친 구사대원들은 닥치는 대로 몽둥이를 휘둘러댔다. 퍽, 퍽, 퍽——. 여기저기서 둔탁한 파열음이 들리고 비명소리가 자지러진다. 아무리 수적으로 우세한 조합원들이라고 해도 그들 대부분 여성들이다.

"이 빨갱이년들! 어디 와서 회사를 말아먹을 셈이야. 당장 해산하지 못해. 해산해."

구사대원들의 몽둥이가 난무하는 가운데 숫자로 밀어붙이려고 하는 조합원들은 점점 밀리기 시작한다. 사주측의 배신과 분노에 치를 떨며 몸부림을 치던 조합원들도 이미 썰물이 빠져나가듯 화장실 건물 뒤쪽으로 밀려났다. 노조 사무실 앞 여기저기에는 몇 명의 조합원들이 몽둥이에 맞아 피를 토하며 쓰러져 있다. 구사대원들을 지휘하며 누구보다도 앞장서 날뛰는 것은 최영탁 가발과장이다.

"저 년, 잡아랏. 저년이 바로 빨갱이 우두머리닷."

영탁이 조합사무실 앞에서 조합원들에 싸여 있는 동숙을 가리켰고, 구사대원들이 몽둥이를 휘두르며 우르르 밀려온다. 그때까지 마음의 동조자일뿐 행동으로 동조하지 않았던, 동숙의 옆에 붙어 서 있는 묘숙도 죽을 때 죽더라도 여기서 한 발도 물러서지 않겠다고 굳게 다짐하며 어금니에 힘을 준다.
"흥. 내가 빨갱이라구. 좋아. 내가 빨갱이라면…날 데리고 가. 데리고 가란 말이야. 죽이든지 살리든지. 흑흑."
앞으로 나온 동숙이 그대로 주저앉아 치밀어오르는 울분을 참을 수 없다는 듯 두 손으로 얼굴을 가린 채 울음을 터뜨린다. 구사대원들이 밀어닥친 것은 바로 그때였다. 거친 기세로 조합원들을 쓸어 버릴 것만 같던 구사대원들이 멈칫 하는 사이에.
"악, 아아——."
별안간 비명을 지르며 쓰러진 것은 묘숙이다. 주위에 있던 동료들이 우르르 몰려왔고, 구사대원들에게 둘러싸여 있는 동숙도 황망히 달려왔다.
"뭐해요. 당장 병원으로 가야 돼요. 병원으로 옮겨."
묘숙이 쓰러진 이유를 누구보다 잘 알고 있는 동숙이다. 묘숙을 부축하는 동숙이 삼킬 듯한 눈으로 영탁을 노려본다. 잠시 당황한 표정을 짓던 영탁이 구사대원들을 물러서게 했다. 동숙은 동료들과 함께 묘숙을 들춰 업고 회사 정문으로 향했다. 택시를 잡은 동숙은 다른 동료들을 모두 돌려보낸 뒤 혼자서 묘숙을 싣고 병원으로 갔다. 마음은 한시가 급하다. 묘숙을 부축하고 있는 동숙의 손에 유혈이 낭자하다. 묘숙이 벌써 하혈을 하는가 보았다.
동숙이 택시기사에게 멈추라고 한 곳은 구로산부인과병원이다. 묘숙을 응급실에 실려보낸 뒤 절로 흥분을 감추지 못하는 동숙은 병원 앞을 왔다갔다 하며 어쩔 줄을 몰라 한다. 과연 이 사실을 최영탁 과장에게 알려야 할 것인가 말아야 할 것인가, 얼른 해답이 떠오르지 않는 것이었다. 묘숙은 지금 해산을 하는 중이다. 영탁의 정체를 누구보다 잘 알고 있었으므로, 입사한 이후 그렇게 영탁을 조심하라고 충고했으나 결국 묘숙은 영탁의 그물에 걸려들고 말았고, 그 사실을 알게 된 동숙은 기왕에 엎질러진 물이었으므로 다른 아이들같이 회사에서 쫓겨나는 것이나 피하려고 동료들에게는 묘숙이 임신한 사실을 입밖에 내지 않은 터이었다.

"죽일 놈!"

동숙의 입에서는 절로 욕설이 튀어나온다. 한참 동안 망설이기만 하던 동숙이 병원 현관에 있는 공중전화 박스 앞으로 갔다.

"가발 1과 최영탁 반장님 좀 바꿔 주세요. 급한 일예요."

회사로 전화를 건 동숙은 영탁을 찾았다. 잠시 후 수화기에서 퉁명스러운 영탁의 목소리가 튀어나온다. 짐승 같은 놈! 목소리만 들어도 꾸역 치밀어오르는 분노를 꾹 누르면서 동숙은 가까스로 냉정을 찾는다.

"나, 동숙이에요."

"엉. 노동조합 지부장님께서 웬일이야. 날 다 찾구."

"홍. 누가 그딴 얘기나 하자고 전화한 줄 아세요. 딴 얘기할 거 없어요. 나 지금 병원에 있어요."

"그야, 나도 알지. 묘숙이 데리고 간 거 나도 보았잖아. 왜, 설마 나더러 병원비 가져오라고 전화한 건 아닐 테지."

"뭐라구요!"

동숙은 목 안에서 야, 이 미친 놈아. 지금이 어느 땐지 알기나 해, 하고 욕설이라고 퍼붓고 싶은 충동을 다시 꾹 눌렀다.

"묘숙이가, 묘숙이가 지금 아일 낳고 있단 말예요."

"지금 무슨 소릴 하는 건가, 지금. 그게 나하구 무슨 상관있다구. 이봐, 김동숙씨. 나 지금 바빠. 바로 김동숙씨가 지부장님으로 계시는 노동조합인가 뭔가 그것 때문에 바쁘단 말이야.

앙. 그따위 얘기나 하려고 회사일에 쫓기는 나한테 전화질야. 당장 끊어."

"뭐, 뭐라구. 어, 어떻게 그런 무책임한 말을… ."

"이봐. 김동숙씨. 당신은 지금 남의 일에 신경쓸 때가 아닐 텐데. 자신을 알아야지. 엉. 그렇잖아도 사장님께서 김동숙씰 좀 보자고 하니까, 당장 들어오시기나 하지. 노동조합건 말이야."

"그, 그 얘기 이미 다 끝났잖아요. 그리구, 지금 그 얘기할 때가 아니라구요. 모르겠어요. 묘숙이가 아이를 낳고 있다니까."

"훗, 그런가. 내가 알기로 묘숙이 아직 결혼도 하지 않은 것으로 아는데 말이야, 그럼 회사 명예도 있고 하니까, 묘숙인 더이상 우리 회사에 있을 수 없구만. 홍. 묘숙이 아이를 낳는다구… 그럼 미혼모가 되는 거 아닌가. 김동숙씨. 정신차리라구."

"뭐, 뭐야. 최, 영탁 너… ."

동숙이 갑자기 할 말을 잃어버린 듯 머뭇거리고 있을 때 전화가 딸깍 하고 끊어졌다. 수화기를 내려놓고 돌아서는 동숙은 오랜 고민끝에 그래도 제 아이를 낳는다고 한다면, 영탁이 아무리 인면수심(人面獸心)이라고 해도 일말의 양심을 기대할 수 있을 것이라는 나름대로의 희망에 전화를 한 것인데, 역시 전화를 하지 않은 것만 못했다고, 오히려 역효과만 불러왔다는 후회의 물결이 전신을 휩싸고 밀려온다. 영탁이라면, 묘숙이 아이를 낳은 것을 빌미로 쫓아낼 것이다. 그렇지 않아도 감원 바람이 불고 있는 회사에서 미혼의 묘숙이 아이를 낳았다는 소문이 나돌면, 회사에서는 바로 이때다, 하고 사표를 강요할 것이고, 그런 회사의 처사가 아니더라도 미혼모가 된 본인 스스로 더 있을 수도 없을 것이다. 괜히 전화를 해서 불을 질렀는가 보았다.
"짐승만도 못한 놈!"
혼잣말로 중얼거렸으나 자기하고는 상관 없는 일이라고, 그런 일이 있다면 회사에서 나갈 수밖에 없지 않느냐고 전화를 뚝 끊어버리는 영탁을 두고 무슨 말을 할 수 있단 말인가. 그러나 이제는 전과 다르다. 사측에서 아무리 깡패를 동원해 구사대를 만들고, 물리력으로 파괴하려고 해도 이번만큼은 호락호락하게 당하지는 않을 것이다. 노동자들의 결집된 힘을 보여 줄 것이다.
"흥, 최영탁. 너 이 자씩아, 두고봐라. 이번에는 그냥 넘어가지 못할 걸. 여자라고 깔보았겠지. 오냐, 내가 노동조합 지부장으로 있는 이상… 너 같은 놈은… 응분의 대가를 치르게 하고 말테닷."
잔뜩 벼르면서 동숙은 응급실 쪽으로 갔다.
같은 시각, 침대끝에 두 다리를 걸친 채 누워 있는 묘숙은 연신 비명을 질러대고 있었다. 눈앞이 샛노랗게 변하고 온 세상이 고통으로 이루어진 듯 진통은 계속되고 있었다. 원장과 간호원 한 명이 몹시 바쁘게 움직이고 있는 가운데 아기는 막 어머니의 자궁으로부터 나오고 있는 중이었다.
"됐어요. 조금만 더… 힘을 줘봐요. 그래. 조금만 더… 네, 그래요. 힘을 줘요. 젖먹던 힘까지."
원장이 시키는 대로 하체에 힘을 주고 있는 묘숙의 눈앞에는 어머니 달님이, 동생들, 그리고 그녀의 아들 동광의 얼굴이 하나씩 떠올랐다. 두 볼 위로 눈물이 주르르 흘러내린다. 기왕에 미혼모가 된 그녀는 결국 그 길을 계속 가고 있는가 보았다. 여섯 명이나 되는 형제들인데, 그 중 아버지가 누군지 아는 형제들은 한 명도 없다. 그런 형제들의 맏이로 태어나, 자라면서 자기는 어머니처럼 살지 않겠다고 맹세했건만, 자신도 모르게 그녀도 또한 어머니의 길을 가고 있는 것이었다. 끝없이 흘러내리는 눈물은 멈출 줄을 모른다.

# 제6장 슬픈 아메리카

## 1

에어 아메리카는 고공 위를 날고 있다. 짙푸른 하늘이다. 창밖으로 눈길을 주고 있던 인화는 옆을 돌아본다. 동광은 잠이 들어 있다. 그가 잠든 모습이 꼭 동면을 하는 흑곰과 같다는 생각이 들어 인화는 픽 웃는다.

"음——. 아직 멀었어?"

마치 인화가 자기를 보고 있는 것을 알고 있다는 듯 잠을 털고 눈을 뜬 동광이 인화를 향해 좀 어색한 표정으로 말하며 고개를 통로 쪽으로 돌린다.

"다 왔어. 곧 착륙할 거래. 동광씨. 방금 잠자는 동광씨 보고 무슨 생각했는지 알아?"

"그야 뭐, 미래의 남편… 인화와 아이들을 열두 명 정도 낳고 고달프게 일하며 살아가는 샐러리맨쯤으로 생각했겠지."

"김치국 마시고 있네. 그게 아니구, 꼭 곰 같았어."

"뭐야. 곰이라구? 또 그 흑곰 이야기야."

동광이 버럭 화를 낸다.

"뭘 그까짓 걸 가지고 그래. 별뜻 없이 한 이야기야. 사내자식이 그렇게 마음이 좁아서야 어대 쓰겠니. 훗. 훗."

인화는 그제서야 자신이 너무 생각 없이 말을 했다는 것을 알고 주워담기 위해 되받아쳤다. 흑인 혼혈아인 동광은 흑곰이라는 별명과 썩 잘 어울렸으나 정작 본인은 그 별명을 가장 싫어했다. 그럴 것이 흑곰이라는 별명 자체가 좀 잊고 살 만한 흑인 혼혈아 태생이라는 기억을 되살려 주기 때문이다. 인화 생각에는 그가 흑곰이라는 별명을 듣기 싫어 할 정도로 어린시절부터 친구들로부터 따돌림을 받으며 자라왔다는 것을 이해할 수 있었지만, 이제 그 정도 나이가 되었다면 자신의 태생 여부 정도는 잊고 살 만할 때도 된 것 같은데, 그것이 그렇게 쉽사리 떨쳐 버릴 수 없는가 보았다. 하긴 인화가 그의 처지가 되었으면, 그럴 수도 있을 것이다.

에어 아메리카는 곧 댈라스 공항에 착륙한다. 지난번 인화의 미국행을 꼬치꼬치 물었던 동광은 인화로부터 황색 노예단에 대한 이야기를 들었고, 퍽 호기심을 보였는데, 마침 그가 사회부 기자였으므로 데스크에 기획취재안을 올렸고, 데스크에서 선뜻 결재를 해준 터였다. 물론 동광의 호기심 이면에는 바로 흑인 혼혈아로 태어난 자신의 출생에 대한 복수심 같은 것이 깔려 있을 것이다.

말로만 들어 왔던 텍사스주 댈라스다. 공항 청사를 나온 인화와 동광은 눈앞에 펼쳐진 댈라스 시내 쪽으로 눈길을 가져간다. 목적은 같았으나 두 사람의 감회는 다를 수밖에 없다. 인화로서는 마음이 초조하기만 하다. 지난 겨울방학 때 왔었는데, 다시 여섯 달이나 지난 뒤에야 온 것이다. 그 사이에 댈라스에 살고 있는 화이트 로즈가 이사를 갔으면 어떻하나, 하는 생각이 들어 마음이 급할 수밖에 없다.

동광으로서는 바로 아버지 —— 얼굴 한 번 본 적이 없는, 어렸을 때 주위로부터 점점 외톨이가 되어 성장하면서 자신도 모르게 저주의 대상이 되어 왔던 아버지의 나라에 온 것이다. 그의 어린 가슴에 아버지에 대한 저주가 싹트기 전, 그는 차라리 아버지의 나라 미국으로 가는 것이 소망이었다. 그러나 점차 자라면서 그가 아버지로부터 버림받은 아이라는 것을 깨닫게 되었고, 그때부터 그의 소망은 저주로 바뀌어 갔었다. 그리고 지금 그는 어떤 이유로든 아버지의 나라에 와 있다. 누구인 줄도 모르지만 아버지가 살아 있다면, 지금 같은 땅에서 같은 공기를 들이마시며 호흡하고 있을 것이다. 그런 설레임을 가슴 한 구석에 밀어 놓고 동광은 인화를 따라 공항을 나와 시내로 가는 택시를 탔다.

  공항을 출발하는 것은 인화와 동광뿐만이 아니다. 이미 기다리고 있었다는 듯 택시정류장 저쪽에 대기하고 있던 벤츠 승용차가 그들이 탄 택시가 떠나는 것과 동시에 뒤를 따르기 시작한다. 인화가 여섯 달 전에 미국에 왔을 때, 그녀를 미행했던 바로 그 동양인들이다. 미행자는 동양인뿐만이 아니다. 역시 두 동양인을 미행하는 미국인이 뒤를 추적하고 있다. 자신들이 미행당하고 있다는 것을 여전히 모른 채. 인화와 동광이가 탄 택시가 도착한 곳은 역시 미군부대 근처, 인화가 덴버에 갔을 때 재키라고 불리는, 한국이름 임진주가 준 주소 하나를 들고 로즈를 찾아갔다.

  "헬로우! 헬로우!"

  기지촌에서 그리 멀지 않은 주택가로 찾아간 인화와 동광은 로즈가 살고 있다는 집으로 들어가 주인을 불렀다. 그러나 안에서는 좀체 인기척이 없다. 몇 번을 더 불러봤으나 마찬가지다.

  "없나본데. 나중에 와야 할까봐."

  뒤에 섰던 동광이 쪽으로 뒷걸음질치면서 인화는 계속 안을 기웃거린다. 그때 집 안에서 인기척이 들렸다.

  "누가 있어."

동광이도 들었는지 한 걸음 앞으로 걸어간다. 잠시 후 현관 문이 열리고 누군가 얼굴을 밀어낸다. 동양여자다. 나이도 한 마흔살 안팎으로 보였고, 제법 미모를 소유한 여자다. 바로, 화이트 로즈를 찾았다, 라고 생각하며 인화가 얼른 앞으로 다가갔다. 그러나 여자는 이미 제 몸 하나를 가누지 못할 정도로 비틀거리고 있었다. 좀 자세히 보니까 온통 장미가 그려진 원피스를 입은 여자의 얼굴은 말이 아니다. 황달처럼 누렇게 뜬 얼굴에 머리카락은 제멋대로 헝클어지고, 다리에는 힘이 없는지 잠시도 바로 서 있지 못하고 비틀거린다.

"누구야. 누가 찾아온 거야?"

여자가 허연 눈동자를 사방으로 굴리면서 인화와 동광을 본다.

"실례지만… 로즈인가요? 화이트 로즈요. 우린 한국에서 왔어요."

"뭐, 한국에서 왔다구. 그 빌어먹을 한국에서! 흥. 썩 꺼져. 꺼지라구."

한국이라는 말에 대뜸 흥분해 삿대질부터 하던 여자는 금방 무너질 듯 현관 앞에 주저앉는다. 말하는 투로 보아 틀림없이 로즈인가 보았다. 그러나 여자는 인화나 동광을 바로 보지 못하고 연신 눈길을 좌우로 돌리는데, 눈동자는 물기 머금은 솜처럼 풀어져 있고, 두 손을 부들부들 떨었다.

"가봐. 가란 말이야. 난 주사맞을 시간이야. 주살 안 맞으면 난 죽을지 몰라."

여자는 거의 절망에 가까운 소리로 말했다.

"주사라면… 마약이죠. 당신, 마약하죠?"

"그래. 그렇다 왜. 내가 마약하는데 뭐. 보태준 거 있어. 흥. 한국에서 왔다구. 그 육시헐 한국에서 왔단 말이지. 흑. 흑흑.

가봐. 한국놈들 두번 다시 꼴도 보기 싫으니까 썩 꺼지란 말이야."

"완전히 마약중독자군. 인화, 가지. 저런 여자하고 무슨 이야길 할 수 있겠어."

동광이 차마 볼 수 없다는 듯 고개를 돌려 버린다. 여자는 금방 웃었다가 다시 울곤 한다. 동광의 말처럼 마약도 이미 정도가 지나쳐 중독이 되어 버렸는가 보았다. 인화는 그러나 그냥 돌아갈 수가 없다. 로즈를 찾기 위해 시애틀에서 타코마로, 다시 덴버로, 그리고 또다시 미국의 거의 절반에 해당하는 먼 거리를 달려와 댈라스까지 왔는데 그냥 돌아갈 수는 없다.

"한 가지만 물어보고 갈께요. 당신이 로즈인가요, 맞죠?"

"흥. 뭐, 날더러 로즈냐구. 틀렸어. 로즈는 이미 떠났어. 로즈가 떠난 지 석 달도 더 됐는데, 이제와서 누굴 찾아."

"그래요. 당신이 로즈가 아니라구요. 그럼 로즈는 어디로 갔죠? 난 로즈를 꼭 만나야 돼요. 그 분을 만나러 한국에서 일부러 왔단 말예요."

인화는 거의 울상을 짓다시피 하며 말했다.

"한국 얘기하지 말라니까 왜 자꾸 한국, 한국 그래. 신경질나게. 로즈는 그리 멀리 가지는 않았어. 저기, 코퍼스크리스티로 갔으니까."

"어머. 그래요. 그럼 주소는 알고 계세요? 주소라도 좀 가르쳐 주세요, 네? 꼭 만나야 한다구요."

"흥. 그래. 그럼 따라 들어와. 어디 처박혀 있는지 모르지만, 주소가 있긴 있을 거야. 로즈 때문에 준다, 내가. 로즈만 아니면, 당신들 벌써 여기서 쫓겨났을 것야. 로즈가 얼굴도 곱지만 마음이 착하지. 나도 그리 가자고 했는데, 내가 거절하니까, 언제인가 마음이 변하면 오라구 주소를 남기고 갔어."

여자는 비틀거리며 자리에서 일어나 현관안으로 들어간다. 인화와 동광은 잠시 눈빛을 교환한 뒤 그녀를 따라 집 안으로 들어간다. 뒤에서 작달막한 애완용 강아지 한 마리가 깽깽거리며 짓어댄다.

집안은 난장판이다. 도대체 사람이 사는 집이라고 할 수 없을 정도로 폐가가 되어 있었다. 청소는 얼마나 하지 않았는지 모르지만 온통 쓰레기가 널려 있고 군데군데 거미줄이 쳐진 것이 금방이라도 귀신이 튀어나올 것만 같은 집이다. 집 안으로 먼저 들어온 여자는 보이지 않는다. 집 안을 두리번거리며 여자를 찾던 인화와 동광은 부엌 쪽에서 달그락거리는 소리를 듣고, 그쪽으로 간다. 그들이 막 부엌으로 들어갔을 때, 싱크대 밑에 쪼글트리고 앉아 부들부들 떨고 있는 여자는 막 자신의 팔에 주사기를 꽂고 있는 중이었다.

"잠시만 기다려. 나아질 거야."

여자의 말대로, 그녀는 잠시 후 전혀 다른 사람이 되어 응접실로 걸어나왔다. 놀란 듯 인화는 한쪽 빈 흔들의자에 앉아 상하로 몸을 끄덕거리고 있는 동광을 흘끔 보고 그녀를 향해 고개를 돌렸다.

"아주머닌 고향이 어디에요? 왜, 마약을 하면서… 이렇게 살아요. 미국으로 온 걸 보면, 화이트 로즈를 잘 아는 것을 보면, 미국인과 결혼해 왔을 텐데, 남편은 어떻게 됐나요? 왜, 마약을 하죠?"

"흥. 모르는 소리 마라. 나는 내 남편이라는 짐 쿠퍼를 원망하지 않아. 내가 무서운 건 한국놈들이야."

"아까부터 아주머니는 한국을 욕하고 한국사람이 무섭다고 하는데… 무슨 뜻이죠? 그런 아주머니도 한국사람 아닌가요?"

"한국여자지. 그러니까 한국사람이, 한국남자놈들이 제일 겁나다는 거야. 내가 그랬던 것처럼 짐도 한국사람한테 이용당했을 뿐이야. 육시럴. 나를 판 사람도 한국사람이고, 나를 사간 사람도 한국사람이었어. 나를 두 번째 잡아먹은 사람도 한국사람이구. 로즈가 그것을, 그놈들을 잡기 위해 이리저리 돌아다니고 있지만, 그게 어디 쉽겠어? 결국 로즈 자신의 몸만 상할 뿐이라구. 여러 말하고 싶지 않아. 난 한국사람이라면 딱 질색이니까. 여기 로즈 주소 있으니까, 가지고 가봐."

여자는 무엇인가 숨기고 있다. 한국과 한국인을 저주하듯 욕하면서도 뭔가 말을 하고 싶은 눈치였으나, 끝내 입을 열지 못하고 나가라고만 한다. 인화와 동광은 몇 마디 더 물어보고 싶었으나 쫓겨나다시피 집을 나와야 했다. 결국 황색노예단의 정체를 완전히 파악하기 위해서는 로즈를 만나는 수밖에 없는가 보았다. 그들이 막 집을 나와 도로 쪽으로 가려고 할 때, 누군가 앞을 막는 것은, 인화가 미국에 와서 활동하는 동안 줄곧 미행해 왔던 동양인 남자 두 명이다. 똑같이 까만 정장차림에 검은 안경을 쓴 사내들은 인화와 동광을 삼킬 듯 노려보면서 한 걸음 두 걸음 다가선다.

"뭐요, 당신들?"

동광이 앞으로 나선다.

"이봐. 당신… 아, 너 말고, 뒤쪽 아가씨 말이야. 아주 끈질긴데 그래. 한번 돌아갔으면 오질 말지 왜 돌아오나. 이제 그만하구, 그만 한국으로 돌아가라구. 고국이 당신을 기다리고 있잖아. 이건, 처음이자 마지막 충고야. 우린 남의 나라에 와서 같은 동포끼리 괜히 피보고 싶지 않단 말이야. 알겠어? 오늘은 이 정도 충고를 하고 돌아가지. 만약 우리 경고를 무시했다가는 어떻게 되는지 알아? 빵——. 휴——. 이거야. 알겠어. 여긴 한국이 아니라는 걸 명심하라구."

사내 한 명이 오른손 엄지와 검지를 직각으로 세워 마치 인화를 향해 권총을 쏘겠다는 듯 방아쇠를 당긴다는 시늉을 하며 입으로 빵소리를 내고 손끝을 다시 입으로 가져가 휴——소리를 내며 싱긋 웃어 보인 뒤 돌아선다. 뒤에 서 있던 사내도 어깨를 으쓱해 보이며 앞장선 사내를 따라 도로가에 세워둔 벤츠 승용차를 타고 바람같이 사라진다. 멀리서 그 광경을 보고 있던 또다른 미국인 미행자는 그들의 뒤를 따라 차를 몰고간다.
"저 자식들 그냥. 저것들 뭐야.!"
동광이 그들을 보고 한 발로 땅을 쾅쾅 친다. 뒤의 집 응접실에서 창문을 통해 그들을 보던 마약중독자 여자는 비틀거리듯 주저앉았는데, 물론 인화와 동광은 그녀를 보지 못한 채 사내들이 탄 차가 사라진 반대편으로 걸어간다. 동광은 그 사내들을 그냥 돌려보낸 것이 스스로 마음에 들지 않은 듯 걸음을 옮길 때마다 땅을 치듯 하면서 걷는다. 그런 그의 뒷모습을 보며 인화는 그나마 그와 동행한 것이 썩 다행이라는 생각이 든다. 조금 전 맞닥뜨렸던 사내들의 얘기를 듣고 보면, 그녀를 미행한 것이 틀림없는데, 그것도 오늘이 처음은 아닌 것 같다. 그러나 그들이 권총을 쏘는 시늉을 했듯이 권총이 아니라면, 그런 녀석들 몇 놈쯤은 동광이 태권도 실력으로 거뜬히 처치할 수 있을 것이다. 좀 믿음직스러워진 인화는 앞으로 걸어가 동광의 팔장을 낀다.


## 2


댈라스에서 로즈가 이사갔다는 코퍼스크리스티를 가려면 남쪽으로 휴스턴을 거쳐 다시 해변을 타고 서남쪽으로 가야 한다. 서인화와 윤동광은 비행기를 이용해 남부도시 휴스턴까지 왔고, 다음날 휴스턴에서 차를 렌트해 코퍼스크리스티로 가기 위해 출발한다. 막 휴스턴을 빠져 나갈 무렵, 지도를 보고 있던 인화가,

!"저기 저 강 있잖아. 저 강이 무슨 강인지 알아?"
운전하는 동광을 향해 묻는다.
"쳇. 난 미국이 초행이라구. 내가 어떻게 알아."
"응. 저 강이 콜로라도강이야. 댈라스에서 휴스턴으로 흐르는 강은 브레이조스강이구, 휴스턴에서 보면 양쪽으로 부채꼴처럼 흐르는, 왼쪽으로 흘러오는 강이 바로 거 콜로라도 강이라구. 그런데 말이야, 아무리 연방국이라고 하지만, 미국 지명은 이상해. 뒤죽박죽이라구. 워싱턴시가 따로 있는데, 시애틀은 워싱턴주지, 내가 다녀온 적이 있는 덴버가 있는 콜로라도주가 따로 있는데 저 강이 콜로라도강이야. 미국사람들은 콜로라도라는 말을 좋아하나 봐. 콜로라도주, 콜로라도 스프링즈, 콜로라도 고원, …그리고 저기 콜로라도강도 그렇구. 동광씨. 이런 노래 알지?"

생각나는 대로 말한 뒤 지도를 무릎 위에 놓은 인화는 목청을 가다듬고 노래를 부르기 시작한다. 제법 소프라노 흉내를 내는 목소리다.

콜로라도의 달밝은 밤은 ——.

"어때, 듣기 괜찮았어? 홋홋."
"쳇. 별것 다하는군. 아주 좋았다, 그래. 하하."
"홋. 홋."

두 사람은 밝게 웃는다. 동광을 보면서 인화는 역시 동광이와 동행하게 된 것이 썩 잘된 일이라는 생각이 다시 들었다. 동강이 운전을 하는 동안 여유를 즐길 수 있는 것도 그와의 동행 덕택이다. 차는 푸른 물결이 넘실거리는 멕시코만을 왼쪽으로 끼고 해안길을 달리고 있었다.

인화와 동광이 텍사스주 남부에 위치한 항만과 관광·휴양도시 코퍼스크리스티시에 도착한 것은 그날 저녁 무렵이다. 때가 때였으므로 당당 로즈를 찾아가는 것을 뒤로 미루고 그들은 해안으로 갔다. 뭍 쪽으로 아파트와 고층건물들이 둥그런 반원을 그리며 병풍같이 둘러쳐진 가운데 넓은 백사장, 그 안으로 출렁이는 바닷물을 보며 가슴이 확 트이는 기분이다. 마치 부산 해운대나 수영만 해수욕장을 연상케 하는 해수욕장에는 그렇게 많지 않은 사람들이 모여 여가를 즐기고 있다.

"훗. 여기 와서 동광씨와 데이트를 하게 될 줄은 몰랐는데!"

동광과 나란히 백사장을 걷고 있는 인화는 모래톱에 푹푹 빠지는 걸음을 살금살금 내딛는다. 상쾌한 기분이다. 코퍼스크리스티는 뉴에이셔만 입구에 있는 코퍼스크리스티만에 면해 있고, 앞에서 멕시코만을 가로막고 있는 것이 머스탱섬이다. 기후가 따뜻하여 해수욕장뿐만 아니라 낚시터로도 유명한 코퍼스크리스티는 마치 어머니의 품속같이 포근한 도시다. 인화와 동광은 어깨를 나란히 하고 넓고 긴 백사장을 따라 계속 걸어가고 있다.

"내친 김에 여기서 결혼식을 해버릴까."

동광이 드넓게 출렁이는 바다를 보며 뚜벅 말했다.

"뭐야. 이게… 꿈도 꾸지 마라, 너."

"왜? 인화. 나도 말 좀 하자. 내가 트기이기 때문인가? 그래서 싫은 거야. 친구는 되지만, 부부는 될 수 없다는 거야?"

동광이 갑자기 정색을 하며 인화를 돌아본다. 그제서야 인화도 그가 농담하는 것이 아니라는 것을 깨닫고 좀 어색한 표정을 짓는다. 동광과 부부가 되는 상상을 해보지 않은 것은 아니다. 결론은 부부가 될 수 없다는 것이다. 물론 그가 흑인 혼혈아이기 때문이 아니다. 다만 할 일이 많은 그녀는 결혼할 생각이 아직 없을 뿐이다. 결혼이라는 울타리에 갇혀 하고 싶은 일에 방해를 받고 싶지가 않은 터이다. 당장에는 그녀가 구상하고 있는「한국여성 수난에 관한 사적 연구」라는 제목의 논문을 쓰는 일만 해도 그랬다. 논문 하나를 쓰기 위해 얼마나 많은 노력을—— 피와 땀을 쏟아야 하는가 말이다. 벌써 몇 년 동안 매달려 왔으나 집필은커녕 아직도 자료수집, 현장답사만 하고 있지 않은가. 이럴 경우 결혼한 몸이었다면 어떻게 되었을까. 과연 지금처럼 자유롭게 돌아다니며 자료수집과 현장답사를 할 수 있을까. 대답은 백 프로 아니다, 라는 것이다.
　"왜 그래, 갑자기? 지금 무슨 소릴 하는 거야?"
　"대답해 봐, 인화. 난 널 사랑한다구. 모르지는 않을 거 아냐. 대학에 입학해서 동아리에서 널 만나는 순간, 그때부터 너를 향하는 내 마음은 한결같았어. 친구들도 다들 우리를 CC라고 했지. 솔직이 말할까? 그때, 내 마음은 그게 사실이었다구. 난 너와 CC인 줄 알았단 말이야. 하지만, 넌 한 번도 날 친구 이상으로 대한 적이 없었지. 난 말 한 마디 못하고, 가깝고도 먼 곳에서 널 쳐다만 본 거야."
　"그만 해. 동광씨. 우리, 지금 그런 얘기할 때가 아니잖아."
　"나두 알아. 그놈의 황색노예단인가 뭔가, 그걸 취재하러 온 거야. 넌 답사를 온 거구. 그래서, 그게 뭐 어쨌다는 거야. 일은 일이구, 우리 감정은 감정 아냐?"
　"분위기 파악을 못하긴. 이거 봐. 동광씨. 이젠 내 차례야.

내가 말하지. 너, 지금 뭐하는 거야. 지금 사랑을 고백하는 거야, 청혼을 하는 거야…아니면 투정을 부리는 거야. 넌 어쩜 그렇게 무드도 없냐. 그렇게 해갖고 어떻게 여자마음을 잡겠냐구. 다 좋아. 나도 동광씰 좋아하니까. 그래. 동광씨 말대로 친구 이상으로, 그 이하로 생각해 본 적은 없어. 그건, 내가 아직 결혼할 마음의 준비가 안 돼 있기 때문이야. 또 한 가지, 내 분명히 말하겠는데, 너 두번 다시 내 앞에서 트기니 혼혈아니 그따위 자학적인 말 하지 마. 난 너하고 친구가 된 이후 한 번도 그런 생각한 적이 없었으니까. 괜히 지레짐작해 가지고 남의 생각을 제 생각인 양 그러지 말란 얘기야. 이제 동광씨도 그런 생각하지 않을 때도 됐잖아."

"너도 내 입장이 돼봐라. 그렇게 안 되는지. 난 어렸을 때부터 외톨이였어. 친구들로부터 늘 따돌림을 받으며 자랐지. 친구들의 집중되는 시선…그 따가운 시선 속에서도 난 철저하게 외톨이가 되어갈 수밖에 없었단 말이야."

"알아. 아니까, 지금까지 그런 말을 못한 거야. 이제부턴, 안 돼. 내가 용서치 않을 거야. 동광씨. 이럴 게 아니라, 우리 수영이나 할까? 원님 본 덕에 나팔 분다구, 기왕에 해수욕장에 왔으니까, 수영이나 하자."

같은 분위기를 계속 유지하면 동광이 입에서 무슨 말이 나올지 몰라 인화는 탈의실로 갔다. 잠시 후 수영복으로 갈아입은 인화가 백사장으로 나왔고, 남자탈의실에서 나온 동광이도 뒤따라 물로 뛰어 들었다.

다음날 호텔을 나와 화이트 로즈를 찾기 위해 미군부대 근처 기지촌으로 간 인화와 동광은,

"로즈 언니를 찾아왔다구? 언닌 여기 없어요. 떠났어요. 한 보름 됐나. 저기, 펜실벤아주 클리브랜드로 갔어요."

팔에 성경을 끼고 막 집으로 들어서는 한 한국여성의 이야기를 듣고 실망을 감추지 못한다. 30대 초반쯤 되어 보이는 여자는 지금까지 황색노예단을 답사하면서 만났던 다른 여자보다 쾌활해 보였다. 그러나 얼굴뿐만 아니라 팔뚝 군데군데 심한 흉터자국이 있는 것이 평탄치 않은 삶을 살아왔다는 것을 한눈에 들여다볼 수 있다. 잠시 동안 그녀를 살펴보던 인화가 조심스럽게 묻는다.

"교횔 다니시나 보죠?"

"그래요. 교회에서 예배를 보고 막 오는 길이에요. 한미부인회에서 일하는 로즈언니 덕이죠. 난 미국에 온 지 10년째예요. 미국에 온 지 두 달만에 미국 남편놈한테 채이고 마사지 팔러로 팔려다니기만 했어요. 지난 10년동안. 그러다가 로즈언니를 만났고, 언니 덕에 그곳을 탈출해 기독교인이 됐어요."

"남편한테 채이다뇨. 이혼을 당했다는 얘긴데…이유가 뭔가요?"

인화의 뇌리에는 타코마에서 만났던 순이, 덴버에서 만난 진주, 그리고 댈라스에서 만난 마약중독자들의 얼굴이 하나씩 떠올랐다. 그들 모두 미국인과 결혼해 장밋빛 꿈을 안고 미국에 왔는데, 그 후 얼마 되지 않아 이혼을 당한 공통점을 가지고 있다. 그리고 이혼녀가 된 그들이 팔려간 곳은 마사지 팔러였다.

"이윤 뭐, 뻔하잖아. 몸 팔던 여자라는 거지. 미친 놈. 내가 기지촌 여자라는 거 모르고 결혼했나."

역시 비슷한 말이다. 이 무렵 인화의 의식에는 황색 노예단이 그림 하나가 선명하게 그려지고 있었다. 국제결혼과 강제이혼, 그리고 마사지팔러로 팔려갈 때까지가 그들의 공통된 코스였다.

## 3

 그날 저녁무렵 코퍼스크리스티 교외에 있는 한 모텔로 돌아온 서인화는 뉴욕 FBI 본부로 전화를 걸어 허드슨 수사관을 찾았다. 그녀의 이름과 목소리를 기억하고 있는 허드슨은 반갑게 맞아준다. 인화는 지금까지 로즈를 만나지 못했다는 것과, 그녀가 만났던 한국여성들, 그리고 그날 낮에 만났던 괴한들에 대한 이야기까지 자초지종을 털어놓고, 앞으로 어떻게 해야 할지 조언을 구했다.
 "그런 일이 있었습니까. 좋습니다. 며칠 뒤에 내가 시간을 내죠. 일단, 이쪽으로 연락을 한번 취해 보도록 하시죠. 홉킨스 수사관이라구, 마침 코퍼스크리스티에 출장가 있는 우리 FBI 요원인데, 내가 데리고 황색노예단을 수사하고 있는 친굽니다. 내가 미리 연락을 하도록 하겠습니다."
 다음날 아침, 모텔을 나선 인화와 동광은 코퍼스크리스티 중심가에 있는 카페로 갔다. 홉킨스는 의외로 젊은 요원이었다. 허드슨으로부터 인화가 답사하는 황색노예단에 대한 얘기를 들었다는 홉킨스는,
 "…그렇습니다. 황색노예단 책임자는 허드슨 수사관이고, 나는 그 밑에서 지금까지 그 사건을 수사하고 있죠. 우리는 지난 몇 년 동안 황색노예단을 수사해 왔는데, 그림은 이미 그려져 있습니다. 허나, 내 입장이 아닌 닥터 서의 입장에서 이야길 하죠. 미군과 국제결혼을 해 한국을 떠나온 한국여성들은 미국 땅에 발을 디디는 그 순간부터 꼬리표가 달린 움직이는 인간상품이 됩니다. 발신지는 한국이고, 수신지는 미국이죠. 용도는 눈뜬 안마사에 다목적 섹스기구, 상품명은 마사지걸이라고 할

까. 결론부터 말하면, 황색노예단으로 매매되는 한국여성들은, 사실 본인도 모르는 사이에 인신매매의 조직의 음모가 처음부터 곳곳에 도사리고 있습니다. 그러니까 그들은 희생양들일 뿐이죠. 미국이민이란 그럴듯한 미명 아래 자신의 미래가 어떻게 될 줄도 모른 채 —— 본인들은 장밋빛을 그리고 왔겠지만 ——, 미국으로 팔려오는 여성들은 처음부터 검은 조직의 손에 의해 자신도 모르는 사이에 계약이 되죠."

"황색노예단이라고 불리는!"

인화는 혼잣말처럼 중얼거린다. 검은 조직이라면, 댈라스에서 만난 그 괴한들이 바로 그 조직의 일원일 것이다. 추측이 거기에 이르렀을 때 인화는 갑자기 서글픈 생각이 들었다. 댈라스에서 만난 마약중독자 여자의 항변이 되살아났기 때문이다. 한국사람이 무서워요. 나를 판 사람도 한국사람이고 나를 산 사람도 한국사람이었어요. 그리고 두 번째로 나를 잡아먹은 사람도 한국사람이구. 아닌게 아니라 검은 조직의 일원인 그 괴한들도 한국사람이었다.

"그렇습니다. 문제는 타코마입니다. 알겠지만, 타코마는 해외 주둔 미군사령부에 배속될 군인들이 반드시 거쳐가야 할 필수 코스인 보충대가 있는 곳입니다. 그러니까 인신매매조직은 타코마에 근거를 두고 있는 것이 분명합니다. 아직 수사의 손길이 거기까지 미치지 못했습니다만, 타코마 어딘가에 황색 노예단을 거래하는 본거지가 있는 것이 분명합니다. 그 조직에서 한국에 심어 놓은 브로커를 통해 미군과 국제결혼을 해 미국이민을 원하는 한국기지촌 주변 위안부들의 리스트를 입수해 놓고, 한국 전출명령을 받고 타코마에 대기중인 보충병을 물색하는 일차작업으로 거래가 시작되는 것입니다."

"어떤 식으로든 미국인과 합세한 범죄로군요. 그렇지 않은가요?"

 인화는 한국사람의 범죄에 대해, 그 혐의를 조금이라도 작게 하고 싶은, 자신도 모르게 그런 생각이 본능적으로 들었다. 그런 범죄 자체를 저지르는 한국인이 물론 미웠지만, 그러나 그런 더러운 한국인 때문에 한국을, 한국인 전체를 매도할 수는 없다. 물론 그녀의 그와 같은 애원 섞인 항의가 한국인의 검은 조직의 범죄를, 그 혐의를 작게 하는 것은 아니겠지만.
 "그렇습니다. 하지만, 내가 만나본 미군들 가운데 대부분은 거절할 이유가 없다는 것입니다. 검은 조직에서는 한국 기지촌에 있는 위안부들 —— 그들은 바로 예비신부들인 셈입니다 —— 의 사진과 신상명세서, 연락처 등과 5백 달러에서 1천 달러 정도의 계약금을 미군들에게 줍니다. 미국의 검은 조직이 한국에 있는 브로커를 통해 인간상품으로 리스트를 뽑아 놓은 한국여성들은, 미국으로 오고자 하는 노처녀나 고학력의 여성도 없지 않지만, 대부분은 미국 도착 후 상품으로 팔아넘기는 데 큰 불편을 겪지 않을 기지촌 여성들입니다. 미군들로서는 먼 이국땅 한국에 근무하는 중 여자를 공짜로 즐기면서 가족수당까지 덤으로 받을 수 있고, 귀국 후에는 또한 거금을 쥘 수 있는 기회인데, 거절할 이유가 없는 것이죠."
 "자본주의 사회니까. 미국인은 자신에게 이익이 되면 무슨 짓이든 하니까. 한국에 미군이 주둔해 있고, 평화유지의 수호신처럼 활개치고 있지만, 결국 그것이 미국의 이익을 위한 것이니까. 흥. 이익이 되지 않으면 당장 철수하고 말걸."
 왠지 흥분을 감출 수 없는 인화는 생각나는 대로 뇌까렸다. 만약 그녀가 한국말이 아닌 영어로 말했다면, 적어도 그녀에게 우호적이고, 그녀의 답사에 도움을 주기 위해 일부러 시간을 낸 홉킨스는 뒤도 돌아보지 않고 떠나버릴 것이다. 물론 인화 역시 홉킨스에게 감정이 있어서 그런 말을 하는 것은 아니다.
"미국을 떠나기 전에 검은 조직으로부터 계약금과 함께 밀명을 받은 미군병사들은 한국에 들어와서 약속대로 한국여성과 동거를 합니다. 그리고 귀국할 때 국제결혼식을 해 미국으로 데리고 옵니다. 한국여성 입장에서 보면 그것은 사기결혼이죠. 그렇게 미국으로 데리고 오면, 적당한 구실을 대어 이혼을 하고 조직에 넘겨주는 수법입니다. 하지만 해당미군들도 검은 조직과 계약했던 돈을 전액 수령하기 위해서는 한국으로 떠날 때보다 더욱 힘든 일에 골치를 앓게 됩니다. 어떤 구실이든지 빌미를 잡아 이혼을 해야 하기 때문이죠. 이 경우 대부분이 부정을 이유로 댑니다. 한국여성의 입장에서는 그제서야 자신이 속았다는 것을 알게 됩니다. 이미 기지촌 생활을 했던 한국여성들에게 부정이라는 것은 시비의 역표현이라는 것을 쉽게 알아차리게 되는 것이죠."

"얼마나 돼요? 검은 조직에 매수되어, 한국여성과 가짜 결혼을 하고 그렇게 해서 이혼을 끝내 검은 조직에게 넘겨주는 미군병사에게 주어지는 돈은."

"적게는 5천 달러, 많게는 1만 달러. 그러니 어떻게 되겠습니까. 미군병사로부터 이혼을 했다는 통고를 받은 검은 조직에서 그 한국여성을 인수해 가게 되고, 그제서야 검은 조직은 마수를 드러냅니다. 당신을 이곳까지 데리고 오는 데 든 비용을 갚을 때까지 일해야 한다. 말 그대로 황색노예단이 되는 것이죠. 검은 조직은 그렇게 해서 마사지 팔러로부터 일시불을 받고 파는데, 거래액은 대충 3만 달러 정도선입니다. 그 후, 한국여성은 자신도 모르는 사이에 황색노예단이 되어 미국 전역으로 팔려 나갑니다. 마사지 팔러는 타코마뿐만 아니라 미국내 미군부대 주변에는 으레 있게 마련인데, 최근에는 미주 전역의 일반도시까지 그 영역을 확장하고 있으니까. 황색 노예단은 미 전역에 걸쳐 팔려가고 있다고 보면 됩니다."

"그런데 왜 수사가 지지부진하죠, 홉킨스 수사관님. 당신 말대로라면, 수사가 꽤 깊이 진척된 것같은데?"

"우리가 로즈라는 한국여성의 제보를 받고 수사를 시작한 것은 덴버였습니다. 덴버를 기점으로 한국여성이 전미주에 팔려간다는 제보를 받고, 우리 나름대로 치밀한 내사를 벌였습니다. 한국인 인신매매단의 계보나 루트를 어느 정도 파악하고 있는 것은 사실입니다. 하지만 이 상태에서 보류한 것은 두 가지 이유 때문이죠. 솔직이 말하면, 조금 전에 닥터 서도 지적했지만, 어떤 식으로든 미군이 개입돼 있는 사건도 그 이유 중의 하나입니다. 하지만 미군 가담이 계약결혼 선에서 일단 끝나 버리고, 미국인에게 직접 피해를 주는 사례가 많지는 않습니다."

"결국 자기 이익에 매달리는 속성은 여전하군."

불만에 찬 인화는 다시 한국말로 뇌었다.

"두번째는, 그 검은 조직의 본거지를 아직 파악하지 못하고 있기 때문입니다. 지금 나도 그 사건 때문에 이곳으로 출장을 왔고, 허드슨 수사관도 그 사건에 매달려 있습니다. 조만간 밝혀질 것입니다."

"알겠어요. 그럼, 그 조직의 계보나 루트에 대해 얘기해 줄 수 있나요? 어느 정도는 파악했다면서요."

"오, 노코멘트. 아직 수사가 진행중인 사건은 말씀드릴 수 없습니다. 다만 한 가지, 타코마뿐만 아니라 댈라스, 이곳 코퍼스크리스티 등 곳곳에 중간 연락책이 숨어 있다는 것입니다. 그 중간 연락책들이 팔려가는 한국여성들을 수송하고 있습니다. 우리가 파악하기로는, 지난 10여년간 섹스상품으로 거래된 한국여성들의 수는 대략 1천7백여 명 정도로 추정하고 있습니다. 타코마, 덴버, 댈라스, 코퍼스크리스티, 클리브랜드, 뉴욕이 비교적 많아 1백명 선 정도의 분포를 이루고, 기타 군부대 주변에도 수십 명씩 깔려 있다고 보면 정확할 것입니다. 클리브랜드로 가신다고 했죠? 그곳에 가면, 경찰서에 들러 리차드 그리코 경사를 찾아가십시오. 내 동기생인데, 그 친구가 클리브랜드 지역에서 한인매춘 소탕작전에 직접 가담한 적이 있습니다."

홉킨스와 헤어진 뒤 코퍼스크리스티를 떠나는 인화와 동광의 마음은 무겁기만 하다. 아무리 사람이 사는 곳에 범죄 없는 곳이 없다고 하지만, 자기 나라가 아닌 남의 나라에 와서 동족 여자를 팔고 사며 미국인의 성의 노예로 팔아야 하는가. 도대체 그런 짓을 당하는 한국여성들은 무엇이고, 그런 짓을 하는 한국남자들은 또 누구란 말인가. 인화의 의식은, 그녀의 학문적 목적과, 같은 한국여성이라는 동류의식이 어우러져 거기에 머물고 있었으나, 동행하고 있는 동광의 생각은 한 걸음 더 발전하고 있었다. 검은 조직을 찾아낼 것이다. 부끄럽기만 한 한국의 한 부분이지만, 감춘다고 해서 될 일이 아니다. 반드시 찾아내 만천하에 공개한 뒤, 그와 같은 범죄집단이 이 지구상에 영원히 발을 붙이지 못하도록 할 것이다. 동광은 힘껏 액셀러레이터를 밟았다.

# 4

다음날 정오께, 인화와 동광이 휴스턴으로 돌아와 차를 돌려

주기 위해 렌트회사에 들렀을 때, 그곳 직원이 누군가 동양인 남자들이 와서 전해주라고 했다며 편지봉투 한 장을 내밀었다. 요금을 지불하고 렌트회사를 나온 인화와 동광은 택시를 타고 공항으로 가는 도중에 편지봉투를 뜯었다.

아직 정신을 덜 차렸나 보군. 마지막 경고다. 이쯤해서 포기하고 돌아가. 우리는 너희들이 코퍼스크리스티에 갔었고, 그곳에서 FBI 요원과 접촉했다는 것도 알고 있다. 돌아가지 않으면 어떤 일이 벌어질지 모른다는 것을 명심하라. 다시 말하지만, 이것은 마지막 경고라는 것을 잊지 말도록.──애국단

"뭐. 애국단, 애국단이라구. 별 미친 애국도 다 있군. 이런 쓰레기 같은 자식들!"

협박장을 북북 찢는 동광의 얼굴이 핏줄이 꿈틀거리며 일어선다. 좀체 화를 잘 내지 않는 동광이 그 정도라면, 그는 그 어떤 협박장이 날아온다고 해도 눈도 꿈적하지 않을 것이다. 물론 인화 역시 그런 협박에 굴복해 한국으로 돌아갈 생각은 추호도 없다. 그러나 마음은 편치 않았다. 자칭「애국단」이라는 검은 조직은 인화와 동광의 행동반경 안에 침투해 있고, 그들의 움직임을 자기 손바닥 들여다보듯 훤히 알고 있지 않은가. 휴스턴 공항 대합실로 들어간 인화는 주위에 모여 있는 그 수많은 사람들 속에 애국단 일원이 섞여 있어, 그들을 노려보고 있는 것 같아 잔뜩 긴장하지 않을 수 없다.

휴스턴에서 에어 아메리카 항공기를 이용해 오하이오주 컴럼버스 공항에서 내린 인화와 동광은 그곳에서 기차로 갈아타고 클리브랜드로 향한다. 그들이 오하이오주 북동부 이리호 연안에 위치한 호반도시 클리브랜드에 도착한 것은 그날 저녁 무렵

이다. 미국 최대의 도시 뉴욕과 시카고를 잇는, 미국에서 인구와 공업집중이 가장 높은 지역의 중간지점에 자리잡은 지리적 이점 때문에 클리브랜드시의 대도시권 인구는 전미국에서 19위, 오하이오주 인구의 30%가 이 시를 포함한 글레이트 클리브랜드에 집중되어 있다. 바로 이곳에 한국여성들이 팔려와 미국인들의 성의 노예로 일하고 있는 것이다.

밤이 늦었으므로 로즈를 찾아가는 것을 내일로 미룬 인화와 동광은 먼저 경찰서로 가서 리차드 그리코 경사를 만났다. 마침 그날 일과를 마친 리차드는 퇴근하는 길이었고, 홉킨스 FBI요원에게 미리 연락을 받고 기다리고 있던 리차드는 그들을 데리고 경찰서에서 가까운 카페로 갔다.

"뭘 알고 싶습니까. 아. 한인매춘 소탕작전이요? 맞아요, 나도 기기에 직접 가담했었습니다. 하지만 그 작전은… 실패했습니다. 홉킨스의 얘기도 있고 해서, 나는 고객을 가장하고 함정수사를 벌여 다섯 명의 한국인 마사지걸을 적발했었습니다. 하지만 내가 검거한 마사지걸은 건당 1만 달러 정도의 벌금형을 물고 유야무야됐을 뿐 원천적으로 구속이 불가능했습니다. 이건 심증이지만, 조직적인 범죄단이 배후에 있는 것이 분명합니다. 그러나 다른 주, 다른 지역 수사기관과 합동수사를 벌일 만큼 확대시킬 수 없었습니다. 그래서 FBI에 근무하는 홉킨스 그 친구에게 그 정보를 주었고, 지금쯤 그 친구가 연방차원에서 수사를 벌이고 있겠죠."

"이곳에서는 한국인 마사지걸이 얼마나 돼요? 리차드 경사님. 수사를 하셨다면, 잘 알겠군요?"

"물론입니다. 그 후에도 지역주민들의 신고가 들어와 비슷한 상황의 수사를 착수했었으니까, 하지만 그때마다 대수롭지 않게 처리되고 말았어요. 한국 마사지걸 숫자요? …우리 오하이오주 전체 규모로 보면 1백 명 선을 크게 웃도는 것으로 보면 정확할 것입니다. 마사지 팔러 한 곳당 작게는 3명, 많게는 10명씩 마사지걸을 고용하고 있으니까."

"그렇군요. 그럼 미국 전역에 마사지 팔러는 총 몇 군데나 될까요?"

"글쎄요. 지난해에 3천 군데였으니까, 그보다 더 많을 것으로 봅니다. 문제는…그들이 최근에는 마약거래에도 손을 대고 있다는 사실입니다. 아직 첩보수준이지만, 우리 경찰당국에서 크게 긴장하고 있습니다."

리차드의 이야기를 들으며, 인화는 문득 댈러스에서 만난 마약중독 여자의 얼굴을 떠올렸다. 리차드는 첩보수준이라고 했으나, 바로 그 여자를 보면, 그 첩보가 사실로 판명될 것이기 때문이다. 그 여자 이야기를 할까, 잠시 망설이던 인화는 그만 입을 꾹 다물었다.

"마사지걸들이 마약을 사용할 뿐만 아니라 중간유통처로 이용되고 있다는 첩보가 사실화될 경우, 황색 노예단의 배후에 있는 조직 자체가 노출될 수 있겠지요. 물론 아직 물증은 없고 심증만 굳히고 있는 쪽입니다만, 한국인 마사지걸을 통해 마약이 유통되고 있다는 정보는 어느 정도 사실로 보여집니다."

리차드와 헤어져 호텔을 체크인 할 때, 동광은 어디 좀 다녀올 곳이 있다며 호텔 로비를 빠져나갔다. 인화는 미국이 처음이라는 그가 다녀올 곳이 있다니, 이상하다는 느낌을 누르며 호텔로 들어갔다.

호텔을 나온 동광은 택시를 타고 미군부대 쪽으로 달렸다. 그가 탄 택시가 막 호텔 앞을 떠날 무렵, 맞은편 도로가에 정차하고 있는 까만 승용차 한 대가 뒤따르기 시작하고 있었다. 물론 애국단원들이었는데, 미행자는 그들뿐만 아니라, 그들을 추적하는 미국인 역시 뒤를 따라가고 있다. 미국인 미행자는 다름아닌 홉킨스 FBI요원이다. 택시 뒷좌석에 앉아 있는 동광은 뒤를 홀끔 돌아보았다. 경찰서 앞에서 리차드 경사와 헤어졌을 때 그들이 미행하고 있다는 것을 알고 그들을 유인하기 위해 호텔을 나온 것이었다. 미행자는 두 명이었는데, 자칭 애국단이라는 자들일 것이다. 클리브랜드 교외 미군부대 앞을 지난 동광은 계속 가라고 지시했다. 그리고 교외를 완전히 벗어날 무렵, 택시를 돌려보낸 뒤, 동광은 도로를 막고 섰다. 잠시 후 뒤따라오던 차가 멈추었고, 여유를 주지 않기 위해 가까이 다가선 동광이,

"개새끼. 이리 나와."

막 문을 열고 나오는 사내의 멱살을 잡고 거칠게 끌어냈다. 협박을 했던 대로 총을 소지하고 있을지 몰랐다. 그렇다면 총을 쏠 거리를 주지 않아야 된다고 판단한 동광은 차 밖으로 끌어낸 사내의 복부를 주먹으로 내질렀다. 사내가 앞으로 상체를 구부리는 순간, 팔꿈치로 뒤통수를 내리친 동광은 운전석에 있는 사내가 튀어 나오는 것을 보고, 그의 무릎 위에 이마를 박고 있는 사내의 목을 휘어감고 돌려 세운 뒤 허리춤에서 권총을 뽑아 들고 맞은편 사내를 겨냥했다.

홉킨스 FBI요원이 일정한 거리를 두고 도로가에 차를 세운 뒤 가까이 접근한 것은 그 무렵이다. 권총을 뽑아들고 도로 맞은편 언덕으로 뛰어 올라간 홉킨스는 동광과 애국단원들이 결투를 벌이고 있은 바로 위로 올라가 권총을 겨냥한 채 몸을 숨긴다.

"새끼야. 손들어. 조금이라도 허튼 짓하면 어떻게 된다는 거 알지? 이리 와. 이쪽으로 오란 말이야. 새끼, 내 말 안 들려!"

동광이 가리키는 총구를 따라 사내는 엉거주춤 손을 든 채

다가온다. 그가 바로 앞으로 다가서는 순간 동광은,
"사람 잘못 봤어, 새끼야."
권총 손잡이끝으로 사내의 목덜미를 내리쳤다. 사내는 그 자리에서 무너지듯 쓰러진다. 들고 있는 권총을 허리춤에 질러놓고 사내의 허리춤에서 권총을 뽑아든 동광은 그때까지 목을 휘어감고 있는 사내를 돌려 세우고 총구를 눈앞으로 가져갔다.
"짐승 같은 놈. 뭐야, 애국단이라구. 너희들 정체가 뭐야. 너희놈들 두목이 누구냔 말이야. 어서 대!."
"말 못해."
"뭐얏! 대지 못하겠어."
동광이 한 걸음 다가서면서 총구를 사내의 관자놀이에 쿡 찔렀다.
"죽여라. 죽어도, 말 못해."
"흥. 그래. 좋아. 죽여 주지."
동광이 막 방아쇠를 당기려는 시늉을 하고 있을 때, 옆에 쓰러져 있던 사내가 일어나 동광의 두 다리를 안고 밀어붙였다. 동광이 그대로 쓰러졌고, 두 명의 사내가 덮쳐왔다. 몸을 잽싸게 옆으로 굴린 동광이 발딱 일어섰고, 사내들이 다시 다리를 감고 넘어뜨렸다. 한동안 치고 박으며 실랑이가 벌어졌다. 동광이 아무리 태권도 국가대표 선수였다고 해도 사내들은 미국까지 건너와 활동하는 범죄조직단의 일원이요, 더구나 두 명이 한 명을 상대하는 싸움이라 쉽사리 승부가 나질 않는다. 어둠 속이라 잘 보이지 않았으나 동광의 얼굴에도 상처가 나고 피범벅이 되었다.
타앙——.
두 명이 사내에게 떠밀려 발길질에 채이면서 몇 번 굴렀던 동광이 막 권총을 빼앗기 위해 달려드는 사내를 보고 방아쇠를 당겼다. 군대에서 사격연습을 해본 적은 있지만, 사람을 향해 총질을 해본 적이 없는 동광이 그들을 차마 죽일 수 없어 공포탄을 쏜 것이었다. 그러나 이미 사내 중 한 명이 동광의 허리춤에서 권총을 뽑아 들었고, 뒤에서 덮쳐오던 사내가 움찔 하고 물러섰다. 권총을 뽑아든 사내가 동광을 향해 총구를 겨누었고, 동광이 역시 그를 향해 총구를 겨냥하면서 자리에서 일어선다. 총구를 겨누고 있는 것은 물론 그들뿐만이 아니다. 언덕위에 숨어 숨을 죽이고 있는 홉킨스도 애국단원들을 향해 총구를 겨누고 있다.
 "야, 타. 이 새끼, 다음에 보자."
 뒤에 서 있는 사내를 운전석으로 보낸 총 든 사내가 뒷걸음질을 쳐 뒷좌석의 문을 열고 몸을 실었고, 동광을 향해 서로 총구를 겨누고 있는 가운데 차는 끽 소리를 내며 황급히 그곳을 떠나갔다. 차가 눈앞에서 사라질 때까지 총구를 겨냥하고 있던 동광은 그제서야 자세를 풀고 권총을 거두어 어둠 속을 살펴본 후 길가로 휙 던져 버리고 터벅터벅 시내를 향해 걸어간다.

## 5

 다음날, 왼쪽 이마 위와 오른쪽 뺨에 밴드를 붙인 동광과 인화는 호텔을 나와 미군부대 쪽으로 갔다. 물론 로즈를 찾아가는 길이다. 그날 역시 허탕이다. 로즈는 이미 뉴욕으로 떠난 뒤였고, 그들이 들고온 주소에는 그러나 한국여성이 아닌, 한국 동두천에서 지원사령부에 근무한 적이 있다는 한 늙은 흑인이 살고 있었다. 작달막한 키에 나이는 한 쉰 살 정도 되었을까, 그러나 머리가 완전히 백발인 웨슬리 스나입스라는 흑인은,

"글쎄. 이 지역 마사지 팔러의 기본 봉사료 —— 사우나·샤워·안마료는 30달러 정도 되고, 특별봉사료는 따로 정해진 것이 없어 그때그때 상황에 따라, 마사지걸 능력에 따라 달라지지."

로즈의 뉴욕 주소지를 가르쳐 준 뒤, 인화와 동광의 질문에 머뭇거리지 않고 대답한다.

"특별봉사료는 자위행위와 직접 성행위, 두 가지로 구분되는데, 내 경험으로는 전자가 50달러선이고 후자가 최고 2백 달러선까지 준 적도 있으니까."

웨슬리와 헤어져, 집을 나선 동광은 왠지 자꾸만 웨슬리라는 사내 쪽으로 눈길이 달려가곤 한다. 그러나 그들이 만약 그곳에서 로즈를 만났더라면, 동광은 바로 웨슬리가 그의 아버지라는 것을 알게 되었을 것이다. 또한 동광이 로즈가 다름아닌 그의 이모 윤묘옥이었다는 것을 알았다고 해도, 그래서 그가 이모를 찾아왔다는 것을 알았다면 웨슬리는 동광이 그의 아들이라는 것을 알았을 것이다. 그러나 그들은 아버지와 아들이라는 사실조차 모른 채 헤어져야 했다.

"안되겠어. 현장취재를 해야지 말이야."

웨슬리와 헤어져 기지촌 쪽으로 가고 있는 길에 동광이 뚜벅 말했다.

"무슨 소리 하는 거야, 동광씨?"

"호랑일 잡으려면 호랑이 굴 속으로 뛰어들어가야 된다고 했잖아. 괜히 빙빙 겉돌 필요 없이 내가 직접 마사지 팔러로 뛰어들어야겠다는 거야. 인화는 학자니까 저들의 이야기만 듣고

도 목적을 이룰 수 있는지 모르지만, 난 기자야. 기자가 직접 현장취재하지 않고 남의 이야기만 듣고 어떻게 기사를 쓰나. 그래야 인화한테 도움이 될 수도 있고."

"글쎄, 동광씨 생각이 정 그렇다면… 모르겠어. 말려야 할지 어째야 할지. 하지만 위험하지 않을까. 어젯밤 일도 있잖아."

"어젯밤에 뭐, 그건 내가 놈들을 유인한 건데. 걱정 말라구."

기지촌에 도착해 택시에서 내린 그들은 마침 동양식료품상을 파는 가게를 보고 들어갔다. 그러나 마사지 팔러를 상대로 직접 취재하겠다는 동광의 얘기를 듣던 한국인 가게주인은 어림도 없는 소리 말라는 투로 손을 내저었다.

"지금 무슨 소리 하는 거요, 윤기자. 꿈도 꾸지 마시오."

"왜요, 그곳이 무슨 살인집단이라도 된다는 겁니까?"

"말하면 그렇지. 예전에도 살인을 동반한 마사지 팔러 관련사건이 미국 매스컴과 교포신문을 장식한 적이 있었소. 사실 우리도 마사지 팔러를 끼고 있는 검은 조직에 대해 들은 것도 있구."

"검은 조직에 대해 들은 적이 있다니요?"

"쉿, 목소릴 낮춰요. 주위에서 놈들이 보고 있을지 모르니까. 검은 조직은 애국단이라고 하는, 한국인 깡패들이오. 그들 보스가 지금은 아니지만, 한국 권력층과 매우 가깝다는 소문도 있구. 사실 여기 클리브랜드 지역만 해도 짐작할 수 있어요. 이 주위에는 마사지 팔러가 열댓 군데 되는데, 그들 한인 업주들이 대부분 고학력에 엄청난 재력을 갖고 있단 말이오."

가게주인의 귀띔을 들은 인화는 동광이 마사지 팔러를 상대로 직접 취재하는 것을 말렸으나 이미 결심을 한 동광은 현장에 뛰어들기로 하고 그날 저녁 무렵 기지촌 깊숙이 뛰어들어갔다. 이런 경우 동광이 흑인 혼혈아라는 것이 취재에 퍽 도움이 되었다. 한국인 출입자는 경계한다는 가게주인의 충고도 없지 않은 터여서 동광은 미국인으로 가장하고 「롭 로이」라는 간판이 붙은 마사지 팔러 현장으로 진입한다.

입구에서 40세 전후로 보이는 한국여성이 동광을 맞는다. 웨슬리의 말대로 기본입장료는 30달러, 맛사지는 샤워장을 겸한 화장실, 돌을 달구어 열을 내는 사우나실, 그리고 갈색 비닐을 씌운 침대에서 받는 마사지 순으로 진행된다. 꽃병에 튜울립이 꽂혀 있는 작은 응접실 모양의 이곳에서 한국여성들이 미국인의 성의 노예노릇을 하는가 보았다. 마사지를 받으면서 동광은 한국의 한 맥주회사가 제작한 반라차림의 여자사진이 그려진 달력을 보고 있다.

짧은 핫팬티 차림에 브래지어만 걸친 마사지걸은 물론 얼굴만 보아도 금방 알 수 있는 한국여성이다. 서비스는 한때 한국에서 뉴스거리가 된 적이 있었던 퇴폐이발소에서 벌어지는, 그런 내용이다. 동광은 그때도 직접 현장으로 뛰어들어 퇴폐이발소를 취재한 적이 있어 그렇게 생소하지는 않았다. 그렇게 마사지를 받다가 몇 푼 안 되는 달러를 쥐어주고 섹스를 요구하면, 그녀들은 몸을 팔게 될 것이다. 침대 위에 누워 마사지를 받으면서 동광은 눈을 지그시 뜨고 계속 주위를 두리번거린다. 엷은 분홍색 벽지에 미색 커튼이 문짝을 대신하고, 도색잡지에서나 보았음직한 나체사진이 군데군데 걸려 있었으나 그렇게 초라한 장식은 아니다.

"이봐요. 얘기 좀 해요. 당신, 한국에서 왔죠?"
"당신도?"
"그렇소. 난 기자요. 당신들을 취재하고 싶소."
"쉿, 조용하세요. 누가 있나 보고 올께요."
그녀는 손가락으로 입술을 막은 채 입을 다물라는 시늉을 한 뒤 커튼을 열고 주위를 살펴본 뒤 다시 들어왔다.
"난 미국인인 줄 알았어요. 열의가 보통이 아니네요. 한국사람이 여길 다 들어오다니. 얘기해 봐요. 뭘 알고 싶으시죠?"

마사지걸은 동광과 같은 한국인이 나타나기를 무척 기다렸다는 본새다. 그만큼 황색 노예단이 되어 팔려 다닌다는 것이, 미국인들의 성의 도구로 일하는 것이 지쳤다는 얘기도 될 것이다.

"당신, 이름을 알 수 있을까?"
"여기서는 애니라고 불러요. 하지만 내 한국이름은 그게 아녜요. 홍, 팔자가 이렇게 되려고, 우리 아버지는 날 낳고 하필이면 미주라고 이름을 지어 주었어요. 정미주요."
"정미주씨. 당신도 기지촌에 있다가 미군과 국제결혼해 건너왔죠? 그리고 미국에 온 뒤에 강제이혼을 당하고, 이런 곳으로 팔려온 거죠?."
"잘 아시네요. 그래요. 기자님 말이 맞아요. 우리는 우리 자신도 모르는 사이에 검은 마수에 잡혀 웃음을 팔고, 몸을 팔고, 때로는 조국까지 팔아가며 수단과 방법을 가리지 않고 돈을 뜯어내는 기생충으로 수출된 거예요."
"빚이 얼마나 돼요. 그러니까 당신네들의 빚이라는 것이 그 검은 조직에서 미군을 매수해 여기까지 데리고 오는, 그 경비를 말하는 거죠?"
"네. 맞아요. 하지만, 그건 대중없어요. 1만 달러에서 2, 3만달러까지."

그녀가 말하는 경비는 FBI 수사관 홉킨스가 말한 액수보다 훨씬 많다. 아마도 실제적인 경비에 검은 조직에서 웃돈을 붙이는 까닭일 것이다.

"그렇게 많은 돈을 갚으려면 1, 2년 안에는 못 갚겠군."

"1, 2년이 뭐예요. 짧으면 4, 5년, 길면 10년까지 죽도록 고생만 해야 한다구요. 청춘을 다 바친 뒤에, 더이상 이 짓을 할 수 었을 때가 되어서야 마수에서 풀려날 수 있다고 보면 돼요."

"그렇구만. 그럼 수입은 얼마나 돼요?"

"글쎄, 매주 3천 달러에서 5천 달러 정도 될까. 하지만 수입이 많으면 뭐해요. 업주한테 다 뜯기는데. 3·7제. 4·6제…주인위주로 배분이 되는데, 거기다가 숙식비, 의류비, 시설사용비에 원금── 그게 본인도 모르는 사이에 진 빚더미예요── 을 갚고 나면, 수중에 떨어지는 손은 한 푼도 없어요. 거기다가 마약까지 꽂는 경우는 엎 친데 덮친 격으로 빚만 더욱 늘어가고."

"다 그러는 것은 아닐 거 아니오. 그 중에는 착실하게 살려고 하는 여자도 있을 거 아닙니까."

"홍, 그러면 뭐해요. 그런 아이들이 전혀 없는 것은 아니죠. 착실하게 돈을 모아 빚을 청산해도…그래도 마의 소굴을 벗어나기란 쉬운 일이 아니라구요. 조직적인 범죄가 벌어지고 있는 현장인데, 곳곳에 감시의 눈이 도사리고 있어요. 마사지 팔러 주인이 검은 조직과 결탁이 되어 있거든요. 또, 이곳을 벗어난다고 해도 한인 교포사회가 우리를 받아주지도 않구요. 우린…창살 없는 감옥에 갇혀 있는 포로들이라구요. 다들 그렇게 자포자기하면서 살아요. 흑흑."

미주는 마침내 고개를 떨군 채 울어 버렸다. 그런 그녀를 향해 더 취재할 용기가 나지 않은 동광은 밖으로 나와 옷을 주워 입고 손을 주머니에 질러넣어 잡히는 대로 달러를 꺼내 준다.

"조심하세요. 우리 같은 애들 가운데 범죄단에 발목이 잡혀 목숨까지 잃는 일도 있었으니까."

"고맙소. 미주씨."

취재는 나름대로 성공적이다. 미주가 걱정을 해준 뒤 돌아섰고, 현관으로 나와 신발을 신은 동광이 밖으로 나오기 위해 막 돌아서려고 할 때,

"흥. 끈질긴 놈이구만."

앞을 막으며 밀고 들어오는 사내들은 며칠 전 동광과 총질까지 하며 싸웠던 두 명과 또다른 두 명이다.

## 6

마사지 팔러로 다시 들어온 동광으로서는 막다른 골목에 몰렸다. 포위하듯 안으로 밀고 들어온 사내들은 재크 나이프까지 꺼내 들고 휙휙 돌리면서 빙글빙글 주위를 돌았다. 도망갈 수 있는 구멍이 보이지 않는다. 마침 틈이 보인다 싶어 동광이 훌쩍 몸을 날렸을 때 맞은편 사내가 재크 나이프를 휙 그었고, 동광의 가슴을 스쳤다. 뜨끔한 것이 상처를 입었는가 보았다. 다시 두 명의 사내가 덮쳐온다. 재빠르게 피했으나 왼쪽 뺨 위로 칼날이 지나갔다. 동광이 손바닥으로 뺨을 문지르며 낭자한 피를 보고 주먹을 꽉 말아쥐고 있을 때, 네 명의 사내가 한꺼번에 달려들었다. 피할 도리가 없다. 앞으로 밀고 오는 사내의 인중을 주먹으로 갈기면서 뒤에 있는 사내의 턱을 향해 발길질을 할 때, 옆에 있는 사내가 동광의 왼쪽 허리를 깊숙이 찔러 올렸다.

"흑──."

동광이 비명을 지르며 옆으로 나동그라진다. 사내들은 회심

을 미소를 지었고, 유혈이 낭자하게 쏟아지는 허리를 감싸안은 동광이 비틀거리며 일어설 때 마사지실 안에서 커튼을 열고 뛰어나온 미주가,

"그만, 그만 하세요. 이 사람은 내 손님이었어요. 아무 짓도 안 했다구요. 이게 무슨 짓이에요. 손님한테."

동광을 가로막는다.

"죽고 싶어? 비켜."

"그만 하라니까요. 이 사람이 무슨 잘못을 했다고 그래요. 당장 비켜요. 나가는 사람을 왜 붙잡고 그래요."

"뭐야, 이 년이. 네 서방이라도 되냐."

앞에 있던 사내 한 명이 나이프를 곤두세우고 미주의 복부를 쿡 찔러온다. 뒤에 서 있던 동광이 허리 통증으로 눈앞이 어찔해지는 가운데 미주를 끌어당기며 발길질을 날린다. 명치를 맞고 사내가 비틀거리며 쓰러지는 찰라, 옆에 섰던 사내가 칼을 휘둘러 왔고, 이미 동광이 손을 쓸 틈도 없이 미주의 복부를 갈랐다.

"억, 으으."

복부를 안고 주저앉은 미주는 신음을 토하며 스르르 누워 버렸다. 그녀를 부축하며 무릎을 꿇은 채 앉았던 동광이 그녀를 반듯하게 눕힌 뒤 천천히 일어났다. 허리에서 계속 피가 흐르고 정신이 혼미해져 갔으나, 죽을 때 죽더라도 놈들을 처치하게 죽겠다는 각오로 이를 뿌드득 갈았다. 눈앞에 불꽃이 일어난다.

"개새끼들!"

어금니에 힘을 주면서 맞은편 사내에게 발길을 날렸다. 목덜미에 발등이 꽂힌 사내가 비틀거리며 쓰러졌고, 동시에 동광의 주먹이 옆에 있는 사내의 복부를 가격한다. 꺼억, 소리를 내며

상체를 구부리는 사내의 등을 획 돌리는 순간,
"에이, 잇."
뒤에서 고함을 지르며 덤벼드는 사내를 향해 안고 있는 사내의 손아귀를 잡고 칼끝을 수평으로 눌러 밀어냈다. 옆구리에 칼이 쫓긴 사내가 용수철이 튕기듯 뒤로 물러선다. 안고 있는 사내를 밀어젖힌 뒤 비틀거리며 물러서는 사내의 인중을 향해 정면으로 발을 획 올린 동광이 뒤축으로 인중을 내리찍는다. 사내는 그대로 무너지듯 앞으로 고꾸라진다. 네 명의 사내가 나동그라져 벌레처럼 딩굴고 있다.
"꼼짝 말고, 손들엇."
홉킨스가 권총을 뽑아들고 뛰어든 것은 바로 그때였다. 놀란 듯 눈을 휘둥그레 뜨고 주위를 돌아보던 동광을 보던 홉킨스는 권총을 넣고 사내들의 손목에 철커덕 철커덕 수갑을 채운다.
"흥. 빨리도 오셨군. 홉킨스 요원."
불만에 찬 목소리로 투덜거리며 동광은 미주 쪽으로 돌아선다.
"미주씨. 미주씨."
아무래도 미주가 마음에 걸린다. 본인도 그랬으나 미주가 복부에 칼을 맞았으므로 빨리 손을 쓰지 않으면 죽을지 몰랐다. 한손으로 자기 허리를 감싸쥐고 또 한손으로 미주를 부축하며 일어서려고 할 때 홉킨스가 미처 수갑을 채우지 못한 한 녀석이 칼날을 반듯하게 세운 채 덮쳐왔으나 발길을 돌려찬 뒤, 입에 게거품을 문 녀석이 구석지로 처박히는 것을 보고 비틀거리며 밖으로 나온다.
"잘해 보시오, 홉킨스 요원."
"오. 라이터 윤, 넘버 원! 넘버 원!"
동광을 향해 주먹쥔 손으로 엄지를 세워 보이는 홉킨스는 사내들을 한 명씩 일으켜세운다.

미주는 거친 숨을 혹혹 내쉬고 있는 것이 위급한 상황이다. 그녀를 끌어안고 마사지 팔러를 나온 동광은 택시를 잡고 병원으로 향한다. 거리에는 이미 어둠이 밀려왔고, 가로등 불빛이 환하게 비추고 있었다.

같은 시각, 호텔방에서 동광이 무사히 돌아오기만을 기다리는 인화는 자정이 넘은 시간에도 그가 나타나지 않자 발을 동동 구르며 방 안을 서성거리고 있었다. 그때 전화가 울렸다. 동광이다.

"응. 나야. 여기, 시내에 있는 메디칼센타야. 빌어먹을. 그럴 일이 좀 있었어. 나? 괜찮아. 몇 군데 칼집이 좀 생겼지만, 며칠 치료하면 괜찮을 거야. 나도 나지만, 그보다는 더 큰 문제가 생겼어. 그래. 내가 그쪽으로 갈 수 없는 형편이니까, 네가 와. 우리야 이곳을 떠나면 그만이지만, 미주씨는 그냥 놔두면, 놈들한테 무슨 짓을 당할지 몰라. 물론 놈들은 홉킨스가 검거했지. 응. 알았어?"

## 제7장 깃발

### 1

그해 5월의 밤은 적막하기만 했다. 모내기를 막 끝낸 주위의 논에서 개구리울음소리가 요란하게 들려온다.

　고등학교 3학년이니까, 학교에서 밤늦도록 공부를 하고 개구리 울음소리에 둘러싸여 터벅터벅 집으로 향하는 묘순의 발길은 무겁기만 하다. 집에서는 공부할 분위기가 되지 않으므로 수업이 끝난 뒤에도 학교에 남아 저녁을 굶은 채 공부를 한 뒤 집으로 향할 때면 피로가 겹친 온몸은 천 근 바윗덩어리로 누르는 듯 무거워지는 터였다. 그러나 희망이 있으므로 피로 따위는 문제될 것도 없다. 올 1년만 죽었다 생각하고 공부하면, 내년에는 꿈에도 그리던 대학생이 될 것이다. 그것도 묘선이 언니가 다니는 서울대학교에 입학해 묘선언니가 그랬던 것처럼 본인은 물론이지만 어머니를 비롯해 주위사람들을 기쁘게 해줄 것이다.

　어머니는 묘순이 의대를 지망했으면 하는 눈치다. 그러나 묘순이 생각은 달랐다. 그녀의 꿈은 서울대 사회학과에 지망해, 훗날 훌륭한 여성사회학자가 되어 그녀가 태어나 보고 자랐던, 각자 혼자서는 지탱하기 어려운 고달픈 삶 하나씩을 멍에처럼 짊어진 채 온갖 천대를 받으면서도 몸을 팔아 살아가는 기지촌 여성들을 위해 일을 하는 것이다. 묘선 언니도 바로 묘순이 같은 생각으로 법학과를 지망했는지 몰랐다. 어머니의 말씀대로 의사가 되어 병든 사람을 치료하는 것도 좋은 일이다. 그러나 묘순은 의사가 되더라도 더욱 큰 의사 —— 병든 사람이 아닌 병든 사회, 병든 기지촌을 치료하는 사회학자가 되고 싶다.

당장에는 책가방 하나를 들고 갈 기력도 없다. 두 손으로 모아 책가방을 앞으로 들고 철로변, 개나리꽃이 흐드러지게 피어 있는 도로변으로 터벅터벅 걸어가는데, 막 철길 건널목을 지나 온 백인 병사 두 명이.

"하이, 하이! 하니!"

술이 취해 비틀거리며 말을 붙인다. 묘순은 모른 체하고 걸어간다. 한두 번 당하는 일이 아니었으므로 습관처럼 무시하면 될 것이다. 그러나 백인병사들의 생각은 달랐다. 가로등 불빛 아래 언뜻언뜻 보이는 묘순이 피부가 가무잡잡한 것이 흑인 혼혈아라는 것을 금방 알겠는데, 이목구비가 반듯반듯한 것이 보통 예사로운 미모가 아니다. 훤칠하게 큰 키에 교복차림의 그녀는 더욱 청순하게만 보여 절로 구미가 당기는 터였다. 더구나 조금 전 마카로니 웨스턴 클럽에서 말로만 듣던 로즈와 한 번 즐기기 위해 영업 시작과 함께 클럽 한쪽에 쪼글트리고 앉아 계속 기다렸으나 로즈는 끝내 나타나지 않았고, 내일을 기약하면서도 그들은 분을 삭이며 나온 터이었다.

6. 70년대에 들어와서 조국근대화다, 공업입국이다, 무역제일주의다 해서 제법 수출을 하고, 딴에는「한강의 기적」을 외치고 있으나 그들이 보기에는 아직도 미개한 나라,「민주주의는 쓰레기통에서 장미꽃을 찾는 것보다 어려운 나라」한국 —— 일제 35년 식민통치하에서 신음하던 것을 해방을 시켜 주었고, 그 후 저희 동족끼리 전쟁을 하는 것을 해결해 주었을 뿐만 아니라 그나마 미국으로 보면 1개 주의 크기도 되지 않

은, 손바닥만한 국토가 분단되어, 그것 하나도 통일시키지 못하는 웃기는 나라, 그리하여 그 머나먼 태평양을 건너와 그들의 평화를 대신 지켜주고 있는 터에 한국인은 「자유의 여신」의 아들들인 미군을 위해 할 수 있는 일이라면 어떤 희생이라도 감수해야만 되는 것이 당위일 터요, '평화의 수호천사'인 미군이 한국여자를 좀 농락한다고 해서 도덕도, 양심도 걸릴 것은 없다, 고 생각하는 백인병사들은,

"하니! 하니!"

끈덕지게 따라붙는다. 징그러운 듯 흠칫 진저리를 치는 묘순은 정면만 노려본 채 가던 길을 계속 걸어갈 뿐이다. 백인 병사 한 명이 앞으로 달려가 길을 막고, 이리저리 피해 가려는 묘순을 토끼같이 껑충깡충 뛰면서 가로막는다. 묘순이 울상을 지으며 백인병사를 밀어냈으나 그는 꼼짝도 하지 않는다.

"왜 이래요. 비켜요."

"이야기 좀 하자는 데 뭘 그래. 하니. 우리가 싫어, 엉? 우린 좋은데. 하하하. 저리로 가서 얘기 좀 하고 가."

"싫어요. 비키라니까."

묘순이 한 손으로 백인병사를 밀어내려고 했으나 덩치 큰 그는 꼼짝도 하지 않는다. 그때 뒤에 있던 백인병사가 다가왔고, 서로 얼굴을 마주보며 무언의 약속이나 하는 듯 고개를 끄덕인 뒤 묘순을 도로변 풀밭 쪽으로 끌고간다. 묘순이 완강하게 버티었으나 백인병사 두 명을 감당하기는 역부족이다. 끌려가면서도 끝까지 버터 보았지만, 그럴수록 백인병사들의 마음은 저승차사같이 차갑게 변하는가 보았다.

"싫어, 싫단 말이야."

몸부림을 쳐보았으나 묘순은 이미 만개한 개나리 뒤편 철로변 쪽으로 끌려가 옷이 벗겨지고 있었다. 눈앞이 캄캄해진 묘

순이 어떻게 하든 위기를 벗어나야 된다고 생각하며 계속 몸부림을 치면서 고함을 질러댄다.

"나쁜 자식들. 무슨 짓이야. 싫다고 했잖아. 사람 살려——."

그 시간에 도로를 지나기는 사람도 없다. 백인 한 명이 입고 있는 야전점퍼를 벗어 풀밭 위에 깔고 묘순을 그 위에 눕힌다.

"안 돼. 안 된단 말이야. 이 나쁜 놈들아. 난 아직 학생이라구. 흑흑."

한참 동안 몸부림을 치며 반항을 하던 묘순이 그만 울음을 터뜨렸으나 백인병사 두 명이 미친 듯이 달려들어 그녀의 옷을 찢어버릴 듯 벗긴다. 저고리가 찢겨져 나가고 터질 듯 탄력있는 젖가슴이 드러난다. 백인병사 한 명이 밑에서 치마자락을 잡아 끌었다. 팬티까지 벗겨져 나간 뒤 묘순은,

"억. 흑흑——."

절망의 끝에서 비명과 신음, 울음을 한꺼번에 터뜨린다. 멀리 도로가에 세워진 가로등불이 희미하게 비쳐온다. 야전점퍼 위에 누워 있는 묘순은 백인들이 예상했던 대로 잘 빠진 몸매다. 발가벗은 묘순을 보는 순간 욕정의 불길이 용암을 뿜어내는 활화산같이 활활 타오르고 있는 백인병사들은,

"홧홧홧."

웃음도 아니고, 신음도 아닌 것이 마치 저승차사의 휘파람소리 같은 음결을 토하며 서로의 얼굴을 보고 득의에 차 있다. 누가 먼저 할 것인가를 확인하는 모양인데, 그 중 야전점퍼를 벗은 백인이 바지를 내리기 시작한다.

"제발, 제발, 그만 둬. 안 된단 말이야."

묘순이 다시 몸을 뒤틀면서 반항했으나 이미 용광로같이 펄펄 끓어오르는 백인병사의 욕정을 끌 수는 없다. 그녀의 다리를 타고 앉은 백인이 덮칠 듯 그녀의 온몸을 끌어안고 자신의

남성을 휘저었다. 바로 그때,

 뚜우──.

 철로 저쪽에서 기적소리가 울린다. 기차는 이쪽으로 오고 있었다. 달님이네 형제 가운데 그 중 침착하고 마음씀씀이가 깊은 묘순이다. 허벅지가 찢어지는 통증을 감내하며 가까스로 냉정을 찾은 묘순은 꼼짝달싹하지 않고 있다가 기차가 점점 가까이 다가오고 있을 때,

 "사람 살려! 살려 주세요──."

 다시 온몸을 뒤틀면서 젖먹던 힘까지 다 짜내 몸을 짓누루고 있는 백인병사를 밀어내고 달리는 기차를 향해 쫓아가 손을 흔들며 고함을 질렀다. 그러나 바로 그런 그녀의 행동이 백인병사를 당황하게 만들었는지 몰랐다. 바지를 내리고 있던 백인이 황급히 일어나 그녀의 목을 감고 풀밭 위에 넘어뜨렸다. 묘순은 이미 발가벗은 몸이다. 백인병사는 그녀가 옷을 벗고 있는 것을 감추기 위해 두 손으로 그녀의 목을 조이며 그의 나체위로 몸을 납작하게 엎드렸고, 다른 백인도 풀밭에 엎드렸다. 기차는 칙칙거리며 그들의 앞을 지나갔다.

 "스탠드 업! 스탠드 업!"

 기차가 지나간 뒤, 백인은 각자 엎드렸던 자리에서 일어났으나 묘순은 꼼짝달싹하지 않았다. 백인들이 일으켜세우려고 했으나 그녀는 종내 움직일 줄 몰랐다. 밤바람이 차갑게 불어가고 있었다.

## 2

　구로 산부인과 병실 한쪽 침대 위에 누워 아직 핏덩이째 강보에 싸여 있는 종금을 보고 있는 묘숙은 닭똥같이 굵은 눈물을 소리 없이 뚝뚝 떨구고 있었다. 눈물은 좀체 그칠 줄 몰랐고, 그 눈물을 닦을 마음의 여유가 없는 묘숙은 방울방울 흐르는 눈물이 강보 위로 떨어지는 것도 모른 채 종금을 다독거린다.
　"종금아, 종금아. 내가 나쁜 년이야. 난 이렇게 할 수밖에 없구나. 종금아. 흑흑. 나는… 네 엄마도 아니란다. 어딜 가서든, 좋은 부모 만나 잘 자라다오. 종금아 아. 흑흑ㅡ."
　눈물은 흘려도, 흘려도 끝이 없이 흘러내린다. 아직 몸을 완전히 추스릴 상태도 아닌 묘숙은 침대에서 내려와 옷을 챙겨 입는다. 잠시 후 병실문이 열리고 동숙과 홀트아동복지회에서 나온 수녀 한 명, 그리고 여자직원 한 명이 들어선다.
　"수녀님 오셨다, 애. 준비됐니?"
　"흑흑. 언니!"
　묘숙은 동숙의 어깨에 얼굴을 묻고 마침내 참았던 울음을 터뜨린다. 뒤에서 묘숙을 보던 수녀와 직원이 종금이 누워 있는 침대 가까이 다가선다.
　"잠깐만요, 잠깐만."
　동숙을 뿌리치고 돌아선 묘숙이 막 종금을 안으려는 수녀 앞으로 달려간다. 그녀의 마음을 안다는 듯 수녀는 한 걸음 뒤로 물러선다.
　"종금아, 종금아 아."
　강보째 종금을 끌어안은 묘숙은 뺨을 부비면서 비오듯 눈물을 쏟는다. 차마 그 광경을 바로 보지 못하겠다는 듯 동숙이 창 밖으로 눈길을 주었고, 가까이 다가선 수녀가 묘숙의 등을 두드려 준다.
"알아요. 그 마음 다 알아요. 엄마의 마음이야 오죽하겠습니까. 하지만 너무 걱정하지 말아요. 연락을 받고 오는 길인데, 종금이 양부모가 되실 분은 두 분 다 미국 시카고에서 변호사를 하는 분으로, 아주 훌륭하신 분들이에요. 종금이를 잘 키워주실 거예요. 다들 입양을 나쁜 줄로만 알지만, 색시 형편이 그러하다면, 종금을 위해 오히려 잘된 일인지 몰라요. 나도 종금이를 위해 늘 기도드리겠어요. … 성부와 성자와 성신의 이름으로 기도드리옵나이다, 아멘."
경건한 모습으로 기도까지 드리는 수녀를 보고 다소 마음이 놓인다는 듯 묘숙은 종금을 건네준다. 눈물자욱이 마르지 않는 두 볼 위에는 더욱 굵은 눈물이 소리 없이 흘러내린다.
"잠깐만요, 수녀님."
수녀와 직원이 종금을 안고 막 문 밖으로 사라지는 것을 보고 묘숙이 다시 달려가 빼앗듯이 종금을 안아 들었다. 보고, 또 보고 있지만, 길은 달리 없다. 다만, 강보에 싸인 종금이와 헤어져야 한다는 사실만이 가슴이 미어지도록 슬플 뿐이다. 온 몸의 피를 쥐어짜는 듯 눈물은 그치질 않는다.
"묘숙아, 이러면 안 돼. 응, 제발. 묘숙아. 어서 보내드려. 흑 흑. 묘숙아 아."
옆에서 보고 있던 동숙이 묘숙의 어깨를 끌어당기며 울음을 터뜨린다. 묘숙도 결심을 한 듯 수녀 앞으로 종금을 내밀었다가 다시 끌어당기고, 다시 밀어준다. 잠시 후 종금을 안아든 수녀와 직원이 병실을 나가고, 온 세상이 절망을 독차지한 듯 묘숙은 침대 위에 엎드린 채 피울음소리로 오열한다.

묘순의 시체가 발견된 것은 그 다음, 다음날이다. 철도노무자들이 발견하고 경찰에 신고를 했는데, 벌써 이틀 동안이나 묘순이 들어오지 않았으므로 발칵 뒤집혀 버린 달님이네가 학교다, 친구네 집이다, 백방으로 수소문하여 찾고 있을 무렵 경찰서에서 연락이 온 것이었다.
"묘순아, 아. 이게 웬 날벼락이다냐. 아이구, 묘순아."
경찰과 함께 병원 영안실로 뛰어든 달님이 곧 기절할 듯 부르짖는다. 묘옥과 묘강, 묘심이 함께 와서 묘순을 확인하고 목을 놓는다.
"순아, 묘순아. 일어나. 어서 일어나."
달님이 묘순을 끌어안고 땅을 치며 통곡하는 가운데 키가 장승처럼 훌쩍 큰 묘강이 옆으로 뚜벅 다가온다. 형제 가운데 같은 흑인 혼혈아인 묘강이 누구보다 죽은 묘순과는 각별하였다. 동생이지만, 묘순은 원래 마음이 깊어 마치 누나처럼 대하기도 했는데, 그런 묘순을 생각할수록 묘강은 분노가 머리끝까지 치밀어오른다. 학교 다닐 때 묘강이 아이들과 싸우고 벌로 화장실 청소를 했을 때 꼬박 찾아와 같이 화장실을 청소해 주던 장면들이 눈앞에 아련하게 피어올랐다. 불끈 쥔 주먹이 절로 부르르 떨린다.
"저희들도 최선을 다해 수사하고 있습니다. 아직 용의자가 누군지는 밝혀지지 않았지만, 최선을 다해 잡도록 하겠습니다."
경찰은 묘순이 죽은 사인은 타살로, 그것도 강간·교살로 밝혀졌다며 달님이를 대충 위로한 뒤 떠나갔다.
"강간·교살이라니!"
달님이도 그랬으나, 생각만 해도 묘강은 온몸이 폭발해 버릴 듯 분노가 치밀어오르고 의식 한복판에는 태풍이 몰아친다. 묘강은 묘순이 옆에 무너지듯 스르르 주저앉는다. 같은 검은 피부지만, 묘강은 비할 바 아닐 정도로 잘생긴 동생이다. 목 주위에 퍼런 멍이 든 채 묘순은 빳빳하게 굳어 있었다.
"아이고 오, 묘순아. 우리 묘순아 아. 에미는 어찌하라고… 먼저 간단 말이냐 아. 이런 일은 없다. 이런 법은 없어. 대학에 들어간다고 공부만, 공부만 하던 너를 어떤 처죽일 놈이 이 지경으로 만들어 놨단 말이냐 아. 흑흑——."
달님이는 금방이라도 혼절해 버릴 듯 넋을 빠뜨린 채 묘순을 안고 뇌까리다가 마침내 스르르 옆으로 쓰러져 버린다.
"엄마, 엄마."
묘옥과 묘심이 달려들어 달님이를 부축하는 동안, 묘강은 꼼짝도 하지 않고 얼음장같이 차갑게 굳어 버린 묘순을 보고 있다. 한참 동안 묘순을 보고 있던 묘강이 벌떡 일어선다.
"순아, 묘순아. 어떤 놈이야, 어떤 놈이 널 이렇게 만들었어. 오냐. 내가 반드시 잡아낼 거다. 반드시 잡아낸 놈을 처죽이고 간을 씹어먹고 말 거닷. 묘순아, 사랑하는 내 동생 묘순아. 잘 가. 잘 가라. 복수는 이 오빠가 반드시 한다! 네 복수를 하기 전에는 난 돌아오지 않을 거닷."
그리고 영안실을 박차고 나간다. 묘옥과 묘심이 불렀으나 묘강은 뒤도 돌아보지 않고 뛰어갔다. 바깥에서는 비가 억수같이 쏟아지고 있다. 병원 현관을 뛰쳐나온 묘강은 죽은 묘순이 앞에서 감추어 두었던 눈물이 비오듯 주르르 흘러내린다. 온통 세상을 휩쓸어 버릴 듯 퍼붓는 빗속으로 눈물을 닦을 생각도 없이 보산리 쪽으로 달려온 묘강은 곧장 조지파 아지트로 뛰어들었다.
"집합해! 야, 잭. 한 놈도 남기지 말고 모조리 집합시켜. 당장."
묘강이 서슬 퍼렇게 외치자 잭은 혼비백산하여 조지파 행동대원들을 집합시켰다. 조지파가 모인 것은 그날 저녁 무렵이다.

"너희들도 알다시피 난 지금까지 내 개인적인 감정으로 우리 조직을 운영해 오지 않았다. 그렇지만… 나는 지금 내 개인적인 일로 너희들을 집합시켰다. 미안하다. 그러나 이번만은 나 조지를 위해 각자 일해 다오. 싫으면 하지 않아도 된다."

"형님. 무슨 일인데 그렇습니까? 저희들이 언제 형님 명령을 어긴 적이 있습니까. 염려 마시고 명령만 내리십시오."

"그게 아냐. 임마, 잭. 내 말 못 들었어. 난 지금 나 스스로 우리 조직의 규율을 깨고 있는 거야. 다들 들었지. 예쓰인지 노인지 분명하게 대답하라."

"방금 잭이 말한 그대로입니다. 우리는 형님이 하시는 일이라면 공적이고 개인적이고 가리지 않습니다. 형님께서 죽으라고 하면 죽겠습니다. 말씀하십시오."

"좋아. 모두들… 그렇단 말이지?"

"예, 형님."

"고맙다, 형제들. 난 말이다… 지금 내 평생에 가장 괴로운 일을 당했다. 너희들이 도와주어야 한다. 내 동생… 너희들도 알지? 묘순이라고. 올해 고3인데, 그 아이가 살해당했다."

"…"

"이틀 전, 밤늦게 학교에서 집으로 돌아오는 도중에 보산리 입구 철로변에서 살해당했단 말이다. 내 동생은… 나와 같이 혼혈이다. 흑인 혼혈아지! 호호. 경찰에서는 아직 용의자를 찾지 못했다고 한다. 놈을 잡아라. 반드시 놈을 잡아. 조지파가 아닌, 나 조지의 명예를 걸고 반드시 잡아야 한다. 놈이… 어떤 놈인지 모르지만, 반드시 놈을 잡아 내 손으로 죽인다! 놈의 간을 꺼내 씹어 먹어야겠다."

묘강이 주먹을 불끈 쥔 채 이를 뿌드득 갈았다. 아지트에는 잠시 무거운 침묵이 감돌았다. 보스의 여동생이 살해당했다고 하는데, 누구도 감히 입을 열 분위기가 아니다. 잠시 후 존이,
"큰 형님. 제가 한말씀 드리겠습니다. 이건 조지 형님의 명예뿐만 아니라 우리 조지파의 명예가 걸린 일입니다. 어떤 놈이 감히 겁대가리도 없이 큰 형님의 여동생을… 저희들이 반드시 찾아내고야 말겠습니다."
"그렇습니다. 형님. 저희들을 믿으십시오."
모두들 한 마디씩 거들었다. 그런 동생들을 둘러보며 묘강은 비감한 가운데 신뢰감이 밀려온다.

## 3

광주 충장로에서 정보부 요원과 사복형사들에게 연행된 지 열흘 뒤, 그날 오전 9시께 묘선은 광주경찰서 수사과 수사실로 끌려갔다. 난생 두 번째 들어와 보는 경찰서요, 수사과라고 하는 곳은 처음이다. 한쪽 구석진 자리에 앉아 있는데, 묘선에 대한 수사를 담당하기로 되어 있는 정지도 경사가 와서 4층 412호실로 데리고 갔다. 정경사는 연행되어 온 이후 묘선이 몇 차례나 반복해서 썼던 자술서철을 들고 있다.
"흠. 흠. 윤묘선——. 서울대학교 법학과 2학년…. 더 읽어볼 필요도 없겠지. 흠. 자술서를 읽어봤는데, 넌 아직 정신을 덜 차렸더군. 이거 봐. 법대생이니까, 법에 대해 잘 알고 있을 테지만, 너는 현행범이야. 그렇지? 너의 소지품에는 불온유인물이 5천장이나 나왔단 말씀야. 윤묘선, 긴급조치 4호 내용을

다시 읽어줄 필요는 없겠지? 좋아. 네가 관련된 사항만 읽어주지. 일, 한국민주청년학생총연합회와 이에 관련되는 제단체를 조직하거나, 또는 이에 가입하거나, 단체나 구성원의 활동을 찬양·고무 또는 이에 동조하거나, 그 구성원과 회합 또는 통신 기타 방법으로 연락하거나… 구성원의 활동에 직접 또는 간접으로 관여하는 행위를 금한다. 여섯, 이 조치에서 금한 행위를 권유, 선동선전하거나 방송보도 출판 기타 방법으로 타인에게 알리는 일체의 행위를 금한다. 팔, 제1항 내지 제6항에 위반한 자는 사형·무기 또는 5년 이상의 유기징역에 처한다. 윤묘선, 알겠나? 네 죄가 얼마나 크다는 것을 알겠냐구. 그런데도 넌 자신이 현재 어떤 위치에 있는지도 모르고, 수사에 협조를 안 한단 말이야. 볼온유인물의 출처가 어디지? 물론 한국민주청년학생총연합회겠지. 좋아, 윤묘선. 전진회 주동자들이 어디에 숨었지? 정찬, 김철, 김우슬… 그놈들은 어디에 숨어 있냐구?".

"난 정말 몰라요. 서울을 떠나올 때 학교 서클 룸에서 만난 이후 헤어졌단 말에요. 말씀드렸잖아요."

"오, 그래. 말했지. 그럼, 여길 봐. 여기 수배자 명단이 있어. 이 수배자들은 작년 10월 이후 각 대학에서 데모를 주동해 왔던 놈들이야. 여기서 네가 아는 수배자를 지목해 봐. 한 놈도 남김 없이."

"몰라요. 몇 번 말해야 알아들으시겠어요. 내가 알고 있는 사람은 이미 다 말했잖아요. 다른 사람들은 몰라요."

"흥. 그래. 그 말을 내가 믿을 것 같은가?"

경찰은 묘선의 혐의사실에 대한 조사 외에도 전진회 간부들의 은신처, 그리고 지난해 10월 이후 각 대학에서 전개되어 온 시위주동자 수배자들 중 지면관계가 있거나 소재를 아는 사람이 있는지 여부에 관하여 벌써 열흘이 넘도록 캐묻고 있는 중이다. 알고 있다고 해도 쉽사리 털어놓을 일도 아니지만, 전진회 선배들을 따라다니며 시키는 대로 일만 했고, 또 몇 번 시위에 참여했던 묘선이 실제로 알고 있는 수배자는 거의 없었다. 그러나 경찰의 수사는 집요했고, 그날도 수배자에 관한 조사를 받고 보호실로 가서 하룻밤을 잤다.

"윤묘선, 나왓."

다음날 새벽 4시, 누군가 묘선을 불러내 상황실로 끌고갔다. 광주경찰서에는 무슨 비상이 걸린 모양으로 형사들은 대부분 출근해 있는 상태였다. 마침 복도를 지나가다가 묘선을 보고 상황실로 들어온 권택돈 경찰서장이,

"서울대 법대생이면 앞으로 같은 지붕 밑에서 활동하게 될지도 모르는데, 이건 너무 하잖은가 말이야. 엉. 우린 윤묘선양이 지성인이라 믿고 있었는데, 윤양이 수사에 너무 협조를 안 하는구만."

화를 벌컥 내며 밖으로 나갔다. 잠시 후 눈이 크고 개구리같이 튀어나온 인상에 전투복을 입고, 「상황실장」이라는 완장을 두른 상황실장이,

"어이, 양산박. 방금 서장님 말씀 들었지? 아무래도 안 되겠어. 이 년이 수사에 협조를 하지 않는데, 아무래도 지금까지 조사과정에서 나온 자들과 한 팀 아냐! 양산박이 이 년을 맡아서 조사해 봐."

"네, 알겠습니다. 실장님."

그때까지 잠자코 맞은편에 앉아 이따금씩 새끼 손가락으로 콧구멍을 후비거나 다리를 꼬고 앉은 채 한쪽 구두를 벗어 양말을 쓱쓱 쓰다듬은 뒤 코밑에 갖다대곤 하던, 반장이라고 불리는 양산박이라는 사내가 기다렸다는 듯 천천히 자리에서 일

어선다. 눈을 밑으로 깔고 있는 묘선이 곁눈질을 한다. 아닌게 아니라 『수호지』에 나오는 양산박의 한 일당이 살아온 듯 거구에 점퍼차림의 양산박은 30대 중반쯤 되었을 것 같은데 얼굴은 검은 편이고 입술이 흑인처럼 두툼한 가운에 귀밑까지 눈이 쭉 찢어진 것이 몹시 매섭고 험악한 인상이다.

"어이, 일어나. 이년아."

말투부터가 상스럽다. 묘선은 말없이 일어나 양산박을 따라 밖으로 나갔다. 비상구를 통해 1층 수사과 조사실로 데리고 간 양산박은,

"앉아. 이년아."

말끝마다 이년아를 꼬박 붙이며 묘선을 노려본다. 묘선은 이미 그의 말투에서부터 기가 죽어 그가 말을 할 때마다 경기들린 아이처럼 자신도 모르게 깜짝 놀라거나 부들부들 떨고 있다.

"잘 봐둬. 이년아. 법대 다닌다니까 말이지만, 네 년이 지은 죄의 대가가 뭔지 아나? 사형, 무기, 5년 이상의 유기징역이야. 네 죄는 앞으로 어떤 정책변화가 온다고 해도 풀려날 것도 아니고, 그러니까 전진회 간부놈들 은신처를 대. 그리고 현재 수배자 중에 네 년이 아는 년놈들을 모조리 불어. 내 약속하겠는데, 네가 불기만 하면 당장 훈방시켜 줄 거얏. 알아들어?"

"네. 하지만, 전 정말 아무도 몰라요. 정말이에요. 난 이제 대학 2학년인걸요."

"흥. 이년, 이거 안 되겠군. 좋은 말로 할 때, 끝내 불지 않겠단 말이지. 이년아. 내가 누군지 알아? 이 천하에 양산박이, 작년 10월 이후 여대생만 다루었어. 그때 들어온 년들, 처음엔 버티지만, 모조리 아랫도리 발가벗겨서 책상 위에 올려놓으니까 다 불더구만. 어잉. 네 년도 구멍에 봉이 들어가면 불지 않

고 배기겠어. 안 그래? 홧홧."

 자리에서 벌떡 일어선 양산박은 쉰 김치냄새와 함께 거친 숨을 훅훅 내쉬며 묘선을 노려본다.

 "제발, 그러지 마세요. 정말 몰라요, 전."

 겁에 질려 벌벌 떠는 묘선은 자신도 모르게 두 손을 모아 마치 부처님 앞에 기도하듯 합장을 하면서 애원한다. 인정사정도 없는 양산박은 아랑곳하지 않는다는 듯 묘선을 책상 앞으로 끌어낸다.

 "옷 벗어. 이년아. 실오라기 하나 남기지 말고 모조리 벗으란 말이얏."

 "혀, 형사님. 제발."

 "시꺼. 이년아. 시키면 시키는 대로 할 것이지 웬 말이 많아. 앙."

 묘선이 바짓가랑이를 잡고 매달렸으나 양산박은 맷돌같이 크고 거친 손으로 한쪽 어깨를 쥐어잡고 냅다 발을 걸어찼고, 묘선이 쓰러졌으나 어깨를 잡고 있는 그의 손아귀에 걸려 대롱대롱 매달린다. 그는 다시 반듯하게 세운 뒤 손바닥으로 묘선의 귀뺨을 철썩 갈겼다. 그의 손바닥은 묘선의 얼굴 두 배 크기는 되어 보였다. 귓불이 확 달아오르면서 눈앞에 별똥별이 우수수 떨어진다. 빌고 애원하는 데도 한도가 있다. 묘선은 별안간 오기가 불끈 치솟는다. 금방이라도 할켜 버릴 듯 양산박을 노려보던 묘선은 할 테면 해보라는 듯 한 걸음 물러선 뒤 저고리와 남방을 벗어 던졌다.

 "어쭈, 이건 옷이 아니란 말이지?"

 양산박이 다가와 몸빼를 잡아당겼다가 고무총을 쏘듯 탁 놓았다. 뚫어지게 양산박을 노려보던 묘선이,

 "이 손 놔. 벗으면 될 거 아냐."

악에 받친 듯 고함을 버럭 지르며 브래지어와 팬티만 남긴 채 옷을 훌렁훌렁 벗어 버렸다.
"어이, 조형사. 이리 와 봐."
양산박이 조사실 문을 밖으로 얼굴만 내민 채 손짓을 한다. 잠시 후 조형사라는 좀 젊어 보이는, 살쾡이같이 생긴 조형사가 들어와 문 앞에 서서 구경거리라도 생겼다는 듯 묘선의 발가벗은 몸을 훑어본다.
"야. 공부하는 년치고 이거 제법 잘 빠졌는데. 너, 처녀 맞아? 엉. 너, 자위행위 해본 일 있나? 훗. 여자도 자위행위하는지 모르겠구만."
묘선이 앞으로 다가선 양산박이 주위를 한 바퀴 돌아보면서 제멋대로 지껄인다. 묘선은 눈을 질끈 감고 서 있을 뿐이다. 다시 앞으로 다가선 양산박은,
"흥. 젖가슴을 보아하니, 이거 처녀가슴 같지 않은데. 맞지? 이년아. 누구랑 자본 일 있지?"
손가락을 호미걸이처럼 걸어 브래지어속으로 밀어넣은 뒤 안을 들여다보며 혼잣말처럼 뇌까린다. 뒤에 서 있는 조형사가 싱글벙글 웃고 있다. 아예 브래지어를 걷어올린 양산박은 바위같이 넓고 거친 손바닥으로 젖가슴을 쓸어올린다. 입술을 물어뜯으며 굴욕감을 참고 있던 묘선이,
"제발 그만하세요. 형사님, 제발요."
부동자세로 움직이지 않은 채 입만 열었다. 그때, 양산박이 팬티를 잡고 밑으로 끌어내렸다. 극도의 굴욕감과 수치심, 공포심에 휩싸여 있던 묘선이,
"악──."
비명을 지르며 풀썩 주저앉는다. 양산박이 양쪽 겨드랑이에 손을 넣고 벌떡 일으켜세웠다.

"어쭈. 이거 봐라. 일어서지 못해!"

양산박이 그대로 몸을 밀착시켜 오자 눈앞으로 거대한 성벽에 막혀 숨을 내쉬지 못하던 묘선이,

"아, 알았어요. 말할께요. 그만 해요, 제발. 정재순이요… 이대 다니는 정재순이도 그 중 한 명이에요. 흑."

묘선은 그만 울음을 터뜨린다.

"엉, 그래. 그럼, 그럴 테지. 진작에 불 것이지 말이야. 좋아. 정재순이라고 했지… 그 년에 대한 인적사항을 한 자도 남김없이 써."

그제서야 묘선을 놓고 뒤로 물러나 의자에 앉은 양산박이 종이와 볼펜을 책상 위에 쾅 놓았다.

"인적사항에 대해선 나도… 몰라요. 이대 다니는 것만 알아요."

"뭐야. 이 쌍——. 누굴 놀리는 거야. 이거, 봐주려고 했더니 도저히 안 되겠구만. 어이. 조형사. 가서, 고추가루 가져와."

다시 의자를 밀어내고 일어선 양산박은 묘선이 앞으로 뚜벅 다가온다. 더이상 참지 못하겠다는 기세다.

"야. 이 년아. 날 놀려? 앙. 책상 위로 올라가. 너 같은 년은 기어이 자궁에 봉을 집어 넣어야 불게 돼 있어."

"알았어요. 알았다구요. 볼펜… 이리 주세요. 흑흑."

움찔 놀란 묘선이 황망한 표정으로 볼펜을 달라고 손을 내밀었다. 볼펜이 쥐어지고, 그녀는 정재순의 자취집 약도를 그려 주었다. 그녀가 두 볼 위로 줄줄 흘러내리는 눈물을 닦을 생각도 없이 그리는 약도를 보고 있던 양산박은,

"흠, 흠. 진작에 그러면 고생을 덜 하잖어."

약도를 들고 그제서야 일단 수확을 거두었다는 듯 고개를 끄덕인다.

"좋아, 오늘은 일단 이것으로 끝내지. 옷 입어."

봇물같이 쏟아지는 눈물을 흘리면서 옷을 입고 있는 묘선을 흘끔흘끔 쳐다보며 서류를 챙기던 양산박은,

"야. 그런데 너, 진짜 처녀 맞아?"

능글맞은 미소를 지으며 자리에서 일어나 밖으로 나간다. 그의 눈길이 지나갈 때마다 구렁이가 휘감는 기분을 느끼며 묘선은 절로 진저리가 쳐진다. 지칠 대로 지쳐 몸을 움직일 수가 없다.

## 4

묘순을 땅 속에 묻은 지 보름이 지나도록 경찰에서는 용의자 한 명 찾아내지 못했다. 묘강의 조지파한테도 이렇다할 진척이 없었다. 물론 그 사이에 묘강은 집에 들어가지도 않았다. 묘순을 땅에 묻던 날, 휘하의 조직원들을 거느리고 나타난 묘강은 차마 가까이 가지 못하고 멀리서 눈물을 감추며 지켜보았을 뿐이다. 그날도 묘강은 아지트에서 부하들을 독려하며 분을 삭이지 못하고 있었다.

"형님. 형님, 드디어 찾았습니다."

그날 저녁 무렵 아지트로 뛰어든 것은 막내 존이다. 보스인 묘강이뿐만 아니라 죽은 묘순이 같은 흑인 혼혈아라는 점에서 그랬는지, 존은 누구보다도 열심히 범인을 찾기에 눈코뜰새없이 움직였다.

"찾았다구, 누구야?"

"그, 그게 아니구요. 형님. 증인을 찾았습니다. 잠시만 기다

리십시오. 저기, 바같에 데리고 왔습니다."
 밖으로 뛰어나간 존은 비슷한 나이의 청년 두 명을 데리고 왔다. 종구와 영진이라는 동두천 청년들이다.
 "당신들… 아까 나한테 했던 그 얘기, 우리 형님한테 그대로 해. 거짓말하면 내 손에 죽을 줄 알아."
 존이 윽박지르자, 이미 여기에 오기 전에 존한테 당한 듯 겁에 질려 있는 종구와 영진은,
 "알았어요. 염려 놓으시래도요. 조지파 일인데, 우리가 협조를 안 하겠어요? 우리는 동두천역 앞에서 과일장사를 하는데, 그날 물건을 떼러 서울에 갔다 오는 길이었습니다. 물론 기차를 타고 왔지요. 동두천역에 닿으면 12시가 되는 마지막 기찹니다. 그날따라 기차가 만원이라 기차 안에서는 어디 기대고 설 곳조차 없어 우리는 승강구로 나와서 신문지를 깔고 앉아 왔습니다. 막 담배를 피우고 있었는데, 저쪽 동두천 제일여고에서 얼마 안 떨어진 철로변 풀밭에 미군 두 명이 엎드려 그… 그 짓을 하고 있는 것을 보았어요. 달리는 차중이라 자세히는 보지 못했지만, 여자가 비명을 지르면서 달려왔는데, 뒤에서 미군 두 명이 덮쳤습니다. 뒤에 생각해 보니까, 그때 미군 두 놈이 여자를 겁탈하고 있었던 것이 틀림없었습니다. 정말입니다. 미군 한 명은 옷을 벗고 있었구요."
 "미군이라면… 백인이야, 흑인이야?"
 "백인이었습니다. 똑똑히 기억합니다. 한 놈이 옷을 벗고 있었으니까."
 "알았어. 임마. 너희들, 그 자씩들 얼굴 보면 기억할 수 있겠어?"
 "글쎄요. 자신은 없지만, 어슴프레 기억할 수도… 직접 봐야 알겠습니다. 군데군데 가로등도 켜져 있었고, 차창 밖으로 불

빛도 비치고 했으니까 자세히는 볼 수 없지만, 지나가면서 대충은 봤으니까요."

"알았네. 다들 고마워."

종구와 영진을 돌려보낸 뒤, 묘강은 생각에 잠긴다. 틀림없이 놈들일 것이다. 생각만 해도 피가 머리끝으로 치솟는 묘강이.

"다들 이리 와봐."

부하들을 불러모았다.

"조금 전에 그 아이들 말이야, 전혀 수확이 없는 것도 아니야. 오늘부터는 동두천에 있는 술집을 다 뒤져. 그런 일을 저지른 놈이라면 맨 정신으로는 그러지 않았을 거 아닌가. 더구나 그 시각이 밤 12시가 가까운 시간이니까, 외박을 나온 놈들이겠지. 그러니까 그 시간이면 놈들은 틀림없이 어딘가 들어가 술을 마셨을 거야. 백인 두 놈이라니까, 그걸 단서로 해서 탐문해 보라구."

"알겠습니다, 형님."

그날부터 조지파 행동대원들은 기지촌 술집을 이 잡듯이 샅샅이 뒤지고 다녔다. 지난달 15일 술을 마시고 간 백인 두 명이라는 단서만 가지고 놈들을 찾는다는 것은 모래알에서 백금을 찾는 것만큼이나 어려운 일이다. 그러나 다름아닌 조지파 두목의 일이다. 행동대원들은 마치 목숨을 걸어놓은 듯 그 일에 매달렸고, '지난달 15일 술을 마시고 간 백인 두 명'을 기억하는 증인들이 하나 둘씩 나타났다. 그때마다 묘강은 부하들을 시켜 기지촌 사람들의 기억 속에 떠오르는 백인 두 명의 신원을 확인했고, 그날의 알리바이를 조사한다. 벌써 한 달이 넘도록 같은 일이 되풀이되었다. 마카로니 웨스턴의 로즈——묘옥이가 묘강을 찾은 것은 그 무렵이다.

"누나가 웬일이우. 날 다 찾구?"

묘강이도 마찬가지지만, 묘옥의 얼굴도 많이 수척하다. 묘순이 죽은 뒤, 묘옥은 그날 처음으로 출근했다. 묘순의 죽음의 워낙 충격이 컸으므로 그동안 영업을 전폐하고 집에만 박혀 있었다.

"응. 나도 오늘 네 얘길 들었어. 묘순이 일 당하던 날 말이야, 그날 술 마시고 간 백인 두 명을 찾는다면서?"

"그렇수."

"왜, 그 자들이⋯ 묘순일 죽인 범인이라도 된다는 거니?"

"그야, 확실한 것은 모르지만, 그럴 가능성이 커. 그날 묘순이 일을 당한 현장을 목격한 사람들이 있으니까."

"그러니. 그럼⋯ 칼과 토니 일병에 대해 알아봐. 광암리 2여단에 근무하고 있는데, 수송부 요원들이야."

"누나 그, 그걸 어떻게⋯."

묘옥의 얘긴즉, 미군들의 월급날이기도 한 그날 모처럼 두둑해진 주머니를 두드리며 외박을 나온 칼과 토니 일병은 얘기로만 듣던 마카로니 웨스턴의 로즈를 만나 즐기기 위해 광암리에서 일부러 보산리까지 원정을 왔다. 그러나 그날도 묘옥은 자기의 꿈을 이루어 줄 수 있는 —— 물론 그녀 혼자 생각이지만, 로버트와 함께 있었고, 다른 손님과의 합석은 당연히 거절했다. 칼과 토니는 그날 밤 12시가 가깝도록 묘옥을 기다렸으나, 그 시간쯤 묘옥은 로버트와 함께 호텔로 간 뒤였다.

아지트로 돌아온 묘강은 곧장 광암리 2여단에 하우스 보이와 노무자로 근무하는 부하들을 풀어 칼과 토니에 대한 정보를 수집했다. 묘옥이 준 첩보는 대체로 일치했다. 칼과 토니 병장은 그날 외박을 나와 로즈를 만나기 위해 보산리 쪽으로 원정을 왔으며, 결국 로즈를 만나지 못한 채 귀대했다는 것까지. 그리고 다음 월급날 그들이 다시 마카로니 웨스턴에 나타날 것이라는 정보까지.

"우린 결코 로즈를 포기하지 않아. 다음 월급날 또 갈 거닷. 한국 아가씨치고 돈 싫다고 하는 아가씨 못 봤다. 월급뿐만 아니라 집에서 한밑천 보내왔단 말이야. 주머니가 두둑하다구. 두고봐. 로즈는 바로 내 것이야. 하하."

## 5

그날도 묘숙은 퇴근 이후 잔업에 나가지 않았다. 잔업 따위에 손을 뗀 지 이미 오래다. 잔업 대신 동료 몇 명과 어울려 그녀는 가리봉동으로 나갔다. 휘황한 네온사인이 번쩍이는 가리봉동은 구로에 대규모 공단이 들어선 이후 부쩍 번화해진 곳이다. 묘숙과 동료 몇 명이 찾아간 곳은 가리봉 뒷골목 사창가다.

"언니, 나 왔수."

묘숙은 포주를 언니라고 부르며 거침없이 안으로 들어간다. 좁은 방들이 벌집같이 닥지닥지 붙은 사창굴이다. 밤이면, 묘숙이 그곳으로 출근한 지도 벌써 달포가 지났다. 한 아이는 강보에 싸인 채 집에 두고 나왔고, 또 한 아이는 해외로 입양까지 보낸 터에, 더이상 버릴 것도, 망가질 것도 없다고 생각한 묘숙이 한 가지 목표가 있다면 돈을 많이 버는 것이다. 돈을 벌어 어머니와 동생들, 아들이 살고 있는 동두천으로 가야 한다. 그렇게 결심할 무렵, 동료들 가운데 밤에 잔업을 나가는 대신 가리봉동으로 가서 몸을 팔아 돈을 벌고 있다는 얘기를 들었고, 묘숙이 그들 사이에 끼여든 것이었다.
 "응, 묘화냐. 어서 들어가라. 널 기다리는 손님들이 줄을 섰다. 아이구, 계집년은 그저 반반하고 볼 일이라니까."
 "언니는, 줄만 서면 뭐하우. 돈이 생겨야지. 여긴 물이 안 좋은 것 같애. 너무 짜. 이 판에 나두 생각을 고쳐먹고 자리를 옮길까 봐."
 "저 년, 저 년 말하는 것 좀 봐. 묘화야. 무슨 섭섭한 소릴 그렇게 하니? 내 그래도 네 년한테는 특별히 생각해서 방값도 다른 아이들에 비해서 반밖에 받지 않는데, 넌 날 배신할 셈이냐. 아이구. 검은 털 가진 짐승은 믿지 말랬다더니, 아주, 은혜를 웬수로 갚아라. 웬수로 갚아. 이 년아."
 "언니인, 괜히 해본 소리우. 뭘 그걸 가지구 그리 역정이슈."
 "그래, 그게 정말이냐. 그럼 그렇지. 어서 들어가 봐. 아까부터 널 기다리는 손님이 있다. 네 방에 들어 있어. 이것아."
 "알았수, 언니."
 묘숙은 곧장 자기 방으로 갔다. 방이라고 해야 사람 두 명 누우면 딱 알맞을 공간이다. 붉은 조명등 하나가 불을 밝히고 있는 방 안에는 묘숙의 단골손님 중의 하나인 종태가 기다리고 있다.
 "난 또 누구라고. 며칠 동안 보이지 않더니…왔니?"
 "음마. 와 그리 쌀쌀맞게 군댜. 쌀쌀맞기넌. 나아가 오랜만에 와넌디, 반갑지 않다는 투구먼."
 "장사하는 년이 반갑고 안 반갑고가 어딨어. 어서 일 끝내고 가."
 "뭐시여. 참말로, 그래서는 안 되제잉. 나아가 묘화 기쁘게 혀주려구 작심허고 1주일을 기다렸다넌 거 아니여. 너무 그러지 말더라고잉. 내 오늘 월급날잉게, 인심 한번 팍팍 쓸 것이구먼."

 "그래. 월급 받았어? … 못써. 종태 너, 그 돈 모아 집에 부쳐 드려야지. 뭐, 인심을 팍팍 쓰겠다구. 그래, 어디 팍팍 써봐라. 흥. 잘났어, 정말."

 전남 강진이 고향으로 구로공단 인쇄소에 다니는 종태는 묘숙이 보다 두 살이 아래인데, 단골이 되다 보니까 서로 이야기를 자주 나누게 되었고, 대가족의 둘째아들로 무작정 상경한 그가 인쇄소에 취직한 뒤 월급 중 일부는 꼬박꼬박 고향으로 부쳐 준다는 것도 알게 된 터였다. 그런 종태를 안 뒤로 묘숙은 때로는 돈 한 푼 받지 않고 일을 치룬 뒤 보내주곤 하였는데, 그런 묘숙의 마음씀이 고마운 종태는 그의 말대로 작심하고 월급날인 1주일만에 나타난 것이었다.

 종태뿐만이 아니다. 묘숙이 사창가에 출입한 이후 만난 공단 주변의 남자들은 하나같이 춥고 배고픈, 종태와 비슷한 이야기 하나씩을 가지고 있다. 그리고 그런 궁핍의 이야기를 뿌리치지 못하는 묘숙은, 그곳 가리봉 사창가에서 묘화라는 화려한 이름을 떨치는 것만큼 수입을 많이 올릴 수는 없다. 동류의식일 것이다. 아마도 그녀가 마음만 먹으면 지금 벌어들이는 것보다 훨씬 많은 수입을 올릴 수 있을 것이다. 그러나 그녀는 그들의 이야기가 결코 남의 것이 될 수 없고, 그와 같은 동류의식에 휩쓸린 그녀는 돈 한푼 받지 않고 일을 하기 일쑤였다. 원래 돈을 벌기 위해 사창가에 흘러 들어오게 된 그녀였으나, 그런 이유 때문에 생각만큼 돈을 벌지 못한다고 해서 크게 후회는 하지 않는다.

 돈이라면, 전에 밤낮 없이 잔업을 해대는 공장생활보다는 조금 나은 편이다. 윤락녀 생활이라는 것이 원래 빛좋은 개살구여서, 당초 큰돈을 모은다는 것은 포주와의 관계로 보아 구조적으로 불가능하게 되어 있었지 —— 실제로 묘숙이 알고 있는 전문윤락녀들 십중팔구는 빚더미에 쪼달리는 형편이다 ——, 낮에 공장을 나가고 밤에만 윤락녀 생활을 하는 묘숙은 그런대로 형편이 조금 나은 편이다. 낮에 공장에서 버는 돈은 최소한의 생계비로 충당할 수 있으니까, 밤의 윤락녀 생활로 버는 돈은 고스란히 계돈으로 부을 수 있게 된 것이다.

"자, 어서 해. 기다리는 손님이 있으니까."

묘숙은 옷을 벗은 뒤 자리에 누우며 재촉한다. 동류의식도 동류의식이지만, 기왕에 팔 걷고 막다른 골목으로 뛰어들었으므로 한 푼이라도 많이 벌어 하루빨리 이 생활을 청산하는 것만이 상책이다.

"음마, 뭘 고로코롬 서둘러싼다요."

"얘기했잖아. 손님 기다린다구. 나라구 땅 파서 장사하는 거 아니잖아. 종태. 이해할 수 있잖아."

"아무리 그래도 오늘은 안디여라잉. 묘화. 당신은, 오늘만은 내 꺼시랑게. 옛소. 여기 돈 있구만이라. 내 한 달치 월급 몽땅 당신한테 바칠 것이요."

"지금 뭐하는 짓이야."

고함을 버럭 지르며 묘숙은 발딱 일어선다. 여간해서 화를 잘 내지 않는 그녀가 화를 내자 종태는 황망한 표정이다.

"당장 그 돈 도로 집어넣지 못해. 다신 날 안 볼 거야? 다시 안 보겠다면, 좋아, 내 오늘 종태 상대가 되어 주겠어. 마누라가 돼도 좋구, 하라는 대로 다 해주겠어. 종태. 하지만, 그게 아니잖아. 종태가 객지에 와서 고생하는 이유가 뭐야."

"그, 렇지만, 난 묘화가 좋을 걸 어떡해. 눈만 뜨면 묘화 생각만 하는디."

"그러지 마. 종태. 제발, 하필이면 왜 나 같은 여자를. 그건 안될 말이야. 나가 봐. 참안 애들이 얼마나 많은데."
 정이란 그렇게도 징그러운 것인가 보았다. 묘숙이 딴에는 찢어지게 가난한 집안의 아들·딸로서 이따금씩 정을 주긴 했으나 당초 그 이상을 기대한 것은 아니다. 그러나 종태와 같이 순진한 남자애들은 그 이상을, 하나 더 건너뛰어 그 이상, 이상까지도 생각하는가 보았다.
 "자, 종태. 안 할 꺼야. 옷 벗으라니까. 응."
 묘숙이 동생을 달래듯 얼르며 종태의 옷을 벗긴다. 옷을 모두 벗은 종태는 좀 심드렁한 동작으로 이미 자리에 반듯하게 누워 눈을 질끔 감고 있는 묘숙의 알몸뚱아리를 타고 부유하듯 밀려온다.

# 6

 그날, 미군 월급날이다. 마카로니 웨스턴 클럽에는 미군손님을 맞기 위한 음악들이 작열하는 가운데 예나 지금이나 꺼질 줄 모르는 듯 로즈라는 화려한 이름을 떨치고 있는 묘옥이 바텐더 앞에 혼자 앉아 위스키를 마시고 있다. 뒤편 구석진 자리에는 묘강이 잭과 존, 그리고 종구와 영진을 데리고 와 앉아 있다. 미군 전용클럽이므로 묘강 일행이 출입할 수 없는 곳이었으나 영업을 개시하기 전부터 자리를 차지할 수 있는 것은 그동안 묘강이 쌓아온 조지파의 영향력일 것이다.
 "이봐요. 여기 위스키 한 잔 더 줘요."
 흰 와이셔츠에 나비넥타이를 앙징스럽게 맨 바텐더가 묘옥을 흘끔 쳐다보며 위스키잔에 술을 부어 그녀 앞에 갖다 놓는다.

위스키를 드는 묘옥의 기분은, 그녀가 동두천 기지촌에서 로즈라는 명성을 떨치는 것과 어울리지 않을 정도로 참담하기만 하다. 동생 묘순의 죽음이 어떤 식으로든 그녀와 관련이 있을 것 같은 불길한 예감——오늘 밤에 어떤 식으로든 밝혀지겠지만——도 그러했고, 묘순의 죽음으로 두어 달 동안 클럽에 나오지 않는 사이에, 그동안 그녀가 목적하는 바 국제결혼을 해 미국으로 데려가 줄 '백마를 타고 온 기사'로 지목하고 알뜰살뜰 정성을 들여온 로버트 일병이 훌쩍 귀국해 버린 것도 그녀를 더욱 참담하게 만들었다. 외롭다. 처절할 정도로 외롭기만 하다. 화이트 로즈가 외롭다고 하면 누가 곧이들어 주겠는가만, 그녀는 누구에게라도 가까이 접근해 오기만 하면 금방 몸을 던져 버리고 싶은 정도로 외롭기만 한 터이다.

"로즈, 저기 찾는 손님이 있어."

영업이 개시된 직후 웨이터가 다가와 귓속말을 했다. 고개를 돌린 묘옥은 출입구 쪽으로 눈길을 가져간다. 틀림없이 그녀가 기다렸던 칼과 토니 병장이다. 자리에서 일어나 묘강이패가 앉아 있는 테이블 앞을 지나면서 묘옥은,

"저 놈들이야."

낮은 소리로 말하고, 아무 일도 없다는 듯 환하게 미소를 피우며 출입문 쪽으로 갔다.

"하이, 하니!"

칼과 토니는 전과는 달리 로즈가 금방 나타나는 것을 보고 입이 함지박만하게 벌어진다. 웨이터가 빈 자리를 찾아 주었고 묘옥과 칼, 토니는 자리에 앉아 위스키를 시켰다. 바로 묘강이 앉아 있는 맞은편 자리다. 칼과 토니가 위스키를 마시며 묘옥에게 치근거리는 동안 묘강은,

"잘 봐. 저 놈들 아냐?"

종구와 영진에게 물었다.
"글쎄요. 맞는 것 같기도 하구, 아닌 것 같기도 하구, 워낙 어두컴컴한 곳에서 잠깐 사이에 본 것이라… 맞아요. 저기 아가씨 오른쪽에 앉아 있는 놈이요. 저 놈이 그날 옷을 벗은 채 우리가 탄 기차가 지나갈 때 고개를 들었던 놈이 틀림없어요."
"확실해?"
"예, 틀림없다니까요. 그날 우리는 맨 앞칸 승강구에 있었는데, 일을 당했던 여자가 마침 기차가 오는 것을 보고 반항을 했던 모양이구만요. 기차를 따라 달려왔으니까요. 일을 저지르려던 저 놈이 당황해서, 달려와 여자를 덮칠 때, 우리하구 딱 눈이 마주친 것이 틀림없습니다."
"흠, 알았어. 다들 일어서지."
자리에서 일어선 묘강은 부하들을 이끌고 마카로니 웨스턴을 나선다. 종구와 영진을 돌려보낸 뒤 묘강이패가 간 곳은 보산리 번화가에서 좀 떨어진 헐리우드 모텔 앞이다. 묘옥이 칼과 토니를 먼저 그곳으로 보내기로 약속이 되어 있었다. 같은 시각, 위스키를 벌써 몇 잔째 들이킨 묘옥은 비틀거리며 자리에서 일어난다.
"하이. 칼, 토니. 나하고 즐기지 않을래? 오케이?"
"예스. 오케이."
칼과 토니는 이게 웬 굴러온 떡이냐는 듯 황소개구리 같은 눈알을 떼구르르 굴리며 고개를 끄덕인다.
"좋아. 너희들, 헐리우드 모텔 알지? 거기 가서 기다리고 있어. 난 곧 갈 테니까. 싫음 관두구."
"오. 노우. 헐리우드 모텔. 예스. 오케이. 렛츠 고."
칼과 토니는 곧 일어나 어깨동무를 하고 클럽을 나간다. 그들의 뒷모습을 보는 묘옥의 눈빛에 불똥이 튄다.

**제7장 길밟** 305

밤은 깊어 자정이 가까운 시간이다. 바로 묘순이 살해당한, 같은 시간이 다가오고 있는 것이다. 헐리우드 모텔 앞에서 칼과 토니를 기다리고 있는 묘강은 초조함을 달래려는 듯 고개를 천천히 들어올린다. 구름 한 점 없이 맑은 하늘에는 무수한 별들이 떠 있다. 뒤편 논에서 개구리 울음소리가 요란하다.

"형님, 저기 옵니다."

"그래, 잭. 존. 저 자식들, 끌고와. 우리 묘순이가 죽은 바로 그곳으로. 알았지? 내가 먼저 가서 기다리고 있을 테니까."

"네, 형님."

잭과 존이 시내 쪽으로 뛰어가는 사이에 묘강은 방향을 바꾸어 맞은편 도로 쪽으로 터벅터벅 걸어간다. 묘순이 살해당한 철로변은 보산리에서 그리 멀지 않은 곳이다. 흐릿한 가로등 불빛 아래 마지막 남은 몇 송이의 꽃을 피우기 위해 개나리는 마지막 기력을 다하고 있는 본새였다. 묘강은 개나리 사이를 지나 철로변 쪽으로 갔다. 바로 그곳이 달포 전에 묘순이 살해당한 현장이다. 잠시 후 잭과 존이 뒤에서 재크 나이프를 들이댄 채 칼과 토니를 데리고 왔다.

"칼! 토니! 너희놈들, 왜 여기에 왔는지 알겠지?"

묘강이 굳이 묻지 않아도 칼과 토니는 벌써 그들이 이곳에 끌려온 이유를 알겠다는 듯 잔뜩 겁에 질린 얼굴이다. 그러나 그들을 보는 순간 묘강은 온몸의 피가 역류하는 듯 거꾸로 솟구친다.

"내 동생 묘순이는, 내 사랑하는 동생 묘순이는 의사가 되는 것이 꿈이었다. 그것도 병든 사회를 치료하는 의사가 되는 것이 꿈이었지. 올해 고3인 내 동생은 저희 학교에서 1등을 하는 총명한 아이였다. 올 1년만 지나면, 겨울에는 서울대학교 사회학과에 입학할 수 있었다. 칼! 토니! 너희 놈들은 내 동생을 죽였을 뿐만 아니라 내 동생의 꿈을, 더럽게도 병들어 가는 이 사회를 치료할 의사를 죽인 거야. 너희놈들 죄를 잘 알겠지. 호호."

하늘을 향해 중얼거리는 묘강은 웃어 보이려는 얼굴이 금방 일그러진다. 절망의 끝에서 표현되는 웃음짓는 얼굴은 그렇게 일그러진 표정인가 보았다. 절로 이가 뿌드득 갈린다. 칼과 토니를 향해 묘강은 천천히 돌아선다.

"암 쏘리! 암 쏘리! 일부러 죽인 것은 아닙니다. 본의 아니게…."

"개새끼들!"

재크 나이프를 꺼내들고 찰그락찰그락 휘두르면서 한 걸음 앞으로 다가서던 묘강은 한 손으로 앞에 서 있는 칼의 어깨를 끌어당기면서 복부 깊숙이 나이프를 꽂는다. 그리고 한 바퀴 원을 그리듯 휘저은 뒤 뽑아낸다. 칼은 반항 한 번, 비명 한 마디 지르지 못한 채 끅끅거리며 그대로 주저앉는다. 묘강은 다시 토니를 향해 돌아선다. 이미 복수의 화신으로 변해 버린 묘강의 눈앞에 보이는 것은 없다. 그가 토니까지 해치운 시간은 그렇게 많이 걸리지 않았다. 그리고 돌아서는 묘강의 두 볼 위로 뜨거운 눈물이 주르르 흘러내린다.

# 7

다음날 아침 9시께, 광주경찰서 수사과 조형사가 보호실로 나타나 묘선을 불러낸다. 그가 묘선을 데리고 간 곳은 1층 수사과 상황실이다. 그곳에는 이미 상황실장과 정지도 경사, 그리고 묘선이 담당형사는 양산박 등 10여 명의 형사들이 진뜩 긴장한 표정으로 모여 있었다. 뭔가 고된 하루가 되려는가 보았다. 상황실로 들어서는 묘선은 멈칫 걸음을 멈춘다. 그동안 경찰서에서 보아온 형사들 뒤편에 낯선 두 명의 얼굴이 보인다. 정보부 대공과 요원 황대호와 또 한 명이다.

"…."

초췌한 표정의 묘선은 대호를 향해 말없이 눈길을 준다. 정보부 요원이니까, 날 석방시키기 위해 온 것일까, 생각하고 긴장이 조금 풀어진다. 그러나 그녀의 기대는 오래가지 않았다. 대호가 똑바로 고개를 들고 쳐다보는 가운데 그녀는 절로 고개가 떨구어지는 것이다. 며칠 전 양산박한테 당했던 성고문 장면들이 떠올랐고, 상황실에 모인 형사들뿐만 아니라 대호도 그 사실을 알고 있을 것 같은 생각이 들었다. 장래 부부가 될 사이에, 그의 아내가 될 여자가 남 앞에 옷을 벗었다면, 그 사실을 알게 되었다면 어떻게 될까. 과연 이해할 수 있을까. 그러나 그것은 자발적인 행위가 아니었다. 강제로 옷만 벗겨졌을 뿐, 일을 당한 것도 아니다. 묘선은 다시 대호를 본다. 그때, 그녀를 향해 차가운 눈길을 보내고 있던 대호가 고개를 돌려버린다. 일말의 실낱 같은 기대와 함께 실망감, 불안감을 감추지 못하며 묘선은 양산박 쪽으로 고개를 돌린다.

"이 앙큼한 고양이 같은 년이. 이걸 그냥, 이 쌍——."

양산박이 이를 뿌드득 갈면서 소리쳤으나 묘선의 귀에는 회오리바람이 요란하게 일어나고 있다. 대호가 나서서 막았으면 좋겠는데 꼼짝도 하지 않는 것이 야속하기만 하다. 그러나 하나같이 늑대로만 보이는 그곳에서 대호가 앞에 있다는 그 자체로 그녀에게는 퍽 위안이 된다.

"야. 이 년아. 너 사람 놀리는 거야 뭐야. 앙."

양산박이 다시 고함을 지르려고 할 때 상황실장이 팔을 들어 막으면서 묘선이 앞으로 다가와 다리 하나를 책상 모서리에 턱 얹어 놓으며 얼굴을 가까이 대고 속삭이듯 다정한 체 말한다.
"잘 들어, 윤묘선. 넌 우릴 속였다. 그렇게 안 봤는데, 넌 계속 우릴 실망시키고 있는 거야."
"속이다뇨, 무슨?"
"정재순이 말이야. 네가 그려준 약도대로 정재순의 자취방을 방문했었지만, 그 집에는 정재순이 자취한 적이 없었어."
"무슨 소리예요. 내가 알기로는 재순이 분명히 그 집에… 자취하고 있어요."
"뻔뻔하구만. 계속 우릴 속일 셈인가. 좋아. 네가 시침을 뗄 줄 알고 증거물을 갖고 왔다. 대질을 시켜 보면 금방 탄로날 걸. 어디, 네가 얼마나 가는지 두고보자. 어이, 양산박. 그 여잘 데리고 와."
상황실장의 지시를 받은 양산박이 박으로 나가 한 늙스그레한 여자를 데리고 왔다. 여자와 묘선을 몇 번 번갈아 보던 상황실장이 다시 허리를 굽혀 한 손을 묘선의 어깨 위에 놓으며 거의 얼굴을 밀착할 듯하며 더욱 다정하게 말한다.
"잘 봐라. 이 아주머니가, 바로 네가 약도를 그려준, 그 집 주인이다. 윤묘선, 이 아주머니를 본 일이 있나?"
"아뇨."
"아주머니는 이 학생 본 일 있어요?"
"뭔 소리랑가. 첨 보는디."
"알았소. 그만 나가 봐요."
잠시 후 여자가 대호와 함께 밖으로 나간다. 상황실장이 돌아서는 사이에 정지도 경사가 앞으로 튀어나와 묘선의 귀뺨을 철썩 후려쳤다. 그때 대호가 막 자리에서 일어서는 것이 보인다. 귓불이 달아오르며 눈앞에 흐릿한 안개가 어리는 가운데 묘선은 대호를 노려보고 있다.

"야. 이 년아. 네 년 거짓말에 속아 내가 서울까지 가서 헛걸음을 했잖아. 앙. 누굴 갖고 노는 거야 뭐야."

"아, 잠깐만요. 내가 조사할 일이 있으니까, 다들 좀 나가 있겠소."

정경사 뒤쪽으로 다가선 대호가 말했고, 과연 정보부 권력이 세긴 센 모양이어서 묘선을 둘러싼 채 으르렁거리고 있던 형사들이 뒤로 물러선다. 의자를 끌고 온 대호는 묘선의 앞으로 바짝 다가앉는다.

"고생많구만. 묘선이."

대호가 위로하듯 말하는데, 그동안 참았던 울분이 한꺼번에 치밀어오르는 묘선의 두 볼 위로 눈물이 주르르 흘러내린다. 대호가 그녀의 어깨를 잡고 살며시 끌어당긴다. 그의 손은 아직 따뜻하다.

"괜찮아. 내가 왔잖아. 난, 어제야 네 소식을 들었어. 진작에 날 좀 만나게 해달라고 그러지 그랬어. 그럼, 고생을 좀 덜할 거 아냐. 하지만 이제 좀 늦은 감이 없지 않아. 너에 대한 보고가 치안본부뿐만 아니라 우리 정보부에서도 내가 막을 수 없는 선까지 올라갔단 말이야. 내 힘으로도 어쩔 수가 없어. 묘선이. 나 좀 봐. 그렇지만, 네가 하기에 따라서 내가 힘이 될 수 있어. 네가 더 고생하지 않아도 되는 길이 있단 말이야."

"무슨 얘기에요, 대호선배?"

"응. 전진회 얘긴데… 이미 방학동 아지트는 우리한테 접수됐어. 박진이 검거된 건 알지? 며칠 전 김철도 잡혔어. 묘선이. 내 입으로 이런 소리 하는 거, 어떻게 생각할지 모르겠지만, 일단 여기서 빠져나가야 할 거 아냐. 정찬과 김우슬이 문제야.

그들이 은신하고 있는 곳을 대. 그럼 넌 여기서 나갈 수 있다구. 그 길뿐이야. 그들이 있은 은신처만 댄다면 넌 나와 함께 서울로 갈 수 있다구. 나한테는 말할 수 있겠지?"

"…"

묘선은 말없이 대호를 노려본다. 귓가로 찬바람이 휙 몰아친다. 방학동 은신처가 정보부에 접수되고 박진 선배에 이어 김철 선배가 검거되었다면, 다름아닌 대호의 짓일 것이다. 결국 대호가 나타난 것은 그녀를 구출하기 위한 것이 아니라 전진회 간부 정찬과 김우슬 선배를 검거하기 위한 유화작전이요, 그녀를 더욱 헤어날 수 없는 수렁에 빠뜨리기 위한 함정일 것이다. 묘선은 눈앞에 아득히 밀려오는 절망의 안개에 빨려 들어가듯 밀려간다.

"… 김철 선배가 검거됐다구요?"

"그렇다니까. 이제 다 끝났어. 그러니까 버텨 봐야 몸만 상할 뿐이라구. 묘선이, 현실을 직시해야지. 괜히 사서 고생할 필요가 없잖아."

"홍, 대호 선배. 당신은 늘 현실주의자니까."

"무슨 소리야, 묘선이."

"내가 모를 줄 알구. 박진 선배를 검거한 것도, 방학동 은신처를 접수하고 김철 선배를 검거한 것도 모두 대호선배 작품 아닌가요. 이미 짐작을 하고 있었어요. 당신은… 날 이용했을 뿐이야."

"널 이용한 것이 아니라 널 위한 길이었다구. 내 마음을 그렇게도 모르겠어. 난 널 사랑해. 그런 널 어떻게 이용하겠니. 널 위해서, 수렁으로 빠져드는 널 건져내기 위한 나의 진심이었다구. 날 믿어야 돼."

결국 그것이 사실이었는가 보았다. 묘선은 제발 아니기를 빌면서, 대호의 마음을 떠보려는 것이었는데, 결국 대호의 입으로 박진 선배에 이어 방학동 은신처를 접수하고, 또한 김철 선배까지 검거한 것이 그의 짓이라는 것을 시인하고 있는 것이었다. 묘선은 가만히 고개를 들고 대호를 본다.
"언제였죠, 광화문에서 만났을 때?"
"응, 맞아. 그때 우리 요원들이 널 미행했었어. 묘선이. 거듭 말하지만, 그 모든 일이 널 위한 길이었다구. 내 진심을 이해해 줘. 진심을 몰라주면 슬픈 일이다 너! 우리에게는 미래가 있잖니."

그랬었구나. 모든 일이 그렇게 진행된 거야. 그제서야 묘선은 자신이 왜 광주에 와서 잡혀왔는지도 알 것 같았다. 광주에 오기 하루 전날, 대호가 오랜만에 연락을 했고, 광화문 코리아나 호텔 커피숍에서 만난 것은 정보를 수집하기 위해서일 것이다. 그때, 묘선은 무심결에 광주에 간다는 말을 했고, 대호가 계속 캐물으려고 하는 것을 개인적인 일이라고 얼버무렸으나, 명색 정보부요원인 대호가 그것을 놓칠 리 만무하다. 묘선은 그제서야 자신이 얼마나 어리석었는가를 깨달을 수 있었다. 생각해 보면, 대호가 그날 전진회 룸으로 전화를 한 것부터가 예사로운 일이 아니다. 그날은 그동안 전개해 왔던 학생시위에 대한 중간평가를 하는 날이었고, 회원 각자에게는 긴급조치 4호가 선포된 상황에서 어떤 위험을 감수해야 될지도 모르는 임무가 주어지는 날이다. 대호는 그 이전부터 묘선의 주위에 있었고, 바로 그날을 노려 접근해 온 것이리라. 생각할수록 묘선은 눈앞이 캄캄해진다.

"뭐, 우리한테 미래가 있다구. 나쁜 자식. 당장 꺼져."
"묘선이, 왜 이래?"
"왜 이러냐구. 흥. 네 마누라가 되느니··· 난 차라리 창녀가 되겠다. 이 더러운 자씩아. 꼴도 보기 싫으니까 당장 내 눈앞에서 사라져. 에이. 퉤. 당장 꺼지라구. 흑, 흑흑——."

대호의 얼굴에 침을 퉤 뱉으며 노려보던 묘선이 그대로 책상 위에 엎드려 울음을 터뜨린다. 손수건을 꺼내 얼굴을 닦으며 대호는 천천히 의자를 밀어내면서 일어선다. 그의 입가에 야릇한 미소가 번진다.

"흥. 네가 언제까지 가나 두고보자. 넌 끝났어, 윤묘선. 알아? 그리고 정찬과 김우슬도 내 손으로 반드시 잡고 말겠어. 핫핫. 아, 그리고 한 가지만 얘기하고 가지. 조금 전에 너 뭐라고 했지? 내 와이프가 되느니 창녀가 되겠다구. 흥, 역시 환경을 속일 수 없겠지. 그럼 넌 창녀가 될 거닷. 야, 윤묘선. 정신 차려. 넌 이 황대호가, 기지촌 포주딸하고 결혼을 하리라고 생각했니. 네가 나라면, 그러겠어? 꿈도 꾸지 마라. 윤묘선. 그동안 내가 잘 해준 것만 해도 고마운 줄 알아야지. 뉘 앞에서 감히…."

대호는 공허한 웃음을 터뜨리며 돌아선다. 그때까지 책상에 엎드린 채 울고 있는 묘선은 더욱 서럽기만 하다. 그랬었구나. 그랬어. 대호선배는 지금까지 날 이용만 한 거야. 결국…. 모든 장미빛 꿈이 그렇게 한꺼번에 와르르 무너져 버리는가 보았다. 그녀가 서러운 것은 대호의 배신에 대한 증오, 혹은 대호에게 버림을 받았다는 절망이 아니라 그녀 자신에 대한 미움, 실망, 증오, 경멸, 절망감 때문이다. 대호는 이리의 탈을 쓴 양과 같은 놈이다. 그런 놈에게 속아서 몸뿐만 아니라 마음까지 송두리째 주었다는, 어리석기만 한 그녀 자신이 죽고만 싶도록 증오스러운 탓이다.

## 8

"자, 자. 다들 아까 그 남산요원 이야기 들었지? 다들 소신껏 하라구. 알겠어? 윤묘선. 넌 지금까지 충분한 대우를 받았다. 그러나 앞으로는 달라질 테니까 두고봐랏. 거짓말한 대가가 어떤 것인지 톡톡히 맛을 보게 될 거닷. 어이, 양산박. 저런 지능적인 애들한테는 그런 방법으로 조사하는 수밖에 없어. 데리고 가."

대호가 나가고, 형사들에게 둘러싸여 다시 들어온 상황실장이 부하들과 묘선에게 몇 마디 던진 다음 양산박에게 지시했고, 그의 지시를 받은 양산박은 기다렸다는 듯 묘선의 팔을 쥐어짤 듯 움켜쥐고 상황실을 나갔다. 남산이라면 물론 중앙정보부를 가리키는 것이고, 남산요원이라면 대호일 것이다. 자신에 대해 실망감을 감추지 못하는 묘선으로서는 모든 상황을 체념할 뿐이다. 죽이든지 살리든지 맘대로 해라, 그러나 네놈들이 원하는 대로 되지는 않을 것이다, 라는 체념과 각오가 선 묘선은 제 발로 양산박을 따라간다. 조사실로 가는가 했는데, 보호실이다.

"들어가. 이년아. 흥. 네 년이 이 양산박을 속였단 말이지. 양산박은 속고는 못 살아. 네 년을 그냥 두지 않겠어."

그날, 보호실에 갇혀 있는 묘선은 하루 종일 불안과 초조, 공포, 그리고 대호의 배신에 치를 떨어야 했다. 한시바삐 검찰로 송치되기만을 기다리는 심정이었으나 경찰에서는 쉽사리 송치시킬 것 같지도 않았다. 벌써 며칠째인가. 법을 어겨도 한참을 어겼으나, 정녕 법을 지켜야 할 경찰에서는 불법을 자행하는 것을 누워서 떡 먹듯 하고 있다. 그날 밤 묘선은 다시 양산박에게 이끌려 1층 수사과 조사실로 갔다.

"윤묘선, 오늘이 무슨 날인지 알아? 토요일이야, 토요일. 남들은 다들 퇴근했는데 말이야. 독한 년. 난 네 년 때문에 퇴근도 못하고 한밤중에도 조살 해야 되잖아. 이거 봐. 어제 정보부에서 사람들이 나왔지? 그 친구들 얘기로 너한테는 분명히 나올 것이 있다는 거야. 계속 고집 부려 봐야 소용 없어. 위에서 뭐라고 하는지 알아? 그년, 우라지게 악질이니 족치라고 했단 말이야. 어디 두고보자잇."

수사과 직원들은 모두 퇴근하였고, 청사 안에는 불이 꺼져 있다. 조사실 역시 불이 꺼진 상태였는데, 청사 바깥에 켜진 외등으로 조사실 안의 사물을 여렴풋이 식별할 수 있는 정도였다. 묘선을 안에 들여놓고 밖으로 나간 양산박은 잠시 후 형사 두 명을 불렀고, 형사들은 사방 벽이 울릴 정도로 쾅쾅 발자국 소리를 내며 들어왔다.

"보통 악종이 아니야. 실시해."

양산박의 지시를 받은 형사들은 묘선의 두 팔을 등뒤로 돌려놓은 상태에서 양손목에 수갑을 채운 뒤 그 자세로 무릎을 꿇어 앉힌 후 안쪽다리 사이로 각목을 끼워넣고 넓적다리와 허리 부위를 짓밟고 때리기 시작한다.

"정재순이라고 했지! 그거 가명이지? 본명이 뭔가? 출신학교는? 현재 살고 있는 집은 어디야?"

형사 두 명이 고문을 가하는 가운데 책상 앞에 앉은 양산박이 집요하게 물었고, 그 사이에 묘선의 넓적다리는 시퍼렇게 멍이 들고 퉁퉁 붓기 시작한다. 곧 숨이 끊어질 것 같은 고통과 공포를 견딜 수 없는 묘선이,

"살려주세요, 제발."

비명을 질러댔으나 양산박은 오히려 그녀의 비명을 즐긴다는

표정이다.
"이년이. 아직도 정신을 못차려. 어디서 소리를 꽥꽥 질러, 지르긴. 다시 또 소릴 지르면 죽여버리겠어. 이봐, 윤묘선. 너 같은 년 하나 죽이는 건 아무것도 아니야. 알아? 너 같은 년 하나 죽인다고 양산박의 모가지가 어떻게 될 것 같아? 흥, 천만에. 빨갱이년 죽였다고 오히려 표창장을 받을 거닷."

양산박은 계속 진진회 간부 정찬과 김우슬 선배의 은신처, 그리고 현재 수배중인 학생간부들 가운데 아는 사람을 대라고 추궁했고, 묘선이 계속 모른다고 하자 더욱 길길이 날뛰었다.

"안 되겠어. 어이. 가서, 기구 갖고와."

기구라면 고문기구일 것이다. 잠시 후 형사 한 명이 검은색 가방을 들고 왔다. 그제서야 불을 켠 양산박은 묘선이 맞은편에 앉아 민청학련소속 수배자 20명의 인적사항과 사진이 편철된 서류철을 꺼내 한 장씩 넘기고 손가락으로 사진을 꾹꾹 누르며 아는 사람을 대라고 다그쳤다.

"이 자식 알아? 모른다구. 이년은… 이놈은… ."

"몰라요. 모른다구요. 아는 사람은 한 명도 없어요."

"이거, 정말 안 되겠구만. 다들 나가 있어."

형사들을 내보낸 뒤 양산박은 거칠게 일어나 조사실 옆에 있는 자기 방으로 묘선을 데리고 갔다. 좁은 방은 양쪽이 창문으로 바깥의 외등불빛이 흘러 들어왔으나, 방 안에는 여전히 불이 꺼진 상태였다. 뒷수갑을 찬 묘선은 멧돼지같이 생긴 거구의 양산박과 단둘이 2평 정도의 방 안에 갇혀 있는 것이었다. 주위에는 인기척 하나 들리지 않는 절망적인 상황이다.

"아버지는 뭐하나?"

"없어요. 이미 다 썼잖아요."

"흥, 없긴 왜 없어. 이년아. 백인 미군들이 다 네 년 아버지 아냐. 이년이 이거, 간첩도 고문하면 다 부는데… 좋아, 네 년이 독하면 얼마나 독한지 보자잇."

묘선의 뒤로 돌아간 양산박은 수갑을 풀어준 뒤 다시 앞으로 돌아선다. 그의 눈에서 야릇한 광채가 번뜩인다.

"옷 벗어. 당장."

양산박이 윽박지르는 가운데 묘선은 할수없다는 듯 저고리를 벗는다. 양산박은 다시 뒷수갑을 채운 뒤 앞으로 나와 브래지어를 위로 들어 올려놓은 뒤, 몸빼바지를 밑으로 벗겨 내린다. 다시 성고문이 시작되려는가 보았다. 이미 각오한 일이지만, 그런 일을 당할 때마다 온갖 수치와 모욕, 굴욕, 절망감이 밀려온다. 묘선은 눈을 질끔 감은 채 몸을 부들 떨었다. 바로 그 순간,

"악——."

입에서는 절로 비명이 터져 나온다. 양산박이 숱뚜껑 같은 손을 국부에 집어 넣은 것이었다.

"소리 지르면 죽인댔잖아, 이년아. 다시 한번 소리 질러봐라. 이걸 그냥."

윽박지르면서 양산박은 다시 팬티까지 벗겨 내렸다. 몸이 절로 움추러드는 묘선은 꼼짝달싹하지 못한다. 조사실에는 의자 두 개가 놓여 있었는데, 묘선을 한쪽 의자에 수갑찬 손을 뒤로 돌린 상태로 앉힌 다음 맞은편 의자를 바짝 끌어당겨 몸을 거의 밀착하다시피 하고 앉은 양산박은,

"어디. 생각이 좀 달라지셨나. 아니면, 우리 재미 좀 볼까. 호호. 어떤가. 불겠어? 정찬, 김우슬 은신처는 어디야?"

"몰라요. 모르는데 어떻게 말해요. 난 정말 몰라요."

"모른다! 모르는지 어디 두고볼까."

"제발, 형사님. 제발, 이러지 마세요. 네?"

"시끄러워 이년아. 주둥아린 살았다구 말은 잘하는군. 오늘 낮에 왔다간 남산요원이 뭐라고 했는지 알아? 네 년이 독한 년이라 말로 해서는 절대 불지 않을 거라더군. 다시 말하지만, 네 년은 여기서 죽어도 아무 일도 일어나지 않아. 알아? 네 년 목숨이 내 손안에 있단 말이야."

무슨 생각을 했는지 양산박의 얼굴빛이 음흉하게 달라져 있었다. 그는 묘선의 젖가슴을 주무르고 국부를 만지면서 잠시도 손을 떼지 않았는데, 심지어는 묘선의 몸에 자기의 몸을 비벼대기까지 한다. 치욕이다. 정녕 견딜 수 없는 치욕의 고문이다. 묘선은 차라리 이대로 목숨이 끊어져 버렸으면 싶었으나, 죽는 것도 마음대로 되지 않는 것이 절망의 나락에서 더이상 헤어날 길이 보이지 않는다. 양산박은 시간이 흐를수록 짐승같이 변해간다.

"죽이세요. 차라리 죽이라구요. 제발!"

"오, 죽여 달라구. 그거야 어렵지 않지. 허나, 죽고 살리는 것도 내 맘이야. 이년아. 누구한테 이래라 저래라 하는 거야. 앙."

묘선을 일으켜세운 양산박은 발목에 걸려 있는 바지를 완전히 발가벗기고 브래지어까지 풀어헤쳤다. 완전히 알몸이 드러났다. 뒷수갑을 찬 채 앞에 놓인 책상 위에 엎드리게 한 뒤, 양산박은 자신의 바지를 풀어 내렸다. 그리고 묘선의 뒤쪽에 붙어서서 자신의 성기를 묘선의 국부에 갖다댔다 떼고 다시 갖다대곤 한다. 공무를 빙자해 그런 짓을 할 정도라면 그는 이미 제정신이 아닐 것이다. 짐승도, 짐승도 그런 짓은 하지 않을 것이다. 앞이 꽉 막힌 벽 앞으로 눈길을 주고 있는 묘선의 눈에서는 눈물이 비오듯 쏟아져내린다.

"제발! 제발!"

절망적인 공포와 경악, 굴욕감으로 거의 실신상태가 되어버린 묘선은 정신이 혼미해져 간다. 그러나 고문은 그것으로 끝나지 않았는가 보았다. 묘선을 다시 의자에 앉도록 한 양산박은 담배에 불을 붙여 앞으로 내밀었다.
"난, 담배 안 펴요."
"피라면 펴. 이년아."
묘선의 눈길은 바지를 벗은 양산박의 허벅지 사이로 달려가다가 흠칫 놀라 고개를 돌려버린다. 더이상 피할 구멍이 보이지 않는다. 온몸을 부들부들 떨며 담배를 몇 모금 빨았다. 잠시 후 양산박은 다시 묘선을 의자 밑으로 난폭하게 끌어내려 바닥에 무릎을 꿇어앉힌 후 자신은 의자에 앉았다. 묘선은 정면에서 독사의 대가리같이 빳빳하게 서서 혓바닥을 낼름거리는 양산박의 성기를 보지 않을 수 없다. 이미 조사는 없다. 다만 치욕적인 성고문만이 있을 뿐이다. 묘선을 노려보며 무슨 생각을 했는지 양산박은 별안간 그녀의 얼굴을 잡아당겨 입이 자신의 성기에 닿도록 하면서 자신의 성기를 묘선의 입에 처넣으려고 한다.
"무, 무슨 짓이에요, 이게?"
반항을 하면서 묘선이 고개를 뒤틀었다. 양산박은 다시 묘선을 일으켜세운 뒤 강제로 키스를 퍼붓는다. 묘선이 입을 벌리지 않고 고개를 돌리는데, 미친 개처럼 그녀의 목덜미를 핥으면서 왼쪽 젖가슴 쪽으로 내려와 유두를 세차게 빨기 시작한다. 움찔 몸을 떨며 뒷걸음질치는 묘선이 힘껏 그의 어깨를 밀어낸다. 화난 표정으로 주춤거리며 뒤로 물러섰던 양산박은 손등으로 입술을 쓱 문지른 다음 다시 식식거리며 묘선을 조금 전과 같은 자세로 책상 위에 엎드리게 한다. 묘선은 두 볼에 눈물을 가득히 쏟으며 시키는 대로 묘한 자세를 취한다. 마치 생식작용을 하는 개처럼 그녀의 뒤쪽에 서서 두 손으로 허리를 움켜잡고 꼼짝달싹하지 못하게 한 양산박은 자신의 성기를 그녀의 국부 깊숙이 밀어 넣었다.

"훅ㅡ."

몸을 움찔 떠는 묘선의 입에서 비명이 터져 나온다. 그의 성기에서 국부를 떼어내려고 했으니 이미 그의 두 손아귀에 허리를 잡힌 그녀는 움직일 수가 없다. 그는 그 자세 그대로 짐승같이 괴괴한 신음을 끙끙 토하며 몇 차례 절구방아를 찧듯 넣었다 빼는 동작을 반복한다.

"헉. 헉."

뒤에서 양산박이 요란하게 움직이는 가운데 묘선은 여전히 그의 손아귀에서 벗어날 수 없다. 그 치욕적이고 무시무시한 시간이 얼마나 흘렀을까. 묘선은 더이상 견딜 수 없을 정도로 국부 안이 용광로처럼 뜨거워진다. 눈앞이 온통 캄캄해지는 가운데 눈물은 주룩주룩 소나기같이 흘러내린다. 잠시 후 국부 안이 막 터져 버릴 듯 가득 차 오르는 가운데 무엇인가 뜨거운 액체가 해일같이 밀려온다. 잠시 후 제풀에 지친 듯 양산박의 동작이 멈추어진 뒤, 의식이 혼미해진 묘선은 무너지듯 스스르 주저앉아 버린다.

"닦아."

갑자기 양산박의 목소리가 다정하게 변한다. 묘선이 눈을 떴을 때, 흐릿한 시야 앞에 휴지가 펄럭인다. 한 손으로 자신의 성기를 쓱쓱 닦아내면서 양산박이 휴지를 내밀었다. 휴지를 받아들고 꾸역거리며 일어서는 묘선은 한시바삐 죽어 버렸으면, 이대로 죽는 거야, 죽어야 해, 하고 자포자기하는 심정이 되어 책상 뒤편으로 가서 아직도 불이 붙은 듯 뜨거운 자신의 국부를 꾹꾹 찍어 닦아낸 뒤 주위에 아무렇게나 흩어진 옷을 주섬

거리며 찾아 입는다.
 "내 말하지만, 네가 여기서 당한 일을 검사 앞에 가서 얘기해 봤자 아무 소용 없어. 검사나 우리나 다 한 통속이니까 말이야. 아. 그리고, 한 가지 말하겠는데… 윤묘선, 넌 처녀도 아닌데 뭐 그리 서러울 것도 없잖아. 홧홧."

## 9

 "윤묘강, 자네는 우리가 자네 동생 묘순을 살해한 범인을 잡지 못했다고, 그래서 자네가 스스로 나서 그자들을 처단했다고 생각하겠지. 미안하네만 그건 오산일세. 우리 경찰의 수사실력이 그 정도는 아니야. 우리도 이미 칼과 토니란 놈이 자네 동생을 살해한 범인이라는 것을 알고 있었단 말일세. 허나, 우리 힘으로 그놈들을 잡아들일 수가 없었네. 그놈의 한미행정협정인가 뭣인가, 그것이 문젤세. 바로 그놈 때문에 용의자인 줄 뻔히 알면서도 잡아들일 수가 없었단 말일세."
 묘강이 칼과 토니를 살해한 범인으로 경찰에 연행되어 검찰에 송치되기 직전, 담당형사가 남의 일이 아니라는 듯 조용하게 말했다. 말인즉, 경찰에서도 묘순을 강간·교살한 용의자 —— 칼과 토니를 찾았는데, 그들에 대한 수사를 할 수 없었다는 것이다. 한국인에게 불평등하기만 한미행정협정 때문에.
 한미협정이란, 정부수립 이후 철수한 지 1년만에 한국전쟁으로 다시 들어오게 된 1950년 7월 12일, 미군 구성원에 관한 재판권을 미군군법회의에서 배타적으로 행사하는 사실상의 치외법권 인정과 미군에 대한 한국인의 범법행위에 대해 미군에게 구속권한을 주는 불평등 조문이 들어 있는 미국군대의 관할권에 관한 한미협정 —— 대전협정이 체결된 뒤, 그동안 대전협정에 따라 한국에서 치외법권적 지위를 누려 왔고, 60년대 초기 걸핏하면 미군에 의한 총격사건·린치사건이 발생함 —— 특히 1962년에는 미군에 의한 총격·린치사건이 많이 일어났는데, 그 대강만 들어도 미군의 과잉발포로 빚어진 두 나무꾼 피살사건(1월 6일), 미 제7사단 초병의 도범사살사건(2월 12일), 미군한테 폭행당한 위안부 낙태사건(2월 24일), 파주·평택·양주에서 잇따라 일어난 미군의 한국인 린치사건, 미군장교가 부대 내의 한인 종업원들을 모아놓은 가운데 한인 절도혐의자에게 가혹한 매질을 가한 파주 린치사건(5월 29일) —— 에 따라 마침내는 미군의 만행을 규탄하고, 행정협정 체결을 촉구하는 계엄하의 학생데모까지 전개되는 가운데 한미 행정부간에 수십 차례에 걸친 회합과 조정을 거친 뒤 1966년 7월 9일 체결된 주한미군 지위에 관한 한미행정협정(SOFA)을 말한다. 그러나 이 조약 역시 주한미군의 일반적인 권리만 중시한 불평등한 내용이 포함되어 있는데, 형사재판권의 경우 「미군의 비공무중의 범죄에 대해 한국은 제1차적 관할권을 갖는다」고 해놓고, 단서를 붙이기를 「그러나 미측이 포기를 요구해 올 때 한국측은 중요치 않다고 생각할 경우에는 이를 포기한다」고 규정함으로써 주권국가로서의 위신을 추락시켜 놓은 불평등조약이다. 도대체 그동안 한·미간의 관계를 고려할 때, 미국측이 형사재판 관할권에 대한 포기를 요구해 올 경우, 한국측으로서는 「중요하다고 생각할 경우」에라도 포기하지 않을 수 없다는 것은 삼척동자라고 해도 속이 훤히 들여다보이는 조항이 아닐 수 없다. 묘순을 살해한 범인에 대해서도 바로 그 한미행정협정에 따라 「중요치 않다고 생각」되는 경우에 포함되었을 것이다.

"나도 여동생이 있고 딸까지 있는 사람일세. 정말 미안하게 됐네, 윤묘강. 이것이 누구의 죄이겠는가. 죽은 자네 동생도, 자네도, 나의 죄도 아니야. 힘없는 나라의 국민 된 죄라고 할 수밖에. 그러니 우리 나라가 하루빨리 잘살아야 해. 선진국이 되고, 미국의 우산에서 벗어나는 길밖에 없단 얘길세. 그러지 않고는, 언제 또 제2의 윤묘강·묘순이, 제3의 윤묘강·묘순이같은 희생자들이 생겨날지 모르지. 하긴, 자네 남매가 처음도 아니지만. 나도 더러워서 이 짓 못해 먹겠구만. 잘 가게. 묘강이…."

경찰의 얘기를 들으며 묘강은 그날 검찰에 송치됐다. 「한반도의 안정과 평화를 유지하는 수호신」 미군을 두 명씩이나 살해한 범인으로서 묘강에 대한 검찰조사, 그리고 재판은 일사천리로 진행됐다. 그해 12월 30일, 수의(囚衣)차림에 두 팔을 오라줄에 꽁꽁 묶인 채 묘강은 재판정에 끌려나왔고, 어머니를 비롯한 형제들, 동광이, 조지파, 그리고 미군과 미국인들이 지켜보는 가운데 재판장의 입에서는,

"…사형에 처한다!"

준엄한 선고가 떨어졌다.

"묘, 강아——."

거의 동시에 방청석에서 묘강을 부르는 목소리가 터져 나왔다. 앞으로 뛰어나올 듯하다가 그 자리에 스르르 주저앉아 버리는 것은 달님이다. 묘옥과 묘심이 실신해 쓰러지는 달님이를 부축한다. 묘강은 정리들에게 끌려 나가면서 어머니에게 눈길을 떼지 못한다. 묘강이 나가고 판사와 검사, 변호사, 방청객들이 썰물같이 빠져나간 뒤 묘옥과 묘심, 그리고 조지파 행동대원들은 달님이를 부축하고 법정을 나온다. 밖에는 햇살이 눈

에 부시다.

　HK무역 옥상 위에 노총 깃발 꽂아 놓고
　사랑하는 동지들과 한백년 살고 싶네.
　임금은 최저임금 생산량은 초과달성
　연근 야근 다해줘도 폐업이란 웬말이냐.

　같은 날, HK무역 노동조합 대회장에서는 지부장 김동숙이 지휘하는 가운데 노조원들이 모여「저 푸른 초원 위에」라는 유행가에 조합에서 개작한 가사를 붙인 노래를 목이 터져라 외쳐 부르고 있었다. 누구보다 열심히 농성에 참가한 것은 윤묘숙이다. 노조가 처음 설립될 때만 해도 일정한 거리를 두고 구경만 하던 회사에서는 아예 벌이가 되지 않아 사창가에 몸을 던진 그녀가 그렇게 열성적인 노조원이 됐다는 것은 HK무역 안팎의 인심이 그만큼 변했다는 증거도 될 것이다.
　"정부와 은행은 근대화의 역군을 윤락가로 내몰지 말라."
　"─내몰지 말라. 내몰지 말라."
　앞에서 구호를 선동하는 것은 동숙이었고, 5백여 명에 이르는 조합원들이 팔을 번쩍번쩍 휘두르며 복창한다. 노조원들은 저마다 이미 콱 쉬어 버린 목으로 구호를 외치고 악을 바락바락 쓰며 노래를 부르곤 한다. 앞에서 노조원들을 선동하고 있는 동숙과, 노조원들 앞에서 그녀를 보고 있는 묘숙의 눈에서는 절로 눈물이 흐르고 가슴이 미어지게 아파 온다. 노조원들, 특히 묘숙은 자신이 그 자리에 있기까지를 돌이켜보면, 배신으로 치가 떨려온다.
　김동숙의 지부장 취임사 말처럼 노조로부터 인간답게 산다는 것과 정의롭게 산다는 것을 배운 노조원들은 정녕 노조야말로 그동안 나약하기 그지없던 개인이 할 수 없는 엄청난 일들을 해결해 줄 수 있는 구세주와 같은 존재라는 것을 깨닫기 시작했다. 김동숙의 의욕적인 활동으로 노조원들은 똘똘 뭉쳐 회사의 부당한 감원반대, 임금인상, 작업조건의 개선, 상여금 지급과 같은 투쟁을 성공적으로 이끌어 냈다. 그리고 회사는 정부당국의 시책이라며 가발과를 충북 괴산 두메산골로 이전한다는 공고를 노조와는 사전에 협의 한 마디 없이 게시판에 붙였다. 5백 명이넘던 가발과 조합원들은 울며 겨자 먹기로 자진사표를 쓰고 쓸쓸히 회사를 떠났다. 정부당국의 시책이라는 데야 협조를 하지 않을 수 없는 터였다.

그 후 회사는 코라량이 충분한데도 불구하고 작업량이 없다고 장기휴업을 선언했고, 종업원들은 또 무더기로 떠나갔다. 그러나 그것은 거짓말이었고, 기업주가 더이상 회사를 경영하지 않겠다는 선언이나 마찬가지였다. 회사는 그동안 밀린 작업량을 하청공장에 맡겨 생산하고 있었던 것이다. 결국 종업원들은 겨울바람이 개섭게 몰아치는 차가운 거리로, 보다 열악한 하청공장으로, 그리고 윤락녀로 몸을 팔기 위해 사창가로 흘러들어갔다.

1978년, 노조원수는 5백여 명으로 줄었고, 회사는 돈이 없다며 가지고 있던 코라는 모두 하청공장에 맡기고 종업원들도 다른 회사의 하청만 맡아 일을 해 근근히 생계를 유지하고 있었다. 회사측은 계속 적자가 난다며 엄살을 부렸다. 다음해 3월, 지부장 김동숙이 중앙정보부에 연행돼 갔다는 날벼락 같은 소식이 전해졌다. 묘숙이 밤마다 다녔던 사창가로의 출근을 중단하고 노조일에 몸을 던진 것은 그 무렵이다. 사회생활에 첫 발을 내디뎠을 때부터 친언니같이 따랐던 동숙이 잡혀갔으므로, 묘숙으로서는 강 건너 불구경 하듯 보고만 있을 수 없는 터였다. 묘숙이 수소문 끝에 알아낸 것은 HK뿐만 아니라 원풍·반도·동일방직 지부에서도 노조 지부장, 간부들이 연행돼 갔다는 불길한 소식이다. 그날부터 HK무역 노조에서는 정상작업이 끝난 뒤 노조에 모여,

"지부장을 돌려달라!"

농성에 들어갔다. 회사와 경찰서에서, "너희 지부장 김동숙은 반공법에 위반해 연행한 것이다"고 했으나 노조원 누구 하나 그 말을 믿는 사람은 없었다. 나흘 뒤 동숙이 무사히 돌아왔고, 그날 조합원들은 모두 운동장으로 뛰어나와 「우리 승리하리라」를 부르며 기쁨에 넘쳤다. 지부장이 돌아온 기쁨도 잠시뿐, 다음날 회사 정문에는 "4월말로 공장을 폐업한다"는 공고가 나붙었다. 그때 노조는 회사와 임금인상문제를 가지고 협의 중이었다. 회사가 노조측의 임금인상 요구를 폐업으로 맞받아친 것이었다. 그날 동숙을 비롯한 노조간부들은 노조에 모였다.

"말도 안 돼. 장두식 회장의 외화도피는 물론 악덕 기업주와 은행의 부정대출 결과가 우리를 길거리로 내쫓자는 것이야. 이럴 수는 없어."

노조원들은 치를 떨었다. 누구보다도 흥분한 것은 동숙이었고, 그녀 옆에 그림자처럼 붙어다니는 묘숙이었다.

# 제8장 대통령의 딸

## 1

**한**국의 가을하늘이 그러하지만, 특히 그해 가을 하늘은 유난히도 맑고 푸르기만 하였다. 미첼 병장과 국제결혼을 한 묘옥이 김포공항에서 비행기를 타고 그 짙푸르기만 한 하늘로 빨려 들어가듯 태평양 건너 미국으로 떠난 것은 그 무렵이다. 동두천 기지촌 마카로니 웨스턴 클럽에서 화이트 로즈라는 명성을 화려하게 떨쳤던 그녀의 출국은 그러나 쓸쓸하기만 했다. 그날 미첼과 팔장을 끼고 공항을 나가는 묘옥을 마중하는 것은 어머니 달님이와 막내 묘심이, 그리고 유치원에 다니는 동광이뿐이다. 한때 달님이네 집을 가득 채우고 혈육의 정을 나누었던, 집 나간 묘숙은 아직 소식이 없고 묘선은 감옥에 수감되어 있으며 묘순은 살해당했고, 며칠 전 묘강은 사형이 집행됐다. 그리고 묘옥이까지 떠나면 달님이 곁에는 막내 묘심이와 동광이만 남아 있게 되는가 보았다.

"엄마. 나, 잘살께. 걱정 마. 미국은 부자나라잖아."

"걱정은 무슨… 나는 걱정 안 한다. 그렇게 말렸는데, 결국 떠나는 널 누가 걱정하냐. 잘 가거라."

"응, 엄마. 그리구, 나 미국 가면 아버지를 찾을 거야. 꼭 찾아낼 거야. 두고보라구. 아버지 찾으면 엄마한테 연락할께."

"무슨 소리냐 그게. 그럴 거 없다. 네 핏줄이니까 네가 찾는 것이야 말릴 수도 없는 일이다만, 나하고는 이미 인연이 끝난 사람이다. 망할 것. 끝까지 에미 염장을 지르는구나. 모든 것이 내 죄지!"
 달님이는 떠나는 묘옥을 바로 보고 깊은 한숨을 놓으며 차마 더이상 말을 잇지 못한 채 고개를 돌려 버린다.
 "묘심아. 나까지 가면, 집엔 너하고 동광이밖에 없구나. 엄마 잘 모셔야 해."
 철든 이후 꿈이었고, 그 꿈이 이루어지는 날, 묘옥은 초라하기만 한 가족과의 이별이 슬프기만 하다. 금방이라도 울음을 터뜨릴 듯 울먹이는 목소리로 묘옥은 그해 대학생이 된 묘심을 가만히 보고 있다.
 "알았어, 언니. 미국 가면… 잘살아야 해."
 "그럼, 묘심아. 고마워."
 "동광이도 잘 있어야 한다. 할머니 말씀 잘 듣구?"
 "응, 이모. 안녕."
 묘옥이 그렇게 떠난 뒤, 막내딸 묘심의 부축을 받으며 공항을 나오는 달님이는 금방이라도 쓰러질 듯 온몸에 맥이 탁 풀린다. 어린 동광이 어머니를 부축하고 있는 동안 묘심이 택시를 잡는다. 공항버스로 가 청량리역에서 기차를 타면 되겠지만, 어머니의 몸이 불편해 보여 큰맘 먹고 택시를 이용하기로 한 것이다. 달님이와 묘심, 동광을 실은 택시는 곧장 시내쪽으로 달린다.
 한편, 동숙과 묘숙을 비롯한 HK무역 노조간부들은 저마다 억울한 표정이 역력한 가운데 노동청사를 나오고 있었다. 갈 곳이 없다. 이제 어딜 가서 누구한테 하소연이라도 한단 말인가. 묘숙을 비롯하여 모두들 지부장인 동숙의 얼굴만 바라본다. 동숙이라고 뾰족한 묘안이 떠오르지 않는다.

"무슨 소리요. 자본주의 사회에서 자본을 가진 자가 하기 싫다면 누구도 막을 수 없는 거 아닌가. 다들 물러가시오."

일말의 기대를 갖고 찾았지만, 노동청 담당과장의 퉁명스러운 말만 듣고 쫓겨나다시피 노동청사를 나온 그들은,

"일단 회사로 가자. 긴급 대의원 대회를 개최하자구."

동숙의 제의로 다시 회사로 몰려간다. 그날 대의원 대회에서 노조원들은 호소문과 결의문을 결의했고, 1주일 안에 해결되지 않으면 노조총회를 열기로 의결한 뒤, 관계당국의 요구대로 조용한 나날을 보냈다. 그러나 노조원들의 기대는 무너지고 말았다. 당초 광계당국에서 회사측과 논의해 해결을 보아주겠다고 했으나, 막상 그날이 와도 아무런 진척이 없는 것이었다. 노조원들은 분노했고, 총회를 준비했다. 막다른 골목이다. 이제 더이상 기다릴 수도, 물러설 수도 없다. 폐업공고가 나붙자 일감이 줄어들어 남은 앞으로 일감은 사흘치밖에 없는 형편이다. 결국 노조원들은 죽어도 대회장 안에서 죽고 살아도 대회장 안에서 살겠다는, 5백여 전노조원이 단결하면 살길이 생긴다는 각오로 총회에 임했다. 동숙을 비롯해 누구보다 바쁜 나날을 보내는 것은 묘숙이다. 빵 1천 봉지, 코텍스 120봉지, 의약품, 이불, 깔판으로 스치로폴 2백장을 준비하는 일은 총무부장인 윤묘숙의 몫이다.

"훗, 제법 준비를 했구만."

노조원들보다 더 열의를 가지고 거의 매일같이 노조로 출근하다시피 하는 관할 구로경찰서 담당형사는 비아냥거리는 투로 말은 했지만, 내심 놀라운 듯 노조측의 준비물과 노조원들의 결의를 상부에 보고한다.

그날 오후 2시, 총회가 열렸다. 야당 총재, 교회 청년단체들에서 보낸 격려 전보, 그리고 취재기자들이 북적거리며 노조원

들의 사기를 북돋아 주었으나 정작 그들의 문제를 해결해야 할 회사와 은행, 노동청 측에서는 그림자도 비치지 않았다. 노조 측으로서는 더욱 배신감을 곱씹어야 했다.

"회사나 은행측, 노동청에서는 대화로 해결을 원치 않는 모양 인데, 우리라고 호락호락 물러설 수는 없잖아. 더욱 강경하게 맞서야 한다구. 내 생각에는 간부들만이라도 단식농성에 들어 가는 것이 좋겠어. 기왕에 죽기를 각오하고 투쟁하는 거, 뭔가 실천적으로 보여줘야 한다구."

묘숙이 제안했고, 노조간부들 모두 찬동했다. 노조원들은 근로자들의 생존권과 근로권의 보장, 폐업공고 즉각 철회, 해당 은행은 HK무역을 은행관리기업으로 인수해 현부채상환을 5년 거치 5년상환으로 완화할 것, 은행에서 경매처분할 경우 고용승계·금품청산을 보장할 것 등을 결의하고 그날 오후 3시부터 농성에 들어갔다. 그러나 다음날 저녁 농성현장에 나타난 구로경찰서장은,

"20분의 여유를 주겠다. 그때까지 해산하지 않으면 기동대를 투입해 강제해산시키겠다."

경고한 뒤, 두말없이 물러갔다. 자리에서 벌떡 일어선 묘숙 이,

"여러분, 방금 경찰서장이 한 말 들었지요? 세상에 이런 말이 있을 수 있습니까. 부정과 부패로 기업을 쓰러뜨리고 근로자를 길거리로 내쫓는 악덕기업주와 은행을 제쳐두고, 민중의 지팡이로서 약하고 억울한 사람을 보호해 주어야 할 민주경찰이 헌법이 보장한 정당한 생존권을 달라고 평화적으로 농성하는 우리들에게 기동대가 웬말입니까. 우리는 회사정상화 대책이 설 때까지 물러설 수 없습니다."

노조원들을 선동했고, 노조원들은 박수와 환호로 찬동했다.

그러나 바로 그 시각, 두 대의 경찰기동버스가 정문을 통과했고, 잠시 후 버스에서 뛰어내린 1백여 명이 경찰기동대가 밀물같이 밀려들어와 노조원들을 둘러싸고 있었다.
"뭉치자, 뭉치자."
  노조원들 사이에서 누군가의 입으로부터 그런 구호가 터져나왔고, 노조원들은 일제히 울음을 터뜨리며 팔장을 끼었다. 그때 경찰기동대 중 일부가 달려들어 노조원들이 앉아 있는 의자를 빼냈고, 노조원들은 뒤로 엉덩방아를 찧으며 뒤로 벌렁벌렁 넘어졌다. 그럴수록 노조원들은 더욱 단결했고, 경찰 역시 더욱 강하게 나왔다. 경찰기동대는 두세 명이 한 조가 되어 한 명씩 떼어내려고 했으나 뜻대로 되지 않자 군화발로 노조원들의 옆구리를 걷어차고 곤봉을 닥치는 대로 휘둘러 대는가 하면, 그래도 떨어지지 않자 앞가슴을 만졌고 당황한 노조원들이 손을 놓으면 어두운 계단으로 내동댕이쳐졌다. 여기저기서 노조원들이 나뒹굴었고 고함과 비명소리, 울음소리로 총회장은 순식간에 아비규환을 이루었다. 온통 피투성이로 변한 총회장이다. 두 시간여에 걸친 경찰과의 몸싸움으로 머리를 다친 동지는 입원을 했고 절반에 이르는 노조원들이 부상을 입었다.
  그날 밤, 노조원들을 강제해산시킨 경찰은 물러갔지만, 당국과 회사의 압력과 횡포는 여전하였다. 날이 갈수록 노조원들은 떨어져나가 250여 명밖에 남지 않았다. 불볕더위가 기승을 부리는 그해 8월 6일, 회사는 다시 일방적 폐업공고를 했고, 노조측에서는 다시 농성에 들어갔다. 다음날, "기숙사 식당을 8일까지 운영한다. 퇴직금 해고수당을 8월 10일까지 수령하지 않을 때는 법원에 공탁한다"는 네 번째 공고를 했다. 이미 외부로 통할 수 있는 전화를 끊어졌고, 기숙사에 모여 농성을 계속하고 있던 노조원들로서는 더이상 뚫고 들어갈 구멍이 보이지 않았다.
 "오늘부터 식사공급이 끊어진다. 배가 고파 쓰러져 이 자리에서 죽는 한이 있어도 끝까지 버텨야 하겠지만, 솔직이 우리 힘만으로는 너무 어렵고 벅찬 과제라고 할 수 있어. 국민여론을 등에 업어야 한다는 생각이다. 내 생각에는 일단 농성장소를 평민당사로 옮기는 것이 좋겠어."
 동숙의 제의로, 죽기를 각오하고 싸우겠다고 거듭 맹세한 노조원들은 그날 밤 마포 평민당사로 옮겨갔다. 자리에서 일어서는 묘숙은 머리가 빙글 도는 것이 곧 쓰러질 것만 같았다. 단식 때문일 것이다. 어금니를 깨물며 묘숙은 가까스로 일어나 동지들과 어울려 기숙사를 나갔다.

## 2

 HK무역 기숙사에서 농성하던 여공들이 평민당사로 몰려간 뒤, 근처 구로공단 정류장에 시내버스가 멈추고, 잠시 후 묘심이 내렸다. 청바지에 짧은 티셔츠 차림이다. 한 학기를 마치고 방학중인 그녀는 이제 완연한 여대생 티가 났다. HK 정문을 향해 터벅터벅 걸어가는 그녀는 주위를 기웃거리며 고개를 갸우뚱거린다. HK 안팎이 너무 조용하기 때문이다. 며칠 전에 왔을 때 묘숙언니는 전노조원들이 곧 대대적인 농성에 들어갈 것이고, 특히 노조간부들은 단식투쟁을 할 것이라고 했는데, 농성을 하고 있는 흔적이라고는 발견할 수가 없다. 묘심은 몇번 묘숙언니를 면회와 얼굴을 익히게 된 늙은 수위를 보고 가까이 다가갔다.

"안녕하세요, 아저씨?"

"오, 뉘신가. 묘심이 학생이로구먼. 잘 왔어. 그렇잖아두 연락할 수 있었으면 했는데. 다들 조금 전에 나갔어. 이건 비밀인데, 평민당사로 간대. 그런데 묘숙이 얼굴이 말이 아녀. 많이 수척해. 이틀 동안이나 단식을 했으니까."

"그래요. 고마워, 아저씨."

인사를 하고 나온 묘심은 다시 정류장으로 와서 시내버스를 탄다. 농성장소를 평민당사로 옮긴 모양인데, 구로에서 마포 평민당사까지는 그리 멀지 않은 거리고, 또한 청량리역으로 가는 길목에 있다. 시내버스가 여의도를 지날 때, 한강물 위에는 붉은 놀이 비치고 있었다.

같은 시각, 평민당사로 몰려온 HK여공들은 4층에 모여 농성준비를 하고 있었다. 몇 대의 버스에 나누어 타고 왔으므로 먼저 도착한 여공들은 이미 농성을 하고 있었고, 늦게 도착하는 여공들은 도착하는 대로 농성에 들어간다. 맨나중의 버스를 타고 온 묘숙도 누구에게도 방해받지 않고 당사로 들어갈 수 있었다. 정보기관에서는 여공들의 평민당사 농성결정 과정과 이동상황을 미리 체크하지 못했는가 보았다. 둘 중 하나면 알았더라도 경찰은 한사코 그들의 평민당사 접근을 막았을 것이다.

"동지들. 이걸 받아요."

묘숙은 회사에서 미리 준비해 온, "회사정상화가 안 되면 죽음이다"라고 쓰인 머리띠를 나누어 주고, 몇몇 동지들과 함께 "우리를 나가라면 어디로 가란 말인가"라고 쓰인 플래카드를 건물 밖에 내걸었다. 여공들이 본격적으로 농성에 들어갈 무렵, 묘숙을 찾아온 것은 묘심이다.

"언니! 괜찮아?"

얼굴이 백짓장같이 창백한 묘숙을 보고 묘심은 눈물이 글썽해진다. 묘숙이 보내준 돈으로 학비를 내고 대학에 무사히 들어갈 수 있었던 묘심은 집 나간 이후 한 번도 들어오지 않고 공장에 다니며 고생만 하는 언니 —— 묘심은 물론 묘숙이 사창가에 나가 돈을 벌었다는 사실을 몰랐다 —— 가 늘 마음에 걸렸다.

"괜찮지 않구. 걱정할 것 없다. 공부는 잘 되니?"

"언니는 지금 누구 걱정하우. 언니 몸걱정이나 해. 얼굴이 안 좋아 보여. 그러다가 쓰러지기라도 하면 어떡하려구."

"묘선이는? 묘선이는 어떻게 됐니?"

"응. 묘선언니는… 무기징역 받았어."

"무기를… 받았다구. 그랬구나."

"동광이는 물론 잘 자라고 있구, 묘옥언니는 미국으로 갔어. 미첼이란 백인 미군하고 결혼했는데, 잘 모르겠지만, 좋은 사람 같애."

"그랬니. 결국, 갔구나. 묘옥이가."

차마 떨어지지 않는 발길로 당사를 나온 묘심은 곧장 청량리역으로 가서 기차를 타고 동두천 집으로 갔다. 의식은 혼란스러웠다. 지금까지 어머니한테는 묘숙언니가 다니는 회사가 어렵고, 농성을 하고 있다는 얘기를 전해주지 않았다. 그러나 묘숙언니가 단식투쟁으로 고생하는 것을 두 눈으로 보고 온 묘심은 갈등이 일었다. 이제 더이상 숨길 수는 없다. 그날 밤, 묘심은 어머니에게 자초지종을 털어놨다.

"망할 것…묘숙이가 그리 고생하는 것을 이제 말하다니!"

묘심으로부터 자초지종을 들은 달님이는 한숨을 훅 내쉰다. 50대 중반의 나이지만, 회갑을 넘겼다고 해도 곧이들을 정도로 몇 년 사이에 훌쩍 늙어버린 달님이다. 귓가로는 백발이 성성하고 이목구비의 반듯반듯한 윤곽은 남아 있다고 해도 눈가에 주름살이 한결 늘었다. 가지 많은 나무에 바람 잘 날 없다더니! 아이들이 다 컸다고 생각하며 막 한숨을 놓으려는 몇 년 사이에 불행은 엎친 데 덮친 격으로 한꺼번에 밀려왔다. 흑인 혼혈아지만, 그리고 자기 속으로 낳았지만 그렇게도 깜찍하게도 예쁘게 생긴 묘순이 피살, 동생의 복수를 하고 끌려가 사형 집행을 당한 묘강이, 무기징역을 선고받은 감옥살이를 하고 있는 묘선이, 그토록 미워하면서도 미워할 수 없는 미국인과 국제결혼을 해 훌쩍 떠나버린 묘옥이. 집 나간 이후 소식 한 장 없다가 몇 년 전부터 돈을 부쳐와 동생의 학비를 꼬박꼬박 대주고 있는 묘숙과, 큰 언니 덕에 대학에 들어간 묘심이, 그리고 핏덩이째 강보에 싸였을 때부터 키워온 손자 동광이 있어 그나마 낙을 삼고 있는 터에, 묘심이 전해주는 묘숙의 일은 달님이로서는 청천벽력과 같은 얘기가 아닐 수 없다.

"가자."

다음날 꼭두새벽, 달님이는 쫓기는 듯 묘심을 깨워 집을 나선다. 동두천역에서 기차를 타고 서울로 오는 동안 달님이는 꼼짝도 하지 않았다. 그런 어머니를 보고 묘심도 말을 붙일 수 없다. 청량리역에서 내려 시내버스를 타고 마포로 달려온 달님이와 묘심이 모녀는 곧장 평민당사로 갔다.

"묘숙아, 묘숙이 이 못난 것아 아."

묘숙이 집 나간 이후 처음 만나는 어머니와 딸이다. 그들이 살고 있는 곳이 서울과 동두천이고, 어디에 있는 줄은 알고 있었으므로 만나려고 했다면 금방이라도 만날 수 있었겠지만, 한번 마음 먹은 일이면 하늘이 무너져도 지켜야만 할 줄 알고 있는 어머니와 딸이었으므로, 만나고 싶은 마음을 꾹꾹 눌러 죽이며 좋은 얼굴로 만날 날을 손꼽아 기다려 온 터였다.

"엄마, 죄송해요."

곧 쓰러져 눈을 스르르 감아 버릴 것만 같은 묘숙이 애써 태연한 척하며 힘없이 말했다. 그런 딸을 보고 있는 달님이는 억장이 무너져내린다. 딸이 그렇게 고생하는 줄도 모르고 만나는 것을 피해 왔구나, 그런 줄도 모르고 딸이 꼬박꼬박 보내오는 돈을 보고 대견해 하며 동생 학비로 썼구나, 당장 데리러 올걸, 하는 생각에 마음은 쓰리고 아프기만 하다. 만나면 그렇게 할 이야기가 많았으나 곧 쓰러질 것만 같은 딸을 두고 무슨 말을 하겠는가.

"그래. 잘못한 것을 보면 싸울 줄도 알아야지. 암, 암. 묘숙아. 에미는 네가 부럽다. 여자로 태어나서 이런 식으로라도, 그래도 할 말을 할 수 있다면, 세상이 좀 좋아지긴 한 모양이다. 우리때야 어디 이런 일을 꿈이나 꿀 수 있었겠냐. 여자로 태어난 것이 죄였다. 한세상 살면서, 하고 싶은 말이 있어도 꾹 참고 살아야 했어. 귀가 있어도 귀머거리가 되어야 하고 입이 있어도 벙어리가 되어야 하는 것이 우리네 조선여인네들이 사는 것이었다. 남정네들이 죽으라고 하면 죽는 시늉이라도 해야 했으니까. 묘숙아. 결과야 어찌됐던, 너는 떳떳한 일을 하고 있는 거다. 에미는 네가 자랑스럽구나. 싸워서, 꼭 이겨라. 이겨야 해. 에미는, 간다."

달님이는 마주앉아 꼬옥 잡았던 묘숙의 두 손을 놓고 꾸역자리에서 일어나 평민당사를 나왔다. 뒤에서 묘심이 그림자같이 따라붙는다.

"넌, 그만 네 일을 봐. 난 어디 좀 갔다올 데가 있다."

정류장에서 묘심을 보내고 달님이는 한동안 제자리에서 서서 달리는 버스를 보고, 탈까 말까 망설이다가 다시 보내고, 몇번 반복한 끝에 마침내 결심을 했다는 듯 아예 택시를 잡아탔다.

## 3

광화문 네거리에서 동아일보사와 광화문우체국을 끼고 무교동 쪽을 돌아 다시 세종로 쪽으로 나온 달님이가 탄 택시가 큰 칼을 죽장같이 움켜쥐고 우뚝 서 있는 충무공 이순신장군 동상 밑을 지나 중앙청을 보고 달리다가 우회전, 다시 안국동 로타리에서 좌회전을 해 직진하다가 멈춘 곳은 한낮의 서울 도심지와는 전혀 다른 세계 —— 한국의 정치권력의 1번지 청와대 근처였다. 택시에서 내린 달님이는 썩 내키지 않았으나 큰 마음을 먹은 듯 굳은 표정으로 청와대 쪽으로 걸음을 놓는다. 묵은 나무들이 우거진 숲, 널찍한 도로 위에는 매미 울음소리가 요란한 가운데 개미새끼 한 마리 보이지 않고, 한낮인데도 처절할 정도의 정적이 감돌고 있다.

숲속에서 높다랗게 둘러싸인 담장 맞은편 청와대 정문으로 다가선 달님이 면회신청서를 써서 내밀자 담당직원은 믿어지지 않는다는 듯 얼굴을 한 번 보고, 다시 면회신청서를 보고 몇 번 되풀이하다가,

"잠시만 기다리세요."

닭 쫓던 개 쳐다보듯 달님이를 흘끔 보며 한쪽 구석으로 비켜서게 한 뒤 수화기를 들었다.

"정문인데요. 실장님을 면회온 여자분이 계십니다. 신달님이라고. 54세구요. 네, 알겠습니다."

담당직원이 수화기를 놓은 뒤, 다시 연락이 온 것은 30여분이 지난 뒤였다. 담당직원이 네, 네, 소리만 반복하는 것으로 보아 면회가 되긴 되는 모양이다. 잠시 후 남자직원 한 명이 나와 달님이를 안으로 안내한다.

"타시죠."

정문 뒤에 대기하고 있던 승용차에 달님이를 태우고 2, 3분 달린 후에 차는 청와대 현관 옆쪽에 멈추었다. 말로만 들어오던, 난생처음 와보는 이 나라 최고통치자가 살고 있는 청와대 ──. 그러나 달님이한테는 아무런 감흥이 일어나지 않는다. 눈앞에 보이는 것은 곧 죽어갈 듯 얼굴이 초췌한 묘숙이뿐이다. 잠시 후 달님이는 직원의 안내를 받아 한 널따란 사무실로 들어간다.

"앉아 계십시오. 실장님께선 지금 각하와 오찬중이십니다. 끝나시는 대로 오신다고 했습니다."

각하와 오찬을 얼마나 하는지 다시 30분이 지나고 1시간이 지나도 온다는 실장은 쉽사리 나타나지 않는다. 거대한 소파 한쪽에 다소곳이 앉아 있는 달님이는 정면 벽에 붙은 대형사진으로 눈길을 가져간다. 좀 여윈 얼굴에 광대뼈가 유난히 튀어나온 대통령의 사진이다.

"이게 뉘기요. 누님! 달님이 누님, 아니요. 아이구. 이게 얼마만이요. 그래. 누님께서 이리 살아 있었더란 말이요. 홧홧. 난 누님께서 죽은 줄만 알았소."

2시간을 기다린 후에 노크도 없이 문을 벌컥 열고 나타난 실장은 바로 달님이 그토록 증오해 왔던 황천득이다. 하긴, 지금은 누구를 증오할 기력조차 쇠잔했지만. 황실장과 얼굴을 맞대는 것이 오래되긴 하였다. 남원 강석리 양민학살사건 하루 전날 밤, 불타는 예배당을 황망히 빠져나간 뒤 처음 보는 것이었으니까, 강산이 변한다는 십년이 두 번이 가고 다시 6년 세월이 흘렀다.

"누님. 그동안 어떻게 지내셨소. 이리 살아 있었다면 연락이라도 좀 할 것이지. 참 무심하기도 하오. 예나 지금이나 그 고

집은 어지간하시구려."

"여러 말할 것 없소. 난, 한 마디만 하고 가려고 왔소. 지금 평민당사에서 여공들이 농성을 하고 있다는 거, 당신도 알거요."

"아. 그거… 나도 그것 때문에 여간 골치아픈 게 아닙니다. 어디 나뿐이겠습니까. 누님, 각하께서도 아주 신경질을 내십니다. 그 일 때문에 내가 아주 쥐구멍이라도 찾아야 할 판입니다. 그런데, 누님이 그 일과 무슨 상관이 있다구?"

"그러실 테지. HK는 바로 당신이 실제 주인이니까."

"어잉, 그것도 아셨소이까. 누님. 허나, 그건 나 혼자 소유가 아니오. 누님도 알 것이오. 김기팔이라고…전에 치안본부장을 하다가 그만두고 지금 국회의원 하고 안 있습니까. 하하하."

"나도 알아요. HK 사장 김종팔이 바로 그 사사키 동생이라는 것도."

달님이 어떻게 김기팔을, 일제시절 오니게이부 —— 귀신잡는 경부로 악명을 떨쳤던 사사키 경부를 모르겠는가. 천득과 함께 달님이네 집안을 말살시킨, 남편 윤형직을 빨갱이로 몰아 내쫓았던 장본인이다. 그러고 보니까 천득과 기팔은 남원 강석리 학살사건 이후에도 끈끈한 인맥을 유지했는가 보았다. 천득이 경호실장이 된 것은 74년이었는데, 그전에는 양주와 인접한 파주를 지역구로 한 국회의원으로 국회 외무·통일위원장을 하고 있었다. 초선의원으로 상임위원장을 맡을 정도로 천득은 최고 권력자의 총애를 받고 있었는데, 하긴 지금의 최고 권력자가 주도한 5·16쿠데타의 주체세력으로 참여 —— 달님이는 1945년 해방 직후 천득과 박정희 중위가 광복군으로 만났던 사실을 몰랐다 —— 했었으니까 그럴만도 할 것이다. 양주는 바로 동두천이 속한 지역이다. 김기팔은 바로 달님이가 살고 있는 지역구를 기반으로 한 국회의원이었고, 당초 파주 용주골에서 국회의원으로 출마한 천득을 피해 동두천으로 이사왔던 달님이 여우를 피하려다 늑대를 만난 셈이지만, 아이들이 점점 커가고 있는 터에 자주 이사를 다닐 수도 없는 터라 모른 체하고 짐짓 눌러살고 있었다.

"맞아요. 모두가 사실이오. 누님. 내가 HK를 김기팔, 그 사람하고 같이 차린 것인데."

천득이 혼잣말처럼 말했다. 원래 자금줄을 마련하기 위해 설립한 HK였고, 그것이 소리소문 없이 잘 운영되고 있다면 모르지만, 지금과 같이 국회까지 떠들썩할 정도로 말썽이 나고 있는 터에, 그렇다고 권력의 핵심에 있는 처지로 말이 나는 것도 두려운 터이라 천득은 동업자인 기팔이 마땅치 않다는 표정이다.

"그렇구만. 그러니까, HK란 바로 황실장 당신 황씨하고 김기팔이 김씨 영문 이니셜을 따서 HK라고 한 것이로구먼."

"바로, 그렇소이다. 근데, 누님이 HK여공들 농성하고 누님이 무슨 상관이 있다고 자꾸 꼬치꼬치 따지듯 물으시오. 오랜만에 만났으니까 딴 이야기나 하지 않구. 누님이 살아온 이야기나 합시다."

천득은 HK라는 이야기 자체가 듣기 싫다는 투다. 그런 천득을 뚫어지게 쳐다보는 달님이의 의식은 여전히 혼란스럽기만 하다. 과연, 이 자한테 인정이란 있을 걸까. 적어도 달님이 보아왔던 천득은 목적을 위해서는 수단방법을 가리지 않는 자였다. 하긴, 달님이 천득을 찾아온 것은 인정을 기대한 것이 아니라 천륜을 버리지 말라는 충고를 하기 위해서다. 아무리 인정이 없다고 해도 천륜까지 어기고 제 핏줄을 죽게 내버려두겠는가, 하는 일말의 기대감이 그녀를 죽기보다 만나기 싫은 이곳까지 오게 한 것이었다. 딸을 위해서. 묘심이에게 묘숙의 이야기를 들은 뒤 밤을 꼬박 새우다시피 생각에 잠겼던 달님이 그날 새벽같이 집을 나선 것은 바로 그 이유였다. 야당당사에서 농성을 하고 있는 묘숙이를 그렇게 내버려두면 어떤 일을 당할지 모른다는 판단이 선 것이었다. 총칼로 정권을 장악한 무리들이다. 묘선이 일만 봐도 앞에 앉아 있는 천득이 무리들이 통치하는 권력의 정체를 알 만하지 않은가. 어금니에 지그시 힘을 주고 있던 달님이 결심이 섰다는 듯 입을 열었다.
"거기에… 당신 딸이 있소."
"누, 누님. 지금 무슨 말을 하는 것이요? 아닌 밤중에 홍두깨도 유분수지, 몇 십 년만에 나타나서 한다는 말이… 무슨 뚱딴지 같은 얘기요."
"흥. 모르겠소? 지금 평민당사에서 농성을 하고 있는 HK여공 중에 당신 딸이 있단 말이요. 묘숙이가… 바로 당신 딸이오. 난 죽을 때까지 입을 다물려고 했지만, 당신네들 행태로 보아 그 아이가 다치는 것을 원치 않아… 이리 찾아온 거요. 이제, 할 말은 다 했으니까 당신이, 알아서 해요. 죽이든지 살리든지. 당신은 자식 하나를 그런 식으로 죽였으니까."
달님이는 더이상 꼴도 보기 싫다는 듯 벌떡 일어선다. 천득은 양쪽 검지로 양쪽 관자놀이를 꾹 누른 채 고개를 끄덕이며 앉아 있을 뿐이다. 그런 천득을 다시 한번 흘끔 쳐다본 뒤 달님이는 문을 열고 밖으로 나왔다. 한바탕 폭우라도 쏟아지려는지 잔뜩 찌푸린 하늘이다.
그날 청와대를 나와 서울역으로 달려온 달님이는 경부선 기차에 몸을 실었다. 대전교도소에 수감중인 묘선을 면회하러 가는 길이다. 기차는 덜커덩 육중한 체구를 움직이며 곧 출발한다. 달님의 얼굴은 결의의 빛이 번득인다. 묘선이를 면회하면,

그 지난하기만 했던 자신의 지난 이야기를 모두 들려줄 것이다. 특히 황천득과의 일을——. 한강 위를 지나 잠시 후 서울을 벗어난 기차는 남으로, 남으로 달리고 있었다.

## *4*

　달님이 떠난 뒤, 황천득은 한참 동안 같은 자세로 앉아 있었다. 달님이 얘기는 물론 사실일 것이다. 절대로 허튼 수작을 할 여인이 아니니까. 그러나 나이 쉰 살이 넘도록 없었던 딸이 별안간 나타났으므로 천득으로서는 충격이 아닐 수 없다. 천득은 까마득히 몰랐으나, 생각해 보면 달님이가 임신을 한 것은 당위일 터이요, 그 후 그 아이를 낳아 혼자 길렀을 것이다. 깊은 상념에 잠겨 있던 천득은 갑자기 입가에 엷은 미소를 지으며 천천히 수화기를 들었다.
　"아, 남산 대."
　남산이라면 중앙정보부를 가리키는 것이다. 천득은 수화기를 든 채 지시했고, 잠시 후 수화기에서 목소리가 들렸다.
　"김부장이오. 나 황실장인데… 각하께서 HK여공들이 평민당사로 몰려가 농성하는 것을 막지 못해 단단히 화가 나 계십니다. 어떻게 그걸 막지 못했습니까. 원, 요즘 남산이 옛날 같지 않아. 도대체 일을 제대로 하는지 모르겠어요."
　천득은 마치 밑엣사람한테 짜증을 부리듯 말했다. 남산 김부장은 대통령과는 동향 출신으로 육사 동기생일 뿐만 아니라 남산부장이라면 대통령의 오른팔과 다름없는 터이라 천득이 함부로 대할 처지가 아니다. 대통령중심제하에서는 누가 얼마나 많이 대통령을 만나느냐에 따라 권력의 추가 쏠릴 수밖에 없다. 천득이 대통령을 그림자처럼 경호하는 실장이 된 이후, 주위에서 인의 장막을 치고 있는 터에, 감히 누구도 천득을 제치고 대통령에게 접근할 수 없었고, 그만큼 천득의 위세는 하늘을 찌를 듯하여 항간에서는 그런 천득을 두고 부통령이요, 소통령이라는 소리까지 나돌기도 한다. 적어도 현재의 권력측면에서 보면, 천득은 이 나라의 제2인자이다.

"당장 처리하세요. 그렇지 않으면, 각하에서 무슨 날벼락이 떨어질지 모릅니다. 난 일단 각하의 뜻을 전했으므로 그 후에 일어나는 불상사는 책임 못집니다. 김부장."

천득은 은연중 협박을 한다. 말끝마다 각하의 뜻이요, 의중이라고 하는데 아무리 무소불위(無所不爲)의 권력을 휘두르고, 나는 새도 떨어뜨린다는 남산부장이라고 해도 쩔쩔맬 수밖에 없다. 원래, 하기에 따라서 천득이 꿰차고 앉은 실장이라는 자리가 권한만 있고 책임은 없는 홀가분한 입장이다. 그랬으므로, 국회 외무·통일위원장이 실장으로 임명됐다면, 민주주의가 조금 된 나라에서는 배꼽을 잡고 웃을 일이지만, 이 나라에서는 그것이 당연한 일로 보였고, 실제로 천득은 국회 외무·통일위원장이 감히 꿈도 꿀 수 없는 권력을 휘두르고 있는 것이었다. 원래 권력을 핵에서 나오는 공작 차원의 일이라는 것이 그러하듯 그 사업을 담당하는 실무책임자가 아니라 훈수하는 입장을 취해온 황실장은 잘 되면 공을 차지하고 못 되면 남산부장한테 책임을 돌리곤 하는 것도 그의 권력을 다룰 줄 아는, 그것이 바로 출세가도를 달려온 천득의 수완이었는지 몰랐다.

"이봐. 남산 이국장 대."

남산 김부장과 통화를 끝낸 천득은 무엇인가 생각하는 것이 있는 듯 계속 수화기를 들고 지시했다.
 "아. 이국장인가. 나, 황실장인데… 거, 평민당사에서 농성하고 있는 HK여공들 말이야. 명단 갖고 있지. 응. 지금 보라구. 거기에, 묘숙이라는 이름 있나, 봐주게. 누구라구? 윤, 묘숙이라고, 있단 말이지. 분명히 윤묘숙이야? 이런 처죽일. 알았어. 흠. 아. 그리고, 말이야. 조금 있으면 김부장이 그 일을 처리할 테니까, 이국장도 아이들을 보내라구. 결과는 즉시 보고하구."
 수화기를 쾅 내려놓는 천득의 얼굴이 붉으락푸르락해졌다. 불끈 쥔 주먹이 부르르 떨린다. 묘숙의 성을 윤씨라고 했다면, 윤형직의 호적에 올랐다는 얘기다. 윤형직, 윤형직 —— 악령 같은 그 이름이 천득의 기억을 휩싸고 밀려오는 동안, 그는 이미 제 정신이 아니다. 그에게 의식이 생긴 이후 오롯이 흠모해 왔던 달님이를 빼앗아 간 윤형직 —— 천득은 지금도 그렇게 생각하고 있다 —— 이, 다른 아이도 아니고 자기의 딸이라는 묘숙이까지 빼앗아 갔다고 생각하는 터에 눈앞에 보이는 것이 없다.
 "야, 당장 시경국장 바꿔."
 흥분한 천득은 목소리에 잔뜩 힘이 들어갔다. 잠시 후 수화기속으로 서울시경국이 나타난다.
 "아. 나, 청와대 실장인데… 당신, 조금 있으면 남산 김부장한테 연락이 갈 거야. 무슨 일이긴 새끼야, 지금 몰라서 묻나. 너, 이 새끼 똑바로 해. 평민당사에서 HK여공들이 데모하고 있는 거 몰라서 그따위 질문을 해. 그것들, 확 쓸어버렷. 알겠낫. 특히 말이야, 그 중에 윤묘숙이라는 아이가 있어. 그 아이가 총무부장이라는데… 빨갱이야. 작전중에 기회를 봐서 없애 버렷. 뭐라구. 이 새끼야. 너, 시경국장 맞아? 네 놈 모가지가 몇 개야? 앙. 시키면 시키는 대로 할 것이지 웬 말이 많아. 끊어, 새끼야."

같은 시각, 평민당사 4층에 농성중인 HK여공들은 박수를 치며 환호하고 있었다. 그날 아침 당사에 출근한 평민당 김총재가 총재단 회의에서 HK여공 문제를 보고받은 뒤, 김동숙과 윤묘숙 등 대표 다섯 명을 불러 그들의 호소를 듣고, 그들과 함께 총재실을 나와 농성장으로 들어섰기 때문이다.

"여러분들이 마지막으로 우리 평민당을 찾아준 것을 고맙게 생각합니다. 여러분들의 피와 땀과 눈물이 없었다면 오늘의 한국경제가 없었을 것이라는 것을 나는 굳게 믿고 있습니다. 방금 나는 대표들을 만나 여러분들의 요구사항을 들었습니다. 여러분들에게 억울한 일이 없도록 정부에 반영하겠습니다. 그러니, 여러분들은 각자 몸을 건강히 돌보도록 하세요. 건강이 최곱니다. 여러분!"

김총재가 마지막으로 농담처럼 말하자 기진맥진한 여공들의 입에서도 오랫만에 웃음이 터져 나온다. 평민당 총재로 당선된 지 넉 달밖에 되지 않은 김총재는 패기만만했다. 당시 편민당 전당대회 총재경선때 막강한 조직력과 청와대·남산·여당 쪽의 지원을 받는 주류를 밀어내고 단기필마로 뛰어든 그가 당선되리라는 것을 믿는 이는 거의 없었으나 마침내 총재경선 그날 역전의 드라마를 연출, 1.1% 차이로 상대를 누르고 당선되었는데, 그때 그의 승리는 곧 선명한 야당성 회복이라는 기치를 내건 바람의 승리였고, 그 바람의 한복판에 태풍의 눈같이 서 있는 그는 작은 체구에도 불구하고 자신에 차 있는 것이었다. 여공들이 보는 자리에서 사무총장을 부른 김총재는,

"즉시 보사부장관과 노동청장을 불러 해결책을 강구토록 하시오."

같은 시각, 정부측에서는 남산 김부장 주재로 대통령비서실

장, 정무수석비서관, 정보부 차장보 등이 참석한 가운데 HK문제대책 회의를 열고 있었다. 치안본부측에서 여공들을 끌어내는데 반대를 표시했고, 강행하더라도 시간을 더 끌어야 한다고 주장했으나 이미 청와대 황실장으로부터 각하의 의중을 전해받은 김부장은,

"무슨 소릴 하는 거요. 강행해야 합니다. 여공들이 투신자살조를 편성했고, 평민당 노동국장이 배를 가르려 한다는 첩보가 입수됐어요. 더이상 희생을 막기 위해 속전속결로 나가야 합니다. 다들 이의 없지요. 그럼."

정부측 대책회의가 끝난 두어 시간 뒤, 서울시경 국장실에서 시경 간부회의가 열렸다. 경찰간부들은 모두 전투복차림이다. 「101작전」으로 명명된 HK농성 여자근로자 강제해산작전이 시작된 것이다. 잔뜩 굳은 표정의 시경국장은,

"작전은 과감하게 대처하라. 문제는 신속한 처리다. 이건 상부의 뜻이다."

전했는데, 경찰간부들에게는 평민당원들을 상대할 때 기가 죽지 말라는 뜻으로 받아들여졌다. 경찰에서는 101작전의 가장 큰 비중을 신속처리에 두었고, 심지어 엔테베작전이라는 말까지 나돌았다. 정부일각에서 바쁘게 움직이고 있는 그 시각, 적막한 밤은 점점 깊어가고 있었다.

## 5

평민당사에서 농성중인 HK여공들 사이에 경찰이 쳐들어올 것이라는 소문이 왁자하게 퍼진 것은 그날 밤 11시께. 여공들

은 발끈했다. 특히 며칠째 단식으로 거의 실신하다시피 한 지부장 김동숙은,

"경찰이 쳐들어온다구. 흥, 결국 군사독재정권이 하는 짓이란 물리력밖에 없단 말이지. 두고보자. 어디까지 가나 두고 보자."

발딱 일어나 흥분을 감추지 못했고, 뒤따라 일어선 묘숙이,

"언니, 이럴 것이 아니라 긴급 결사총회를 여는 것이 어때. 이제 막다른 골목이잖아. 눈에는 눈, 이에는 이라구."

"응, 그렇게 하자."

동숙은 곧 긴급 결사총회를 열었고, 여공들은 경찰이 강제해산을 시키려고 하면 모두 투신자살을 하겠다는 결의문을 채택했다. 앞에 나선 동숙이 결의문을 낭독하는 동안, 농성장은 순식간에 아비규환으로 변했다.

"죽여라, 우릴 죽여라. 윤락녀로 내몰리느니 차라리 죽는 것이 낫다."

2백여 명의 여공들은 4층 창살에 너댓 명씩 매달려 울부짖었고, 마침내 실신하여 이웃에 있는 녹십자 병원으로 옮겨지는 여공도 생겨났다. 그때 2층 총재실에 있던 김총재가 당원들과 함께 뛰어 올라왔다.

"여러분, 진정하세요. 경찰은 우리 평민당사에는 절대로 들어오지 못합니다. 나와 서른 명의 평민당원들이 여러분을 지키고 있으니 걱정하지 마세요."

김총재가 설득했고, 그제서야 여공들은 다시 조용해졌다. 시간은 자정이 가까워지고 있었다. 여공들 중 일부는 지친 나머지 강당 바닥에 그대로 누워 잠을 청한다. 여공들이 다시 잠잠해지는 가운데 분노를 참지 못한 김총재는 당원들에 둘러싸여 당사 밖으로 나왔다.

그때, 밖에는 경찰들이 바리케이트를 친 채 둘러싸고 있었다.

경찰들 뒤쪽 도로 건너편 인도에서 혼자 서성이며 당사 쪽을 노려보고 있는 것은 묘심이다. 언니가 걱정이 되어 그날 낮부터 당사 주위를 배회하고 있는 중이다. 그녀는 당사 안에서 김총재가 나오는 것을 보고 경찰 뒤쪽으로 다가섰다. 그녀뿐만이 아니다. 묘심이 옆에는 또 한 사내가 서성이고 있었는데, 묘심은 물론 그가 누구인지 몰랐으나, 그는 정보부 대공과소속 요원인 황대호였다. 묘심과 황대호가 주시하고 있는 가운데 현관 앞에서 앞을 가로막는 경찰들을 보고 김총재가 고함을 질렀다.
"당신들, 여공들이 흥분하고 있으니까 모두 물러나는 것이 좋겠소. 당장 물러가시오. 누구 죽는 꼴을 보려구 그래."
마포경찰서 보안과장 김철한 경장이 들은 척도 하지 않고 앞에 서성이는 것을 보고 김총재가,
"당신 지금 뭐하고 있는 거얏. 당장 데리고 물러서지 못해."
따귀를 철썩 갈겼다. 주위에 몰려 있던 사복경찰이 우루루 몰려들었고, 그들이 김총재를 공격하는 것으로 판단한 평민당원들이 달려들어 김경정을 붙들고 밀어내는 사이에 후두둑 옷이 찢겨졌다. 흥분한 것은 김총재도 마찬가지다. 눈앞에서 딸들이 죽어가고 있는 터에 앞뒤 가릴 여유가 없는 터이다.
"너는 뭐야. 이 자식아. 물러가라고 했잖아."
정문 앞에서 황용기 정보과장과 마주친 김총재는 멱살을 잡고 따귀를 때리고 발로 걷어차며 한동안 소동이 벌어졌다.
"이것들 보십시오. 아무리 국회의원이라고 해도 이건 너무하잖습니까. 이건, 공무집행 방햅니다. 모르시겠습니까?"
경찰 한 명이 상사들이 얻어맞는 것을 보고 앞으로 달려나와 항의할 때, 김총재 뒤에 있던 평민당원들이 몰려와 경찰을 붙잡고 몰매를 주었다. 그러나 경찰은 물러가지 않았고, 김총재와 평민당원들도 어쩔 수 없다는 듯 당사 안으로 들어갔다.

시간은 자정을 넘어 또 하루가 시작된다. 그때까지 평민당사 건너편을 서성이는 묘심은 움직이지 않고 있었다. 통행금지 시간이 지났으므로 어디론가 들어가야 할 터이지만, 그런 곳까지 신경쓸 여유가 없었고, 그녀를 본 경찰들도 평민당원 —— 실제로 묘심이 경찰에 붙잡히면 평민당원이라고 거짓말을 할 참이다 —— 으로 알았는지 아니면 농성진압 작전에 매달려 있어 신경 쓸 여력이 없는 것인지 그냥 지나갔다. 그때 묘심의 눈은 점점 빠르게 움직인다. 소방차들을 필두로 경찰기동 버스들이 수도 없이 밀려왔고, 평민당사 주변에도 에워쌀 듯 경찰병력이 늘어나고 있다. 그 중에는 경찰로 보이지 않는 장발들도 수두룩했다. 서울시경에서 특수무술경관들로 구성된 제3기동대를 동원한 것인데, 그들 가운데 장발이 많아 사복을 입으면 경찰인지 평민당원인지 구별하기조차 쉽지 않았다. 1천 명이 넘을 정도로 불어난 정사복 경찰들은 여공들의 투신자살을 막으려는 의도인지 당사 주변 땅바닥에 매트리스를 깔기 시작한다. 그들이 물러서자 여섯 대의 소방차가 헤드라이트로 당사를 비추었다.

"흠."

긴장된 순간이다. 도로 건너편에서 말없이 큰 언니가 들어가 농성을 하고 있는 평민당사와, 당사 주위를 에워싸고 있는 경찰들 쪽으로 눈길을 분주하게 뿌리고 있던 묘심은 신음을 훅 토해낸다. 곧 작전은 시작될 모양이고, 제발 큰 언니가 무사하기만을 기도할 뿐이다.

그때, 묘심이 옆에 있던 황대호가 어디론가 달려갔고, 같은 시각, 경찰대 뒤편 지프에 타고 있던 시경국장이 평민당사로 전화를 걸어 "총재님을 바꿔 달라"고 했으나, 김총재가 "건방지게, 누구한테 전화질이야" 묵살해 버렸다. 시경국장은,

"좋습니다. 그럼 총무님한테 말씀드리겠습니다. HK여공들을 2시까지 해산시키십시오. 그때까지 해산시키지 않을 경우 우리 경찰 병력으로 강제해산시키겠습니다. 이상입니다. 총무님."

전화를 받고 있는 황인주 원내총무에게 최후통첩을 했다.

"국장, 정말 이러기요."

수화기에 매달린 황총무는 목소리는 사뭇 애원조였다. 그리고 1분도 채 되지 않은 시각, 당사 밖의 한 경찰 고위간부 차량에서 클랙션이 빵, 빵——, 세 번 울린다. 바로 그것이 101 작전개시 신호였다. 1천 명에 이르는 정사복 경찰들이 한꺼번에 우루루 몰려가 담을 뛰어넘어 당사로 들어갔다. 평민당원들이 현관 셔터를 내리며 경찰 진입을 막으려고 했으나 역부족일 수밖에 없다. 고도로 훈련된 경찰기동대는 일단 2층 유리창을 부수고 복도로 뛰어 들어간다.

"어딜 들어가, 새끼들. 못 들어가."

앞을 막는 당원들과 난투가 벌어진다. 그 사이에 현관 셔터를 때려부순 경찰들이 현관을 통해 물밀 듯 밀려 들어오고 있었다. 경찰들 사이에는 평민당원으로 가장한 남산요원 황대호도 섞여 있다. 방패를 앞세운 경찰들은 모두 헬맷에 안면 보호망을 썼는데, 평민당원들은 그들을 향해 재털이와 유리병을 던지고 물을 뿌리며 대항한다. 그 사이에 대호는 당원들 사이로 섞여 들어갔고, 당원들이 2층 복도에 쇠의자로 바리케이트를 치고 소화기와 의자를 집어던지는 등 아수라장이 되는 가운데 대호는 3층 비상계단으로 뛰어 올라가고 있었다.

"죽여 버렷. 저 자씩."

경찰들이 평민당 청년당원들을 붙잡아 곤봉으로 무수히 난타한 다음, 축 늘어지는 것을 보고 당사 밖 버스로 끌고가 짐짝같이 집어 던졌다. 30여 명의 평민당 청년당원들로서 1천 명이 넘는 경찰한테 당초 상대가 되지 않는다. 순식간에 2층 복도를 막고 있는 청년당원들을 물리친 경찰들은 2개 조로 나뉘어 한 패는 4층 농성장소로, 다른 한 패는 김총재와 평민당 의원들의 대책을 논의하고 있는 2층 총재실로 몰려갔다. 문 앞으로 뛰어나온 황인주 원내총무가,

"뭐야, 너희들. 여긴 총재님이 계신 방이야. 여기가 어디라고 감히 너희 따위가 들어와."

고함을 지르며 경찰을 막는다. 한 사복형사가,

"총재 좋아하시네!"

되받아치면서 맞붙었다. 비서실 복도를 향한 칸막이가 부서지면서 회색 윗도리에 흰 장갑으로 통일된 차림의 경찰기동대 50여 명이 한 손에 몽둥이, 한 손에 벽돌을 들고 뛰어 들면서,

"공격! 까부셔. 죽여 버렷."

한 마디씩 지껄이면서 달려들었다. 그때 총재실에는 김총재를 비롯하여 스무 명쯤 되는 국회의원, 당원, 기자 등 50여 명이 있었으나 경찰의 난동에 꼼짝달싹하지 못한 채 한쪽 구석으로 밀려났다. 청년당원들이 재떨이를 던지며 대들었으나 경찰들이 몽둥이와 벽돌로 그들을 후려치기 시작했다. 청년당원들이 진압된 뒤 뒤이어 뛰어든 사복경찰과 기동경찰에 의해 멱살을 잡힌 채 최루탄 연기가 자욱한 복도로 김총재와 국회의원들을 한 명씩 당사 밖으로 끌려나간다. 박연흠 대변인은 경찰들에게 끌려가면서 얼굴을 얻어맞아 피투성이가 됐다. 황총무는 버스에 실리지 않으려고 발버둥을 치다가 다시 끌어내 주먹과 발길, 몽둥이뜸질을 받은 다음 버스에 태워졌다. 김총재는 경찰차에 실려 상도동 그의 자택으로 옮겨졌다.

## 6

 같은 시각, 중정요원 황대호는 HK여공들이 농성중인 4층 강당으로 맨처음 뛰어들었고, 여공들 사이에서 그를 가장 먼저 발견한 것은 묘숙이다. 대호를 보는 순간, 아연 놀라움을 감추지 못하는 묘숙은 절로 숨을 딱 멈추었다. 용주골에서 처음 만난 이래 마음 한구석을 늘 차지하고 있는 대호다. 경찰이 쳐들어올 줄 알았는데, 뜻밖에도 대호가 나타나다니, 그녀는 그가 중정요원이라는 것을 까마득히 모르는 채 반갑기만 했다. 두 남녀, 본인들은 몰랐으나 그들은 이복남매다. 그들이 적과 동지가 되어 만난 것이다. 물론 묘숙은 그가 적이라는 것을 몰랐고, 오히려 연모의 정을 간직한 터였다.
 "대호씨."
 맞은편에 앉아 있는 동숙을 흘끔 본 뒤 묘숙이 일어나 가까이 다가가며 아는 척을 했다.
 "아. 걱정 말아요. 난, 그냥 온 거니까."
 대호가 손을 들어 젖는 순간, 최루탄이 우박같이 날아들어 펑펑 터졌고, 그와 동시에 대호 뒤쪽에서 사복경찰들이 우루루 밀려왔다. 바로 특수무술경관들인 제3기동대원들이다. 순간, 묘숙은 도대체 그 정체를 몰랐던 대호에 대한 연모의 결과가 무엇이라는 것 —— 그녀는 대호가 경찰이라고 생각했다 —— 을 깨달은 듯 고개를 푹 떨구었다. 강당 안으로 뛰어들어온 경찰들은 창문 쪽으로 달려가 각 창문을 봉쇄했는데, 뒤이어 수백 명의 경찰들이 밀려 들어와 여공들을 닥치는 대로 두들겨패기시작한다.
 "이년들! 모조리 빨갱이 년들이잖아."

"뭐야. 뭐? 죽여라. 차라리 우릴 죽여."

최루가스가 터지고 몽둥이질이 난무하는 강당 안은 순식간에 아수라장이다. 김총재의 설득으로 안심하고 잠자리에 들었던 여공들은 난데없는 경찰난입에 사이다병을 깨 들고 일어나 반항했고, 일부는 투신자살을 하기 위해 창문을 주먹으로 쳤으나 이미 경찰에 포위된 여공들은 뜻을 이룰 수 없다. 4인 1조로 구성된 경찰들은 반항하는 여공들을 향해 몽둥이로 난타하는가 하면 군화발로 짓이기면서 손발을 한쪽씩 잡고 밖으로 끌어낸다. 시간은 오래 걸리지 않았다. 강당 안에 모여 있는 2백여 명의 여공들은 단 몇 십 분 만에 모두 끌려나갔다. 묘숙이라고 예외가 될 수 없다.

"놔. 놔라. 이놈들아. 날 어디로 끌고가——."

비명을 지르던 묘숙이 끌려가는 곳은 그러나 당사 밖 버스 쪽이 아니었다. 위·아래에서 두 손과 발을 잡고 현관을 나온 4인 1조 경찰은 현관 앞에서 방향을 틀어 당사 뒤편으로 간다. 워낙 수라장이 된 터라 그들이 옆으로 새는 것을 본 사람은 없다. 당사 모퉁이를 돌아 건물 뒤편으로 들어설 무렵 뒤따라 가던 두 명 중 한 명의 경찰이 그녀 옆으로 다가서며 입을 틀어막고 고개를 홱 꺾어 버렸다. 비명을 지르며 반항하던 묘숙은 꺽 소리를 토하며 금방 축 늘어졌다.

"쳇, 금방 가는구만. 갔지?"

"응, 그런 것 같아."

"빌어먹을."

"우리가 이런 짓까지 해야 돼."

"누가 아니래. 하지만, 우리야 무슨 죄가 있나. 위에서 시키는 대로 해야지."

"근데, 누구야. 이런 짓을 시키는 놈이?"

"난들 아나. 음. 저기, 저기 놓고 가지. 저기라면, 4층에서 떨어져 죽은 줄 알 거 아냐. 그래, 여기야. 여기가 좋겠어."

저희들끼리 몇 마디 나누던 경찰들은 이미 절명을 한 묘숙을 지하실 입구 쓰레기통 밑에 던졌다. 그리고 한 명이 다가와 이미 죽은 묘숙의 정수리를 쇠쓰레기통 모서리에 쾅쾅 찧은 뒤, 그대로 팽개쳐 놓고 현관 쪽으로 사라졌다.

"우릴 어디로 끌고가는 거냐 아. 흑흑."

현관 앞에서는 아직도 101작전이 진행중이다. 끌려가면서도 여공들은 거세게 반항했으나 그때마다 어김없이 보복성 폭력이 뒤따랐다. 당사 밖에 대기하고 있는 버스 안에 짐짝같이 던져진 여공들이 유리창에 머리를 박고 손으로 때리며 울부짖었으나, 그곳에서도 미리 진을 치고 있던 경찰들이 몽둥이를 휘둘러 순식간에 잠을 재워 버린다. 경찰이 2백여 명에 이르는 농성 여공들과 서른 명의 평민당원들을 끌어내 열다섯 대의 경찰 기동 버스에 태워 시내 일곱 군데 경찰서로 끌고가기 시작한 시각까지는 기껏해야 1시간도 채 걸리지 않았다.

"언니! 언니——."

도로 건너편에서 HK여공들이 끌려나와 대기하고 있던 버스에 실려가는 것을 하나씩 지켜보았던 묘심은 그러나 묘숙언니가 보이지 않자 왠지 모르게 불길한 예감이 엄습한다. 제대로 찾는다고 찾아보았으나 2백여 명에 이르는 여공들이 단 몇 십 분만에 실려갔으므로 혹시 잘못 보았는지도 몰랐다. 그랬다면 불행 중 다행이다. 그러나 좀체 불길한 예감을 떨쳐 버릴 수가 없다. 어떻게 된 거야, 언니. 혼잣말로 중얼거리며, 묘심은 여공들을 싣고 가로등 불빛이 희미하게 흩날리는 어둠 속으로 바람같이 사라지는 경찰버스를 노려보며 마음이 얼음장같이 차갑게 변한다. 오늘 이 시각, 이 장면을 기억할 것이다. 영원히——.

"누구 없소? 누구 있으면, 이리 좀 와보시오."

평민당사 건너편 인도 위에서 얼어붙은 듯 움직일 줄 모른 채 그대로 서 있던 묘심의 귀에 다급한 목소리가 들려온 것은 101작전의 소용돌이가 어느 정도 가라앉기 시작하던 그날 새벽 2시 30분께였다. 귀가 번쩍 트이는 묘심이 주위를 두리번거린다. 소리는 당사 쪽에서 들렸다. 묘심이 그쪽으로 냅다 달린다. 당사 정문으로 뛰어나오던 청소부와 맞닥뜨렸다.

"엉, 있었구먼. 이리 좀 와보시오. 저기, 사람이 죽어 있소."

청소부가 황망히 소리치는 가운데 묘심은 별안간 두통수를 가격당한 듯 한동안 움직일 수가 없다. 언니! 그녀의 의식 한복판으로 묘숙의 얼굴이 안개같이 피어올랐다. 아냐, 아냐. 그럴 리 없어. 스스로를 진정시키며 묘심은 청소부를 따라 당사 뒤편 지하실 입구 쓰레기통 앞으로 갔다. 주위는 아직 칠흑같이 캄캄하다. 잠시 후 당사 뒤편에서는 자지러지는 비명과 울부짖음 소리가 터져 나온다.

"언니! 묘숙언니! 흑, 흑——."

## 7

미국 펜실베니아주 클리브랜드 도심에 위치한 엔젤 메디칼센타에 입원한 정미주가 가까스로 목숨을 건졌고, 그녀를 그곳의 한 한인목사에게 인계한 뒤 서인화와 윤동광은 렌트한 차를 타고 뉴욕으로 달리고 있었다. 뉴욕에 도착하면, 인화는 로즈를 찾기 위해 미국 동부의 끝에서 서부의 끝까지 날아온 것이 된다. 그것도 직선코스가 아닌 미주 남단의 해안도시 코퍼스크리스티까지 돌아서. 칼을 맞은 허리가 아직 완치되지 않은 동광은 조수석에 비스듬히 앉아 있고, 그를 흘끔흘끔 보던 인화는 한 손으로 핸들을 잡고 또 한 손으로 핸드폰을 꺼내 뉴욕 FBI 허드슨 수사관한테 전화를 걸었다.

"오, 닥터 서. 그렇지 않아도 전화를 기다리고 있었습니다. 지금 어디 있습니까. 좀 만나야겠는데."

"왜요, 허드슨 수사관님?"

"검은 조직의 정체가 드러났습니다. 우린 그 자들 검거작전을 곧 개시할 예정입니다."

"어머, 그래요. 어떤 자들인가요?"

"오, 노코멘트. 하하. 이건, 수사상의 비밀입니다. 이번 작전에는 특별히 닥서 서를 동행하죠. 갈 길이 머니까, 1주일 안으로는 뉴욕에 도착해야 하는데."

"네, 알았습니다. 허드슨 수사관님. 내일 당장 도착하죠."

인화는 핸드폰을 끄고 동광을 돌아본다. 허리에 기부스를 하였으므로 옷차림새가 이스트탄 밀가루같이 부풀어올라 좀 불편해 보이는 동광이,

"기분이 좋아 보이는데?"

"응, 밝혀졌대. 애국단 정체 말이야."

"그럼 빨리 가야겠군. 내가 운전할까?"

"치. 그 몸을 해갖고 운전 잘하겠다. 됐네, 이 사람아."

인화는 힘껏 엑셀러레이터를 밟는다. 차는 빠른 속도로 뉴욕을 향해 달린다. 클리브랜드에서 뉴욕까지는 거의 직선도로로 뻗어 있다. 클리브랜드에서부터 시작되는 것이 아니라 미시간호 연안도시 시카고에서 뉴욕까지가 그랬는데, 클리브랜드는 그 중간지점에 위치하고 있다. 그렇게 먼 거리도 아니지만 가

까운 거리도 아니다. 그날 저녁 무렵 뉴욕에 도착한 인화와 동광은 더이상 지체할 수가 없었으므로 곧장 뉴욕의 한 교외에 살고 있다는 로즈를 찾아간다. 그녀가 살고 있다는 집 정원에는 많은 사람들이 모여 있는 가운데 기자회견을 하고 있는 중이었다. 회견장 뒤편 벽에 걸린 현수막에는 「황색 노예단 실상 폭로를 위한 기자회견」이라고 쓰여 있고, 그 밑에 「한미부인회」라는 주취측의 명의도 밝혀져 있다.

"왜 아니겠어요. 우리도 한국여잔데, 한국사람하고 사는 것이 가장 큰 희망입니다. 나는 코퍼스크리스티에서 일하고 있었는데, 그곳에는 한국선원이 가끔 찾아옵니다. 그런 날은 일이 손에 잡히지 않습니다. 같은 값이면 내 나라 사람에게 봉사하고 싶거든요. 하지만, 주인 —— 물론 그는 한국사람입니다 —— 은 그런 우리의 작은 희망조차 짓밟아 버립니다. 한국선원은 붙여주지 않고 월남선원이나 필리핀 선원을 붙여줍니다. 그때 우리는 또 한번 절망하게 되죠."

"문제는 우리가 제일 겁을 내는 것이 한국사람이라는 겁니다. 한국남자들이죠. 내 경우는, 가끔식 한국사람을 고객으로 봉사하기도 했는데, 우리는 오히려 한국남자들에게 더 큰 상처만 입었죠. 주인 몰래 피를 말리듯 몰래 떼어놓은 돈을 훔쳐 달아나기도 하고, 미국인 고객보다 더 심한 욕설과 경멸의 몸짓으로 상처만 깊게 한다구요. 내 친구 중에 한 명은요… 영주권도 없는 한국남자가 꼬셔 가지고 결혼한 뒤 살림하며, 그동안 몸 팔아 모은 돈 변호사한테 다 쏟아부어 영주권을 받아 주었는데, 그 후 어떻게 했는지 아세요. 내 친구를 정신병자로 몰아 강제이혼하고 도망을 갔어요. 나중에 알고 보니까 그 남자는 서울에 있는 마누라 자식까지 데리고 왔대요. 그게 인간이에요? 우리도 한국사람인데, 한국남자가 그럴 수 있는 거예요."

황색 노예단의 일원으로 인신이 매매되고, 팔려간 곳에서 미국인의 섹스 노예를 했던 여자들이 자신들의 체험을 증언한 뒤, 쉰 살 가까이 되어 보이는, 고운 한복차림에 미모인 한 여인이 마이크를 잡는다. 기자들 뒤편에 앉아 있는 인화는 그녀가 바로 로즈라는 것이 직감적으로 느껴졌는데, 자세히 보니까 그녀는 순수한 동양인이 아닌 백인 혼혈아였다.

　"기자여러분! 방금 들으셨지요. 하지만 방금 여러분들이 들었던 내용은 빙산의 일각에 지나지 않습니다. 이분들이 자신이 체험한 것을 증언하는데도 엄청난 용기가 필요했거든요. 여기에 앉아 있는 본인도, 바로 저들 중의 한 사람이라는 것을 먼저 말씀드리고자 합니다. 기자 여러분들이 이분들을 도와주세요. 이 사람들은 갈 곳이 없습니다. 마사지 팔러에서는 검은 조직이 항상 감시하고 있고, 우리 한인교포사회에서도 이들을 따뜻하게 감싸주지 않으려 하고 있습니다. 우리 한미부인회에서 이 문제에 관심을 갖고, 저렇게 버려진 우리 한국여인들을 위해 나름대로 최선을 다하고 있기는 하지만, 이게 어디 우리 한미부인회의 힘만으로 해결될 일입니까. 물론 몇몇 목사님들께서도 관심을 갖고 도와주고 계시지만, 상대는 검은 조직입니다. 목사님들께서 이들과 상대할 입장이 아닌 것도 현실입니다. 몇 달 전, 저렇게 버려진 한국여인들이 미주 곳곳에 수천 명에 이른다는 NBC-TV 보도를 여러분도 기억할 것입니다. 심지어 저들이 검은 마수에 걸려 목숨까지 잃기도 한다는 사실도요. 여러분! 우리 한국민족은, 특히 한국여성은 고통스럽기만 한 역사를 살아왔습니다. 이조 병자호란 때는 청나라로 잡혀가 성의 노리개가 되어야 했고, 일제시절에는 또 일본군 위안부가 되어 아시아 전역으로 끌려가 역시 성의 노리개가 되어야 했습니다. 그리고 한국정부 수립 이후에는 또 미국인을 위한 성의 노리개가 되어 왔습니다. 그 고난의 역사를 살아온 우리 나라가, 우리 민족이, 지금 미국 전역에 팔려 다니며 미국인의 섹스도구가 되고, 마약주사를 꽂고, 또한 에이즈에 걸려 죽어가고 있는 우리네 딸들을 남의 일로 보고만 있을 수 있는 겁니까. 그것이 누구의 죄입니까. 우리 여성들의 죄라고 하겠습니까?"

기자회견이 끝난 뒤, 모여 있던 사람들이 뿔뿔이 흩어진 뒤 잠시 도로 쪽으로 나왔던 인화와 동광은 다시 집 안으로 들어갔다. 그때 인화에게 표현은 하지 않았으나 동광의 의식은 복잡하기만 했다. 조금 전에 보았던 로즈라는 여인——정확하게 그렇다고 말할 수 없지만, 유치원때 헤어진 이모 묘옥일 것이다. 그날 한 미국인의 팔장을 낀 채 김포공항을 떠났던 묘옥이모를 어떻게 잊을 수 있겠는가! 묘옥을 처음 보는 순간, 동광은 로즈가 바로 이모라는 것을 직감적으로 느낄 수 있었다. 집안에는 많은 한국여성들이 있는 가운데 조금 전 기자회견장에서 마지막으로 말했던, 백인 혼혈녀를 찾아간 인화가,

"선생님이 로즈시죠? 화이트 로즈?"

"그렇소만, 댁들은?"

"우린 한국에서 왔습니다. 나는 한국대학에 근무하는, 여성사회학을 공부하는 서인화라고 하구요, 이쪽은 민족일보사 사회부에 근무하는…."

"윤동광 기자입니다."

인화와 동광이 인사를 하는 동안 로즈 —— 묘옥의 눈길은 동광의 얼굴을 향해 우우 날아가고 있었다. 동광이 역시 묘옥을 뚫어지게 마주 본다.

"윤, 동광 기자라고 했나요? 댁이 … 윤동광이라구! 맞아요?"

"네, 그렇습니다."

동광이 뚜벅 대답하며 로즈에게 보내는 눈길을 거두지 않는다. 틀림없이 미국인과 결혼해 미국으로 갔다는 묘옥 이모다. 할머니는 틈만 나면 묘옥 이모 이야기를 하시며 한숨을 토하곤 한다. 옆에서 두 사람을 번갈아 보는 인화로서는 영문을 알 수 없지만, 묘옥과 동광의 눈빛이 허공에 어우러져 불꽃을 튕긴다.
 "그럼 집이 동두천이겠구먼. 맞지? 맞을 거야. 동광아. 너… 날 몰라보겠냐? 네가 이렇게 커서 어른이 되다니. 하긴, 네가 여섯 살인가 일곱 살 때 헤어졌으니까. 맞아. 그때 네가 유치원에 다니고 있었지. 흑. 동광아. 내가… 바로 묘옥이 이모야. 그래도 모르겠니! 흑, 흑흑."
 "묘옥 이모! 혹시 했는데… 역시, 이모였어요. 이모——"
 동광이 자리에서 벌떡 일어서며 두 볼 위로 눈물을 주르르 흘리는 묘옥 앞으로 달려간다. 묘옥도 소파에서 일어났고, 와락 달려드는 동광을 끌어안으며 등을 툭툭 두드린다. 동광이 몸을 떨며 울먹인다. 인화와, 주위에 둘러앉아 있는 여자들이 이모와 조카의 해후를 지켜보고 있다.
 "이모가… 로즈였어요? 화이트 로즈요! 난, 몰랐어요. 이모."

## 8

 유나이티드 보잉 747항공기는 고도 4만 피트를 유지하면서 정지한 듯 달리고 있었다. 지상의 모든 것은 보이지 않았다. 창 밖으로 내려다보이는 것은 뭉게뭉게 피어오르는 흰 구름뿐이다. 인화는 옆좌석에 앉아 『뉴욕타임즈』지를 보고 있는 허드슨 FBI요원을 흘끔 본 뒤 마침 통로 쪽으로 지나가는 스튜어디스에게 쥬스를 청한다. 스튜어디스가 나타나는 동안 그녀는 다시 창 쪽으로 눈길을 밀어낸다.

"애국단은 한국인으로 조직된 범죄집단입니다. 애국단 보스는 김충국입니다. 원래 LA에 있는 HK백화점 상무로 있었던 자죠. 그러나 실질적인 보스는 전에 KCIA에 근무한 적이 있는 황대호 HK백화점 회장입니다. 그러니까 실제적인 애국단 이름은 HK애국단인 것이죠. 물론 애국단 아지트는 바로 HK백화점 건물에 있습니다."

뉴욕시, 망망한 대서양 물결이 출렁이는 해변가에서 인화와 동광, 그리고 묘옥을 만난 허드슨은 앞뒤 붙일 것도 없다는 듯 뚜벅뚜벅 본론을 말했다. 경악을 감추지 못하는 인화는 아연 입만 벌린 채 무슨 말을 할지 몰랐다. 정녕 한국남자들이 한국여성들을 미국인의 성의 노예로 팔았다는 것이 사실이었단 말인가. 지금까지 그들의 검은 마수에 잡혀 미군 전역으로 팔려 다니는 한국여인들을 만나 보면서, 그럴 것이라고 추측은 하고 있었지만, 황색 노예단 담당형사로부터 사실로 확인되자 그녀가 받는 충격은 컸다. 인화뿐만 아니라 같은 자리에 있던 묘옥과 동광이도 경악과 충격, 실망을 감추지 못하는 표정이다.

"HK백화점이라면, 한국에 있는 HK무역과 같은 그룹 아닙니까? 장두식이 회장으로 있었죠."

"오, 알고 계셨군요!"

동광이 어떻게 HK무역을 모르겠는가. 어머니 묘숙은 바로 그 HK무역이 종업원이었고, 회사가 폐업을 공고할 때 당시 야당인 평민당사에서 농성을 하던 중 추락해 죽었다—— 그때 여섯 살인가, 일곱 살밖에 되지 않았던 동광은 물론 어머니의 죽음에 대해 잘 몰랐으나 자라면서 할머니 달님이로부터 이따금씩 그런 이야기를 들으면서 어렴풋이 알게 되었고, 신문기자가 된 이후 당시 신문보도를 보고 그의 어머니가 추락사로 죽은 것으로 알고 있는 것이었다. 묘숙의 죽음에 대해 달님이는 알았을까. 그녀는 알았을 것이다. 그날 묘숙이 죽은 하루 전날, 달님이 황천득을 찾아 청와대에 갔었고, 죽이든지 살리든지 마음대로 하라고 했는데, 그 야수같은 인간이 자기 딸을 죽인 것이었다. 그러나 달님이는 아직까지도 그 일에 대해서는 입을 꾹 다물고 있었다.

"맞습니다. HK백화점은 바로 HK무역에서 여공들이 번 돈을 미국으로 빼돌려 설립한 것입니다. 말이 나왔으니까 말이지만, 그때 HK무역 여공들도 그 사실을 알고 야당 당사로 장소를 옮겨가면서 대대적인 농성을 하지 않았습니까.. 당시 군사정권은 바로 그 HK여공들 때문에 붕괴됐다고 봐도 크게 틀리지 않을 것입니다."

"한국현대사에 대해 잘 아시는군요. 허드슨 수사관님. 그건 또 무슨 말씀이죠?"

"아, 얘기하지 않았던가요. 나한테는 한국인 친구들이 많이 있습니다. 닥터 서의 지교도수인 박터 박도 내 대학동창생 중 한 명이죠. 그래서 내가 한국에 관심이 많습니다. 하하. 얘길 계속하죠. 그해, 한국에서 일어난 다른 사건은 몰라도 HK사건은 국제적으로 크게 보도가 됐습니다. 당시 군사정권으로서는 대단한 악수를 둔 것이죠. HK여공 강제해산에 항의하는 평민당 의원들이 당사에서 농성을 했고, 당시 평민당 김총재가 『뉴욕타임즈』와의 기지회견에서 카터 행정부에 대해 포문을 열었죠. 군사정권에 대한 지지를 끊으라고. 미국은 국민과 끊임없이 유리되고 있는 정권, 그리고 민주주의를 열망하는 다수의 둘 중에서 어느 쪽을 선택할 것인지 분명히 할 때가 왔다! 그러자 당시 군사정권에서는 김총재를 국회에서 제명해 버리는 강공으로 맞섰습니다. 그것 역시 악수였죠. 김총재의 지역기반이 되는 한국의 남부 해안도시 부산·마산에서 거대한 민중항쟁이 발생했고, 그 현장을 다녀온 KCIA 책임자가 한밤중 궁정동 안가(安家)에서 대통령을 저격했다는 것은 나보다 여러분들이 더 잘 알고 계실 겁니다. 하하. 이거, 내가 너무 아는 척을 했나."

허드슨의 분석인즉, 동광으로서는 듣기가 그렇게 거북스럽지는 않았다. 그의 이야기를 좀 자의적으로 해석하면, HK여공 농성의 폭발점에는 어머니 윤묘숙의 추락사가 있었으므로.

"HK애국단은 미국 마피아, 일본 야쿠자들과 손을 잡고 있다는 것도 밝혀졌습니다. 무슨 말인지 알겠습니까? 애국단은 미국에서 황색 노예단을 거래할 뿐만 아니라 일본에도 한국여성들을 팔고 있습니다. 일본 유흥가로 한국여성들을 수출하고 있단 말입니다. 황대호의 아버지 황천득은 한때 한국권력의 핵심에 있었던 자로, 부통령소리를 듣던 자입니다. 황대호 역시 그때 KCIA에 근무했는데, 그자 역시 HK여공 강제해산에 참가한 장본인 중 한 명이죠."

허드슨의 얘기를 듣고 있던 동광의 눈언저리가 파르르 떨린다. 황대호가 HK여공 강제해산에 참가한 장본인 중 한 명이라면, 어떤 이유로든 어머니를 죽게 한 장본인이라는 얘기도 된다.

"그해, 한국에서 발생한 일련의 사건들—— HK사건, 야당총재제명사건, 부·마항쟁, 그 직후에 일어난 대통령 저격사건은 나 같은 외국 수사관의 눈으로 보면 한 편의 드라마와 같았습니다. 그리고 바로 그 대통령저격사건 때 황대호의 아버지 황천득 실장이 취한 행동은 세계경호 역사상 가장 치욕적인 일로 기록될 것입니다. 황실장이 누구였습니까. 대통령의 보디가드 아니었습니까. 그런데도 그는 대통령이 피격당하는 것을 보고 화장실로 도망을 쳤던 것입니다. 결국 그도 역시 KCIA 책임자의 총에 피격당해 죽었죠. 그 후, 한국에는 권력의 변화가 일어났습니다. 육군소장인 한국군보안사령관이 중심이 된 소장파 군인들이 권력을 잡았죠. 당시 보안사령관이 한국의 청와대경호실, KCIA를 접수했습니다. 황대호도 그때 쫓겨나 미국으로 건너왔고, 이미 그의 아버지가 빼돌려 LA에 운영중인 HK백화점을 인수한 뒤, 그 백화점을 애국단 아지트로 만든 것입니다. 아, 그리고 애국단장 김충국은 일제시절 황천득의 상관이었던, 한국정부 수립 이후 경찰총수를 지낸 역임한 바 있는 김기팔의 아들입니다."

　인화가 기억의 파편을 하나씩 꺼내며 허드슨으로부터 들었던 수사진척 상황과 맞추고 있을 때, 통로 맞은편 자리에 이모 윤묘옥과 나란히 앉아 있는 동광의 의식은 다른 곳으로 달려가고 있었다.

　"클리브랜드를 거쳐 왔단 말이냐. 그럼 웨슬리라는 흑인을 만났겠구나. 오, 동광아. 그 웨슬리가… 바로 너의 아버지란다."
　"난 아버지 같은 거 잊어버리고 산 지 오래잖아요. 이모, 이제 와서 아버지는 무슨 아버지예요. 다 필요 없어요."
　"그게 아니다. 동광아. 다른 미군들은 몰라도, 웨슬리는 그런 사람이 아니다. 다른 군인들같이 애국단에 매수되어 너희 엄마를 만난 것이 아니야. 네가 봤다니까 말이다만, 지금도 우리 한미부인회 활동을 얼마나 도와주고 있는데. 너희 엄마는 웨슬리를 따라 미국으로 오려고 했었다. 그렇지만 할머니가 극구 반대하셨지. LA로 가는 도중에 클리브랜드에 들렀다 가자. 웨슬리를, 너희 아버지를 만나고 가."

"관두세요, 이모. 필요 없다니까요. 난 지금까지도 그랬지만, 앞으로도 아버지 따위는 없어요. 필요없다구요."

이모의 간절한 권유에도 불구하고 뿌리치듯 유나이티드 항공기에 오른 동광은 그러나 마음 한편으로는 그늘이 드리우지 않을 수 없다. 더구나 그의 아버지라는 웨슬리가 어머니를 버린 것이 아니라는 이모의 말에, 만나서 부자의 정이라도 나누고 올 것을 괜히 거절했다는 후회도 없지 않다.

## 9

그날 저녁 무렵, LA에 도착한 FBI 수사관 허드슨과 그 일행이 공항을 나올 때, 출입구에서 홉킨스 요원이 기다리고 있었다. 뉴욕에 있을 때, 만났던 그는 이미 하루 전날 LA에 와 있었다.

"놈들 동태는 확인했나?"
"네."
"황대호는 HK백화점에 있을 테지?"
"그렇다니까요."
"아, 실례합니다."

허드슨과 홉킨스가 얘기를 나누고 있을 때, 누군가 정장차림의 백인과 흑인 두 명이 그들 가까이 다가와 말을 걸었다. 얘기를 중단한 허드슨과 홉킨스, 그리고 묘옥과 인화, 동광의 눈길이 두 미국인에게 모아진다. 좀 나이가 들어 보이는 백인이 허드슨과 묘옥 일행을 보고 묻는다.

"여기, 로즈란 분이 누구시죠. 화이트 로즈요?"

"난데요, 누구시죠?"

"아. 그렇군요. 미세스 로즈. 우리는 CIA에서 나왔습니다. 나는 리차드슨 요원이고, 이쪽은 챨리 신 요원이죠. 그리고 여러분들은 FBI에서 나온 분들이시죠? 허드슨 요원과 홉킨스 요원 아닙니까."

"잘 아시는군. 리차드슨 요원. 그런데 미세스 로즈는… 왜 찾아온 거요? 우린 급히 가야 할 곳이 있는데."

"알고 있습니다. 허드슨 요원. 하지만 미세스 로즈께서는 우리와 함께 가셔야겠습니다."

"함께 가다니오, 어디를?"

"아, 잠깐만 실례하실까요. 화이트 로즈."

리차드슨은 허드슨에게 양해를 구한 뒤 묘옥을 데리고 아무도 없는 곳으로 간다. 뒤에서 챨리 요원과 동광, 그리고 인화가 따라간다. 리차드슨과 챨리 요원도 묘옥의 조카인 동광과 그의 친구 인화의 존재에 대해 알고 있다는 듯 굳이 그들의 접근을 막지는 않았다.

"미세스 로즈, 아버지께서 찾으십니다."

"아버지라니… 누구?"

"쉬잇, 미세스 로즈. 로즈 당신은 미국에 온 뒤 계속 아버지를 찾았습니다. 그것은 당신뿐만이 아닙니다. 당신 아버지께서도 당신을 찾고 있었던 것입니다. 로즈. 당신 아버지는… 아담 워너입니다."

"아담, 워너라구요. 설마?"

"맞습니다. 백악관 주인이시죠. 아담 워너 대통령이 바로 로즈, 당신의 아버지입니다. 전에는 우리 CIA국장을 역임하셨습니다. 내가 아담 워너 국장님을 직접 모시고 있었는데, 국장님께서는 항상 한국에서 동거를 했던 분이 아이를 낳았을 거라고 아쉬워하셨습니다. 아버지께서 백악관으로 들어가신 뒤에 내가 한국엘 다녀왔죠. 로즈 어머니 미세스 신을 만났습니다. 미세스 신…정말 훌륭하신 분이셨습니다. 대통령께서 말씀하신 것도 있고 해서, 우리는 그분을 미국으로 모셔오려고 했으나, 그분께서는 한사코 거절하셨습니다. 아담 워너 중령이 그대로 있다면 또 모르지만, CIA국장이 되고 대통령이 되었다면 만날 이유가 없다는 것이었습니다. 그분께서는 로즈, 당신에 대해 이야기하는 것조차 거절했습니다만, 내가 기어코 알아냈습니다. 하지만 로즈, 당신을 찾기가 쉽지 않았습니다. 윤묘옥이라는 이름으로 화이트 로즈를 찾기란 쉽지 않았죠. 당신을 찾았을 때, 당신이 아버지를 무척 찾았다는 이야기를 들었습니다. 화이트 로즈 한 가지 부탁드릴 일이 있는데…지금 내가 한 이야기는, 대통령의 체면도 있고 하니까, 당신만이 알고 있는 것으로, 절대비밀로 해야 합니다. 특히 기자들한테는. 대통령의 딸이 또 있다는 사실이, 그것도 한국여성 사이에 혼혈아가 있다는 사실이 알려진다면….”

"그만, 그만 하세요."

충격을 받은 듯 묘옥은 한 손으로 얼굴을 가린 채 비틀거린다. 동광이 얼른 달려가 부축하는데, 그녀는 좀체 몸의 균형을 잡을 수가 없는 모양이다. 어렸을 때부터 묘옥에게 던져진 화두는 아버지를 찾는 것이었다. 그 화두를 좇아 기지촌으로 뛰어들었고, 미첼과 국제결혼을 해 미국으로 건너왔다. 미국에 온 뒤에도, 미첼과 한 달도 되지 않아 강제이혼을 당한 뒤 검은 조직의 마수에 걸려 황색 노예단의 일원이 되어 미국 전역으로 팔려 다니면서도 그녀의 화두는 예나 지금이나 아버지 찾기였다. 그토록 찾아헤맸던 아버지가, 흔적조차 찾을 수 없었던 아버지가 바로 곁에 있었던 백악관 주인이었다니. 그랬다.

달님이와 동거생활을 했던 아담 워너 중령은 당시 국방장관이던 아버지의 호출을 받고 귀국해 CIA에 몸담았고, 그 후 CIA 국장을 역임한 정치일선에 뛰어들어 지난 대통령 선거에서 당선된 것이었다. 그러나 묘옥한테는 아버지가 백악관 주인이라는 것보다 아버지를 찾았다는 사실이 중요하다.

"생각을 좀더 해보겠어요. 내가 아버지를 만나야 할지 어떨지…난 아직 판단이 잘 서지 않거든요. 나로서는 아버지를 찾았으니까 더 바랄 것이 없구. 지금으로서는 굳이 만날 필요가 없을 것 같군요. 리차드슨. 물론, 조금 전에 당신들이 우려했던 부분에 대해서는 염려하지 않아도 돼요. 내가, 이 나이가 되도록 아버지를 찾지 못했는데. 아버지 없이 이렇게 살아왔는데… 무얼 더 바라겠어요."

"고맙습니다. 하지만 아버지께서 당신을 반드시 모셔오라고 하셨습니다. 우리와 함께 가시는 것이."

"떳떳하지 못한 딸을 만나 무얼 하게요. 우리 어머니도 그랬겠지만, 내가 원했던 아버지는 그런 분이 아니었어요. 리차드슨 하지만 나는 생각을 좀더 해봐야겠어요. 당장 할 일도 있구."

"좋습니다, 로즈. 당신은 현재 뉴욕에 살고 있으니까, 거기까지라도 우리가 동행을 하죠. 물론 당신이 해야 할 일이라는 것 —— 우리도 알고 있으니까, 끝내도록 하시죠. 우리가 옆에서 지켜보겠습니다. 로즈. 당신은… 대통령의 딸이라는 것을 잊어서는 안 됩니다. 우리는 당신을 혼자 있도록 내버려둘 수는 없습니다."

그날 밤 자정이 가까울 무렵, LA 한복판에 위치한 8층짜리 HK백화점 주위에는 FBI 수사관 허드슨이 지휘하는 사복차림의 경찰들이 대거 집결하고 있었다. 백화점은 문을 닫은 가운데 네온사인만 밝히고 FBI와 주 경찰병력이 주위를 물샐 틈 없이 포위하고 있었다. 지휘본부에는 CIA 리차드든과 찰리 요원도 함께 있고, 인화와 동광, 그리고 묘옥은 경찰차 안에 타고 있다.

"1조 나와라… 이상 없나. 좋아. 2조, 3조는… 좋아. 8시 정각에 침투한다. 3분 남았다. 모두 알았지? 이상 있으면 보고하라."

경찰차 앞에서 무전기로 일일이 상황을 체크한 허드슨은 HK백화점 맞은편 건물 옥상으로 눈길을 가져간다. 차 안에 있는 인화의 눈길도 그쪽으로 달려가고 있다. HK백화점 건물 맞은편 건물 역시 8층이다. 그 옥상 위에 검은 옷차림의 저격수들이 군데군데 포진하고 있다.

"됐다. 침투하라."

FBI요원들이 앞장선 채 경찰들이 물밀 듯 우르르 백화점 안으로 뛰어 들어간다. 목적지는 백화점 건물 7층에 자리잡고 있는 회장실, 그리고 지하 7~8층에 있는 마약제조공장이다.

같은 시각, HK백화점 7층 회장실에서는 황대호 회장이 김충국 단장으로부터 그날 애국단의 수입·지출에 대한 보고를 듣고 있는 중이다. 미주 전역에 걸쳐 있는 마사지 팔러의 70~80%를 장악하고 있는 애국단의 하루 수입만 해도 어마어마했다. 마사지걸이 벌어들이는 수입도 수입이지만, 미주 전역에 깔려 있는 마사지 팔러를 통해 유통되는 마약밀매로 벌어들이는 수입은 한국인은 물론 보통 미국인의 상상을 초월하는 액수다.

"김단장. 나머지도 접수해야지, 언제까지 두고볼 거야."

황대호는 지금 애국단에서 접수하지 못한 20~30%의 마사지 팔러를 빼앗기 위해 기회만 엿보고 있는 중이다. 그는 김충국으로부터 보고를 들을 때마다 같은 이야기를 되풀이하곤 했다.

"네, 회장님. 지금은 시기가 좋지 않습니다. FBI에서 냄새를 맡은 것 같고, 어떤 식으로든 접근해 올 조짐입니다."

"그래, 아. 개네들은 어떻게 됐나? 그 여교수하고 기자 말이야?"

"지난번 클리브랜드에서 우리 애들한테 칼침을 맞았으니까 쉽게 움직이지는 못할 것입니다. 그 기자녀석이 보통놈이 아닌데, 그 녀석만 붙들어 놓으면 여교수는 움직이지 않습니다."

"흠, 그래. 우리 애국단 냄새를 맡은 놈들은 미리 싹을 잘라 버려야 해. 어떤 일이 있어도. 알았나, 김단장?"

"네, 회장님. 그런데 그것보다도 그 문여인이 문젭니다. 먼저 문여인부터 처치해야겠습니다."

문여인이란 교포 2세로 황색 노예단 매매의 첫 개업자를 가리킨다. 타코마에서 「TOP LESS(상반신 나체)」라는 술집을 운영하면서 톡톡히 재미를 본 문여인은 지금 애국단에서 한국여성들을 팔아넘긴 수법으로 한국여성들을 수입, 미국 전역으로 팔아 왔다. 당초 자신이 경영하는 업소에 필요한 인원을 보충하기 위해 아이디어를 낸 것이 10여 년이 흐르는 동안 기업화되어 일약 갑부가 되었고, 그녀의 그 수법을 알게 된 애국단이 문여인을 밀어내고 그 자리를 차지한 것이었다.

"뭐야, 그 노인이 또 말썽을 일으킨단 말인가? 흥, 아직 혼이 덜난 모양이군. 말로 해서는 안 되겠어. 그럼 당장 처치해 버렷."

회장실에서 황대호와 김충국이 이야기를 나누고 있는 동안 백화점 정문을 통과한 경찰들 중 일부는 엘리베이터로, 일부는 비상계단을 통해 올라가고 있었고, 또 홉킨스 수사관이 지위하는 일부는 지하 7층으로 뛰어 내려가고 있었다. 허드슨 수사관이 입수한 정보에 따르면 HK백화점 지하 1~2층은 식료품, 3~6층은 주차장, 그리고 7~8층에는 마약제조공장이 있다. 물론 허드슨의 지시를 받은 홉킨스가 이미 현장답사까지 확인까지 한 터이었다.

"뭐얏, 새끼들. 누구얏."

지상 7층 엘리베이트실 앞에서 경비를 서고 있던 10명의 애국단원들이 밀려오는 경찰들을 막으며 난투극이 벌어진다. 이미 FBI의 움직임을 감지하고 있었던 HK애국단에서는 그러나 FBI가 그렇게 빨리 움직일 줄 몰랐는지 좀 방심하고 있었던 모양이다. 10여 명밖에 되지 않은 애국단원이 1개 중대병력이 포위하고 있는 가운데 백화점 안으로 침투한 1개 소대병력과 맞서 싸우기란 당초 역부족이다.

탕, 탕탕——.

복도에서 난투극이 벌어지고 있는 가운데 방마다 몇 명씩 진을 치고 있던 애국단원들이 총을 쏘며 대항해 온다. 총알을 피해 복도 코너 쪽으로 밀려간 경찰이 응사하기 시작한다. 충격전은 지장 7층뿐만 아니라 지하 7층에서도 벌어지고 있었다. 홉킨스가 지휘하는 FBI요원들이 지하 6층 주차장에서 막 7층으로 밀고 내려가려는 순간, 7층 출입구에서 애국단원들이 총격을 가해온 것이었다.

한편, 복도에서 별안간 총성이 터지며 왁자해지는 순간, 회장실 안에 있던 황대호 회장은,

"무슨 소리야, 저게?"

황망하게 자리를 박차고 일어섰고, 복도를 열고 상황을 살피던 김충국이 다시 뛰어 들어온다.

"경찰입니다, 회장님. 피해야겠습니다."

"제길헐, 가자구. 일단 달루페섬으로 가서 사태를 관망해야겠군."

달루페섬은 LA 남단 캘리포니아반도 옆 태평양연안 구아달루페섬 맞은편에 위치한 섬이다. 겉으로 보면 황대호 회장의 별장 한 채만이 서 있는 섬 같지만, 그 지하에는 어마어마한 시설이 갖추어져 있는, 원래 무인도였는데 황대호 회장이 그 섬 전체를 사들여 HK그룹 제2의 아지트로 꾸며 놓은 곳이다.

"아, 잠깐만. 챙길 건 챙겨야지. 애국단 비밀장부하고 자금도 좀 갖고 가야지 않나 김단장. 구경만 하고 있을 거야. 어서 넣으라구."

혼비백산한 대호는 회장책상 뒤편에 설치된 금고를 열고 애국단 비밀장부와 산더미같이 쌓여 있는 달러를 두 개의 대형가방에 쑤셔 넣는다.

"시간 없습니다, 회장님."

김충국이 달려와 함께 달러를 쓸어 넣는다. 비밀장부와 달러를 대충 챙긴 대호와 충국은 잠시 서로의 눈빛을 본다. 잠시 후 회장자리로 가서 서랍에 들어 있는 권총을 허리춤에 넣은 대호는,

"가지, 김단장."

잽싸게 맞은편 벽 쪽으로 가서 걸려 있은 동양화를 떼어낸 뒤, 안에 들어 있는 키를 잡아당긴다. 옆에 놓여 있는 장식장이 웅 소리를 내며 회전하기 시작했고, 잠시 후 비밀통로가 나타난다.

타 앙 ──

그때 유리창이 쨍그렁 깨지고 수발의 탄환이 날아들었다. HK백화점 맞은편 건물 옥상 위에 있던 저격수들이 방아쇠를 당긴 것이었다. 그러나 대호와 충국은 이미 비밀통로를 빠져나

간 뒤였다.

　복도에서 총을 쏘며 대항하는 애국단원들을 경찰이 제압한 것은, 비상계단으로 올라온 경찰들이 합류한 뒤였다. 경찰들은 방마다 문을 열고 안에 있던 애국단원들을 제압하면서 회장실로 밀려갔다. 그러나 회장실은 텅 비었고, 총탄이 날아 들어온 흔적이 역력한 가운데 대호는 보이지 않았다.

　"본부 나와라. 여긴 1조다. 박쥐가 사라졌다."

　"뭐얏, 알았다. 다시 연락하겠다."

　1조 팀장으로부터 대호가 사라졌다는 연락을 받은 허드슨 수사관은 발로 땅을 쾅 치면서 한 바퀴 빙글 돌다가 다시 무전기를 들었다.

　"본부다. 누군가?"

　"7조다. 임무 완수했다."

　"수고했다. 7조."

　7조는 홉킨스 요원이 이끌고 간 지하 7~8층 마약제조공장 접수팀이다. 같은 시각, 홉킨스는 거대한 규모의 마약제조공장을 보고 아연실색해 입을 다물지 못한다. 시내 한복판에 이와 같은 마약제조공장이 있다니, 절로 입이 벌어지는 것이다. 지하 7~8층에서 마약을 제조하는 그날 작업조만 해도 30여 명의 인원이다.

　"끌고갓."

　홉킨스는 검거한 그들을 끌고 밖으로 나간다.

　한편, 황대호와 김충국을 놓친 1~5조는 HK백화점 건물을 한 층씩 샅샅이 수색하고 있었다. 그러나 이미 비밀통로를 통해 빠져나간 대호와 충국은 보이지 않는다. 본부에서 발을 구르며 가슴을 조이고 있는 허드슨한테 무전이 온 것은 그 무렵이다

"8조다. 박쥐가 옥상에 나타났다. 헬리콥터가 대기하고 있다. 목표물을 정해달라."

"좋다. 일단 1차 목표는 헬기다."

저격수들로부터 연락을 받은 허드슨은 다시 1, 2, 3, 4조를 불러 옥상으로 가라고 지시했다. 회장실을 점령했던 1~4조들이 다시 엘리베이터와 비상계단을 통해 옥상으로 올라가고 있은 동안, HK백화점 맞은편 건물 옥상 위에 있는 저격수들이 백화점 건물 옥상 위에 대기하고 있는 헬리콥터를 향해 사격을 개시한다. 비상통로를 빠져나온 대호와 충국이 막 헬리콥터를 타기 위해 뛰어가고 있을 때,

쫘앙——.

폭발음과 함께 HK백화점 건물을 붕괴시킬 듯 뒤흔들면서 헬리콥터가 폭발한다. 캄캄한 밤, 폭발한 헬리콥터의 불길이 하늘 높이 치솟는다. 거대한 불기둥과 함께 시뻘건 화염이 HK백화점 건물 위 상공을 뒤덮는다.

## *10*

"…당신은 자신에게 불리한 증언을 하지 않을 권리가 있고, 변호사를 선임할 수 있는 권리가 있습니다."

HK백화점 옥상에서 황대호와 김충국을 체포한 경찰은 미란다 원칙을 들려준 뒤 철커덕 손목에 수갑을 채운다. 달러가 가득 들어 있는 가방을 열어보던 경찰이 입을 쩌억 벌린 채 혀를 내두르면서 다시 닫는다. 경찰이 두 개의 대형가방을 압수하고 대호와 충국을 끌고 백화점 밖으로 나올 무렵, 인화와 동광,

그리고 묘옥이 경찰차에서 나와 허드슨 옆으로 나왔다. 맨앞에서 끌려 나오는 50대의 사내는 황대호, 그 뒤의 사내가 김충국일 것이다. 그들을 보는 순간, 동광의 눈에서 살기가 번득인다. 당장이라도 달려가 목이라도 비틀어 버리고 싶은 충동이 꾸역 일었으나 그럴 수 없는 동광은 주먹을 불끈 말아쥔다. 그들을 보고 있는 묘옥의 눈에서는 뜨거운 눈물이 주르르 흘러내린다. 황대호와 김충국, 그 뒤로 굴비 엮듯 줄줄이 묶여 나오는 애국단원들은 대기하고 있는 경찰차에 실려가고 있었다.

"다 끝났습니다. 닥터 서——."

황대호 일당이 모두 연행되어 간 뒤, FBI 수사관 허드슨이 인화를 향해 돌아선다. 동광과 마주보고 있던 인화가 앞으로 걸어간다.

"오늘 애국단 일단을 검거한 모든 공은 바로 닥터 서에게 있습니다. 먼저 사과의 말씀부터 드립니다. 이제 말이지만, 닥터 서를 이 사건에 끌어들인 것은 바로 나의 계획된 작품이었습니다."

"끌어들이다뇨, 허드슨 수사관님?"

"네, 분명히 말씀드려… 끌어들인 겁니다. 원래 한국에 관심이 많았지만, 이번 사건으로 나는 한국역사 공부를 더욱 깊이 하게 되었습니다. 미세스 로즈의 제보로 황색 노예단을 인지하는 순간, 나는 깊은 관심을 가졌습니다. 황색 노예단 배후에는 분명히 한국인의 범죄조직 냄새가 나는데, 한국인에 대해 잘 모르는 나로선 접근하기가 쉽지 않았습니다. 그래서 나는 그 조직을 밖으로 끌어내기로 한 것입니다. 여성사회학을 전공한 닥터박(박사월 교수)에게 연락을 했고, 닥터 서가 오게 된 것입니다. 내 계획은 적중했습니다. 우리가 시애틀에서 처음 만난 뒤, 그 조직의 일원——지금부터 애국단이라고 하죠——이

미행을 하는 겁니다. 그 미행자들을 우리가 또 미행했죠."

"알만 해요. 결국 나는 미끼였던 셈이군요! 박사월 교수도 알고 계시나요?"

"물론."

"알겠어요. 이제 알겠어요."

세상에 믿을 남자 한 명도 없다고 하더니, 박사월 교수까지 그녀를 속였구나, 하는 생각이 들자 인화는 퍽 서글퍼진다. 남자에 대한 첫번째 실망은 아버지가 안겨 주었다. 그렇게 인자하기만 하고 교수로서, 의사로서, 또한 아따금씩 TV나 각종 매스콤에 단골로 출연해 강의를 하는 지성으로서 명망을 덜쳐 온 사회지도급 인사인 아버지가 가족들 몰래 외도를 하고, 자식까지 낳아 집으로 돌아왔을 때, 인화가 받은 실망과 충격은 컸다. 그랬는데 아버지 친구로서 지도교수로서 늘 자상하게 가르침을 주고 있는 박사월 교수는 한 마디 말도 없이 그녀를 사지로 몰아넣은 것이었다. 원망할 생각은 없다. 황색노예단의 정체가 밝혀졌고, 그것이 그녀가 구상하고 있는 논문의 충분한 자료가 될 수 있었으므로 그 정도의 가치는 있다.

"그럼 나를 미행한 애국단 조직원들을 미행한 것이 바로…."

어이가 없다는 듯 잠시 허공을 향해 쓴 미소를 짓던 인화의 눈길은 허드슨 옆에 서 있는 홉킨스에게 날아간다.

"그렇습니다, 바로 나였죠. 하하. 닥터 서는 물론 그자들이 미행하는 것을 몰랐을 겁니다. 생각해 보면, 닥터 서가 위험할 수도 있었지만, 나로서는 그 위험을 감수할 수밖에 없는 심정이었습니다. 다시 한번 사과드립니다."

"결과적으로 잘 됐잖아요. 어쩜 그렇게 깜쪽같을 수가 있죠. 아. 한 가지만 묻죠. 그럼 코퍼스크리스티에서 홉킨스 수사관님을 만났을 때도, 마침 그곳으로 출장을 온 것이 아니고, 계속 미행을 했었던 거로군요."

"그렇습니다. 사실 덴버에서 닥터 서가 훌쩍 귀국했을 때 우리는 많이 당황하지 않을 수 없었습니다. 그리고 바로 온 것도 아니고 6개월이나 지난 뒤에 오지 않았습니까. 그때 우리는 다른 미끼를 사용할까, 하고 망설이는 중이었습니다. 그런데 닥터 서는 훌륭한 친구를 두었더군요. 라이터 윤이 가라데를…."

"태권도입니다. 허드슨 수사관님."

잠자코 얘기를 듣고 있던 동광이 바로 잡아준다.

"예. 태권도! 라이터 윤이 태권도 실력을 발휘해 닥터 서에 대한 위험을 조금 덜 수 있어서 얼마나 다행스러웠는지 모릅니다. 결과적으로 이번에 범죄조직 애국단을 일망타진한 것은 라이터 윤이 그 실마리를 풀어 주었습니다. 클리브랜드에서 라이터 윤이 때려눕힌 그자들이 모두 불었으니까요. 두 분, 아니, 로즈까지 세 분… 정말 감사합니다. 덕분에 홉킨스 요원과 나는 진급을 하게 될지도 모릅니다. 하하."

"하하하."

깊은 밤, 휘황한 네온사인이 불을 붉히는 LA 중심가, HK백화점 앞에서는 웃음이 흘러넘친다. 잠시 후 허드슨과 홉킨스 요원은 경찰차를 타고 돌아갔고, 뒤에 남은 인화와 동광, 묘옥, 그리고 CIA 리차드슨과 찰리 요원은 네온사인이 번쩍이는 거리 반대쪽으로 걸음을 옮긴다.

"동광씨. 한 가지 궁금한 것이 있는데, 이모가 윤씬데 동광씨가 왜 윤씨야? 이모님을 만난 이후 계속 내 머릴 누루고 있는 궁금증이라구. 말해 줄래?"

"응. 그거, 내가 얘기해 주지. 서선생은 잘 모르겠지만, 우리같이 아버지에게 버림받은 혼혈아는 아버지가 없으니까, 한국에서 살려면 누군가 아버지를 삼아야 돼. 묘숙언니는 그때 미혼모로 동광일 낳았어요. 그러니까 삼을 아버지도 없겠지. 그래, 할수없이 할머니가 아들로 입적을 시킨 거야. 호적상으로 동광이는 내 동생인 셈이야. 우리 족보는 그래요. 버림받은 족보지!"

"족보… 라구요."

족보라는 말이 튀어나오자 인화의 의식에는 문득 만금파 족보가 떠올랐고, 뒤이어 그녀가 쓰려고 몇 년 동안 매달린 논문이, 그녀의 손길을 기다리는 활자들이 아득이 밀려온다.

"자. 그럼, 우린 여기서 헤어져야겠구나. 두 사람, 큰일 했다. 동광이는 나와 함께 워싱턴으로 갔으면 좋겠다면, 굳이 간다고 하니 말리지는 않겠다. 잘들 가라."

"네, 이모. 안녕히 가세요."

"이모님, 아버지 찾으신 거… 축하드려요."

동광에 이어 인화도 묘옥과 악수를 나누었다. 잠시 후 인화, 동광과 헤어진 묘옥은 CIA 리차드슨과 찰리 요원과 함께 조금 전 FBI 허드슨과 홉킨스 요원이 황대호 일당을 연행해 간 네온사인이 번쩍이는 밤거리로 가고 있었다. 두 미국인에게 싸여 휘황한 도시로 사라지는 묘옥을 보고 있던 인화와 동광이도 그의 뒷모습이 보이지 않을 때 말없이 돌아선다. 이국땅의 밤바람이 차갑게 불어온다.

# 제9장 만금파 여인들

## 1

**가**을이다. 산과 들판에 서 있는 나무들은 울긋불긋 단풍을 드리운 채 가을향취를 한껏 뿜어내고 있다. 맑고 푸른 하늘 저편으로 검은 구름이 밀려온다. 경기도 의정부를 벗어난 차는 국도 위를 달리고 있었다. 이따금씩 나타나는 이정표에서 「동두천」을 확인하며 서인화 교수는 주위를 흘끔거린다. 초행길이었으므로 차창 밖으로 보이는 풍경들이 설레임으로 달려온다. 그러나 지금 미지의 세계에 대한 설레임을 즐기면서 여행하기에는 인화의 마음이 편하지가 않다. 당장 동두천행 자체가 그녀의 마음을 무척 슬프게 만들었다. 그녀에게 남자친구라고는 하나밖에 없는 윤동광 기자의 여동생 종희가 죽은 것이다. 그것도 살해당했다. 마음이 편하지 않는 두 번째 이유는, 지난 3년여 동안 매달려온 논문 —— 한국여성수난에 대한 사적 연구, 특히 그 주동인물이 될 만금파 최후의 여자 달님이라는 인물이, 그녀가 살아온 고달픈 삶이 인화의 마음을 무겁게 짓누르는 까닭이다. 그 사이에 인화는 조교수로 승진했다. 그러니까 그녀는 전임강사 시절을 송두리째 황색여자노예단과 만금파 여인들의 수난 —— 특히 달님이의 그 고달픈 역정에 매달려 온 셈이다.

나름대로 수확이 전혀 없지도 않았다. 그러나 인화의 마음이 쉽게 벗어날 수 없는 무게에 짓눌려 있는 것은 아직 달님이를 다만 증언 속의, 이야기 속의 인물로 만났을 뿐, 실체적 인물을 만나지 못했기 때문이다. 하기는 증언 속의 달님이를 만나기 까지의 과정도 수월하지는 않았다. 박사월 교수가 입수해 주었던 만금파 족보의 맨 마지막에 기록된 여금초의 행적을 쫓기 위해 전주를 몇 번씩이나 다녀와야 했다. 그러나 여금초 혹은 그녀의 아버지 여형련이라는 이름 석 자만 달랑 들고 대도시 전주에 가서 어떻게 그들의 후예를 찾는단 말인가. 몇 번의 시도가 허사로 돌아간 뒤, 인화에게 만금파 후예를 찾도록 실마리를 제공한 것은 늘 그러하듯 박사월 교수였다.

"뭐야, 아직도 못 찾았단 말이야. 서선생. 이거, 큰일 났구먼. 그래 가지고 어떻게 논문을 쓰나. 거, 누구지? 만금파 족보 마지막 등장인물 말이야? , 여금초라구. 아버지는… 여형련이라는 사람이구. 그럼 간단한데 뭘 그렇게 방황하나. 서선생, 여씨는 흔치 않은 성이야. 내가 알고 있기로 함양여씨가 있는데, 혹시 모르지. 다른 여씨도 있는지. 아무튼 여씨 족보를 뒤져보라구."

학문연구의 세계는 길 떠나는 여행과 같다. 길을 알고 나면 그렇게 어렵지도 않은데, 그리고 그 길은 바로 옆에 있는데, 그 길을 몰라 혼자 방황할 때가 많이 있는 것이다. 만금파 후손 찾기만 해도 그러하다. 족보에 등장하는 인물을 찾기 위해서는 바로 그 족보를 참고하면 될 터인데, 족보는 제쳐두고 현장으로 달려갔으니 그렇게 방황만 하게 된 것이었다. 욕심이 너무 앞선 탓일 것이다. 박사월의 충고를 받던 날 인화는 그대로 자리를 차고 일어나 중앙도서관으로 달려갔다. 거기에서 그녀는 그토록 찾아헤맸던 여형련, 그리고 금초의 이름을 확인할 수 있었고, 그 순간 얼마나 기뻤던지! 처음에 찾은 것은 함양여씨 족보였는데, 그 많은 분량을 아무리 뒤져도 여형련은 나타나지 않았다. 그리고 다시 찾은 것이 『익산여씨대동보』── 거기에는 분명히 조선조 말 진사벼슬을 지낸 여형련의 이름이 올라 있었다. 물론 그의 딸 금초의 이름까지.

만금파 족보──인화가 입수한──는 구한말에서 멈추었고, 그 후 일제 36년, 그리고 해방 후 50여 년이 지난 지금, 만금파 후손을 찾으려면, 3세대──한 세대를 30년으로 기준했을 경우──를 더 찾아야 한다. 이 경우, 족보를 남긴 우리 조상들은 얼마나 훌륭한 문화를 남겼는가! 인화는 절로 고마움이 앞섰다. 물론 그녀는 여금초 이후 3세도 족보부터 찾아 나섰다.

여금초가 혼인한 남자는 장흥박씨 개남이라는 인물이다. 다시 장흥박씨 족보를 탐험했는데, 박개남이 있기는 하였다. 동학 접주인 박개남은 슬하에 아들 넷과 딸 둘을 두었고, 이름은 당이와 당금이다. 인화가 탐험해야 할 다음 인물은 당이와 그 후손들이었다. 그러나 모든 일이 그렇게 순탄하게 이루어지는 것은 아니다. 당이는 그 후 어떻게 되었는지, 혼인 여부에 대한 기록이 없는 것이었다.

다만 둘째딸 당금에 대해서는 남원신씨 경준이라는 인물과 혼인한 기록이 있어 그나마 다행으로 여겨야 했다. 당이 추적을 잠시 보류하고, 인화는 다시 당금과 그 후손 찾기에 나섰다. 그리고 당금을 찾는 데는 그렇게 많은 노력을 필요로 하지 않았다. 남원신씨 족보에는 훈련원 부정·5위 상호군·훈련원 도정벼슬을 지낸 신회암의 아들 신경준과, 그의 부인 박당금이 이름은 없지만, 장흥박씨라는 본관과 성으로 분명하게 기록되어 있고, 둘 사이에 달님이라는 딸이 있고, 그 딸이 전주윤씨 형직이라는 인물과 혼인한 것까지도 기록되어 있다. 다시 전즈윤씨 족보를 찾아보았는데, 형직과 달님이 사이에 남경이라는 아들 하나만 있고, 인화가 찾고자 하는 딸은 없다. 결국 인화가 찾고자 하는 만금파 여자후손들은 10세 박당이에서, 그리고 11세 달님이에서 끊어졌단 말인가. 며칠 동안 도서관에 처박혀 낡고 퀴퀴한 족보들을 뒤적였으나 벽에 부닥친 인화는 피로한 몸을 이끌고 집으로 돌아왔다.

"얘, 전화왔다. 박교수님이셔."

인화가 절망의 늪에 빠져 헤어나지 못하고 있을 때, 다시 나타나 실마리를 제공해 준 것은 역시 박사월 교수였다. 인화로부터 자초지종을 듣고 있던 박사월은,

"그런가, 그럼 이제부터 현장을 답사하는 수밖에 없구먼. 혹시 아는가. 달님이라는 실체를 찾을 수 있을지. 혹 그에게 딸이 있다면, 그 딸도 만날 수 있을 테구. 서선생, 학문의 세계는 학자에 따라 전공이 있으니까 그 전공만 두고 본다면 좁다고도 할 수 있지만, 좁으면서도 넓은 것이야. 넓게 보라구. 서선생은 한 가지에 매달리면 너무 깊숙이 빠져들어 다른 곳을 보지 않는단 말이야. 뭐랄까, 나무에만 매달리지 말고 숲을 보라는 거야. 숲을 보면 나무도 봐야 하구. 내가 지금 계산하고 있는데, 만금파 11세손 달님이라는 여자가 태어난 해는 1925년이야. 족보상으로 말이야. 그렇다면 현재 생존해 있을 가능성도 있다는 얘기지. 아무리 몇 년씩의 오차를 감안한다고 해도 일흔 이쪽 저쪽이야. 즉, 달님이는 동시대, 아니면 한 세대 정도 빠른 인물이지. 아무튼 고생 많았네. 달님이까지 찾아낸 것만 해도 큰 수확이야."

박교수의 충고 한 마디는 바람이 꽉 찬 풍선을 바늘로 콕 질러 터뜨려버리듯 인화의 답답한 마음을 한꺼번에 뚫어주는 것이었다. 다음날 인화는 망설일 것도 없다는 듯 남원으로 향했고, 남원에서 남원신씨를 찾는 일이란 그렇게 어려운 일도 아니어

서 꼭 하루의 시간을 돌아다닌 끝에 대강면 강석리에 도착할 수 있었다. 그리고 강석리에서 만난 마을노인들한테 윤형직과 달님이 부부 이야기는 지천으로 널려 있었다. 그날부터 인화는 몇 달 동안 강석리와 이웃 송대리를 오르락내리락거리며 형직·달님이 부부에 대한 증언 채집에 나섰다. 그리고 그들 부부에 대한 증언은 국군·경찰에 의한 강석리 양민대학살을 끝으로 더 이상의 행적은 나타나지 않았다.

"달님이요? 모르제. 아마 모르긴 몰라두, 학살 하루 전날 불에 타 죽었을기여. 그날 예배당이 불에 탔거든. 긍게, 그날 밤내내 콩볶듯 총소리가 들렸는디, 그 다음날 학살당허기 직전에 저그 논매비에 동네사람들이 남녀노소 빼놓을 것 읎이 다 모였지만서두, 달님이를 보았다는 기억은 읎으닝께. 형직이! 그 양반도 몰러. 들리는 소문으로넌, 학살 다음 다음날 여그로 와서, 왔다면 달님이 볼라고 왔것제, 제발로 군부대에 잡혀갔다는 야그도 있넌디, 고거씨 사실이라면 사형되얐을 거여. 허지만서두, 그건 아닐 것이구먼. 지리산 큰 두목이 되야 그리 신출귀몰허게 천지사방을 누비고 다녔을 적에두 잡히지 않았넌디, 그리 쉽게 잡히것당가잉."

## 2

도로변 주유소에서 기름을 가득 채우고 나와 막 도로쪽으로 진입하려고 할 때「사랑의 인사」멜로디가 들려왔다. 가방 속에 든 휴대폰이 울리는 것이다. 옆자리를 흘끔 보던 인화는 차의 속도를 늦추면서 왼손으로 핸들을 잡고 오른손으로 가방 속을 더듬거리며 휴대폰을 꺼낸다.

"에미다, 어디 있니?"

휴대폰에서 들리는 침착한 목소리는 어머니 천여옥이다. 오피스텔을 나온 지 한 나절밖에 되지 않았으나 초행길의 낯선 세계에 와서 귀에 익은 어머니의 목소리를 듣자 인화는 무척이나 반갑다. 그러나 그녀는 이내 그런 반가움을 눌러 버린다. 아버지의 둘째부인 —— 인화는 그렇게 불렀다 —— 한성애와 그의 아들 동규가 집에 들어와 살게 된 이후 집을 나온 인화는 같은 서울에 살면서도 아직 한 번도 집에 들어가지 않았다. 생각해 보면, 어머니가 싫은 것도 아니다. 그러나 싫은 것을 싫다고 하지 못하는 어머니가 그녀는 도대체 마음에 들지 않았다.

"엄마가 어쩐 일이우. 난 동두천에 왔수."

"동두천엔 왜? 알았다. 일이 있겠지. 어디 좀 갈 데가 있는데, 동두천이라면, 나 혼자 다녀와야겠구나."

"다녀오다니 … 어딜?"

"공항에. 방금 전화가 왔는데, 외할머니가 오신다는구나. 기내에서 전화를 하신 모양이다. 연락도 없이 … 노친네가 그 먼 길을. 건강은 괜찮은지 모르겠다. 너희 외할머니가 그렇구나!"

"외할머니가 오세요! 방학 때 우리가 가기로 했잖아요?"

"글세 말이다. 무슨 일이 있으신 모양이지. 이따 집에는 들어오는 거지? 그때 얘기하자. 그럼, 끊으마. 운전 조심하구."

여옥이 먼저 전화를 끊었고, 휴대폰 뚜껑을 닫아 옆자리에 놓은 뒤 인화는 다시 두 손으로 핸들을 잡는다. 눈앞에는 지난 여름방학 때 미국에 가서 보았던 외할머니의 뽀얀 얼굴이 떠올랐다.

동두천에 도착한 것은 그날 저녁 무렵이다. 서울에서 그리

믿지 않는 곳에 위치한 동두천이지만, 역시 처음 와보는 터라 도시는 낯설기만 하다. 이따금씩 거리를 지나가는 백인과 흑인 병사들의 모습도 인화에게는 퍽 어색한 느낌이다.
 '―배상하라! 배상하라!"
 갑자기 바깥이 왁자지껄했다. 인화는 얼른 속도를 줄이고 차창 밖으로 고개를 돌린다. 인도 쪽에서 한 무리의 여자들이 피킷을 들고 농성을 하며 행진하고 있다. 아마도 자기가 동두천에 온 일과 무관하지 않을 것이라고 생각하며 인화는 더욱 속도를 늦추어 그들을 따라간다. 피킷에는 「미국은 참회하고, 윤종희 죽음을 배상하라」, 「양키는 물러가라」, 「살인마 미군은 백배사죄하고, 감옥으로 가라」와 같은 살벌한 문구들이 난무하는 가운데, 여자들은 구호를 외치며 질서정연하게 행진해 간다. 주위에서 사람들이 나와 기웃거리며 구경을 하고 있고, 경찰들 몇 명이 뒤를 따라가고 있다. 기지촌 여자들일 것이다. 인화는 요즘 한창 신문·방송에서 떠들썩하게 보도하고 있는 기지촌 여자 윤종희 피살사건 실태를 현작에서 직접 목격하기 위해 이곳 동두천까지 온 것이었다. 바로 여기가 한국여성수난사의 살아있는 현장일 터이므로.
 보도에 따른 윤종희 피살사건의 내막인즉, 그러했다. 평소 자주 기지촌을 찾던 백인병사 클린턴 일병이 윤종희를 찾았으나, 그날따라 몸이 불편한 윤종희는 클린턴의 제의를 거절하고 자기 방으로 돌아가 휴식을 취하고 있었다. 그러나 술이 취한 클린턴 일병이 그날 밤 윤종희를 찾아와 성관계를 요구했고, 종희가 끝내 거절하자 구타를 하기 시작한 클린턴 일병이 맥주병을 깨트려 온몸을 난자를 해버린, 결국 종희가 그 자리에서 죽은 끔찍한 사건이다.
 문제는 거기서 끝나지 않았다. 한국경찰에서 살인자 클린턴을 구속하는 데도, 처음에는 미군당국의 벽에 가로막혀 불가능했던 것이 연일 톱을 장식하는 언론보도 때문에 미군당국에서 한 발 물러나 이틀 뒤에나 가능할 수 있었고, 지금 클린턴은 검찰로 송치되었으나 곧 불구속 조사를 받게 될 것이라는 보도가 있자, 재야단체가 발끈한 가운데 저렇게 기지촌 여성들을 분노하게 만들었는가 보았다. 도로변에 정차한 뒤 차에서 내린 인화는 시위대열 후미로 달려갔다.

"헛. 누구야, 저것들? 양갈보들 아녀. 헛. 참. 세상 말세로구먼. 모르긴 몰라두, 양갈보들이 데모하는 것은 우리 동두천 생기고 처음 있는 일 아녀."

"예끼. 이 사람. 양색시들이 데모할 만도 하지 뭘 그러나. 미군들이 오죽 행패가 심한가. 이번 윤종희 사건만 해도 그래. 클린턴인가 뭔가 그 미군놈은 뻔히 드러난 거짓말로 발뺌을 하려고 하는 모양이지만서두, 삼척동자가 보아도 그건 살인이야, 살인! 양색시가 살인을 당했는데, 그럼 자네는 나 죽었소, 하고 가만 있겠는가."

"아무리 그러하기루, 미군 덕에, 미군들과 화냥질해서 그나마 입에 풀칠이나 하고 사는 여자들이 데모는 무슨."

"뭐야? 지금 뭐라고 했어. 뚫린 주둥아리라고, 그렇게 함부로 놀려도 되는 거야 뭐야. 당신은 자존심도 없어?"

"자존심 좋아하고 있네. 아. 자존심이 밥 먹여 주나. 자존심은 자존심이구 사실은 사실 아니냔 말이야. 나두, 가게를 하고 있지만, 솔직이 말하면, 우리 동두천이 미군 덕을 보고 있는 것은 사실 아니냐구. 미군이 철수했단 봐라. 우리 가게가 제대로 되겠냔 말이야. 양갈보들이 저렇게 나오면 미국들 외출도 뜸해질 테구, 당장 우리 가게도 어려워지는 것은 사실 아니냔 말이여."

"뭐 어쩌고 어째. 듣자, 듣자 하니까 이 자식 이거, 간도 쓸개도 없는 놈 아냐. 야. 이 새끼야. 네 말대로 미군 때문에 기지촌 사람들이 벌어먹고 산다고 해. 그럼, 기지촌 사람들은 미군이 다 때려 죽여도, 살인을 해도 좋다는 거야, 뭐야? 뭐, 이 따위 후레자식이 있어, 이거! 그렇다면, 한 가지만 물어보자. 엉. 네놈 마누라가, 네 놈 딸이 그렇게 당해도 가만 있을 거야?"

"뭐야. 너 방금 뭐라고 했어. 앙. 어디다 누굴 비기는 거냐구. 야. 이놈아. 양갈보하고 내 마누라가 같아? 내 딸이 그래, 어엿한 일류 대학생인데, 그럼 일류 여대생하고 양갈보하고 같냐. 이런 개 같은 자석 좀 보게, 이거."

구경꾼 가운데 오륙십대로 보이는 좀 늙스구레한 남자 두 명이 서로 자기 주장을 펴다가 아예 멱살을 움켜쥐고 급기야는 싸움이 붙었다. 구경꾼들은 아예 시위대열보다 두 남자의 싸움 쪽으로 돌아선다. 경찰이 호각을 불며 달려와 두 사람을 말렸으나 막무가내였다. 두 사람의 얘기를 옆에서 들었던 인화는 결국 갈 데까지 간 그들은 싸울 수밖에 없고, 싸움이 쉽게 끝나지 않을 것이라는, 끝날 수 없는 싸움이라는 생각이 들었다. 잠시 동안 두 사람의 싸움을 보던 인화는 구경꾼들 틈을 비집고 나와 시위대열 쪽을 바라보다가 주차해 둔 도로 건너편으로 갔다.

## 3

키를 꽂고 시동을 걸었으나 다리가 후둘 떨려 운전하기조차 어렵다. 건너편 인도에서 싸움을 하고 있는 두 사람의 얘기가 인화의 의식을 가득 채우고 있었기 때문이다. 괜히 동두천까지 왔다는 생각이 들기도 한다. 과연 무엇을 보기 위해 여기까지 왔단 말인가. 비감한 느낌이 전신을 타고 흘러내린다.

"성모병원이 어디죠?"

인화는 행인들에게 물어, 물어 성모병원을 찾아갔다. 성모병원은 동두천역에서 그리 멀지 않은 곳에 위치하고 있었다. 병원에 도착한 인화는 주차장에 차를 주차시켜 놓은 뒤 조금 전에 꽃집에서 사온 흰 장미 한 송이를 들고 병원 지하실에 자리잡고 있는, 윤종희가 안치된 영안실로 갔다.

"왔냐?"

막 영안실에서 나오던 윤동광이 인화를 보고 아는 척을 했으나 곧 얼굴이 일그러진다. 그를 보는 인화는 가슴이 아프게 떨려온다.

"동광씨. 어찌 이런 일이."

위로를 하고 싶었으나 할 말도 없다. 영안실은 산비탈을 깎아 지었는데, 영안실 맞은편 옹벽 밑으로 가서 고개를 숙인 채 쪼글트리고 앉은 동광은 차마 소리는 내지 못한 채 끄윽끄윽 울고 있다.

"종희는 우리 셋째이모가 감옥에서 낳은 아이야. 무슨 소린지 알겠니? 70년 초 여대생이었던 우리 이모는 시국사건으로 검거됐고, 말 하지 않았으나 그때 성고문을 당한 것 같아. 그 성고문으 낳은 아이가 바로 종희라구. 어디까지나 내 추측이지만. 렇지 않고는 무기징역을 받고 감옥살이를 했던 이모가 이떻 종희를 낳을 수 있겠어. 더구나 이모는 감옥에 수감된 지 여섯 달만에 종희를 낳았단 말이야. 이모는 감옥에서 나온 뒤 실어증에 걸렸고, 지금까지 말도 못해. 그러니까 종희 아버지가 어떤 놈이 되는지도 모르지 뭐. 그런 종희를 그 미국놈이 죽였단 말이야. 헉. 흑."

동광의 추측은 정확했다. 묘선이 경찰서에서 수차례에 걸쳐 성고문을 당한 것도 사실이고, 종희는 바로 묘선에게 성고문을 가했던 양산박의 딸이다. 갓 여대생이 되어 남자와 첫 경험을 한 황대호의 배신, 그리고 그 악몽 같기만 하던 성고문으로 실어증에 걸린 묘선이 입을 열지 않았으므로, 종희 아버지가 누구인지도 아니, 성고문을 당했는지조차 그의 가족은 물론 주위 사람들은 알 수 없다. 그러나 기자가 직업인 동광이 나름대로 추정을 하고, 사실 가까이 접근하고 있었는가 보았다.

"이럴 수는 없어. 도대체 이게 누구 죄야. 이모도 그렇지만, 종희가 무슨 죄냐구. 종희가 왜 죽어야 돼. 헉."

주먹을 쥐고 옹벽을 치며 오열을 터뜨리는 동광을 보고 인화는 더욱 말문이 막힌다. 대학시절 만난 동광은 그의 집안에 대해서는 거의 입을 다물다시피 했고, 그의 집안내력이 한 껍질 벗겨진 것은 미국에 가서 둘째이모 윤묘옥을 만났을 때였다. 그리고 지금 두 번째 껍질을 벗고 있는 것이다. 성고문으로 낳은 종희가 윤씨가 된 것 역시 동광과 같은 이유일 것이다. 성고문을 당해 감옥에서 아이까지 낳았으면서도 폭로는 커녕 실어증에 걸렸다면. 인화는 문득 80년대 권양 성고문 사건을 떠올린다. 그녀 역시 여대생으로 경찰에 연행되어 성고문을 당했는데, 그 후에 밖으로 나와 자신이 성고문을 당했다는 사실을 당당하게 폭로했다. 10년이면 강산도 변하는 세월이라고 하지만 과연 70년대와 80년대의 거리는 그렇게 먼 것일까.

"죽고 싶어. 아니, 죽여 버리고 싶다. 누가 우릴 이렇게 만든 거야. 그놈들 모두 내 손을 죽여 버리고 싶다구. 흑."

오열하는 동광을 지켜보면서 인화는 문득 자책감이 들었다.

그녀는 지금까지 논문을 쓰기 위해 만금파 여인들—— 그렇게 먼 곳에서만 찾고 있었으나, 알고 보면 그녀와 가장 가깝게 지내는 남자친구 동광의 집안이야말로 바로 한국여성수난의 한복판이다. 한참 동안 동광의 뒷모습을 보고 있던 인화는 아무 말도 하지 못하고 돌아섰다.

영안실뿐만 아니라 병원 안팎에는 흥분한 여자들로 북새통을 이루고 있었다. 곳곳에서 너나 할것 없이 윤종희를 살해한 클린턴 일병, 나아가 미군당국, 더 나아가 미국을, 그리고 무능한 한국당국에 대해 비난을 퍼붓는 목소리들이 터져 나오고 있다. 여자들 사이를 뚫고 영안실로 들어간 인화는 신발을 벗고 마루 위로 올라선다. 초라한 윤종희 영전 앞에는 몇 명의 흰 소복차림의 여인들이 앉아 있다. 미국에서 언제 돌아왔는지 인화의 눈에도 낯이 익은 윤묘옥의 얼굴도 보이고, 그녀 옆에 기우뚱 고개를 떨군 채 말없이 앉아 있는 미모의 여인이 바로 종희의 어머니일 것이다. 그리고 그녀 옆에는 40대 후반의 또한 여인이 앉아 있다.

살금살금 윤종희 영전 앞으로 다가선 인화는 흰 장미를 놓고 묵념을 올린다. 의식은 혼란스럽기 그지없다. 도대체 남의 일이 아니다. 어떻게 남의 일이겠는가. 혼돈의 물결이 밀려와 한바탕 소용돌이친 그녀의 의식은 구멍이 뻥 뚫려 혼돈의 물결이 빠져나간 뒤 아예 텅 비어버린 느낌이다. 잠시 후 인화는 후둘거리는 걸음을 간신히 지탱하며 영안실을 나왔다.

"종희야 아. 아이고 오. 종희야… 어쩌다가 네가 이리 됐냐 아 아. 종희야. 이것아. 네 에미도 그리 죽었는디, 너까정 그리 죽었더란 말이냐 아. 종희야 아. 억울하지도 않냐. 당장 일어나거라. 이 할미는 어쩌라구. 너까지 가면 할미는, 할미는 어떻게 살라구. 갈려면 내가 먼저 가야제, 어쩌 네가 먼저 간단 말이냐. 종희야 아."
 막 영안실을 나오던 인화는 구슬픈 곡소리에 차마 앞으로 걸음을 내딛지 못한 채 돌아선다. 백발에 흰 소복을 차려입은 한 노인이 종희의 영전 앞에 앉아 바닥을 치며 통곡을 하는 것이었다. 조금 전 문상을 할 때는 보지 못했던 노인이다. 인화는 문가에 서 있는 화환 앞으로 비켜서며 가만히 노인을 보았다. 마룻바닥을 치며 통곡하는 노인은 그러나 곱게만 늙은 얼굴이다.
 "할머니!"
 인화의 뇌리에는 문득 외할머니의 얼굴이 떠올랐다. 외할머니가 오늘 귀국한다고 했는데, 지금쯤 공항에 도착했을 것이다. 그러나 인화가 외할머니를 떠올린 것은 그것 때문만은 아니다. 백발에 하이얀 피부, 얼굴 윤곽 하나하나가 뚜렷한 종희 영전 앞의 노인의 모습이 얼핏 외할머니를 보고 있다는 착각이 들었다.
 "다아, 이 못난 할미 탓이다. 종희야. 네 에미를 병신으로 만든 것도, 네 이모들을 죽인 것도, …너를 죽인 것도 모두가 다 할미 탓이다 아. 할미가 네 년놈들을 죽였다. 이 할미를 데려가다고. 종희야. 너는 다시 살아나고, 이 할미를 데려가 아. 종희야 아. 이것아. 네 년 없이 할미는 못 산다 아. 아이고. 세상 사람들아. 세상 사람들아 아. 우리 종희 좀 살려주소. 이 늙은 것 잡아가고… 우리 종희 좀 살려주소 잉."
 노인의 비통한 음결을 들으며 인화는 차마 발길이 떨어지지 않았다. 아마도 죽은 종희의 할머니인가 보았다. 인간은 죽음을 앞두고 진실해진다고 했는데, 이와 같은 극한상황에서는 자신의 과거가, 차마 잊어버릴 수 없는 슬픈 일들이 떠오를 것이다. 인화는 마음속으로 노인의 말을 되뇌어 본다. 네 에미를 병신으로 만든 것이란 물론 종희 어머니가 실어증에 걸린 것을 가리키는 것이리라. 그럼 네 이모들을 죽인 것은…동광의 어머니가 죽은 것을 말할 것이다. 그러나 이모들이라면 복수인데, 또 누군가 동광의 이모가 죽었단 말인가. 의문은 또 있다. 네 년놈들이라면 동광의 어머니와 이모들 외에 또 남자가 있었다는 말이다. 후에 기회를 엿보아 동광에게 자초지종을 물어보겠다고 생각하며 인화는 노인을 뚫어지게 보고 있다. 노인은 좀체 통곡의 끈을 놓지 않는다. 그 노인에게 고개를 돌리지 못하는 인화는 온세상의 슬픔을 한자리에 모아 놓는다고 해도, 저 노인의 슬픔만 할까, 싶은 생각이 들었다.

"쯧쯔. 안됐제. 안되구말구. 우리 대모님 팔자가 저리 사나운 거야. 그게 언제야. 한 십 년 됐나. 종희 이모 말이야. 종희 이모도 종희같이 죽었잖아. 경찰에서는 자살했다고 하지만, 눈 감고 아옹 하는 식이지 뭐. 철도변에서 옷이 발가벗긴 채 목이 졸려 죽었는데, 그래, 제 죽을 때 옷을 벗고, 나체가 되어 제 목을 눌러 자살하는 경우가 이 대명천지에 어딨어."

"맞아. 그럼. 맞고말고. 그래서 종희 삼촌 조지가 나선 거 아냐. 종희 이모 죽인 야키놈들 끌어내 죽이고 감옥에 끌려가 사형당했잖아. 참. 종희 삼촌이 살아 있기만 해도 종희가 저리 되지는 않았을 거야. 우리도 이렇게 양키놈들한테 인간대접도 못 받고 살지도 않을 거구."

"그럼. 그때, 조지파, 하면 양키놈들이 벌벌 떨었잖아."

기지촌 여자들의 이야기를 들으며 영안실을 나온 인화는 쇳덩어리를 매달아 놓은 듯 무거운 발길로 걸음을 옮긴다. 어둑어둑한 바깥에는 비가 한두 방울씩 후두둑 떨어지고 있었다.

## 4

"맞아. 결국 클린턴은… 한미행정협정에 따라 불구속 수사를 받게 될 거야. 명색 검사라는 내가 내 입으로 이런 말하면 누워서 침뱉는 식이 되겠지만, 솔직하게 말해 구속수사를 한다고 해도 수사라고 할 것도 없을 걸세. 다만 형식적인 수사, 형식적인 재판만 진행될 뿐이라구. 여론 향배에 따라 수감될 수도 있겠지. 하지만 그게 언제까지 가겠나. 한두 달 수감되었다가 미국으로 돌려보내지게 될 거야. 그게, 좀 살 만해졌다고, 외교수립하는 데 마치 상품 거래하듯 밑돈을 얼마씩 주고, 최고 통치자 입으로 우리는 선진국 문턱에 들어섰다고 흰소리 치는 우리나라 현실이라네. 더 솔직하게 말할까. 아니, 아니, 그만두세. 아직 법복을 입고 있는 내가, 어떻게 이야길 하나. 그 얘긴 그것으로 접어두자구."

　돌아오는 길에 의정부에 들러 대학선배인 윤종희사건 담당검사로부터 절망적인 얘기를 듣고 나온 인화는 참담한 심경을 감추지 못한 채 서울로 향하고 있었다. 또 한 여자는 그렇게 희생당한단 말인가! 권력을 가진 자, 미국당국, 국민 일부가 기지촌 여자라고, 양색시라고, 양갈보라고 돌을 던질지 모르겠으나 윤종희의 죽음은 한 개인── 자연인이기 이전에 한국과 미국사이에 해결되지 않은 국가 대 국가 사이에 가로놓여 있는 음지 중의 하나일 것이다. 많은 음지를 두고 양지가 떳떳할 수는 없을 터이다. 결국 그와 같은 음지의 문제가 해결되지 않는 한, 종희같이 억울한 죽음을 당하는 희생자가 있는 한, 현재의 기지촌 여자들과 일제시절 전쟁터로 강제로 끌려가 일본군의 성의 노리개에 지나지 않았던 종군위안부와 다를 것이 무엇이란 말인가.

"누가 누구에게 돌을 던져? 이 나라 누가, 기지촌 여자들이 화냥질을 했다고 돌을 던질 수 있냐구! 과연 내가 기지촌 여자가 아니라고 해서, 그것이 남의 일이 될 수 있어? 흥. 기지촌이 언제 생겼는데. 남의 도움으로 해방된 탓 아니냔 말이야. 미군정 3년은 뭐야. 6·25전쟁은 뭐냐구. 결국 이 땅에 미군이 들어왔구, 기지촌이 생겨나구, 종희 모녀 같은 희생자가 생겨나는 거 아니냔 말이야."

결국 한·미 양국간에 가로놓인 음지를 해결하는 것은 그 원인이 된, 미군이 철수하지 못하는 명분이 되고 있는 분단, 그 높은 벽이 무너지는── 통일이 되는 일밖에 없을 것이다. 생각은 많았으나 한 명의 나약한 학자 혹은 대학교수에 지나지 않는 인화가 해결할 수 있는 일은 아무것도 없다. 인화 스스로 이렇게 초라해져 보기는 그녀의 의식이 생긴 이래 처음인 성싶었다. 빗줄기는 제법 굵어졌다. 한 치 앞도 분간할 수 없는 도로 정면으로 헤드라이트가 비추었으나 도로를 본다기보다는 감각적으로 운전하고 있다는 것이 더 정확한 표현일 것이다. 운전경력 2년이 넘었으나 인화의 운전실력으로는 아무리 속력을 내려고 해도 오륙십 Km 이상은 놓은 수 없을 정도로 억수같이 비가 내리고 있었다.

"할머니, 죄송해요. 마중도 가지 못하고. 그런데 할머닌 혼자서 비행기를 타셨어요? 어머나. 할머닌 어쩜 그렇게 정정하세요.?"

밤늦게 가까스로 서울에 도착한 인화는 과연 평창동 집으로 들어가야 할지, 아니면 그녀가 살고 있는 오피스텔로 가야 할지 망설인 끝에 결국 평창동 쪽으로 갔다. 윤종희 영전에서 보았던 종희 할머니의 얼굴이 앞을 가렸기 때문이다. 오랜만에 집에 도착한 인화는 외할머니에게 인사를 드린 뒤, 공항으로 마중을 나가지 못한 죄송함에 어리광을 피웠다. 마침 한성애는 야근 때문인지 보이지 않았고, 동규의 얼굴도 보이지 않았다. 외할머니가 왔으므로 어디 숨겨 놓았거나 아니면 방 안에서 자고 있을 것이다.

"그래, 인화야. 요즘 연구하는 논문은 잘 되어가냐. 박교수 얘기로는, 네가「한국여성수난사」에 매달린 지 오래됐다면서? 지금쯤 논문 한 편이 나올 때가 됐는데, 소식이 없다고 박교수가 불만인 모양이더라. 아직 안 됐냐?"

아버지는 집안에 있는 문제를 할머니에게 감추고 싶은 모양인지 다정하게 말을 걸었다. 그런 아버지를 보고, 아빠 둘째 부인 어디 갔어요, 좀 비하해서 소실, 첩 어디 갔어요, 하고 물어보고 싶었으나 꾹 눌러 참는다. 아버지 옆에 앉아 있는 어머니의 차가운 눈초리가 날아왔기 때문이다. 어머니 역시 집안의 문제를 할머니에게 노출하고 싶지는 않은 모양이다. 어머니의 뜻이 그렇다면, 오늘밤은 광대노릇이라도 할 것이다.

"네, 아직. 주제를 잘못 설정했나 봐요. 제 능력도 모르고 너무 과욕을 부렸어요. 아빠."

"무슨 소리야, 그게? 네 실력이 어때서. 넌 우리나라 최고학부를 톱으로 나온 수재다. 본인이 그걸 모르고 있다니 원."

"아빠. 언제적 이야기를. 주제가 워낙 방대하잖아요. 논문 한 편이 아니라 몇 편이 될 정도루요. 아직 집필에 들어가지 못했어요. 대충 가닥만 잡은 상태라구요."

"그 정도야? 박교수 얘기로는 네가 강의 나갈 때부터 그 주제에 매달렸다고 하던데? 한국여성수난에 관한 사적 연구라… 흠. 주제 자체가 좀 방대한 것 같지만, 꼭 그런 것 같지도 않구나. 한국여성수난사라면 또 모르지만, 여성수난에 관한 사적 연구라면, 논문 제목은 그런대로 잘 잡은 것 같다. 그리고 한국여성이라면 한번 덤벼볼 만한 주제 같은데 뭘 꾸물거리는 거냐. 방대하긴 하지만 한국여성수난사도 괜찮구. 그래, 앞으로 계획은 어떠냐?"

말을 할수록 인화는 아버지의 얼굴이 다시 보인다. 한국여성이라면 한번 덤벼볼 만한 주제라구. 바로 아빠 같은 사람이, 교숩네, 의삽네, 지성인입네 하면서도 당신이 가장 사랑하고 아껴주어야 할 어머니를, 한국여성을 수난이게 하는 장본인이라는 것도 몰라요, 하고 반문하고 싶었으나 기왕에 광대노릇을 하겠다고 결심한 터이므로 치밀어오르는 감정을 다시 눌렀다.

"자료수집과 현장답사는 대충 끝나가요. 일단 올해 안으로 논문을 끝내려고 하는데, 모르겠어요. 아버지 말씀대로 논문이 끝난 다음에는 단행본으로 낼 욕심도 내보기도 하구요. 하지만, 아무래도 제 능력이 부족한 것 같아요."

"아니다, 얘야. 기왕에 시작한 거니까, 끝까지 매달려 봐. 중간에서 포기하면, 시작을 하지 않은 것만도 못하지."

"누가 포기한댔어요. 아빠는."

"오, 그래. 그럼, 그래야지. 누구 딸인데. 하하. 장모님. 우리 인화 좀 보세요. 이 녀석이 앞으로 큰일을 저지를 겁니다. 암요. 이 녀석이 지금 우리 한국여성들의, 그것도 현재가 아닌 우리 역사 속에 명멸해 간 한국여성들의 대변인 노릇을 하겠다고 작정하고 나섰습니다. 하하하."

"그런가, 그럼. 그렇지. 인화가 누구 딸인데. 흠. 음. 에미야. 오랜만에 비행기를 오래 타서 그런지 내가 좀 피곤하구나! 좀 쉬어야겠다."

한편으로 아버지는 오랜만에 만난 할머니에게 딸자랑을 하고 싶었고, 할머니로부터도 자신이 생각하는 만큼의 칭찬을 받아

내려 했을 터이지만, 아버지의 기대와 달리 할머니는 대충 수긍하는 반응을 보인 뒤 왠지 언짢은 표정으로 자리를 뜨려고 하는 본새였다. 분위기는 좀 서먹해졌다.

"그래요, 어머니. 인화도 봤으니까, 좀 쉬세요. 자리 다 보아 놨어요."

"알았다, 인화야. 날 좀 부축해 다오."

소파에서 일어서는 할머니가 손을 내밀었다. 늦은 시간이었으나 할머니가 일어서는 것을 보고 아버지는 좀 서운한 듯한 표정이다. 할머니와 아버지, 어머니를 번갈아 보던 인화는 할머니 앞으로 다가서며 손을 잡는다. 할머니의 잠자리가 준비된 방은 2층 계단이 있는 바로 옆방이다. 그 방은 할머니를 위해서 늘 비워 두었으니까. 방으로 들어간 인화는 할머니가 자리에 앉는 것을 보고 자리에서 일어난다.

"인화야. 거기 좀 앉거라. 할 이야기가 좀 있다."

## 5

인화는 할머니의 표정이 좀 심상치 않다고 느끼며 다시 자리에 앉는다. 방 안에는 잠시 무거운 침묵과 고요가 흘렀다. 할머니는 몇 번 깊은 숨을 후후 내쉰 뒤 천천히 고개를 돌려 인화를 본다.

"인화가 준비하고 있는 논문이 뭐라고 했냐. 한국여성수난사… 라고 했느냐?"

"아니예요, 할머니. 그건 나중 일이고, 지금 하고 있는 작업은 한국여성수난에 관한 사적 연구예요. 할머니."

"내용은 같은 거 아니냐. 알았다, 인화야. 저기… 가방 좀 이리 다오."

무엇인가 망설이고, 또한 결심을 한 표정으로 할머니는 자리에서 일어설 듯하다가 다시 앉으며 맞은편 장식장 위에 놓여 있는 가방을 가리킨다. 좀 피곤한 기색이 역력한 할머니를 보던 인화는 걱정스러운 듯 고개를 갸우뚱거리며 일어나 가방을 들고와 할머니 앞에 놓는다.

"우리 인화가 이제 다 커서 대학교수가 되었으니… 내 이것을 에미보다는 너한테 물려주어야겠구나. 인화야. 이걸 받아라."

가방을 열고 안을 보며 뒤적거리던 할머니는 무엇인가를 꺼낸다. 노란 비단 보자기에 싸인 그것은 대봉투를 반쯤 접은 모양으로 좀 길쭉했는데, 할머니는 당장 무엇이라고 얘기를 하지 않은 채 앞으로 내밀었다.

"열어봐."

인화가 비단 보자기를 받아들고 모르겠다는 듯 고개를 들자 할머니가 정색한 표정으로 말했다. 인화는 비단 보자기를 한 겹씩 풀었다. 잠시 후 모습을 드러낸 것은 고서 한 권이다. 그리고 고서 왼쪽 상단에 적힌 제목을 보던 인화는,

"할머니. 이것은!"

깜짝 놀란 표정으로 할머니를 뚫어지게 바라본다. 할머니는 입가에 보일 듯 말 듯 흐릿한 미소를 지으며 고개를 끄덕인다.

"잘 보아라. 우리 만금파 족보다!"

분명히 만금파 족보였다. 모양, 두께, 지질, 그리고 『족보』라고 한글서체 제목까지 박사월 교수가 입수해 준 만금파 족보와 똑같은 고서였다. 족보를 들고 있는 인화의 손길이 파르르 떨린다.

"우리 만금파 여인들은… 1세 만금 할머니 이래 이 족보를

기록해 왔다. 인화야. 네가 한국여성수난사를 쓴다니 말이다만, 이 족보는 우리 만금파 여인네들한테만 전해지는 고된 역사책이다. 바로 한국여성수난사라고 해도 무방한 내용이지. 한국은 일찍이 부계사회이고, 원래 족보라는 것이 남자들 위주로 쓰여져 왔다. 우리 여인네들이야 한낱 들러리에 지나지 않았어. 허나, 세상에 우리 만금파 족보가 전해져 오고 있다는 것을 잘난 남자들은 알아야 해. 만금 할머니께서는."

"아, 알아요. 할머니. 저도 알고 있어요. 만금 할머니께서는 조선 인조조 병자호란 때 청나라로 끌려갔다가 돌아온 —— 환향녀였어요. 할머니!"

"그렇구나. 만금 할머니께서는 환향녀셨다. 양반규수로 청나라에 끌려가 몸을 더럽히고 돌아왔다가, 화냥년이라고 쫓겨난 분이셨느니라. 헌데. 네가 그걸 어떻게… 알고 있었더란 말이냐?"

"저한테도 이 족보가 있는 걸요. 할머니, 잠깐만요. 제 방에 가서 이 족보를 가져올께요."

자리에서 벌떡 일어나 할머니 방을 나오는 인화는 눈앞이 어찔했다. 그렇다면 할머니는, 어머니는, 그리고 나는 만금파 후손들이었단 말인가! 왠지 모르게 다리에 힘이 쫙악 빠져 달아나고 현기증이 난다. 가까스로 2층 자기 방으로 간 인화는 책상 속에 있는 만금파 족보를 꺼내 들고 다시 내려왔다.

"보세요, 할머니. 여기도 있잖아요. 똑같은 만금파 족보예요."

할머니방으로 들어간 인화는 앞에 노란 비단 보자기 위에 놓인 만금파 족보와 방금 자기 방에서 가져온 그것을 나란히 놓고 할머니를 보았다. 놀라움을 감추지 못하면서도 할머니는 냉정을 잃지 않은 표정이다.

"그렇구나. 네가 어떻게 이 족보를…."

"고서점에 굴러다니는 것을 아버지 친구분께서 입수해 주신 거예요. 할머니. 그렇다면, 제가 만금파 후손이란 말씀인가요?"
"물론이다. 내가 만금파 10세손이니까, 너는 12세손이 되는 거지."

할머니의 이야기를 들으며 인화는 지금까지 그녀가 연구해 온 —— 수난의 역사를 살아온 만금파 여자들을 생각해 보았다. 인화가 입수한 만금파 족보에는 9세 여금초를 끝으로 기록이 중단되었고, 그 후 인화가 추적한 바에 따르면 10세가 박당이·당금 자매, 그리고 당이는 후손이 없었고, 당금은 남원으로 시집을 가 달님이를 낳았다. 그러니까 달님이는 만금파 11세가 되는데, 할머니는 10세라고 하고 인화 자기가 12세 후손이 된다는 것이다. 그렇다면 달님이는 어머니 천여옥과 같은 세손이 된다. 잠시 할머니와 두 권의 만금파 족보를 번갈아 보던 인화는 할머니가 갖고 있는 족보를 앞으로 당겨 한 장씩 넘겨 보았다. 1세 강만금으로 시작되는 만금파 족보는 인화가 갖고 있는 족보와 똑같은 내용이다. 인화는 재빠르게 뒤쪽으로 옮겨갔다. 할머니가 갖고 있는 족보에 여금초 이후 만금파 여자들이 기록되어 있는지 확인하기 위해서다.

"애야. 우리는 만금파 적손이 아니다. 너를 찾아보려면, 8세를 보아라. 8세에 성선녀와 진녀 자매가 있었다. 그 성선녀 할머니가 적손이 되는 것이구, 성진녀 할머니가 바로 나의 친할머니다. 인화 너는 바로 그분의 후손이 되는 것이구."

할머니의 이야기를 들으며 인화는 9세 여금초 이후 만금파 여자들을 확인하는 것을 잠시 미루고, 8세 성선녀·진녀 자매 쪽을 폈다. 1세 강만금 이래 성도 없이 족보에 이름만 올라 있을 정도로 천한 상민신분이었던 만금파 여인들이 비로소 성을 얻은 7세 —— 천금홍은 나주 현령 성시백의 후처로 들어갔고,

둘 사이에 선성녀·진녀 자매를 두었다. 언니 선녀와 상당히 나이차이가 난 진녀는 그 후 함양 현령을 지낸 정여창과 혼인하였고, 둘 사이에 낳은 여자가 정우희. 정우희는 다시 류시민과 혼인하였는데, 둘 사이에 낳은 여자가 바로 인화의 외할머니 류가화였다.

"할머니가, 할머니가 바로 류가화셨어요! … 일제시절 「북경의 꽃」으로 이름을 떨쳤던, 남원경찰서 폭파사건을 일으킨 의열단원으로 독립동맹 북경 지하총책이었던 윤용성에게 아지트를 제공해 주었던 위안부 독립운동가가 바로 할머니셨단 말예요? 할머니 함자는 만자·옥자가 아닌가요?"

"맞다, 얘야. 네가 윤용성이라는 분을 알고 있으니까 말이다만, 그 분은 윤형직의 아버지셨다. 그래, 말해 주마. 이제와서 무얼 숨기겠니. 어디부터 얘길 할까. 윤형직? 아니, 내 신분부터 밝혀야겠지. 그래. 내가 바로 그 류가화였다. 만옥이라는 이름은 해방 후부터 사용했지. 나는 왜정때부터 첩보활동을 했는데, 그런 활동을 하려면 가명을 많이 쓴단다. 만옥도 그런 이름 중의 하나지."

"그럼 어머니는요. 아, 여기 있어요. 할머니, 그런데 이건 뭐예요? 어머니가 바로… 윤형직의 딸이었단 말인가요? 그럴 수가요. 어머니는 천씨잖아요."

"그렇다. 얘길 하자면 길지만, 결론부터 얘기하면 너희 할아버지는 윤형직, 바로 그분이셨다. 네 에미가 어떻게 천씨가 되었냐구? 해방 전에도 나는 미국 정보기관 OSS요원이었지만, 해방 후에도 나는 미군 정보기관 G2 요원으로 활동했다. 북한 내무성 요원이기도 하였구. 말하자면 이중 스파이였던 셈이지. 남북한에서 각각 정부가 수립된 이후, 나는 미국행을 택했다. 내가 원했던 것은 그게 아니었거든. 내가 사선을 넘나들며 그런 활동을 한 것은 통일된 우리 나라, 우리 정부를 원했기 때문이었다. 내 작은 힘이나마 통일된 나라, 정부를 수립하는 데 도움이 될 수 있다면, 나는 기꺼이 내 자신을 바칠 생각으로 그 위험을 무릅쓰고 남과 북을 오갔던 것이야. 그러나 나라는 두 동강이로 나뉘어졌고 남한도, 북한도 다 싫어진 나는 미국행을 택하게 된 거야. G2가 CIA로 편입되면서, 나 또한 CIA 요원이 되었지. 그때 나는 네 에미를 임신한 몸이었다. 내가 북한에서 활동하고 있을 때 윤형직이라는 분이 왔었는데, 그때 네 에미가 생긴 거야. 그러나 윤형직에게는 달님이라는 아내가 있었다. 그분은 달님이를 끔찍하게도 사랑했고, 그 사랑을 누구도 침범할 수 없었어. 침범해서도 안되구. 나도 윤형직 그분을 사랑했지만, 그렇다고 그분의 가정에 끼어들 생각은 당초 없었어. CIA 동료요원중에 한국사람이 한 분 있었는데, 그 사람이 천씨였다. 나는 그 분에게 부탁해 네 에미를 그 분의 딸로 입적시킨 거야. 그런데, 그런데 말이다. 그 달님이가 우리 만금파 여자라는 것을 그 후에, 우리 만금파 여인네들이 모여 족보를 작성하면서 나도 알게 됐구나. 달님이뿐만 아니라 최옥화라는 여인까지! 사람 인연이라는 것이 참 묘한 것이기두 하지! 옥화가 누구냐. 윤형직 그분이 조선의용군 제5지대장일 때 부관으로 활동하면서 그분을 열렬히 사랑했던 여인이지. 6·25전쟁 때는 인민군 총좌가 되어 남원을 점령했구. 강석리 사건이 일어나기 하루 전날, 예배당이 불에 탔다. 이런 말하기는 뭐, 하다만, 달님이가 황천득 그놈한테 몸을 더럽히고 있는 장면을 산에 있던 윤형직 그분이 내려와 보고 불을 지른 게야. 그때, 같이 산에 있다가 그분을 뒤따라 온 최옥화가 불길 속으로 뛰어들었지. 달님이를 구하려구. 결국 옥화는 불에 타 죽고 말았지."

"그랬었어요. 최옥화까지두요."

"그렇구나. 달님이와 옥화는 말하자면 이종사촌지간이었다. 내 입으로 말하기는 쉽지 않구나. 그러니까, 직접 그 족보를 보렴."

회한에 찬 음결을 감추지 못하는 할머니가 말을 하지 않아도 인화는 벌써 만금파 족보를 빠르게 넘기고 있는 중이었다. 8세 성선녀의 딸이 9세 여금초였고, 여금초와 동학 접주이기도 하였던 장흥박씨 개남 사이에 두 딸 박당이·당금 자매가 있었으며, 동생 당금의 딸이 달님이라는 것은 인화도 익히 알고 있는 터이었다. 그랬는데, 할머니가 갖고 있는 만금파 족보에는 혼인한 기록도 없이 당이에게 딸이 있고, 그 딸이 최옥화라고 분명하게 적혀 있다.

"할머니, 당이 할머니는 혼인도 하지 않았는데, 어떻게 최옥화라는 딸을 두었어요? 그리고 최옥화와 달님이는 인공시절 남원 강석리에서 자주 만났는데, 왜 둘은 서로 몰랐을까요?"

"그거 말이냐. 족보를 자세히 보면 알게 될 거다. 나한테 언니뻘 되는 당이가 뭐하는 사람이었는지, 거기 쓰여 있잖느냐."

"맞아요. 할머니, 당이 할머니는 무당이었어요. 아. 이제, 알겠어요. 할머니. 그래서 당이 할머니는 혼인을 하지 않았군요. 목사 부인이 된 당금 할머니와는 자매지간이면서도 그 후 연락도 할 수 없었구요."

"그렇다, 얘야. 옥화는 바로 그 무당이 된 당이 언니가 낳은, 애비 없는, 애비가 누군지도 모르는 당이 언니의 딸이었다. 하지만 당이 언니가 보통 무당은 아니었던 모양이다. 옥화를 동덕여고보까지 보냈던 것을 보면. 당이 언니도 그렇지만, 옥화가 당찼던 모양이지. 나도 옥화를 만난 일이 있는데, 왜정때 조선의용군 제5지대장 윤형직 그분의 부관을 했던 옥화는 해방 후에는 김일성 비서까지 했을 정도니까. 어쨌거나 무당이 된 언니 당이와 목사부인이 된 동생 당금이 서로 연락을 하지 않았으니까, 그들의 딸들인 옥화와 달님이가 서로 몰랐던 것은 당연하지. 그게, 모두 우리 만금파 여자들의 수난의 산물이다. 어디 우리 만금파 여자들뿐이겠냐."

할머니는 한숨을 후 내쉬었다. 온갖 감회와 회한에 찬 표정의 할머니를 보는 인화의 기분은 묘하기만 하다. 한 자연인 —— 여자로서 인화 자신이 만금파 여자들 중 한 명이었고, 전임강사시절을 송두리째 바쳐 준비해 온 논문이 다름아닌 바로 자기 가문 혹은 자신 —— 만금파도 하나의 가분이라도 가정한다면 —— 의 수난에 대한 연구였다는, 뭐라고 말로 형언할 수 없는 야릇함과, 그러할진대 그토록 찾아헤맸던 자료들이 멀리 있었던 것이 아니라 바로 자기 주위에 있었다는 안타까움으로 어우러진 묘한 기분이다. 할머니로부터 만금파 족보를 받아든 인화는 늦은 밤 자기 방으로 올라간다.

## 6

할머니 류가화를 모시고 인화가 다시 동두천을 찾은 것은 할머니가 귀국한 다음, 다음날이다. 귀국한 다음날 할머니는 바로 집을 나서려고 했으나, 왠지 몸이 불편해 보였으므로 어머니와 인화가 굳이 말려 하루를 쉰 다음 출발한 것이다. 평창동 집을 나설 때만 해도 인화는 할머니가 어디로 가는지조차 몰랐다. 장안평에서 동부간선도로로 들어선 뒤에야 의정부로 가는 줄 알았고, 의정부를 벗어날 무렵에야 비로소 동두천으로 간다는 것을 알았으니까. 인화가 정확한 목적지를 안 것은 동두천에 도착한 뒤였다.

"인화야. 거, 클린턴인가 뭔가 미군한테 살해당한 윤종희 말이다. 너도 알고 있겠지? 그 윤종희 영안실이 어디 있는지 모르겠구나. 그리로 가자."

"윤종희라구요. 할머니. 할머니가 어떻게?"

"어떻게 아느냐구? 어떻게 모를 수 있겠냐. 미군이 지금까지 이 땅에 주둔하고 있고, 아직까지 철수하지 않는 데는 그 시대를 살았던 모든 이들, 특히 나 같은 사람에게 책임이 많아. 윤종희 사건에 우리 기성세대들, 나아가서는 동시대를 살고 있는 한국국민 모두의 책임이 있다는 얘기다. 나도 미국에서 신문을 보았는데 미군이, 미국이 해도 너무하더구나. 그 보도를 보고 내가 CIA 책임자들을 만나 따지기도 했다만, 전직요원인 내 말이 씨가 먹히지 않더구나. 하긴, 나야 그 자들에게 이용만 당했으니까. 그건 그렇다고 해도, 윤종희 영전에 죄를 빌어야 나도 두 눈을 감고 죽을 수가 있을 것 같구나. 그래서 온 거야. 이유는 또 있지만…."

"또 있다구요, 할머니?"

"그래, 또 있지. 인화야. 너도 이제 알고 있어야 할 것 같아 말이다만, 우리 만금파 여인들은 십년마다 한 번씩 모여 족보를 작성한다. 전번 모임이 재작년이었지 아마. 그때 알았는데, 그 종희가 바로 우리 만금파 13세손이다."

"할머니, 뭐라고 하셨어요? 윤종희가 만금파 후손이라고 하셨나요. 할머니?"

"그렇구나. 내 기억이 맞다면… 남원 강석리에 우리 국군·경찰의 총구에 무고한 양민들이 학살당하는 사건이 있었다. 며칠 뒤, 실성한 달님이가 미군장교한테 욕을 당하고, 미군부대로 끌려가, 그 후 기지촌에서 정착해 살았다. 인화야, 우리 만금파 여인네들이 살아온 길이 그렇구나. 그렇게 수난의 시절을 살아왔고, 그것은 현재진행형이야. 1세 만금 할머니가 청나라에 끌려가 그리 욕을 보고, 그 후 왜정때는 왜놈들한테 당하고, 해방 뒤에는 미국놈들한테 당하고…. 그게 어디 청나라놈, 왜놈, 미국놈만 탓할 일이더냐. 다, 그 잘난 한국남자들 탓이지! 밖에 나가서는 입도 벙긋 못하는 주제에 집안에서만 큰소리 탕탕 치는 그 잘난 남자들 때문인 게야."

뒷자리에 앉아 혼잣말로 탄식하듯 뇌이는 할머니의 얘기를 귓가로 스쳐 듣고 있는 인화의 의식은 재빠르게 움직인다. 며칠 전──정확하게 사흘 전, 동두천 성모병원 영안실에서 기지촌 여자들의 이야기가 그녀의 의식 가득히 차올랐기 때문이다. 종희 이모도 종희같이 죽었잖아. 경찰에서는 자살했다고 하지만, 눈 감고 아옹 하는 식이지 뭐. …그래서 종희 삼촌 조지가 나선 거 아냐. 종희 이모 죽인 미군놈들 끌어내 죽이고 감옥에 끌려가 사형당했잖아. 기지촌 여자들의 목소리와 함께 윤종희 영안실에서 목을 놓았던 소복노인의 넋두리도 귓가에 되살아나 자맥질한다. 다아, 이 못난 할미 탓이다. 종희야. 네 에미를 병신으로 만든 것도, 네 이모들을 죽인 것도, …너를 죽인 것도 모두가 다 할미 탓이다 아. 할미가 네 년놈들을 죽였다. …바로 그 노인이 달님일 것이다. 인화의 남자친구 동광의 할머니가 달님이일 것이다. 틀림없이!

"할머니 달님이라는 노인이 그럼 나한테는 이모── 맞죠? 달님이 그분이 나한테 먼 이모뻘 되잖아요. 종희는 바로 그 달님이 이모 손녀딸이 되는 거구요. 맞죠, 할머니?"

룸밀러를 통해 창 밖으로 눈길을 주고 있는 할머니를 흘끔 쳐다보며 인화는 고함치듯 말했다.

"맞다, 어제 네가 우리 만금파 족보를 보았을 때, 왜 종희를 보지 못하는가 했다. 달님이한테 매달려 있었던 게지! 종희도 그렇지만, 종희 이모 묘순이도 미군한테 죽었다! 어디 묘순이 뿐이냐. 큰 딸 묘숙이는 데모하다가 죽고, 아들 묘강이는 묘순를 살해한 미군들을 죽인 뒤 잡혀가 사형당했고…. 달님이가 그리 팔자가 기구해. 그 하수상한 시절에 태어나 그 모진 고생만, 고생만 하더니, 말년에 와서도 끝까지 그 고생을 하는구나. 인화야, 네가 그 한국여성수난사인가 뭔가 그 논문을 제대로 쓰려면… 우리 만금파 여인네들 중에서도 바로 그 달님이 일생을 추적하면 좋을 것이야. 달님이가 겪어온 고통이 어디 달님이 개인의 것이겠냐. 바로 우리 한국여성의 수난인 게지. 해외에서 들으니까, 한국도 좀 살 만해졌다는 보도를 가끔씩 보게 된다만, 그래서 그 어려운 시절을 다 잊고 사는 모양이더라만, 바로 그 시절을 살고 있는 너희들은 할미 이야기가 고리타분하게 들리고, 또 아니라고 할지 모르겠다만서도, 달님이는 바로 너희 어머니, 어머니의 어머니들의 초상인 게야."

차는 동두천 시내를 달리고 있다. 인화는 곧장 성모병원으로 향했다. 차가 막 성모병원 초입으로 들어설 때, 병원 안팎에는 인파들로 넘치고 있어 더이상 앞으로 진입할 수가 없다. 거의 기어가다시피 속도를 줄이면서 인화는 창 밖으로 눈길을 준다. 십중팔구는 여자들이었는데, 며칠 전에 왔을 때와 똑같은 광경이다. 오늘은 그날보다 더 많은 인파로 붐볐는데, 저마다 피킷을 들고 있는 여자들이 병원 안팎이 떠나갈 듯 구호를 외치며 시위를 벌이고 있는 중이다.

"한국은 죽었는가. 윤종희 살해사건 철저히 수사하라."

— 수사하라. 수사하라.

"미국은 윤종희 죽음을 배상하라."

─ 배상하라. 배상하라.
"한국은 미국의 식민지가 아니다. 양키놈들 물러가라."
─ 물러가라. 물러가라.
 시위는 며칠 전 기지촌 여성들 20여 명이 인도를 행진해 가는 것과는 우선 규모부터가 달랐다. 기지촌 여성들은 물론 각 재야단체, 남녀 대학생들, 그리고 시민들까지 합세한 듯 병원 안팎으로 넘치는 인파는 줄잡아도 1천여 명은 넘어 보인다. 병원을 나선 인파는 도로를 점령하면서 맞은편 쪽으로 밀려간다. 아마도 경찰서 쪽으로 가고 있는가 보았다. 그들 시위대열에 섞이지 못하고 차 안에 있는 자신이 부끄러운 듯 인화는 할머니를 돌아본다. 말없이 고개를 끄덕이던 할머니는,
"일단 영안실로 가보자."
 병원 초입의 인도 쪽에 차를 붙인 채 인파의 후미가 보이지 않을 때까지 정차하고 있던 인화는 무거운 마음으로 차를 몰고 병원 안으로 들어간다. 차에서 내려 영안실 입구로 향하던 할머니와 인화는 차마 안으로 걸음을 옮길 수 없다는 듯 주위를 두리번거린다. 영안실 입구를 막고 있는 여자들이 저마다 침통한 표정으로 혀를 끌끌 차며 이야기를 나누고 있었는데, 인화는 그 이야기가 무엇을 말하는지 금방 알 수 있었다.
"글쎄. 수면제를 먹었나 봅디다. 전국에서 수재들만 모인다는 그 들어가기 어려운 대학에 들어갈 정도로 똑똑했던 딸은 벙어리가 되고, 손녀딸까지 그리 되었으니, 우리 대모님 심정이야 오죽했겠수. 결국 그 길을 택하다니⋯."

# 7

전라남·북도의 경계를 이루는 압록 근처의 섬진강이다. 주위에 병풍처럼 둘러쳐진 지리산 능선에는 붉게 물든 홍엽이 한껏 저무는 가을 정취를 뿜어내고 있다. 강변 모래사장에는 구름같이 몰려든 여자들이 늘어서 있다. 재야여성단체는 물론 전국의 여대생들, 그리고 기지촌 여자들이다. 모두들 소복차림이다. 여자들 한복판에는 휠체어에 몸을 실은 류가화 노인이 앉아 있고, 뒤에는 그녀의 딸 천여옥과 손녀딸 서인화가 휠체어를 잡고 서 있다.

거룻배 중앙에는 늙은 사공이 노를 잡고 있다. 사공 건너편에는 누런 삼베치마·저고리의 상복차림에 머리에 수질을 쓰고 허리에 요질을 두른, 허리에 대나무 상장을 비껴 낀 채 실어증에 걸린 채 수심에 잠겨 있는 종희의 어머니 묘선이 앉아 있고, 양쪽에서 그녀와 무릎을 맞대고 묘옥과 묘순이 앉아 있다. 막내동생 묘심이 안고 있는 납골함에는 한 줌의 재가 된 달님이 들어 있을 것이다. 맞은편에서 흰 소복차림으로 납골함을 들고 기지촌 여자들의 부축을 받으며 배 위로 오른 종화 —— 묘심의 딸로 중학생이다 —— 는 어머니와 이모들이 앉아 있는 맞은편 난간에 기대고 살며시 앉는다. 윤동광은 뱃머리에 그냥 서 있을 뿐이다.

기다렸다는 듯 사공이 노를 젓고, 거룻배는 꾸역거리며 섬진강물을 헤치고 강 한복판으로 천천히 나아간다. 언제인가, 달님이 감옥에서 순절한 아버지 신경준 목사를 마지막으로 흘려보낸 바로 그 섬진강이다. 거룻배가 강 한복판으로 나아가는 것을 보고 있던 여옥과 인화는 휠체어를 밀고 백사장을 가로질러 동광이 옆으로 다가선다. 이미 눈물조차 메말랐다는 듯 납골함 속에서 한 줌씩 재를 움켜쥐고 섬진강물에 휘휘 뿌리는 묘옥과 묘순은 회한에 사무친 표정이고, 고개를 푹 떨군 채 앉아 있던 묘선은 이따금씩 먼 산쪽으로 흐릿한 눈길을 주곤 한다.

"잘 가게, 달님이. 자네가 먼저 갔으니까 나도 곧 뒤따라감세. 우린 참 한많은 세상에 태어나 한많은 인생을 살다가는구먼. 하긴, 우리뿐이겠나. 우리 만금파 여인네들의 삶이 그랬디. 달님이, 저승에 가면 만금 할머니를 만나겠지. 만금 할머니를 만나면 무슨 말을 하려나? 그렇구먼, 나도 만금 할머니를 만나면 할 이야기를 생각해 두어야겠구먼. 먼저 가신 우리 만금파 여인네들도 만나게 될 거야. 그래. 가서, 만금파 여인네들을 만나거든, 이승에서의 한을 잊고 부디 ──, 저승에서나마 행복하게 살라고 전해주시게. 나두 곧 뒤따라간다구."

거룻배에서 묘옥과 묘순, 종화가 납골함에서 한 움큼씩 재를 쥐고 거룻배 난간 위로 손바닥을 슬며시 펴면, 일렁이는 바람결에 재가 흩날려 가는 것을 물끄러미 보며 류노인이 혼잣말로 뇌이고 있다. 종희 어머니 묘선은 말없이 재만 뿌리고 있다. 종화도 납골함에서 한 줌씩 재를 움켜쥐고 섬진강물 위로 휘휘 뿌린다. 그 애가 뿌리는 재는 물론 종희일 것이다. 장례식장을 응시하면서 인화는 혼잣말로 중얼거린다.

"종희야. 우린 생전에 만난 일이 없지만, 네가 만금파 여자이듯 나도 또한 만금파 여인이란다. 네가 살아 있을 때 우리 서로 만났더라면 좋았을 걸. 종희야, 나는 알아. 너의 죽음이 너 개인의 죽음이 아니라는 걸. 만금파 여자의 죽음이고, 이 욕된 땅 한국여성의 또 하나의 죽음이라는 걸. 종희야, 너는 그렇게 갔지만 ── 너희 어머니와 이모들도 마찬가지지만, 널 죽인 그

자들이, 널 그렇게 만든 그 자들이 이 땅에 있는 이상, 아무것도 끝난 것이 없어. 그렇게 고달픈 삶을 살았던 만금파 여자들의 삶도 아직 끝나지 않았구. 그래, 그래. 이제 시작 아니겠니. 시작일 뿐이라구. 종희야, 한 가지 약속은 할 것이 있어. 나도 만금파 여자인 이상, 만금파 여인의 삶을 살아갈 수밖에 없다는 거. 그렇지만, 먼저 간 만금파 여인들의 그것이 아닌, 또다른 만금파 여인의 그것을 만들어 갈 것이라는 거. 종희야. 너는 어머니같이, 그 어머니의 어머니같이 살다 갔지만, 나는 아냐. 나는 종희 너같이, 어머니같이, 그 어머니의 어머니같이는 살지 않을 거야. 그렇다구 네가, 어머니들이, 만금파 여자들이 잘못 살았다는 얘기는 아니야. 네 삶은 너대로 의미가 있는 거구, 어머니의 삶은 어머니의 그것으로 의미가 있는 거 아니겠니. 그 의미가 정확하게 무엇인지 나는 모르지만, 만금파 여자들이 삶 또한 그것대로 의미있는 것이겠지. 그리고 나는 내 삶의 의미를 만들어 가겠다는 거야. 만금파 여자라고 해서 똑같이 살라는 법은 없잖니. 너한테는 네 인생이 있고, 어머니한테는 어머니의 인생이 있듯이 나한테는 내 인생이 있는 거니까. 물론 먼저 간 만금파 여인들의 그것은 뒤에 남은 만금파 여인들에게 새로운 의미의 기름이 될 거야. 종희 네가, 어머니가, 어머니의 어머니가 그렇게 살다 갔으므로 나는 그렇게 살지 않을 거라는 의미를 주듯이. 종희야. 꼭, 내가 만금파 여자라는 건 잊지 않을께. 그리고 만금파 족보는 뒤에 남은 내가, 우리 만금파 여인들이 지켜갈 것이라는 것도…."

달님이와 그의 손녀딸 종희는 그렇게 한 줌의 재가 되어 바람에 날려 가다가 섬진강 속으로 곤두박질치듯 사라진다. 종희는 연일 나라 안팎을 떠들썩한 보도와 함께 살해된 원인규명과 관련자 처벌, 배상문제가 해결되지 않는 한 장례를 치를 수 없다는 재야단체와 대학생들, 기지촌 여성들, 그리고 일부 국민들의 강경한 주장에 맞물려 지금까지 영안실에 안치되어 있었는데, 뜻하지 않은 할머니 달님이의 죽음으로, 달님이의 유언에 따라 같은 날, 같은 장소에서 장례를 치르는 것이었다.

"안녕. 종희야. 안녕 —— 달님이 이모. 당신도… 안녕히 가세요. 당신을 잊지 못할 거예요. 영원히! 어디 저뿐이겠어요. 만금파 여자들이 모두… 아니, 아니, 당신을 기억하는 이 땅의 모든 여자들은 당신을 잊지 못할 거예요."

인화의 눈에서는 꾹꾹 눌러 두었던 눈물이 한꺼번에 와르르 치밀어 올라온다. 인화뿐만이 아니다. 할머니 류가화의 주름살 진 눈언저리에서도, 갸우숙 고개 숙인 어머니 천여옥의 눈가에도 눈물이 번지고 있다. 손수건을 꺼내 눈언저리를 찍어내는 할머니를 보며 인화는 앞을 가리는 눈물을 닦아낼 생각도 잊은 채 맞은편 산그늘을 돌아 다시 이쪽으로 꾸역꾸역 나오고 있는 거룻배 쪽으로 눈길을 가져간다.

종화는 언니 종희가 죽어서 남긴 한 줌의 재를 은린이 번쩍이는 섬진강 맑은 물 위로 휘휘 뿌리고, 또 뿌리곤 한다. 종화가 뿌린 재는, 그녀의 어머니와 이모들이 뿌린 —— 달님이가 죽어서 남긴 한 줌의 재와 어우러져 단풍으로 수놓은 지리산 능선을 타고 온 바람결에 실려 한참 동안 날려 가다가 이내 섬진강물 위로 사라지곤 한다. 해는 서산마루 위로 뉘엿이 기울고, 마치 해가 하혈하듯 붉은 땅거미가 섬진강물 위 저편으로 우우 밀려오고 있다.

…만금파 여인들의 수난은 아직도 끝나지 않았다. 물론 그 수난은 수난으로 끝나지 않을 것이다. 어느 시인은 타고 남은 재가 다시 거름이 된다고 했지만, 그칠 줄 모르고 타는 만금파

여인들의 수난은, 그들이 죽어서 남긴 한 줌의 재는 이 모진 땅——한국에서 현재 살고 있고, 자라고 있고, 또한 앞으로 태어날 만금파 여인들, 그리고 이 땅 위의 모든 한국여성들의 삶에 거름이 될 것이다. 희망이 될 것이다.

그날 늦은 밤, 서울에 도착해 연구실로 들어온 인화는 컴퓨터 앞에 앉아 열심히 키보드를 치고 있었다. 일단 결론부터 쓰는 것이다. 마지막 문장, 그리고 마침표를 툭 친 뒤 한참 동안 모니터를 바라보고 있던 그녀는 천천히 자리에서 일어나 창가로 간다. 창 밖에서 어두컴컴한 가운데 불빛들이 드넓은 바다처럼 펼쳐진 서울시내가 한눈에 달려온다. 인화는 숨을 크게 들이쉬었다 다시 내뿜는다. 서울하늘에 별이 보이지 않는다는 것은 거짓말이다. 짙푸른 하늘에는 별들이 총총히 박혀 있다.

# 작가정신과 아직도 끝나지 않은 노래,
# 한국여성수난사

이 영(문학박사)

　1992년 10월 28일 쌀쌀한 늦가을 어느 날, 동두천에서 몸을 팔아 생계를 유지하던 윤금이씨가 미군병사 케네스 마클 이병에 의해 처참한 죽음을 당했다. 그동안 저질러진 숱한 미군범죄의 상례대로 이 사건도 소파협정의 그늘 아래 미군들 사이에서 먹고 살던 한 '기지촌 여성'이 처하게 될 확률이 높았던 사건의 한 비극적 형태로 매듭지워질 운명이었다. 그 살해방식이 너무도 끔찍하여서일까, 윤금이씨의 죽음은 여성, 종교, 청년, 학생 등으로 구성된 수많은 단체로 하여금 '윤금이공대위'란 이름의 공동조직을 결성케 하여 유례없는 장기적 운동형태를 이끌어냈다. 그 이후 주한미군에 의한 범죄행위가 과거와 현재를 통틀어 얼마나 잔혹하고 다차원적으로 이루어져 왔는가에 대한 재인식과, 소위 '한미행정협정'이 얼마나 어이없는 불평등조약인가에 대한 자성과 개정촉구가 여론화되기에 이르렀다.
　노가원의 소설「환향녀」는 '윤금이사건'을 소재의 한 축으로 설정하고 있다. 하지만 작가 노가원은 이 작품을 통해 주한미군에 대한 본격적인 문제제기를 하려는 것이 아니다. 어쩌면 보다 본질적이고 보다 비극적인, 인류사적이고, 한국에서 보다 특징적인 한 사회현상을 문제의 초점으로 설정하고 있다. 한국여성수난사. 한국의 역사가 과거로부터 짚어지고 왔던 수난과 치욕의 역사를 영웅과 성군의 지혜와 용기를 내세워 덮어왔던,

그동안 학교 울타리안에서 배워 왔던 정통국사의 저편에서 '위대한 어머니', 혹은 '열녀'란 상투어로 간간히 등장했던 우리나라 여성들의 이면 '족보'를 작가는 써내려가고 있는 것이다.

'화냥년'. 그 어원이 병자호란때 수십만의 숫자로 청국에 끌려갔다가 온갖 고초와 수모끝에 고향을 찾아 탈출한 '환향녀(還鄕女)'였다는 것은 이제 어느 정도는 알려졌을 것이다. 이들이 '절개', '사대부 가풍' 등등 어이없는 남성중심의 사회풍토 속에 끝내 족보에서 지워진 채 통한의 한을 품고 자진하거나 속세를 떠나 비구니가 되고마는 역사를 작가는 현대에까지 이르는 한국여성수난사의 출발점으로 삼았다. 이 시대 수많은 '환향녀' 중 한 사람인 강만금이 피를 토하는 아픔으로 만들어 나간 소위 '화냥년만금파족보'. 이 족보의 끝부분에 11세손 달님이라는 한 여성의 이름이 나온다. 그는 비극적인 역사를 온몸으로 부딪치며 살아야 했던 우리들의 어머니의 한 표상이다.

목사의 딸로 태어나 일제하에 독립운동가 윤형직과 결혼한 직후 감옥으로 끌려가는 아버지와 남편과 이별하고, 강간을 당하는가 하면 마침내는 일본군 위안부로 끌려가 말할 수 없는 고초를 겪은 뒤 해방과 함께 귀국했으나 조국은 그를 온전하게 살 수 없도록 한다. 6·25전쟁의 소용돌이에서, 아직도 역사의 뒤안에 감추어진 남원 강석리 양민학살사건 현장을 목격하고 정신을 잃어버린 채 미군장교에게 끌려간 뒤 기지촌을 옮겨

다니며 6명의 서로 피부색이 다른 아이들의 어머니가 되어 살아가는 그녀의 삶은 일제, 군정, 5·16 군사쿠데타를 거쳐 현재에까지 이르는 한국 현대사의 비극적 현장마다에 자리잡고 있다. 그리고 그녀의 비극적 삶의 저편엔 가해자이자 아이들의 아버지들이 속한 권력과 재력의 향유자들이 서 있다.

부평, 파주, 동두천 등 달님이가 거쳐가는 자리는 그녀의 딸 묘숙, 묘옥, 묘순들이 미군병사들과 겪게 되는 피할 수 없는 오욕과 죽음의 현장이 되고, 흑인 '튀기'인 아들 묘강에겐 주먹세계의 중간보스가 되어 미군들에게 강간·살해당한 같은 피부의 동생 묘순의 복수에 이어진 사형집행장이 된다. 기지촌의 그 역겨운 분위기를 꿋꿋이 참아내며 서울대 법대 입학이라는 범상치 않은 예외를 일구어낸 셋째딸 묘선은 어머니의 강간범이자 윤형직의 밀고자인 5·16 권력의 가신 황천득 국회의원의 아들 황대호의 농간으로 성고문의 희생자가 되며, 그 수치스런 순간에 고문집행리의 씨를 받아 낳은 딸 윤종희는 미군병사 클린턴에 의해 처참한 죽음에 이른다.

달님이네 가족을 중심으로 한 이와 같은 여성수난의 대물림은 경제성장이란 구호 속에 노동자로서의 기본 생존권을 박탈하고 여성 노동자를 성적 도구로 전락시킨 박정권하의 인권유린사와 맞물려 있다. 현대 노동운동사에 YH사건이란 이름으로 알려진 여성노동자들의 투쟁사는 큰딸 묘숙의 죽음으로 연결되며, 처절한 평민당사 단식농성을 무자비하게 진압케 한 배후와 현장엔 어김없이 황씨 부자가 서 있다.

'황색노예단'. 미군들의 성적 배출구 역할을 담당해야 했던 '양공주'들이 결혼을 하거나 약속을 맺은 미군들을 따라 '아메리칸 드림'을 실현했다고 느낀 순간, 이들은 얼마되지 않아 '마사지 팔러'라는 '인간상품'이 되어 팔려가 결국엔 미국인들의 '다목적 섹스기구'의 역할을 감내하다 마약중독자가 되어 죽어간다. 한국을 떠나는 순간부터 예정되어 있는 이 인신매매 행각에는 한국인들로 구성된 검은 조직이 암약하고 있으며, 이 조직은 또 다시, 시대가 바뀌면서 중정요원의 자리를 내놓고 아버지 황천득이 미국에 와서 일구어 놓은 YH 백화점을 물려받은 황대호가 보스로서 이끌고 있다. 작가는 여기서 다시 한번 한국남성을 심판대로 끌어내고 있다.

인화는 갑자기 서글픈 생각이 들었다. 댈라스에서 만난 마약중독자 여자의 항변이 되살아났기 때문이다. 한국사람이 무서워요. 나를 판 사람도 한국사람이고 나를 사간 사람도 한국사람이었어요. 그리고 두번째로 나를 잡아먹은 사람도 한국사람이구. 아닌게 아니라 검은 조직의 일원인 그 괴한들도 한국사람이었다.

여성사회학자 서인화는 미국유학을 마치고 한국에 돌아와 대학에 교편을 잡으면서 '한국여성수난사'를 주제로 연구를 시작하다 스승 박사월의 제안으로 당시 미국의 방송에서 여러차례 문제가 되고 있던 '황색노예단'에 대한 자료를 구하기 위해 사회부 기자인 남자친구 동광과 함께 화이트 로즈란 이름의 여성을 찾아나선 길에 어느 마약중독 한국여성으로부터 이러한 이야기를 듣게 된다. 이들은 처음부터 '검은 조직'의 표적이 되어 미행당하고 습격당하는 한편, 미국의 FBI는 마약사업에 손대고 있는 이들 한국인 조직의 색출을 위해 인화 등을 이용한다. 결국 우여곡절끝에 이들 조직을 일망타진하고, 이들의 희생자들인 '마사지 팔러'들의 인권을 위해 노력해온 화이트 로즈를 만나게 됨으로써 인화와 동광은 '황색노예단'에 대한 실상을 접함과 동시에 그 배후조직을 섬멸케 하는 성과를 올리게 된다.

  마지막으로 인화의 외할머니의 등장을 통해 '만금파 족보'의 한 축이 인화에까지 이르게 함으로써 이 소설이 목표로 한 한국여성의 수난과 숨겨진 긍지의 역사가 현재성을 확보하게 된다. 인화의 외할머니는 '일제시절「북경의 꽃」으로 이름을 떨쳤던, 남원경찰서 폭파사건을 일으킨 의열단원으로 독립동맹 북경지하총책이었던 윤용성에게 아지트를 제공해 주었던 위안부 독립운동가' 류가화였으며, 달님이의 남편 윤형직과의 사이에 인화의 어머니를 낳은 '만금파' 제11세손이었던 것이다.

  "우리 만금파 여인네들이 살아온 길이 그렇구나. 그렇게 수난의 시절을 살아왔고, 그것은 현재진행형이야. 1세 만금 할머니가 청나라에 끌려가 그리 욕을 보고, 그 후 왜정때는 왜놈들한테 당하고, 해방 뒤에는 미국놈들한테 당하고…. 그게 어디 청나라놈, 왜놈, 미국놈만 탓할 일이더냐. 다, 그 잘난 한국남자들 탓이지! 밖에 나가서는 입도 벙긋 못하는 주제에 집안에서만 큰소리 탕탕 치는 그 잘난 남자들 때둔인 게야."

그녀의 이 서글픈 선언은 작가 노가원이 한국여성수난사의 일차적 책임을 묻는 한국 남자들의 자기성찰을 위한 화두가 된다. 그리고 작가는 다음과 같이 적어도 250년간 내려온 '언문족보'의 존재를 통해 그 수난과 희망의 연결고리가 어디쯤인지 가늠하고 있다.

만금파 여인들의 수난은 아직도 끝나지 않았다. 물론 그 수난은 수난으로 끝나지 않을 것이다. 어느 시인은 타고 남은 재가 다시 거름이 된다고 했지만, 그칠 줄 모르고 타는 만금파 여인들의 수난은, 그들이 죽어서 남긴 한 줌의 재는 이 모진 땅 —— 한국에서 현재 살고 있고, 자라고 있고, 또한 앞으로 태어날 만금파 여인들, 그리고 이 땅 위의 모든 한국여성들의 삶에 기름이 될 것이다. 희망이 될 것이다.

「환향녀」에서 보여준 한국여성수난사는 기존의 어떤 논의보다 설득력을 갖고 있다. 이 작품에서 보이는 심심찮은 우연적 관계설정은 삼대의 시간대를 어우르는 일종의 연대기적 기술방식에서 집약적 효과를 위해 감수할 수밖에 없었던 작가의 고육지책이었으리라. 결론적으로 '화냥년'이라는 어원이 된 '환향녀'를 역설적으로 표현하는 「환향녀」를 제목으로 하고 있는 이 작품에서 작가는 우리 역사의, 근현대사의 가장 가슴 아픈 여성수난사를 독립운동가이자 목사의 딸인 달님이의 일생, 결국 기지촌을 벗어나지 못하는 달님이네 가족을 통해 비극적인 역사의 피로 묘파하고 있다. 물론 작가는 이 작품에서 단순히 기지촌 여성들만을 다루지는 않는다. 조선시대 병자호란때 전쟁포로로 청나라로 끌려가 성의 노리개가 되었던 조선여인으로부터 일제시절과 해방, 6·25, 그리고 70년대 근대화시절 이후 현재까지 일어나고 있는 한국여성수난의 현장 한복판으로 뛰어들어가 소설 「환향녀」를 통해 한국여성수난사를 총체적으로 그리고 있는 것-이다. ◆

# 당신에권하는 지혜의 책

신국판/각권 7,000원

## 귀여운 여자라는 말보다 지혜로운 여자라는 말을 듣고 싶다

이 책을 통하여 남자 친구의 심리를 들여다보십시오. 그리고 자기 사람으로 만들어요. 사랑받는 지혜로운 여성이 될 것입니다.
오메이신 지음/남여명 옮김

## 지혜로운 아버지가 사랑하는 아들에게 보내는 47가지 삶의 길잡이

저자는 18세기 영국의 외교관이면서 정치가로서 탁월한 능력을 발휘했으며, 문필가로서도 명성을 날렸다.
저자가 살아온 삶의 경험을 아들에게 들려주는 지침서, 영국의 처칠과 디즈레일리 경이 읽고 극찬한 책.
필립체스터필드 지음/정영일 옮김

## 지혜로운 어머니가 사랑하는 딸에게 보내는 31가지 삶의 이야기

사랑하는 딸아, 너희의 인생이 꿈과 모험과 변화와 상식과 투자와 웃음과 애정으로 가득 찼으면 좋겠구나. 언제나 자기 자신에 대한 확신을 가지고 자신의 직관을 믿도록 하여라. 그리고 무엇보다도 여성이라는 사실을 큰 기쁨으로 여기기를 바란다.
캐디 C. 스펠맨 지음/이선종 옮김

### 카네기 인생론

　삶에 대한 모든 물음은 우리 스스로 체득할 수밖에 없을 것이다.
　삶에 대한 어떤 설명도 우리 자신의 삶에 지침이 되기에는 어렵기 때문이다.
　이 책은 막연한 설명이 아니라 구체적인 제시를 한다.
　우리가 어디에서나 부딪히는 삶의 현장에서 함께 이야기하고자 하기 때문이다.

### 카네기 자서전

　노동자들은 온정에 보답하려는 깨끗한 마음을 갖고 있다. 적어도 진실로써 다른 사람을 대하고 어떤 문제가 발생했을 때 성의를 다해서 전력한다면 그들이 사용자에게 어떻게 대할 것인가 하는 염려 같은 것은 전혀 할 필요가 없다. 그러므로 덕은 외롭지 않다. 덕을 베풀면 반드시 그에 대한 결과가 있기 때문이다. 그리고 사업에 성공할 수 있는 가장 큰 원인은 완전한 계산을 통하여 금전과 자재 등의 책임을 충분히 인식시키는데 있다.

### 카네기 출세론

　이 세상을 살면서 주어진 삶에 충실하다는 것은 모든 이들의 소망이다.
　그리고 가능한 모든 일을 이루어 낸다는 것은 유능한 사람들의 의무이다.
　이 책은 유능한 사람들이 나아가야 할 바를 참으로 절실하게 제시해 주고 있다.
　또 유능해지고자 하는 모든 이들의 삶을 위하여 봉사하고자 하고 있다.

### 신념의 마력

　인간은 마음 먹기에 따라서 세상의 모습을 바꾸어 놓을 수 있다.
　인간이 지닌 많은 힘 가운데 가장 큰 힘이 마음의 힘인 것이다.
　신념은 일상생활을 통하여 우리의 이상을 그려낼 수 있는 강한 추진력이다.
　이 추진력을 바탕으로 우리는 우리의 생활을 삶을 뜻대로 이루어 갈 수 있는 것이다.

### 카네기 지도론

　참다운 지도는 함께 나아가는 것이다.. 무엇을 제시하거나 지시하기 전에 피지도자가 무엇을 하고자 하는가, 무엇을 할 수 있는가를 알아서 그것을 이끌어주고, 또 그것이 이루어지도록 함께 노력하는 것이다.
　이 책은 무엇이 참다운 지도인가를, 즉 어떻게 함께 나아갈 것인가를 그려 보여주고 있다.

### 정상에서 만납시다

　미국의 유명한 저술가이며 자기개발 성공학의 권위자인 지그지글라가 진정한 성공에 다다를 수 있는 가장 빠른 방법을 제시하고 있다.
　29년에 걸친 판매 경험과 인간개발 경험을 살려 각계 각층에서 활약하고 있는 최고 전문가들의 성공철학을 파악, 여섯 단계로 그 비결을 밝혔다.

### 카네기 대화술

　올바른 언어의 선택은 의사소통을 보다 원활하게 한다. 훌륭한 대화는 인간행위의 가장 승화된 형태라고 할 것이다.
　이 책은 청중을 향하여 효과적으로 이야기하는 방법이 제시되어 있으며, 화술 훈련에 임하면서 경험한 실례를 중심으로 쓰여졌다.
　현재를 출발점으로 당신은 효과적인 화술 방법을 통해 자신의 무한한 능력을 깨닫게 될 것이다.

### 머피의 마음만 먹으면 당신도 부자가 된다

　당신이 만약 풍족하지 않다면 행복하고 만족한 생활을 결코 영위할 수 없을 것이다. 여기에 풍족한 삶을 누리기 위한 과학적인 방법이 있다. 당신이 성공과 행복과 번영이라는 달콤한 과일을 얻고 싶다면, 이 책에서 이야기하는 것을 정확하게 되풀이해 배우라. 그러면 당신의 앞날은 보다 아름답고, 보다 행복하고, 보다 풍족하고, 보다 고귀하고, 보다 웅장하고 큰 규모로 펼쳐질 것이다.

### 카네기 처세론

　최고의 처세라는 것은 우선 최선의 목표를 정하고 그 성취에 이르는 길을 갈고 닦는 것이다. 거기에다 자기를 세우고, 삶을 키워내고, 세상을 이끌어 갈 수 있는 힘을 닦는 것이다.
　이 책은 거기에 있는 불후불굴의 조언을 새겨주고 있다.

### 머피의 잠자면서 성공한다

　머피의 이론을 바탕으로 하면 자기가 바라는 바 지위나 돈을 어떻게 얻을 것인가, 또는 우호적인 인간관계를 어떻게 실현할 것인가를 터득할 수 있다. 따라서 이 책에 명시된 대로 따르기만 하면 당신은 인생 전반에 걸쳐 기적적인 효과를 얻을 수 있다.

### 머피의 인생을 마음대로 바꾼다

이 책 속에는 당신의 인생을 변하게 하는 마법과도 같은 방법이 제시되어 있다. 다시 말해 기적이라고 할 만한 이야기들이 가득 차 있다. 당신의 마음속에 내재되어 있는 마법과도 같은 잠재의식을 어떻게 사용해야만 당신이 인생에서 성공할 수 있는지 흥미진진한 실례들을 통해 상세하게 알려주고 있다.

### 오사카 상인의 지독한 돈벌기 76가지 방법

오사카 상인의 13대 후손이며 미쓰비시 은행의 상무를 역임한 저자가 오늘날 일본 경제를 일군 오사카 상인들의 정신을 분석 수록했다. 무일푼으로 출발하여 그들만의 돈벌이 노하우와 끈질긴 생존능력, 아이디어를 바탕으로 세계적으로 유명한 유태상인과 어깨를 겨룰만큼 성장한 오사카 상인들의 경영 비법을 바탕으로 부와 성공을 이룰 수 있는 방법이 자세히 제시되어 있다.

### 머피의 승리의 길은 열린다

당신은 이 책에서, '인생은 마음먹기에 따라 달라진다'는 평범한 진리가 당신의 인생에 있어서 얼마나 중요한가를 실감하게 될 것이다. 이 책에 제시된 인생의 법칙을 읽고 그것을 당신의 인생에 응용하면, 당신은 당신의 인생을 건강하고 즐겁게, 그리고 유익하고 성공적으로 가꿀 수 있는 힘을 얻게 될 것이다.

### 중국 상인의 성공하는 기질 74가지

미국, 일본의 뒤를 이어 세계 3대 경제대국으로 뛰어오른 중국의 숨은 잠재력, 서서히 일본의 경제를 위협하는 존재로까지 급부상한 그들에게 끈질긴 생명력과 강력한 경제력을 지닌 교화 사회는 중국 대륙의 비밀 병기였다.

그들이 성공하기까지 철저히 지켜지는 상인 정신의 기본 자세를 배워 현재의 어려움을 극복하는 지혜를 배운다.

### 머피의 인생에 기적을 일으킨다

마음의 힘에 관해서는 많은 책 속에 여러 가지로 쓰여 있으나, 이 책에서는 당신의 모든 생활을 변환하기 위하여 이 힘을 어떻게 이용할 것인가, 건설적이며 성공할 수 있는 사고방식, 그리고 자신의 생활을 보다 풍족히 할 수 있는 방법 등을 기록했다.

### 유태상인의 지독한 돈벌기 74가지 방법

유태인들은 교화와 함께 세계 제일의 상인으로 손꼽히고 있다.

그것은 2천 년 동안 국가도 없이 흩어져 살면서 수없이 쏟아지는 박해와 압박을 견디며 일군 끈질긴 민족성의 승리였다. 그들은 열악한 환경 속에서도 자신들만의 독특한 상술을 발휘하여 오늘날 세계 경제를 좌지우지하는 지위에까지 오르게 된 것이다.

### 머피의 100가지 성공법칙

인생에서 성공한 사람들을 보면 하나같이 이 잠재의식의 법칙을 실천했던 사람들이다. 만일 당신이 지금 충분히 행복하지 않고, 충분히 부유하지 않으면, 충분히 성공하지 못했다면 그것은 당신이 잠재의식을 충분히 이용하지 못하기 때문이다. 이 책에는 당신이 가고자 하는 성공의 길, 부자가 되는 길, 인생을 한껏 즐길 수 있는 기술이 감추어져 있다.

### 임어당의 웃음

우리의 심리적 소질 가운데는 진보와 개혁을 저해하는 어떤 요소가 존재하고 있다. 즉 모든 이상을 웃어넘기고 최악 그 자체조차 인생의 필요한 부분으로 미소로서 바라보는 유머임을 발견한다.

중국인의 특성의 장점과 단점이 흥미진진한 소재와 감동적인 문체로 전해지는 임어당 문학의 진수!

### 오늘 같은 내일은 없다

동화 속 샘처럼 맑은 영혼을 가진 헤세가 열에 들뜬 내 눈동자에 가까이다가와 옛 노래의 추억을 속삭여 줍니다.

가장 달콤하고 이상적인 충고, 세월이 흐른 지금도 그의 이야기는 멋진 동화책처럼 우리들 앞에 펼쳐져 생생하게 되살아납니다.

### 인디언 우화

동물과 인간의 구분도 없고 생물과 무생물도 구별할 줄 모르는 그래서 어쩌면 첨단을 달리는 현대과학의 분위기와 맞을 그대로 간직한 채 우주 속에서 살았던 북아메리카 인디언들의 이야기들은 오늘날 잊혀져버린 인간의식의 고향을 찾을 수 있는 오솔길이 될 것이다.

## 환향녀

2001년 1월 10일 1판 1쇄 인쇄
2001년 1월 20일 1판 1쇄 발행

지은이/노가원, 펴낸이/김영길, 펴낸곳/도서출판 선영사
본사/부산시 중구 중앙동 4가 37-11, 전화/(051)247-8806
서울사무소/서울시 마포구 서교동 480-1 지하 1층
전화/(02)338-8231, (02)338-8232, 팩시밀리/(02)338-8233
등록/1983년 6월29일 제 카1-51호
ⓒ Korea Sun-Young Publishing Co., 2001
잘못된 책은 바꾸어 드립니다.

ISBN 89-7558-089-X    03810

선영사 Sun Young Publishing Co.

선영사
Sun Young Publishing Co.